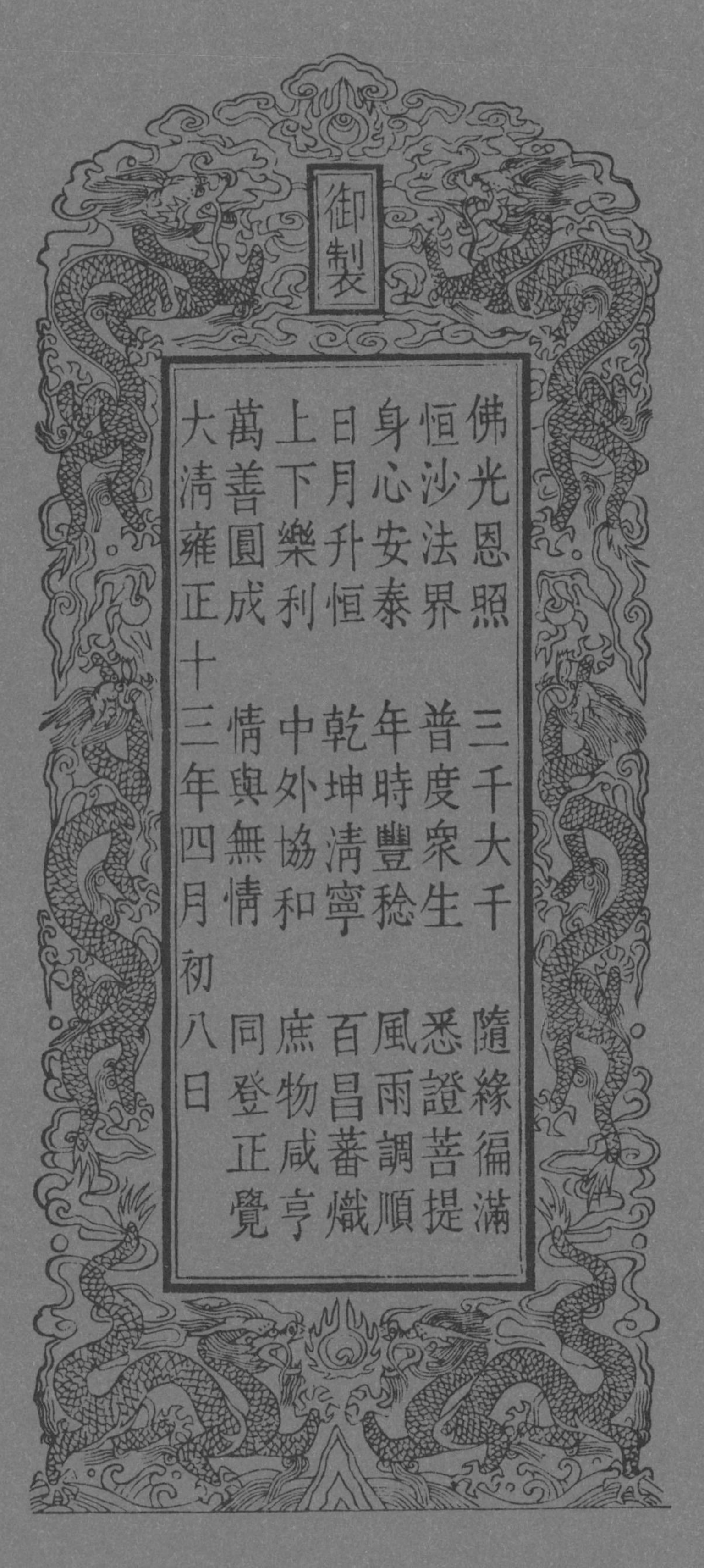

御製

佛光恩照　三千大千　隨緣徧滿

恒沙法界　普度衆生　悉證菩提

身心安泰　年時豐稔　風雨調順

日月升恒　乾坤清寧　百昌蕃熾

上下樂利　中外協和　庶物咸亨

萬善圓成　情與無情　同登正覺

大清雍正十三年四月初八日

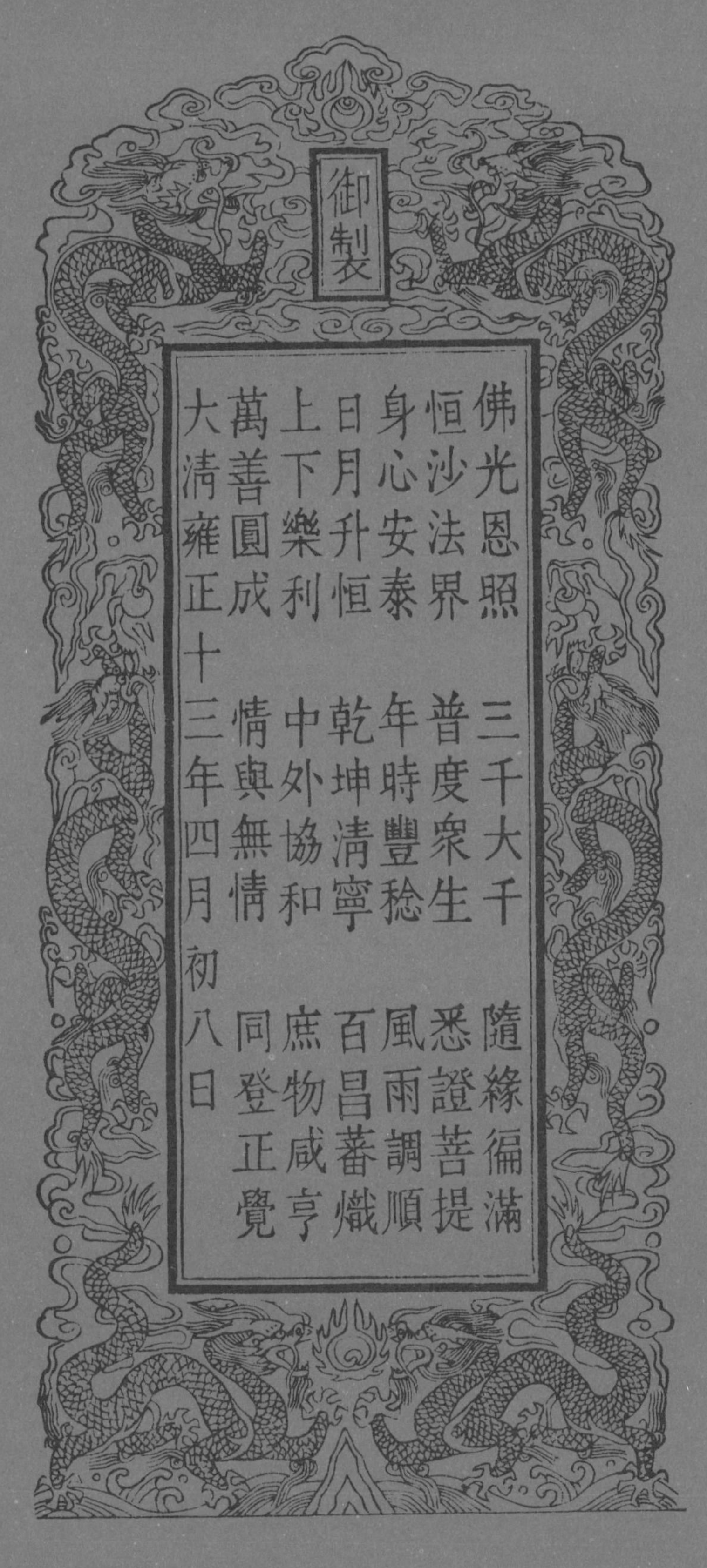
御製
佛光恩照　三千大千　隨緣徧滿
恒沙法界　普度衆生　悉證菩提
身心安泰　年時豐稔　風雨調順
日月升恒　乾坤清寧　百昌蕃熾
上下樂利　中外協和　庶物咸亨
萬善圓成　情與無情　同登正覺
大清雍正十三年四月初八日

第八二册 大乘論（五）

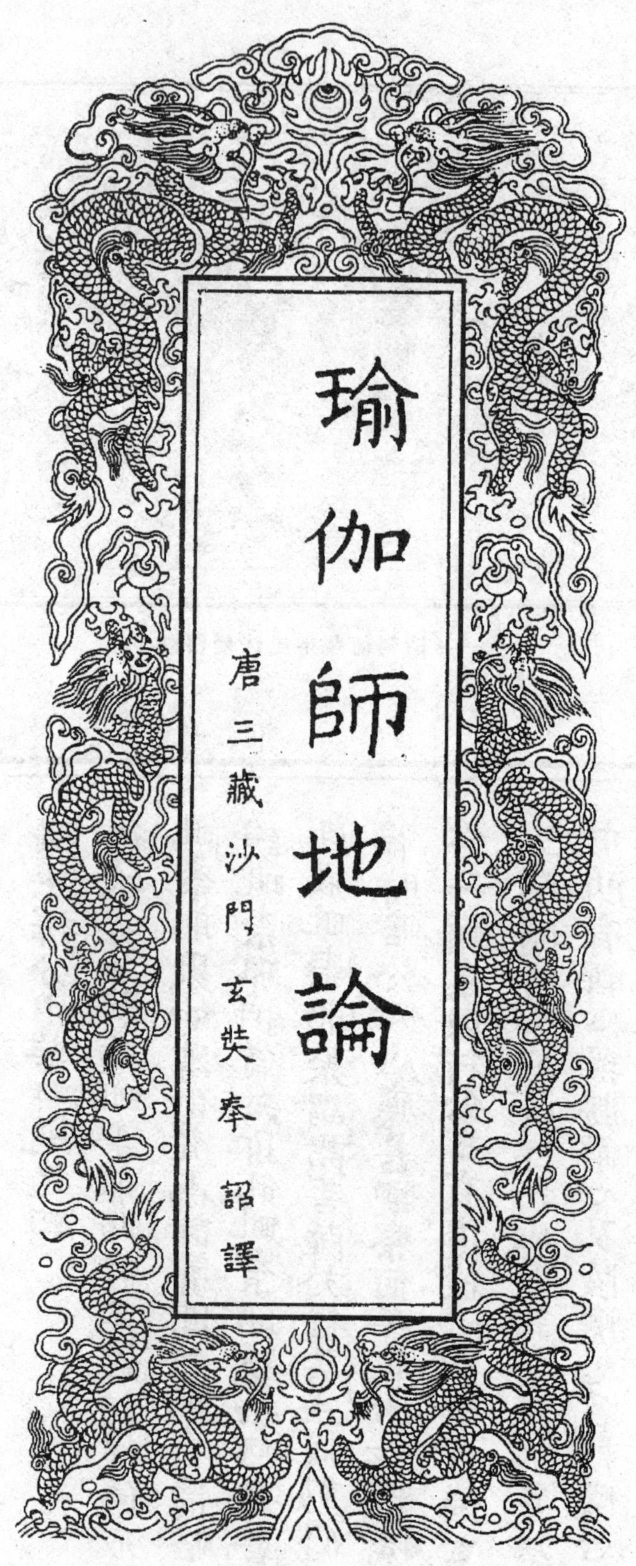

瑜伽師地論

唐三藏沙門玄奘奉詔譯

清刻龍藏佛說法變相圖

瑜伽師地論卷第七十五

彌勒菩薩說

唐三藏沙門玄奘奉詔譯

攝決擇分中菩薩地之四

復次當知菩薩毗柰耶略有三聚初律儀戒毗柰耶聚如薄伽梵爲諸聲聞所化有情略說毗柰耶相當知即此毗柰耶聚云何攝善法戒毗柰耶聚謂諸菩薩於攝善法戒勤修習時略於六心應善觀察何等爲六一輕懱心二懈怠俱行心三有覆蔽心四勤勞倦心五病隨行心六障隨行心若諸菩薩於善法中所有輕心無勝解心及陵懱心名輕懱心若有嬾惰憍醉放逸所纏繞心名懈怠俱行心若貪欲等隨有一蓋或諸煩惱及隨煩惱所纏繞心名有覆蔽心若住勇猛增上精進

身疲心倦映蔽其心名勤勞倦心若有諸病損惱其心無有力能不堪修行名病隨行心若有喜樂談論等障隨逐其心名障隨行心菩薩於此六種心中應正觀察我於如是六種心中爲有隨一現前行耶爲無有耶於前三心菩薩一向不應生起設已生起不應忍受若有忍受而不棄捨遍於一切皆名有罪勤勞倦心現在前時由此心故捨善方便若爲暫息身心疲惱當於善法多修習者當知無罪若於一切畢竟捨離謂我何用精勤修習如是善法令我現在安住此苦若如是者當知有罪病隨行心現在前時菩薩於此無有自在不隨所欲修善加行雖復忍受而無有罪障隨行心現在前時若不隨欲墮在其中或觀此中有大義利雖復忍受而無有罪

若隨所欲故入其中或觀是中無有義利或少義利而故忍受當知有罪如是六心前三生已而忍受者一向有罪病隨行心雖復忍受一向無罪餘之二心若生起已而忍受者或是有罪或是無罪若諸菩薩於作有情利益戒中勤修習時當正觀察六處攝行所謂自他財衰財盛法衰法盛是名六處言財衰者謂衣食等未得不得得已斷壞與此相違當知財盛言法衰者謂越所學於先未聞勝義所攝如來所說微妙法句不得聽聞如不聽聞先所未聞如是於先所未思惟不得思惟有聽聞障有思惟障設得聞思尋復忘失於所未證修所成善而未能證設證還退與此相違當知法盛此中菩薩作自法衰令他財盛此不應爲如令財盛法盛亦爾此中義

者越學所攝及能隨順越學所攝或於證法退失所攝當知法衰又諸菩薩作自財衰令他財盛若此財盛不引法衰此則應爲若引法衰此不應爲如令財盛法盛亦爾又諸菩薩作自財盛令他財盛此則應爲如令財盛法盛亦爾又諸菩薩作自法盛令他財盛此則應爲如令財盛法盛亦爾於如是事若不修行名爲有罪若正修行是名無罪

如是且說菩薩所受三種律儀略毗柰耶菩薩於中常應作意思惟修學若有於此三種所受菩薩戒中隨有所闕當知非護當言不護菩薩律儀不當言護此三種戒由律儀戒之所攝持令其和合若能於此精勤守護亦能精勤守護餘二若有於此不能守護亦於餘二不能守護是故若有毀律儀戒名毀一切菩薩律儀若有爲令他了知故隨順他故由他勸導受菩薩戒非自所起增上意樂隨觀隨察自生淨信於諸有情住憐愍心愛樂善法受菩薩戒當言此非眞實防護亦非圓滿修習善法亦不能得彼果勝利與此相違當知乃名眞實防護亦能獲得彼果勝利

復次若有不捨如是律儀當知餘生亦得隨轉非彼捨者又捨因緣略有四種一者決定發起受心不同分心二者若於有所識別大丈夫前故意發起棄捨語言三者總別毀犯四種他所勝法四者若以增上品纏總別毀犯隨順四種他所勝法由此因緣當知棄捨菩薩律儀若有還得清淨受心復應還受

復次若有出家菩薩除三衣外所有長物佛所聽畜身所受用順安樂住若故思擇施來

求者當知無罪若顧善品非慳貪障而不施者亦無有罪諸有葉紙已書正法有嬰兒慧衆生來乞若施與之當知有罪若勸化施亦名有罪除作是心我今惠彼欲試其人於甚深法堪受持不能信解不如是無罪若以葉紙書似正法及外道論或先已書授彼信解衆生手中或勸他與當知有罪菩薩唯應勸彼捨棄手中異論或令書寫諸佛聖教或自欲知彼不堅實不應開示或有葉紙猶未書寫有來求乞爾時菩薩應問彼言汝今何用如是物爲彼若答言我欲轉賣以充食用若此葉紙爲書正法則不應與有財物者應施價直若無價直二俱不與亦無有罪彼若答言我求此物爲書正法即以葉紙應施與之仍告彼言隨意受用彼若欲書下劣典籍不與無罪如書下劣書等亦爾若欲書寫最勝經典不施與者當知有罪若諸菩薩於已有恩諸有情所隨順恩相相續發起親友意樂以有染心方便攝受欲爲朋黨當知有罪或於有怨諸有情所隨順怨相相續發起怨讎意樂有穢濁心當知有罪或於無恩無怨諸有情所相續發起中庸意樂放捨意樂當知有罪若有現前求欲出家隨順觀察時有過患劫有過患不度出家當知無罪若有安住憐愍彼心雖度出家亦無有罪如說出家受具足戒與作依止攝爲徒衆當知亦爾由如是等所有行相當知菩薩三種戒蘊皆得圓滿

復次先已廣說施等今當略說謂諸菩薩所有布施略與五種功德相應得入布施到彼

岸數何等爲五一者無著二者無戀三者無罪四無分别五者迴向如施戒等當知亦爾無著者謂於一切種施等障法中無有罣礙無戀者謂於有染及彼果中心無繫著無罪者謂遠離一切種施等隨煩惱無分別者謂於施等不觀遍計所執自性迴向者謂以一切施等諸行願得阿耨多羅三藐三菩提果如是菩薩由此五德攝受一切波羅蜜多名菩薩施乃至名菩薩慧名一切施乃至名一切慧名艱難施乃至名艱難慧廣說一切嗢柁南頌皆隨決了一切皆如本地分說

復次於施波羅蜜多由内及外有十隨煩惱對治彼故得施波羅蜜多十種清淨如菩薩地已說由增一次第依於外門有五隨煩惱一遍染惱性二棄捨性三不持可樂性四意望不圓滿性五不成熟性依於内門有五隨煩惱一不出離性二雜染惱性三不劣薄性四現前隨性五盡滅法性

復次前戒品中已說十種尸羅清淨當知初一是意樂清淨餘九是加行清淨於加行中復有五種一無間缺加行二遍修治加行三迴向加行四助伴加行五守護加行第二第三爲初加行第四爲第二加行第五爲第三加行第六第七第八第九爲第四加行第十爲第五加行

復次忍波羅蜜多十清淨中當知略有二種清淨謂前九種名思擇力清淨其第十種名修習力清淨思擇力清淨復有四種一遠離罪生清淨二彼不現行清淨三無罪生清淨四遠離彼因緣清淨一種二種三種三種如

其次第不忍因緣復有三種一無慙二無愧三無哀愍性
復次精進波羅蜜多有十清淨一安處清淨二純熟清淨三策發清淨四方便清淨五不虛時住清淨六不艱辛住清淨七出離清淨八攝受助伴清淨九速疾神通清淨十盡性清淨
復次靜慮波羅蜜多有十清淨一清淨清淨二無漏清淨三根本方便清淨四證得根本清淨五自在方便清淨六住自在清淨七引發神通自在清淨八成熟有情自在清淨九降伏外道自在清淨十無上離繫清淨
復次慧波羅蜜多有五清淨一通達諸相清淨二通達緣起清淨三通達敎導清淨四通達士用清淨五通達證得清淨

復次云何菩薩於身住循身觀謂於相身循環觀眞如身如於身於受心法隨其所應當知亦爾云何菩薩爲令未生惡不善法得不生故生欲乃至廣說謂於眞如境繫心令住爲令一切相及麤重未得現前内未生者得不生故生欲乃至廣說如令未生得不生故如是已生已得現前於内生者爲令斷故於能對治所有善法未生令生已生令住乃至廣說當知此中於念住位最初繫心置所緣境次於所緣令心安住勤修正斷次得定已復令此定善圓滿故於神足中勤修加行定圓滿已爲令一切相及麤重得離繫故依信等根修加行道加行道中根是下品力是上品如是正修加行道已次得覺支通達實際達實際已次修道支漸漸乃至證得阿耨多

羅三藐三菩提於一切障皆得解脫
復次相麤重縛當知差別有十四種一根縛二境縛三有情展轉更相愛縛四建立縛謂器世間諸所有根依之而轉故名建立五於所知境無智縛六於能知智無智縛七後有愛縛八無有愛縛九執著不平等因及無因縛十證得增上慢縛十一執著遍計所執自性縛十二執著補特伽羅自性縛十三補特伽羅遍知增上慢縛十四法遍知增上慢縛
復次依空勤修念住菩薩略於六種妄想縛中當令其心速得解脫云何名爲六種想縛所謂於身乃至於法發起內想是初想縛即於是中發起外想是第二想縛即於是中起內外想是第三想縛若於十方無數無量諸有情界願令解脫修習念住此中諸想是第四想縛若由此故於身等境循觀而住此中諸想是第五想縛即於身等循觀住者此中諸想是第六想縛即於此中循環觀故復有十一後後想縛云何十一後後想縛謂於身等住循身等觀者於諸雜染清淨諦中所起第一義想是名初縛即於雜染第一義中所起造作想是第二縛即於清淨第一義中所起無造作想是第三縛即於無造作第一義中所起常想是第四縛即於造作雜染中所起流轉想是第五縛即於常中所起無變異想是第六縛即於流轉中由有苦有變異故所起苦性想是第七縛即於此中由生滅住異自相故自相有變異故所起彼自相想是第八縛即於無變異及有變第一義中所起能攝染汙清淨一切法想是第九縛即於雜

染清淨一切法中所有我無染淨想是第十縛即於雜染清淨諸法所起無自性相想是第十一縛由諸菩薩於此後後諸行想縛所知境界正觀察故能依於空善修念住令心解脱於此想縛得解脱故一切想縛皆得解脱

復次於大乘中或有一類惡取空故作如是言由世俗故一切皆有由勝義故一切皆無應告彼言長老何者世俗何者勝義如是問已彼若答言若一切法皆無自性是名勝義若於諸法無自性中自性可得是名世俗何以故無所有中建立世俗假設名言而起説故應告彼曰汝何所欲名言世俗爲從因有自性可得爲唯名言世俗説有若名言世俗從因有者名言世俗從因而生而非是有不應道理若唯名言世俗説有名言世俗無事而有不應道理又應告言長老何縁諸可得者此無自性如是問已彼若答言顛倒事故復應告言汝何所欲此顛倒事爲有爲無若言有者説一切法由勝義故皆無自性不應道理若言無者顛倒事故諸可得者此無自性不應道理

復次當知由五相故思擇大乘經起因縁説謂爲於説者生恭敬故起第一説爲攝衆故起第二説爲於正法生尊重故起第三説爲叙事故起第四説爲欲宣説眞實義故及多所作故起第五説

復次依十二處自相共相觀故有十種無顛倒道能證所有不共佛法當知此中六種觀自相四種觀共相謂於十二處眼等名言假

立相中能遍了知唯名言相是名第一無顛倒道能證所有不共佛法復次於十二處能遍了知攝受虛妄分別種種生相是名第二無顛倒道能證所有不共佛法復次於十二處能遍了知依因轉相是名第三無顛倒道能證所有不共佛法復次於十二處能遍了知相壞轉相是名第四無顛倒道能證所有不共佛法復次於十二處能遍了知清淨轉相是名第五無顛倒道能證所有不共佛法當知此中依二種業有二清淨一生起清淨二寂靜清淨復次於十二處能遍了知所有名言安足處相是名第六無顛倒道能證所有不共佛法如是六種觀察自相復次即於如是十二處中能遍了知共相自性是名第七無顛倒道能得所有不共佛法復次即於如是十二處中能遍了知共相無分別所行相是名第八無顛倒道能證所有不共佛法復次即於如是十二處中能遍了知共相出世法所行相是名第九無顛倒道能證所有不共佛法復次即於如是十二處中能遍了知共相清淨因相是名第十無顛倒道能證所有不共佛法如是四種觀察共相

復次當知由八殊勝於諸住地後後轉勝一意樂殊勝二心清淨殊勝三悲殊勝四波羅蜜多殊勝五成熟有情殊勝六見諸佛往趣承事供養殊勝七生殊勝八神力殊勝

復次勝義諦有五相一離名言相二無二相三超過尋思所行相四超過諸法一異性相五遍一切一味相此勝義諦離名言相及無二相當知如解深密經中如理請問菩薩問

解甚深義密意菩薩言最勝子言一切無二一切法無二者何等一切法云何爲無二解甚深義密意菩薩告如理請問菩薩曰善男子一切法者略有二種一者有爲二者無爲是中有爲非有爲非無爲無爲亦非無爲非有爲最勝子如何有爲非有爲非無爲無爲亦非無爲非有爲善男子言有爲者乃是本師假施設句若是本師假施設句即是遍計所集言辭所説若是遍計所集言辭所説即是究竟種種遍計言辭所説不成實故非是有爲善男子言無爲者亦墮言辭設離有爲無爲少有所説其相亦爾然非無事而有所説何等爲事謂諸聖者以聖智聖見離名言故現等正覺即於如是離言法性爲欲令他現等覺故假立名想謂之有爲善男子言無爲者亦是本師假施設句若是本師假施設句即是遍計所集言辭所説若是遍計所集言辭所説即是究竟種種遍計言辭所説不成實故非是無爲善男子言有爲者亦墮言辭設離無爲有爲少有所説其相亦爾然非無事而有所説何等爲事謂諸聖者以聖智聖見離名言故現等正覺即於如是離言法性爲欲令他現等覺故假立名想謂之無爲最勝子如何此事彼諸聖者以聖智聖見離名言故現等正覺即於如是離言法性爲欲令他現等覺故假立名想或謂有爲或謂無爲善男子如善幻師或彼弟子住四衢道積集瓦礫草葉木等現作種種幻化事業所謂象身馬身車身歩身末尼眞珠瑠璃螺貝璧玉珊瑚種種財穀庫藏等身若諸衆生愚癡

頑鈍惡慧種類無所曉知於瓦礫草葉木等上諸幻化事見已聞已作如是念此所見者實有象身實有馬身車身步身末尼眞珠瑠璃螺貝璧玉珊瑚種種財穀庫藏等身如其所見如其所聞堅固執著隨起言説唯此諦實餘皆愚妄彼於後時應更觀察若有衆生非愚非鈍善慧種類有所曉知於瓦礫草葉木等上諸幻化事見已聞已作如是念此所見者無實象身無實馬身車身步身末尼眞珠瑠璃螺貝璧玉珊瑚種種財穀庫藏等身然有幻狀迷惑眼事於中發起大象身想或大象身差別之想乃至發起種種財穀庫藏等想或彼種類差別之想不如所見不如所聞堅固執著隨起言説唯此諦實餘皆愚妄爲欲表知如是義故亦於此中隨起言説彼於後時不須觀察如是若有衆生是愚夫類是異生類未得諸聖出世間慧於一切法離言法性不能了知彼於一切有爲無爲見已聞已作如是念此所得者決定實有有爲無爲如其所見如其所聞堅固執著隨起言説唯此諦實餘皆癡妄彼於後時應更觀察若有衆生非愚夫類已見聖諦已得諸聖出世間慧於一切法離言法性如實了知彼於一切有爲無爲見已聞已作如是念此所得者決定無實有爲無爲然有分別所起行相猶如幻事迷惑覺慧於中發起爲無爲想或爲無爲差別之想不如所見不如所聞堅固執著隨起言説唯此諦實餘皆癡妄爲欲表知如是義故亦於此中隨起言説彼於後時不須觀察如是善男子彼諸聖者於此事中以

聖智聖見離名言故現等正覺即於如是離言法性爲欲令他現等覺故假立名想謂之有爲謂之無爲爾時解甚深義密意菩薩欲重宣此義而說頌曰

佛說離言無二義　甚深非愚之所行
愚夫於此癡所惑　樂著二依言戲論
彼或不定或邪定　流轉極長生死苦
復違如是正智論　當生牛羊等類中

復次勝義諦超過尋思所行相當知如解深密經中法涌菩薩白佛言世尊從此東方過七十二殑伽河沙等世界有世界名具大名稱是中如來號廣大名稱我於先日從彼佛土發來至此我於彼佛土曾見一處有七萬七千外道并其師首同一會坐爲思諸法勝義諦相彼共思議稱量觀察遍推求時於一切法勝義諦相竟不能得唯除種種意解別異意解變異意解互相違背共興諍論口出矛穳更相穳已刺已惱已壞已各各離散世尊我於爾時竊作是念如來出世甚奇希有由出世故乃於如是超過一切尋思所行勝義諦相亦有通達作證可得說是語已爾時世尊告法涌菩薩曰善男子如是如是如汝所說我於超過一切尋思勝義諦相現等正覺現等覺已爲他宣說顯現開解施設照了何以故我說勝義是諸聖者內自所證尋思所行是諸異生展轉所證是故法涌由此道理當知勝義超過一切尋思境相復次法涌我說勝義無相所行尋思但行有相境界是故法涌由此道理當知勝義超過一切尋思境相復次法涌我說勝義不可言說尋思但

行言説境界是故法涌由此道理當知勝義超過一切尋思境相復次法涌我説勝義絶諸表示尋思但行表示境界是故法涌由此道理當知勝義超過一切尋思境相復次法涌我説勝義絶諸諍論尋思但行諍論境界是故法涌由此道理當知勝義超過一切尋思境相法涌當知譬如有人盡其壽量習辛苦味於蜜石蜜上妙美味不能尋思不能比度不能信解或於長夜由欲貪勝解諸欲熾火所燒然故於内除滅一切色聲香味觸相妙遠離樂不能尋思不能比度不能信解或於長夜由言説勝解樂著世間綺言説故於内寂靜聖默然樂不能尋思不能比度不能信解或於長夜由見聞覺知表示勝解樂著世間諸表示故於永除斷一切表示薩迦耶滅究竟涅槃不能尋思不能比度不能信解法涌當知譬如有人於其長夜由有種種我所攝受諍論勝解樂著世間諸諍論故於北拘盧洲無我所無攝受離諍論不能尋思不能比度不能信解如是法涌諸尋思者於超一切尋思所行勝義諦相不能尋思不能比度不能信解爾時世尊欲重宣此義而説頌曰

內證無相之所行　不可言説絶表示
息諸諍論勝義諦　超過一切尋思相

復次勝義諦超過諸法一異性相當知如解深密經中善清淨慧菩薩白佛言世尊甚奇乃至世尊善説如世尊言勝義諦相微細甚深超過諸法一異性相難可通達世尊我即於此曾見一處有衆菩薩等正修行勝解行

地同一會坐皆共思議勝義諦相與諸行相一異性相於此會中一類菩薩作如是言勝義諦相與諸行相都無有異一類菩薩復作是言非勝義諦相與諸行相都無有異然勝義諦相異諸行相有餘菩薩疑惑猶豫復作是言是諸菩薩誰言諦實誰言虛妄誰如理行誰不如理或唱是言勝義諦相與諸行相都無有異或唱是言勝義諦相異諸行相世尊我見彼已竊作是念彼諸善男子愚癡頑鈍不明不善不如理行於勝義諦微細甚深超過諸行一異性相不能解了說是語已爾時世尊告善清淨慧菩薩曰善男子如是如是如汝所說彼諸善男子愚癡頑鈍不明不善不如理行於勝義諦微細甚深超過諸行一異性相不能解了何以故善清淨慧非於諸行如是行時名能通達勝義諦相或於勝義諦而得作證何以故善清淨慧若勝義諦相與諸行相都無異者應於今時一切異生皆已見諦又諸異生皆應已得無上方便安隱涅槃或應已證阿耨多羅三藐三菩提若勝義諦相與諸行相一向異者已見諦者於諸行相應不除遣若不除遣諸行相者應於相縛不得解脫此見諦者於諸相縛不解脫故於麤重縛亦應不脫由於二縛不解脫故已見諦者應不能得無上方便安隱涅槃或不應證阿耨多羅三藐三菩提善清淨慧由於今時非諸異生皆已見諦非諸異生已能獲得無上方便安隱涅槃亦非已證阿耨多羅三藐三菩提是故勝義諦相與諸行相都無異相不應道理若於此中作如是言勝義

諦相與諸行相都無異者由此道理當知一切非如理行不如正理善清淨慧由於今時非見諦者於諸行相不能除遣然能除遣非見諦者於諸相縛不能解脫然能解脫非見諦者於麤重縛不能解脫然能解脫以於二障能解脫故亦能獲得無上方便安隱涅槃或有能證阿耨多羅三藐三菩提是故勝義諦相與諸行相一向異相不應道理若於此中作如是言勝義諦相與諸行相一向異者由此道理當知一切非如理行不如正理復次善清淨慧若勝義諦相與諸行相都無異者如諸行相墮雜染相此勝義諦相亦應如是墮雜染相善清淨慧若勝義諦相與諸行相一向異者應非一切行相共相名勝義諦相善清淨慧由於今時勝義諦相非墮雜染相諸行共相名勝義諦相是故勝義諦相與諸行相都無異相不應道理勝義諦相與諸行相一向異相不應道理若於此中作如是言勝義諦相與諸行相都無有異或勝義諦相與諸行相一向異者由此道理當知一切非如理行不如正理復次善清淨慧若勝義諦相與諸行相都無異者如勝義諦相於諸行相無有差別一切行相亦應如是無有差別修觀行者於諸行中如其所見如其所聞如其所覺如其所知不應後時更求勝義若勝義諦相與諸行相一向異者應非諸行唯無我性唯無自性之所顯現是勝義相又應俱時別相成立謂雜染相及清淨相善清淨慧由於今時一切行相皆有差別非無差別修觀行者於諸行中如其所見如其所聞如

其所覺如其所知復於後時更求勝義又即諸行唯無我性唯無自性之所顯現名勝義相又非俱時染淨二相別相成立是故勝義諦相與諸行相都無有異或一向異不應道理若於此中作如是言勝義諦相與諸行相都無有異或一向異者由此道理當知一切非如理行不如正理善清淨慧如螺貝上鮮白色性不易施設與彼螺貝一相異相如螺貝上鮮白色性金上黃色亦復如是如箜篌聲上美妙曲性不易施設與箜篌聲一相異相如黑沉上有妙香性不易施設與彼黑沉一相異相如胡椒上辛猛利性不易設施與彼胡椒一相異相如胡椒上辛猛利性訶梨淡性亦復如是如蠹羅緜上有柔輭性不易施設與蠹羅緜一相異相如熟酥上所有醍醐不易施設與彼熟酥一相異相又如一切行上無常性一切有漏法上苦性一切法上補特伽羅無我性不易施設與彼行等一相異相又如貪上不寂靜相及雜染相不易施設此與彼貪一相異相如於貪上於瞋癡上當知亦爾如是善清淨慧勝義諦相不可施設與諸行相一相異相善清淨慧我於如是微細極微細甚深極甚深難通達極難通達超過諸法一異性相勝義諦相現正等覺現等覺已爲他宣說顯示開解施設照了爾時世尊欲重宣此義而說頌曰

行界勝義相　離一異性相　若分別一異
彼非如理行　衆生爲相縛　及爲麤重縛
要勤修止觀　爾乃得解脫

復次勝義諦遍一切一味相當知如解深密

經中世尊告長老善現曰善現汝於有情界中知幾有情懷增上慢爲增上慢所執持故記別所解汝於有情界中知幾有情離增上慢記別所解長老善現白佛言世尊我知有情界中少分有情離增上慢記別所解世尊我知有情界中有無量無數不可說有情懷增上慢爲增上慢所執持故記別所解世尊我於一時住阿練若大樹林中時有衆多苾芻亦於此林依近我住我見彼諸苾芻於日後分展轉聚集依有所得現觀各說種種相法記別所解於中一類由得蘊故得蘊相故得蘊起故得蘊盡故得蘊滅故得蘊滅作證故記別所解如此一類由得蘊故復有一類由得處故復有一類得緣起故當知亦爾復有一類由得食故得食相故得食起故得食盡故得食滅故得食滅作證故記別所解復有一類由得諦故得諦相故得諦遍知故得諦永斷故得諦作證故得諦修習故記別所解復有一類由得界故得界相故得界種種性故得界非一性故得界滅故得界滅作證故記別所解復有一類由得念住故得念住相故得念住能治所治故得念住修故得念住未生令生故得念住生已堅住不忘倍修增廣故記別所解如有一類得念住故復有一類得正斷故得神足故得諸根故得諸力故得覺支故當知亦爾復有一類得八支聖道故得八支聖道相故得八支聖道能治所治故得八支聖道修故得八支聖道未生令生故得八支聖道生已堅住不忘倍修增廣故記別所解世尊我見彼已竊作是念此諸

長老依有所得現觀各説種種相法記別所解當知彼諸長老一切皆懷增上慢爲增上慢所執持故於勝義諦遍一切一味相不能解了是故世尊甚奇乃至世尊善説如世尊言勝義諦相微細最微細甚深最甚深難通達最難通達遍一切一味相世尊此聖教中修行苾芻於勝義諦遍一切一味相尚難通達況諸外道

爾時世尊告長老善現曰如是如是善現我於微細最微細甚深最甚深難通達最難通達遍一切一味相勝義諦現正等覺現等覺已爲他宣説顯示開解施設照了何以故善現我已顯示於一切蘊中清淨所緣是勝義諦我已顯示於一切處緣起食諦界念住正斷神足根力覺支道支中清淨所緣是勝義諦此清淨所緣於一切蘊中是一味相無別異相如於蘊中如是於一切處中乃至一切道支中是一味相無別異相是故善現由此道理當知勝義諦是遍一切一味相復次善現修觀行苾芻通達一蘊眞如勝義法無我性已更不尋求各別餘蘊諸處緣起食諦界念住正斷神足根力覺支道支眞如勝義法無我性唯即隨此眞如勝義無二智爲依止故於遍一切一味相勝義諦審察趣證是故善現由此道理當知勝義諦是遍一切一味相復次善現如彼諸蘊展轉異相如彼諸處緣起食諦界念住正斷神足根力覺支道支展轉異相若一切法眞如勝義法無我性亦異相者是則眞如勝義法無我性亦應有因從因所生若從因生應是有爲若是有爲應

非勝義若非勝義應更尋求餘勝義諦善現由此眞如勝義法無我性不名有因非因所生亦非有爲是勝義諦得此勝義更不尋求餘勝義諦唯有常常時恒恒時如來出世若不出世諸法法性安立法界安住是故善現由此道理當知勝義諦是遍一切一味相善現譬如種種非一品類異相色中虛空無相無分別無變異遍一切一味相如是異性異相一切法中勝義諦遍一切一味相當知亦然爾時世尊欲重宣此義而說頌曰

此遍一切一味相　勝義諸佛說無異
若有於中異分別　彼定愚癡依上慢

瑜伽師地論卷第七十五

音釋

陵懱 陵力膺切侮也懱莫結切輕慢也　頑鈍 頑五還切愚也鈍徒困切不利也　矛矟 矛莫浮切句兵也矟子筭切短矛也　螺貝 螺落戈切蚌屬貝博蓋切螺之大者曰貝　箜篌 箜苦紅切篌胡鉤切箜篌樂器也　蠹羅綿 梵語也此云細香苑蠹都故切　審察 審式荏切熟究也察初鎋切覆審也

瑜伽師地論卷第七十六

彌勒菩薩說

唐三藏沙門玄奘奉詔譯

攝決擇分中菩薩地之五

復次心意識相當知如解深密經中廣慧菩薩請問佛言如世尊說於心意識祕密善巧菩薩於心意識祕密善巧菩薩者齊何名爲於心意識祕密善巧菩薩如來齊何施設彼爲於心意識祕密善巧菩薩說是語已

爾時世尊告廣慧菩薩曰善哉善哉廣慧汝今乃能請問如來如是深義汝今爲欲利益安樂無量衆生哀愍世間及諸天人阿素洛等爲令獲得義利安樂故發斯問汝應諦聽吾當爲汝說心意識祕密義廣慧當知於六趣生死彼彼有情墮彼彼有情衆中或在卵生或在胎生或在濕生或在化生身分生起於中最初一切種子心識成熟展轉和合增長廣大依二執受一者有色諸根及所依執受二者相名分別言說戲論習氣執受有色界中具二執受無色界中不具二種復次廣慧此識亦名阿陀那識何以故由此識於身隨逐執持故亦名阿賴耶識何以故由此識於身攝受藏隱同安危義故亦名爲心何以故由此識色聲香味觸等積集滋長故

復次廣慧阿陀那識爲依止爲建立故六識身轉謂眼識耳鼻舌身意識此中有識眼及色爲緣生眼識與眼識俱隨行同時同境有分別意識轉有識耳鼻舌身及聲香味觸爲緣生耳鼻舌身識與耳鼻舌身識俱隨行同時同境有分別意識轉廣慧若於爾時一眼

識轉即於此時唯有一分別意識與眼識同所行轉若於爾時二三四五諸識身轉即於此時唯有一分別意識與五識身同所行轉廣慧譬如大暴水流若有一浪生緣現前唯一浪轉若二若多浪生緣現前有多浪轉然此暴水自類恒流無斷無盡又如善淨鏡面若有一影生緣現前唯一影起若二若多影生緣現前有多影起非此鏡面轉變爲影亦無受用滅盡可得如是廣慧由似暴流阿陀那識爲依止爲建立故若於爾時有一眼識生緣現前即於此時一眼識轉若於爾時乃至有五識身生緣現前即於此時五識身轉廣慧如是菩薩雖由法住智爲依止爲建立故於心意識祕密善巧然諸如來不齊於此施設彼爲於心意識一切祕密善巧菩薩廣慧若諸菩薩於内各別如實不見阿陀那不見阿陀那識不見阿賴耶不見阿賴耶識不見積集不見心不見眼色及眼識不見耳聲及耳識不見鼻香及鼻識不見舌味及舌識不見身觸及身識不見意法及意識是名勝義善巧菩薩如來施設彼爲勝義善巧菩薩廣慧齊此名爲於心意識一切祕密善巧菩薩如來齊此施設於心意識一切秘密善巧菩薩爾時世尊欲重宣此義而說頌曰

阿陀那識甚深細　一切種子如暴流
我於凡愚不開演　恐彼分別執爲我

復次一切法相當知如解深密經中德本菩薩請問佛言世尊如世尊說於諸法相善巧菩薩於諸法相善巧菩薩者齊何名爲於諸法相善巧菩薩如來齊何施設彼爲於諸法

相善巧菩薩說是語已
爾時世尊告德本菩薩曰善哉善哉德本汝
今乃能請問如來如是深義汝今爲欲利益
安樂無量衆生哀愍世間及諸天人阿素洛
等爲令獲得義利安樂故發斯問汝應諦聽
吾當爲汝說諸法相謂諸法相略有三種何
等爲三一者遍計所執相二者依他起相三
者圓成實相云何諸法遍計所執相謂一切
法名假安立自性差別乃至爲令隨起言說
云何諸法依他起相謂一切法緣生自性則
此有故彼有此生故彼生謂無明緣行乃至
招集純大苦蘊云何諸法圓成實相謂一切
法平等眞如於此眞如諸菩薩衆勇猛精進
爲因緣故如理作意無倒思惟爲因緣故乃
能通達於此通達漸漸修集乃至無上正等

菩提方證圓滿復次德本如眩瞖人眼中所
有瞖眩過患遍計所執相當知亦爾如眩瞖
人眩瞖衆相或髮毛輪轉蜂蠅巨勝或復青
黃赤白等相差别現前依他起相當知亦爾
如淨眼人遠離眼中眩瞖過患即此淨眼本
性所行無亂境界圓成實相當知亦爾
復次德本譬如清淨頗胝迦寶若與青染色
合則似帝青大青末尼寶像由邪執取帝青
大青末尼寶故惑亂有情若與赤染色合則
似琥珀末尼寶像由邪執取琥珀末尼寶故
惑亂有情若與緑染色合則似末羅羯多末
尼寶像由邪執取末羅羯多末尼寶故惑亂
有情若與黃染色合則似金像由邪執取眞
金像故惑亂有情如是德本如彼清淨頗胝
迦上所有染色相應依他起相上遍計所執

相言説習氣當知亦爾如彼清淨頗胝迦上所有帝青大青琥珀末羅羯多金等邪執依他起相上遍計所執相執當知亦爾如彼清淨頗胝迦寶依他起相當知亦爾如彼清淨頗胝迦上所有帝青大青琥珀末羅羯多眞金等相於常常時於恒恒時無有眞實無自性性即依他起相上由遍計所執相於常常時於恒恒時無有眞實無自性性圓成實相當知亦爾

復次德本相名相應以爲縁故遍計所執相而可了知依他起相上遍計所執相執以爲縁故依他起相而可了知依他起相上遍計所執相無執以爲縁故圓成實相而可了知

復次德本若諸菩薩能於諸法依他起相上如實了知遍計所執相即能如實了知一切無相之法若諸菩薩如實了知依他起相即能如實了知一切雜染相法若諸菩薩如實了知圓成實相即能如實了知一切清淨相法復次德本若諸菩薩能於依他起相上如實了知無相之法即能斷滅雜染相法若能斷滅雜染相法即能證得清淨相法如是德本由諸菩薩如實了知遍計所執相依他起相圓成實相故如實了知諸無相法雜染相法清淨相法如實了知無相法故斷滅一切雜染相法斷滅一切雜染相法故證得一切清淨相法齊此名爲於諸法相善巧菩薩如來齊此施設彼爲於諸法相善巧菩薩爾時世尊欲重宣此義而説頌曰

若不了知無相法　雜染相法不能斷
不斷雜染相法故　壞證微妙淨相法

不觀諸行衆過失　放逸過失害衆生
懈怠住法動法中　無有失壞不憐愍

復次諸法無自性相當知如解深密經中勝義生菩薩白佛言世尊我曾獨在靜處心生如是尋思世尊以無量門曾說諸蘊所有自相生相滅相永斷遍知如說諸蘊諸處緣起諸食亦爾以無量門曾說諸諦所有自相遍知永斷作證修習以無量門曾說諸界所有自相種種界性非一界性永斷遍知以無量門曾說念住所有自相能治所治及以修習未生令生生已堅住不忘倍修增長廣大如說念住正斷神足根力覺支亦復如是以無量門曾說八支聖道所有自相能治所治及以修習未生令生生已堅住不忘倍修增長廣大世尊復說一切諸法皆無自性無生無滅本來寂靜自性涅槃未審世尊依何密意作如是說一切諸法皆無自性無生無滅本來寂靜自性涅槃我今請問如來斯義唯願如來哀愍解釋說一切法皆無自性無生無滅本來寂靜自性涅槃所有密意說是語已爾時世尊告勝義生菩薩曰善哉善哉勝義生汝所尋思甚爲如理善哉善男子汝今乃能請問如來如是深義汝今爲欲利益安樂無量衆生哀愍世間及諸天人阿素洛等爲令獲得義利安樂故發斯問汝應諦聽吾當爲汝解釋所說一切諸法皆無自性無生無滅本來寂靜自性涅槃所有密意勝義生當知我依三種無自性性密意說言一切諸法皆無自性謂相無自性性生無自性性勝義無自性性善男子云何諸法相無

自性性所謂諸法遍計所執相何以故此由假名安立爲相非由自相安立爲相是故說名相無自性性云何諸法生無自性性所謂諸法依他起相何以故此由依他緣力故有非自然有是故說名生無自性性云何諸法勝義無自性性所謂諸法由生無自性性故說名無自性性即緣生法亦名勝義無自性性何以故於諸法中若是清淨所緣境界我顯示彼以爲勝義無自性性依他起相非是清淨所緣境界是故亦說名爲勝義無自性性復有諸法圓成實相亦名勝義無自性性何以故一切諸法法無我性名爲勝義亦得名爲無自性性以是諸法勝義諦故無自性性之所顯故由此因緣名爲勝義無自性性善男子譬如空華相無自性性當知亦爾譬如幻像生無自性性當知亦爾一分勝義無自性性當知亦爾譬如虛空唯是衆色無性所顯遍一切處一分勝義無自性性當知亦爾法無我性之所顯故遍一切故善男子我依如是三種無自性性密意說言一切諸法皆無自性

勝義生當知我依相無自性性密意說言一切諸法無生無滅本來寂靜自性涅槃何以故若法自相都無所有則無有生若無有生則無有滅若無生無滅則本來寂靜若本來寂靜則自性涅槃於中都無少分所有更可令其般涅槃故是故我依相無自性性密意說言一切諸法無生無滅本來寂靜自性涅槃善男子我亦依法無我性所顯勝義無自性性密意說言一切諸法無生無滅本來寂

靜自性涅槃何以故法無我性所顯勝義無自性性於常常時於恒恒時諸法法性安住無爲一切雜染不相應故於常常時於恒恒時諸法法性安住故無爲由無爲故無生無滅一切雜染不相應故本來寂靜自性涅槃是故我依法無我性所顯勝義無自性性密意說言一切諸法無生無滅本來寂靜自性涅槃

復次勝義生非由有情界中諸有情類別觀遍計所執自性爲自性故亦非由彼別觀依他起自性及圓成實自性爲自性故我立三種無自性性然由有情於依他起自性及圓成實自性上增益遍計所執自性故我立三種無自性性由遍計所執自性相故彼諸有情於依他起自性及圓成實自性中隨起言說如如隨起言說如是如是由言說熏習心故或由言說隨覺故或由言說隨眠故於依他起自性及圓成實自性中執著遍計所執自性相如如執著如是如是於依他起自性及圓成實自性上執著遍計所執自性由是因緣生當來世依他起自性由此因緣或爲煩惱雜染所染或爲業雜染所染或爲生雜染所染於生死中長時馳騁長時流轉無有休息或在那落迦或在傍生或在餓鬼或在天上或在阿素洛或在人中受諸苦惱

復次勝義生若諸有情從本已來未種善根未清淨障未成熟相續未多修勝解未能積集福德智慧二種資糧我爲彼故依生無自性性宣說諸法彼聞是已能於一切緣生行中隨分解了無常無恒是不安隱變壞法已

於一切行心生怖畏深起猒患心生怖畏深猒患已遮止諸惡於諸惡法能不造作於諸善法能勤修習習善因故未種善根能種善根未清淨障能令清淨未熟相續能令成熟由此因緣多修勝解亦多積集福德智慧二種資糧彼雖如是種諸善根乃至積集福德智慧二種資糧然於生無自性性中未能如實了知相無自性性及二種勝義無自性性於一切行未能正猒未正離欲未正解脫未遍解脫煩惱雜染未遍解脫諸業雜染未遍解脫諸生雜染如來爲彼更說法要謂相無自性性及勝義無自性性爲欲令其於一切行能正猒故正離欲故正解脫故超過一切煩惱雜染故超過一切業雜染故超過一切生雜染故彼聞如是所說法已於生無自性性中能正信解相無自性性及勝義無自性性揀擇思惟如實通達於依他起自性中能不執著遍計所執自性相由言說不熏習智故由言說不隨覺智故由言說離隨眠智故能滅依他起相於現法中智力所持能永斷滅當來世因由此因緣於一切行能正猒患能正離欲能正解脫能遍解脫煩惱業生三種雜染

復次勝義生諸聲聞乘種性有情亦由此道此行迹故證得無上安隱涅槃諸獨覺乘種性有情諸如來乘種性有情亦由此道此行迹故證得無上安隱涅槃一切聲聞獨覺菩薩皆共此一妙清淨道皆同此一究竟清淨更無第二我依此故密意說言唯有一乘非於一切有情界中無有種種有情種性或鈍

根性或中根性或利根性有情差别善男子若一向趣寂聲聞種性補特伽羅雖蒙諸佛施設種種勇猛加行方便化導終不能令當坐道場證得無上正等菩提何以故由彼本來唯有下劣種性故一向慈悲薄弱故一向怖畏衆苦故由彼一向慈悲薄弱是故一向棄背利益諸衆生事由彼一向怖畏衆苦是故一向棄背發起諸行所作我終不説一向棄背利益衆生事者一向棄背發起諸行所作者當坐道場能得無上正等菩提是故説彼名爲一向趣寂聲聞若迴向菩提聲聞種性補特伽羅我亦異門説爲菩薩何以故彼既解脱煩惱障已若蒙諸佛等覺悟時於所知障其心亦可當得解脱由彼最初爲自利益修行加行脱煩惱障是故如來施設彼爲聲聞種性

復次勝義生如是於我善説善制法毗柰耶最極清淨意樂所説善教法中諸有情類意解種種差别可得善男子如來但依如是三種無自性性由深密意於所宣説不了義經以隱密相説諸法要謂一切法皆無自性無生無滅本來寂靜自性涅槃於是經中若諸有情已種上品善根已清淨諸障已成熟相續已多修勝解已能積集上品福德智慧資糧彼若聽聞如是法已於我甚深密意言説如實解了於如是法深生信解於如是義以無倒慧如實通達依此通達善修習故速疾能證最極究竟亦於我所深生淨信知是如來應正等覺於一切法現正等覺若諸有情已種上品善根已清淨諸障已成熟相續已

多修勝解未能積集上品福德智慧資糧其性質直是質直類雖無力能思擇廢立而不安住自見取中彼若聽聞如是法已於我甚深祕密言說雖無力能如實解了然於此法能生勝解發清淨信信此經典是如來說是其甚深顯現甚深空性相應難見難悟不可尋思非諸尋思所行境界微細詳審聰明智者之所解了於此經典所說義中自輕而住作如是言諸佛菩提爲最甚深諸法法性亦最甚深唯佛如來能善了達非是我等所能解了諸佛如來爲彼種種勝解有情轉正法教諸佛如來無邊智見我等智見猶如牛迹於此經典雖能恭敬爲他宣說書寫護持披閱流布殷重供養受誦溫習然猶未能以其修相發起加行是故於我甚深密意所說言辭不能通達由此因緣彼諸有情亦能增長福德智慧二種資糧於後相續未成熟者亦能成熟若諸有情廣說乃至未能積集上品福德智慧資糧性非質直非質直類雖有力能思擇廢立而復安住自見取中彼若聽聞如是法已於我甚深密意言說無有力能如實解了於如是法雖生信解然於其義隨言執著謂一切法決定皆無自性決定不生不滅決定本來寂靜決定自性涅槃由此因緣於一切法獲得無見及無相見由得無見無相見故撥一切相皆是無相誹撥諸法遍計所執相依他起相圓成實相何以故由有依他起相及圓成實相故遍計所執相方可施設若於依他起相及圓成實相見爲無相彼亦誹撥遍計所執相是故說彼誹撥三相雖

於我法起於法想而非義中起於義想由於我法起法想故及非義中起義想故於非法中持爲是法於非義中持爲是義彼雖於法起信解故福德增長然於非義起執著故退失智慧智慧退故退失廣大無量善法復有有情從彼聽聞謂法爲法非義爲義若隨其見彼即於法起於法想於非義中起於義想執法爲非法非義爲義由此因緣當知同彼退失善法若有有情不隨其見從彼欻聞一切諸法皆無自性無生無滅本來寂靜自性涅槃便生恐怖生恐怖已作如是言此非佛語是魔所說作此解已於是經典誹謗毀罵由此因緣獲大衰損觸大業障由是因緣我說若有於一切相起無相見於非義中宣說爲義是起廣大業障方便由彼陷墜無量衆生令其獲得大業障故善男子若諸有情未種善根未清淨障未熟相續無多勝解未集福德智慧資糧性非質直非質直類雖有力能思擇廢立而常安住自見取中彼若聽聞如是法已不能如實解我甚深密意言說故於此法不生信解於是法中起非法想於是義中起非義想於是法中執爲非法於是義中執爲非義唱如是言此非佛語是魔所說作此解已於是經典誹謗毀讟撥爲虛僞以無量門毀滅摧伏如是經典於諸信解此經典者起怨家想彼先爲諸業障所障由此因緣復爲如是業障所障如是業障初易施設乃至齊於百千俱胝那庾多劫無有出期善男子如是於我善說善制法毗柰耶最極清淨意樂所說善教法中有如是等諸有情類

意解種種差別可得爾時世尊欲重宣此義
而說頌曰
一切諸法皆無性　無生無滅本來寂
諸法自性恒涅槃　誰有智言無密意
相生勝義無自性　如是我皆已顯示
若不知佛此密意　失壞正道不能往
依諸淨道清淨者　唯依此一無第二
故於其中立一乘　非有情性無差別
衆生界中無量生　唯度一身趣寂滅
大悲勇猛證涅槃　不捨衆生甚難得
微妙難思無漏界　於中解脫等無差
一切義成離惑苦　二種異說謂常樂
爾時勝義生菩薩復白佛言世尊諸佛如來
密意語言甚奇希有乃至微妙最微妙甚深
最甚深難通達最難通達如是我今領解世
尊所說義者若於分別所行遍計所執相所
依行相中假名安立以爲色蘊或自性相或
差別相假名安立爲色蘊生爲色蘊滅及爲
色蘊永斷遍知或自性相或差別相是名遍
計所執相世尊依此施設諸法相無自性性
若即分別所行遍計所執相所依行相是名
依他起相世尊依此施設諸法生無自性性
及一分勝義無自性性如是我今領解世尊
所說義者若即於此分別所行遍計所執相
所依行相中由遍計所執相不成實故即此
自性無自性性法無我真如清淨所緣是名
圓成實相世尊依此施設一分勝義無自性
性如於色蘊如是於餘蘊皆應廣說如於諸
蘊如是於十一處一一處中皆應廣說於十
二有支一一支中皆應廣說於四種食一一

食中皆應廣説於六界十八界一一界中皆應廣説如是我今領解世尊所説義者若於分別所行遍計所執相所依行相中假名安立以爲苦諦苦諦遍知或自性相或差別相是名遍計所執相世尊依此施設諸法相無自性性若即分別所行遍計所執相所依行相是名依他起相世尊依此施設諸法生無自性性及一分勝義無自性性如是我今領解世尊所説義者若即於此分別所行遍計所執相所依行相中由遍計所執相不成實故即此自性無自性性法無我眞如清淨所緣是名圓成實相世尊依此施設一分勝義無自性性如於苦諦如是於餘諦皆應廣説如於聖諦如是於諸念住正斷神足根力覺支道支中一一皆應廣説如是我今領解世尊所説義者若於分別所行遍計所執相所依行相中假名安立以爲正定及爲正定能治所治若正定修未生令生生已堅住不忘倍修增長廣大或自性相或差別相是名遍計所執相世尊依此施設諸法相無自性性若即分別所行遍計所執相所依行相是名依他起相世尊依此施設諸法生無自性性及一分勝義無自性性如是我今領解世尊所説義者若即於此分別所行遍計所執相所依行相中由遍計所執相不成實故即此自性無自性性法無我眞如清淨所緣是名圓成實相世尊依此施設諸法一分勝義無自性性世尊譬如毗濕縛藥一切散藥仙藥方中皆應安處如是世尊依此諸法皆無自性無生無滅本來寂靜自性涅槃無自性性

了義言教遍於一切不了義經皆應安處世尊如來畫地遍於一切彩畫事業皆同一味或青或黄或赤或白復能顯發彩畫事業如是世尊依此諸法皆無自性廣說乃至自性涅槃無自性性了義言教遍於一切不了義經皆同一味復能顯發彼諸經中所不了義世尊譬如一切成熟珍羞諸餅果内投之熟酥更生勝味如是世尊依此諸法皆無自性廣說乃至自性涅槃無自性性了義言教置於一切不了義經生勝歡喜世尊譬如虚空遍一切處皆同一味不障一切所作事業如是世尊依此諸法皆無自性廣說乃至自性涅槃無自性性了義言教遍於一切不了義經皆同一味不障一切聲聞獨覺及諸大乘所修事業說是語已

爾時世尊歎勝義生菩薩曰善哉善哉善男子汝今乃能善解如來所說甚深密意言義復於此義善作譬喻所謂世間毗濕縛藥雜彩畫地熟酥虚空勝義生如是如是更無有異如是如是汝應受持

勝義生菩薩復白佛言世尊初於一時在婆羅痆斯仙人墮處施鹿林中唯爲發趣聲聞乘者以四諦相轉正法輪雖是甚奇甚爲希有一切世間諸天人等先無有能如法轉者而於彼時所轉法輪有上有容是未了義是諸諍論安足處所世尊在昔第二時中唯爲發趣修大乘者依一切法皆無自性無生無滅本來寂靜自性涅槃以隱密相轉正法輪雖更甚奇甚爲希有而於彼時所轉法輪亦是有上有所容受猶未了義是諸諍論安足

處所世尊於今第三時中普為發趣一切乘者依一切法皆無自性無生無滅本來寂靜自性涅槃無自性性以顯了相轉正法輪第一甚奇最為希有于今世尊所轉法輪無上無容是真了義非諸諍論安足處所世尊若善男子或善女人於此如來依一切法皆無自性無生無滅本來寂靜自性涅槃所說甚深了義言教聞已信解書寫護持供養流布受誦温習如理思惟以其修相發起加行生幾所福說是語已

爾時世尊告勝義生菩薩曰勝義生是善男子或善女人其所生福無量無數難可喻知吾今為汝略說少分如爪上土比大地土百分不及一千分不及一百千分不及一數筭計喻鄔波尼殺曇分亦不及一或如牛迹中水比四大海水百分不及一廣說乃至鄔波尼殺曇分亦不及一如是於諸不了義經聞已信解廣說乃至以其修相發起加行所獲功德比此所說了義經教聞已信解所集功德廣說乃至以其修相發起加行所集功德百分不及一廣說乃至鄔波尼殺曇分亦不及一說是語已

勝義生菩薩復白佛言世尊於是解深密法門中當何名此教我當云何奉持

佛告勝義生菩薩曰善男子此名勝義了義之教於此勝義了義之教汝當奉持

說此勝義了義教時於大會中有六百千衆生發阿耨多羅三藐三菩提心三百千聲聞遠塵離垢於諸法中得法眼淨一百五十千聲聞永盡諸漏心得解脫七十五千菩薩得

無生法忍

瑜伽師地論卷第七十六

音釋

眩黄絹切目無常主也 蜂蠅蜂敷容切蠅余陵切 頗胝迦梵語亦云頗黎此云水晶頗滂禾切胝張尼切 馳騁馳直離切騁丑郢切馳騁奔走也 欻評勿切忽也 陷墜陷户鑑切沒下也墜直類切隕落也 讟徒谷切痛怨而謗也

瑜伽師地論卷第七十七

彌勒菩薩說

唐三藏沙門玄奘奉詔譯

攝決擇分中菩薩地之六

復次依法假安立分別解說瑜伽所攝奢摩他毗鉢舍那道當知如解深密經中慈氏菩薩白佛言世尊菩薩何依何住於大乘中修奢摩他毗鉢舍那佛告慈氏菩薩曰善男子當知菩薩法假安立及不捨無上正等覺願爲依爲住於大乘中修奢摩他毗鉢舍那世尊如說四種所緣境事一有分別影像所緣境事二無分別影像所緣境事三事邊際所緣境事四所作成辦所緣境事於此四中幾是奢摩他所緣境事幾是毗鉢舍那所緣境事幾是俱所緣境事善男子一是奢摩他所緣境事謂無分別影像一是毗鉢舍那所緣境事謂有分別影像二是俱所緣境事謂事邊際所作成辦

世尊云何菩薩依此四種奢摩他毗鉢舍那所緣境事能求奢摩他能善毗鉢舍那善男子如我爲諸菩薩所說法假安立所謂契經應頌記別諷誦自說因緣譬喻本事本生方廣希法論議菩薩於此善聽善受言善通利意善尋思見善通達即於如所善思惟法獨處空閑作意思惟復即於此能思惟心內心相續作意思惟如是正行多安住故起身輕安及心輕安是名奢摩他如是菩薩能求奢摩他彼由獲得身心輕安爲所依故即於如所善思惟法內三摩地所行影像觀察勝解捨離心相即於如是三摩地影像所知義中

能正思擇最極思擇周遍尋思周遍伺察若忍若樂若慧若見若觀是名毗鉢舍那如是菩薩能善毗鉢舍那

世尊若諸菩薩緣心爲境内思惟心乃至未得身心輕安所有作意當名何等善男子非奢摩他作意是隨順奢摩他勝解相應作意

世尊若諸菩薩乃至未得身心輕安於如所思所有諸法内三摩地所緣影像作意思惟如是作意當名何等善男子非毗鉢舍那作意是隨順毗鉢舍那勝解相應作意

世尊奢摩他道與毗鉢舍那道當言有異當言無異善男子當言非有異非無異何故非有異以毗鉢舍那所緣境心爲所緣故何故非無異有分別影像非所緣故

世尊諸毗鉢舍那三摩地所行影像彼與此心當言有異當言無異善男子當言無異何以故由彼影像唯是識故善男子我說識所緣唯識所現故世尊若彼所行影像即與此心無有異者云何此心還見此心善男子此中無有少法能見少法然即此心如是生時即有如是影像顯現善男子如依善瑩清淨鏡面以質爲緣還見本質而謂我今見於影像及謂離質別有所行影像顯現如是此心生時相似有異三摩地所行影像顯現世尊若諸有情自性而住緣色等心所行影像彼與此心亦無異耶善男子亦無有異而諸愚夫由顛倒覺於諸影像不能如實知唯是識作顛倒解

世尊齊何當言菩薩一向修毗鉢舍那善男子若相續作意唯思惟心相世尊齊何當言

菩薩一向修奢摩他善男子若相續作意唯思惟無間心世尊齊何當言菩薩奢摩他毗鉢舍那和合俱轉善男子若正思惟心一境性世尊云何心相善男子謂三摩地所行有分別影像毗鉢舍那所緣世尊云何無間心善男子謂緣彼影像心奢摩他所緣世尊云何心一境性善男子謂通達三摩地所行影像唯是其識或通達此已復思惟如性

世尊毗鉢舍那凡有幾種善男子略有三種一者有相毗鉢舍那二者尋求毗鉢舍那三者伺察毗鉢舍那云何有相毗鉢舍那謂純思惟三摩地所行有分別影像毗鉢舍那云何尋求毗鉢舍那謂由慧故遍於彼彼未善解了一切法中爲善了故作意思惟毗鉢舍那云何伺察毗鉢舍那謂由慧故遍於彼彼已善解了一切法中爲善證得極解脫故作意思惟毗鉢舍那

世尊是奢摩他凡有幾種善男子即由隨彼無間心故當知此中亦有三種復有八種謂初靜慮乃至非想非非想處各有一種奢摩他故復有四種謂慈悲喜捨四無量中各有一種奢摩他故

世尊如說依法奢摩他毗鉢舍那復說不依法奢摩他毗鉢舍那云何名依法云何復名不依法善男子若隨所受所思法相而於其義得奢摩他毗鉢舍那名依法若不待於所受所思所有法相但依止他教誡教授而於其義得奢摩他毗鉢舍那謂觀青瘀及膿爛等或一切行皆是無常或諸行苦或一切法皆無有我或復涅槃畢竟寂靜如是等類奢

摩他毗鉢舍那名不依法由依止法得奢摩他毗鉢舍那故我施設隨法行菩薩是利根性由不依法得奢摩他毗鉢舍那故我施設隨信行菩薩是鈍根性

世尊如説縁別法奢摩他毗鉢舍那復説縁總法奢摩他毗鉢舍那云何名縁別法奢摩他毗鉢舍那云何復名縁總法奢摩他毗鉢舍那善男子若諸菩薩縁於各別契經等法於如所受所思惟法修奢摩他毗鉢舍那是名縁別法奢摩他毗鉢舍那若諸菩薩即縁一切契經等法集爲一團一積一分一聚作意思惟此一切法隨順眞如趣向眞如臨入眞如隨順菩提隨順涅槃隨順轉依及趣向彼若臨入彼此一切法宣説無量無數善法如是思惟修奢摩他毗鉢舍那是名縁總法奢摩他毗鉢舍那

世尊如説縁小總法奢摩他毗鉢舍那復説縁大總法奢摩他毗鉢舍那又説縁無量總法奢摩他毗鉢舍那云何名縁小總法奢摩他毗鉢舍那云何名縁大總法奢摩他毗鉢舍那云何復名縁無量總法奢摩他毗鉢舍那善男子若縁各別契經乃至各別論議爲一團等作意思惟當知是名縁小總法奢摩他毗鉢舍那若縁乃至所受所思契經等法爲一團等作意思惟非縁各別當知是名縁大總法奢摩他毗鉢舍那若縁無量如來法教無量法句文字無量後後慧所照了爲一團等作意思惟非縁乃至所受所思當知是名縁無量總法奢摩他毗鉢舍那

世尊菩薩齊何名得縁總法奢摩他毗鉢舍

那善男子由五緣故當知名得一者於思惟時刹那刹那融消一切麤重所依二者離種種想得樂法樂三者解了十方無差別相無量法光四者所作成滿相應淨分無分別相恒現在前五者爲令法身得成滿故攝受後後轉勝妙因

世尊此緣總法奢摩他毗鉢舍那當知從何名爲通達從何名得善男子從初極喜地名爲通達從第三發光地乃名爲得善男子初業菩薩亦於是中隨學作意雖未可歎不應懈廢

世尊是奢摩他毗鉢舍那云何名有尋有伺三摩地云何名無尋唯伺三摩地云何名無尋無伺三摩地善男子於如所取尋伺法相若有麤顯領受觀察諸奢摩他毗鉢舍那是名有尋有伺三摩地若於彼相雖無麤顯領受觀察而有微細彼光明念領受觀察諸奢摩他毗鉢舍那是名無尋唯伺三摩地若即於彼一切法相都無作意領受觀察諸奢摩他毗鉢舍那是名無尋無伺三摩地復次善男子若有尋求奢摩他毗鉢舍那是名有尋有伺三摩地若有伺察奢摩他毗鉢舍那是名無尋唯伺三摩地若緣總法奢摩他毗鉢舍那是名無尋無伺三摩地

世尊云何止相云何舉相云何捨相善男子若心掉舉或恐掉舉時諸可猒法作意及彼無間心作意是名止相若心沉没或恐沉没時諸可欣法作意及彼心相作意是名舉相若於一向止道或於一向觀道或於雙運轉道二隨煩惱所染汙時諸無功用作意及心

任運轉中所有作意是名捨相世尊修奢摩他毗鉢舍那諸菩薩衆知法知義云何知法云何知義善男子彼諸菩薩由五種相了知於法一者知名二者知句三者知文四者知別五者知總云何爲名謂於一切染淨法中所立自性想假施設云何爲句謂即於彼名聚集中能隨宣說諸染淨義依持建立云何爲文謂即彼二所依止字云何於彼各別了知謂由各別所緣作意云何於彼總合了知謂由總合所緣作意如是一切總略爲一名爲知法如是名爲菩薩知法善男子彼諸菩薩由十種相了知於義一者知盡所有性二者知如所有性三者知能取義四者知所取義五者知建立義六者知受用義七者知顛倒義八者知無倒義九者知雜染義十者知清淨義善男子盡所有性者謂諸雜染清淨法中所有一切品別邊際是名此中盡所有性如五數蘊六數内處六數外處如是一切如所有性者謂即一切染淨法中所有眞如是名此中如所有性此復七種一者流轉眞如謂一切行無先後性二者相眞如謂一切法補特伽羅無我性及法無我性三者了別眞如謂一切行唯是識性四者安立眞如謂我所說諸苦聖諦五者邪行眞如謂我所說諸集聖諦六者清淨眞如謂我所說諸滅聖諦七者正行眞如謂我所說諸道聖諦當知此中由流轉眞如安立眞如邪行眞如故一切有情平等平等由相眞如了別眞如故一切諸法平等平等由清淨眞如故一切聲聞菩提獨覺菩提阿耨多羅三藐

三菩提平等平等由正行眞如故聽聞正法緣總境界勝奢摩他毗鉢舍那所攝受慧平等平等能取義者謂內五色處若心意識及諸心所法所取義者謂外六處又能取義亦所取義建立義者謂器世界於中可得建立一切諸有情界謂一村田若百村田若千村田若百千村田或一大地至海邊際此百此千若此百千或一贍部洲此百此千若此百千或一四大洲此百此千若此百千或一小千世界此百此千若此百千或一中千世界此百此千若此百千或一三千大千世界此百此千若此百千或此拘胝此百拘胝此千拘胝此百千拘胝或此無數此百無數此千無數此百千無數或三千大千世界無數百千微塵量等於十方面無量無數諸器世界受用義者謂我所說諸有情類爲受用故攝受資具顛倒義者謂即於彼能取等義無常計常想倒心倒見倒苦計爲樂不淨計淨無我計我想倒心倒見倒無倒義者與上相違能對治彼應知其相雜染義者謂三界中三種雜染一者煩惱雜染二者業雜染三者生雜染清淨義者謂即如是三種雜染所有離繫菩提分法善男子如是十種當知普攝一切諸義

復次善男子彼諸菩薩由能了知五種義故名爲知義何等五義一者遍知事二者遍知義三者遍知因四者得遍知果五者於此覺了善男子遍知事者當知即是一切所知謂或諸蘊或諸內處或諸外處如是一切遍知義者乃至所有品類差別所應知境或世俗

故或勝義故或功德故或過失故緣故世故或生或住或壞相故或如病等故或苦集等故或眞如實際法界等故或廣略故或一向記故或分別記故或反問記故或默置記故或隱密故或顯了故如是等類當知一切名遍知義言遍知因者當知即是能取前二菩提分法謂諸念住或正斷等得遍知果者謂貪恚癡斷毗柰耶及貪恚癡一切永斷諸沙門果及我所說聲聞如來若共不共世出世間所有功德於彼作證於此覺了者謂即於此作證法中諸解脫智廣爲他說宣揚開示善男子如是五義當知普攝一切諸義

復次善男子彼諸菩薩由能了知四種義故名爲知義何等四義一者心執受義二者領納義三者了別義四者雜染清淨義善男子如是四義當知普攝一切諸義

復次善男子彼諸菩薩由能了知三種義故名爲知義何等三義一者文義二者義義三者界義善男子言文義者謂名身義義等當知復有十種一者眞實相二者遍知相三者永斷相四者作證相五者修習相六者即彼眞實相等品差別相七者所依能依相屬相八者即遍知等障礙法相九者即彼隨順法相十者不遍知等及遍知等過患功德相言界義者謂五種界一者器世界二者有情界三者法界四者所調伏界五者調伏加行界善男子如是五義當知普攝一切諸義

世尊若聞所成慧了知其義若思所成慧了知其義若奢摩他毗鉢舍那修所成慧了知其義此何差別善男子聞所成慧依止於文

但如其說未善意趣未現在前隨順解脱未能領受成解脱義思所成慧亦依於文不唯如說亦善意趣未現在前轉順解脱未能領受成解脱義若諸菩薩修所成慧亦依於文亦不依文亦如其說亦不如說能善意趣所知事同分三摩地所行影像現前極順解脱已能領受成解脱義善男子是名三種知義差别

世尊修奢摩他毗鉢舍那諸菩薩衆知法知義云何爲智云何爲見善男子我無量門宣說智見二種差别今當爲汝略說其相若緣總法修奢摩他毗鉢舍那所有妙慧是名爲智若緣别法修奢摩他毗鉢舍那所有妙慧是名爲見

世尊修奢摩他毗鉢舍那諸菩薩衆由何作意何等云何除遣諸相善男子由眞如作意除遣法相及與義相若於其名及名自性無所得時亦不觀彼所依之相如是除遣如於其名於句於文於一切義當知亦爾乃至於界及界自性無所得時亦不觀彼所依之相如是除遣

世尊諸所了知眞如義相此眞如相亦可遣不善男子於所了知眞如義中都無有相亦無所得當何所遣善男子我說了知眞如義時能伏一切法義之相非此了達餘所能伏

世尊如世尊說濁水器喻不淨鏡喻撓泉池喻不任觀察自面影相若堪任者與上相遣如是若有不善修心則不堪任如實觀察所有眞如若善修心堪任觀察此說何等能觀察心依何眞如而作是說善男子此說三種

能觀察心謂聞所成能觀察心若思所成能觀察心若修所成能觀察心依了別眞如作如是說

世尊如是了知法義菩薩爲遣諸相勤修加行有幾種相難可除遣誰能除遣善男子有十種相空能除遣何等爲十一者了知法義故有種種文字相此由一切法空能正除遣二者了知安立眞如義故有生滅住異性相續隨轉相此由相空及無先後空能正除遣三者了知能取義故有顧戀身相及我慢相此由內空及無所得空能正除遣四者了知所取義故有顧戀財相此由外空能正除遣五者了知受用義男女承事資具相應故有內安樂相外淨妙相此由內外空及本性空能正除遣六者了知建立義故有無量相此由大空能正除遣七者了知無色故有內寂靜解脫相此由有爲空能正除遣八者了知相眞如義故有補特伽羅無我相法無我相若唯識相及勝義相此由畢竟空無性空無性自性空及勝義空能正除遣九者由了知清淨眞如義故有無爲相無變異相此由無爲空無變異空能正除遣十者即於彼相對治空性作意思惟故有空性相此由空空能正除遣世尊除遣如是十種相時除遣何等從何等相而得解脫善男子除遣三摩地所行影像相從雜染縛相而得解脫彼亦除遣善男子當知就勝說如是空治如是相非不一一治一切相譬如無明非不能生乃至老死諸雜染法就勝但說能生於行由是諸行親近緣故此中道理當知亦爾

世尊此中何等空是總空性相若諸菩薩了知是已無有失壞於空性相離增上慢爾時世尊歎慈氏菩薩曰善哉善哉善男子汝今乃能請問如來如是深義令諸菩薩於空性相無有失壞何以故善男子若諸菩薩於空性相有失壞者便爲失壞一切大乘是故汝應諦聽諦聽當爲汝說總空性相善男子若於依他起相及圓成實相中一切品類雜染清淨遍計所執相畢竟遠離性及於此中都無所得如是名爲於大乘中總空性相

世尊此奢摩他毗鉢舍那能攝幾種勝三摩地善男子如我所說無量聲聞菩薩如來有無量種勝三摩地當知一切皆此所攝世尊此奢摩他毗鉢舍那以何爲因善男子清淨尸羅清淨聞思所成正見以爲其因世尊此奢摩他毗鉢舍那以何爲果善男子善清淨心善清淨慧以爲其果復次善男子一切聲聞及如來等所有世間及出世間一切善法當知皆是此奢摩他毗鉢舍那所得之果世尊此奢摩他毗鉢舍那能作何業善男子此能解脱二縛爲業所謂相縛及麤重縛世尊如佛所説五種繫中幾是奢摩他障幾是毗鉢舍那障幾是俱障善男子顧戀身財是奢摩他障於諸聖教不得隨欲是毗鉢舍那障樂相雜住於少善足當知俱障由第一故不能造修由第二故所修加行不到究竟世尊於五蓋中幾是奢摩他障幾是毗鉢舍那障幾是俱障善男子掉舉惡作是奢摩他障惛沉睡眠疑是毗鉢舍那障貪欲瞋恚當知俱障世尊齊何名得奢摩他道圓滿清淨善男

子乃至所有惛沉睡眠正善除遣齊是名得奢摩他道圓滿清淨世尊齊何名得毗鉢舍那道圓滿清淨善男子乃至所有掉舉惡作正善除遣齊是名得毗鉢舍那道圓滿清淨世尊若諸菩薩於奢摩他毗鉢舍那現在前時應知幾種心散動法善男子應知五種一者作意散動二者外心散動三者内心散動四者相散動五者麤重散動善男子若諸菩薩捨於大乘相應作意墮在聲聞獨覺相應諸作意中當知是名作意散動若於其外五種妙欲諸雜亂相所有尋思隨煩惱中及於其外所緣境中縱心流散當知是名外心散動若由惛沉及以睡眠或由沉没或由愛味三摩鉢底或由隨一三摩鉢底諸隨煩惱之所染汙當知是名内心散動若依外相於内等持所行諸相作意思惟名相散動若内作意爲緣生起所有諸受由麤重身計我起慢當知是名麤重散動世尊此奢摩他毗鉢舍那從初菩薩地乃至如來地能對治何障善男子此奢摩他毗鉢舍那於初地中對治惡趣煩惱業生雜染障第二地中對治微細誤犯現行障第三地中對治欲貪障第四地中對治定愛及法愛障第五地中對治生死涅槃一向背趣障第六地中對治相多現行障第七地中對治細相現行障第八地中對治於無相作功用及於有相不得自在障第九地中對治於一切種善巧言辭不得自在障第十地中對治不得圓滿法身證得障善男子此奢摩他毗鉢舍那於如來地對治極微細最極微細煩惱障及所知障由能永害如

是障故究竟證得無著無礙一切智見依於所作成滿所緣建立最極清淨法身

世尊云何菩薩依奢摩他毗鉢舍那勤修行故證得阿耨多羅三藐三菩提善男子若諸菩薩已得奢摩他毗鉢舍那依七眞如於如所聞所思法中由勝定心於善審定於善思量於善安立眞如性中內正思惟彼於眞如正思惟故心於一切細相現行尚能棄捨何況麤相善男子言細相者謂心所執受相或領納相或了別相或雜染清淨相或內相或外相或內外相或謂我當修行一切利有情相或正智相或眞如相或苦集滅道相或有爲相或無爲相或有常相或無常相或苦有變異性相或苦無變異性相或有爲異相相或有爲同相相或知一切是一切已有一切相或補特伽羅無我相或法無我相於彼現行心能棄捨彼既多住如是行故於時時間從其一切繫蓋散動善修治心從是已後於七眞如有七各別自內所證通達智生名爲見道由得此故名入菩薩正性離生生如來家證得初地又能受用此地勝德彼於先時由得奢摩他毗鉢舍那故已得二種所緣謂有分別影像所緣及無分別影像所緣彼於今時得見道故更證得事邊際所緣復於後後一切地中進趣修道即於如是三種所緣作意思惟譬如有人以其細楔出於麤楔如是菩薩依此以楔出楔方便遣內相故一切隨順雜染分相皆悉除遣相除遣故麤重亦遣永害一切相麤重故漸次於彼後後地中如鍊金法陶鍊其心乃至證得阿耨多羅三

藐三菩提又得所作成滿所緣善男子如是
菩薩於内止觀正修行故證得阿耨多羅三
藐三菩提
世尊云何修行引發菩薩廣大威德善男子
若諸菩薩善知六處便能引發菩薩所有廣
大威德一者善知心生二者善知心住三者
善知心出四者善知心增五者善知心減六
者善知方便云何善知心生謂如實知十六
行心生起差別是名善知心生十六行心生
起差別者一者不可覺知堅住器識生謂阿
陀那識二者種種行相所緣識生謂頓取一
切色等境界分別意識及頓取内外境界覺
受或頓於一念瞬息須臾現入多定見多佛
土見多如來分別意識三者小相所緣識生
謂欲界繫識四者大相所緣識生謂色界繫
識五者無量相所緣識生謂空識無邊處繫
識六者微細相所緣識生謂無所有處繫識
七者邊際相所緣識生謂非想非非想處繫
識八者無相識生謂出世識及緣滅識九者
苦俱行識生謂那落迦識十者雜受俱行識
生謂欲行識十一喜俱行識生謂初二靜慮
識十二樂俱行識生謂第三靜慮識十三不
苦不樂俱行識生謂從第四靜慮乃至非想
非非想處識十四染汙俱行識生謂諸煩惱
及隨煩惱相應識十五善俱行識生謂信等
相應識十六無記俱行識生謂彼俱不相應
識云何善知心住謂如實知了別真如云何
善知心出謂如實知出二種縛所謂相縛及
麤重縛此能善知應令其心從如是出云何
善知心增謂如實知能治相縛麤重縛心彼

增長時彼積集時亦得增長亦得積集名善知增云何善知心滅謂如實知彼所對治相及麤重所雜染心彼衰退時彼損滅時此亦衰退此亦損滅名善知滅云何善知加行謂如實知解脫勝處及與遍處或修或遣善男子如是菩薩於諸菩薩廣大威德或已引發或當引發或現引發

世尊如世尊說於無餘依涅槃界中一切諸受無餘永滅何等諸受於此永滅善男子以要言之有二種受無餘永滅何等爲二一者所依麤重受二者彼果境界受所依麤重當知有四種一者有色所依受二者無色所依受三者果已成滿麤重受四者果未成滿麤重受果已成滿受者謂現在受果未成滿受者謂未來因受彼果境界受亦有四種一者依持受二者資具受三者受用受四者顧戀受於有餘依涅槃界中果未成滿受一切已滅領彼對治明觸生受領受共有或復彼果已成滿受又二種受一切已滅唯現領受明觸生受於無餘依涅槃界中般涅槃時此亦永滅是故說言於無餘依涅槃界中一切諸受無餘永滅

爾時世尊說是語已告慈氏菩薩曰善哉善哉善男子汝今善能依止圓滿最極清淨妙瑜伽道請問如來汝於瑜伽已得決定最極善巧吾已爲汝宣說圓滿最極清淨妙瑜伽道所有一切過去未來正等覺者已說當說皆亦如是諸善男子若善女人皆應依此勇猛精進當正修學爾時世尊欲重宣此義而說頌曰

於法假立瑜伽中　若行放逸失大義
依止此法及瑜伽　若正修行得大覺
見有所得求免難　若謂此見爲得法
慈氏彼去瑜伽遠　譬如大地與虛空
利生堅固而不作　悟已勤修利有情
智者作此窮劫量　便得最上離染喜
若人爲欲而說法　彼名捨欲還取欲
愚癡得法無價寶　反更遊行而乞匃
於諍諠雜戲論著　應捨發起上精進
爲度諸天及世間　於此瑜伽汝當學

爾時慈氏菩薩復白佛言世尊於是解深密法門中當何名此教我當云何奉持佛告慈氏此名瑜伽了義之教於此瑜伽了義之教汝當奉持

說此瑜伽了義教時於大會中有六百千衆生發阿耨多羅三藐三菩提心三百千聲聞遠塵離垢於諸法中得法眼淨一百五十千聲聞諸漏永盡心得解脫七十五千菩薩獲得廣大瑜伽作意

瑜伽師地論卷第七十七

音釋

膿爛 膿奴冬切腫血也爛郎旰切腐爛也　瘀 於去切血壅也　撓 女巧切擾亂也　惛 呼昆切心不明了也　楔 先結切木楔也　瞬 舒閏切目動也　匃 古太切乞求也　諍諠 諍滋耕切諍鬬也諠許元切諠譁也

瑜伽師地論卷第七十八

彌勒菩薩說

唐三藏沙門玄奘奉詔譯

攝決擇分中菩薩地之七

復次依乘假安立分別解說如實大乘當知如解深密經中觀自在菩薩白佛言世尊如佛所說菩薩十地所謂極喜地離垢地發光地焰慧地極難勝地現前地遠行地不動地善慧地法雲地復說佛地為第十一如是諸地幾種清淨幾分所攝佛告觀自在菩薩曰善男子當知諸地四種清淨十一分攝云何四種清淨能攝諸地謂增上意樂清淨攝於初地增上戒清淨攝第二地增上心清淨攝第三地增上慧清淨於後後地轉勝妙故當知能攝從第四地乃至佛地善男子當知如是四種清淨普攝諸地云何十一種分能攝諸地謂諸菩薩先於勝解行地依十法行極善修習勝解忍故超過彼地證入菩薩正性離生彼諸菩薩由是因緣此分圓滿而未能於微細毀犯誤現行中正知而住由是因緣於此分中猶未圓滿為令此分得圓滿故精勤修習便能證得彼諸菩薩由是因緣此分圓滿而未能得世間圓滿等持等至及圓滿聞持陀羅尼由是因緣於此分中猶未圓滿為令此分得圓滿故精勤修習便能證得彼諸菩薩由是因緣此分圓滿而未能令隨所獲得菩提分法多修習住心未能捨諸等至愛及與法愛由是因緣於此分中猶未圓滿為令此分得圓滿故精勤修習便能證得彼諸菩薩由是因緣此分圓滿而未能於諸諦

道理如實觀察又未能於生死涅槃棄捨一向背趣作意又未能修方便所攝菩提分法由是因緣於此分中猶未圓滿爲令此分得圓滿故精勤修習便能證得彼諸菩薩由是因緣此分圓滿而未能於生死流轉如實觀察又由於彼多生猒故未能多住無相作意由是因緣於此分中猶未圓滿爲令此分得圓滿故精勤修習便能證得彼諸菩薩由是因緣此分圓滿而未能令無相作意無缺無間多修習住由是因緣於此分中猶未圓滿爲令此分得圓滿故精勤修習便能證得彼諸菩薩由是因緣此分圓滿而未能於無相住中捨離功用又未能得於相自在由是因緣於此分中猶未圓滿爲令此分得圓滿故精勤修習便能證得彼諸菩薩由是因緣此分圓滿而未能於異名衆相訓詞差別一切品類宣說法中得大自在由是因緣於此分中猶未圓滿爲令此分得圓滿故精勤修習便能證得彼諸菩薩由是因緣此分圓滿而未能得圓滿法身現前證受由是因緣於此分中猶未圓滿爲令此分得圓滿故精勤修習便能證得彼諸菩薩由是因緣此分圓滿而未能得徧於一切所知境界無著無礙妙智妙見由是因緣於此分中猶未圓滿爲令此分得圓滿故精勤修習便能證得由是因緣此分圓滿此分滿故於一切分皆得圓滿善男子當知如是十一種分普攝諸地

世尊何緣最初名極喜地乃至何緣說名佛地善男子成就大義得未曾得出世間心生大歡喜是故最初名極喜地遠離一切微細

犯戒是故第二名離垢地由彼所得三摩地及聞持陀羅尼能爲無量智光依止是故第三名發光地由彼所得菩提分法燒諸煩惱智如火焰是故第四名焰慧地由即於彼菩提分法方便修習最極艱難方得自在是故第五名極難勝地現前觀察諸行流轉又於無相多修作意方現在前是故第六名現前地能遠證入無缺無間無相作意與清淨地共相隣接是故第七名遠行地由於無相得無功用於諸相中不爲現行煩惱所動是故第八名不動地於一切種說法自在獲得無罪廣大智慧是故第九名善慧地麤重之身廣如虚空法身圓滿譬如大雲皆能遍覆是故第十名法雲地永斷最極微細煩惱及所知障無著無礙於一切種所知境界現正等覺故第十一說名佛地

世尊於此諸地有幾愚癡有幾麤重爲所對治善男子此諸地中有二十二種愚癡十一種麤重爲所對治謂於初地有二愚癡一者執著補特伽羅及法愚癡二者惡趣雜染愚癡及彼麤重爲所對治於第二地有二愚癡一者微細誤犯愚癡二者種種業趣愚癡及彼麤重爲所對治於第三地有二愚癡一者欲貪愚癡二者圓滿聞持陀羅尼愚癡及彼麤重爲所對治於第四地有二愚癡一者等至愛愚癡二者法愛愚癡及彼麤重爲所對治於第五地有二愚癡一者一向作意棄背生死愚癡二者一向作意趣向涅槃愚癡及彼麤重爲所對治於第六地有二愚癡一者現前觀察諸行流轉愚癡二者相多現行愚

癡及彼麤重爲所對治於第七地有二愚癡一者微細相現行愚癡二者一向無相作意方便愚癡及彼麤重爲所對治於第八地有二愚癡一者於無相作功用愚癡二者於相自在愚癡及彼麤重爲所對治於第九地有二愚癡一者於無量說法無量法句文字後後慧辯陀羅尼自在愚癡二者辯才自在愚癡及彼麤重爲所對治於第十地有二愚癡一者大神通愚癡二者悟入微細祕密愚癡及彼麤重爲所對治於如來地有二愚癡一者於一切所知境界極微細著愚癡二者極微細礙愚癡及彼麤重爲所對治善男子由此二十二種愚癡及十一種麤重故安立諸地而阿耨多羅三藐三菩提離彼繫縛世尊阿耨多羅三藐三菩提甚奇希有乃至成就大利大果令諸菩薩能破如是大愚癡羅網能越如是大麤重稠林現前證得阿耨多羅三藐三菩提

世尊如是諸地幾種殊勝之所安立善男子略有八種一者增上意樂清淨二者心清淨三者悲清淨四者到彼岸清淨五者見佛供養承事清淨六者成熟有情清淨七者生清淨八者威德清淨善男子於初地中所有增上意樂清淨乃至威德清淨後後諸地乃至佛地所有增上意樂清淨乃至威德清淨當知彼諸清淨展轉增勝唯於佛地除生清淨又初地中所有功德於上諸地平等皆有當知自地功德殊勝一切菩薩十地功德皆是有上佛地功德當知無上

世尊何因緣故說菩薩生於諸有生最爲殊

勝善男子四因緣故一者極淨善根所集起故二者故意思擇力所到故三者悲愍濟度諸衆生故四者自能無染除他染故

世尊何因緣故說諸菩薩行廣大願妙願勝願善男子四因緣故謂諸菩薩能善了知涅槃樂住堪能速證而復棄捨速證樂住無緣無待發大願心爲欲利益諸有情故處多種種長時大苦是故我說彼諸菩薩行廣大願妙願勝願

世尊是諸菩薩凡有幾種所應學事善男子菩薩學事略有六種所謂布施持戒忍辱精進靜慮慧到彼岸

世尊如是六種所應學事幾是增上戒學所攝幾是增上心學所攝幾是增上慧學所攝善男子當知初三但是增上戒學所攝靜慮一種但是增上心學所攝慧是增上慧學所攝我說精進遍於一切

世尊如是六種所應學事幾是福德資糧所攝幾是智慧資糧所攝善男子若增上戒學所攝者是名福德資糧所攝若增上慧學所攝者是名智慧資糧所攝我說精進靜慮二種遍於一切

世尊於此六種所學事中菩薩云何應當修學善男子由五種相應當修學一者最初於菩薩藏波羅蜜多相應微妙正法教中猛利信解二者次於十種法行以聞思修所成妙智精進修行三者隨護菩提之心四者親近眞善知識五者無間勤修善品

世尊何因緣故施設如是所應學事但有六數善男子二因緣故一者饒益諸有情故二

者對治諸煩惱故當知前三饒益有情後三對治一切煩惱前三饒益諸有情者謂諸菩薩由布施故攝受資具饒益有情由持戒故不行損害逼迫惱亂饒益有情由忍辱故於彼損害逼迫惱亂堪能忍受饒益有情後三對治諸煩惱者謂諸菩薩由精進故雖未永伏一切煩惱亦未永害一切隨眠而能勇猛修諸善品彼諸煩惱不能傾動善品加行由靜慮故永伏煩惱由般若故永害隨眠

世尊何因緣故施設所餘波羅蜜多但有四數善男子與前六種波羅蜜多爲助伴故謂諸菩薩於前三種波羅蜜多所攝有情以諸攝事方便善巧而攝受之安置善品是故我說方便善巧波羅蜜多與前三種而爲助伴若諸菩薩於現法中煩惱多故於修無間無有堪能羸劣意樂故下界勝解故於內心住無有堪能於菩薩藏不能聞緣善修習故所有靜慮不能引發出世間慧彼便攝受少分狹劣福德資糧爲未來世煩惱輕微心生正願如是名願波羅蜜多由此願故煩惱微薄能修精進是故我說願波羅蜜多與精進波羅蜜多而爲助伴若諸菩薩親近善士聽聞正法如理作意爲因緣故轉劣意樂成勝意樂亦能獲得上界勝解如是名力波羅蜜多由此力故於內心住有所堪能是故我說力波羅蜜多與靜慮波羅蜜多而爲助伴若諸菩薩於菩薩藏已能聞緣善修習故能發靜慮如是名智波羅蜜多由此智故堪能引發出世間慧是故我說智波羅蜜多與慧波羅蜜多而爲助伴

世尊何因緣故宣說六種波羅蜜多如是次第善男子能爲後後引發依故謂諸菩薩若於身財無所顧悋便能受持清淨禁戒爲護禁戒便修忍辱修忍辱已能發精進發精進已能辦靜慮具靜慮已便能獲得出世間慧是故我說波羅蜜多如是次第

世尊如是六種波羅蜜多各有幾種品類差別善男子各有三種施三種者一者法施二者財施三者無畏施戒三種者一者轉捨不善戒二者轉生善戒三者轉生饒益有情戒忍三種者一者耐怨害忍二者安受苦忍三者諦察法忍精進三種者一者被甲精進二者轉生善法加行精進三者饒益有情加行精進靜慮三種者一者無分別寂靜極寂靜無罪故對治煩惱衆苦樂住靜慮二者引發功德靜慮三者引發饒益有情靜慮慧三種者一者緣世俗諦慧二者緣勝義諦慧三者緣饒益有情慧

世尊何因緣故波羅蜜多說名波羅蜜多善男子五因緣故一者無染著故二者無顧戀故三者無罪過故四者無分別故五者正迴向故無染著者謂不染著波羅蜜多諸相違事無顧戀者謂於一切波羅蜜多諸果異熟及報恩中心無繫縛無罪過者謂於如是波羅蜜多無間雜染法離非方便行無分別者謂於如是波羅蜜多不如言辭執著自相正迴向者謂以如是所作所集波羅蜜多迴求無上大菩提果

世尊何等名爲波羅蜜多諸相違事善男子當知此事略有六種一者於喜樂欲財富自

在諸欲樂中深見功德及與勝利二者於隨所樂縱身語意而現行中深見功德及與勝利三者於他輕懱不堪忍中深見功德及與勝利四者於不勤修著欲樂中深見功德及與勝利五者於處憒鬧世雜亂行深見功德及與勝利六者於見聞覺知言說戲論深見功德及與勝利

世尊如是一切波羅蜜多何果異熟善男子當知此亦略有六種一者得大財富二者往生善趣三者無怨無壞多諸喜樂四者爲衆生主五者身無惱害六者有大宗葉

世尊何等名爲波羅蜜多間雜染法善男子當知略由四種加行一者無悲加行故二者不如理加行故三者不常加行故四者不殷重加行故不如理加行者謂修行餘波羅蜜多時於餘波羅蜜多遠離失壞

世尊何等名爲非方便行善男子若諸菩薩以波羅蜜多饒益衆生時但攝財物饒益衆生便爲喜足而不令其出不善處安置善處如是名爲非方便行何以故善男子非於衆生唯作此事名實饒益譬如糞穢若多若少終無有能令成香潔如是衆生由行苦故其性是苦無有方便但以財物暫相饒益可令成樂唯有安處妙善法中方可得名第一饒益世尊如是一切波羅蜜多有幾清淨善男子我終不說波羅蜜多除上五相有餘清淨然我即依如是諸事總別當說波羅蜜多清淨之相總說一切波羅蜜多清淨相者當知七種何等爲七一者菩薩於此諸法不求他知二者於此諸法見已不生執著三者即於

如是諸法不生疑惑謂爲能得大菩提分四者終不自讚毀他有所輕懱五者終不憍傲放逸六者終不少有所得便生喜足七者終不由此諸法於他發起嫉妬慳悋別說一切波羅蜜多清淨相者亦有七種何等爲七謂諸菩薩如我所說七種布施清淨之相隨順修行一者由施物清淨行清淨施二者由戒清淨行清淨施三者由見清淨行清淨施四者由心清淨行清淨施五者由語清淨行清淨施六者由智清淨行清淨施七者由垢清淨行清淨施是名七種施清淨相又諸菩薩能善了知制立律儀一切學處能善了知出離所犯具常尸羅堅固尸羅常作尸羅常轉尸羅受學一切所有學處是名七種戒清淨相若諸菩薩於自所有業果異熟深生依信一切所有不饒益事現在前時不生憤發亦不反罵不瞋不打不恐不弄不以種種不饒益事反相加害不懷怨結若諫誨時不令恚惱亦復不待他來諫誨不由恐怖有染愛心而行忍辱不以作恩而便放捨是名七種忍清淨相若諸菩薩通達精進平等之性不由勇猛勤精進故自舉陵他具大勢力具大精進有所堪能堅固勇猛於諸善法終不捨軛如是名爲七種精進清淨之相若諸菩薩有善通達相三摩地靜慮有圓滿三摩地靜慮有俱分三摩地靜慮有運轉三摩地靜慮有無所依三摩地靜慮有善修治三摩地靜慮有於菩薩藏聞緣修習無量三摩地靜慮如是名爲七種靜慮清淨之相若諸菩薩遠離增益損減二邊行於中道是名爲慧由此慧

故如實了知解脫門義謂空無願無相三解脫門如實了知有自性義謂遍計所執若依他起若圓成實三種自性如實了知無自性義謂相生勝義三種無自性性如實了知世俗諦義謂於五明處如實了知勝義諦義謂於七真如又無分別離諸戲論純一理趣多所住故無量緫法爲所緣故及毗鉢舍那故能善成辦法隨法行是名七種慧清淨相世尊如是五相各有何業善男子當知彼相有五種業謂諸菩薩無染著故於現法中於所修習波羅蜜多恒常殷重勤修加行無有放逸無顧戀故攝受當來不放逸因無罪過故能正修習極善圓滿極善清淨極善鮮白波羅蜜多無分別故方便善巧波羅蜜多速得圓滿正迴向故一切生處波羅蜜多及彼可愛諸果異熟皆得無盡乃至無上正等菩提世尊如是所說波羅蜜多何者最廣大何者無染汙何者最明盛何者不可動何者最清淨善男子無染著性無顧戀性正迴向性最爲廣大無罪過性無分別性無有染汙思擇所作最爲明盛已入無退轉法地者名不可動若十地攝佛地攝者名最清淨

世尊何因緣故菩薩所得波羅蜜多諸可愛果及諸異熟常無有盡波羅蜜多亦無有盡善男子展轉相依生起修習無間斷故

世尊何因緣故是諸菩薩深信愛樂波羅蜜多非於如是波羅蜜多所得可愛諸果異熟善男子五因緣故一者波羅蜜多是最增上喜樂因故二者波羅蜜多是其究竟饒益一切自他因故三者波羅蜜多是當來世彼可

愛果異熟因故四者波羅蜜多非諸雜染所依事故五者波羅蜜多非是畢竟變壞法故

世尊如是一切波羅蜜多各有幾種最勝威德善男子當知一切波羅蜜多各有四種最勝威德一者於此波羅蜜多正修行時能捨慳悋犯戒心憤懈怠散亂見趣所治二者於此正修行時能爲無上正等菩提眞實資糧三者於此正修行時於現法中能自攝受饒益有情四者於此正修行時於未來世能得廣大無盡可愛諸果異熟

世尊如是一切波羅蜜多何因何果有何義利善男子當知一切波羅蜜多大悲爲因微妙可愛諸果異熟饒益一切有情爲果圓滿無上廣大菩提爲大義利

世尊若諸菩薩具足一切無盡財寶成就大悲何縁世間現有衆生貧窮可得善男子是諸衆生自業過失若不爾者菩薩常懷饒益他心又常具足無盡財寶若諸衆生無自惡業能爲障礙何有世間貧苦可得譬如餓鬼爲大熱渴逼迫其身見大海水悉皆涸竭非大海過是諸餓鬼自業過耳如是菩薩所施財寶猶如大海無有過失是諸衆生自業過耳猶如餓鬼自惡業力令無有果

世尊菩薩以何等波羅蜜多取一切法無自性性善男子以般若波羅蜜多能取諸法無自性性世尊若般若波羅蜜多能取諸法無自性性何故不取有自性性善男子我終不說以無自性性取無自性性然無自性性離諸文字自內所證不可捨於言說文字而能宣說是故我說般若波羅蜜多能取諸法無

自性性

世尊如佛所說波羅蜜多近波羅蜜多大波羅蜜多云何波羅蜜多云何近波羅蜜多云何大波羅蜜多善男子若諸菩薩經無量時修行施等成就善法而諸煩惱猶故現行未能制伏然爲彼伏謂於勝解行地耎中勝解轉時是名波羅蜜多復於無量時修行施等漸復增上成就善法而諸煩惱猶故現行然能制伏非彼所伏謂從初地巳上是名近波羅蜜多復於無量時修行施等轉復增上成就善法一切煩惱皆不現行謂從八地巳上是名大波羅蜜多

世尊此諸地中煩惱隨眠可有幾種善男子略有三種一者害伴隨眠謂於前五地何以故善男子諸不俱生現行煩惱是俱生煩惱現行助伴彼於爾時永無復有是故說名害伴隨眠二者羸劣隨眠謂於第六第七地中微細現行若修所伏不現行故三者微細隨眠謂於第八地巳上從此巳去一切煩惱不復現行唯有所知障爲依止故

世尊此諸隨眠幾種麤重斷所顯示善男子但由二種謂由在皮麤重斷故顯彼初二復由在膚麤重斷故顯彼第三若在於骨麤重斷者我說永離一切隨眠位在佛地

世尊經幾不可數劫能斷如是麤重善男子經於三大不可數劫或無量劫所謂年月半月晝夜一時半時須臾瞬息刹那量劫不可數故

世尊是諸菩薩於諸地中所生煩惱當知何相何失何德善男子無染汙相何以故是諸

菩薩於初地中定於一切諸法法界已善通達由此因緣菩薩要知方起煩惱非爲不知是故說名無染汙相於自身中不能生苦故無過失菩薩生起如是煩惱於有情界能斷苦因是故彼有無量功德甚奇世尊無上菩提乃有如是大功德利令諸菩薩生起煩惱尚勝一切有情聲聞獨覺善根何況其餘無量功德

世尊如佛所說若聲聞乘若復大乘唯是一乘此何密意善男子如我於彼聲聞乘中宣說種種諸法自性所謂五蘊或內六處或外六處如是等類於大乘中即說彼法同一法界同一理趣故我不說乘差別性於中或有如言於義妄起分別一類增益一類損減又於諸乘差別道理謂互相違如是展轉遞興諍論如是名爲此中密意爾時世尊欲重宣此義而說頌曰

諸地攝想所對治　殊勝生願及諸學

由依佛說是大乘　於此善修成大覺

宣說諸法種種性　復說皆同一理趣

謂於下乘或上乘　故我說乘無異性

如言於義妄分別　或有增益或損減

謂此二種互相違　愚癡意解成乖諍

世尊於是解深密法門中此名何教我當云何奉持善男子此名諸地波羅蜜多了義之教於此諸地波羅蜜多了義之教汝當奉持說此諸地波羅蜜多了義教時於大會中有七十五千菩薩皆得菩薩大乘光明三摩地

復次即依乘假安立分別如來成所作事當知如解深密經中曼殊室利菩薩摩訶薩請

問佛言世尊如佛所說如來法身如來法身有何等相佛告曼殊室利菩薩善男子若於諸地波羅蜜多善修出離轉依成滿是名如來法身之相當知此相二因緣故不可思議無戲論故無所爲故而諸衆生計著戲論有所爲故

世尊聲聞獨覺所得轉依名法身不善男子不名法身世尊當名何身善男子名解脫身由解脫身故說一切聲聞獨覺與諸如來平等平等由法身故說有差別如來法身有差別故無量功德最勝差別筭數譬喻所不能及世尊我當云何應知如來生起之相善男子一切如來化身作業如世界起一切種類如來功德衆所莊嚴住持爲相當知化身相有生起法身之相無有生起

世尊云何應知示現化身方便善巧善男子遍於一切三千大千佛國土中或衆推許增上王家或衆推許大福田家同時入胎誕生長大受欲出家示行苦行捨苦行已成等正覺次第示現是名如來示現化身方便善巧

世尊凡有幾種一切如來身所住持言音差別由此言音所化有情未成熟者令其成熟已成熟者緣此爲境速得解脫善男子如來言音略有三種一者契經二者調伏三者本母世尊云何契經云何調伏云何本母

善男子若於是處我依攝事顯示諸法是名契經謂依四事或依九事或復依於二十九事云何四事一者聽聞事二者歸趣事三者修學事四者菩提事云何九事一者施設有情事二者彼所受用事三者彼生起事四者

彼生已住事五者彼染淨事六者彼差別事七者能宣說事八者所宣說事九者諸衆會事云何名爲二十九事謂依雜染品有攝諸行事彼次第隨轉事即於是中作補特伽羅想已於當來世流轉因事作法想已於當來世流轉因事依清淨品有繫念於所緣事即於是中勤精進事心安住事現法樂住事超一切苦緣方便事彼遍知事此復三種顛倒遍知所依處故依有情想外有情中邪行遍知所依處故内離增上慢遍知所依處故修依處事作證事修習事令彼堅固事彼行相事彼所緣事已斷未斷觀察善巧事彼散亂事不散亂事不散亂依處事不棄修習劬勞加行事修習勝利事彼堅牢事攝聖行事攝聖行眷屬事通達眞實事證得涅槃事於善說法毗柰耶中世間正見超升一切外道所得正見頂事及即於此不修退事於善說法毗柰耶中不修習故說名爲退非見過失故名爲退曼殊室利若於是處我依聲聞及諸菩薩顯示別解脫及別解脫相應之法是名調伏世尊菩薩別解脫幾相所攝善男子當知七相一者宣說受軌則事故二者宣說隨順他勝事故三者宣說隨順毀犯事故四者宣說有犯自性故五者宣說無犯自性故六者宣說出所犯故七者宣說捨律儀故

曼殊室利若於是處我以十一種相決了分別顯示諸法是名本母何等名爲十一種相一者世俗相二者勝義相三者菩提分法所緣相四者行相五者自性相六者彼果相七者彼領受開示相八者彼障礙法相九者彼

隨順法相十者彼過患相十一者彼勝利相世俗相者當知三種一者宣說補特伽羅故二者宣說遍計所執自性故三者宣說諸法作用事業故勝義相者當知宣說七種眞如故菩提分法所縁相者當知宣說遍一切種所知事故行相者當知宣說八行觀故云何名爲八行觀耶一者諦實故二者安住故三者過失故四者功德故五者理趣故六者流轉故七者道理故八者總別故諦實者謂諸法眞如安住者謂或安立補特伽羅或復安立諸法遍計所執自性或復安立一向分別反問置記或復安立隱密顯了記別差別過失者謂我宣說諸雜染法有無量門差別過患功德者謂我宣說諸清淨法有無量門差別勝利理趣者當知六種一者眞義理趣二者證得理趣三者教導理趣四者遠離二邊理趣五者不可思議理趣六者意趣理趣流轉者所謂三世三有爲相及四種縁道理者當知四種一者觀待道理二者作用道理三者證成道理四者法爾道理觀待道理者謂若因若縁能生諸行及起隨說如是名爲觀待道理作用道理者謂若因若縁能得諸法或能成辦或復生已作諸業用如是名爲作用道理證成道理者謂若因若縁能令所立所說所標義得成立令正覺悟如是名爲證成道理又此道理略有二種一者清淨二者不清淨由五種相名爲清淨由七種相名不清淨

云何由五種相名爲清淨一者現見所得相二者依止現見所得相三者自類譬喻所引

相四者圓成實相五者善清淨言教相現見所得相者謂一切行皆無常性一切行皆是苦性一切法皆無我性此爲世間現量所得如是等類是名現見所得相依止現見所得相者謂一切行皆刹那性他世有性淨不淨業無失壞性由彼能依麤無常性現可得故由諸有情種種差別依種種業現可得故由諸有情若樂若苦淨不淨業以爲依止現可得故由此因緣於不現見可爲比度如是等類是名依止現見所得相自類譬喻所引相者謂於內外諸行聚中引諸世間共所了知所得生死以爲譬喻引諸世間共所了知所得生等種種苦相以爲譬喻引諸世間共所了知所得不自在相以爲譬喻又復於外引諸世間共所了知所得衰盛以爲譬喻

如是等類當知是名自類譬喻所引相圓成實相者謂即如是現見所得相若依止現見所得相若自類譬喻所得相於所成立決定能成當知是名圓成實相善清淨言教相者謂一切智者之所宣說如言涅槃究竟寂靜如是等類當知是名善清淨言教相善男子是故由此五種相故名善觀察清淨道理由清淨故應可修習

世尊一切智者相當知有幾種善男子略有五種一者若有出現世間一切智聲無不普聞二者成就三十二種大丈夫相三者具足十力能斷一切衆生一切疑惑四者具足四無所畏宣說正法不爲一切他論所伏而能摧伏一切邪論五者於善說法毗柰耶中八支聖道四沙門等皆現可得如是生故相故

斷疑網故非他所伏能伏他故聖道沙門現可得故如是五種當知名爲一切智相善男子如是證成道理由現量故由比量故由聖教量故由五種相名爲清淨

云何由七種相名不清淨一者此餘同類可得相二者此餘異類可得相三者一切同類可得相四者一切異類可得相五者異類譬喻所得相六者非圓成實相七者非善清淨言教相若一切法意識所識性是名一切同類可得相若一切法相性業法因果異相由隨如是一一異相決定展轉各各異相是名一切異類可得相善男子若於此餘同類可得相及譬喻中有一切異類相者由此因緣於所成立非決定故是名非圓成實相又於此餘異類可得相及譬喻中有一切同類相者由此因緣於所成立不決定故亦名非圓成實相非圓成實故非善觀察清淨道理不善清淨故不應修習若異類譬喻所引相若非善清淨言教相當知體性皆不清淨法爾道理者謂如來出世若不出世法性安住法住法界是名法爾道理總別者謂先總說一句法已後後諸句差別分別究竟顯了自性相者謂我所說有行有緣所有能取菩提分法謂念住等如是名爲彼自性相彼果相者謂若世間若出世間諸煩惱斷及所引發世出世間諸果功德如是名爲得彼果相彼領受開示相者謂即於彼以解脫智而領受之及廣爲他宣說開示如是名爲彼領受開示相彼障礙法相者謂即於修菩提分法能隨障礙諸染汙法是名彼障礙法相彼隨

順法相者謂即於彼多所作法是名彼隨順法相彼過患相者當知即彼諸障礙法所有過失是名彼過患相彼勝利相者當知即彼諸隨順法所有功德是名彼勝利相

曼殊室利菩薩復白佛言唯願世尊爲諸菩薩略說契經調伏本母不共外道陀羅尼義由此不共陀羅尼義令諸菩薩得入如來所說諸法甚深密意佛告曼殊室利菩薩曰善男子汝今諦聽吾當爲汝略說不共陀羅尼義令諸菩薩於我所說密意言辭能善悟入善男子若雜染法若清淨法我說一切皆無作用亦都無有補特伽羅以一切種離所爲故非雜染法先染後淨非清淨法後淨先染凡夫異生於麤重身執著諸法補特伽羅自性差别隨眠妄見以爲緣故計我我所由此妄謂我見我聞我齅我嘗我觸我知我食我作我染我淨如是等類邪加行轉若有如實知如是者便能永斷麤重之身獲得一切煩惱不住最極清淨離諸戲論無爲依止無有加行善男子當知是名略說不共陀羅尼義

爾時世尊欲重宣此義而說頌曰

一切雜染清淨法　皆無作用數取趣
由我宣說離所爲　染汙清淨非先後
於麤重身隨眠見　爲緣計我及我所
由此妄謂我見等　我食我爲我染淨
若如實知如是者　乃能永斷麤重身
得無染淨無戲論　無爲依止無加行

爾時曼殊室利菩薩復白佛言世尊云何應知諸如來心生起之相佛告曼殊室利菩薩曰善男子夫如來者非心意識生起所顯然

諸如來有無加行心法生起當知此事猶如變化世尊若諸如來法身遠離一切加行既無加行云何而有心法生起善男子先所修習方便般若加行力故有心生起善男子譬如正入無心睡眠非於覺悟而作加行由先所作加行勢力而復覺悟又如正在滅盡定中非於起定而作加行由先所作加行勢力還從定起如從睡眠及滅盡定心更生起如是如來由先修習方便般若加行力故當知復有心法生起世尊如來化身當言有心爲無心耶善男子非是有心亦非無心何以故無自依心故有依他心故

世尊如來所行如來境界此之二種有何差別善男子如來所行謂一切種如來共有不可思議無量功德衆所莊嚴清淨佛土如來境界謂一切種五界差別何等爲五一者有情界二者世界三者法界四者調伏界五者調伏方便界如是名爲二種差別

世尊如來成等正覺轉正法輪入大涅槃如是三種當知何相善男子當知此三皆無二相謂非成等正覺非不成等正覺非轉正法輪非不轉正法輪非入大涅槃非不入大涅槃何以故如來法身究竟淨故如來化身常示現故

世尊諸有情類但於化身見聞奉事生諸功德如來於彼有何因緣善男子如來是彼增上所緣之因緣故又彼化身是如來力所住持故

世尊等無加行何因緣故如來法身爲諸有情放大智光及出無量化身影像聲聞獨覺

解脱之身無如是事善男子譬如等無加行從日月輪水火二種頗胝迦寶放大光明非餘水火頗胝迦寶謂大威德有情所住持故諸有情業增上力故又如從彼善工業者之所雕飾末尼寶珠出印文像不從所餘不雕飾者如是緣於無量法界方便般若極善修習磨瑩集成如來法身從是能放大智光明及出種種化身影像非唯從彼解脱之身有如斯事

世尊如世尊説如來菩薩威德住持令諸衆生於欲界中生刹帝利婆羅門等大富貴家人身財寶無不圓滿或欲界天色無色界一切身財圓滿可得世尊此中有何密意善男子如來菩薩威德住持若道若行於一切處能令衆生獲得身財皆圓滿者即隨所應爲彼宣説此道此行若有能於此道此行正修行者於一切處所獲身財無不圓滿若有衆生於此道行違背輕毁又於我所起損惱心及瞋恚心命終已後於一切處所得身財無不下劣善男子由是因緣當知如來及諸菩薩威德住持非但能令身財圓滿如來菩薩住持威德亦令衆生身財下劣

世尊諸穢土中何事易得何事難得諸淨土中何事易得何事難得善男子諸穢土中八事易得二事難得何等名爲八事易得一者外道二者有苦衆生三者種姓家世興衰差别四者行諸惡行五者毁犯尸羅六者惡趣七者下乘八者下劣意樂加行菩薩何等名爲二事難得一者增上意樂加行菩薩之所遊集二者如來出現于世善男子諸淨土中

與上相違當知八事甚爲易得二事難得世尊於此解深密法門中此名何教我當云何奉持善男子此名如來成所作事了義之教於此如來成所作事了義之教汝當奉持說是如來成所作事了義教時於大會中有七十五千菩薩摩訶薩皆得圓滿法身證覺

瑜伽師地論卷第七十八

音釋

稠直由切密也　逼迫逼彼側切迫博陌切逼迫窘急也　耐奴代切忍也　糞穢糞方問切穢烏發切　欬力背切欬也　軛於革切　涸竭涸下各切水竭也竭其謁切　耎乳兗切與輭同　胎湯來切孕而未生也　誕徒案切降誕也　標卑遙切表也　齅許救切以鼻攬氣也　雕飾雕丁聊切刻鏤也飾設職切粧飾也

瑜伽師地論卷第七十九

彌勒菩薩說

唐三藏沙門玄奘奉詔譯

攝決擇分中菩薩地之八

如是已說功德品決擇問如說五種無量謂有情界無量等彼一切世界當言平等平等爲有差別答當言有差別彼復有二種一者清淨二者不清淨於清淨世界中無那落迦傍生餓鬼可得亦無欲界色無色界亦無苦受可得純菩薩僧於中止住是故說名清淨世界已入第三地菩薩由願自在力故於彼受生無有異生及非異生聲聞獨覺若異生菩薩得生於彼問若無異生菩薩及非異生聲聞獨覺得生彼者何因緣故菩薩教中作如是說若菩薩等意願於彼如是一切皆當往生答爲化懈怠種類未集善根所化衆生故密意作如是說所以者何彼由如是蒙勸勵時便捨懈怠於善法中勤修加行從此漸漸堪於彼生當得法性應知是名此中密意復次菩薩依四種住能成四事云何四住一者極歡喜住二者增上戒住三者增上心住四者增上慧住云何極歡喜住謂諸菩薩隨所安住已入清淨增上意樂地故乃至當坐妙菩提座於三寶所不藉他緣意樂清淨云何增上戒住謂諸菩薩即依如是極歡喜住從此已上隨所安住具性尸羅遠離一切慳悋犯戒即以如是圓滿戒捨迴向無上正等菩提云何增上心住謂諸菩薩即依如是增上戒住從此已上隨所安住離欲界貪獲得靜慮及諸等至安住慈悲於諸衆生隨能隨

力如實正行云何增上慧住謂諸菩薩即依如是增上心住從此已上隨所安住漸能獲得菩提分法善巧諸諦善巧緣起善巧不共法安立智善巧出過一切聲聞獨覺共所證智即於此中不共法安立智者謂於菩薩藏中密意言辭智非安立諦智及安立諦智即於此中共所得智者謂依緣起所得證智云何依此四住能成四事謂諸菩薩依止初住乃至當坐妙菩提座終不棄捨大菩提心依第二住乃至當坐妙菩提座當來自身財寶善品運運增長依第三住爲欲利益諸有情故轉諸靜慮以大願力還生欲界而不爲彼欲纏煩惱之所染汙依第四住於一切法安立通達而得善巧爲度衆生故發誓願受於生死因此誓願便能積集廣大資糧則由此住清淨爲因不待餘住亦不由他教誡教授速能證得如來妙智

問菩薩當言以何爲苦答衆生損惱爲苦問菩薩當言以何爲樂答衆生饒益爲樂問菩薩當言以何作意答悟入所知境界邊際及作一切利衆生事以爲作意問菩薩當言以何爲住答以無分別爲住

復次菩薩略有四上品障若不淨除終不堪能入菩薩地及地漸次何等爲四一者於諸菩薩毗柰耶中起染汙犯二者毀謗大乘相應妙法三者未積集善根四者有染愛心爲欲對治如是四障復有四種淨除障法何等爲四一者遍於十方諸如來所深心懇責發露悔過二者遍爲利益一切十方諸有情類勸請一切如來說法三者遍於十方一切有

情所作功德皆生隨喜四者凡所生起一切善根皆悉迴向阿耨多羅三藐三菩提

復次已入大地菩薩有四微細難可遍知難可除斷諸隨煩惱彼諸菩薩應遍了知當正除斷何等爲四一者法愛二者聲聞獨覺相應作意三者味著等至四者衆魔事業於諸相中所有一切心動流散當知皆是衆魔事業問已入初地菩薩當言何相答當言超過諸異生地已入菩薩正性離生由已入故不名異生超過一切所有怖畏得未曾得無上法故常能安住極歡喜住

問已入第二地菩薩當言何相答當言於毗柰耶中法爾獲得止息一切聲聞所覺自性能於身語意業清淨現行故能遠離諸犯戒垢問已入第三地菩薩當言何相答當言於內獲得強盛奢摩他道由此證得爾焰光明

問已入第四地菩薩當言何相答當言於內獲得強盛毗鉢舍那道故建立能燒煩惱智焰由此能於如其所證一切所有菩提分法安立善巧

問已入第五地菩薩當言何相答當言超過一切世間智故超過一切聲聞獨覺智故能昇悟入不思議諦極難勝道

問已入第六地菩薩當言何相答當言悟入甚深緣起道理故於一切行住猒背想於無相界多住趣向作意思惟

問已入第七地菩薩當言何相答當言於有加行無間缺無相界作意能極遠入於加行道已到究竟

問已入第八地菩薩當言何相答當言於無

加行無功用無相界作意得任運故無有動搖於一切相得自在故住清淨地

問已入第九地菩薩當言何相答當言於名身句身文身得自在故又得無罪無量廣大慧故又得廣大無礙解故能悅一切衆生心故名大法師

問已入第十地菩薩當言何相答當言已得一切如來同大灑故已得如雲大法身故已得一切大神通故亦名如來

問入如來地菩薩當言何相答當言即此所得法身更善清淨極成滿故於一切種煩惱障及所知障得永遠離清淨智見

問於此諸地云何造修答若諸菩薩住勝解行地依於十地修十法行

問於此諸地云何而得答若諸菩薩證入菩薩正性離生又復證得清淨意樂爾時頓得一切諸地

問何等名爲諸地等流答一切地中證得已後所有威德諸加行道

問於此諸地云何成滿答若諸菩薩於彼諸地一一地中經於無量百千大劫隨所稱讚諸地威德於此威德任運能證

問如說五種入正性離生此中聲聞入正性離生若諸菩薩入正性離生等於法界如實通達此二差別云何應知答略說法界有二種相一者差別相二者自相差別相者謂常住相及寂靜相常住相者謂本來無生法性及無盡法性寂靜相者謂煩惱苦離繫法性言自相者謂於相名分別眞如正智所攝一切法中由遍計所執自性故自性不成實法

無我性此中聲聞由差別相通達法界入正性離生不由自相以通達彼故由無没想及安隱想於法界中得寂靜想於一切行一向發起猒背之想又復不能於彼相等所攝諸法性不成實法無我性如實了知唯即於此法界定中由緣法界差別作意無相心轉非由緣彼自相作意或復因他爲其宣説法界自相聞已一分迴向菩提聲聞極大艱辛然後悟入既得入已精勤修習一分一向趣寂聲聞極大艱辛少能悟入而不入已精勤修習若諸菩薩俱由二相通達法界入於菩薩正性離生入離生已多分安住緣於法界自相作意何以故由於法界緣差別相多作意時速趣涅槃故多住彼於阿耨多羅三藐三菩提非正方便當知雖等通達法界由此因緣而有差別

問如説三世三輪清淨云何三世三輪清淨

答由遍計所執自性故於過去未來現在諸法平等平等以如實慧正觀察時於過去未來現在法中無有顧戀希望染著是名三世三輪清淨

問如先所説百四十不共佛法餘經復説十八不共佛法如是佛法云何安立幾種所攝

答謂阿羅漢苾芻諸漏永盡方入聚落遊行乞食或於一時與諸惡象惡馬惡牛及惡狗等共路而行或入稠林履踐棘園或齊雙足踰越坑壍或入如是非法舍宅爲諸毋邑非理招引或阿練若棄捨正道行邪惡徑或與盜賊師子猛獸豺狼豹等共路而遊如是等類諸阿羅漢所有誤失如來於此一切永無

又阿羅漢或於一時遊阿練若大樹林中迷失道路或入空宅揚聲大叫呼噪遠聞或復因於習氣過失無染汙心攘脣露齒逌爾而笑如是等類諸阿羅漢所有暴音如來於此永無所有又阿羅漢或於一時由忘念故於所作事而有喪失如來於此永無所有又阿羅漢於有餘依生死界中一向發起猒背之想於無餘依涅槃界中一向發起寂靜之想如來於彼有依涅槃無差別想安住第一平等捨故又阿羅漢若入等至即名爲定若出等至即不名定如來遍於一切位中無不定心又阿羅漢不善思擇而便棄捨利衆生事如是等類如來於此不善思擇而便棄捨永無所有又阿羅漢依所知障淨由未得退失於欲精進念定慧及解脫解脫知見如是七種退失之法如來永無又阿羅漢或於一時善身業轉或於一時無記業轉如於身業語業意業當知亦爾如來三業智前行故智隨轉故無無記業智所起故名智前行智俱行故名智隨轉又阿羅漢遍於三世所知事中不能率爾作意便解是故智見說名有著不能一切無餘正解是故智見說名有礙如來遍於三世境界率爾作意便能正解一切所知境事差別是故說此十八種名不共佛法此中初四是無忘失法及拔除習氣所攝次一是大悲所攝所餘當知是一切種妙智所攝又復世尊於餘經中所說隨好爲令所化生淨信故顯示於彼然不立相安立諸相如建立品已廣顯示從此隨好當知分出彼諸隨好

復次菩薩邪行應當了知菩薩正行應當了知菩薩正行勝利應當了知菩薩於正行中安立法行平等行善行法住行相應當了知菩薩能生淨信譬喻應當了知菩薩於正行中安立所學應當了知於諸聲聞所學菩薩所學殊勝差別應當了知於諸菩薩應所學中善學菩薩所有世間出世間智利益他事應當了知即於菩薩所教授中聲聞所學應當了知非善學沙門應當了知善學沙門應當了知住世俗律儀者應當了知住勝義律儀者應當了知於諸如來調伏方便應當了知於密意語應當了知於菩薩藏所教授中勝解勝利應當了知如是略舉菩薩藏中所有教授

云何邪行當知略說後後引發有八種相一者能退智資糧邪行二者退智資糧故能令忘念邪行三者由忘念故能壞白法邪行四者白法壞故能令非菩薩儀惡意現行邪行五者惡意現行故能令難可調伏邪行六者難調伏故能令行於非道邪行七者行非道故能令親近不賢良邪行八者親近不賢良故能令菩薩不如其義邪行

復次菩提以慧爲體慧能引發所餘一切波羅蜜多是故於慧起邪行時當知菩薩於彼菩提及能引發菩提諸法皆起邪行有四種法能令菩薩智資糧退何等爲四一者自不聽聞二者不令他聞三者爲聽聞障四者顛倒執著而有聽聞依此能令智資糧退四種法故於現法中或於後法復生四種智相違法何等爲四一者無所了知二者衆緣闕乏

三者能生感癡非福四者顛倒自不聽聞爲依止故於現法中無所了知不令他聞爲依止故於後法中衆緣闕之爲聽聞障爲依止故能生後法感癡非福顛倒執著而有聽聞爲依止故於後法中更增顛倒自不聽聞者憎背法故憎背補特伽羅故俱憎背故不令他聞者恐他智勝故有憍傲故怖他輕毀故爲聽聞障者誹毀於法及補特伽羅故惡作矯亂相牽引故不令啓請及開許故方便毀呰能聽者故顛倒執著而聽聞者依自惡通達領解宣説執著善通達領解宣説故依他善通達領解宣説執著惡通達領解宣説故此中若自不聽聞若不令他聞若爲聽聞障如是三法多分能令退失聞所成智資糧顛倒執著而有聽聞多分能令退失思修所成智資糧

復次有四種法能令菩薩忘失正念何等爲四謂於四種補特伽羅四處迷亂一於舉罪補特伽羅二於教導補特伽羅三於欲作利益補特伽羅四於有德補特伽羅謂於同梵行所迷亂自過於學現前迷亂學處於彼大乘欲勝解者欲正行者顯無差别標舉分别諸過失故發起迷亂勝解正行於能説法補特伽羅迷亂顯彼所有虚處

復次有四種法能令菩薩壞鮮白法謂與他競增上力故起諸白法非處加行雖起白法處所加行然有三種邪行過失一者染著過失二者惡見過失三者受持過失由二因緣應知染著過失一者邪受用故二者多雜處故由二因緣應知惡見過失一者誹撥正法

補特伽羅故二者於不正法顯示執著爲正法故由二因緣應知受持過失一者受持狹小唯不了義經故二者於所未聞未曾領受諸了義經懸誹撥故

復次菩薩有四種非菩薩儀惡意現行一者於大師所生不信順敬學相違惡意現行二者於同梵行攝受舉罪能教誡者如實發露已過相違惡意現行三者於大智福諸善法中精進相違惡意現行四者於廣大甚深勝解中能令自障清淨相違惡意現行由三種相應知於大師所生不信順謂於有體尊勝得智由三種相應知不如實發露已過一者於彼攝受諸有情所邪妄顯示已爲尊勝因此發起憍舉心故二者於能舉罪諸有情所覆所犯故三者於能教誡諸有情所因彼驅擯增上力故發穢濁心作損惱故由二種相應知退失於諸善法發起精進謂於大智福諸有情所愛著利養恭敬故及欣樂彼故復有四種法能令菩薩難可調伏謂於正修四種障一於聽聞執爲究竟二於教授左謬領解三於尸羅不正安住多諸惡作四於自見安住見取謂但聽聞心不寂靜故於聽聞執爲究竟由於教誡顛倒分別故於教授左謬領解由於尸羅多作缺犯而受信施故有惡作與勝有情共興諍競故於自見多住見取勝有情者謂根調伏勝及斷滅勝

復次菩薩有四種於諸有情行於非道一者於未安立淨信有情而不爲說二者於下乘希求大乘諸有情所不隨所宜而有所說三者於大乘希求下乘諸有情所不順其儀而

有所說四者於住禁戒不住禁戒貪愛朋黨不平等說由三種相當知是名安住禁戒一者事業無慺故二者尸羅無缺故三者恭敬所學故由二種相當知是名不住禁戒一者尸羅缺故二者不恭敬所學故

復次菩薩由親近不賢良故退失四事一者退失於乘二者退失利益有情加行三者退失聖教四者退失無間修諸善法

復次有四種菩薩不如其義一者任持正法二者住阿練若三者勤修福學四者管御大衆謂諸菩薩欲令信伏雖任持正法亦不如義非如其義若諸菩薩爲求聲譽雖住阿練若亦不如義非如其義若諸菩薩心專繫著有染之果雖勤修福業亦不如義非如其義若諸菩薩心專繫著供事名稱雖管御大衆亦不如義非如其義

復次云何正行謂與上相違離別過失宣說對治當知後後之所引發八種行相是名正行謂說由自不聞令智退失此何因緣由於正法補特伽羅不恭敬所顯故由此毀犯設不毀犯亦無勝解是故退失又說由不令聞令智退失此何因緣由欲令他信伏所顯故由此毀犯設不毀犯回向邪法是故退失又說由爲聞障令智退失此何因緣由不欲不聞不持所顯故由此毀犯設不毀犯懈怠嬾惰是故退失又說由邪執著而有聽聞令智退失此何因緣由於修不見功德但聞言說爲究竟所顯故由此毀犯設不毀犯智不成實是故退失

復說由於舉罪者所迷亂自過令念忘失此

何因緣由於重事中怖畏輕事中怖畏訶責而設妄語所顯故由此毀犯由業障故有所忘失設不毀犯由犯障故而有忘失又說由迷亂學處令念忘失此何因緣由非自性隨轉虛妄見曲所顯故由此毀犯由業障故有所忘失設不毀犯由犯障故而有忘失又說由於大乘迷亂勝解正行令念忘失此何因緣由於菩薩不生恭敬隱覆實德所顯故由此毀犯由業障故有所忘失設不毀犯由犯障故而有忘失又說由迷亂顯隱密處令念忘失此何因緣由欲令於大乘不生樂欲所顯故由此毀犯由業障故而有忘失設不毀犯由犯障故而有忘失

復說由非處加行壞鮮白法此何因緣由樂己利狹小不轉下乘聽聞心不謙下所顯故由此毀犯由不能得所未獲得諸鮮白法於所聽受生奢緩故於已得退又說由染愛過失壞鮮白法此何因緣由於正在家所得利養不生喜足矯誑等法有希望所顯故由此毀犯由不聽聞所未聞法多諸事業輕躁散亂於三摩地不能證得又說由惡見過失壞鮮白法此何因緣由懷惡意瞻視於他於諸聲聞大乘所學其心顛倒所顯故由此毀犯由不正行獲得衰損由誑惑他獲得衰損又說由受持過失壞鮮白法此何因緣由於如來智意趣中起等覺慢所顯故由此毀犯由謗正法獲得衰損由於如來智意趣中邪稱量故獲得衰損

復說由於所學不甚恭敬故惡意現行此何因緣由於所犯不發露不陳悔不除惡作所

顯故由此現行由於所緣有散亂故行不明了又說由不如實顯已過故惡意現行此何因緣由於身財有所顧戀樂非諦語所顯故由此現行由於聖教有散亂故行不明了又說由於精進懈替因緣惡意現行此何因緣由無堪忍所顯故由此現行由於衆苦不能堪忍於諸善法有散亂故行不明了又說由障淨因緣惡意現行此何因緣由於大乘無增上意樂勝解所顯故由此現行於廣大乘有散亂故行不明了

復說由唯聽聞究竟修障難可調伏此何因緣由唯觀見免脫難論勝利聽聞所顯故由此毀犯矯誑顯示持法善友又說由於教授左解修障難可調伏此何因緣由不堪受教堅持所犯不敬教授所顯故由此毀犯矯誑顯示住阿練若善友又說由於尸羅不堅安住惡作修障難可調伏此何因緣由於所學不甚恭敬虛受信施所顯故由此毀犯矯誑顯示勤修福業善友又說由於自見安住見取修障難可調伏此何因緣由於清淨波羅蜜多諸菩薩所不生恭敬不欲瞻仰不欲親近不欲聽聞不隨法行所顯故由此毀犯矯誑顯示御衆善友

復說由不宣說不隨宜說不順義說不平等說行於非道此何因緣由前後宣說厭倦不平等心於所宣說不知方便下乘勝解有染愛心敎誡徒衆加行所顯故由此毀犯由善根不圓滿故由不攝受廣大善根故由棄捨廣大善根故生非福故誑惑所化諸有情類

復說由四種親近不賢良故退失四事此何

因緣由慳恡少聞不善入聖教於佛語言不聽聞所顯故由此毀犯不修善根故怖畏生死苦故於利他事不能作故狹小善根故於諸法中有疑惑故而有退失

復說由於四種菩薩欲求信伏欲求聲譽欲求染果欲求供養承事名稱是諸菩薩不如其義此何因緣由與我愛俱於微細罪不見怖畏與其無我非勝解俱不顧他利於生死涅槃一向觀見過失功德於現法中樂相雜住於當來世欣樂富貴攝受財法所顯故由此毀犯矯現自身能正持法乃至御衆

復次云何正行勝利此亦四種後後應知如是正行菩薩能積集福智資糧故以此爲依障清淨故以此爲依於一切門集成白法故以此爲依起一切種利益有情加行故又能生長無量福故

復有四法能令積集福智資糧一者依此正行供養承事諸佛如來二者聞清淨三者思清淨四者修清淨

復有四法能令障淨一者於乘自然無動二者於諸有情遠離不行因緣三者遠離邪行因緣四者遠離不圓滿正行因緣

復有四法能令一切門集成白法一者修修所成二者成熟有情即彼所成三者堪忍難事即彼所成四者聞思無猒即彼所成

復有四法能令作一切種利有情事謂於四處濟拔有情一者於疑惑猶豫處二者於極穢惡趣顛墜處三者於下乘信解處四者於憎背聖教瞋恚心處

復次云何菩薩於正行中現在轉時猶得如

是功德勝利謂具法行中平等行善行法住行相

云何菩薩具於法行此何行相謂諸菩薩凡所修行不越正法是故名爲具足法行當知此行有五行相一者於不饒益樂行惡行諸有情所欲令入善攝受哀愍故二者於住種性外緣闕乏諸有情所勸令發起菩提心故三者於波羅蜜多殊勝中自了知故四者於尊重處發起恭敬禮拜加行故五者於諸外道怨敵有情安住聖教無傾動故

云何菩薩具平等行此何行相謂諸菩薩遍於一切利衆生事平等修行是故說名具平等行當知此行有八行相一者於諸有情平等親愛故二者於諸有情以無染汙無差別身無差別世無差別求親愛之心平等慰喻故三者捨諸憒閙舒顏和悅於已受擔平等能運故四者於未受擔平等能取故五者於一切苦平等堪忍故六者於無量調伏方便平等能求故七者展轉更互平等正語堪忍語故八者一切善根平等迴向大菩提故云

何菩薩具於善行此何行相謂諸菩薩於內成熟諸佛法故於外成熟諸有情故修行善行是故說名具於善行當知此行有七行相一者無所依止而惠施故二者無所依止而持戒故三者由哀愍心而修忍故四者非於少分修精進故五者爲作利益諸有情處修靜慮故六者見不相應修妙慧故七者成熟方便善巧故

云何菩薩具於法住此何行相謂諸菩薩非但追求以爲究竟非但讀誦以爲究竟非但

宣說以爲究竟非但尋思以爲究竟而於內心勝奢摩他正修習中發勤方便平等修習是故說名具於法住當知此住有十二行相一者於住禁戒不住禁戒能教授中無分別故二者以此爲依恭敬領受所教授故三者以此爲依身遠離故四者以此爲依心遠離故五者以此爲依越聲聞乘相應作意大乘相應作意思惟故六者以此爲依不捨遠離轭與諸有情共止住故及與所餘共止住故七者以此爲依領受清淨世間智大福資糧威德修果故八者於世間智不知喜足尋求修治出世智故又清淨智者斷四種過失管御大衆故一者不能堪忍觸惱過失二者不決定說教授過失三者不如其言所作過失四者有染愛心過失如是四種及前八種合有十二行相

復次云何菩薩能生淨信所有譬喻謂諸菩薩從初發心初中後時作諸衆生引發善根所依止故普於一切若怨若恩心無所著猶如大地而諸菩薩非如大地中庸而轉衆生依之自施功力方得存活然諸菩薩生長善根淨信歡喜能滋潤故猶如大水而諸菩薩非如大水與諸稼穡成熟相違然諸菩薩爲欲成熟諸善根故於可猒法深生猒患能燒煉故猶如大火而諸菩薩非如大火與諸佛土集會相違然諸菩薩能令善根已成熟者引發聚集解脫觸得由能發起正教授故譬如大風而諸菩薩非如大風能引發已終歸滅盡然諸菩薩令白法轉增盛故猶如朗月而諸菩薩非如朗月但於白分光明照曜

非於黑分然諸菩薩其相平等於黑白分一切法中智普照故猶如日輪而諸菩薩非如日輪怖邏怙捉即便旋轉然諸菩薩一切趣中終不怖畏煩惱所執而旋轉故譬如師子而諸菩薩非如師子怯於大擔然諸菩薩能擔一切大苦擔故如善調龍而諸菩薩非如龍象若遭利衰輭非輭語若樂若苦則爲愛恚之所塗染然諸菩薩於諸世法不爲愛恚所塗染故如紅蓮華而諸菩薩非如紅蓮斷其莖已不復生長然諸菩薩雖伏煩惱由善根力之所任持於生死中復生長故猶如大樹根未損壞而諸菩薩非如大樹其根後時定當損壞然諸菩薩所有善根迴向涅槃大菩提故譬如衆流趣入大海而諸菩薩非如衆流趣入大海即成海性然諸菩薩依止涅槃及大菩提諸善根力而遊戲故猶如諸天依蘇迷住而諸菩薩非如諸天住蘇迷盧於自事中專行放逸多受快樂然諸菩薩方便般若所攝持故成辦一切佛所作故譬如羣臣所輔大王而諸菩薩非如羣臣所輔大王爲自利益守護國人然諸菩薩不顧已利攝護衆生猶如大雲而諸菩薩非如大雲不能畢竟成辦稼穡然諸菩薩畢竟生長菩提分法如轉輪王出現於世而諸菩薩非如輪王無有第二大丈夫衆然諸菩薩解脫平等善根所生多同出現如末尼寶而諸菩薩非如末尼寶珠與迦理沙般拏極不相似然諸菩薩入無漏界所作平等受樂等故譬如已入雜林諸天而諸菩薩非如已入雜林諸天煩惱增長當來顛墜然諸菩薩伏諸煩惱無顛

隆故所有煩惱如呪術等所伏諸毒而諸菩薩所有煩惱非如呪等所伏諸毒唯不爲害更無餘德然諸菩薩由自煩惱能作一切衆生利益故此煩惱如大城中諸糞穢聚如是菩薩所有功德麤同世間共所知事故得爲喻而此功德由殊勝故無有譬喻是故當知菩薩功德一切譬喻所不能及

瑜伽師地論卷第七十九

音釋

坑塹 坑口莖切塹七艷切亦坑也。 豺狼 豺士皆切狼魯當切豺狼並獸名也 攓 起虔切通作騫虧少也 逌 夷周切笑貌 邏怙 梵語具云羅怙羅此云執日邏朗可切怙侯古切 怯 乞業切畏懦也 擔 刀甘切所負物也

瑜伽師地論卷第八十

彌勒菩薩說

唐三藏沙門玄奘奉詔譯

攝決擇分中菩薩地之九

復次云何菩薩於正行中安立所學謂諸菩薩具足法住於依世俗諦道理所說不了義非所依聲聞乘相應經典已作依持已作善巧而復超度於大乘相應甚深空性相應依世俗勝義諦道理所說了義可依經典勤修學時名爲如理正勤修學如是如理勤修學時名正修行中道勝行所以者何由此正法貫穿十三中道行故一者貫穿補特伽羅空性二者貫穿補特伽羅無我性三者貫穿法空性四者貫穿法無我性五者貫穿增益邊六者貫穿損減邊七者貫穿法現觀八者貫穿法現觀迴向大菩提性九者貫穿如是行者煩惱衆苦不纏繞心性十者貫穿二無我勝解差別十一者貫穿前無我性是後因性十二者貫穿到邊際空性十三者貫穿即此威德

云何貫穿補特伽羅空性謂由一種相不可得所顯故此中不可得者謂於三種事一者有情事二者彼差別事三者彼受用事若內若外若二中間愚夫遍計所執實我都不可得云何貫穿補特伽羅無我性謂由唯一相可得所顯故此中可得者謂即於彼三事愚夫所遍計緣生諸法中常住實性不可得故愚夫所計我異相性道理可得

云何貫穿法空性謂唯由一相不可得所顯故此中不可得者即於彼事所取無常性若

内若外若二中間愚夫遍計所執言說自性都不可得

云何貫穿法無我性謂唯由一相可得所顯故此中可得者謂即於彼事道理可得聖智所行又即於彼自内所證不可以言爲他宣說彼由六相於諸凡愚遍計所執言說自性異相可得何等六相一者不可自尋思二者不可說示他三者超過色根所行四者超過一切相五者超過識所行六者超過煩惱所行云何貫穿增益邊謂由二種相一者差別增益所顯故二者自性增益所顯故何等名爲差別增益謂由後後展轉八相一者即於彼事執常增益二者執無常增益三者執常增益爲所依止執我增益四者執無常增益爲所依止執無我增益五者執無我增益爲所依止執眞實心增益六者執我增益爲所依止執不眞實心增益此復二種一者決定二者尋求尋求者謂遍計所依及遍計相應於所對治雜染法中由五過失謂顚倒過失戲論過失發起惡行過失麤重過失無常性過失及於彼能對治清淨法中七者執眞實心增益爲所依止執善等增益乃至執清淨增益八者執不眞實心增益爲所依止執不善等增益乃至執雜染增益是名八種差別增益此中菩薩於彼增益都不執著不勸他執亦不讃美何等名爲自性增益謂差別增益爲所依止由諸愚夫遍計所執所有言說自性增益即於彼事增益爲有

云何貫穿損減邊謂由一相損減實事所顯故此中損減實事者謂即於彼邪法無我性

起於勝解執著一切種一切法相都無所有云何貫穿法現觀謂由三種相一者即於彼事及第四生事所治能治有爲無爲安立中自性不可得所顯故二者彼差別不可得所顯故三者即彼串習故如實通達智所顯故此中自性不可得者謂諸愚夫遍計所執自性此中差別不可得者謂即彼自性滅生集成二分不可得此中智通達者謂即彼自性相不作意不思擇加行自內所證智通達云何貫穿法現觀迴向大菩提性謂由一種相思擇所得能治所治不斷故此中能治所治者謂空是煩惱對治無願是有願對治無相是諸相對治如是一切名無造作此復是後有業對治亦是生身流轉剎那生流轉對治名滅涅槃行無自性此復以生死流轉爲所對治若諸菩薩由此對治故起思擇不斷所治此由悲愍諸衆生故希求大菩提云何貫穿如是行者煩惱衆苦不纒繞心謂由一種相雖不求斷所對治法而能如實通達故此中如實通達者謂即於彼法由法無我加行觀彼自性無染無苦云何貫穿差別謂由四種相一者見差別所顯故二者即此極遠損減差別所顯故三者於斷迷失差別所顯故四者於心迷失差別所顯故此中見差別者謂住補特伽羅無我及涅槃於當來身起斷滅增上慢又於所取觀察故於能取言説自性畢竟遠離空性所攝不觀察故名不善觀察所知境界由執著諸法故求煩惱斷而諸菩薩則不如是此中極遠損減差別者謂住補特伽羅無我於我

見異生下中更下由二因緣謂苦不解脫故安住苦故前後二種執著失壞故而諸菩薩則不如是此中於斷迷失差別者謂住補特伽羅無我執法無我無自性故便生驚怖謂無言說自性追求斷滅而諸菩薩則不如是此中於心迷失差別者謂如是於斷迷失住補特伽羅無我於自遍計所起境界中爲想顛倒等之所顛倒而諸菩薩則不如是

云何貫穿因性謂由二種相一者觀察能取所顯故三者彼如實通達所顯故此中觀察能取者謂即觀察此無我智遠離言說自性故遠離彼分別故應捨相故有剎那故此中彼如實通達者謂觀察所取能取二種如理作意思惟爲因各別內證決定智生

云何貫穿到邊際空性謂由一種相即彼法無我智如實顯現故此中如實顯現者謂顯現業煩惱相似相故不可言說法故離言說自性故如是不執著故有剎那故

云何貫穿即彼空性威德謂由一種相業煩惱斷對治所顯故此中斷者謂彼剎那光明想生能斷無始時來所集一切諸業煩惱

復次有幾種聲聞聲聞所學菩薩所學有何差別謂有四種聲聞聲聞所學菩薩所學當知差別有十三種

云何名爲四種聲聞一者變化聲聞二者增上慢聲聞三者迴向菩提聲聞四者一向趣寂聲聞變化聲聞者爲欲化度由彼所化諸有情故或諸菩薩或諸如來化作聲聞增上慢聲聞者謂但由補特伽羅無我智及執著邪法無我智計爲清淨迴向菩提聲聞者謂

從本來是極微劣慈悲種性由親近如來住故於廣大佛法中起大功德想熏修相續雖到究竟住無漏界而蒙諸佛覺悟引入方便開導由此因故便能發趣廣大菩提彼於如是廣大菩提雖能發趣由樂寂故於此加行極成遲鈍不如初始發心有佛種性者一向趣寂聲聞者謂從本來是最極微劣慈悲種性故一向棄背利益衆生事故於生死苦極怖畏故唯有安住涅槃意樂畢竟不能趣大菩提

如二王子相似處生平等平等受王快樂一於王政討論工巧處等皆悉善知第二王子則不如是彼二但由此分差別非由受用王之快樂如是於無漏界中諸菩薩衆與一向趣寂聲聞當知差別

應知彼二復有差別謂意樂故白法集成故智集成故種類故種性故持種故加行故威德故正行故福田故殊勝差別故因果故生依止故

一向趣寂聲聞棄背諸行雜染利益有情事故一向安住寂靜意樂菩薩雖有垢染而與彼相違又彼聲聞唯爲自身得增長故白法狹小菩薩爲欲增長一切有情樂故白法無量又彼聲聞由無爲智但爲除遣自身煩惱菩薩普爲一切十方諸有情類又彼聲聞雖緣最勝解脫法境作意集成而非佛子菩薩雖緣下劣諸行有情法境作意集成而是佛子又彼聲聞雖勤精進於諦善巧心善安定不成就佛種性相故諸佛世尊不甚攝受而諸菩薩與彼相違又彼聲聞到究竟故根雖

成熟於當來世而不能作佛所作事菩薩初心刹那生已便能造作又彼聲聞雖到究竟而不爲彼諸天人等供養讚嘆如住始業修行菩薩而諸菩薩雖復未到究竟之位然其威德及與智慧映蔽一切聲聞獨覺又彼聲聞療煩惱病智慧良藥雖復成滿而不能治一切衆生諸煩惱病而諸菩薩與彼相違由能修行利益他事勝義行故又彼聲聞雖到究竟於諸有情智光明照然非諸天及餘世間眞實福田如諸菩薩未盡煩惱又於聲聞一切時中如來最勝於最勝中諸菩薩衆彌復最勝彼由於此所集成故又由二緣應知彼勝彼能成熟諸有情故亦能成熟諸佛法故由此因緣感菩提果隨所成熟諸有情類能令解脱譬如有人能辦能熟覺慧希奇非彼端然而食用者此中道理當知亦爾又彼聲聞雖復一向受學修行清淨法因亦爲無量善友攝受而不能引大菩提果諸菩薩衆與彼相違而能引發又諸聲聞依菩薩生非諸菩薩依彼聲聞

復次云何由世間出世間智能作利益他事謂諸菩薩遍於十方或遊歷世界或遊歷國土或遊歷生或勸請他爲大良醫善能療治煩惱鬼魅所著有情爲無有上宣説三學清淨之道

云何世間智謂於麤品所有雜染能爲止息對治於中品者能爲制伏對治云何名爲麤品雜染謂在家者貪瞋癡行性諸出家者見依止性及彼所依不正作意依止性後有顛依止性由總別四顛倒故於非解脱執爲解

脫依止性

云何中品雜染謂已止息麤品雜染別別對治爲依止故於諸境界貪瞋癡纏依止性於其所緣正繫念故令不定者心得安定精勤修習菩提分法方能制伏不依此修而自恃舉故於所緣繫心令住勇猛精進從此於住能正攝受攝受住故於積聚中由一念執中煩惱轉便能制伏從此爲斷出世間法所對治故依止對治即令堅住從此能伏諸緣起愚補特伽羅無我性愚及法無我性愚從此能於邪道正道皆得決定由如是相應知麤品中品雜染止息制伏能對治智是名世間智云何出世間智謂如是制伏貪瞋癡纏諸雜染已復能對治微細隨眠所有雜染此真實智名出世智此復云何謂即依彼制伏對治三處善巧謂緣起善巧補特伽羅無我勝解善巧法無我勝解善巧爲欲超度無餘雜染對治四種無智故不待他教於內精勤觀察自心四無智者一於共相無智二於自相無智三於雜染相無智四於清淨相無智由三種相應知心共相一於緣生者不現在前無作用故二於現在者唯一刹那無作用故三於貪等自緣所生非心作故由三種相應知心自相一者如前言說自性不可得故二者如前由六種相如實可得故三者一切聖者無差別智之所得故由三種相應知心雜染相一者生故二者轉故三者行故於諸趣中種種自體生故名雜染生即於此中生者自然刹那有流轉故一切所緣難伏轉故貪愛勢力之所轉故名雜染轉若於彼行若如

是行名雜染行謂於一時行於善中或於一時行不善中或於一時行境界中或於一時行造業中或於一時行煩惱中又於煩惱行貪瞋等無決定行非即於此行有貪已復行無貪行無貪已復行有貪如是等又於隨順樂等法中得爲增上現行又生自苦斷壞衆樂不由執著故但由顛倒故由此引發自身衆苦無有猒足或於善中而安置時即便棄捨思求瑕隙爲令不善現前行故於其瑕隙及衰盛中爲諸愛恚之所損惱又隨放逸勢力一切所作諸善根本皆令損壞又極樂著色等境故雖於極利益甘露界中數數思擇而難可安立於此義中示現假合所設譬喻其事應知由三種相應知心清淨相一者不得相故二者無爲相故三者種性相故若由別異如理勤修求心清淨不能證得若由如是如理勤修便能證得又不觀見言說自性見眞如相此由九種相當觀無爲相一者不行世故二者非如在滅盡定言說自性不可行故眞如相可得故是無二相三者非生身相故四者超過生身因自性相故五者超過當來生故六者超過死沒故七者超過刹那展轉不遠離故八者超過趣轉易故九者超過業煩惱行故此中種性相當知是無學界相於現法中超過五事一者超過所作二者超過非所作三者超過所作加行四者超過所作非加行五者超過非所作加行於後法中超過六事一者超過能發起後有行二者超過彼行三者超過彼果生四者超過依彼衰盛五者超過於彼所依一切無記動搖中

修學期願受用六者超過彼所依自體差別復由四位九相應知種性相何等四位一不清淨位二清淨位三通達位四究竟位云何九相謂不清淨位於一切相等隨行故譬如虛空若清淨位平等一味及身心遠離若通達位隨順趣究竟由一切煩惱自性離繫離垢故超過薩迦耶見及超過彼為根本諸惡見趣若究竟位安樂成滿及超過三種變壞何等名為三種變壞一者老死等變壞二者顛倒處變壞三者清淨退失變壞

復次云何於菩薩教授中聲聞所學謂諸貪憂毗柰耶故是增上戒學加行猒患作意故是增上心學加行補特伽羅無我性故或法無我性故是增上慧學加行此中貪憂是能發起所有毀犯又如正不除遣如已不除遣如正除遣如已除遣由此四相應知自心不如理作意所起貪欲薩迦耶見及與瞋恚若由境界或復由他而起妄計如是名正不除遣若由境界或由他不饒益加行之所引奪如是名已不除遣由隨一不除遣故當知隨一亦不除遣由隨一除遣故當知隨一亦復除遣又若不除遣雖住律儀於增上戒尚名毀犯何況安住不律儀者又增上心學於所緣境散亂錯誤是能障礙依補特伽羅無我修增上慧者薩迦耶見是能障礙依法無我修增上慧者自性差別分別計縛是能障礙於此三學正修遣中有八種違逆學法有八種隨順學法何等為八一者唐捐躭著二者躭著故縛三者縛故障礙四者障礙故垢五者垢故災雹六者雹故瘡皰七者瘡皰故熱

惱八者熱惱故諸煩惱病難可療治與此相違當知即是八種隨順學法

復次云何不善學沙門謂三種應知一者不顧沙門二者形相同分三者軌則正命受用加行戒見意樂皆不同分若回向資具是增上戒形相同分是增上心及增上慧形相同分是彼行意樂不同分若迴向聲譽是奢摩他支同分是毗鉢舍那支同分是俱修支同分是俱資糧支同分是意樂不同分

復次云何善學沙門當知由四種相一者加行故二者意樂故三者通達故四者趣究竟故於現法中由猒患加行故於前生中由相續成熟加行故當知加行圓滿由法無我勝解意樂故若所應得若能應得於此二言說自性無執著故於意趣義正尋求故不但隨順言辭故當知意樂圓滿若於法眞如以不緣他智通達自性無雜染故於世俗寶及世俗生死涅槃解脱繫縛自性無所得故當知通達圓滿巳善修習一切雜染對治故又於眞如無斷壞故及能勝伏故當知趣究竟圓滿復次不善學沙門由三種相當知彼名不如其義一者意樂衰損加行具足二者意樂具足加行衰損三者意樂衰損加行衰損此中意樂衰損加行具足復有三種一者能聽唯此喜足二者能說唯此喜足三者能證世間三摩地而生愛味唯此喜足若善學沙門唯由一相當知意樂具足加行具足

復次云何住世俗律儀當知有四種相謂雖成就六支尸羅而爲二種損害損害尸羅謂由薩迦耶見纏故及於毀犯出離不了知故

雖遠離此二種過失而未得世間清淨律儀不能制伏薩迦耶見雖已得世間清淨律儀已制伏薩迦耶見而不損減串習法無我性怖畏損壞尸羅雖遠離一切所餘過失而爲邪法無我勝解及增上慢損壞尸羅

復次云何住勝義律儀謂所成就出世間一切煩惱不相應能對治三界尸羅又於四種住律儀中諸戲論法現所可得若能寂靜彼相當知是名無漏尸羅云何名爲諸戲論法謂於初住律儀中我執可得若我所執若作毀犯若不作彼若故思所作加行若非彼加行若正知而行若彼不行若失念而行若彼不行於第二住律儀中薩迦耶見品麤重隨行若名可得若色可得若當來生相若今時無相若纏寂靜若隨眠故彼不寂靜若補特伽羅無我執若補特伽羅執棄捨若即於彼補特伽羅無我執中所執性若非所執性若由此故於色等中有情執若彼假設讚善執若能假設心語假設讚善執於第三住律儀中若生上故世間若捨下故非世間若三摩地依止若諸欲依止若恃舉自尸羅若輕懱他尸羅於第四住律儀中若計我尸羅清淨若自由性差別分別故分別尸羅如是等諸戲論法於無漏戒中皆悉寂靜又即與此義相應依清淨三學應知所說伽他當知爲令福德資糧塵垢微薄攝受善士無失壞故智慧資糧於甚深處起勝解故由二因緣入如來教一者由法住智深了别故二者由眞實智善決定故

復次云何如來調伏方便當知此有二種謂

自體同分故及勝解同分故又現同分爲令安住受教心故及依教授而出離故又正清淨加行教導教授當知復有四種一者於雜染清淨驚怖轉依教導二者遠離雜染因緣教導三者遠離於清淨驚怖因緣教導四者第一現法樂住加行教導此中雜染因緣有二種一者由世俗言說自性雜染自性執分別故二者由彼功德過失差別執分別故由二種相應知於清淨道驚怖因緣一者由於前後清淨道離染分別故二者由雜染遠離分別故由二種相應知於涅槃清淨驚怖因緣一者由世俗言說自性執故二者於涅槃增語想中作心所有想故又於寂靜心所有想若增語想遍了知故於彼二因緣俱遠離故當知是第一住加行教導

復次云何名爲密意語言謂無二相智是能悟入一切密意語言相云何無二相謂諸名言安足處事由彼自性無所有故名言熏習想所行自性有故說爲無二於此無二若起二執名爲雜染若無二執名爲清淨又非一切名言安足處事由彼世俗言說熏習想所行自性無所有故非彼熏習智所行自性有故說爲無二於此無二若起二執名爲雜染若無二執名爲清淨由此無二相應知悟入如來一切密意語言此中由五種相名論圓滿即於教授中由五種相名果圓滿由五種相名果勝利圓滿當知皆依密意語言云何由五種相名論圓滿謂若由此相宣說若是宣說若所宣說若如是宣說若彼宣說如是圓滿云何由五種相名果圓滿謂無餘依涅

槃界若有餘依涅槃界若聖道圓滿若勝內怨若勝外怨如是圓滿云何由五種相名果勝利圓滿謂即是供養大師報信施恩越生死苦於福田性無有退轉從法化生名如來子依止如來

復次云何於菩薩藏教授中勝解勝利當知由五種相一者建立由時即能映蔽感大富貴增上因故二者由轉依故三者即於是處作說器故四者作說者器故五者於捨身時得見業清淨故由五種相當知映蔽感大富貴增上之因所謂此因能引有量無量果故有盡無盡法故感非廣大廣大樂故是智資糧智自性故由此能引彼故

又由遠離六種過失應知身行何等名爲六種過失一者愁憂相過失二者不了知數習過失三者由二種相威儀過失四者由三種相怖畏相過失五者由二種相過履瑟吒過失六者身不調柔過失

又於相慶慰時遠離五種過失應知語行何等名爲五種過失一者怯怖過失二者麤獷過失三者棄捨佛語作不相應戲論過失四者不讚嘆如來過失五者於同法者不施諫誨過失

又於記別所解了時遠離五種過失應知語行何等名爲五種過失一者於所證得忘念過失二者前後語言相違過失三者道理相違過失四者敬信聖教諸天訶責過失五者如來訶責過失

又由遠離五種過失應知意行謂依現法義有前四種依後法義有第五種何等名爲五

種過失一者不忍過失不能忍受現在過去不饒益事故二者覆藏過失由覆藏故惡作燒惱故三者貪染過失希求諸欲及受用故希求出離怨故四者忘念過失攝受不正見故於斷心迷亂故五者期願過失由自輕賤遠離廣大諸佛菩薩之所加被諸佛國土微妙願故由微細意樂引發諸佛法故於一切法殊勝世間興盛差別起憍慢故及願彼故於分別菩薩藏教授勝解勝利無量標釋中當知有無量無數勝解勝利於此地中餘決擇文更不復現

攝決擇分中有餘依及無餘依二地

如是已說菩薩地決擇有餘依無餘依二地決擇我今當說嗢柁南曰

離繫與壽行　轉依住差別　有常樂殊勝異性自在等

問於有餘依涅槃界中現在轉時一切煩惱當言離繫耶當言不離繫耶答當言離繫問於一切苦當言離繫耶當言不離繫耶答當言亦離繫亦不離繫所以者何若未來生所有衆苦當言離繫若現在生心所有苦亦當言離繫若現身中飢苦渴苦界不平苦時節變苦及餘所有逼迫等苦當言不離繫此由現前行故非諸煩惱所繫縛故

問若一切阿羅漢皆得心自在何因緣故不能有差別故所以者何有一分阿羅漢能捨壽行入般涅槃雖苦所逼而久住耶答功捨壽行入般涅槃雖苦所逼而久住耶答功壽行一分不能有一分阿羅漢能增壽行一分不能故

問若阿羅漢如先所有六處生起即如是住

相續不滅無有變異更有何等異轉依性而非六處相續而轉若更無有異轉依者何因緣故前後二種依止相似而今後時煩惱不轉聖道轉耶答諸阿羅漢實有轉依而此轉依與其六處異不異性俱不可說何以故由此轉依眞如清淨所顯眞如種性眞如種子眞如集成而彼眞如與其六處異不異性俱不可說不可說義如前已辯是故若問所得轉依與其六處爲異不異非如理問若此轉依無有體者應有如前所說過失謂阿羅漢煩惱應行道應不行是故當知有轉依性世尊依此轉依體性密意說言

遍計自性中　由有執無執　二種習氣故

成雜染清淨　是即有漏界　是即無漏界

是即爲轉依　清淨無有上

如屠牛師或彼弟子以利牛刀殺害牛已於內一切斫刺椎剖骨肉筋脉皆悉斷絶復以其皮張而蔽之當言此牛與皮非離非合如是諸阿羅漢既得轉依由慧利刀斷截一切結縛隨眠隨煩惱纏已當言與六處皮非離非合又已轉依諸觀行者雖取衆相當知與昔所取差別此所取相猶如眞如自內所證不可以言說示於他我所觀相如是如是問諸阿羅漢住有餘依涅槃界中住何等心於無餘依般涅槃界當般涅槃答於一切相不復思惟唯正思惟眞無相界漸入滅定滅轉識等次異熟識捨所依止由異熟識無有取故諸轉識等不復得生唯餘清淨無爲離垢眞法界在於此界中般涅槃已不復墮於天龍藥叉若健達縛若緊捺洛若阿素洛若

人等數以要言之所有有情假想施設遍於十方一切界一切趣一切生一切生類一切得身一切勝生一切地中非此更復墮在彼數何以故由此眞界離諸戲論唯成辦者內自證故

問於有餘依涅槃界中若無餘依涅槃界中已般涅槃諸阿羅漢有何差別答住有餘依墮在衆數住無餘依不墮衆數住有餘依猶有衆苦住無餘依永離衆苦住有餘依所得轉依猶與六處而共相應住無餘依永不相應問若無餘依涅槃界中已般涅槃所有轉依永與六處不相應者彼既無有六處所依云何而住答非阿羅漢所得轉依六處爲因然彼唯用緣眞如境修道爲因是故六處若有若無尚無轉依成變異性何況殞沒又復此界非所遍知非所應斷故不可滅

問於無餘依涅槃界中般涅槃已所得轉依當言是有當言非有答當言是有問當言何相答無戲論相又善清淨法界爲相問何因緣故當言是有答於有餘依及無餘依涅槃界中此轉依性皆無動法無動法故先有後無不應道理又此法性非衆緣生無生無滅然譬如水澄清之性譬如眞金調柔之性譬如虛空離雲霧性是故轉依當言是有問當言是常當言無常答當言是常問何因緣故當言是常答清淨眞如之所顯故非緣生故無生滅故

問當言是樂當言非樂答由勝義樂當言是樂非由受樂說名爲樂何以故一切煩惱及所生苦皆超越故

問於無餘依涅槃界中般涅槃者爲有少分差別意趣殊異不耶答一切無有所以者何非此界中可得安立下中上品不可施設高下勝劣此是如來此聲聞等問何因緣故無有差別所以者何諸聲聞等有餘殘障於無餘依涅槃界中而般涅槃佛一切障永無所有答住有餘依涅槃界中可得安立有障無障住無餘依涅槃界中畢竟無障可立差別何以故於此界中一切衆相及諸麤重皆永息故皆永滅故所以者何諸阿羅漢住有餘依涅槃界時一切衆相非悉永滅異熟麤重亦非永滅由彼説有煩惱習氣即觀待彼相及麤重安立有障住無餘依涅槃界時彼永無有是故當知於此界中無有有障無障差別問若此界中永無有障如諸如來離一切障阿羅漢等亦復如是何因緣故阿羅漢等不同如來作諸佛事答彼闕所修本弘願故又彼種類種性爾故阿羅漢等決定無有還起意樂而般涅槃是故不能作諸佛事

問於無餘依涅槃界中般涅槃者所有無漏界此與諸色當言有異當言無異答當言非異亦非不異如與諸色與諸受等當知亦爾與一切行與一切界與一切趣亦復如是問於無餘依涅槃界中般涅槃者於色等法當言獲得自在當言不得自在答當言獲得自在問此所得自在當言能現在前當言不能現在前答一分能現在前一分不能現在前謂諸如來於無餘依涅槃界中般涅槃已能現在前所餘不能令現在前問若此界中離諸戲論由此因緣不隨衆數云何復能起現

在前咨由先發起正弘願故又由修習與彼相似道勢力故譬如正入滅盡定者雖無是念我於滅定當可還出或出已住然由先時加行力故還從定出依有心行而起遊行當知此中道理亦爾

問迴向菩提聲聞爲住無餘依涅槃界中能發趣阿耨多羅三藐三菩提耶爲住有餘依涅槃界中可有此事所以者何以無餘依涅槃界中遠離一切發起事業一切功用皆悉止息

問若唯住有餘依涅槃界中能發趣阿耨多羅三藐三菩提者云何但由一生便能證得阿耨多羅三藐三菩提耶所以者何阿羅漢等尚當無有所餘一生何況當有多生相續

答由彼要當增諸壽行方能成辦世尊多分依此迴向菩提聲聞密意說言物類善男子若有善修四神足已能住一劫或餘一劫餘一劫者此中意說過於一劫彼雖如是增益壽行能發趣阿耨多羅三藐三菩提而所修行極成遲鈍樂涅槃故不如初心始業菩薩

彼既如是增壽行已留有根身別作化身同法者前方便示現於無餘依般涅槃界而般涅槃由此因緣皆作是念其名尊者於無餘依般涅槃界已般涅槃彼以所留有根實身即於此界贍部洲中隨其所樂遠離而住一切諸天尚不能覩何況其餘衆生能見彼於涅槃多樂住故於遍遊行彼彼世界親近供養佛菩薩中及於修習菩提資糧諸聖道中若放逸時諸佛菩薩數數覺悟被覺悟已於所修行能不放逸

問若阿羅漢迴向菩提便能證得阿耨多羅三藐三菩提者何因緣故一切阿羅漢不皆迴向無上菩提答由彼種性有差別故所以者何諸阿羅漢現見種性有多差別謂或見有諸阿羅漢俱分解脫或復見有唯慧解脫於無餘依涅槃界而般涅槃是故當知由彼種性有差別故非一切阿羅漢皆能迴向無上菩提

復次迴向菩提聲聞或於學位即能棄捨求聲聞願或無學位方能棄捨由彼根性有差別故所待衆緣有差別故如迴向菩提聲聞由遇緣故乘無上乘而般涅槃如是菩薩設爲如來及諸菩薩之所棄捨因棄捨故若遭尤重求下劣乘般涅槃緣應乘下乘而般涅槃然無處無容諸佛菩薩如是放逸棄捨於彼定無是處

復次迴向菩提聲聞若隨證得阿耨多羅三藐三菩提爾時即同如來於無餘依般涅槃界而般涅槃

問迴向菩提聲聞從本已來當言聲聞種性當言菩薩種性答當言不定種性譬如安立有不定聚諸有情類於般涅槃法性聚中當知此是不定種性

復次彼即於此住處轉時如無死畏如是亦無老病等畏如來亦爾彼及所餘於無餘依涅槃界中般涅槃者於十方界當知究竟不可思議數數現作一切有情諸利益事如首楞嚴三摩地中說幻師喻若商主喻若船師喻當知此中道理亦爾是名最極如來祕密於此及餘種種差別如來祕密勝解行地修

行菩薩下忍轉時隨其勝解差別而轉從此轉勝進入增上意樂淨地如是乃至於九地中展轉增進勝解清淨第十地中於此勝解最善清淨於彼如來諸祕密中是諸菩薩應正隨轉當知如來如是祕密不可思議不可度量超過一切度量境界

問於法決擇總義云何答

由品類差殊　而建立諸法　即於彼釋難

分別一行等

如是應知此中總義於此地中餘決擇文更不復現當知於彼一一地中皆有無量決擇差別我今且略開示少分由此方隅由此所學由此教導諸有智者餘類應思

瑜伽師地論卷第八十

音釋

瑕隙　瑕胡加切過也隙綺戟切釁也　獷　古猛切麤惡也　椎剖　椎直垂切擊也剖普后切剖折也　緊捺洛　梵語也此云疑神緊居忍切捺乃曷切　殞　羽敏切殁也

瑜伽師地論卷第八十一

彌　勒　菩　薩　說

唐三藏沙門玄奘奉　詔譯

攝釋分之上

如是已說釋攝決擇云何攝釋總嗢柁南曰

體釋文義法　起義難次師　說衆聽讃佛

略廣學勝利

云何爲體謂契經體略有二種一文二義文是所依義是能依如是二種總名一切所知境界

云何爲釋謂略有五一者法二者等起三者義四者釋難五者次第

云何爲文謂有六種一者名身二者句身三者字身四者語五者行相六者機請

名身者謂共知增語此復略說有十二種一者假立名二者實事名三者同類相應名四者異類相應名五者隨德名六者假說名七者同所了名八者非同所了名九者顯名十者不顯名十一者略名十二者廣名假立名者謂於內假立我及有情命者等名於外假立瓶衣等名實事名者謂於眼等色等諸根義中立眼等名同類相應名者謂有情色受大種等名異類相應名者謂佛授德友青黃等名隨德名者謂變礙故名色領納故名受發光故名日如是等名假說名者謂呼貧名富若餘所有不觀待義安立其名同所了名者謂共所解想與此相違是非同所了名顯名者謂其義易了不顯名者謂其義難了如達羅弭荼明呪等略名者謂一字名廣名者謂多字名

句身者謂名字圓滿此復六種一者不圓滿句二者圓滿句三者所成句四者能成句五者標句六者釋句不圓滿句者謂文不究竟義不究竟當知復由第二句故方得圓滿如說

諸惡者莫作　諸善者奉行　善調伏自心　是諸佛聖教

若唯言諸惡則文不究竟若言諸惡者則義不究竟更加莫作方得圓滿即圓滿句所成句者謂前句由後句方得成立如說

諸行無常　有起盡法　生必滅故　彼寂爲樂

此中爲成諸行無常故次說言有起盡法前是所成即所成句後是能成即能成句標句者如言善性釋句者謂正趣善士

字身者謂若究竟若不究竟名句所依四十九字此中欲爲名首名爲句首句必有名名必有字若唯一字則不成句又若有字名所不攝唯字無名問何因縁故施設名等三種身耶答爲令領受諸增語觸所生受故問名是何義答能令種種共所了知故名爲名又能令意作種種相故名爲名又由語言之所呼召故名爲名攝受諸名究竟顯了不現見義故名爲句隨顯名句故名爲文如世尊說增語增語路乃至廣說此中增語者謂一切衆同類相應名增語路者謂并衆同類欲能起彼故詞者謂彼相應語又即此語各別於彼彼處若標若釋彼所依處名爲彼路施設者謂一一分別施設建立彼所依處名爲彼路欲即是詞無有别欲此即增語施設之路又名身等略有六種依處一者法二者義三

者補特伽羅四者時五者數六者處所彼廣分別當知已如聞所成地

語者當知略具八分謂先首美妙等由彼語文句等相應乃至常委分資糧故能說正法先首語者趣涅槃宫爲先首故美妙語者其聲清美如羯羅頻迦音故顯了語者謂詞句文皆善巧故易解語者巧辯說故樂聞語者引法義故無依語者不依希望他信已故不違逆語者知量說故無邊語者廣大善巧故如是八種語當知略具三德一者趣向德謂初一種二者自體德謂次二種三者加行德謂所餘種相應者謂名句文身次第善安立故又依四種道理相應故助伴者能成次第故隨順者謂解釋次第故清徹者文句顯了故清淨資助者善入衆心故相稱者如衆會故應供故稱法故引義故順時故常委分資糧者審悉所作恒常所作故名常委彼分者謂正見等此是彼資糧故

行相者謂諸蘊相應諸界相應諸處相應緣起相應處非處相應念住相應如是等相應語言或聲聞說或如來說或菩薩說是名行相

機請者謂因機請問而起言說此復根等差別當知有二十七種補特伽羅此中由根差別故成二種一者鈍根二者利根由行差別故成七種謂貪等行如聲聞地已說由衆差別故成二種一者在家衆二者出家衆由願差別故成三種一者聲聞二者獨覺三者菩薩由可救不可救差別故成二種謂般涅槃法不般涅槃法由加行差別故成九種一已

入正法二未入正法三有障礙四無障礙五已成熟六未成熟七具縛八不具縛九無縛由種類差別故成二種一者人二者非人如是六文總有四相說名爲文一所說相謂名身等行相爲後二所爲相謂機請攝二十七種補特伽羅三能說相謂語四說者相謂聲聞菩薩及與如來如是六種皆顯於文若闕一種不能顯義由能顯義是故名文

云何爲義當知略有十種一者地義二者相義三者作意等義四者依處義五者過患義六者勝利義七者所治義八者能治義九者略義十者廣義

地義者略有五地一者資糧地二者加行地三者見地四者修地五者究竟地又廣分別有十七地謂五識身地爲初無餘依地爲後

相義者當知有五種相一者自相二者共相三者假立相四者因相五者果相如是五相如思所成地已辯復有五相一者異門相二者瑜伽相三者轉異相四者雜染相五者清淨相如是五相當知如前處處分別復有五相一者所詮相二者能詮相三者此二相應相四者執著相五者不執著相所詮相者謂相等五法如五事中已說能詮相者謂即於彼依止名等爲欲隨說自性差別所有語言應知此即是徧計所執自性相此徧計所執自性有差別名所謂亦名徧計所執亦名和合所成亦名所增益相亦名虛妄所執亦名言說所顯亦名文字加行亦名唯有音聲亦名無有體相如是等類差別應知此二相應相者謂所詮能詮更互相應即是徧計所執

自性執所依止執著相者謂諸愚夫無始時來相續流轉徧計所執自性執及彼隨眠不執著相者謂已見諦者如實了知徧計所執相及彼習氣解脫若正分別如思所成地應知其相

作意等義者謂七種作意即了相等如前聲聞地已說復有十智一者苦智二者集智三者滅智四者道智五者法智六者種類智七者他心智八者世俗智九者盡智十者無生智此亦如前聲聞地辯復有六識身所謂眼識乃至意識此亦如前五識身地意地已辯復有九種徧知一者欲界繫見苦集所斷斷徧知二者色無色界繫見苦集所斷斷徧知三者欲界繫見滅所斷斷徧知四者色無色界繫見滅所斷斷徧知五者欲界繫見道所斷斷徧知六者色無色界繫見道斷斷徧知七者順下分結斷徧知八者色貪盡徧知九者無色貪盡徧知如三摩呬多地已辯其相復有三解脫門謂空無願無相當知亦如三摩呬多地已辯其相此中應當分別諸法幾種作意之所思惟幾智所知幾識所識幾種徧知之所徧知幾解脫門之所解脫以如是等無量觀門應觀諸法

依處義者略有三種一者事依處二者時依處三者補特伽羅依處事依處者復有三種一者根本事依處二者得方便事依處三者悲愍他事依處根本事依處復有六種一者善趣二者惡趣三者退墮四者昇進五者生死六者涅槃得方便事依處復有十二種謂十二種行一者欲行二者離行三者善行四

者不善行五者苦行六者非苦行七者順退分行八者順進分行九者雜染行十者清淨行十一者自義行十二者他義行悲愍他事依處復有五種一者令離欲二者示現三者教導四者讚勵五者慶喜此中善趣者謂人天惡趣者謂諸惡趣退墮者復有二種一者不方他二者方他初謂自然壽命退減如壽命退減如是色力財富安樂名稱辯才等退減當知亦爾方他者謂族姓退減自在增上退減薄少宗業言不威肅智慧弊惡不能獲得廣大色聲及香味觸於所受用廣大事中心不喜樂如是等類名爲退墮與此相違隨其所應名爲昇進

生死者謂即善趣惡趣墮昇進涅槃者謂有餘依及無餘依二涅槃界

欲行者謂如十種受用欲中說離行者謂即於彼所受用事知無常等已猒而出家受持禁戒守根門等善行者謂施戒修善有漏行不善行者謂三種惡行苦行者謂露形無衣如是等類乃至廣說非苦行者謂不棄捨如法所得所有安樂遠離二邊所謂受用欲樂行邊及與受用自苦行邊依止中道如法追求及正受用衣服等事順退分行者謂所有行能障壽等諸昇進事與此相違當知即是順進分行如鸚鵡經說雜染行者略有三種一者業雜染二者煩惱雜染三者流轉雜染當知此中有九根本句謂業雜染有三句一貪欲二瞋恚三愚癡煩惱雜染有四句即四顛倒流轉雜染有二句謂無明及有愛所以者何由三不善根生起種種業雜染故由四

顛倒能發種種煩惱雜染故煩惱生已由無明門諸出家者能生種種流轉雜染由有愛門諸在家者能生種種流轉雜染清淨行者略有三學五地謂資糧地乃至究竟地如先已説當知學等有九根本句謂增上戒學及增上心學有無貪無瞋無癡在資糧地及加行地增上慧學有四無顛倒明及解脱在見地修地及究竟地自義行者謂自利行如聲聞獨覺彼雖或時起利他行然本期願不唯利他是故所行名自義行他義行者謂利他行如佛菩薩爲欲利益無量衆生爲欲安樂無量衆生乃至廣説

令離欲者謂訶責六種黑品諸行示現過患令離愛欲示現者謂爲令受學白品行故示現四種眞實道理教導者謂示現已得信解者安置學處令正受行由已於彼得自在故彼便請言我於今者當行所作唯願示誨因告之曰汝等今者於如是事應正作應隨學讃勵者謂彼有情若於所知所行所得中心生退屈爾時稱讃策勵其心令於彼事堪有勢力慶喜者謂彼有情於法隨法勇猛正行即應如實讃悦令其歡喜

復次令離欲示現者或有令離欲而不示現如教導他令其離欲而謂彼曰如其所言不應作者汝今必定不應復作或怖彼言汝若作者我必當作如是如是或復求彼汝若是我親愛善友必不應作或有示現不令離欲如處中者示現功德及與過失而未堪遮令離過失或有令離欲亦示現如示彼過令其離欲教導讃勵者謂初未受學令其受學既

受學已未上昇進令其昇進慶喜者若可慶喜而慶喜時有五勝利一者令彼於已所證其心決定二者令餘於彼所證功德生趣證心三者令誹謗者心得清淨四者令不清淨者心處中住五者令清淨者倍復增長若有補特伽羅慶他善事當知造作增長能感悅意生天之業若命終已隨彼彼生常聞悅意美妙音聲一切境界無不悅意

復次欲行或有能感善趣如爲欲故造後善業或有能感惡趣如以非法攝受諸欲離行若有毀犯能感惡趣若能成辦能感善趣及能作涅槃資糧善行能感善趣及作涅槃資糧不善行能感惡趣苦行能感惡趣由依邪見自苦身故非苦行能作涅槃資糧順退分行順進分行隨其所應退墮昇進雜染行能感生死清淨行能證涅槃自義行唯令自身往善趣逮昇進證涅槃他義行俱令自他往善趣逮昇進證涅槃

如是三事中根本事有六種謂初善趣乃至涅槃爲後得方便事有十二種謂十二行悲愍他事有五種謂由五種悲愍衆生此中由根本事增上力故依十二行如其所應令他離欲乃至慶喜

時依處者謂略有三種言事一者過去言事二者未來言事三者現在言事如經廣說

補特伽羅依處者謂輭根等二十七種補特伽羅應知其相

即依如是如上所說若事若時若補特伽羅故諸佛世尊流布聖教是故說彼名爲依處

過患義者以要言之於應毀猒義而起毀猒

或法或補特伽羅
勝利義者以要言之於應稱讃義而起稱讃
或法或補特伽羅
所治義者以要言之一切雜染行
能治義者以要言之一切清淨行如貪是所
治不淨爲能治瞋是所治慈爲能治如是等
盡當知
略義者謂宣說諸法同類相應廣義者謂宣
說諸法異類相應復次說不了義經故說了
義經故復次有二種略義一者名略二者義
略如是略義如是廣義亦有二種一者名廣
二者義廣如世尊言舍利子我所說法或略
或廣然悟解者甚難可得廣說如經當知此
中顯示世尊於契經中文廣義略於伽他中
義廣文略

爲攝十義故說中間嗢柁南曰
諸地相作意　依處德非德　所對治能治
廣略義應知
復次如是略說佛教體性十種義已諸說法
者應依聖教尋求十種若具不具既自求已
應爲他說
如是建立諸經文義體已諸說法者應以五
相隨順解釋一切佛經謂初應略說法要次
應宣說等起次應宣說其義次應釋難後應
辯次第
法者略有十二種謂契經等十二分教
契經者謂貫穿義長行直說多分攝受意趣
體性
應頌者謂長行後宣說伽他又略標所說不
了義經

記莂者謂廣分別略所標義及記命過弟子生處
諷頌者謂以句說或以二句或以三四五六句說
自說者謂無請而說爲令弟子得勝解故爲令上品所化有情安住勝理自然而說如經言世尊今者自然宣說
緣起者謂有請而說如經言世尊一時依黑鹿子爲諸比丘宣說法要又依別解脫因起之道毗柰耶攝所有言說又於是處說如是言世尊依如是如是因緣依如是如是事說如是如是語
譬喻者謂有譬喻經由譬喻故隱義明了
本事者謂除本生宣說前際諸所有事
本生者謂宣說已身於過去世行菩薩行時自本生事
方廣者謂說菩薩道如說七地四菩薩行及說諸佛百四十種不共佛法謂四一切種清淨乃至一切種妙智如菩薩地已廣說又復此法廣故多故極高大故時長遠故謂極勇猛經三大劫阿僧企耶方得成滿故名方廣
未曾有法者謂諸如來若諸聲聞若在家者說希奇法如諸經中因希有事起於言說
論議者謂諸經典循環研覈摩呾理迦且如一切了義經皆名摩呾理迦謂於是處世尊自廣分別諸法體相又於是處諸聖弟子已見諦迹依自所證無倒分別諸法體相此亦名爲摩呾理迦即此摩呾理迦亦名阿毗達磨猶如世間一切書算詩論等皆有摩呾理迦當知經中循環研覈諸法體相亦復如是又

如諸字若無摩呾理迦即不明了如是契經等十二分聖教若不建立諸法體相即不明了若建立已即得明了又無雜亂宣說法相是故即此摩呾理迦亦名阿毗達磨又即依此摩呾理迦所餘解釋諸經義者亦名論議等起者謂由三種若事若時若補特伽羅依處故隨應當說謂如是補特伽羅有如是行爲令離欲乃至慶喜已說等起次應說義義者略有二種一者總義二者別義由四種相當說總義一者引了義經故二者分別事究竟故三者行故四者果故行復二種一者邪行二者正行果亦二種一者正行果二者邪行果由四種相當說別義一者分別差別名二者分別自體相三者訓釋言詞四者義門差別訓釋言詞復由五種方便一由相故二由自性故三由業故四由法故五由因果故義門差別當知復由五相一者自性差別故二者界差別故三者時差別故四者位差別故五者補特伽羅差別故此中自性差別者謂色自性有十色處差別受自性有三受差別想自性有六想差別行自性有三行差別識自性有六識差別如是等類當知諸法自性差別界差別者謂欲界差別故色界差別故無色界差別故時差別者謂過去時差別故未來時差別故現在時差別故位差別者當知有二十五種分位差別謂下中上三位差別故苦樂不苦不樂三位差別故善不善無記三位差別故聞思修三位差別故增上戒增上心增上慧三位差別故內外二位差別故所取能取二位差別故所治能治二位

差別故現前不現前二位差別故因果二位差別故補持伽羅差別者如前所說二十七種補特伽羅應知差別

釋難者若自設難若他設難皆應解釋當知此難略由五相一者爲未了義得顯了故如言此文有何義耶二者語相違故如言何故世尊先所說異今所說異三者道理相違故如有顯示與四道理相違之義四者不決定顯示故如言何故世尊於一種義於彼彼處種種異門差別顯示五者究竟非現見故如言内我有何體性有何色相而言常恒無有變易如是正住如是等類難相應知於此五難隨其次第應當解釋謂於不了義難方便顯示於語相違難顯示意趣隨順會通如於語相違難顯示意趣隨順會通如是於不決定顯示難於究竟非現見難當知亦爾於道理相違難或以黒教而決判之或復示現四種道理或復示現因果相應所謂此言或爲增果或爲增因又於釋難應設四記一者一向記謂爲如理來請問者無倒建立諸法性相二者分別記謂爲如理或不如理來請問者開示差別諸法性相三者反問記謂爲令彼戲論問者自收已過四者置記由四因縁默置而記謂無體性故甚深等故此廣如前思所成地已說其相又如有問如來滅後爲有無等此於世俗及勝義諦所有理趣皆不應記是故說彼名爲置記此中如來約勝義諦非有性故不可記別約世俗諦所依能依道相違故彼果永斷不成實故亦不可記如來滅後是有無等

次第者略有三種一者圓滿次第二者解釋次第三者能成次第爲欲顯示此三次第略引聖教如世尊言我昔出家甚爲盛美第一盛美最極盛美此言顯示盛美圓滿次第又復說言我曾處父淨飯王宮顏容端正乃至廣說此言顯示盛美解釋次第又復說言爲何義故盛美出家由見老病死等法故此言顯示能成次第又復經中略說諸法如言三受樂受苦受不苦不樂受如是等類但顯圓滿次第由所餘句圓滿此受故名圓滿如受四諦亦爾謂先說一句後後隨順次第宣說能成次第復有二種謂或以前句成立後句或以後句成立前句解釋次第當知亦爾師者謂成就十法名說法師衆相圓滿一者善於法義謂於六種法十種義善能解了故二者能廣宣說謂多聞聞持其聞積集故三者具足無畏謂於剎帝利等勝大衆中宣說正法無所怯懼故又因此故聲不嘶掉腋不流汗念無忘失故四者言詞善巧謂語工圓滿八支成就言詞具足處衆說法故語工圓滿者謂文句相應助伴等乃至廣說八支成就者謂此語言先首美妙等乃至廣說五者善方便說謂二十種善巧方便宣說正法故如以時殷重等六者具足成就法隨法行謂不唯聽聞以爲究竟如其所說即如是行故七者威儀具足謂說法時手足不亂頭不動摇面無變易鼻不改異進止往來威儀庠序故八者勇猛精進謂常樂聽聞所未聞法於已聞法轉令明淨不捨瑜伽不捨作意心不捨離內奢摩他故九者無有猒倦謂爲四衆

廣宣妙法身心無倦故十者具足忍力謂罵弄訶責終不反報若被輕懱不生忿感乃至廣說

說衆者謂處五衆宣八種言何等爲八一者可喜樂言二者善開發言三者善釋難言四者善分析言五者善順入言六者引餘證言七者勝辯才言八者隨宗趣言五衆者一在家衆二出家衆三淨信衆四邪惡衆五處中衆可喜樂言者當知有五相一有證因二有譬喻三語具圓滿四文句綺靡五言詞顯了善開發言者開深隱義令麤顯故辯麤顯義令深隱故善釋難言者以要言之當知離五種難善成就故善分析言者於一一法依增一道理乃至析爲十種或復過此如依三法說或依四念住乃至廣說善順入言者唯善顯現解釋契經應頌等法終不引餘外道邪論引餘證言者謂引餘經成立所說勝辯才言者隨自所忍善分别義隨宗趣言者依摩呾理迦分别顯示或依其餘無倒說者所說言教如理解釋

復次處在家衆應依毁諸惡行讚諸善行現說正法令其止息及進修故處出家衆應依增上戒等三學現說正法令速欣樂故處淨信等衆應依聖教廣大威德現說正法如其次第令倍增長令處中信令生淨信故

瑜伽師地論卷第八十一

音釋

嗢柂南 梵語正云鄔柂南此云自說 嗢烏骨切 柂徒我切　弭 弥止切

阿僧企耶梵語也此云無央數企立弭切

研覈研五堅切窮究也覈下革切考實也

呾當達切

嘶先稽切聲破也

掉徒弔切掉動也

腋羊益切左右肘腋之間曰腋

析先擊切分也

瑜伽師地論卷第八十二

彌勒菩薩說

唐三藏沙門玄奘奉　詔譯

攝釋分之下

聽者謂如是說法者說正法時應安處他令住恭敬無倒聽聞云何安處謂或由一因或乃至十

一因者謂恭敬聽法現前能證利益安樂故此中或有利益非安樂等四句如菩薩地法受中已說

二因者謂善建立一切法故善建立者離諸過故具大義故又爲說者聽者所設劬勞有勝果故若不爾者能說能聽徒發巳業虛設功勞應無有果

三因者恭敬聽法能令衆生捨惡趣故得善趣故速能引攝涅槃因故如是三事要由恭敬聽聞方得

四因者一恭敬聽法能善了達契經等法二如是正法能令衆生捨諸不善攝受諸善若善聽者則能精勤若捨若受三由捨受故捨離惡因所招後苦四由此受捨善惡因故速證涅槃

五因者謂佛世尊所說正法有因緣有出離有依趣有勇猛有神變如是諸句如攝異門分當廣分別復有五因謂我當聞所未聞我當聞已研究我當除斷疑網我當棄背諸見我當以慧通達一切甚深句義諸佛世尊說此五種顯聞思修三所成慧清淨方便謂初二種顯聞所成慧次二種顯思所成慧後一種顯修所成慧

六因者一爲欲敬報大師恩德謂佛世尊爲我等故行於無量難行苦行求得此法云何今者而不聽聞二觀自義利謂佛正法有現義利三究竟能離一切熱惱四善順正儀五易可了見六諸聰慧者内證所知

七因者謂我當修習七種正法我當知法知義乃欲善知補特伽羅尊卑差别

八因者一佛法易得乃至爲旃荼羅等而開示故二易可修學行住坐卧皆得修故三引發義利謂能引發增上生果決定勝果故四初善故五中善故六後善故七感現樂果故八引後樂果故

九因者謂能解脱九種世間逼迫事故一能出生死大牢獄故二永斷貪等堅牢縛故三棄捨七財貧建立七財富故四超度善行聞正法儉建立善行聞正法豐故五滅無明闇起智慧明故六度四暴流昇涅槃岸故七究竟能療煩惱病故八解脱一切貪愛羂故九能度無始生死曠野稠林行故諸牢獄中生死牢獄最爲第一是故先說

十因者一恭敬聽法得思擇力由此能受聞法勝利如法求財不以非法深見過患而受用之二善知出離謂喪失財寶無憂無慼亦不嗟怨乃至廣說眷屬離壞若遭病苦不甚悲歎亦不愁惱乃至廣說三於諸欲中深見過患及見出離最勝功德清淨出家捨離上妙卧具貪著乃至能證諸妙靜慮四恭敬聽法速順證解廣大甚深相似甚深諸緣起法又能引發廣大善根出離歡喜如世尊說我聖弟子專心屬耳聽聞正法能斷五法能修

七法速疾圓滿五諸聖弟子恭敬聽法所有集法皆成滅法六解正法已遠塵離垢於諸法中生正法眼七能引攝證預流果最勝資糧乃至證得阿羅漢果及能引攝阿羅漢果最勝資糧八能引攝獨覺資糧九能善引攝無上正等菩提資糧十能引一切世間出世間靜慮解脫等持等至

讚佛略廣者謂說法師將欲開闡先當讚佛讚有二種一略二廣略讚佛者由五種相應當了知一者妙色二者靜寂三者勝智四者正行五者威德妙色者謂三十二大丈夫相八十隨好靜寂者謂善能密護諸根門等及能永拔煩惱習氣勝智者謂於過去未來現在世法及非世法無礙無著正行者謂自他利正行圓滿威德者謂諸如來神通遊戲復有六種略讚如來謂功德圓滿故離垢染故無濁穢故無與等故唯利有情以爲業故於此業用有堪能故此廣分別如攝決擇分廣讚佛者謂佛世尊無邊名稱德無量故能施光明發智明故能除黑闇永滅一切無智闇故成就明眼具三眼故見勝義諦了知無等諸聖諦故成就禁戒戒圓滿故戒者宿故如是兩足中尊諸調御中最勝最上沙門衆中最爲殊美是諸世間難得珍寶

如是爲哀愍者爲大悲者樂爲義者求利益者常悲愍者如是爲眼爲智爲義爲法於明了義能善決定凡有所作皆依於義如是能證一切所未證義由先證聖八支道故自然證故善能制立所未曾立勝梵行故是知道中者是證道者是示道者是說道者是引道

者如是是人中師子離怖畏故是人中牛王御大衆故是人中持御衆上首故是人中龍王無誤失故是人中良馬心善調故是人中最勝家族姓等映衆人故是人中最上戒正行智勝威德等映衆人故是人中蓮華世間八法所不染故如是是無等者無與等故無等等等者等去來今無等者故是最第一於諸有情爲最上故是大仙王戒耆宿故長時積集勝梵行故證古大仙所證道故是最勝者於諸外道煩惱等魔能得勝故是大牟尼無有一切掉慢等故與三寂靜具相應故不可引奪一切生等及諸異論不引奪故善沐浴者永離一切諸惡法故到彼岸者超度一切薩迦耶故如是如來應正等覺乃至廣說是薄伽梵如是白法圓滿一切智者一切法主無忘失法於諸有情堅固最勝一切苦樂不擾其心是善調者密護根門善圓滿故是寂靜者受持尸羅善圓滿故是安隱者已入決定地故般涅槃者已證菩提故拔毒箭者拔愛箭故調未調者靜未靜者已如前說安慰一切不安隱者善能安立諸異生等令證預流一來果故寂滅一切未寂滅者善能建立住初二果令證不還及阿羅漢果故無杻械者出火坑者度深塹者制諸求者無傾動者摧慢幢者大常住者如是是阿羅漢諸漏永盡如前廣說乃至盡諸有結如是永斷五支成就六支廣說乃至純善積集最上丈夫如是善知法者乃至善知補特伽羅有尊卑者如是是大沙門大婆羅門離垢無垢良醫商主是勝觀者是世間依是衆生尊此中離垢

者煩惱障斷故無垢者所知障斷故又永拔習氣故名無垢日夜六反觀察世間故名勝觀如是是一切種善清淨者大丈夫相及隨形好莊嚴身者具足十力爲大力者具四無畏無所畏者是大悲者於三念住善住念者成就三種不護法者無忘失法永害一切煩惱習氣具一切種微妙智者此中大悲者長時積集故謂經三大劫阿僧企耶方乃證得又復依緣一切有情故緣一切種苦爲境界故於諸衆生一切損惱變異利養得無轉故於諸有情平等轉故

復次此中諸說法師應於如是安立釋經法相先當尋求若文若義次復爲他轉五種釋如先所說解釋道理宣說正法又應如是安立自身於先所說說法者相謂善法義等十種圓滿如是自安立已應起如是品類言說謂處五大衆以如前所說可喜樂等八種言詞爲衆說法又安處他令住恭敬無倒聽聞又應先讚大師功德若有具足如是五分說正法者當知猶如五分音樂能令自他生大喜樂又能引發自他利益若能如是善修學已當知具足五種勝利一於佛言義解了不難二能善圓滿說諸法相三能善起發自他相續廣大歡喜四能引善出離乃至天上人中稱譽徧滿五能生起無量功德

復次如經中說住學勝利當知此經文義爲體文者謂此經言汝等苾芻應當安住修學勝利此中有十二字四名一句如是則攝名句字身此中言說是學處相則攝行相如來言說本爲苾芻請問則攝機請如來所說言

音則攝於語是故此經一句具攝六文如是慧爲上首等諸句中皆隨相應知義者謂地義中但說聲聞地或具五地經言學勝利者是資糧地慧爲上首者是加行地解脫堅固念爲增上者是見地修地究竟地是名地義於相義中學勝利者是戒自相慧爲上首者具二種相謂於慧自相所依助伴等中唯慧自體是慧自相慧之所依助伴所緣名爲共相解脫堅固者謂求離一切煩惱麤重是解脫自相念爲增上者是念自相是名相義作意義中學勝利者非諸作意唯顯作意建立處所慧爲上首者應知了相勝解作意解脫堅固者顯示遠離攝樂方便究竟方便究竟果作意念爲增上者當知此顯觀察作意是名作意義由此道理於智等中應隨建立依處義中依於涅槃學處所攝清淨行隨其所應起教導等所謂教導乃至慶喜當知此中亦通有善等行隨其最勝但說清淨行出家補特伽羅是補特伽羅依處又依輭根等一切補特伽羅應當慶喜又於過去現在時應當慶喜已證得故正證得故於現在時起於示現於未來時起於教導及讚勵是名依處義勝利義中謂修三學速得圓滿是勝利義過患義中謂出家者不應行於異行不應儲餘財物所治義中謂犯尸羅無智煩惱及忘失念當知護尸羅等即是能治義又一切雜染行皆是所治三學等行皆是能治於略義中謂住學勝利乃至念爲增上此略舉宗名爲略義當知即分別此名爲廣義是名略廣義除此更無若過若增

復次於解釋中法者謂於十二分教當知此是契經所攝又是記莂由了義故等起者謂應當說依止處所爲欲自顯徧行行智力故發起此經又爲顯示精勤修習清淨行者及爲顯示重財利者令信解彼所化有情依住學勝利等精進修習速得圓滿三學勝利又爲顯示四種苾芻體故此中經言學勝利者爲令遠離種姓形相苾芻體故及令遠離詐現軌則密護威儀苾芻體故慧爲上首者爲令遠離計著虛妄聲譽稱讚苾芻體故解脫堅固念爲增上者勸令修習眞實正行苾芻體故所以者何若有愛樂聲譽等者雖自勉勵聽受正法慧不增長若有遠離前所說過便於眞實正行攝受正解脫中堪任勸導又爲於下劣生喜足者勸令漸漸修學增進爲

樂追求隨順世間文章呪術於戒慢緩者說學勝利爲守尸羅捨多聞者說慧爲上首爲唯於聞思生喜足者說解脫堅固爲於戒慧解脫起增上慢者說念爲增上如是等類皆名等起義者謂總義中當知此經宣說正行及正行果如是戒等三學當知是名學之邊際又言如是住者此顯正方便四種瑜伽所攝又言如是住三學者此顯正行果此中信欲爲先攝受尸羅聽受精進慧等方便於別義中所言學者是勤精進如聖教行若習若修名之差別清淨身語正命現行是學自性由此正行尸羅忍辱等修顯發故名爲學又爲靜寂及爲清涼進習除滅故名爲學如是等類訓釋名言又應如前說相故自性故業故法故及因果故義門差別中自性差別者

謂學勝利是所顯示七品尸羅或過二百五十學處界差別者謂欲行中有別解脫律儀色無色行中有靜慮律儀無漏律儀非界所繫時差別者謂學勝利過去已學未來當學現在正學此學勝利當知於去來今平等無異位差別者謂已入正法補特伽羅諸學勝利未成熟者是下位正成熟者是中位已成熟者是上位若心不喜樂勉勵修行諸梵行者此學勝利是苦位若心喜樂不自勉勵修梵行者此學勝利是樂位若於梵行非喜樂非不喜樂者此學勝利是不苦不樂位又學勝利皆是善位非不善位非無記位若聽受者是名聞位若思惟者是名思位若修習者是名修位若未證得增上心慧唯是增上戒位若證得者亦是增上心慧二位如是等類是位差別補特伽羅差別者此中意說出家補特伽羅或是鈍根或是利根或貪等行或等分行或薄塵行唯是聲聞非諸獨覺非諸菩薩由彼獨覺別覺悟故菩薩解脫爲堅固故不說共住修學勝利又復此中唯說般涅槃爲法者已入正法者無有障礙者亦具縛者不具縛者非無縛者唯人非天如是等類名補特伽羅差別如於學勝利如是於慧爲上首性於解脫堅固性於念爲增上性隨其所應當知皆有五種差別

此中勝利者是功德增進圓滿名之差別如說當觀十種勝利是其自性此法能有饒益應可稱讚故名勝利又復此法隨生有情定應隨逐故名勝利又復此法稱讚所隨故名勝利門差別者當知十種差別謂能攝受於

僧令僧精懇乃至廣説

此中苾芻者是沙門捨離家法趣非家等名之差別具足別解脱律儀衆同分是其自性於其形色勤精進故怖畏惡趣自防守故攝無損故名爲苾芻門差別者謂刹帝利等差別故上族下族差別故少中老年差別故當知是門差別

此中住者是俯就於時精勤修習名之差別

此住自性離所説學無有別法種種威儀攝受時分故名爲住此是訓詞門差別者謂威儀差別故朝中後分差別故日夜差別故當知是名住門差別

此中慧者是智見明現觀等名之差別簡擇法相心所有法爲其自性訓詞者簡擇性故治無智故名之爲慧又各品別能了知故名之爲慧又能顯了諸聰慧者是聰慧性故名爲慧門差別者隨其所應如前安立

此中解脱者是永斷離繫清淨滅盡離欲等名之差別自性者謂麤重永害煩惱永斷訓詞者謂能脱種種貪等繫縛故名解脱又復世尊爲種種牟尼説此以爲牟尼體性故名解脱門差別者謂待時解脱不動解脱見所斷解脱修所斷解脱欲行解脱色行解脱無色行解脱如是等類義門差別如前應知

此中念者是不忘失心明記憶名之差別自性者是心所有法訓詞者追憶諸法故名爲念又隨所經事隨其作意由此能令明了記憶故名爲念門差別者謂佛隨念法隨念等乃至廣説六種隨念如是如念住差別當知廣説差別又復如前隨其所應當知差別

復次於釋難中問住學勝利者義何謂耶答此增語顯示於增上戒學見勝功德住問慧爲上首者義何謂耶答此增語顯示於諸根中慧根第一問解脱堅固者義何謂耶答此增語顯示見修所斷煩惱永斷問念爲增上者義何謂耶答此增語顯示於少下劣不生喜足

問於餘經中三學次第世尊異説何故此中增上戒後説增上慧非增上心答此中顯示住學勝利由此言説顯聞等所成慧攝受無悔等由此漸次得三摩地即是顯示增上心學如世尊説於是五根最能攝受所攝受者所謂慧根由諸苾芻成就慧根乃至能修定根如是乃至成就定根當知皆是慧根之力令此經中世尊顯示慧根是三摩地引因及煩惱斷引因增上心學與增上慧學俱時而説問餘經中説三學修習進趣圓滿何故不説增上心學修習滿耶答如前所説當知此中道理亦爾

問何故此中但説住學勝利不説住慧勝利住解脱勝利等答於下劣中勸取勝利當知亦令所化有情於勝妙中攝受勝利又攝受於僧令僧精懇等十種勝利分明易了易可悟入是故但説住學勝利問夫解脱者於諸法中最爲殊勝何因緣故但説住慧上首不説住解脱上首答於下劣中勸取上首性當知亦令所化有情於勝妙中攝受上首性又於解脱顯示不共差别功德故何等名爲不共差别功德謂於無常無上慧邊解脱常故最爲堅固問何等名爲住學勝利答如所施

設諸學處中觀十勝利常守尸羅堅守尸羅常作常轉如是名爲住學勝利

問攝受於僧等諸句有何義耶答攝受於僧者是總句令僧精懇者令離受用欲樂邊故令僧安樂者令離受用自苦邊故未淨信者令淨信者故未入正法者令入正法故已淨信者令增長故已入正法者令成熟故難調伏者令調伏故犯尸羅者善驅擯故令慚愧者安樂住者淨持戒者令無悔故防現法漏者隨順摧伏煩惱纏故害後法漏者止息邪願修梵行故隨順求斷惑隨眠故爲令多人梵行久住轉得增廣乃至爲諸天人正善開示者爲令聖教長時相續無斷絶故

如是十種勝利略攝爲三即此三種廣開爲十何等爲三一者令僧無染汙住二者令僧得安樂住三者令佛聖教長時隨轉此中由七種隨護顯示無染汙住及安樂住七種隨護者一敬養隨護二自苦行隨護三資財乏少隨護四展轉相觸隨護五心追變隨護六煩惱纏隨護七邪願隨護最後一句顯示聖教長時隨轉

云何堅守尸羅謂不棄捨學處故云何堅守尸羅謂不毀犯學處故云何常作謂於學處無穿穴故云何常轉謂穿穴已復還淨故云何受學學處謂具隨學諸學處故

如是行者常守尸羅堅守尸羅聞正法已獨居靜處繫念思惟籌量觀察爲欲趣求增上心慧依聞思修所生妙慧能證解脫此解脫性無退法故說名堅固是出世間聖智果故

又此行者由正念力審自觀察我尸羅蘊爲

圓滿不我於諸法爲有正慧善通達不我於解脱爲善證不如是依止正念力持具學勝利發上首慧證堅解脱又此正念略有三種謂或因説法故或依教授故或由觀察應作不應作故

問世尊説戒有無量種謂事善戒苾芻戒近住戒靜慮戒等持戒聖所愛戒如是等戒今依何説住學勝利答依苾芻戒由最勝故問世尊説慧亦有多種謂聞所成慧思所成慧修所成慧依何慧説住慧上首答具依三慧問世尊説解脱亦有多種謂世間解脱出世解脱有學解脱無學解脱可動解脱不可動解脱如是等類今依何説住解脱堅固答依出世間不動解脱

問世尊説念亦無量種謂於身住念於受住念於心住念於法住念於久所作所説隨念於所受誦諸法隨念教授隨念應作不應作隨念佛隨念等所有諸念今於此中依何念説念爲增上答就勝爲言依應作不應作觀察隨念

復次於次第中先應安住苾芻尸羅次應聽受如來正法次應如理作意思惟如是行者由淨持戒無有憂悔由無悔等漸次生定由正方便所攝智慧如理作意正思惟故增上心學速得成滿如是名爲圓滿次第前前後後漸圓滿故能成次第者謂由住學勝利能成慧爲上首由慧爲上首能成解脱堅固云何能得住學勝利乃至能成解脱堅固謂由念爲增上如是名爲能成次第又如是住修習三學速得圓滿此亦名爲能成次第解釋

次第者謂能善教誡聲聞弟子一切應作不應作事故名大師又能化導無量衆生令苦寂滅故名大師又爲摧滅邪穢外道出現世間故名大師從他聽聞正法音聲又能令他聞正法聲故曰聲聞

問何因緣故唯爲聲聞說住學勝利等答由聲聞衆是佛世尊隨順修學眞實子故此中法者當知宣說名句文身學處者謂所宣說五毀犯聚具憐愍者謂於長夜諸有情所恒住慈等諸無量故具大悲者謂能拔濟無量衆生多苦法故樂義利者能與衆生多樂法故求利益者能與衆生無量品類妙善法故恒悲愍者能拔衆生無量諸惡不善法故爲令多人梵行久住者依刹帝利等族姓說轉增廣者即依如是有情種類後後增廣說乃

至爲諸天人者謂即依彼有勢力說此中顯示世尊大悲普覆一切非唯一分正善開示者謂如其所有性故及盡其所有性故宣說正法者謂十二分教聽受研尋任持讀誦處靜思惟如是正法如是能令汝利益者依增上戒說如是能令汝安樂者謂不依止弊苦艱難不自在行如是能令汝利益安樂者謂離欲者增上心行增上慧行此行善故名爲利益能饒益故名爲安樂

復次若於是處世尊讃美杜多功德是名利益若於是處世尊聽受百味飲食百千衣服是名安樂若處世尊制立三學如是名爲利益安樂又說如來於諸法中以彼彼慧善觀察者若爲利益若爲安樂若爲利益安樂依增上戒學增上心學增上慧學說當知此中

有二因緣名善觀察一者長夜串習徧了知故二者無倒正覺悟故於彼彼解脫善證得者依增上心增上慧說由二因緣名善證得一者到究竟故二者不還法故無退法故我尸羅蘊不圓滿者謂或於尸羅修習一分或不依止如是尸羅圓滿修習諸定地戒我於諸法不善觀察者由二種相如前應知我於解脫不善證得者由二種證如前應知我所應說如是已說者謂總結前略所標舉及廣分別

復次由六種相應當解釋一切契經一者徧知事故二者捨離惡行及諸煩惱隨煩惱故三者受學善行故四者由如病等行智徧知通達故五者由彼果故六者由自及他領受彼果故由此六相及由如前所建立相應善解釋一切經典此中事者謂蘊界處緣起念住及正斷等彼果者謂猒患離欲解脫及徧解脫自他領受彼果者謂我生已盡如是等類名攝釋分

瑜伽師地論卷第八十二

音釋

療力照切治也　羂古泫切網也　杻械杻敕久切械胡介切桎梏也

驅擯驅豈俱切逐也擯必刃切斥也

瑜伽師地論卷第八十三

彌勒菩薩說

唐三藏沙門玄奘奉詔譯

攝異門分之上

如是已說攝釋云何攝異門總嗢柂南曰

白品與黑品　異門等宣說　爲開悟義學

略總頌應知

別嗢柂南曰

師第一二慧　四種善說等　亦有因緣等

施戒道廣說

此中大師所謂如來紹師即是第一弟子如彼尊者舍利子等言襲師者謂軌範師若親教師若同法者能開悟者令憶念者大師即是立聖教者紹師即是傳聖教者襲師即是隨聖教者開許制止一切應作不應作故時時教授教誡轉故當知即是能說傳說及隨說者驅擯造作不應作故名能辯者慶慰造作應作事故名勝辯者於前二事能開示故名至辯者隨所生起一切疑惑皆能遣故名能導者惡作憂悔皆能遣故名勝導者一切煩惱及隨煩惱皆能遣故名至導者於諸疑惑能斷除者謂未顯義能顯發故已顯發義令明淨故甚深義句以慧通達廣開示故誓許爲作軌範尊重所依止故名第二伴隨轉伴故名爲善友宿昔同處居家樂故名爲知識父母宗親互相繫屬名憐愍者若非眷屬而施恩惠名有恩者言義利者名所求事能引義利樂爲此故名樂義利言利益者名爲善行樂爲此故名樂利益言安樂者名安樂住益身心義樂爲此故名樂安樂依現法樂

名樂安隱依後法樂說名爲樂相應安隱於一切事現正隨從故名信順若即於彼補特伽羅處所而起故名爲信開彼功德及與威力殊勝慧已即於彼法處所而起隨順理門故名淨信即由如是增上力故身毛爲竪悲泣墮淚如是等事是淨信相聞彼功德威力等已於行住等諸威儀中恒常信彼實有功德故名信述所言欲者若於是處樂作樂得言精進者發起加行其心勇悍言策勵者既勇悍已於彼加行正勤修習言剛決者發精進已終無懈廢不壞不退言超越者殷重精進言威勢者謂過夜分或前一更被服鎧甲當發精進言奮發者如所被服發勤精進或更昇進威猛勇悍發勤精進深見彼果所有勝利故名勇銳於勤修時堪能忍受寒等淋

瀝故名勇悍由善了知前後差別於其勝上差別證中深生信順所有精進名難制伏於少下劣差別所證進修善中無怯劣故名無喜足言勵心者謂於精進所有障處一切煩惱及隨煩惱諸魔事中頻頻覺察令心靜息言常恒者謂即於此正加行中能常修作能不捨軛言正信者謂於大師說正法時於此正法既聽聞已獲得淨信不放逸者謂得信已於樂出離障礙法中防護其心恒常發起善法修習言瑜伽者受持讀誦問論決擇正修加行言思惟者隨所受持究竟法義審諦觀察言憶念者於所觀察一切法義能不忘失於久所作久所說中能正隨念言尋思者即依如是無倒法義起出離等所有尋思所言智者謂出世間加行妙慧所言解者謂出

世間正體妙慧所言慧者謂已證得出世間慧後時所得世間妙慧言觀察者謂由無倒觀察作意審諦觀察已斷未斷有餘無餘言梵行者謂八聖支道及與遠離非正梵行習婬欲法又言安住餘梵行者謂三十七菩提分法彼由三處之所攝受謂由奢摩他故由毗鉢舍那故由修身念故如其所應彼自性故彼品類故此中信念俱通二品

復次即此大師亦稱第一自義行故亦稱爲尊他義行故亦稱爲勝俱義行故亦稱爲上映蔽一切諸外道故亦稱無上映蔽一切聲聞獨覺中下乘故復有差別言第一者共諸世間善圓滿故所言尊者共諸聲聞善圓滿故所言勝者共諸獨覺善圓滿故所言上者於煩惱障得清淨故言無上者於所知障得清淨故復有差別言第一者於欲行善得圓滿故所言尊者於色行善得圓滿故所言勝者無色行善得圓滿故所言上者超過一切三界世間善圓滿故言無上者出世間善得圓滿故無足有情者如蛇等二足有情者謂人等四足有情者如牛等多足有情者如百足等有色有情者謂從欲界乃至第四靜慮無色有情者謂從空無邊處乃至非想非非想處有想有情者謂從欲界乃至無所有處除無想天無想有情者謂無想天非有想非無想有情者謂非想非非想處所有生天如是略說品類差別顯示如來三種第一謂由蠢動故由依止故由心故

復次能得慧者謂總攝一切能引義利所有善慧生長增益廣大慧者謂輭中上品增進

差別清淨慧者謂宿世串習經歷多時其慧成熟成辦慧者謂於諸煩惱徧知永斷圓滿慧者謂即此善慧已到究竟無退慧者謂即此善慧成無退法究竟出離言捷慧者速疾了知故言速慧者慧無滯礙故言利慧者盡其所有如其所有皆善了知故言出慧者於出離法世間離欲能善了知故決擇慧者於出世間諸離欲法能了知故甚深慧者於甚深空相應緣起隨順諸法能了知故又於一切甚深義句皆能如實善通達故此中如來慧能制立聲聞等慧於所制立能隨覺了又大慧者謂即此慧長時串習故其廣慧者謂即此慧無量無邊所行境故無等慧者其餘諸慧無與等故言慧寶者於諸根中慧最勝故如末尼珠顯發輪王毗瑠璃寶令光淨故

與彼相應故名慧寶皆得成就又慧眼者謂俱生慧言慧明者謂他所引則他所引善加行慧言慧光者謂即加行聞思成慧言慧曜者謂即由此修所成慧言慧燈者謂於如來所說經典甚深建立等開示故言慧炬者謂於法教隨量隨時能隨轉故言慧照者謂於彼彼所有諸法以其妙慧能善了知雖善了知猶隨他轉而未身證慧無闇者謂身作證其慧根者謂於他所證能徧了知增上力故諸所有慧言慧力者謂於自先後差別所證能徧了知增上力故由法道理無退屈慧言慧財者謂能招引一切自在最勝富貴隨獲自心自在轉故又此慧寶於一切財最爲殊勝能爲一切世間珍財根本因故如說慧劒及慧刀者謂能永斷一切結故言慧杖者謂

能遠防一切煩惱天惡魔故言慧轡者縱意根馬於善行地而馳驟故慧無墮者今諸身分不散壞故慧垣墻者徧於一切一門轉故慧階陛者加行道故慧堂殿者到究竟故爲欲顯示垣墻等三復說三種所謂界智種種界智非一界智又正見者能善通達眞實法故有學慧者如理作意復能引發心善解脫慧善解脫又於後時諸有學慧謂預流果及一來果不還果攝諸無學慧謂阿羅漢菩提所攝若諸獨覺菩提所攝若諸如來最勝無上菩提所攝云何界智謂能了知種種界故若能了知十八界者名非一界智了知彼界種種品類名種種界智通達了知彼界趣地補特伽羅品類差別故又微細者能入眞實甚深義故言審悉者具能證入一切義故言聰明者謂與引發慧相應故言叡哲者謂與俱生慧相應故或復翻此眼者能取現見事故智者能取不現事故明者悟入盡所有事覺者悟入如所有事言義行者謂思所成善法攝故言法行者謂聞所成善法攝故言善行者施戒所成善法攝故調柔行者謂修所成善法攝故

復次言善說者謂諸文句善圓滿故言善覺者謂能善現等覺義故言出離者謂世間道斷除衆苦得出離故趣等覺者謂出世道爲超衆苦而能眞實現等覺故無差別者師與弟子所說文義相滋潤故不相違故有窣堵波者一切外道天魔及餘世間不能傾動故言有依者具足四依無失壞故大師如來應正等覺者謂所說教善清淨故此中諸句略

顯四種善説法律最極圓滿謂初二句顯文義圓滿次二句顯果圓滿次二句顯行圓滿後一句顯師圓滿

復次佛世尊法有因緣者謂有緣起制立一切所學處故有出離者謂有犯已制立如法還出離故言有依者謂由四依制立超越一切惡戒諸毀犯故有超越者制立遠離受用欲樂自苦行邊隨順士用令成就故有神變者謂由三種所現神變爲令獲得速疾神通無間制立正教授故

復次解脱捨者迴向涅槃故於施果中無繫著故常舒手者殷重廣施故樂棄捨者施前正施及與施後意悦清淨無追悔故祠祀施者一向如法不以凶暴積集財物時時數數周徧捨施所施物故捨圓滿者謂於福田而奉獻故於惠施中樂分布者謂於父母妻子等所時時平等而分布故如是一切總有六施一無所依施二廣大施三歡喜施四數數施五田器施六攝受眷屬施此中依止品類時處布施而説

復次廣説戒者中嗢柁南曰

尸羅法殺生　具戒等廣説

言尸羅者謂能寂靜毀犯淨戒罪熱惱故又與清涼義相應故言律儀者謂是遠離自體相故言具足者謂正攝受無悔等故言清淨者攝受現行三摩地故又言善者謂能攝受可愛果故言無罪者謂能攝受自他利故言無害者謂能違拒執持刀杖鬭諍等事言隨順者隨順證得諸沙門果及餘所有勝功德故言隱覆者謂常隱覆自善法故言顯發者

謂常發露自惡法故言端嚴者謂具攝受諸少欲等所有沙門莊嚴具故言福田者攝受正見軌範淨命圓滿德故言無熱者謂正遠離自苦邊故言無惱者遠離受用欲樂邊故言無悔者謂王遠離染汙不樂憂慼事故復次善說法者道理所攝故住持勝德故毗柰耶者隨順一切煩惱滅故所言聖者遠離一切雜染汙法令不生故又言善者能與無罪可愛果故言應習者應習近故言善哉者是諸聖賢稱讚事故

復次言殺生者謂如有一乃至廣說黑品白品當知廣如有尋有伺地中已說

復次言具戒等皆廣說者謂安住具戒亦能守護別解律儀乃至廣說密護根門若守護念若常委念乃至廣說於食知量於諸飲食思擇而食不爲充悅不爲憍逸乃至廣說進止往來正知而住乃至廣說如是一切廣說應知如聲聞地

復次廣說道者中嗢柁南曰

念住正斷　神足根力　覺支道支　無量爲後

爲欲勤修四念住故發起上品猛利欲者謂爲斷除不正作意諸過失故言精進者謂爲斷除慢緩策勤諸過失故言策勤者謂爲斷除惛沉掉舉二隨煩惱諸過失故言勇悍者不自輕懱故言勇鋭者能抗外敵故不可制伏者於少下劣不生喜足故言正念者不忘教授故言正知者能不毀犯所毀犯故不放逸者不捨善軛故住熱光者能修懈怠對治法故言正解者能修毀犯對治法故念成辦者能修忘念對治法故調伏世間者能修貪

憂一切世法正對治故此中顯示勤修念住諸苾芻等應當修習四種對治復次於諸正斷諸神足中所有異名廣說應知如聲聞地

復次於如來所安立正信等廣說應知如攝決擇分安住有勢力有精進有勇悍等廣說應知如菩薩地

復次簡擇諸法最極簡擇周徧尋思周徧觀察廣說應知如聲聞地已得無漏眞作意故緣聖諦境一切無漏作意相應名爲擇法言簡擇者總取一切苦法種類爲苦聖諦故最極簡擇者各別分別取諸苦故謂生苦老苦等極簡擇法者依此處所簡擇契經等法故所以者何依止此故先修所作又簡擇者謂審定解了最極簡擇者謂審定等解了極簡擇法者謂審定近解了前是尋求道今是決定道復有差別言解了者於所知事作意發悟等解了者既發悟已方便尋求近解了者求已決定

復次黠了者了知分別體故通達者通達所知事故復有差別黠了者了知自相故通達者了知共相故審察者謂能定取盡其所有如其所有先後漸次倍增廣故聰叡者先後漸次於彼義中無忘失故覺者謂堪能簡擇俱生之慧明者謂習所得慧慧行者謂能受持讀誦問論勝決擇等增上了別即於彼義轉增明了勤修習慧毗鉢舍那者謂即於前所了別義審觀察故涉入者謂先尋思於所緣境作意思惟心涉入故納受者謂即於彼能攝受故推尋者謂取彼諸相故極推尋者

謂取彼隨好故復有差別推尋者謂尋求心極推尋者謂伺察心最極推尋者謂於得失推搆尋思極校計故聖教爲依而起尋求說名尋思現量爲依說名思惟比量爲依說名分別猒離者增上意樂於遠離中起決定故遠離者謂從他邊受遠離故隨離者謂受已後能隨守護彼尸羅故還離者謂誤犯已即能如法而悔除故從此已後寂止律儀隨護尸羅寂止者由具忍辱柔和事故律儀者由具少欲慈心等故密護根門者自然不作故不作者由他不作故不行者由正了知不現行故不犯者不由失念而現行故橋梁者由此爲依渡惡法故船筏者謂依對治誓能運彼癡狂失道令渡相違障礙法故不喜樂者謂於遠離增上意樂極滿足故不違越者謂於一切所學衆中無毀犯故不棄捨故不異違越者謂於一分無穿穴故不棄捨故所言念者謂住其心故言等念者謂等住其心故如是廣說應隨九種心住差別如聲聞地當知其相復次嗢柁南曰

智宣說善欲　熾然獨遠塵　如病等解釋
我斷盡生等　并天世衆生　依等我作等

智者謂聞言說爲先慧見者謂見言說爲先慧覺者謂覺言說爲先慧知者謂知言說爲先慧智者謂知不現見境見者謂見現見現在前境明者謂無明相違解覺者謂實有義智覺者謂不增益非實有智慧者謂俱生生得慧明者謂由加行習所成慧現觀者謂於內現觀法已於諸法中非不現見非緣他智復次宣說者謂因他請問而爲記別施設者

謂由語及欲次第編列名句文身安立者謂次第編列已略爲他說分別者謂略說已分別開示解其義趣開示者謂他展轉所生疑惑皆能除遣顯發者謂自通達甚深義句爲他顯示教者謂不因他發起請問由哀愍故說法開示徧開示者謂無間演說不作師拳無所隱覆

復次初善者謂聽聞時生歡喜故中善者謂修行時無有艱苦遠離二邊依中道行故後善者謂極究竟離諸垢故及一切究竟離欲爲後邊故義妙者謂能引發利益安樂故文巧者謂善緝綴名身等故及語具圓滿故純一者謂不與一切外道共故圓滿者謂無限量故最尊勝故清淨者謂自性解脫故鮮白者謂相續解脫故梵行者謂八聖支道當知此道由純一等四種妙相之所顯說諦聽者謂於如是相法勸令審聽應善懇到者謂勸令無倒無間殷重如理思惟

復次猛利欲者謂我何當於彼處所乃至廣說猛利愛者謂於所修正加行中猛利樂者謂於說者及與大師尊重處等猛利信者謂於教法教授教誡

復次能熾然者謂爲證得速疾通慧終不自暇推延後期發勤精進順瑜伽者謂隨尊教若等若勝而修加行終不減劣能永斷者謂能修習煩惱對治能閑居者謂依所有邊際卧具遠離而居修三摩地令現在前依三摩地修習對治

復次獨者謂處遠離邊際卧具無有第二而安住故言遠離者謂諸染汙無記作意不現

行故無縱逸者謂於欲等尋思惡法防護心故又於善中自安處故言熾然者謂如前說言發遣者謂除五蓋内持心故又由此故發遣其心令趣無上安隱處故

復次遠塵離垢者塵謂已生未究竟智能障現觀有間無間我慢現轉垢謂彼品及見斷品所有麤重令永無故名遠塵離垢又復塵者所謂我慢及見所斷一切煩惱垢謂二品所有麤重於諸法中者謂於自相共相所住法中言法眼者謂如實現證唯有法慧言見法者謂於苦等如實見故言得法者謂隨證得沙門果故言知法者謂證得已於其所得能自了知我是預流我已證得無退墮法故至誠法者謂諦現觀增上力故獲得證淨於佛法僧及自所得聖所愛戒以正信行如實至誠故越渡惑者謂於自所證越渡疑者謂於他所證非緣於他者謂於此法内自所證非但隨他聽聞等故非餘所引者謂於大師所有聖教不爲一切外道異論所引奪故於諸法中得無所畏者謂於自所證若他詰問無怯懼故言逆流者謂已登聖道故言趣向者謂說神通究竟往趣無退還故復有差別當知建立世俗勝義二種法故

復次如說如病乃至廣說云何顯示彼如病等非但說彼猶如重病乃至廣說然修行者先以如實無常等行於彼事中如實訶毁作是思惟此如病等甚可猒逆爲欲與彼不和合故是故次說無常行等如實顯示觀察彼果言無常者顯現生身及與刹那皆展轉故刹那展轉者由彼彼觸起盡故彼彼受起盡

此相續見由非不現見非緣他智故所言苦者有二種苦謂生等諸苦及諸所有受皆說爲苦此二種苦如其所應由見生身展轉有故而得悟入謂死無間有生身生生已復有老等諸苦是故說言無常故苦由見生身展轉有故悟入苦性云何諸所有受皆說爲苦謂諸樂受變壞故苦一切苦受生住故苦非苦樂受體是無常滅壞法故說之爲苦此中樂受由無常故必有變壞一切苦受由無常故生住相續皆起於苦非苦樂受已滅壞者由無常故說之爲苦已生起者滅壞法故亦說爲苦此滅壞法彼二所隨逐故與二相應故亦名爲苦云何當觀樂受爲苦謂由此受貪所隨眠由隨眠故取當來苦於現法中能生壞苦如是當觀樂受爲苦云何當觀苦受如箭謂如毒箭乃至現前常惱壞故非苦樂受體是無常滅壞法者謂已滅者即是無常其未滅者是滅壞法若無常者從此復生若樂若苦滅壞法者終不解脱苦樂二種所言空者無常無恒無不變易眞實法故言無我者遠離我故衆緣生故不自在故

復次解釋者謂能顯示彼自性故開示者謂即顯示此應徧知此應永斷等差别故顯了者謂能顯示若不永斷不徧知等成過患故了者謂了相作意解者謂勝解作意知者謂遠離等作意等解了者謂了自相故近解了者謂了共相故黠了者謂了盡其所有故通達者謂了知其所有故觸者謂於八聖支道梵行所攝作證者謂於彼果涅槃

復次我者謂於五取蘊我我所見現前行故

言有情者謂諸賢聖如實了知唯有此法更無餘故又復於彼有愛著故言意生者謂此是意種類性故摩納縛迦者謂依止於意或高或下故言養育者謂能增長後有業故能作一切士夫用故補特伽羅者謂能數數往取諸趣無猒足故言命者謂壽和合現存活故言生者謂具生等所有法故

復次當斷諸愛止息諸結者謂適於聖諦得現觀時便能永斷三結於一切處後有之愛不復現行彼於後時數數勤修生滅隨觀復能無餘永斷慢等是故說言能正修習永斷諸慢㝵現觀故彼愛隨眠一切永斷由此因緣當來諸苦諸後有法無復可得又能究竟作苦邊際

復次我生已盡者謂第八有等梵行已立者謂於聖道究竟修故無復退失所作已辦者謂一切結永無餘故一切道果已證得故不受後有者謂於七有亦永盡故又我生已盡者有二種生一生身生此如前說二煩惱生此微薄故亦說為盡此則記別初之二果梵行已立者謂不還果非梵行貪此永斷故所作已辦不受後有者謂阿羅漢當知此中記別四種解了行相

復次并天世間者是總句此有二種一并魔二并梵并沙門婆羅門衆生者謂諸沙門若婆羅門生在人中希求魔梵而修行者并諸天人衆生者謂於天中除魔及梵於其人中除沙門婆羅門如是總結解脫三縛出離欲貪又毗柰耶斷超越者毗柰耶由了相勝解作意斷由遠離等作意超越由方便究竟果

作意言離繫者離九結故言解脫者解脫一切生老等故離顛倒者由見道故所言多者由修道故由彼修道多修習故說名爲多言利益者謂諸善行言安樂者無損惱行言哀愍者謂如有一由諸善行無損惱行哀愍於他是所求事故能引義利故名之爲義可愛樂故無有罪故爲利益安樂者謂於彼起所有善行無損惱行所言人者謂剎帝利等若有因佛出現世間善說正法增善修行能多利益能多安樂或但自爲利益安樂悲愍世間或但爲他利益安樂或爲二種是故說言爲其義利利益安樂此中唯說天及人者彼有勢力能了其義修正行故

復次依者謂五取蘊及與七種所攝受事即是父母及妻子等所言取者謂諸欲貪亦名爲取由不安立及安立故說有四取心依處者謂四識住言執著者謂諸煩惱能趣於依即名爲纏彼品麤重說名隨眠如是名依取心依處執著隨眠於此有識身及外一切相中者謂於我我所我慢執著隨眠因緣境界相中

復次我我所行者謂薩迦耶見言我慢者謂即此慢即彼諸纏名爲執著即彼麤重名爲隨眠執著多分是諸外道隨眠通二復次嗢柁南曰

如來無常想　底沙怖無爲　不有不相續

空無常無餘

如來應正等覺等者如經分別所言應者應供養故明行圓滿所謂三明遮行行皆悉圓滿又復四種增上心法現法樂住皆悉圓

滿前是行行後是住行此中清淨身語意業現行正命是行圓滿密護根門是遮圓滿中此二種顯示如來三種不護無忘失法由不造過世間靜慮遮自苦行言善逝者謂於長夜具一切種自利利他二功德故世間解者謂於一切種有情世間及器世間皆善通達故由善悟入有情世間依前後際宿住死生依一切時八萬四千行差別故於器世間謂東方等十方世界無邊成壞善了知故又於世間諸法自性因緣愛味過患出離能趣行等皆善知故無上丈夫調御士者智無等故無過上故於現法中是大丈夫多分調御無量丈夫最第一故極尊勝故天人師者由彼天人解甚深義勤修正行有力能故言佛陀者謂畢竟斷一切煩惱并諸習氣現等正覺阿耨多羅三藐三菩提故薄伽梵者坦然安坐妙菩提座任運摧滅一切魔軍大勢力故此中如來是初總序應正等覺謂永解脫一切煩惱障及所知障故於其別中略有二種所謂共德及不共德於共德中且說解脫諸煩惱障及所知障自餘明行圓滿等句是不共德

復次於無常想素怛纜中修謂若修若習乃至廣說修果謂一切欲貪乃至廣說修差別謂譬喻差別故修方便謂或住阿練若乃至廣說此中若修者謂由了相作意故若習者謂由勝解作意故多修習者謂由餘作意故又若修者謂於所知事而發趣故若習者謂無間殷重修加行故多修習者謂於長時熟修習故爲處者作所依故爲事者作所緣故

隨順者由作意思惟故串習者得隨所欲無艱難故善攝受者聽聞正法故善發起者於內如理作意思惟故又善攝受者殷重作意故善發起者無閒作意故又善攝受者到究竟故善發起者正加行故隨順欲貪故說於掉隨順色貪故說於慢順無色貪故說無明拔除根本者害隨眠故摧折枝條者下地善法由彼斷滅不增長故以無常想所緣顯示無常想自心作意觀無常故臺閣者謂解脫俱行無常想梁棟者謂彼依因象跡者謂於不淨等想爲第一故所緣廣大故流注者謂解脫因俱行無常想能趣涅槃故日出者謂能對治無明闇故如輪王者謂無學無常想如城王者謂所餘想又或居阿練若或居樹下或居空室或居逈露由取樹下覆障等故

即攝一切盻具遠離唯有色無常性者謂唯有色都無有我如是正修加行復次略有四種往趣道障二種道等謂由疑故不能發趣雖復發趣由邪尋思而往餘處由邪分尋思見行故雖無是事然不堪任教授教誡所言忿者謂他諫諍時言苦惱者謂出家者不得自在禁約艱難麁弊行等言不樂者雜瞋事故此之二種猶如坑澗又此二種能障行路雖無是事而由利養及恭敬故於入山林能爲障礙言猛利者處深稠林故所以者何雖捨所攝受事而不能捨此故復次言有怖者謂有盜賊及矯詐故言有畏者謂涉稠林故有諸惡獸及與非人諸恐畏故言有刺者謂一切處多毒刺故言失道者往餘處故言惡道者不平正故如是五種顯

道過失弊趣惡趣者顯示趣過失失道惡道而行及親近不善士者顯示能行補特伽羅所有過失諸盜賊等名不善士

復次無動者謂一切相皆遠離故無轉者謂貪愛盡故於諸境界無轉變故難見者謂甚深故甘露者謂生老病死皆永盡故安隱者謂超過一切人與非人災橫怖畏故清涼者謂一切苦皆寂滅故極清涼故善事者謂現法樂住所緣境故趣吉祥者謂斷一切煩惱所緣境故無愁憂者謂超過一切愛非愛故又證得已無失壞故不死殁者謂常住故不退還故無熾然者謂清淨故無熱惱者謂所欲匱乏永止息故無病者謂一切病諸癰瘡等永寂靜故無動亂者謂一切動亂皆滅盡故涅槃者謂一切依皆寂滅故

復次我何當不有我所何當不有者謂約未來世於我我所性所攝內處外處所攝自內體性及攝受事希求不生故又復顯示希求依止不生故及希求依彼受不生故我當不有我所當不有者謂約現在世說此觀無常滅前觀於擇滅又前但有希望故後於現在因觀無常性故

復次不相續者謂死殁已後餘識不生故言無取者謂無所住識無有趣入名色事故自體永不生故無生長者謂無有名色更增廣故言一切行皆寂止者謂諸五蘊皆止息故復次所言空者謂離一切煩惱等故無所得者謂離一切所有相故言愛盡者謂不希求未來事故言離欲者謂無現在受用喜樂故所言滅者謂餘煩惱斷故言涅槃者謂無餘

依故

復次言無常者謂性破壞朽敗法故言有為者謂依前際所尋思故言造作者謂依後際所希望故言緣生者謂依現世衆因緣力所生起故有盡法者謂一分盡故有没法者謂全分滅故又有盡法者謂全分滅故有没法者謂相續變壞故有離欲法者謂過患相應故有滅法者謂一切有為法皆有出離故

復次無餘斷者謂是總句永棄捨者諸纏斷故永變吐者隨眠斷故言永盡者過去解脫故永離欲者現在解脫故言永滅者未來解脫故永寂靜者由見道故永滅没者由修道故當知此中由二種道斷煩惱事顯無餘斷

瑜伽師地論卷第八十三

音釋

軌範 軌居洧切法也範音犯模也 悍 胡旰切有力也 銳 俞芮切利也 淋瀝 淋音林瀝郎擊切 軛 於革切 蠢 尺尹切擾動也 串 古患切與慣同習也 轡 彼義切轡也 窣堵波 梵語也此云方墳窣蘇骨切堵董五切 惛 呼昆切心不明也 懱 莫結切輕易也 抗 口浪切抵也 黠 胡八切慧也 緝綴 緝七入切續也綴陟衛切連綴也 素怛纜 梵語此云契經怛當割切纜盧瞰切 矯詐 矯居夭切詐也詐側駕切欺也 匱 求位切乏也 癰 於容切

瑜伽師地論卷第八十四

彌勒菩薩說

唐三藏沙門玄奘奉詔譯

攝異門分之下

復次嗢柁南曰

欲三種延請　法僧惠施故　猒梵志無常

聚沫等爲後

諸欲無常虚僞不實者謂於諸欲宣説顛倒以是四種顛倒事故當知此中虚故無我僞故不淨不實故苦由於是處樂非實故然彼諸欲似常等現説名妄法顛倒事故云何諸欲名爲妄法爲顯此義説幻事喻雖非常等然似顯現故同彼法誑惑愚夫者謂無聞愚夫於彼諸欲不如實知故於長夜恒被欺誑深生染著爲變壞苦之所逼觸諸聰慧者則不如是如實知故又彼諸欲喻枯骨者令無飽故喻段肉者多所共故喻草炬者是非法行惡行因故喻一分炭者增長欲愛大熱惱故喻大毒蛇者爲諸聖賢所遠離故喻夢所得者速散壞故喻所假借莊嚴具者託衆緣故喻諸樹端爛熟菓者危亡地故又不淨者是其總句言臭穢者受用飲食變壞成故屎尿不淨變壞所成故名臭處諸肉血等變壞所成故名生臭可猒逆者受用婬欲變壞所成可惡逆故

復次應招延者約捨世財應奉請者約盡貪愛欲求果報是故招延欲求解脱是故奉請應合掌者即爲二事而延請時應和敬者應設禮拜問訊等故應可與彼戒見同故無上福田世應奉施者於彼惠施果無量故

復次善說者文義巧妙故現見者於現法中可證得故無熱者離煩惱故無時者出三世故難引者老病死等不能引故難見者天等趣中不可見故內自所證者唯信他等不能證故諸有智者謂學無學爲舍爲洲爲救爲歸爲趣者由後後句釋前前句顯出離義又能了知四聖諦故名爲正見言生起者於一切時容可生故已生起者於過去世住無學位令生起者於現在世或已證得或修圓滿當生起者或未證得或勤修習應修應習應多修習者隨其所應如前當知應隨護者遠離隨順退墮法故言應觸者由身體故應作證者或果或勝智如說我已證道故應時而說者若了知彼願樂欲聞及堪聞者方可爲說坐卑座等是名爲時應當序說先時所作

若了知彼是增上已即便殷重隨其所能盡已所有而爲說法爲欲開示彼彼差別未曾有義非直華詞樂說而已次第者開示義故隨容者設妨難故隨會者顯釋彼故令歡喜者化受教者故令愛樂者化處中者故令喜樂者化誹謗者故讚勵者求彼實德以稱順心發自言音揄揚讚美訶擯者觀彼實過以無恚心發自言音開示訶責道理者具四道理故謂觀待道理作用道理法爾道理證成道理有益者於所爲處不棄捨故無雜者無雜亂故有繫屬故有法者能引義故依於苦等有無量種出離遠離所生法故如衆會者隨刹帝利等四種會衆所堪能故以慈心者爲欲令彼得樂義故利益心者云何當令若有殷重聽聞正法皆得悟解獲大利益故哀

愍心者欲令彼修法隨法行故無所依者不爲利養恭敬名稱故謂不依止衣服等事亦不依止禮敬等事唯欲令他悟入正法又不於他有所輕懱乃至廣說不自高者不爲利養恭敬事故作如是言唯我能知如是法律非汝等輩乃至廣說讚巳功德談彼過失於時時間應聽法者至如是時應自觀察我今說法多有所作他說法時應正了知勿我於中當爲障礙即便殷重以謙下心坐于卑座具足威儀隨其所能聽聞正法起恭敬相爲欲啓悟先未解義而興請問若不悟解或復沉疑終不譏誚於其勝者恭敬隨順於等於劣恭敬法故亦不輕懱於說法師深生尊重如說法者當獲無上大果勝利故不輕法者不作是言此非綺飾文字章句所有文句悉皆麤淺故不輕法師者不作是言彼於我所種姓卑劣等故不自輕者不作是言我於解法無有力能於其所證無怯劣故奉教心者無惱亂心唯欲求解故心一趣者爲欲領解文句差別故屬耳聽者爲欲了知音韻差別故修治意者爲欲悟入甚深義故於一切心無不繫念者爲欲無間領解音韻文句義故無不了知無不通達而空過者

復次言正行者謂是總句應理行者住果有學質直行者住於向道和敬行者是其無學由彼唯於大師正法及學處等深恭敬故隨法行者於因轉時法隨法行由聞他音内正如理而思惟故又應理行者是其正道及果滅行質直行者如其聖教而正修行無諂無誑如實顯現和敬行者與六堅法而共相應

隨法行者法隨法行諸阿羅漢諸漏永盡乃至廣說最極究竟乃至廣說亦名出離超出坑塹越度坑塹乃至廣說永斷五支成就六支乃至廣說獲得預流不顛墜法決定趣向三菩提果乃至廣說如是一切於自處所攝事分中我當廣說又大師子者是其總句腹所生者簡去異生畢劣子故口所生者從說法音而誕生故法所生者如理作意法隨法行之所生故法所化者從法身路而得成立相似法故法等分者受用無漏法之財寶相似法故如是諸句顯示增上生圓滿及父相似法生圓滿謂初句於其增上生圓滿中遮器過失第二句遮其精血不淨所生第三句遮其欲貪非正法生如是三句顯示增上生圓滿第四句顯示自體相似之法第五句顯示受用相似之法如是二句顯示父相似法生圓滿又序者是緣集者是因緣增上故名彼種類因增上故名彼所生雖因所生藉緣勢力方得生起爲彼依故又於此中後句釋前又善見者是其總句言善知者知法義故善思惟者如其正理而思惟故善黠慧者全分知故善通達者如實知故由後二句顯善見性由前二句顯彼加行又言聖者是無漏故及在聖者相續中故言出離者出離三界一切苦故言決達者究竟出離無退轉故

復次諸法皆以世尊爲本者由佛世尊是其最初現等覺故世尊爲眼者現等覺已爲諸天人等開示故世尊爲依者所說法中隨所生起一切疑惑皆能遣故又佛世尊能爲眼者謂能引發俱生慧故能爲智者謂能引發

加行慧故能爲義者謂能引發思所成慧故能爲法者謂能引發聞所成慧故不顯了義能決了者一切疑惑皆能斷故能爲一切義所依者謂能引發一切世間及出世間興盛事故

復次猒者謂於見道言離欲者謂於修道離欲究竟所言滅者謂於無學一切依滅前之二種於加行位修習猒行及離欲行後之一種在無學位行於滅行又言猒者由見諦故於一切行皆悉猒逆言離欲者由於修道永斷貪故言解脱者由離貪故一向安隱於餘煩惱心得解脱徧解脱者煩惱斷故於生等苦普得解脱

復次是爲婆羅門者究竟到彼岸故蠲除諸惡故是爲其相無猶豫等者於自所證離疑惑故斷諸惡作者於應作事無不作故不應作事無有作故離諸貪愛者無有利養恭敬愛故於有非有著無有隨眠者隨眠永斷故當知此中若現在世若未來世名之爲有其過去世名爲非有由此諸句無倒觀察婆羅門相由前三句顯示多聞及與正知觀察其相或謂不正修習善品故復顯示第四一句觀察其相此中著者謂八種著於非有中作愁憂著於現在世所攝有中有五種著一作修治二作救護三作我所四作高勝五作下劣於未來世所攝有中作行作動總於三處作極厚重作極甘味作愁憂者所受變壞故作修治者養育攝藏故作救護者於逼惱處求作救護故作我所者執爲我所故作高勝者計我爲勝而起憍慢故如世尊言世間衆

生慢爲高幢故作下劣者計我爲劣而起憍慢故言作行者是其希望未來世愛言作動者既希望已方便追求作極厚重者是所愛樂非可食用謂金銀等應可貿易作極甘味者是可食用復有差別謂此五句略顯得道道果作證是爲婆羅門者略顯得道無猶豫等斷諸惡作離諸貪愛於有非有著無有隨眠者如是諸句略顯獲得道果作證於記所解疑惑斷故於所行中一切忘失法行斷故於未來世苦因斷故現在苦因麤重斷故所言有者謂此義中當知於其三界所攝諸相作意言非有者於無相界作意思惟所言著者謂此義中是貪瞋癡如無相定諸有學者猶有隨眠非阿羅漢得有尋思戲論著想四種雜染前二是出家品後二是在家品由有著隨眠故彼得生起諸出家者由追憶念曾所更境故有尋思動亂現行故有戲論諸在家者住現前境有著有想由有染著取諸相故復有二種雜染因緣謂不如理作意及順彼處法由此因緣彼得生起是故說此爲彼因緣

復次所有無常皆是苦者義何謂耶若有無常衆同分者有生老等衆苦生起若依諸觸有諸受者彼皆變壞生已尋滅故說諸受皆悉是苦若有生等苦法及有壞等苦法彼皆無我自非我故於是處所亦無有我由此攝受空無我行又解了者聞所成慧諸智論者如是說故等解了者思所成慧審解了者修所成慧即於如是三慧行中所有諸忍名爲喜樂若等喜樂若徧喜樂又有無常隨觀斷

隨觀離欲隨觀滅隨觀者如聲聞地巳廣分別又無常力之所損害乃至廣說當知此中增一略文顯無常等差別障礙差別爲後如其所應爲欲獲得所未得者最初得故或先下劣有所證故於上差別而作證者謂於其斷而作證故言觀察者此說於慧言審慮者說三摩地如理觀察者此說二法無顛倒轉雖實無有而顯現者謂於此中實無樂故虛者空無我故僞者不淨故不堅者無常故此則顯示無四顛倒

復次色如聚沫者速增減故水界生故思飲食味水所生故不可採捼故非如泥團可令轉變造作餘物是故說言不可採捼又實非聚似聚顯現能發起一有情解故受喻浮泡者二和合生不久堅住相似法故言如地者所謂諸根彼生依故言如雲者謂諸境界言如雨者所謂諸識如雨擊者所謂諸觸如浮泡者所謂諸受速疾起謝不堅住故想同陽焰者颷動性故無量種相變易生故令於所緣發顛倒故令其境界極顯了故由此分別男女等相成差別故云何行類芭蕉如明眼人者謂聖弟子言利刃者謂妙慧刀言入林者謂於五趣舉意攀緣種種自性衆苦差別同樹法故爲取端直芭蕉柱者謂爲作者受者我見截其根者謂斷我見披拆葉者委細簡擇唯有種種思等諸行差別法故彼於其中都無所獲者謂彼經時無堅住故何況堅實者何況有餘常恒實我作者受者而可得見云何識如幻事言幻士者隨福非福不動行識住四衢道者住四識住造作四種幻化

事者謂象馬等如象身等雖現可見而無真實象身等事如是應知隨福非福不動行識住四識住雖有作者及受者等我相可見然無真實我性可得又識於內隱其實性外現異相猶如幻像

復次已說白品異門黑品異門今當說嗢柁南曰

生老死藏等　可喜等煩惱　廣說貪瞋癡少等差別等

所言生者謂初結生即名色位等生則是胎藏圓滿出謂出胎現謂嬰孩乃至少年及中年位起者乃至極老年位又蘊得者謂名色位界得即是於此位中彼種子得言處得者名色增長六處圓滿諸蘊現者謂從出胎乃至老位命根起者捨故衆同分取新衆同分

復次言頭蹶者年衰邁時行步去來多僵仆故言皓首者髮毛變改白銀色故言襵多者皮緩皺故言衰熟者言衰邁時即彼黃皺無光澤故言朽壞者勢力勇健皆無有故脊傴曲者身形前僂憑杖行故多諸黑子莊嚴身者青黑雜黶徧支體故言惛耄者於所作事經行住等無多能故言羸劣者諸根於境無多能故言衰退者念智慧等無多能故徧衰退者即諸根等經彼彼念瞬息等位漸損減故諸根熟者即彼衰廢無堪能故諸行朽者根所依處時經久故體腐敗者即彼所說性衰變故

復次殞者捨身形故終者臨死時故喪者若於是時屍骸猶在沒者若於是時屍骸殄滅又喪者據色身故殁者據名身故壽退煖退

者將欲終時餘心處在命根滅者一切壽量皆窮盡故死者其識棄捨心胷處故殂落者從死已後或一七日或復經於二三七日復次一切愚夫異生於其六處由執我故名藏執我所故名護由薩迦耶以爲根本各異世間見趣差别我慢增上愛現行故名覆於順樂受所有六處有貪欲故名味於順苦受所有六處有瞋恚故名結於順不苦不樂受所有六處有愚癡故名合於過去世所有六處有顧戀故名隨眠於未來世所有六處有希望故名繫屬於現在世所有六處有耽染故名執著於自攝受他身六處執爲我所於劣中勝非自攝受他身六處依慢種類發起於慢於不定地欲界所繫發起後後所有希求於其定地色無色繫如其所應由廣大微妙故發起厚重依在家品色聲香味觸由愛味眷屬所隨逐故發起甘味依出家品六處由懈怠放逸煩惱故徧於一切不能捨離

復次可欣可樂可愛可意者當知此四句略顯可愛事此可愛事略有三種一可希求事二可尋思事三可耽著事未來可愛事可希求故名爲可欣過去可愛事唯可欲故唯可樂故名爲可樂現在可愛事略有二種一境界事二領受事若境界事可愛樂故名爲可愛若領受事可愛樂故名爲可意如是所說諸可愛事或過去或未來或現在或境界或領受有差别故或名可希求事或名可尋思事或名可耽著事是故宣說如是一切諸句差别又可欣者約未來世可希求故可樂者約現在世現可欲樂無猒足故可意者約過

去世隨念可意而追憶故可愛者約妙色相貫通三世皆可愛故又可欲者悅意記念故欲所引者欲界繫故或復隨順二種差別受用欲故可染著者貪處所故

復次於五種事能和合故說名爲結五種事者一所結事二能結事三罪過事四等流事五趣向事諸結所緣名所結事所以者何由愛恚等各於所緣隨相差別而和合故即彼諸結展轉相引而和合故名能結事諸結因緣於現法中能生過罪乃至領受從彼所生心法憂苦由此因緣能和合故名罪過事爲當來世猛利貪等生成之因而和合故名等流事能生五趣於諸趣中能和合故名趣向事由此因緣自行惡行遭他笞罰縛錄訶罵驅擯害等種種衆苦而生起故名能自損若不自遭令他遭故名能損他若由彼故自他俱遭名能俱損能生現法罪者謂由彼故遭如所說種種苦事然不決定往諸惡趣能生後法罪者謂由彼故雖於現法他所不知然能爲因往諸惡趣能生現法後法罪者謂具二種於現法中多懷染著所欲不遂廣生種種心法憂苦復於當來往諸惡趣結雖無量就勝而言略有九結又約不隨所欲義故說有三縛謂貪瞋癡依三受故由彼因緣雖欲脫彼而不能脫故名爲縛又煩惱品麤重種子之所隨逐說名隨眠是隨縛義是微細義取其根本但有七種又從煩惱生故親近煩惱故隨惱亂心故名隨煩惱除七隨眠所餘一切染汙心法皆隨煩惱又現起相續無斷絕義說名爲纏纏有八種謂無慚等又彼能

令轉成上品相續起故能令身心無堪能故説爲株杌如濶鹵田不任耕植又處所別故彼所生疑有差別故説五心株貪等別故説有三種又彼能令不清淨故説名爲垢又於諸處門常流注故名爲你伽常能害故亦名你伽又彼能令不寂靜故説名爲箭如被毒箭若未拔時多不寂靜又能障捨故有戲論故名爲所有又非法行不平等行現在前故説名惡行又能等起一切煩惱諸惡行故説名爲根又能出生當來生故説名爲漏又既生已由老死等令匱乏故説名爲匱又非愛合會所愛乖離貪求利養所燒然故説名爲燒又能令愁歎憂苦惱故説名爲惱又能令順流而漂溺故説名暴流又依前際能爲現法生死流轉勝方便故説名爲軛又依現在能爲未來勝方便故説名爲取又難解故説名爲繫又於所知事能障智故説名爲蓋又望色無色界欲界爲下分望其修道見道爲下分由約此二下分差別隨其所應説名五下分障亦名五下分結與此相違當知説有五上分結又言林者能生種種苦蘊體性由親愛故彼得增長説名稠林又能發起諸鬬訟等種種忿競故名爲諍明所治故説名爲黑能引苦故説名無義無所用故説名弊下性染汙故説名有罪不應習近故説名應遠離毁犯所受清淨戒故名突尸羅又惡法者謂極猛利無慚無愧不信佛等毁謗賢聖邪見相應故或復種種惡法現行故又有貪欲瞋恚心等乃至廣説當知此中內朽敗者外持沙門相故內無沙門法故猶如大木外皮

堅妙内被蟲食虛無有實下産生者廣如下産及非下産法門中説水生蝸螺者謂所聽受與水相似除渴愛故若諸苾芻犯禁戒等如彼蝸螺穢濁淨水是故猶如有蝸螺水不堪飲用應遠離故螺音苟行者謂諸苾芻習行惡行於受利養卧具籌時自稱年臘最第一故實非沙門稱沙門者已失苾芻分稱有苾芻分故實懷惡欲而自稱言我是第一眞沙門故非梵行者實非遠離婬欲穢法而自稱言我遠離故又失苾芻性而自稱有苾芻性是故説名妄稱梵行實非沙門而自稱言我是第一眞實沙門是故説名妄稱沙門又捨所受故名突尸羅先捨惡法復還取故名爲惡法形相意樂互不相稱由是因縁名内朽敗隨其所欲而行住故名下産生毁辱所聞故名水生蝸螺由邪受用諸信施故名螺音苟行邪言説故名爲妄稱沙門梵行又有貪瞋癡忿恨等乃至廣説諸雜碎事攝事分中我當廣説又有無常苦空無我生法老法乃至燒雞隨其處所即於彼中我當廣説

復次染者謂樂著受用故著者謂即於彼無所顧惜故饕餮者謂希望未來所得受用事故吞吸者謂彼所餘助伴煩惱所吞吸故迷悶者次後當説耽著者謂堅執已得無所營爲故貪求者謂追求未得勤加行故欲者謂於未得已得希求獲得及受用故貪者謂於受用喜樂堅著故親昵及愛樂如所親昵所愛樂中應知其相藏者謂於内所攝自體中愛故護者謂於他相續中愛故執者謂於我所中愛故渴者謂倍增希求故所染者謂貪

居處故所憍者謂七種憍所居處故所欲者謂種種品類受用貪欲所居處故所親昵者謂是過去諸顧戀愛所隨處故所愛樂者謂是現在諸欣喜愛所隨處故又現法中串所習愛名爲親昵宿世串習所發生愛名爲愛樂所迷悶者不能於中觀察功德及過失故所貪著者是耽樂心所居處故所縛著者是貪瞋癡所居處故所希求者能生愛故所繫縛者是一切結所居處故是惡作者謂能和合不善法故爲令現前而喜樂者謂希望故爲令現前而言說者謂以語言而追求故爲令證得而遽務者謂生貪著身追求故耽著而住者謂得已抱持而不捨故等染者謂於樂受起貪欲故等惡者謂於苦受起瞋恚故等愚者謂於三受起愚癡故顧戀者謂於過去故繫心者謂於未來故劬勞者謂由彼因緣正起追求故熾然者謂所欲果遂起染汙心故燒者謂所欲衰損起染汙心故惱者謂所得變壞故爲祈禱者顯示取著吉祥愛故爲觸對者顯示取摩著執愛故爲希求者顯示取著與利愛故爲欣悦者顯示取著如意思惟所有愛故又於諸欲其心趣入清淨乃至廣說於五種出離界應知如前三摩呬多地已說言憍醉者謂與三憍共相應故極憍醉者謂依止憍徧於諸惡不善法中能令其心不防護故趣憍醉者謂於憍醉所有因緣受學轉故於諸欲中生等憍者謂不觀過受用欲故平安者謂樂受自相故領受者謂諸受共相故趣受者謂餘受因相故又欲貪堅著拘礙饕餮等貪如聞所成地已說

復次言内垢者謂於怨意樂堅持不捨故内忌者謂於所愛障礙住故内敵者謂能引發所不愛故内怨者謂能引發所不宜故又不可喜不可樂不可愛等翻可喜等如前應知又言苦者謂彼自性苦亦隨憶念苦故損害者謂現前苦故違逆者謂於三世思惟苦故不順意者謂現有苦能損害故又苦猛利堅鞕辛楚不可意等如攝事分我當廣說又暴惡者是其總句麁獷者麁言猛切故怨字語者謂造文字無有依違麁獷言故怨嫌者謂毁辱所依故憤發者謂出言顯發惡意樂故恚害者謂以手等而加害故顰蹙而住者謂憤害已後顰蹙眉面默然而住故徧生憤恚者謂數數追念不饒益相深懷怨恨惱亂心故若生煩惱惱亂其心由此因緣便住於苦

如説苾芻懈怠雜諸惡使住於衆苦有苦者謂彼攝受未來苦故有匱者謂彼遠離諸善品故有災者謂彼能爲餘惑因故有熱者謂於後時發熱惱故又言苦者是其總句有苦者謂憂苦相應故有匱者謂樂受變壞故有灾者謂在不苦不樂受中於二不解脱故有熱者謂於樂等如其所應有貪瞋癡火故有於過去有苦於未來有匱又害者謂顯示攝受上品怨嫌故敵者怨者如前已説又摧伏者謂與未生士用生相違故破壞者謂與生已士用住相違故爲他所勝者謂與未生功能生相違故落在他後者謂與已生功能住相違故又不摧伏不破壞非所勝有所勝者如是諸句由前諸句其義應知

復次於前際無智者謂於過去諸行無常法

性不了知故於後際無智者謂於現在諸行盡滅法性不了知故於前後際無智者謂於未來諸行當生法性及當生已當盡法性不了知故彼於如是不了知者謂依前際等起不如理思惟我於過去世爲曾有耶乃至廣說我爲是誰誰當是我今此有情從何而來於此没已當往何所如是依前後際不如理作意故於如是無常法性愚癡不了於諸行中我見隨逐於內於外俱於二種唯有法性不能了知內謂內處外謂外迹內外即是根所住處及以法處由彼諸法於內可得又是外處之所攝故於業無智者謂於諸業唯有行性不能了知而妄計度我爲作者於異熟無智者謂於有情世間及器世間若餘境界業因所起妄計自在作者生者於業異熟無智者謂徧愚一切獲得誹謗業果邪見此即宣說外道異生於諸法中所有無智於佛無智者謂不了知如來法身及諸形相於法無智者謂不了知善說等相於僧無智者謂不了知諸行等相於苦等無智者謂如諸經所分別相及十六行中不了知故於因無智者謂於無明等諸有支中能爲行等所有因性不了知故於因所生無智者謂於行等諸有支中從無明等因所生性不了知故又於雜染清淨品法謂不善善有罪無罪過患功德相應故隨順黑白謂無明明分故黑黑異熟白白異熟及有對分謂即黑白黑白異熟如是一切皆從因緣之所生故名爲緣生於彼一切不了知故名爲無智或於六觸處不能如實徧通達者謂於六處順樂受等觸所生

中彼滅寂靜不能如實徧了知故又此加行不能如實於法通達智見現觀者謂即於彼法不如實知故於彼於此者於如所說或所未說無智者於不現見無見者於現見現前無現觀者於如實證不由他緣闇黑者於其實事不正了知愚癡者於不實事妄生增益無明者於所知事不能善巧於彼彼處不正了知謂於彼彼所說義中及於名句文身不能解了昏闇者成就誹謗一切邪見又障蓋無明等廣說如攝事分又覆蔽隱沒昏昧徧昏昧等廣說如愛契經不恭敬者不修恭敬故不尊重者不信彼德故不貴尚者令彼所欲有匱乏故不供養者不施利養故又不恭敬乃至不供養者當知展轉後句釋前又不恭敬不尊重不信有而聽聞法等廣說如攝決擇分又不承聽者不欲聞故不審聽者心散亂故不住奉教心者不欲修行故不修正行者於法隨法行不如意樂正修行故又不受學轉者於大師聖教不能證故又樂睡眠虛度生命者是其總句唐捐者不能修往善趣因故無果者不能得彼善趣果故無義者不能修得涅槃因故無利者不能得彼涅槃果故又問少病惱不者界無不平等故少事業不者加行事業無不平等故起居輕利不者希須飲食既飲食已易消化故又務力樂及無罪等如聲聞地食知量中已說其相又不簡擇不極簡擇等廣說如聲聞地又不思惟不稱量等廣說亦如聲聞地

復次少者高廣量不相應故小者卑狹量相應故尠者纔受世間言說量故

復次或異門者自相差別故或意趣者俗相差別故或殊異者因相差別故如是名爲攝異門分如是異門於諸經中隨其麤顯言多用者略巳採集示差別義其餘無量諸佛世尊所説異門及義差別由此方隅由此所學由此言教應當精勤別別思擇異門異義顯示安立

瑜伽師地論卷第八十四

音釋

揉捼（揉耳由切以手挻也捼奴禾切兩手相切摩也）飈（卑遥切疾風也）披拆（披攀縻切分也拆耻格切開也）蹎蹶（蹎都年切仆也蹶居月切跌也）僵仆（僵居羊切僨也仆芳務切頓也）襵（陟葉切猶摺也）皺（側救切）邁（莫拜切老也）皴（七句切皮細起也）傴（委羽切曲脊也）黶（幺減切黑痕也）屍骸（屍升脂切骸雄皆切）殄（徒典切絶也）殂（在胡切死也）笞（超之切擊也）株杌（株追輸切木根也杌五忽切木無枝也）潟鹵（潟思積切鹵力古切潟鹵不生物鹹地也）蝸螺（蝸公蛙切螺盧戈切蝸螺負殼蜒蚰也）饕餮（饕他刀切貪財也餮他結切貪食也）昵（尼質切近也）鞕（魚孟切與硬同）獷（古猛切麤惡也）憤（房吻切懣也）顰蹙（顰毗賓切蹙子六切顰蹙愁貌）

瑜伽師地論卷第八十五

彌勒菩薩說

唐三藏沙門玄奘奉詔譯

攝事分中契經事行擇攝第一之一

如是已說攝異門云何攝事謂由三處應知攝事一者素呾纜事二者毗柰耶事三者摩呾理迦事

云何素呾纜事謂由二十四處略攝一切契經一者別解脱契經二者事契經三者聲聞相應契經四者大乘相應契經五者未顯了義令顯了契經六者已顯了義更令明淨契經七者先時所作契經八者稱讃契經九者顯示黑品契經十者顯示白品契經十一者不了義契經十二者了義契經十三者義略文句廣契經十四者義廣文句略契經十五者義略文句略契經十六者義廣文句廣契經十七者義深文句淺契經十八者義淺文句深契經十九者義深文句深契經二十者義淺文句淺契經二十一者遠離當來過失契經二十二者遠離現前過失契經二十三者除遣所生疑惑契經二十四者爲令正法久住契經

別解脱契經者謂於是中依五犯聚及出五犯聚說過一百五十學處爲令自愛諸善男子精勤修學

事契經者謂四阿笈摩一者雜阿笈摩二者中阿笈摩三者長阿笈摩四者增一阿笈摩雜阿笈摩者謂於是中世尊觀待彼彼所化宣說如來及諸弟子所說相應蘊界處相應緣起食諦相應念住正斷神足根力覺支道

支入出息念學證淨等相應又依八衆說衆相應後結集者爲令聖教久住結嗢柁南頌隨其所應次第安布當知如是一切相應略由三相何等爲三一是能說二是所說三是所爲說若如來若如來弟子是能說如弟子所說佛所說分若所了知若能了知是所說如五取蘊六處因緣相應分及道品分若諸比丘天魔等衆是所爲說如結集品如是一切粗略標舉能說所說及所爲說即彼一切事相應教間廁鳩集是故說名雜阿笈摩即彼相應教復以餘相處中而說是故說名中阿笈摩即彼相應教更以餘相廣長而說是故說名長阿笈摩即彼相應教更以一二三等漸增分數道理而說是故說名增一阿笈摩如是四種師弟展轉傳來于今由此道理是故說名增一阿笈摩是名事契經

於十二分教中除方廣分餘名聲聞相應契經即方廣分名大乘相應契經此分別義如前應知

如是四種契經由餘未顯了義令顯了等二十種契經如其所應當知其相

從是已後依此所說四種契經當說契經摩呾理迦爲欲決擇如來所說如來所稱所讚所美先聖契經譬如無本母字義不明了如是本母所不攝經其義隱昧義不明了與此相違義即明了是故說名摩呾理迦

總嗢柁南曰

界略教想行　速通因斷支　二品智事諍
無猒少欲住

別嗢柁南曰

界說前行觀察果　愚相無常等定界二種漸次應當知　非斷非常及染淨有四種所化有情先數習邪解脫見所集成界何等爲四謂於先有先世先身先所得自體中聽聞常見增上不正法不如理作意增上力故於今由彼爲因由彼爲緣數習邪解脫見所集成界如說由常見如是由斷見由現法涅槃見由薩迦耶見廣說亦爾此中世尊由種種勝解智力種種界智力增上力故尋求彼先勝解及彼後界如其所應爲調伏彼邪勝解界故多分爲轉四種法教或復爲餘智未成熟者令彼智成熟故智已成熟者令彼解脫諸煩惱故爲初邪界有情說因滅故行滅由行盡門說無常性爲調伏彼邪勝解界故爲隨第二邪界有情說因集故行集由行起門說無常性爲調伏彼邪勝解界故爲隨第三邪界有情由諸行苦門轉正法教爲調伏彼邪勝解界故爲隨第四邪界有情若離諸行起薩迦耶見行者由諸行空門轉正法教若即諸行起薩迦耶見行者由無我門轉正法教爲調伏彼邪勝解界故

復次善說法律略由三種不共支故不共外道隨善說數一者宣說眞實究竟解脫故二者宣說即彼方便故三者宣說即彼自內所證故云何眞實究竟解脫謂畢竟解脫及一切解脫即是見道果及此後所得世出世修道果此中見道果由畢竟故得名眞實而非究竟於一切解脫猶有所應作故又解脫有三種一世間解脫二有學解脫三無學解脫世間解脫非是眞實有退轉故有學解脫雖

是眞實而非究竟猶有所作故當知所餘具足二種云何方便謂於諸行中依如所有性及盡所有性修無常想依無常修苦想依苦修空無我想因此得入諦現觀時由正觀察所知境故獲得正見由此正見爲依止故修道位中徧於諸行住猒逆想彼於住時雖由彼相應受憶念思惟不現前境明了現前而不生喜由不生喜增上力故彼於行時即於彼受所緣境界不生染著彼於一切所求境界得處中故尚不希求何況耽著彼由如是若住若行於喜貪纏速能滅盡心清淨住乃即於彼如所得道極多修習爲因緣故永拔彼品麤重隨眠獲得眞實究竟解脱當知即是心善解脱云何自内所證當知有四種相若於有學解脱轉時由二種相内慧觸證謂我已盡諸惡趣中所生諸行又我已盡除其七生二生一生所餘後有所生諸行又我已住能究竟盡無退轉道若於無學解脱轉時即由如是二種相故内慧觸證謂我已作爲斷其餘一切煩惱所應學事我今尚無餘一生在況二況七又隨所樂亦能爲他如實記别如是名爲自内所證

復次即彼解脱有二種前行法一者見前行法二者道果前行法見前行法者謂由解脱及彼方便自内所證增上力故從他言音起聞思修所成妙善如理作意未入正性離生能入正性離生得如實見出世正見道果前行法者謂得如是正見已復起所餘正思惟等或同時生或後時生道前行法爲斷所餘諸煩惱故

復次爲欲證得所未得解脫故應觀察八事謂於諸行中愛味過患出離觀察及聞思思擇力見道修道觀察於諸行中觀察愛味時能善通達諸行愛味所有自相即於諸行觀察過患時能善了知三愛分位過患共相謂於是中甚少愛味多諸過患如是了知愛味染著多諸過患共相應已於所愛味一切行中隨所生起欲貪煩惱即能除遣制伏斷捨於此欲貪不現行故說名爲斷非永離欲故名爲斷又於彼事心未解脫若於隨眠究竟超越乃永離欲心得解脫是名一門觀察差別又修行者於彼諸行正觀察時先以聞所成慧如阿笈摩了知諸行體是無常無常故苦苦故空及無我彼隨聖教如是勝解如是通達既通達已復以推度相應思惟所成微細作意即於彼境如實了知即由如是通達了知增上力故於彼相應煩惱現行現法當來所有過患如實觀察由思擇力爲依止故設復生起而不實著即能捨離彼由如是通達了知及思擇力多修習故能入正性離生既入正性離生已由修道力漸離諸欲彼由思擇見道二種力故隨其所應斷諸煩惱謂不現行斷故及一分斷故由修道力究竟離欲如是由前二種漸離欲貪由修道力心得解脫

復次有二種煩惱斷果及苦滅果一者見所斷果由證彼故能自了知我已永盡那落迦傍生餓鬼我今證得預流無退墮法乃至廣說二者修所斷果由證彼故能自了知我最後身暫時支持第二有等永不復轉復有二

種苦滅一者現在爲因未來苦滅二者過去爲因現在苦滅復有二種苦滅一者心苦滅二者身苦滅復有二種苦滅一者壞苦苦苦滅二者行苦苦滅復有二種苦滅一者非愛業果苦滅二者可愛業果苦滅復有少分已見諦迹諸聖弟子雖已超過諸惡道苦所有怖畏由未永盡一切結故其心猶有於當來世共諸異生生老死怖爲斷彼故而能發起猛利樂欲乃至正念及無放逸勤修觀行復次有二種愚夫之相何等爲二一者於所應求不如實知二者非所應求而返生起何等名爲是所應求所謂涅槃諸行永滅而諸愚夫於當來世諸行不生都無樂欲於諸行生唯有欣樂由是因緣於所應求及諸行生所有衆苦不如實知何等名爲非所應求而返生起非所求者謂老病死非愛合會所愛別離所欲匱乏愁歎憂苦種種熱惱彼於如是諸行生起返生欣樂於生爲本一切行中深起樂著於生爲本所有諸苦造作積集由是因緣於有生苦及生爲本老病死等衆苦差別不得解脱如是名爲非所應求而返生起復次於諸行中有四決定一無常決定二苦決定三空決定四無我決定云何諸行無常決定由三種相當知過去未來諸行尚定無常何況現在何等爲三謂先無而有故先有而無故起盡相應故若未來行先所未有定非有者是即應非先無而有如是應非無常決定由彼先時施設非有非有爲先後時方有是故未來諸行無常決定若現在從緣行生已決定有者是即應非先有而無未來

諸行便應非是無常決定現在諸行亦應不與起盡相應由現在行從緣生已非決定有以有爲先施設非有是故過去諸行無常決定如是現在諸行因未來行先無而有因過去行先有而無由此施設起盡相應是故說言當知去來諸行無常性尚決定何況現在是名諸行無常決定云何諸行苦性決定謂何過去諸行是已度苦未來諸行是未至苦去來諸行尚是生等苦法何況現在所以者何諸行空性決定謂去來諸行尚定空性何況現在所以者何未來諸行其性未有由此故空過去諸行其性已滅由此故空現在諸行雖有未滅諦義勝義性所遠離由此故空是名諸行空性決定云何諸行無我決定謂去來諸行尚定無我何況現在所以者何未來諸行非我之相未現前故過去諸行非我之相已越度故現在諸行非我之相正現前故是名諸行無我決定又由二相當知諸行決定無常一由過去世已滅壞故二由未來現在世是應滅壞法故又由二相當知諸行決定是苦一是生等苦法故二是三苦性故此諸苦相如前應知又由二相當知諸行決定是空一畢竟離性空故二後方離性空故畢竟離性空者謂諸行中我我所性畢竟空故後方離性空者謂於已斷一切煩惱心解脫中一切煩惱皆悉空故又由二相當知諸行決定無我一諸行種種外性故二諸行從衆緣生不自在故復由十相當知諸行四相決定謂由敗壞變易別離相應法性相故非

可樂不安隱相應遠離異相相故如是等相如前聲聞地已廣分別

復次依出世道作意修中有五離繫品界一者斷界二者無欲界三者滅界四者有餘依涅槃界五者無餘依涅槃界謂見道所斷諸行斷故名爲斷界修道所斷諸行斷故名無欲界即此唯有餘依故名有餘依涅槃界此依滅故名爲滅界亦名無餘依涅槃界即此五界由一切行求寂靜故名諸行止由我我所我慢執著及與隨眠皆遠離故說名爲空由一切相皆遠離故名無所得於斷界中一切隨順有漏法上所有貪愛皆遠離故名爲愛盡於無欲界所有欲貪皆遠離故名爲無欲於滅界中及於有餘依無餘依涅槃界中如其所應皆永滅故皆寂靜故隨其次第說名爲滅亦名涅槃又於斷界未得爲得勤修習故名於諸行修猒於無欲界未得爲得勤修習故名於諸行修離欲於滅界未得爲得勤修習故名於諸行修滅

復次爲心解脫勤修習者有二種漸次一智漸次二智果漸次云何智漸次謂於諸行中先起無常智由思擇彼生滅道理故次後於彼生相應行觀爲生法老法乃至憂苦熱惱等法由是因緣一切皆苦此即依先無常智生後苦智又彼諸行由是生法乃至是熱惱法故即是死生緣起展轉流轉不得自在行相道理故無有我此即依先苦智生後無我智如是觀無常故苦苦故無我是名智漸次云何智果漸次謂猒離欲解脫徧解脫云何猒謂有對治現前故起猒逆想令諸煩惱不

復現行云何離欲謂由修習猒心故雖於對治不作意思惟然於一切染愛事境貪不現行此由伏斷增上力故云何解脱謂即於此伏斷對治多修習故永拔隨眠如是名猒離欲解脱第一差別復有差別謂於猒位斷界極成滿故名猒即依止猒除非想非非想處於餘下地得離欲時施設離欲位故名離欲於非想非非想處得離欲時施設解脱位故名解脱是名猒離欲解脱第二差別云何徧解脱謂由如是煩惱雜染解脱故生等諸苦雜染亦普解脱是名徧解脱如是由智增上力故於諸行中起猒由習猒故得離欲由習離欲故得解脱及徧解脱如是名爲智果漸次此中復有四種邪執何等爲四一見邪執二慢邪執三自内邪執四他教邪執見邪執者謂於諸行中執我我所慢邪執者謂於諸行中起我慢執前見邪執障諦現觀後我慢邪執障修所斷煩惱等斷自内邪執者謂獨處空閑不正分別爲依止故執有實我或見邪執或慢邪執他教邪執者謂由他教起邪執著謂此是我此是我所我慢行轉又於内起不正分別執我我所名内邪執亦名非他教邪執如是一切邪執永斷當知是名智果復次由三種相應知諸行非斷非常何等爲三一以無住行爲因故二生已無住因故三未來諸行因性滅故此中諸行因無常故生已住因不可得故當知諸行非常能生未來諸行現在因性滅故當知諸行非斷復有四緣能令諸行展轉流轉何等爲四一因緣二等無間緣三所緣緣四增上緣即此四緣略

有二種一因二緣因唯因緣餘三唯緣又因緣者謂諸行種子等無間緣者謂前六識等及相應法等無間滅後六識等及相應法等無間生所緣緣緣者謂五識身等以五別境爲所緣第六識身等以一切法爲所緣增上緣者謂五識等以眼等各別所依爲增上緣及以能生作意等爲增上緣意識身等以四大種身及能生作意等爲增上緣又先所造業望所生愛非愛果當知亦是增上緣如是資糧望道道望得涅槃當知亦是增上緣攝復次由三種事二種相應當觀察雜染清淨云何由三種事觀察一切雜染清淨一者於諸行中觀察雜染因緣謂觀彼愛味爲愛味故二者於諸行中觀察清淨因緣謂觀彼過患爲過患故三者於諸行中觀察清淨謂觀彼出離爲出離故如是一切總略爲一名由三事觀察一切雜染清淨云何由二種相觀察一切雜染清淨一者由如所有性故二者由盡所有性故如所有性者謂於諸行中若愛味若過患若出離盡所有性者謂於諸行中盡所有愛味盡所有過患盡所有出離此中觀察諸行爲緣生樂生喜是名於彼愛味又此愛味極爲狹小如是由二種相觀察如所有性所謂愛味又觀察諸行是無常苦變壞之法是名於彼過患又此過患極爲廣大如是由二種相觀察如所有性所謂過患又復觀察於諸行中欲貪滅欲貪斷欲貪出是名於彼出離又此出離寂靜無上畢竟安隱如是由二種相觀察如所有性所謂出離又即此愛味即此過患即此出離於諸行中若

過去若未來若現在若内若外若麤若細若劣若勝若遠若近審諦觀察當知是名於彼觀察如所有性所謂愛味過患出離又爲了知如是三事體性是有應知三種有情衆别一於諸欲染著衆二於諸欲遠離衆三於諸欲離繫衆於此三處復有三種世間愚癡謂若天世間若沙門婆羅門若諸天人如是三種世間由三因縁應知安立一由得欲自在及淨自在故謂若魔若梵世間二由勤修得彼因故謂若沙門婆羅門三趣種種業因果故謂若諸天人又於此三處隨其所應能斷作證有二種道離四倒心謂已入見地及於上修道名修習住又此三種道有四種相心解脱果一貪瞋縛解脱相二欲貪滅斷出出離相三九結離繫相四生等諸苦解脱相此中前三相顯示因處煩惱解脱後一相顯示果處諸苦解脱於此義中譬如有人處在囹圄爲種種縛之所繫縛所謂或木或索或鐵又置餘人令其防守或設有彼從幽縶處逃至遠所還執將來或有尚不令彼轉動況得逃避或有安置廣大微妙種種可愛所繫妙欲在幽縶處令彼自然心生樂著無欲逃避如是彼人爲一切種縛之所縛爲善方便守之所守爲最堅牢繫之所繫復爲怨家隨欲加害所謂打拍或復解割或加杖捶或總斷命若有能脱是四縛者乃得名爲從一切縛而得解脱如是於彼三處世間愚癡有情爲種種縛所繫縛者當知即譬貪瞋癡縛其守禁者譬不正尋思及未永拔煩惱隨眠不正尋思故尚不令動況得離欲而遠逃避煩惱

隨眠未永拔故雖世間道方便逃避遠至有頂後執將還可愛妙欲譬之九結由彼結故令於生死自然樂著於自繫縛不欲解脱彼既如是爲種種縛極所密縛善方便縛之所密縛最堅牢縛之所密縛復四魔怨隨其所欲以生等苦而加害之若能從彼四種繫縛善解脱者乃可名爲從一切縛而得解脱復次嗢柁南曰

略教教果終墮數　三徧智斷縛解脱

見慢雜染淨説句　遠離四具三圓滿

由三因縁有諸聲聞往大師所請略教授何等爲三謂唯多聞爲究竟者於諸餘行而猒背者生如是解但略聞法足得自義何藉多聞以爲究竟要修正行爲貞實故又棄捨多聞究竟欲故又有怖畏於所入門多所作者爲善方便而得入故或有即彼已於多法善聽善思彼作是念我於多法已善聽思若我今者盡已聽思所得諸法以爲依止於住心境及解脱境欲繫心者將不令我作意散亂若爾住心尚不能得何況解脱又於如是所聞所思一切法中不得決定當依何者速證通慧當依何者速得出離當縁何境而得住心當縁何境而得解脱彼既如是自不決定若於大師或衆所識如來弟子現前見已便即往詣請略教授

復次當知正教授有四種自義果得謂爲此出家及如此出家即形相具足事業具足意樂具足處捨取具足依此故得無上得現法得自然得内證得

復次有六種死謂過去死現在死不調伏死

調伏死同分死不同分死過去死者謂過去諸行没乃至命根滅故死現在死者謂現在諸行没乃至命根滅故死不調伏死者謂於過去世不調不伏有隨眠行展轉隨眠世俗說言士夫隨眠而命終已於現在世結生相續有隨眠行所攝自體而得生起於現在世乃至壽盡亦復如是不調不伏廣說乃至而命終已未來自體復得生起又能攝取有隨眠行由攝取彼以爲因故便爲生等衆苦所縛亦爲貪等大縛所縛調伏死者謂於現在世已調已伏無有隨眠而命終已未來自體不復生起亦不攝取有隨眠行不攝取彼以爲因故解脱生等衆苦差别亦復解脱貪等大縛同分死者謂如過去不調不伏曾捨身命於現在世亦復如是而捨身命當知如此名同分死名相似死名隨順死若於過去不調不伏捨身命已於現在世已調已伏而捨身命當知此名不同分死不相似死不隨順死若於現在有隨眠行展轉隨眠而命終時如過去死名同分死及隨順死不如過去而命終時不能攝取當所結生未來相續同分諸行又此六種死當知有二種相謂諸行流轉過患相及諸行還滅勝利相若於過去及於現在不調不伏同分而死復於未來取生等苦及爲貪等煩惱縛者名諸行流轉過患相若於現在已調已伏不同分死又於未來不取衆苦解脱一切煩惱縛者名諸行還滅勝利相

復次由八種相得入於彼諸行生起世俗言說士夫數中謂如是名如是種類如是族姓

如是飲食如是領受若苦若樂如是長壽如是久住如是所有壽量邊際如是諸相於菩薩地宿住念中當知如前已應分別

復次由三種相於諸行中應知無我徧智及斷何等爲三一於内徧智二於外徧智三於内外徧智斷亦如是隨其所應所謂諸行都無有我無有我所亦無有餘互相繫屬當知如是於内外俱徧智及斷此中由法住智得決定徧智數習此故捨彼相應所有隨眠得畢竟斷當知此中爲於諸行未得徧智者令得徧智故如來大師說正法要若於諸行已得徧智而未永斷者爲令唯於如先所得徧智數習得永斷故復加勸導

復次於生死中而流轉者有三種縛由此縛故心難解脫當知此唯善說法律能令解脫非由惡說何等爲三一者除其愛結餘結所繫諸有漏事二者愛結所染諸有漏事三者能生當來復有諸行於此三縛由三因緣心難解脫謂初由種種故第二由堅牢故可愛樂故第三由微細故復由五相爲後有縛所繫縛者當知有五我慢現行謂由所依故所緣故助伴故自性故因果故當知此中薩迦耶見以爲依止計我未來或當是有或當非有以有非有爲所緣境此中非有爲所緣境唯有一種有爲所緣乃有五種謂我當有色我當無色我當有想我當無想我當非有想非無想如是一切總攝爲一合有六種所緣境界言助伴者謂動亂心言自性者特舉行相爲其自相戲論自性爲其共相一切煩惱戲論性故因果性者謂能感生爲因性故造

作業行愛隨逐故
復次由三種相當知心善解脫謂於諸行徧
了知故於彼相應諸煩惱斷得作證故煩惱
斷已於一切處離愛住故又於此中由四種
行於諸行中能徧了知如所有性謂無常等
由十一行於諸行中能徧了知盡所有性謂
過去未來等如前廣說
復次有二種五種雜染并五種因相如是二
種諸有學者應知應斷諸無學者已知已斷
何等爲二謂見雜染及慢雜染此二當知五
種差別謂由行故纏故隨眠故何等爲五一
者計我二者計我所三者我慢四者執著五
者隨眠當知此中計我我所我慢三種爲所
依止於所緣事固執取著唯此諦實餘皆愚
妄當知此中由纏道理說名執著即彼種子
隨縛相續說名隨眠又有識身及外事等當
知是彼五種因相謂計我因相乃至隨眠因
相即此因相復有二種一者所緣因相二者
因緣因相計我我慢以有識身爲所緣因相
計我所通以二種爲所緣因相彼執著以聞
不正法不如理作意及彼隨眠爲因緣因相
彼隨眠以不如實了知諸行煩惱諸纏數數
串習爲因緣因相
復次有四種有情衆當知於中安立雜染何
等爲四一者外道有情衆二者此法異生有
情衆三者有學有情衆四者無學有情衆外
道有情衆中具有一切此法異生有情衆中
四種可得及彼因相并執著因相一分然執
著不可得有學有情衆中計我我所二種及
彼因相執著隨眠皆不可得及我慢執著并

彼因相然有我慢隨眠可得無學有情衆中一切皆不可得又外道有情衆凡所有行不爲斷彼此法異生有情衆所修諸行正爲斷彼而未能斷未見如實故有學有情衆已斷一分爲斷餘分復修正行雖見如實而不自稱我已能見猶未獲得盡無生智故無學有情衆一切已斷於諸行中而自稱言我如實見復次有八種清淨說句何等爲八謂由超過見慢故名二種超過意清淨說句由斷彼因相故名除相清淨說句由斷彼執著故名寂靜清淨說句由斷彼隨眠故名善解脫清淨說句

復次有學有二清淨說句謂於後有一切行中由不現行道理名已剖貪愛及轉三結無學有二清淨說句謂正慢現觀故及一切苦本貪愛隨眠永拔除故名已作苦邊如是一切總收爲一合有八種清淨說句

復次由四支故具足遠離名善具足何等爲四一者無第二而住二者處邊際卧具三者其身遠離四者其心遠離謂於居家境界所生諸相尋思貪欲瞋恚悉皆遠離依不放逸防守其心又由五相發勤精進速證通慧謂有勢力者由被甲精進故有精進者由加行精進故有勇悍者由於廣大法中無怯劣精進故有堅猛者由寒熱蚊虻等所不能動精進故有不捨善軛者由於下劣無喜足精進故又爲斷惛沉睡眠掉舉惡作如其次第奢摩他毗鉢舍那品隨煩惱故顧正止觀無有失壞

復次於善說法毗柰耶中有三圓滿何等爲

三一行圓滿二果圓滿三師圓滿行圓滿者謂爲觸證斷無欲滅界故聽聞正法爲他演說自正修行法隨法行是名行圓滿果圓滿者謂即由此法隨法行增上力故心善解脫又能證得現法涅槃是名果圓滿師圓滿者謂能引發一切梵行之法皆用世尊爲根本故皆由世尊轉法眼故皆以世尊爲所依故由如來出世有彼教可知故說世尊爲彼根本佛出世已觀待彼彼所化有情說正法眼師及弟子展轉傳來故說世尊轉正法眼轉法眼已若有於中生諸疑惑唯依世尊乃能決了故說世尊爲所依止又說法師略有二種一者由教二者由證斯由從他聞正法已而宣說故依證學道無學道已而宣說故

瑜伽師地論卷第八十五

音釋

阿笈摩 梵語也此云教法笈渠業切　粗 坐五切畧也　囹圄 囹郎丁切圄魚巨切囹圄獄名　縶 陟立切拘執也　拍 普華切拊也　捶 主蘂切以杖擊也　蚊蝱 蚊無分切蝱莫耕切

瑜伽師地論卷第八十六

彌勒菩薩說

唐三藏沙門玄奘奉　詔譯

攝事分中契經事行擇攝第一之二

復次嗢柁南曰

想行愚相眼勝利　九智無癡與勝進
我見差別三相行　法總等品三後廣

於諸行中修無常想行有五種謂由無常性無恒性非久住性不可保性變壞法性故此中刹那刹那壞故無常自體繫屬有限住壽故無恒外事初後決定無住故非久住壽量未滿容被緣壞非時而死故不可保乃至爾所時住於其中間不定安樂故變壞法

復次愚夫略有三種愚夫之相何等爲三謂諸愚夫於一切行如上所說五無常性不能思惟於非眞實勝劣性中分別勝劣稱量自他謂已爲勝是名第一愚夫之相如謂已勝謂等謂劣廣說亦爾與此相違當知智者亦有三種智者之相

復次由二種相當知聖者慧眼清淨謂由遠塵及離垢故由見所斷諸煩惱纏得離繫故名爲遠塵由彼隨眠得離繫故說名離垢又現觀時有麤我慢隨入作意間無間轉若徧了知所取能取所緣平等彼即斷滅彼斷滅故說名遠塵一切見道所斷煩惱隨眠斷故說名離垢復次遠塵離垢於諸法中得法眼時當知即得十種勝利何等爲十一者於四聖諦已善見故說名見法二者隨獲一種沙門果故說名得法三者於已所證能自了知我今已盡所有那落迦旁生餓鬼我證預流

乃至廣說由如是故說名知法四者得四證淨於佛法僧如實知故名徧堅法五者於自所證無惑六者於他所證無疑七者宣說聖諦相應教時不藉他緣八者不觀他面不看他口於此正法毗柰耶中一切他論所不能轉九者記別一切所證解時都無所畏十者由二因緣隨入聖教謂正世俗及第一義故復次有九種智能於諸行徧知超越謂諸行流轉智諸行還滅智雜染因緣智清淨因緣智清淨智及苦智集智滅智道智此中諸行流轉智者略由三種因緣集故一切行集所有正智謂喜集故觸集故名色集故隨其所應若色集若受等集若識集即此三種因緣滅故三種行滅是名諸行還滅智雜染因緣智清淨因緣智及清淨智者謂於愛味過患出離如前應知四聖諦中苦等四智如前分別聖諦道理應知其相於異生位修前五智能速證後四聖諦智由證彼故能於諸行如實了知又若於前諸智有闕必定不能以諦道理徧知諸行要當證得方能徧知若於諦理徧知行智有所闕者必定不能於上修道以對治力斷諸煩惱起一切行與此相違乃能超越是故說言有九種智能於諸行徧知超越

復次修觀行者由三處故於諸行中無愚癡住何等爲三一於過去諸行如實了知是無常性二於現在諸行如實了知是滅法性三於未來諸行如實了知生滅法性彼由如是於三世行無有愚癡不染汙心安樂而住墮在明數與此相違當知即是有愚癡住墮無

明數復有三種煩惱異名多分說在煩惱品中一貪異名二瞋異名三癡異名貪異名者亦名爲喜亦名爲貪亦名爲顧亦名爲欣亦名爲欲亦名爲昵亦名爲樂亦名爲藏亦名爲護亦名爲著亦名爲希亦名爲耽亦名爲愛亦名爲染亦名爲渴瞋異名者亦名爲恚亦名爲憎亦名爲瞋亦名爲忿亦名爲損亦名不忍亦名違戾亦名暴惡亦名蛆螫亦名拒對亦名慘毒亦名憤發亦名怒憾亦名懷感住亦名生欻勃癡異名者亦名無智亦名無見亦名非現觀亦名惛昧亦名愚癡亦名無明亦名黑闇如是等名當知如前攝異門分多分巳辯喜貪差別我今當說緣依止受所生欣樂說名爲喜緣生受境界所生染著說名爲貪又於將得境生名喜若於巳得境生名貪又於巳得臨將受用名喜即於此事正受用時名貪又於能得境界方便名喜即於境界名貪又於後有名喜於現境界名貪又於所愛他有情類榮利名喜於自所得榮利名貪

復次於諸行中如理修者有四勝進謂勝進想略有三種一未得爲得二未會爲會三未證爲證若爲獲得現法樂住名第四勝進最初能得先所未得預流果故當知是名未得爲得即此爲依復能契會上學果故當知是名未會爲會即此爲依復能證得阿羅漢果於諸惑斷能作證故當知是名未證爲證若巳證得阿羅漢果更無未得爲得乃至未證爲證故正勤修習但爲現法樂住正勤修習又依自義有三勝進想謂於諸行中猒背想

過患想實義想猒背想者復有四行謂於諸行思惟如病如癰如箭惱害如病者謂如有一因界錯亂所生病苦修猒背想如癰者謂如有一因於先業所生癰苦修猒背想如箭者謂如有一因他怨箭所中之苦修猒背想惱害者謂於親財等匱乏中因自邪計所生諸苦修猒背想如是名爲修觀行者於諸行中修猒背想過患想者復有二行謂於諸行思惟無常及思惟苦實義想者亦有二行謂於諸行思惟空性及無我性此中先於過患想及實義想正修習已然後方能住猒背想當知此中先說其果後說其因

復次有四種我見爲所依止能生我慢一有分别我見謂諸外道所起二俱生我見謂下至禽獸等亦能生起三緣自依止我見謂於各别内身所起四緣他依止我見謂於他身所起分别我見爲所依止生我慢者謂由此見觀自他身計有實我由此二種我見爲依發生我慢譬如清淨圓鏡面上質像爲依發生影像影像爲依於自依止發生劣中勝想如是由邪分别故緣自依止我見爲緣發生緣他依止我見如依質像發生影像又此爲緣發生我慢方他謂已或勝或等或劣俱生我見爲緣生我慢者當知譬喻與前差别如明眼人臨淨水器自觀眼耳所餘如前應知其相此一切種薩迦耶見唯依善說法毗柰耶方能永斷非餘邪教如是如來及衆共知同梵行者或諸弟子同梵行者有大恩德唯由如是一因緣故名於大師或滅度後同梵行者眞實報恩又由第二謂若有能即依如

是差別句義爲利益故勤修正行如是亦名隨分報恩彼所希望未滿足故

復次由三種相諸行滅故說名無餘依涅槃界一者先所生起諸行滅故二者自性滅壞諸行滅故三者一切煩惱永離繫故先所生起諸行滅者謂於先世能感後有諸業煩惱之所造作及由先願之所思求今所生起諸行永滅自性滅壞諸行滅者謂彼生已任性滅壞非究竟住諸行永滅一切煩惱永離繫者謂諸煩惱無餘斷滅由今滅故後不更生是故由此三相諸行滅故說名寂滅非求無相其相異故若永無相不可施設說名寂滅

復次由三解脱門增上力故當知建立四種法嗢柁南謂空解脱門無願解脱門無相解脱門一切行無常一切行苦者依無願解脱門建立第一第二法嗢柁南一切法無我者依空解脱門建立第三法嗢柁南涅槃寂靜者依無相解脱門建立第四法嗢柁南

復次當知有二種法嗢柁南增上行欲一者勝解俱行欲二者意樂俱行欲勝解俱行欲者由四種法嗢柁南故於諸行中而生樂欲又於諸行寂靜生樂欲者由意樂故獨處空閑作意思惟由四種相於彼寂靜其心退還一者於中由見勝利不趣入故二者不信彼得不清淨信故三者於彼所緣不生喜樂不安住故四者於彼而起不樂勝解故與彼相違當知即是意樂俱行欲又由二緣依止無我勝解之欲於彼涅槃由驚恐故其心退還一由於此欲不善串習未到究竟故二於作意時由彼因緣念忘失故又此忍欲未串習

故當爾之時於諸行中了唯行智其心愚昧數數思惟我我爾時當何所在尋求我行微細俱行障礙而轉由此緣故彼作是思我當不有不作是念唯有諸行當來不有彼由如是隨逐身見爲依止故發生變異隨轉之識由驚恐故於彼寂滅其心退還

復次爲斷如是驚恐有二種法多有所作一者於諸有智同梵行所如實自顯二者因善法欲發解了心及調柔心又發如是解了心者聽聞正法由三種相發生歡喜一者由補特伽羅增上故二者由法增上故三者由自增上故補特伽羅增上者謂由覩見深可讚仰具大威力端嚴大師及所稱揚善說法者法增上者謂所說法能令出離煩惱業苦及令信解最上深義自增上者謂有力能於所說法能隨覺悟又發如是調柔心者謂有三見一者若依彼而轉二者若由彼徧知三者若應所引發依彼而轉者謂於諸諦未得現觀爲得現觀依彼勝解俱行極善串習正見而轉由彼徧知者謂依隨順現觀正見於三事我執薩迦耶見及彼隨眠斷常兩見所依止性并所得果能徧了知言三事者一若所取二若能取三若如是取此何所取謂五取蘊誰能取謂四取云何而取謂四識住隨其次第如前應知爲二取心之所依處又即於彼所有諸纏非理所引緣彼境界薩迦耶見生起執著及彼隨眠如前應知云何應所引發謂住於彼而能永斷薩迦耶見三事執著及彼隨眠於聖諦智不藉他緣又若依彼應所徧知正見轉時於其三處起我執著及有

隨眠於諸行中若集若没不善知故於處中行尚不能入況得出離若隨順現觀正見住時於三事中所有我執皆已離繫猶被隨眠之所繫縛於諸行中若集若没能善知故遠離二邊入處中行雖未出離堪能出離若已引發聖諦現觀由正見故於三事中無我執著遠離隨眠於處中行先趣入已後由此故方得出離當知如是三見轉時有此差別

復次嗢柁南曰

速通諸體智境界　流轉喜足行順流
知斷相想立違糧　師所作等品後廣

爲欲證得未得眞實究竟解脱略有三法能令獲得速疾通慧一者智力二者不放逸力三者數習力智力者謂若住彼堪能無間永盡諸漏當知即是有學智見不放逸力者謂已獲得如是智見即依如是所得之道方便勤修於心防護惡不善法數習力者謂即依此方便勤修常作常轉終不謂我爲於今日得盡諸漏心解脱耶爲於來日爲於後日由此邪思令心猒倦無猒倦已便無怯畏無怯畏已不捨加行能盡諸漏問智見何差別答若照過去及以未來非現見境此慧名智照現在境此慧名見又所取爲緣此慧名智能取爲緣此慧名見又聞思所成此慧名智修所成者此慧名見又能斷煩惱此慧名見煩惱斷已能證解脱此慧名智又緣自相境此慧名智緣共相境此慧名見又由假施設徧於彼彼内外行中或立爲我或立有情天龍藥叉健達縛阿素洛揭路茶緊捺洛牟呼洛伽等或立軍林及舍山等以如是等世俗理

行緣所知境此慧名智若能取於自相共相此慧名見又尋求諸法此慧名智既尋求已伺察諸法此慧名見又緣無分別影像爲境此慧名智緣有分別影像爲境此慧名見又有色爾焰影像爲緣此慧名見無色爾焰影像爲緣此慧名智彼由如是若智若見爲所依止方便修時復更勤修四善巧事一觀察事二捨取事三出受事四方便事觀察事者謂四念住爲欲對治四顛倒故如實徧知一切境故捨取事者謂四正斷爲欲斷除不善法故及爲修習諸善法故出受事者謂四神足依四靜慮次第超出始從憂根乃至樂故方便事者謂諸根力覺支道支當知即是能斷見修所斷煩惱正方便故如是勤修善巧事者當知有四種所依能依義所依義者謂觀行者正勤修習能依義者謂成就學諸無漏法而未清淨餘無明𣫍所纏裹故又彼諸法由清淨道後方清淨此清淨道當知復有四種差別一者習近正法正審靜慮二者親事善友三者以尸羅根護少欲等法熏練其心四者獨處空閑用奢摩他毗鉢舍那勝正安樂以爲翼從又清淨者謂即依彼清淨行道多修習故令有學法破無明𣫍趣無學地又爲得眞實究竟解脫當知略有五種漸次一者先集資糧以爲依止二者以此爲依修奢摩他毗鉢舍那三者以此爲依具諦現觀涅槃勝解四者以此爲依於劣少證不生喜足亦不安住於可猒法深生猒患五者以此爲依證得最後金剛喻定相應學心

復次由五因緣當知一切自體諸行皆悉無

常謂一切自體壽量有限假使有人欲自祈驗我今以手執持泥團或牛糞團能經幾時作是願已隨取彼團是人爾時任情所欲能執不捨乃至於後欲棄即棄欲持即持非如所受必死之身至壽盡際尚不能遂已之所欲延一刹那況乎久住又一切自體因所生故彼因作故是無常故又有自體廣大興盛終歸磨滅而可得故謂在色界欲界天人大梵帝釋轉輪王等又由無倒阿笈摩故謂佛世尊於諸自體無常法性現見現證而宣說故復有三種諸受欲者圓滿差别由是因緣諸受欲者恒常戲論何等爲三一資產圓滿二自體圓滿三廣大殊勝有情供養圓滿當知復有三種因緣能得如是圓滿差别謂施戒調伏諸根俱行及欲界慈修所得果慈爲先導慈爲因處於諸有情損害寂靜行相轉故復次當知於所知事有七種如實通達智行一已得智二未得智三無顛倒智四是處非有知非有智五是處所餘知不空智六苦不淨智七速滅壞智又由十五種相覺了諸行能速斷滅一切行愚何等十五謂水界所生故無我似我而顯現故不住隨欲而造作故覺了諸色猶如聚沫三和合生相似法故如雲地雨和合方便覺了諸受喻若浮泡於所知境能顯能燒能使迷亂相似法故覺了諸想同於陽焰薩迦耶見根本斷故多品自體因差别故刹那量後時無暫停相似法故覺了諸行譬芭蕉柱有取之識依四識住發起種種自體隨轉相似法故覺了諸識方於幻事此廣分别如前攝異門名分應知

復次有二世間攝一切行一有情世間二器世間有情世間名種類生死器世間名器生死種類生死不同其餘生死法故望器生死當知略有五不同分謂器生死共因所生種類生死但由不共是名第一因不同分又器生死於無始終前後際斷種類生死於無始終相續流轉常無斷絶是名第二時不同分又器生死或火水風之所斷壞種類生死則不如是是名第三治不同分又器生死因無求斷種類生死則不如是是名第四斷不同分又器生死斷而復續種類生死斷已無續是名第五續不同分又於生死由五種相一切愚夫流轉不息一由愛因故二由愛果故三由愛自性故四由因展轉故五即因展轉依止前際無窮盡故此中無明是名愛因能往善趣惡趣諸業是名愛果由往善趣業故愛結所繫愚夫自然樂往由往惡趣業故愛鎖所縶愚夫雖不欲往强逼令去愛自性者略有三種一後有愛二喜貪俱行愛三彼彼喜樂愛如是三愛略攝爲二一者有愛二者境愛後有愛者是名有愛喜貪俱行愛者謂於將得現前境界及於已得未受用境并於現前正受用境所有貪愛彼彼喜樂愛者謂於未來所希求境所有貪愛當知此中由喜貪俱行愛故名愛結繫由後有愛及彼彼喜樂愛故名愛鎖縶若於彼事愛結所繫名爲馳走若於彼事愛鎖所縶名爲流轉又於長世因展轉來諸行相續前際難知後無窮盡由是五相流轉愚夫當知復由五相所縛一於彼處縛二由彼而縛三正是能縛四依彼

故縛五有所領受於彼處縛者謂由能往善趣業故於善趣柱而繫縛之或由能往惡趣業故於惡趣橛而繫縛之又由喜貪俱行愛故於自事柱而繫縛之由彼彼喜樂愛及後有愛故於自事橛而繫縛之由彼而縛者謂愚夫異生爲無明縛正是能縛者謂自同類於苦無猒相似法故依彼故縛者謂依後蘊而被縛故有所領受者謂領受彼生等衆苦

復次愚夫異生於有攝事有四喜足當知多分是諸外道何等爲四一於人身喜足二於欲界天身喜足三於生梵世喜足四於到邊際有頂喜足愚夫於彼隨其次第若趍若住若坐若卧復有五種一切愚夫愛所行路一者後有二者未來所求境界三者將得現前境界四者已得所有境界五者現前受用境界當知於彼如其次第趍等差別應知此中趍有二種一於後有二於未來所求境界復有四種愛所行路一者意業希求境界二者身語二業三者獲得四者於所得中隨其所欲若轉若習此是發業愛所行路若求境界或復諸有當知於彼四種行路如其次第趍等差別如說趍等於餘所說諸有漏事所有喜足愛所行路喜樂戲論染著耽湎四處差別如其次第當知亦爾復有二種遊愛行路果相差別一心差別二身差別心差別者復有二種一品類差別二雜染差別品類差別者謂由自性故所依故所緣故助伴故雜染差別者謂由貪瞋癡等所有煩惱及隨煩惱身差別者亦有二種一種種身差別故二一種身差別故當知此中心之所有雜染差別

能爲二種身差別因爲斷彼故諸修行者應以無倒數數作意勤修觀行復由四種因差別故令果差別謂若於此差別若由此差別共即此差別若如此差別於此差別者謂於善趣惡趣所有差別由此差別者謂由貪瞋癡所染汙心令彼差別即此差別者謂五種行所攝受身種種差別如此差別者謂於諸行流轉雜染清淨因縁及清淨體不如實知生喜樂等及趍走等種種差別

復次不能了達諸行無常薩迦耶見爲所依止順流而行諸愚夫類由五種相當知順流而被漂溺謂若於此漂溺若由此漂溺若依此漂溺若如此漂溺若漂溺時諸所有相於此漂溺者謂於善趣惡趣而被漂溺如從兩岸彼此往來俱被漂溺由此漂溺者謂由愛河浸淫之性之所漂溺當知此愛有五種相一遊諸境界趣下分故二微細隨行難覺了故三於諸境界難迴轉故四乃至有頂一切廣大種種諸行所隨逐故五不寂靜相亂身心故依此漂溺者謂依色等五種諸行而被漂溺即於善趣惡趣兩岸有五種行品類差別數數攀縁順流漂溺如此漂溺者云何漂溺謂於諸行如前所說流轉等事隨其次第不如實知或計爲我及我所故於漂溺時所有相者謂彼如是被漂溺時雖實愛身欲使長久由自性滅不能令住如爲漂溺與此相違當知即是逆流行者又聰慧者有十種相當知具攝諸聰慧相謂成就俱生慧故又成就方便聞思修所成慧故又成熟故無動揺故善思所思善說所說善作所作又能自依

已所有性未嘗爲命依附於他又有所求無不安樂又有所求能依正行皆悉以法不以非法又自所宜資産衆具能正防守不令散失又觀過患而受用之又於病緣所有醫藥觀察思擇然後服行又能善避非時死緣如是十種聰慧者相當知具攝諸聰慧相

復次於諸行中依無我理知者斷者當知略由三相差別謂於諸行能遍了知薩迦耶見而未斷者彼於諸行忘念之行多分現行少不忘念薩迦耶見已永斷者當知其相與彼相違是名第一差別之相又於諸行雖遍了知薩迦耶見而未斷者於諸廣大可愛事中多生喜樂於諸下劣不可愛境多生憂苦彼二境界現在前時無縱逸者尚自不能繫守正念況縱逸者彼於爾時薩迦耶見纏繞其心由彼令心不能解了薩迦耶見已永斷者當知其相與彼相違是名第二差別之相又於諸行薩迦耶見未永斷者未得於內一切行中現前安立離有情想如於草木葉等外事薩迦耶見已永斷者當知其相與彼相違是名第三差別之相如是已斷薩迦耶見有此三種差別之相當知復有三種勝利一者永斷能感後有一切煩惱二者依彼不久獲得速能積集彼對治道三者既作自義利已即依彼道方便勤修現法樂住由此獲得極安樂住

復次由四差別當知修習一切種行無常苦想何等爲四一果差別故二自性差別故三品類差別故四方便差別故果差別者謂修此想能遣一切欲貪色貪及無色貪掉慢無

明當知此中顯示三種本煩惱斷及顯三種隨煩惱斷欲貪煩惱掉爲助伴色貪煩惱慢爲助伴無色貪惑無明爲伴復有差別謂於此中顯示下分上分結盡自性差別者謂於此中由正修習聞所成慧說名親近由正修習思所成慧能入修故說名修習由正修習修所成慧名多修習又由修習了相作意故名親近唯除加行究竟作意由正修習諸餘作意故名修習修習加行究竟作意名多修習是名第二三種差別又由所依所緣作意隨其次第當知是名爲乘爲事爲隨建立又由長時串修習故說名純熟數數無倒修方便故說名善受及與善發品類差別者謂修如是無常想時速能永拔一切隨眠棄捨下地一切善法攝受上地一切善法於餘一切不淨想等最高廣性能善住持遍行一切猶如觀察所取之事即如是觀能取之事彼相解脫能得無漏無常之想若有漏想若無漏想如是一切皆於涅槃善能隨順趣向臨入皆能對治無明大闇一切永斷永斷彼故清淨鮮白諸無學想皆由一切無漏學想增上故得方便差別者謂獨處空閑以無顛倒數數作意觀察諸行無常之性由無常想住無我想於見道中旣住無漏無我想已於上修道由有學想永害我慢隨得涅槃二種皆具復次爲住涅槃仍未積集善資糧者略有五種違資糧法一者憶念往昔笑戲歡娛承奉等事因發思慕俱行作意生愁歎等二者由彼種種爲依於所領受究竟法中多生忘念令於諸法不能顯了三者所食或過或少由

此令身沉重羸劣於諸梵行不樂修行四者喜眠不串習斷便爲上品睡眠所纏五者親近猥雜而住遠離諦思正法加行如是五種違資糧法復有五種隨順彼法一者於二離欲猶未能離隨一種欲謂於諸纏遠分離欲勤修善品及於隨眠永害離欲得正對治二者不護根門三者食不知量四者初夜後夜不能勤修勉勵警覺五者不能觀察善法究竟與上相違當知是名順資糧法及能隨順彼隨順法又諸聲聞修行如是順資糧法及彼因緣於其中間求涅槃時大師爲彼制立五種正道言教一者由依觀察如所聞法遍於一切諸行無常諸法無我涅槃寂靜且以世間作意而得無惑無疑二者即於住時不著三事不正尋思何等三事一者資命衆具二者他損害相三者或他毀罵或隨有一非愛現行同梵行者不同分法三者教授爲先由依他音如理作意能生正見能斷邪見當知此三是名住時正道言教復有二種於彼行時正道言教謂諸有智同梵行者爲彼宣說處非處時不生忿怒又由麁弊資命衆具若得不得及由戒等所有災害心不熱惱是名第一於得所勝利養恭敬心不悒然是名第二彼由如是住時行時能正修行涅槃妙道由此不久當得涅槃終無毀失

復次大師於諸聲聞略有五種師所作事一者正折伏二者正攝受三者正訶責四者正說雜染五者正說清淨

復次由二因緣於諸諍事違越聲聞覆相記別彼所諍事一擾亂增廣故二與律相應故

復次由七因緣大師驅擯諸聲聞衆一者見一切種皆行邪行故二者見彼多分故三者由彼衆首上座阿遮利耶鄔波柁耶方便故四者不堪共住故五者被驅擯故六者避現前過故七者令不生起未來過故

復次由十因緣如來入於聚落乞食一者當顯杜多功德故二者爲欲引彼一分令入乞食故三者爲欲以同事行攝彼一分故四者爲與未來衆生作大照明故乃至令彼暫起觸證故五者爲欲引彼麤弊勝解諸外道故六者爲彼承聲起謗故現妙色寂靜威儀令其驚歎心生歸向故七者爲彼處中衆生以其少功而樹多福故八者爲令壞信放逸深生恥愧雖用小功而獲大福故如爲放逸者懈怠者亦然九者爲彼盲聾顛狂心亂衆生種種災害皆令靜息故十者爲令無量無邊廣大威德天龍藥叉健達縛阿素洛揭路荼緊捺洛牟呼洛伽等隨從如來至所入家深生羨仰勤加賓衛不爲惱害故

復次由八因緣如來入於寂靜天住一者爲引樂雜住者令入遠離故二者爲欲以同事行攝遠離者故三者自受現法樂住故四者爲與大族諸天亦同集會故五者爲以佛眼觀察十方世界現大神化隨其所應作饒益事故六者爲令諸聲聞衆於見如來深生渴仰故七者爲顯諸大聲聞於所略說善能悟入故八者勸捨樂著戲論制作言辭故

復次由五種相大師攝受諸聲聞衆一以法故二以財故三與依止故四初攝受故五擯攝受故

復次由七因緣釋梵天等往如來所一爲供養如來故二爲聽聞正法故三爲決所生疑故四爲順他而爲翼從故五爲慼他欲爲饒益故六由愛重如來聖教故七知如來起世俗心欲令赴會故

復次由五種相當知一切初新者性一由晚出家故二由幼出家故三由少出家故四由勞策出家故五由受具出家故

復次由三種相生起惡作一違越所學增上故二誓受法律增上故三棄捨居家增上故

復次如來將欲爲諸聲聞宣説正法現四種相一者從極下座安庠而起昇極高座儼然而坐二者安住隨順説法威儀三者發謦欬音示將説法四者面目顧視如龍象王

復次犯戒聲聞當於三處安住慚羞往大師所一者深知已犯爲增上處二者師事失儀爲增上處三者由事乖則當以方便調順威儀往大師所爲增上處復次由三種相應正訶責犯戒聲聞一曰汝甚鄙劣活命二曰汝意樂不清淨三曰汝以活命意樂行非法行

復次於善説法毗柰耶中略由六相當知遍攝一切邪行一者現行過失故二者意樂過失故三者加行過失故四者智慧過失故五者尋思過失故六者依止過失故現行過失者謂由貪纏故染瞋纏故憎旣懷猛利貪瞋等故遂無羞恥無羞恥故住惡不捨意樂過失者謂於染者邊此貪意樂最爲下劣如是於憎者邊此瞋意樂最爲下劣加行過失者謂或有不發精進或有精進慢緩智慧過失者謂或於聞思所成慧中忘失三念多住愚

癡於修所成心不寂定尋思過失者謂於隨順居家所有惡不善覺多分尋思於正法律其心錯亂依止過失者謂彼依止於其往昔不修習因由不修習因故成就自性微褊小信成就自性修住小戒成就自性住守小念成就自性俱生小慧

復次由四種相能令彼人雖入聖教而行邪行一由微劣不淨意樂故二由伺求聖教瑕隙爲正法賊故三由專爲飲食衣服活命因緣故四由怖畏王賊債主所加迫切故若行如是諸邪行者便於二事有所稽留一者失壞在家自義稽留二者失壞出家自義稽留

復次如是邪行有二因緣謂於三事不正尋思及彼前行諸不正想其三事者如前應知於彼發起諸不正想隨取相好自斯已後於其隨法多隨尋思多隨伺察

復次爲斷如是邪行因緣當知亦有二種對治一者爲斷不正尋思以無顛倒數數行於諸念住善住其心二者爲斷諸不正想修習無相心三摩地此修對治要由於彼修對治中猛利樂欲方得成辦非彼樂欲不猛利者此猛利欲由二緣生謂此對治有大果故不共一切諸外道故有大果者謂修習時便能剋證無相心定及住二界妙甘露門所謂斷界及無欲界若有餘依及無餘依安住此者近二涅槃未於今時一切皆得言不共者謂無相定唯内法有諸外道無何以故由彼外道若有所得即便增益不如量觀若無所得即妄分別由我見故愚於諸行或唯於身或唯無色或總於二生我執著以執我故謂

我當無便於二涅槃心不欣樂尚未能入況乎安住唯增驚怖其心退還住內法者與彼相違於般涅槃心無退轉了唯苦滅見唯靜德若諸有學唯祈內滅非爲生道更從他求教授教誡若諸無學唯欣內滅終不更求盡諸煩惱唯有先因所生諸行任運歸滅而般涅槃

瑜伽師地論卷第八十六

音釋

蛆螫（蛆知列切螫施隻切蛆螫蟲行毒也）慘毒（慘七感切酷也）怒憾（怒奴故切恚也憾胡紺切恨也）欻勃（欻許勿切勃蒲沒切欻勃卒暴也）數數（並所角切頻也）斆（若角切）橛（其月切杙也）耽湎（耽丁含切嗜也湎弥兖切溺也）漂溺（漂紕招切浮也溺乃歷切沒也）猥（鄔賄切鄙也）悒（一入切憂也）褊（俾緬切陿陋也）瑕隙（瑕何加切過也隙乞逆切釁也）

瑜伽師地論卷第八十七

彌勒菩薩說

唐三藏沙門玄奘奉詔譯

攝事分中契經事行擇攝第一之三

復次嗢柁南曰

因勝利二智　愚夫分位五　二種見差別

於斯聖教等

一切行因略有二種一共二不共共因者謂喜爲先因由此喜故於彼彼生處障於猒離滋潤自體爲欲將生所生之處雖有一切煩惱爲因而於生處生喜者生非於彼起猒逆想者又即此喜唯依色說宿因生已不待餘因究竟轉故不共因者謂順苦樂非苦樂觸望於受等所有心法無間滅意及俱生名十種色等望六種識由彼雖從先因所生剎那剎那別待餘因方得生起

復次有解脫心有淨智見諸阿羅漢有四勝利當知不與諸外道共一於行時恒常住性二於住時無相住性三徃昔因所生諸行任運歸滅四後有行今因斷故當不復生爲證如是四種勝利有三漸次謂學智見爲依止故得猒離者於諸行中不生喜樂乃至不生耽湎而住猒離爲先而得離欲離欲爲先心善解脫自斯已後即由如是心善解脫恒常住故無順無違又於行時或於住時於一切相無復作意於無相界作意思惟無相而住能障於此一切見趣先已永斷況當爲礙彼由是二若行若住乃至壽盡便以無學內般涅槃而般涅槃先所生有於今永盡當來諸行無復更生又由三分當知建立薩迦耶見

以爲根本一切見趣一由前際俱行故二由後際俱行故三由前後際俱行故前際俱行者謂如有一作是思惟我於去世爲曾有耶爲曾無耶曾爲是誰云何曾有後際俱行者謂如有一作是思惟我於來世爲當有耶爲當無耶當爲是誰云何當有前後際俱行者謂如有一作是思惟我曾有誰誰當有我今此有情來何所從於此沒已去何所至又諸外道薩迦耶見以爲根本有六十二諸惡見趣謂四常見論四一分常見論二無因論三有邊無邊想論四不死矯亂論如是十八諸惡見趣是計前際說我論者又有十六有見想論八無想論八非有想非無想論七斷見論五現法涅槃論此四十四諸惡見趣是計後際說我論者如是計度後際論者略攝有五一有想論二無想論三非有想非無想論四斷見論五現法涅槃論如是五種復略爲三一常見論二斷見論三現法涅槃論又此一切諸惡見趣由六因緣而得建立一由因緣故二由依教故三由依靜慮故四由依世故五由依諸見故六由生處故由因緣者謂彼一切薩迦耶見以爲因緣由依教者謂由依彼能顯見趣不正法藏師弟傳聞展轉相授爲方便故由依靜慮者謂以靜慮爲依止故於先所聞先所信解而得決定又此靜慮復有二種一與宿住隨念俱行二與所得天眼俱行宿住隨念俱行者謂計前際三常論中由下中上清淨差別及於四種邊無邊論由彼憶念諸器世間成壞兩劫出現方便若時憶念成劫分位爾時便生三種妄想若有

一向憶念上下下至無間捺落迦下上至第四靜慮之上憶念如是分量邊際便於世間住有邊想若有一向傍憶無際便於世間住無邊想若有憶念二種俱行便於世間住二俱想若時憶念壞劫分位爾時便住非有邊想非無邊想諸器世間無所得故復有依止諸靜慮故當知或說一分常論或說無因論或說不死矯亂論應知此中有二淨天一不善清淨二善清淨若唯能入世俗定者當知是天不善清淨於諸諦中不了達故其心未得善解脫故若能證入內法定者當知是天名善清淨於諸諦中已了達故其心已得善解脫故當知無亂亦有二種一無相無分別二有相有分別此中第一是善清淨天第二是不善清淨天前清淨天於自不死無亂而轉是故說名不死無亂後不清淨若有依於不死無亂有所詰問便託餘事矯亂避之以於諸諦無相心定不善巧故先興心慮作是思惟我等既稱不死無亂復有所餘不死無亂於諸聖諦無相心定已得善巧彼所成德望我為勝彼若於中詰問於我我若記別或為異記或撥實有或許非有彼於記別見如是等諸過失已作是思惟我於一切所詰問中皆不應記又於是中見有餘過謂他由此鑒我無知因則輕笑不死無亂有行諂者作是思惟我於此中應如是記非我淨天一切隱密皆許記別謂自所證及清淨道如是思已故設詭言而相矯亂彼既如是住邪思惟遍布其心於彼最上清淨天所故稱我是不死無亂由懷恐怖而無記別匆我劣昧為他

所知由是因緣不能解脫以此爲室而自安處又有愚戇專修止行不能以其諂詐方便矯設亂言但作是思諸有來問我當反詰隨彼所答我當一切如言無滅而印順之由是計度有差別故建立四種由依世者謂依過去及現在世起分別故名計前際依未來世起分別故名計後際由依諸見者謂依三見如前應知由依初見於現法中計我有色後或有色有想或無有想或非有想非無想依第二見於現法中計我無色於後所計如前應知依第三見我論有二一者說我有色無色二者說我非有色非無色餘如前說又即計我是有色者或言狹小或言無量計我無色當知亦爾此二我論依第三見立爲二論一者計我狹小二者計我無量由是四種我論差別說我有邊說我無邊說我亦有邊亦無邊說我非有邊非無邊隨其次第如前應知又即依止如是諸見及依我論復宣說我清淨解脫於欲靜慮皆得自在隨其所欲多住變化如其所欲安住靜慮以清淨見遊戲受用方便法樂如是名爲依諸見故應知安立由生處者謂我有一想乃至廣說有一想者謂在無色空無邊處識無邊處有種種想者謂在下地即如所說隨其次第應知說我有狹小想有無量想一向有樂者謂在下三靜慮一向有苦者謂在捺落迦有樂有苦者謂在鬼旁生人欲界天有不苦不樂者謂在第四靜慮已上乃至非想非非想處又於如是諸外道處當知總有三種衰損一者見及欲樂展轉相違論衰損二者依我無智論問

記衰損三者依法隨法行證得衰損此中三種若計有想若計無想若計非有想非無想論者及斷見論者或依責他爲勝利論或依免難爲勝利論而起計度當知是名第一衰損由彼諸論計度後際依未來世妄計於我爲有無故依我無智論問記衰損者謂於若諸雜染若雜染處若能雜染如是一切世俗勝義二諦道理不如實知由此無智有所趣向以爲先故得有差別從此無智何所趣向謂三四轉一常無常等二有邊無邊等三自作他作等所以者何彼由無智要先趣向如是差別後方問記又於聖法毗柰耶中所有智者不可記事於二道理不容記故謂世俗勝義二諦道理此中四種一向常論計前際者及計前際無因論者二種差別皆先計我後方緣我一向常等諸論差別又即四種一分常論計前際者彼有差別謂有一分緣常無常論或有一分緣非常非無常論邊無邊等諸論如前邊無邊等應知其相若欲一切皆宿因作名自作論若欲一切皆自在等變化因作名他作論若欲少分自在天等變化因作一分不爾名俱作論若無因作論名俱非作論當知是名第二依我無智論問記衰損由彼諸論計度前際依過現世妄分別故依法隨法行證得衰損者謂有沙門若婆羅門不觀責他爲勝利論不觀免難爲勝利論亦不依我無智諸論爲求利養恭敬等事樂欲開闡於惡說法毗柰耶中而求出家唯除樂求出離解脱當知彼是薄塵種類爲性愚戇專修止行彼由爲得初靜慮定教授教誡

能於後際俱行見趣及於前際俱行見趣不然許故而得超過於現法中又能超過欲界諸結證遠離喜自斯已上無聞無知即於此中生涅槃想如由彼故證遠離喜如是或有由別因緣證得第二第三靜慮無愛味樂第四靜慮無苦樂受從此已上乃至非想非非想處當知亦爾於種種想俱行苦樂受等差別已超過故如是彼於趣諸取行不能超越樂退還法未般涅槃起涅槃慢當知是名第三衰損此中如來自然證覺寂靜妙迹於如所說一切行相三種衰損由五種相如實了知謂若彼自性若彼諸見若由無智彼得生起若所緣轉若彼所緣麤麤弊過患及上出離於如是事如實了知即出離中常自出離復次有二智能令見清淨及見善清淨謂法

住智及此爲先涅槃智法住智者謂能了知諸行自相種類差別及能了知諸行共相過患差別謂於隨順若苦若樂不苦不樂三位諸行方便了知三苦等性涅槃智者謂於如是一切行中先起苦想後如是思即此一切有苦諸行無餘永斷廣說乃至名爲涅槃如是了知名涅槃智即此二智令見清淨及善清淨要由二門正勤修習方令彼淨一自無力補特伽羅因他教授能令彼淨二自有力補特伽羅多聞思求能令彼淨此中第一補特伽羅不聰利故信等諸根唯一味故止觀所緣於少分法諦察忍轉與此相違當知第二補特伽羅復有三種現觀邊智修習彼故見得清淨一能順生無漏智二無漏智三無漏智後相續智初世間第一法所攝智第二

若住於彼能斷見諦一切煩惱第三煩惱斷後解脱相續智若住中智便名已入正性離生超過異生地未得預流果雖未剋證第三解脱預流果智於其中間所住刹那如未剋證終無中夭以時少故從此無間必證第三住此位中如實現見所知境故名見清淨有餘惑故非善清淨若於此智更修習成阿羅漢一切煩惱皆離繫故名善清淨又無餘斷三相應知一由不現行故二由界故三由事故不現行者謂雖生起而不染著雖未永斷由數修習諸善法故令成遠分諸纏煩惱不復現行界者三界如前應知事謂二事一煩惱事二是苦事又於安樂利益隨逐諸離繫品五種界中有寂靜微妙勝功德等乃至涅槃爲其最後差別應知又於此中一切依持皆棄捨者當知割捨父母等事又於中有生有後有無復更生如其次第當知說名無有相續無取無生又於三品由三種門爲障礙故當知建立三結差別謂未發趣故雖已發趣邪成立故於正法中不正行故即在家品處惡說法毗柰耶中而出家品處善說法毗柰耶品又行趣向逆流行者解脱惡趣成就二種解脱決定一者煩惱解脱決定二者後有解脱決定由是因緣故名預流乃至廣說又若證得阿羅漢果先住學地於諸行中已不執受我及我所後於諸漏皆得解脱又與四種義相應故當知是名阿羅漢相一者自事已究竟應作他事義故二者應得自義一切遍滿道理義故三者未來行因已永斷滅應證現法樂住義故四者超有學地入無

學地相應義故

復次愚位有五若於中轉墮愚夫數何等爲五一不獲得俱生慧故二不獲得從聞他音緣生慧故三不獲得眞聖慧故四愚癡纏所纏縛故五彼隨眠所隨縛故復有四種妄計我論一者宣說諸行是我二者宣說我有諸行三者宣說諸行屬我四者宣說我在行中由二因緣妄計我論作諸雜染一執著故二隨眠故執著故者謂諸外道雖求解脫由彼爲障於一切種不能獲得隨眠故者謂諸内法耽著境界暫時爲障而非究竟

復次若有我見若無我見同緣諸行爲境事故說名同分而於彼事邪取正取染汙清淨等義別故名不同分又由四相於所緣事邪僻執著增上力故能令我見作諸雜染一因緣故二自性故三由果故四等流故因緣故者謂二愚癡一事愚癡二見愚癡事愚癡者由愚事故先聞邪法後起我見見愚癡者謂愚見故於見相應諸無明觸所生起受妄計爲我由此爲緣恒爲我愛之所隨逐復由此故常於我見不能捨離自性故者謂二因緣之所攝受等隨觀察於彼隨眠不得遠離由果故者謂即以彼薩迦耶見爲依止故不能遠離我慢隨眠是二隨眠增上力故能引當來諸根令起由彼領納苦樂二受因更發起計我我所不如正理思惟相應意言分別謂我我所有其領受等流故者謂由先因力所持故即見種子所隨逐意後有意界由前因緣所熏修力而得成滿即於如是後有意中有無明種及無明界是二種子所隨逐意所

縁法界彼由宿世依惡説法及毗柰耶所生分别薩迦耶見以爲依止集成今界即由此界增上力故發起俱生薩迦耶見於善説法毗柰耶中亦復現行能爲障礙又即此見由二種相六轉現行一由世故二由慢故由世故者謂我於過去爲曾有耶爲曾無耶乃至廣説如應當知由慢故者謂我爲勝乃至廣説彼於如是一切如實不知不見由此因縁不如正理起於邪觀又明位有三謂聞他音如理作意是初明位已能證入正性離生是第二明位心善解脱阿羅漢果是第三明位其無明位復有二種一先二後隨眠位是先諸纏位爲後又約見修所斷有異當知是名第二差别

復次是處世尊依自聖教爲欲顯示善説發起依他邪教爲欲顯示惡説失墜自有所説後結集者於法門中稱爲世尊嗢柁南説由二因縁善説法律名爲發起大果大利惡説法律即爲唐捐一者於善説法毗柰耶中一切衆苦求離可得謂三種苦性二者一切諸結永斷可得謂下上分結於惡説法毗柰耶中如是二事皆不可得彼由依止薩迦耶見於諸行中心猒苦苦欲樂爲依起兹勝解願於當來無有苦我我無有苦或復已斷即彼苦因及彼當果於未來世由二種相而生勝解謂苦未來當離於我及我未來當無有苦雖由如是四種行相樂斷爲依離欲界欲生初靜慮次第乃至於彼非想非非想處若定若生由是因縁超越苦苦而未能斷下分諸結未斷彼故當知苦苦未永超越彼於壞行

二苦斷中尚不生樂何況能斷由彼隨順所未斷故當知於順上分諸結亦未能斷住內法者初修觀時雖於欲界未得離欲有情勝故而於三苦深心猒離依樂斷欲於諸行中用無我見以爲依止發其勝解願於未來無三苦我我無三苦彼初修習如是行已於欲界欲而得遠離求斷苦苦如前復生如是勝解當無彼我我當無彼如是行者於其苦苦究竟解脱亦求超越順下分結即於此道次第進修乃至能得阿羅漢果若諸愚夫薩迦耶見以爲依止於求超越壞行二苦及求斷滅隨順上分一切結中謂我當無於不應怖妄生怯畏尚不起樂況當能斷又於是處由二因緣不應生怖謂唯有心住四識住有轉有染又唯有心斷四識住無轉無染復有四

依謂色受想行復有四取謂於欲見戒禁我語所有欲貪復有二緣謂若所緣及若能緣復有六識謂眼識等復有二識住謂煩惱纏住及彼隨眠住此中諸取增上力故以不如理分別爲先由我我所邪境界取由緣自相境界之取由俱有依此三因緣令諸識轉及令染汙復由三種謂於現法趣集諦故緣未來苦我當如是如是愛故於彼先因所生現苦而安住故復由三種謂趣樂位故緣苦位故安住不苦不樂位故彼由三種謂趣來世故緣去世故住現世故復由三種謂由後有愛趣後有故由彼彼喜樂愛緣未來境界故由喜貪俱行愛住現在已得境界故復由三種由貪欲身繫趣向隨順貪處事故由瞋恚身繫緣彼事故由戒禁此實二取身繫住彼

事故中嗢柁南曰
果因與受　世愛及繫
喜愛滋潤如前應知謂如諸行因中宣說又即彼識如是轉時於二生處當知結生相續增廣一於有色二於無色於有色處依止中有而有去來於無色處唯有從生即於兩處乃至壽盡相續而住故名爲住當知此住欲界人中有三分位謂初入胎識所滋潤胎分圓滿自胎而出當知此三復有差別欲色無色如其次第若有棄捨如來所說識流轉道而作是言我當更作別異施設當知是人所施設者其文有異其義無別但有言事或餘智者於其異文先示道理後方詰問汝所施設別異者何彼於爾時茫然不了或於後時自得達鑒於前所立如理諦觀反生愚昧由愚昧故自覺無知我本受持爲惡非善又十色界名爲色界當知復有六種受界想界行界又於三位當知諸識解脫煩惱謂於諸行深見過患能令諸纏遠分離故於見地中一切外道諸繫隨眠永斷滅故依止修道得究竟故又諸外道於所妄計一切生處謂大自在那羅衍拏及衆主等無量品類樂生彼故名貪身繫於他諸見異分法中深憎嫉故名瞋身繫依於邪願修梵行故於同梵行可樂法中起憎背故由此二緣於增上戒學能爲雜染當知即彼由戒禁取於增上心學能爲雜染由此實執取身繫故於增上慧學能爲雜染如是四法能於色身名身趣向所緣安立事中令心繫縛故名身繫又彼在意地故意分別故意相應故意隨眠故染汙意故名

意所成又彼斷者謂緣彼境諸煩惱斷非彼所緣即於彼境無倒解故又由後有諸業煩惱之所攝持後有種識當知於此依止建立彼無有故當來三種如前所說差別理趣生長廣大當知一切悉皆盡滅又即由彼無所住識因分果分不復生長諸道所攝而得生長又彼空解脫門爲依止故名無所爲無願解脫門爲依止故名爲喜足無相解脫門爲依止故說名爲住於彼愛樂數修習故得善解脫一切隨眠永滅盡故心善解脫從是已後逮得恒住雖住諸行而無所畏已得諸蘊任運而滅餘因斷故無復更生彼有漏識由永滅已遍於十方皆無所趣唯除如影諸受與彼識蘊識樹當知如燈皆歸寂滅即於有餘涅槃界中依初纏斷說名寂靜依第二斷說名清涼依第三斷說名宴默又由三緣識趣識住皆無所有一由自然非染汙故二由所餘不染汙故三由餘識助伴無故

復次嗢柁南曰

斷支實顯了　行緣無等教　四種有情衆　道四究竟五

諸修斷者略由五支攝受於斷能於諸行如實顯了一由身遠離故二由心遠離故三由奢摩他品三摩地故四由毗鉢舍那品三摩地故五由常委所作故

復次當知有十二種如實顯了行相如攝異門分說謂聽聞各別善取惡取故正教現量比量境界故自相共相故如所有性盡所有性故入見究竟地故

復次略有四種如實顯了行相道理智所緣

事謂住内法異生於率爾墮境所起受中不如實知增上力故能令諸行流轉雜染如實知故能令清淨復有在家異生於欣後有等所依中不如實知增上力故能令諸行流轉雜染與彼相違能令清淨復有諸外道於所愛樂虚妄分别定生喜愛所依行中不如實知增上力故能令諸行流轉雜染與彼相違能令清淨復有住於内法有學依諸根境所有忘念於餘殘行不如實知增上力故流轉雜染斷餘殘故便得清淨當知於此一切品中諸清淨品皆住内法如是名爲四所緣事復次由三因緣如來所說教無與等一者宣說不共法故二者宣說無倒法故三者宣說自覺法故此中宣說若趣薩迦耶集行即是趣苦集行若趣薩迦耶滅行即是趣苦滅行是名宣說不共法教若復說言此眞實有是名宣說無倒法教若復說言我如實知是名宣說自覺法教復有三種諸行流轉差别一者薩迦耶是諸有情染著安足處所義故二者世間是染著處敗壞義故三者有是染著者更生義故

復次彼有情衆略有四種何等爲四一者一向安住可愛業果即於此果耽著受用謂生天處專行放逸二者一向因轉謂希求彼所有沙門若婆羅門三者樂般涅槃諸有情衆四者諸雜種類謂住於此或住於果耽著受用或樂攝受當來愛果或時時修涅槃資糧離諸放逸於前三種有情衆中隨其所應當知世間彼集滅邊及薩迦耶彼集滅邊於後第四有情衆中當知薩迦耶彼集彼滅趣道

差別

復次依二種道當知施設四種行相云何依二種道謂依見道及依修道云何施設四種行相一應遍知行相二應永斷行相三應作證行相四應修習行相如是四種三依見道一依修道入見道時諦現觀俱能遍知苦斷一分集證一分滅於彼一分能斷證者於修道中爲求無餘斷及證故如所得道應勤修習因修如是諸思擇道及修道故永斷餘集證得餘滅

復次證得如是極究竟者由五種相應知究竟何等爲五謂已證得苦及苦因無餘盡故堪作他義一切自義皆圓滿故證得畢竟斷及智故能入究竟涅槃城故既得入已於其聖位能安住故於第一相有割愛等四種差別如前應知於第二相有阿羅漢盡諸漏等所有差別如前應知於第三相有畢竟究竟一切行事皆悉斷故有畢竟無垢一切煩惱畢竟斷故有畢竟梵行以爲後邊謂已獲得彼對治故於第四相譬如世間具五種相名入宮城隨闕一種不名爲入如是要具與彼相似五種相故當知名入涅槃宮城何等名具世間五相一者闢宮城門二者超踰隍塹而不墮落三者深起果決而越度之四者越隍塹已逼臨宮闕五者非自非餘之所希望勝幢既仆徐入中宮如是入宮無諸罣礙入涅槃宮亦復如是先斷能順五下分結如彼闢門次於涅槃起深坑想無明怖畏斷無餘故如超隍塹而不墮落能到薩迦耶彼岸故能持最後身故如彼果決而越度之將入無

餘依涅槃界如逼宮闕已斷有愛於諸境界無復愛生遍於一切憍慢不起而入涅槃如非自他之所希望勝幢既仆徐入中宮如前所說五種因緣入涅槃宮當知亦爾又既入已由二種相安住聖住一由行故二由住故行由三相應正了知一不共故二無染故三正依止所依止故求斷順五下分結故於諸欲中畢竟離欲即於是處而遊行故說名不共於六恒住常攝受故名爲無染於一分法思擇遠離謂惡象馬等於一分法思擇習近謂衣服飲食等是名爲正依止所依如是於行善清淨已復由五相應了知住謂若由此而住若此爲依若由此離繫若此爲依若由此相應當知此中由不動心解脫而住於一分法思擇除遣謂遊行散亂劬勞因緣身心疲怠於一分法思擇忍受謂寒熱等是名爲依由於三種雜染離繫謂見雜染及愛雜染尋思雜染由見雜染得離繫故於後有中心無動搖由愛雜染得離繫故於諸境界不被漂淪尋思雜染得離繫故尋思唯善無有不善如是名爲由此離繫此依四種靜慮無動三摩地安住第一現法樂住是名爲依由與無學心善解脫慧善解脫而共相應又離愛者於第二身不復生故於涅槃舍無退轉故剋證無上圓滿德故由此五相應知圓滿住

第一住

復次嗢柁南曰

二品總略三有異　勝解斷流轉有性
不善清淨善清淨　善說惡說師等別

略由三處總攝一切黒品白品一由所遍知

法故二由遍知故三由成遍知故所遍知法者謂苦諦集諦當知總攝一切黑品遍知者謂滅諦當知此攝白品一分成遍知者謂補特伽羅及道諦補特伽羅雖是假有當知亦是白品所攝此即如來諸聖弟子於世俗諦及勝義諦皆悉善巧依二道理如實隨觀俱不可記謂如來滅後若有若無亦有亦無非有非無皆不可取亦不可記所以者何具依勝義彼不可得況其滅後或有或無若依世俗爲於諸行假立如來爲於涅槃若於諸行如來滅後無有一行流轉可得爾時何處假立如來既無如來何有無等若於涅槃涅槃唯是無行所顯絶諸戲論自内所證絶戲論故施設爲有不應道理亦復不應施設非有勿當損毀施設妙有寂靜涅槃又此涅槃極難知故最微細故説名甚深種種非一諸行煩惱斷所顯故説名廣大現量比量及正教量所不量故説名無量

復次由三因緣内荷擔苦與外荷擔苦有其差别一所荷擔二能荷擔三荷擔時謂外荷擔色一分攝或稈或薪或餘種類是所荷擔愚夫乃以一切諸行爲所荷擔又外荷擔屬在身肩是能荷擔愚夫乃以一切愛蘊爲能荷擔又外荷擔唯以現肩荷擔所擔愚夫乃以一切愛蘊荷擔所擔欲捨所擔要并除蘊無别方便而能棄捨乃至未能捨所擔來恒常荷擔大重擔故執持羸劣微弱細輭不静肩故長時無間荷所擔故内有三德領受如是荷擔衆苦外則不然是名二種荷擔差别

復次由五種相愚夫内縛與彼外縛而有差

別謂彼外縛爲色一分之所繫縛或木或鐵或索所繫愚夫乃爲諸行所縛又彼外縛他縛所縛愚夫乃爲自縛所縛又彼外縛易可了知縛縛因緣脫脫方便愚夫內縛一切難知又彼外縛死後即無愚夫內縛死後諸行隨逐往來循環不捨又彼外縛所有出家能捨諸欲便得解脫一切怨讎不能拘礙愚夫內縛雖得離欲乃至有頂尚未能脫況唯出家當知此中在離欲位魔罥於彼不得自在未離欲位便得自在其出家位未脫魔手若在家位隨欲所作未離欲位魔縛所縛由世間道雖生有頂未脫魔罥

復次略由四相當知如來與慧解脫阿羅漢等同分異分由一種相說名同分謂解脫等故由三種相說名異分謂現等覺故能說法故行正行故此中如來無師自然修三十七菩提分法現等正覺等正覺已遍依勝義若於現法有能無能若現見法不現見法於一切種皆悉了達是名自然等覺菩提如是了達勝義法已於其二障善得解脫謂并習氣諸煩惱障及所知障與諸天衆及餘世間爲解脫師獨一無二當知了達如是四相是名自然等覺菩提由此不與諸聲聞共又依他義作所作等能說正法由五種相當知不共何等爲五一者如來如實了知一切種道爲道一切種非道爲非道二者知已如實宣說是道非道爲令趣道不趣非道三者若有如所說道樂欲勤行爲令彼行攝受方便如理所引作意正道以教授門而爲宣說四者彼如聖教行時若有障礙止觀過失皆令除遣

五者若有隨順彼法皆令攝受是名能説不同分法此中正行不同分者謂彼聲聞先依如來後行正行夫如來者無少所依又彼成就聲聞種性行於正行而佛如來成自種性又彼聲聞或已成熟或當成熟非最後有菩薩身中二行可得若未熟者彼隨道行能熟當來成熟相續若已熟者彼於現法成大師教如此二種如其聖教即如是行若隨道行彼於來世當證涅槃若於現法成大師教彼依此身便證聖道道果涅槃即此聖道及聖道果無損樂故名如實法饒益性故又説爲善復次於諸行中略有二種無我勝解一者聞思增上勝解二者修證增上勝解此中聞思增上勝解能與修證增上勝解作生依止諸善男子淨信出家雖復在此極善般到且於其中不應喜足要此爲依於諸行中漸次修習無常等想證得無我增上勝解爲令彼證轉增勝故勤修觀解

復次由四種相應知諸行有二種斷何等爲四一諸纏斷故二隨眠斷故三後有諸行因性斷故四現在諸行染行斷故如是四種當知總説爲二種斷謂煩惱斷及以事斷前之三相名煩惱斷後之一相説爲事斷

復次於欲界中諸行流轉初中後位當知略有三種麤苦一者生時爲其胎藏所覆障故有覆障苦二者生已處嬰稚位多疾病苦三者衰耄諸根成熟有老死苦又彼諸行流轉生起初中後滅當知即是三種苦滅

復次有三有性爲斷彼故諸聖弟子當勤修學一依過去爲因有性由是因緣淨信捨家

趣於非家深見過患猒棄諸欲二依未來所生諸行爲因有性三依現在未斷意樂雜染有性爲斷如是三種有性故有三斷謂無顧戀故不欣樂故斷離欲滅界集成故

復次於諸行中略有二種離增上慢觀無我見何等爲二一不善清淨二善清淨云何名爲不善清淨謂如有一遠離而住依觀諸行無常性忍由世間智於無我性發生勝解因此勝解於眼所識色乃至意所識法等隨觀察我我所相不現行故說名爲斷又能制伏四外繫所攝貪瞋癡三種所有謂貪欲身繫攝貪所有瞋恚身繫攝瞋所有餘二身繫攝癡所有當知此中極鄙穢義是所有義離增上慢無我智者如理作意共相應故定地攝故當知此智由二因緣不善清淨一者即於此時謂於趣入順決擇分善根位時有麤我慢隨入微細現行作意間無間轉由是因緣作如是念我今於空能修能證空是我有由是空故計我爲勝如空無相及無所有當知亦爾二者能令彼法現行因緣謂於諸欲或薩迦耶有染愛識由於如是有染愛識不遍了知增上力故便爲諸欲薩迦耶愛之所漂溺由此意樂於彼涅槃不能趣入其心退還如前已說又由八相能遍了知遍了知故除諸過患當知是名極善清淨離增上慢無我眞智又於此中已滅壞故滅壞法故說名無常諸業煩惱所集成故說名有爲由昔願力所集成故名思所造從自種子現在外緣所集成故說名緣生於未來世衰老法故說名盡法死歿法故說名歿法未老死來爲疾病

等種種灾横所逼惱故名破壞法由依現量能離欲故能斷滅故名於現法得離欲法及以滅法當知此中除離欲法及以滅法由所餘相略觀三世所有過患由所除相觀彼出離若由如是過患出離遍知彼識名善遍知一切法中無有我性名諸法印即此法印隨論道理法王所造於諸聖身不爲惱害隨喜能得一切聖財由此自然吉安超度生死廣大險難長道是故亦名衆聖法印當知此中由前名通達智由後名善清淨見

復次應知由五種相於内外法師及弟子高下差別一由住故二由御衆故三由論決擇故四由建立開顯道故五由行故謂諸外道師及弟子恒常住於憒閙之住内法師弟子時時住於極寂靜住是名第一高下差別又外道師由自有量出家弟子諸外道僧說名有僧由自有量在家弟子諸外道衆說名有衆希彼一切共許爲師故名衆師愚類衆生咸謂有德是故說名共推善色當知如來與彼相違雖爲一切天及世間無上大師於彼同尊而無所冀又外道師與自弟子共興議論決擇之時凡有所說展轉意解各各差別不相扶順轉增愚昧非淨其智當知内法與彼相違又外道師爲諸弟子依止無因不平等因施設建立開顯其道聽聞如是不正法故爲大羅刹嬈亂其心又由不正尋思相應非理作意其心散動以於他所懷勝負心咎責於他若他反詰便興卒暴不審思擇輕出言詞自爲無因不平等因所覆藏故名爲雜染由此愚夫於染因緣若自若他不如實知

故名愚昧離清淨故名不明了於清淨因不善巧故說名不善又乃至於應所說語如所說語是處說語如是一切不如實知是故說彼爲不知量爲不知恩當知内法與彼相違又諸外道師及弟子雖無異說所說無滅無顛倒故雖不流漫所說無增無加益故雖等所說義相似故雖是法說文平等故雖復記別法及隨法然於同法樂爲朋黨當知彼於法隨法行自義證得不放逸者尚不能得況縱逸者彼由如是不得自義便爲他論制伏輕毀并彼所受諸惡邪法當知内法與彼相違是名五種高下差別

復次由四種相當知諸行非定苦染又由四相非定樂淨如是四相總依三事何等爲三一依生處故二依受故三依世故此中樂者謂在第三靜慮樂所隨者謂在人中容有二種喜樂遍者謂在初二靜慮未永離樂者謂在第四靜慮已上此中苦者謂在餓鬼及以旁生苦所隨者謂在人中憂苦遍者謂在那落迦未永離苦者謂在上天衆中當苦所隨故又言樂者謂不苦不樂受現在前位樂所隨者謂苦受現在前位喜樂遍者謂樂受現在前位不永離樂者謂於一切位樂因所隨故若與此相違當知苦差別又言樂者謂順樂行及樂已滅樂所隨者謂有樂因於未來世當生起樂喜樂遍者謂於現在隨順樂處未永離樂者謂餘二世與此相違苦差別四如應當知

瑜伽師地論卷第八十七

音釋

詰苦吉切問也詭居毀切詐也戇陟絳切愚戇也隍塹隍胡光切城池也無水曰隍塹七豔切遶城水也稈古旱切禾莖也尫劣尫烏光切癈疾也劣力輟切弱也耄莫報切老也

瑜伽師地論卷第八十八

彌勒菩薩說

唐三藏沙門玄奘奉 詔譯

攝事分中契經事行擇攝第一之四

復次嗢柁南曰

二智并其事　樂等行轉變　請無請說經

涅槃有二種

智有二種一者正智二者邪智此中正智依有事生邪智亦爾雖此二智俱依有事然正智如實取事邪智邪分別不如實取事由有正教如理作意爲前行故於所知境正智得生由有邪教非理作意爲前行故於所知境邪智得生非正智生壞所知境但於此境捨於邪執而起正執如闇中色明燈生時不壞此色但能照了當知此義亦復如是

復次隨順樂受諸行與無常相共相應故若至苦位爾時說名損惱迫迮若至不苦不樂位爾時方於行苦名苦迫迮若不至彼位便應畢竟唯順樂受勿至餘位又生老等法所隨諸行皆悉是苦彼若至疾病位說名損惱迫迮若至生等苦位名苦迫迮若不至彼位於諸行中生等苦因之所隨逐勿至果位又本性諸行衆緣生故不得自在亦無宰主若有宰主彼一切行雖往無常應隨所樂流轉不絕或不令生廣說乃至於死

復次有二種契經一因請而說二不因請說因請說者謂若有補特伽羅由此諸行相教而調伏者因彼請故爲轉如是諸行相教不因請說者謂若於彼多百衆中以無量門作美妙說或爲大師近住弟子阿難陀等作如

是說爲令正法得久住故

復次當知由三分故攝受圓滿涅槃一由隨順教授故二由正觀察一切行故三由永斷一切煩惱故隨順教授者謂記說教誡神變所攝如來隨欲記說彼心由自定意以三行相遍照他心若展轉久遠滅心若無間滅心若於現在所緣轉心從定起已以隨念分別思惟定內所愛他心如其所受即如是記汝有如是心謂久遠滅者如是意謂無間滅者如是識謂現在者此據種類不據剎那即以如是記說神變爲依止故於其三處而爲教誡一於行處現前境界開許如理作意遮止不如理作意二於住處遮止不正尋思開許正尋思三於止觀勤修行處開許令斷未斷諸行及令煩惱永得離繫而證涅槃如是宣說令從三處諸隨煩惱心得清淨謂從行處住處依處又正觀察過去未來現在諸行名正觀察一切諸行又有三漏三漏爲先而有欲害欲害爲先而有尋思熱惱尋思熱惱爲先而有追求憂惱如是一切皆永斷故說名永斷一切煩惱如是安住心善解脫無相樂住無恐怖時於現法中名入圓滿般涅槃處又依三法依止自義名住歸依依止他義名住洲渚何者爲三一依內如理作意爲先法隨法行二依聽聞佛所說正法三依親近正法內善士不依親近餘正法外一切外道諸不善士如是三法當知顯示人中四種多所作法謂親近善士聽聞正法如理作意法隨法行復由三緣及五種相當知證得彼分涅槃何等三緣一遍知苦故二深見一切隨順

苦行諸過患故三超過愁等一切苦故云何五相一知苦種類相交涉時發生愁等是名於彼遍知自性二知有種子彼法得生是名於彼遍知因性三知自所行所知境界是名於彼遍知緣性四隨觀執著我所及我皆是能順衆苦諸行是名於彼遍知行性五隨觀三世欲界所繫諸行過患能斷一切愁等諸苦當知由此三緣五相獲得如是彼分涅槃由可愛事無常轉變悲傷心慼故名爲愁由彼發言咨嗟歔欷故名爲歎因此拊膺故名爲苦內懷冤結故名爲憂因茲迷亂故名爲惱又以喪失財寶無病親慼等事隨一現前創生憂惱說名爲愁由依此故次乃發言哀吟悲冤舉身煩熱名歎苦位過此愁歎身煩熱已內燒外靜心猶未平說名憂位過初曰巳或二三五十日夜月由彼因緣意尚未寧說名爲惱

復次嗢柁南曰

諍互見大染　一趣學四怖　善說惡說中
宿住念差別

由四因緣如來不與世間迷執共爲怨諍然彼世間起邪分別謂爲怨諍何等爲四一者宣說道理義故二者宣說眞實義故三者宣說利益義故四者有時隨世轉故此中如來依四道理宣說正法如前所謂觀待道理作用道理因成道理法爾道理由此如來名法語者如來終不故往他所求興諍事所以者何由諸世間違返他義謂爲自義故興諍論如來乃以一切他義即爲自義故無所諍唯除哀愍令其得義故往他所爲說正法而諸

邪執愚癡世間顛倒妄謂自義我義而有差別故與我諍由此因緣當知如來名道理語者又復如來名眞實語者謂若世間諸聰敏者共許爲有如來於彼亦說爲有謂一切行皆是無常若於世間諸聰敏者共許爲無如來於彼亦說爲無謂一切行皆是常住又復如來名利益語者謂諸世間有盲冥者自於世法不能了知如來於彼自現等覺而爲開闡又復如來或時隨順世間而轉謂阿死羅摩登祇等依少事業以自存活然諸世人爲彼假立大富大財大食名想如彼世人假立名想如來隨彼亦如是說又如一事於一國土假立名想於餘國土即於此事立餘名想如來隨彼亦如是說若懷怨而興怨諍則不得名道理語者眞實語者利益語者隨世轉者由具如是四種因緣是故當知如來無諍又佛世尊自然觀察所應作義雖無請問而自宣揚現等覺法能以稱當名句文身施設建立諸法差別廣說如前攝異門分如是當知乃至說名平等開示

復次一因二緣令後有芽當得生長謂五品行中煩惱種子所隨逐識說名爲因與因相似四種識住說名爲緣又由喜貪滋潤其識令於彼彼當受生處結生相續感薩迦耶亦名爲緣此中有一由四識住攝受所依由喜貪故於現法中新新造集及以增長彼於後時成阿羅漢令識種子悉皆腐敗一切有芽永不得生又復有一具一切縛勤修正行欣樂涅槃遍於一切諸受生處起猒逆想彼具縛故種子不壞識住和合然於諸有起猒逆

想故無喜貪彼由如是修正行故於現法中堪般涅槃其後有芽亦不得生又復有一住於學地得不還果唯有非想非非想處諸行爲餘於有頂定具足安住彼識種子猶未一切悉皆滅盡然於識住能遍了知能遍通達彼内忘念增上力故上地貪愛猶殘少分是不還者當來下地一切有芽不復更生與此相違當知一切諸後有芽皆得生長

復次雜染有二一見雜染二餘煩惱雜染見雜染者謂於諸行計我我所邪執而轉薩迦耶見由此見故或執諸行以爲實我或執諸行爲實我所復有所餘此爲根本諸外見趣其餘貪等所有煩惱當知是名第二雜染又見雜染得解脱時亦能於餘畢竟解脱非餘雜染得解脱時即能解脱諸見雜染所以者何由生此者依世間道乃至能離無所有處所有貪欲於諸下地其餘煩惱心得解脱而未能脱薩迦耶見由此見故於下上地所有諸行和雜自體不觀差别總計爲我或計我所由此因縁雖昇有頂而復退還若於如是一切自體遍知爲苦由出世道先斷一切薩迦耶見後能永斷所餘煩惱由此因縁無復退轉是故當知唯見雜染是大雜染

復次應知由三種相道名一趣謂於異生地以五行相觀察諸行五處差别即此觀察於二時中修治令淨謂於行向學地及無學地云何名爲五種行相觀察諸行一者觀察諸行自性二者觀察諸行因縁三者觀察雜染因縁四者觀察清淨因縁五者觀察清淨

復次應知於異生位先於五處得善巧已後

於學位即於如是五種處所更以五種差別行相審諦觀察能令獲得速疾通慧何等名爲五種行相謂觀察諸行諸行因緣雜染因緣清淨因緣滅寂靜故趣向清淨道出離故諸行種種衆多性故各自種子所生起故各待餘緣所生起故

復次應知由四因緣於二處所發生恐怖能爲障礙何等爲四一者若於此位生起二者若依此法生起三者若彼如是生起四者若彼行相生起位生起者謂於非聖位中生起於諸聖諦未得善巧又此非聖於五處所亦未善巧依生起者謂於諸行起邪行相計我我所薩迦耶見爲依生起如是生起者謂由二種諸行變壞差別生起一由異緣所變壞故二由自心起邪分別而變壞故行相生起者謂於所愛處恐未來當變壞故生恐怖行相於正變壞生損惱行相即於所愛已變壞中欣彼重生起顧戀行相又於涅槃分別自體永變壞故起怖畏行相如是行相差別轉時於愛樂聖教及愛樂涅槃能爲障礙又由二種門於所緣境自所行處我我所執差別而轉謂推求故及領受故即見及受

復次由三種相善說法者惡說法者於等事中宿住隨念當知染淨有其差別何等爲三謂惡說法者宿住隨念於彼諸行自相共相不如實知便於諸行或全計常或一分常或計非常或計無因善說法者宿住隨念如實知故無邪分別是名第一二念差別又惡說法者隨依何定發宿住念不能如實了知是苦便生愛味由愛味故於過去行深生顧戀

於未來行深生欣樂於現在行不能修行猒離欲滅善說法者當知一切與彼相違是名第二三念差別又惡說法者如是邪行四種雜染所雜染故能感後有何等名爲四種雜染一業雜染二見我慢纏雜染三愛纏雜染四彼隨眠雜染若諸新業造作增長若諸故業數數觸已而不變吐是名業雜染若於諸行邪分別起薩迦耶見於他有情以諸沙門婆羅門等與已校量謂自爲勝或等或劣是名見我慢纏雜染於內於外所起貪欲於愛行中應知其相是名愛纏雜染於相續中見我慢愛三品麤重常所隨逐是名彼隨眠雜染如是四種總攝爲二謂業煩惱煩惱復二纏及隨眠於諸行中先起邪執後生貪著由此二種增上力故雖復有餘煩惱雜染而但取此爾所煩惱於諸行中不校量他自起邪執說名爲見校量於他說名我慢如是邪執是無明品由此爲先發起貪著名爲愛品由此二種根本煩惱於生死中流轉不絕若善說法毗柰耶中正修行者能斷如是四種雜染於現法中能般涅槃又由此故能住究竟圓滿涅槃若不爾者尚不能住彼分涅槃何況究竟是名第三三念差別又於此中見及我慢說名高視愛說名烟何以故於諸行中爲見我慢所覆障者不如實知其性弊劣諸行體相於人天身及彼衆具謂爲高勝是故彼二說名高視愛猶如烟令心擾亂不得安隱是故名烟

復次嗢柁南曰

無猒患無欲　無亂問記相　障希奇無因

毀純染俱後

有二信者而非稱當信者所作何等爲二一在家信者信有涅槃及一切行是無常性然於諸行不觀過患不猒離住不知出離而受用之二捨離家法趣於非家有淨信者彼於涅槃不能安住猛利樂欲不用此欲爲所依止常勤修習所有善法於現法中不般涅槃與此相違應知稱當信者所作

復次於内法中略有二種具聰明者若有淨信或諸外道來請問時能無亂記謂依中道於諸行中間生滅時不增有情不減實事唯於諸行安立生滅不亂而記若立有情有生有滅是名一邊謂增益邊若立生滅都無所有是第二邊謂損減邊唯於諸行安立生滅是名中道遠離二邊是故若能如是記别爲善記别如來所讃或復有言何因緣故乃於沙門喬答摩所修習梵行若得此問應如前記遠離增益損減二邊依中道記名不亂記若謂有情修習染淨是名一邊謂增益邊若謂一切都無修習是第二邊謂損減邊若爲諸行猒離欲滅而修習者是名中道遠離二邊是故此記名不亂記名爲善記當知此記諸佛所讃

復次法有二種一者有爲二者無爲此中有爲是無常性三有爲相施設可得一生二滅三住異性如是三相依二種行流轉安立一依生身展轉流轉二依刹那展轉流轉依初流轉者謂於彼彼有情衆同分中初生名生終没名滅於二中間嬰孩等位立住異性乃至壽住説名爲住諸位後後轉變差别名住

異性依後流轉者謂彼諸行刹那刹那新新而生說名爲生生刹那後不住名滅唯生刹那住故名住異性有二一異性異性二轉變異性異性異性者謂諸行相似相續而轉轉變異性者謂不相似相續而轉非此異性離住相外別體可得是故二種總攝爲一施設一相與此相違應知常住無爲三相

復次應知修習涅槃資糧略有三障一者依廣事業財寶具足多行放逸二者無善知識方便曉喻三者未聞正法未得正法忽遇死緣非時夭沒與此相違當知無障亦有三種又諸聖者將欲終時略有二種聖者之相謂臨終時諸根澄靜蒙佛所記由二種相佛爲過世一切聖者記莂聖性種姓滿故但記物類我已了知法及隨法者法謂正見前行聖道言隨法者謂依彼法聽聞他音如理作意又我未曾惱亂正法所依處者謂爲此義如來告命及爲此義有所宣說乃至爲令諸漏永盡彼由此故已得盡漏

復次諸佛如來略有二種甚希奇法謂未信者令信已信者令增長速於聖教令得悟入謂大師相或法教相或已證得第一得相普於十方美妙聲稱廣大讚頌無不遍滿又能除遣說無因論及惡因論攝受一切說正因論所以者何說無因論及惡因論尚非欲往人天善趣及樂解脫諸聰慧者勝解依處況是其餘當所趣入說正因論當知其相與彼相違大師相者謂薄伽梵是真如來應正等覺乃至世尊廣釋如前攝異門分法教相者謂說正法初中後善乃至廣說當知亦如攝

異門分證得第一得相者謂於一切此世他世自然通達現等正覺乃至廣說此中欲界說名此世色無色界名爲他世現在過去二世別故當知是名第二差別不由師故說名自然六種通慧現所得故名爲作證於諸有情最第一故說名圓滿此第一性自然知故顯示他故說名開示

復次由二種相無因論者於諸行中執無因轉謂於諸行生起因緣滅盡因緣不了知故由此生故彼諸行生由此滅故彼諸行滅於此二事不能證得又不證得諸行性相起如是見立如是論有者定有無者定無無不可生有不可滅即此論者於三位中現可論得諸行生滅一切世間共所了達麤淺現量毀謗違逆何以故現見彼彼若刹帝利或婆羅門吠舍等家所有男女和合因緣或過八月或九月已便生男女如是生已或有一類當於爾時壽盡中夭復有一類乃至住壽存活支持或苦或樂或非苦樂受位差別心諸心法皆是新新而非古古

復次略有二種自讚毀他謂唯語言及說法正行若唯語言而自稱讚毀呰他者但由於非善士法纏擾其心是名自毀非勝賢善若由說法行正行者雖無讚毀而是眞實自讚毀他又諸如來宣說正法速能壞滅二種無智謂聞不正法生勝解等長時積習堅固無智及非久習近生無智復由俱生不能了知往善趣道亦不了知能往現法涅槃道故

復次當知十一種相總攝諸行立爲行聚應知聚義是其蘊義又由一向雜染因緣增上

力故建立取蘊當知取蘊唯是有漏又由雜染清淨因緣二增上力建立總蘊當知此蘊通漏無漏又由三相於諸行中煩惱生起謂所依故所緣故助伴故

復次嗢柁南曰

少欲自性等記三　似正法疑癡處所
不記變壞大師記　三見滿外愚相等

由三種相如來心入少欲住中一由爾時化事究竟爲欲安住現法樂住二由弟子於正行門深可猒薄三爲化導常樂營爲多事多業所化有情又如前說如來入于寂靜天住一切因緣當知此中亦復如是復次諸所化者略有三種所調伏性一愚癡放逸性二極下劣心性三能修正行性

復次由四種相於四處所生恭敬住速證無上一於所應得生猛利樂欲故二於得方便法隨法行生猛利愛樂故三於大師所生猛利愛敬故四於所說法生猛利淨信故

復次有三種無上謂妙智無上正行無上解脫無上妙智無上者謂盡智無生智無學正見智正行無上者謂樂速通行解脫無上者謂不動心解脫當知此中總說智斷現法樂住有學妙智正行解脫不名無上猶有上故當知一切阿羅漢行皆得名爲樂速通行一切麤重永滅故一切所作已辦故

復次依菩提分擇諸行故於二時中由四種相如實遍知薩迦耶見即於二時無間證得諸漏永盡云何二時一在異生地二在見地云何由四種相一由自性故二由處所故三由等起故四由果故自性故者謂諸行自性

薩迦耶見及五種行彼計爲我或爲我所處所故者謂所緣境等起故者謂見取所攝無明觸生受爲緣愛此復有五緣起次第謂界種種性爲緣生觸種種性觸種種性爲緣生受種種性受種種性爲緣生愛種種性愛種種性爲緣生取種種性夫緣生者體必無常由果故者謂於三時薩迦耶見能爲障礙一依無我諦察法忍時二現觀時三得阿羅漢時此中一時由彼隨眠薩迦耶見增上力故有惑有疑由多修習諦察法忍爲因緣故雖於疑惑少能除遣然於修習諦現觀時由意樂故恐於涅槃我當無有由此隨眠薩迦耶見增上力故於諸行中起邪分別謂我當斷當壞當無便於涅槃發生斷見及無有見由此因緣於般涅槃其心退還不樂趣入彼於異時雖從此過淨修其心又於聖諦已得現諦然謂我能證諦現諦彼於此慢由隨眠故乃未能離又時時間由忘念故觀我起慢因此慢纏差別而轉謂我爲勝或等或劣前兩位中由隨眠力能作障礙於第三位由習氣力能作障礙又由三緣諸行生長一由宿世業煩惱力二由顧力三由現在衆因緣力於異生地能遍知故於見地中無間能得見道所斷諸漏永盡於見地中能遍知故次斷餘結得阿羅漢無間證得諸漏永盡

復次由五種相於諸行中如理問記何等爲五一自性故二流轉還滅根本故三還滅故四流轉故五流轉還滅方便故自性故者當知色等五種自性流轉還滅根本故者謂欲由善法欲乃至能得諸漏永盡是故此欲名

還滅根本若由是欲願我當得人中下類乃至當生梵衆天等衆同分中由於此心親近修習多修習故得生於彼是故此欲名流轉根本還滅故者於諸行中唯欲貪取得斷滅故若即諸行是取性者應不可滅以阿羅漢猶有諸行現可得故若異諸行有取性者應是無爲無爲故常亦不可滅是故取性但是諸行一分所攝即此一分已得斷滅畢竟不行故可還滅流轉故者復有三種一後有因故二品類别故三現在因故後有因者謂如有一願樂當來造作諸業彼作是念願我來世當成此行由是因緣能引後有諸行生因不引現在彼於現在不能引故施設諸行唯有二種品類别者謂十一種諸行品類如前應知現在因者謂所造色因四大種受等心法以觸爲緣所有諸識名色爲緣流轉方便者謂薩迦耶見爲所依故於諸行中發生我慢及諸愛味我我所見還滅方便者謂於諸行遠離我慢及見過患并彼出離無我我所又流轉方便者謂無明愛品隨其所應當知其相還滅方便者謂彼對治又由二緣諸不聰慧聲聞弟子越大師教墮惡見中或起言說何等二緣一愚世俗諦二愚勝義諦由此愚故違越一向世俗諦理及違越一向勝義諦理於行流轉不正思惟

復次於三種處唯諸聖者隨其所樂能如實記非諸異生除從他聞謂諸行中我我所見我非如實若彼爲依有我慢轉彼雖已斷而此我慢一切未斷若無起依我慢不斷如故現行當知此中二種我慢一於諸行執著現

行二由失念率爾現行此中執著現行我慢聖者已斷不復現行第二我慢由隨眠故薩迦耶見雖復永斷以於聖道未善修故猶起現行薩迦耶見唯有習氣常所隨逐於失念時能與我慢作所依止令蹔現行是故此慢亦名未斷亦得現行又諸聖者若於諸行思惟自相尚令我慢不復現行況觀共相若於假法作意思惟住正念者亦令我慢不得現行若於假法作意思惟不住正念爾時我慢蹔得現行若諸異生雖於諸行思惟共相尚爲我慢亂心相續況住餘位又薩迦耶見聖相續中隨眠與纏皆已斷盡於學位中習氣隨逐未能永斷若諸我慢隨眠與纏皆未能斷又計我欲者當知即是我慢纏攝何以故由失念故於欲於定爲諸愛味所漂淪者依此欲間諸我慢纏數數現起言未斷者由隨眠故未遍知者由彼纏故彼於爾時有忘念故言未滅者雖於此纏暫得遠離尋復現行言未吐者由彼隨眠未永拔故

復次同梵行者於餘同梵行所略有二種慰問一問病苦二問安樂問病苦者如問彼言所受疹疾寧可忍不者謂問氣息無擁滯乎得支任不者謂問苦受不至增乎非無間乎非不愛觸之所觸乎非違慮乎非笮身乎或被笮者得除釋乎問安樂者謂如有一隨所問言少病不者此問不爲嬰疹惱耶少惱不者此問不爲外諸灾横所侵逼耶起居輕利不者此問夜寐得安善耶所進飲食易消化耶有歡樂不者此問得住無罪觸耶如是等類差別言詞如聲聞地於所飲食知量中釋

當知此問在四位中一內逼惱分二外逼惱分三住於夜分四住於晝分

復次若有說言諸阿羅漢於現法中於食物務蘊界處等若順不順不如實知言阿羅漢不順不順是不如理虛妄分別非阿羅漢現法不順所以者何彼於食物務蘊界處等現可見故由此因緣諸阿羅漢於其滅後不順諸行不了執著是故世尊言阿羅漢是不順者定是密語當知此是似正法見由二種義勢力爲緣諸同梵行或大聲聞爲欲斷滅如是所生似正法見極作功用勿令彼人或自陳說或示於他由是因緣墮極下趣或由愛敬如來聖教勿因如是似正法見令佛聖教速疾隱滅復有二因能生如是似正法見一者於內薩迦耶見未能永斷二者依此妄計流轉還滅士夫爲斷如是二種因故說二正法以爲對治謂於諸行次第宣說無常無我於四轉中推求流轉還滅士夫都不可得謂依有爲或依無爲聲聞獨覺佛世尊我說名如來當知此我二種假立有餘依中假立有爲無餘依中假立無爲若依勝義非有爲非無爲亦非無爲非有爲由說如是正法教故於六種相覺悟生時當知永斷似正法見謂阿羅漢於依所攝滅壞法故覺悟無常於現法中爲老病等衆苦器故覺悟是苦於任運滅斷界離界及與滅界覺悟爲滅寂靜清凉及與永没若具如是正覺悟者是阿羅漢耶增上慢俱行妄想尚不得有況可如是於其滅後若順不順戲論執著當知未斷薩迦耶見有二過患一於能害有苦諸行執我我所

由此因緣能感流轉生死大苦二於現法能礙無上聖慧命根譬如有人自知無力能害怨家恐彼爲害先相親附以如意事現承奉之時彼怨家如親附巳便害其命愚夫異生亦復如是恐似怨家薩迦耶見當爲苦害便起愛縛以可意行而現承奉如是愚癡異生之類於能爲害薩迦耶見唯見功德不見過失殷勤親附既親附巳由未得退說名損害聖慧命根

復次諸外道輩於内法律二種處所疑惑愚癡何等爲二謂佛世尊誹毀有見及無有見而於弟子終没之後記一有生記一無生又說勝義常住之我現法當來都不可得世有三師而現可得一常論者二斷論者三者如來此疑癡者有二種因當知如前似正法見

二種法教能斷此因亦如前說由二因緣即此所說無我法性彼諸外道難入難了謂此自性難了知故雖此相貌易可了知然其相貌不相似故當知此中無虚誑義自所證義是不共義故彼自性難可悟入即此自性體是甚深似甚深現是故說名無虚誑義又此自性於内難見從他言音亦難覺了是故說名自所證義又此自性非尋思者之所尋思非度量者所行境界是故說名是不共義又即此法微妙審諦聰明智者内所證故說名難了此等差別當知如前攝異門分由二種相一切如來所說義智皆應了知何等爲二一者教智二者證智教智者謂諸異生聞思修所成慧證智者謂學無學慧及後所得諸世間慧此中異生非於一切佛所說義皆能

了知亦非於慢覺察是慢又未能斷若諸有學非於我見一切義中皆不了知又能於慢覺察是慢而未能斷若諸無學能作一切

復次諸佛如來於世俗諦及勝義諦皆如實知正觀於彼二種道理不應記別若記別者能引無義故不記別亦不執著謂於滅後若有若無亦有亦無非有非無若於如來如是智見爲先不記謂無知者當知自顯妄見俱行無智之性

復次應知略有二種變壞一者諸行衰老變壞謂如有一年百二十其形衰邁由是因緣名身老病二者心憂變壞由是因緣名心老病第一變壞若愚若智皆於其中不隨所欲第二變壞智者於中能隨所欲非諸愚者又諸愚夫若身老病當知其心定隨老病其有智者身雖老病而心自在不隨老病是名此中愚智差别

復次善取法者由聞思故善思惟者由修慧故善顯了者如所有性故善通達者盡所有性故由二種相諸聖弟子能正請問大師善記謂於諸取斷遍知論何等爲二一者於此諸取斷遍知論二者爲此諸取斷遍知論當知此中於一切行斷遍知論所謂如來又此諸取若未斷滅隨觀彼有三種過患若已斷滅隨觀彼有三種功德一者於諸行中所生諸取行若變壞便生愁等應知是名第一過患已得諸行變壞所作二者於諸行中所生諸取爲得未得可意諸行於追求時廣行非一種種衆多差别不善由此追求行不善故住四種苦一將現前隣近所起二正現前現

在所起三他逼迫增上所起四自雜染增上所起應知是名第二過患三者即由如是惡不善法愛習爲因身壞死後往諸惡趣應知是名第三過患與此相違於諸取斷隨觀三種功德勝利如應當知

復次當知略有三種聖者三見圓滿能超三苦云何名爲三種聖者一正見具足謂於無倒法無我忍住異生位者二已見聖諦已能趣入正性離生已入現觀已得至果住有學位者三已得最後究竟第一阿羅漢果住無學位者云何名爲三見圓滿一初聖者隨順無漏有漏見圓滿二未善淨無漏見圓滿三善清淨無漏見圓滿此三圓滿依說三種補特伽羅隨其次第如前應知云何名爲超三種苦謂初見圓滿能超外道我見違諍所生衆苦第二見圓滿能超一切惡趣衆苦第三見圓滿能超一切後有衆苦此中云何名諸外道我見違諍所生衆苦謂此正法毗柰耶外所有世間種種異道薩迦耶見以爲根本所生一切顛倒見趣如是一切總稱我見謂我論者我論相應一切見趣或一切常論者或一分常論者或無因論者或邊無邊論者或斷滅論者或現法涅槃論者彼論相應一切見趣或有情論者彼論相應一切見趣謂諸邪見撥無一切化生有情誹謗他世或命論者彼論相應一切見趣謂命論者計命即身或異身等或吉祥論者彼論相應一切見趣謂觀參羅曆算卜筮種種邪論妄計誦呪祠祀火等得所愛境能生吉祥能斷無義又計覩相爲祥不祥彼復云何謂二十句薩迦

耶見爲所依止發起妄計前際後際六十二種諸惡見趣又起總謗一切邪見云何違諍所生衆苦謂彼展轉見欲相違互興諍論發起種種心憂惱苦深愛藏苦互勝劣苦堅執著苦當知此中若他所勝便生愁惱是名初苦若勝於他遂作方便令自見品轉復增盛令他見品漸更隱昧唯我見淨非餘所見執著邪見深起愛藏由此因緣發生種種不正尋思及起種種不寂靜意損害其心名第二苦愛藏邪見增上力故以他量已謂已爲勝或等或劣因自高舉陵蔑於他是名第三互勝劣苦彼依此故追求利養即爲追求苦之所觸凡有所作皆爲惱亂詰責他論及爲自論免脫他難是名第四堅執著苦如是四種名見違諍所生衆苦内法異生安住上品無我勝解當知已斷如是衆苦所以者何彼於當來由意樂故於如是等諸惡見趣堪能除遣是故若住初見圓滿能超初苦又即依此初見圓滿親近修習極多修習於内諸行發生法智於不現見發生類智總攝爲一聚以不緣他智而入現觀謂以無常行或隨餘一行彼於爾時能隨證得第二見圓滿及能超第二苦彼住此已如先所得七覺分法親近修習極多修習能斷如前所說四種業等雜染能隨證得後見圓滿超後有苦此中第一補特伽羅猶殘二苦及殘現在所依身苦第二補特伽羅唯殘一苦及依身苦第三補特伽羅一切苦斷但依身苦暫時餘在譬如幻化又依分别薩迦耶見立二十句不依俱生又内法者無如是行依遍處定謂地爲我我

即是地乃至廣說一切應知
復次諸外道輩略有五種愚夫之相由彼相故墮愚夫數謂諸外道性聰慧者猶尚不免懷聰慧慢況非聰慧是名第一愚夫之相又諸外道多爲貪求利養恭敬自讚毀他是名第二愚夫之相又諸外道若諸聖者爲說正法正教正誡即便違逆呵罵毀呰是名第三愚夫之相又諸外道喜自陳說似正法論或開示他是名第四愚夫之相又諸外道雖爲如來如來弟子之所降伏亦知如來所說法律是眞善說知自法律是妄惡說然由我慢增上力故都不信受乃至不集觀察因緣是名第五愚夫之相
復次如來成就六分得名無間論師子王何等爲六所謂最初往詣外道敵論者所乃至忩其問一切義凡所興論非爲諍論唯除哀愍諸有情故其未信者令彼生信若已信者令倍增長又興論時諸根寂靜形色無變亦無怖畏習氣隨逐又終不爲諸天世間之所勝伏一切世間無敵論者能越一翻唯說一翻皆能摧伏又諸世間極聰慧者極無畏者若與如來共興論時所有辯才皆悉謇訥增上怖畏逼切身心一切矯術虛詐言論皆不能設又復一切同一會坐處中大衆皆於佛所起勝他心於彼外道敵論者所起他勝心又佛世尊言辭威肅其敵論者所出言辭無有威肅
復次有二種論何等爲二一有我論二無我論無我論有力有我論無力有我論者常爲無我論者所伏唯除論者其力羸劣云何名

爲有我論者謂如有一起如是見立如是論於色等行建立爲我謂我有行行是我所我在行中不流不散遍隨支節無所不至是故色等諸行性我依諸行田生福非福因茲領受愛不愛果譬如農夫依止良田營事農業及與種植藥草叢林是名我論云何名爲無我論者謂有二種一破我論二立無我破我論者若計實我能有作用於愛非愛諸果業中得自在者此我恒時欣樂猒苦是故此我唯應生福不生非福又我作用常現在前内外諸行若變異時不應發生愁憂悲歎又我是常以覺爲先凡所生起常應隨轉無有變易然不可得如是名爲破有我論立無我者以一切行從衆緣生若遇福緣福便生起與此相違生起非福由此爲緣能招一切愛非愛果依衆緣故皆是無常唯於如是因果所攝諸行流轉假立我等若依勝義一切諸法皆無我等如是名爲立無我論

復次由五種相有學無學二種差別謂諸無學所成就智說名無上一切有學所成就智說名有上如智無上當知正行及與解脫無上亦爾又諸無學以善清淨諸聖慧眼觀佛法身有學不爾又諸無學以善圓滿無顛倒行奉事如來有學不爾是名五相

瑜伽師地論卷第八十八

音釋

迫迮 迫博陌切迮側革切　歔欷 歔朽居切欷香依切歔欷泣咽而抽息也　拊膺 拊芳舞切膺於凝切拊膺拍胷也　蹔 昨濫切不久也　笮 側革切壓也　卜筮 卜博木切灼龜也筮時制切揲蓍也　呰 蔣氏切口毀也　謇訥 紀偃切吃也訥奴骨切言難也

瑜伽師地論卷第八十九

彌勒菩薩說

唐三藏沙門玄奘奉詔譯

攝事分中契經事處擇攝第二之一

如是已說行擇攝處擇攝我今當說總嗢柁南曰

初安立等智同等　最後常知離欲等

別嗢柁南曰

安立與差別　愚不愚教授　解脫煩惱業　皆廣說應知

由五種相當知安立諸受差別一自性故二所依故三所緣故四助伴故五隨轉故自性故者謂有三受一苦二樂三不苦不樂所依故者謂有六種即眼耳鼻舌身與意所緣故者謂色等六所緣境界助伴故者謂想思或餘善不善無記心法與此相應隨轉故者謂此相應心由依彼故三受隨轉彼爲諸受同生同滅所依止處

復次如是五相安立諸受當知復有八種差別一內處差別二外處差別三六識身差別四六觸身差別五六受身差別六六想身差別七六思身差別八六愛身差別當知此中由三和合義立前三差別由受因緣義立第四差別由三和合觸果義立第五差別由分別受隨言說義立第六差別所以者何受諸受時作如是想我今領受此苦此樂此非苦樂亦復爲他隨起言說由業煩惱二雜染義當知建立第七第八兩種差別所以者何由於彼受若合若離起思造作如如發起思所造作如是如是生愛求願

復次當知略有二種一一切少分一切二一切一切如說一切皆無常者當知此依少分一切唯一切行非無為故言一切法皆無我者當知此依一切一切又由三相應知是愚一由自性故二由因緣故三由果故愚自性故者謂由纏故即是忘失於現在世由隨眠故即是當來忘失之法愚因緣故者謂於五相受安立中不能覺了是無常等及遍自體初中後位所有惱亂皆不了故當知即是於生老病及死法性不能覺了初惱亂者謂由生故中惱亂者謂由病故後惱亂者謂由老死二種法故愚果故者謂愁等苦憂等雜染復次由三種相當知不愚一自性故二由礙故三由障故不愚自性者謂於五相受安立中善能覺了自相共相由此能斷一切煩惱能覺聖諦能證涅槃不愚礙者由四種魔謂由蘊魔遍一切處隨逐義故由彼天魔於時時間能數任持障礙義故死煩惱魔能與死生所生衆苦作器義故不愚障者謂緣不現見境煩惱及緣非不現見境纏或彼隨眠復次諸佛世尊佛聖弟子由三種相能正教授諸弟子衆何等為三一引導教授二隨其所應於所緣境安處教授三令所化得自義教授如是教授如其次第當知即是三種神變復次由二種相應求能熟解脫妙慧一者如理聞思久遠相續慧能成熟有學解脫二者有學久遠相續慧能成熟無學解脫復次略有二種解脫成熟一者有學二者無學有學者謂金剛喻三摩地俱無學者謂彼已上復次心清淨行比丘有五種法多有所作何

等爲五一正教授二奢摩他支三毗鉢舍那支四無間殷重加行五出世間慧正教授者謂有三種正友所顯一者大師二者軌範尊重三者同梵行者及住内法在家英叡如是名爲三種正友諸有智者從彼應求積集善門眞正教授奢摩他支者謂如有一具尸羅住廣説應知如聲聞地如是尸羅具足住已便無有悔無悔故歡廣説乃至樂故心定毗鉢舍那支者謂得三種隨欲言教一聖正言教二猒離言教三令心離蓋趣愛言教云何聖正言教謂依衆聖五無學蘊所有言教即是宣説諸聖成就如是戒如是定如是慧如是解脱如是解脱知見云何猒離言教謂依三種令增少欲喜足言教及依樂斷樂修令離憒閙言教云何令心離蓋趣愛言教當知此教復有三門一者一切煩惱蓋離蓋趣愛言教二者五蓋離蓋趣愛言教三者無明蓋離蓋趣愛言教當知此中依爲證得斷離滅界所有言説是初言教依即於彼見勝功德及於所治蓋蓋處諸行深見過患所有言説當知是名第二言教隨順如是緣性緣起所有言説當知是名第三言教如是三種言教總名毗鉢舍那支又此言教以略言之復有三種一能生樂欲言教二能正安處資糧言教三能正安處作意言教謂聖正言教名能生樂欲言教猒離言教名正安處資糧言教令心離蓋趣愛言教名正安處作意言教依此言教勝奢摩他所攝受慧名毗鉢舍那是故説此言教名毗鉢舍那支云何無間殷重加行謂常所作委悉所作勤精進住當知即

依止觀加行又勤精進應知五種一被甲精進二加行精進三不下精進四無動精進五無喜足精進此中最初當知發起猛利樂欲次隨所欲發起堅固勇悍方便次爲證得所受諸法不自輕懱亦無怯懼次能堪忍寒熱等苦後於下劣不生喜足欣求後後轉勝轉妙諸功德住彼由如是勤精進住入諦現觀證得諸聖出世間慧於修道中依止此慧若行若住能正除遣所依身中諸隨煩惱令心清淨謂住聚落或聚落邊若見少壯端嚴美妙形色母邑即便作意思惟不淨爲欲損害緣彼貪故若遇他人逼迫惱亂即便作意思惟慈相爲欲損害緣彼瞋故如是行時能正除遣諸隨煩惱令心清淨若遠離處修習入出二種息念除遣欲等諸惡尋思如是住時能正除遣諸隨煩惱令心清淨彼依如是已所證得出世間慧於一切行修無常想能正蠲除所餘我慢如是善士爲所依止復得無倒教授前行由此漸次能證有學圓滿解脫得金剛喻三摩地故亦證無學圓滿解脫一切煩惱皆離繫故云何解脫謂起畢竟斷對治故一切煩惱品類麤重永息滅故證得轉依令諸煩惱決定究竟成不生法是名解脫若聖弟子無所有處已得離欲唯餘非想非非想處所有諸行復能安住勝有頂定爾時無間能隨證得諸漏永盡若所餘位雖能漸斷彼彼諸漏然非無間能隨證得諸漏永盡如是乃至無所有處未得離欲

復次諸欲界繫一切煩惱唯除無明說名欲漏諸色無色二界所繫一切煩惱唯除無明

說名有漏若諸有情或未離欲或已離欲除諸外道所有邪僻分別愚癡所生惡見蔽覆其心依此惡見於彼諸欲一分尋求一分離欲乃至非想非非想處於彼三界所有無智總攝爲一立無明漏

復次有九種事能和合故當知建立九結差別云何九事一依在家品可愛有情非有情數一切境界貪愛纏事二即依此品可惡有情非有情數一切境界瞋恚纏事三依有情數憍慢纏事若四五六依惡說法諸出家品三種邪僻勝解纏事謂依聽聞不正法故依不如理邪思惟故依非方便所攝修故如是差別即爲三種七於善說法律無勝解纏事八依出家品智貧窮事九依在家品財貧窮事由此九事如其所應當知配屬愛等九結此中由嫉變壞心故於正法內發起法慳由此當來智慧貧乏餘隨所應配屬應知

復次由爲貪縛所纏縛故於能隨順樂受境界心不能捨如是瞋縛所纏縛故於能隨順苦受境界心不能捨由愚癡縛所纏縛故於能隨順非苦樂受中庸境界心不能捨由此因緣故立三縛

復次煩惱品所有麤重隨附依身說名隨眠能爲種子生起一切煩惱纏故當知此復建立七種由未離欲品差別故由已離欲品差別故由二俱品差別故由未離欲品差別故建立欲貪瞋恚隨眠由已離欲品差別故建立有貪隨眠由二俱品差別故建立慢無明見疑隨眠如是總攝一切煩惱

復次隨煩惱者謂貪不善根瞋不善根癡不

善根若忿若恨如是廣說諸雜穢事當知此中能起一切不善法貪名貪不善根瞋癡亦爾若瞋恚纏能令面貌慘裂奮發說名爲忿內懷怨結故名爲恨隱藏衆惡故名爲覆染汙驚惶故名熱惱心懷染汙不喜他榮故名爲嫉於資生具深懷鄙悋故名爲慳爲欺誑彼內懷異謀外現別相故名爲誑心不正直不明不顯解行邪曲故名爲諂於所作罪望已不羞故名無慚於所作罪望他不恥故名無愧於他下劣謂已爲勝或復於等謂已爲等令心高舉故名爲慢於等謂勝於勝謂等令心高舉故名過慢於勝謂勝令心高舉名慢過慢妄觀諸行爲我我所令心高舉故名我慢於其殊勝所證法中未得謂得令心高舉名增上慢於多勝中謂已少劣令心高舉名下劣慢實無其德謂已有德令心高舉故名邪慢心懷染汙隨恃榮譽形相踈誕故名爲憍於諸善品不樂勤修於諸惡法心無防護故名放逸於諸尊重及以福田心不謙敬說名爲傲若煩惱纏能令發起執持刀杖鬪訟違諍故名憤發心懷染汙爲顯已德假現威儀故名爲矯心懷染汙爲顯已德或現親事或行輭語故名爲詐心懷染汙欲有所求矯示形儀故名現相現行遮逼有所乞匃故名研求於所得利不生喜足悕獲他利更求勝利是故說名以利求利自現已德遠離謙恭於可尊重而不尊重故名不敬於不順言性不堪忍故名惡說諸有朋疇引導令作非利益事名爲惡友耽著財利顯不實德欲令他知故名惡欲於大人所欲求廣大利養恭

敬故名大欲懷染汙心顯不實德欲令他知名自希欲於罵反罵名爲不忍於瞋反瞋於打反打於弄反弄當知亦爾於自諸欲深生貪愛名爲耽嗜於他諸欲深生貪著名遍耽嗜於勝於劣隨其所應當知亦爾於諸境界深起耽著說名爲貪於諸惡行深生耽著名非法貪於自父母等諸財寶不正受用名爲執著於他委寄所有財物規欲抵拒故名惡貪妄觀諸行爲我我所或分别起或是俱生說名爲見薩迦耶見爲所依止於諸行中發起常見名爲有見發起斷見名無有見當知五蓋如前定地已說其相不如所欲非時睡纏之所隨縛故名瞢瞢非處思慕說名不樂麤重剛強心不調柔舉身舒布故曰頻申於所飲食不善通達若過若減是故名爲食不知量於所應作而便不作非所應作而更反作如所聞思修習法中放逸爲先不起功用名不作意於所緣境深生繫縛猶如美睡隱翳其心是故說名不應理轉自輕懱故名心下劣爲性惱他故名抵突性好譏嫌故名訶訿欺誑師長尊重福田及同法者名不純直身語二業皆悉高踈其心剛勁又不清潔名不和輭於諸戒見軌則正命皆不同分名不隨順同分而轉心懷愛染攀緣諸欲起發意言隨順隨轉名欲尋思心懷憎惡於他攀緣不饒益相起發意言隨順隨轉名恚尋思心懷損惱於他攀緣惱亂之相起發意言餘如前說名害尋思心懷染汙攀緣親戚起發意言餘如前說是故說名親里尋思心懷染汙攀緣國土起發意言餘如前說是故說名國

士尋思心懷染汙攀緣自義推託遷延後時望得起發意言餘如前說是故說名不死尋思心懷染汙攀緣自他若劣若勝起發意言餘如前說是名輕懱相應尋思心懷染汙攀緣施主往還家勢起發意言隨順隨轉是名家勢相應尋思愁歎等事如前應知

復次一切煩惱皆有其纏由現行者悉名纏故然有八種諸隨煩惱於四時中數數現行是故唯立八種爲纏謂於修學增上戒時無慚無愧數數現行能爲障礙若於修學增上心時惛沉睡眠數數現行能爲障礙若於修學增上慧時揀擇法故掉舉惡作數數現行能爲障礙若同法者展轉受用財及法時嫉妬慳悋數數現行能爲障礙

復次欲貪瞋等欲界所繫煩惱行者欲界所繫上品煩惱未斷未知名欲暴流有見無明三種暴流如其所應當知亦爾謂於欲界未得離欲除諸外道名欲暴流已得離欲名有暴流若諸外道從多論門當知有餘二種暴流謂諸惡見略攝爲一名見暴流惡見因緣略攝爲一說名第四無明暴流

復次若諸煩惱等分行者非增非減即上所說一切煩惱說名爲軛

復次當知依於二品建立四取一在家品二外道法中諸出家品當知此中若所取若能取若所爲取如是一切總說爲取問何所取答欲見戒禁我語是所取問何能取答四種欲貪是能取問何所爲取答爲得諸欲及爲受用故起初取由貪利養及以恭敬增上力故或爲詰責他所立論或爲免脫他所徵難

起第二取奢摩他支爲所依止爲所建立爲欲往趣世間離欲乃至非想非非想處三摩鉢底起第三取爲欲隨説分别所計作業受果所有士夫及爲隨説流轉還滅士夫之相起我語取如是四取依於二品謂受用欲諸在家品及惡説法毗柰耶中諸出家品由佛世尊每自稱言我爲諸取遍知永斷正論大師故於此法誓修行者雖帶煩惱身壞命終而不於彼建立諸取所以者何彼於諸欲無所顧戀而出家故於見戒禁及以我語無執受故惡説法者有二差别一於見愛展轉發起怨諍論者二能證入世間定者依於見愛展轉發起怨諍論者建立見取依能證入世間定者立戒禁取二品爲依執著我語故依俱品立我語取此中見者謂六十二如前應知邪分别見之所受持身護語護説名爲戒隨此所受形服飲食威儀行相説名爲禁諦故住故論説有我名爲我語執有實物説名諦故執可安立説名住故又於此中欲愛爲縁建立欲取依止智論利養恭敬等愛爲縁建立見取定愛爲縁立戒禁取有無有愛爲縁立我語取

復次當知四繫唯依外道差别建立如前應知復次違背五處當知建立五蓋差别一爲在家諸欲境界所漂淪故違背聖教立貪欲蓋二不堪忍諸同法者訶諫驅擯教誡等故違背所有可愛樂法立瞋恚蓋三由違背奢摩他故立惛沈睡眠蓋四由違背毗鉢舍那故立掉舉惡作蓋五由違背於法論議無倒決擇審察諸法大師聖教涅槃勝解故建立

疑蓋

復次若貪瞋癡纏所纏故或彼隨眠所隨眠故心不調柔心極愚昧於得自義能作衰損故名株杌

復次於弊下境所起貪欲名爲貪垢於不應瞋所緣境事所起瞋恚名爲瞋垢於極顯現愚癡衆生尚能了事所起愚癡名爲癡垢

復次若貪瞋癡數數現行恒常流溢燒惱身心極爲衰損說名燒害

復次若貪瞋癡遠離慚愧無慚愧故一向無間不可制伏定爲傷損說名爲箭

復次若貪瞋癡慚愧間雜由相續故非刹那故有可制伏說名所有是繫所攝極下穢義

復次一切不善身業名爲惡行如說身業語業意業當知亦爾由此惡業數現行故於諸惡趣或已隨得或當隨得或現隨得是故說彼名爲惡行由此示現業雜染義煩惱雜染前已顯了

復次有二安立業雜染論一者邪論二者正論言邪論者謂如是說若有故思凡所造作諸不善業一切決定當受惡趣此論便謗修行梵行能證涅槃何以故諸有情類不易可得於現法中無有故思造不善業況在餘生若彼決定感惡趣者便應無有解脫可得是故當知此爲邪論若如是說諸有故思造不善業此業亦作亦增長者定於當來受不可愛惡趣異熟若有雖作不增長者彼彼法受爲依止故諸所造作或樂或苦當於造時於現法中此業決定成順樂受或順苦受諸有造作如是業已若無追悔不修對治補特伽

羅彼於此業若更增長若不增長此業雖定順現法受亦轉令成順惡趣受於現法中能障解脫諸有造作如是業已若生追悔修習對治補特伽羅彼於此業若不增長若更增長此業雖是順惡趣受亦轉令成順現法受不障解脫是故此論不名誹謗修習梵行能證涅槃當知此論是名正論

復次若有闕於十種對治爲業雜染之所染汙若有會遇如是十種便得清淨一者若由如是對治雖有作業而無增長彼望當來成不定受二者若由如是對治雖未永斷而更不受三者若由如是對治永斷離繫四者守護諸根門故善修其身爲欲修習增上戒學五者修習增上戒已爲欲修習增上心學六者修習增上心已爲欲修習增上慧學七者修習增上慧已爲斷諸漏八者猛利意樂修習九者長時修習十者無量門對治修習若有不會如是十種業對治者爲業雜染之所染汙與此相違當知清淨

復次於現法中不善防護身語意業而住者彼先造作惡不善業亦令增長於當來世令其雜染若善防護身語意業而住者彼不雜染云何於現法中不善防護身語意業而住云何善防護身語意業而住不善防護身語意業而住者謂如有一於諸不善身語意業纏所發起能誓遠離然於能起不正作意相應無明猶故發起又於諸善身語意業受學隨轉由此因緣於現法中於諸煩惱邪欲尋求所作衆苦無有差別彼唯即於此誓受遠離便生喜足於現法中不起聖道不證涅槃

彼雖如是防護而住於現法中暫時不作惡不善業然爲煩惱隨眠縛縛既没没已後有續生隨所受身依先業緣廣起雜染若善防護身語意業而住者有此差别謂此依彼誓受遠離不造新業故業雖熟暫觸異熟尋能變吐彼唯於此誓受遠離不生喜足於現法中能起聖道亦能證得彼果涅槃彼於爾時乃至有識身相續住恒受先業所感諸受於現法中彼有識身乃至壽量未滅盡位常相續住壽量若盡捨有識身於後命根更不成熟由是因緣識與一切諸受俱滅後不相續彼如影受與其識樹皆滅盡故遍於一切不可施設彼於爾時由二因緣先所作業於當來世不能爲染一由煩惱爲其助伴令雜染者無餘斷故二由依此諸行相續成熟雜染無餘滅故彼於爾時諸有情所善友意樂相續轉故名無怨心於彼所緣瞋恚斷故名無恚心於業異熟深見過患增上緣力誓遠離故名無染心已具獲得能對治彼諸聖道故名無顛倒善解脱心彼由如是能具證得六種恒住若有於彼多所住者於現法中雖有種種諸惡不善業緣間雜由此遠離一向成善由是因緣當知此與先防護住有其差别

復次當知施設領受業異熟論由五種相成其雜染由五種相成不雜染云何名爲由五種相成其雜染謂由施設惡因論故亦由施設無因論故及由施設惡因無因有三過故此中施設惡因論者謂如有一起如是見立如是論若有士夫補特伽羅諸所領受一切皆是宿因所作如是或謂自在變化等因所

作施設無因論者謂如有一起如是見立如是論若有士夫補特伽羅諸所領受云何一切無因無緣云何施設惡因無因有三種過謂現法中不善俱行不善諸受宿世業爲因亦有過失現法業爲因亦有過失若言此受宿世惡業以爲因者是則有一依於不善諸樂法受而有其樂不善受生此用宿世諸不善業以爲因生不應道理何以故非彼宿世諸不善業於現法中感樂異熟應正道理若言此受用現法中惡業爲因是則退失自意所立諸惡因論及無因論謂諸所受皆宿因作乃至廣説是名初過又若説言諸不善法皆用宿世惡業爲因是則決定所有善法亦用宿世善法爲因如是所有不善對治諸善加行俱生精進皆成無用如是名爲第二過失又若現在無有士用是則應無依善不善審正觀察是所應作所不應作又如實智應成無用謂了知已此我應轉此我應成彼非有故此亦非有故如實智理不成就智不成故念不安住念不住故無三摩地無有定故不正尋思令心迷亂心迷亂故便應欣慕愚夫同意所樂諸根由彼獲得愚夫同意所樂法故是則退失并沙門法及沙門論如是名爲第三過失若略説此有三種過謂現在世諸不善受因不成過謗精進謗正智過云何施設領受一切業異熟論由五種相成不雜染謂若能領受者若由此領受若如是領受若領受時如是雜染如是清淨當知此中依五取蘊施設假名補特伽羅爲領受者即此假者由六觸處故能領受於母胎中四種差

別謂依精血大種所造諸業煩惱之所攝受結生相續有取之識及母腹中所有孔穴由如是故得入母胎次有名色次有六處次觸次受如是次第而有領受又即此受亦用現在觸爲其因亦用宿世業等爲因彼若聽聞諸不正法非理作意以爲因緣便觸無明觸所生生受受爲緣故復生於愛愛爲緣故復生於取乃至當來生老死等衆苦差別如是領受諸無明觸所生受時便有雜染所攝二諦與此相違聽聞正法如理作意爲因緣故便能領受明觸所生諸受差別受此受時便有清淨所攝二諦

復次當知施設邪業清淨及邪行中有二過患何等爲二一內證稽留過患二他所譏毀過患云何施設邪業清淨謂如有一實非大師妄分別已自稱大師宣說如是邪施設論謂現法中諸所受苦一切皆是宿因所作彼見宿世諸不善業爲二種因謂現法中諸不善業皆是宿業串習所引諸所受苦亦是彼業之所造作由是因緣修自苦行令故惡業所招苦果皆悉變吐更不造作當不善業於現法中又能防護身語意住後當勤修一向善業令不善法轉成非漏由此因緣不善業盡由彼盡故衆苦亦盡證苦邊際云何邪行謂如有一不能了知自業雜染不能了知彼業對治又於前後所證差別不如實知彼成如是愚癡法故於其師所得無根信於非信處妄生眞實聖教勝解彼由墜墮非實非理邪論朋黨他迴動時於可疑處而不生疑不尋求師躬往請問爲能正記爲能不記爲能

淨疑爲不能淨爲一切智非一切智大師去世於所疑處畢竟隨轉何以故大師住世能爲決了此一切智非一切智大師滅後何所請問云何決了是名邪行何緣應知如是施設令業清淨不應道理由二緣故謂彼苦行宿因所作不應理故由此能盡宿不善業不應理故所以者何輭中上品自苦行緣所逼切時輭中上品苦受生故即此三品逼緣遠離由所逼切三品苦受不得生故謂因所作不應道理又此苦行無有功能令宿所作能感苦受諸不善業成順樂受是故彼起如是定見由自苦行令宿所作惡業變吐若有是事彼宿所作能順苦受諸不善業爲能感得於現法中自苦逼切苦受果不若言感得此苦受果修自苦行即爲唐捐受彼果已自然變吐若如是者宿世所作諸不善業非自苦行所能變吐又即此業一分可吐謂現法中受彼果者若餘能順後所受業彼於後世當受其果非自苦行可令其果悉皆變吐若言現在逼切苦受非宿因作如是所說諸所領受一切皆是宿因所作不應道理如能隨順苦受惡業不可令其成順樂受如是宿世所作能順樂受善業不可令其成順不苦不樂受業或彼二種順現法受不可令其成順後受若順後受不可令其成無所受若未成熟不可令熟若已成熟不可彼彼方便令轉此中所說要略義者所謂一切善不善業自性決定時分決定品類決定若如是者隨業決定必能攝受如是類果於中更自受逼切苦復何所用又若此受宿業因感彼自所許令

業一分滅盡可得少分勝利由是因緣如此所許少分勝利亦無所有如是則爲極自稽留業所縛故終無解脫由此道理是名於此邪論邪行第一過患謂於內證自義稽留云何他所譏毀過患謂彼依止二種邪論發起三種自苦惱行若作是說所有士夫補特伽羅諸所領受一切皆是宿因所作是名第一邪論謂惡因論復有說言如彼最初自在變化從是巳後諸所領受一切皆是宿業所作是名第二邪論謂惡因論三種自苦行者謂身語意護身護者謂不以身與餘有情共相雜住唯往山林阿練若處獨居閑靜都無所見而修苦行語護者謂彼受持默無言禁意護者謂心忍受自逼切苦彼起如是欲樂言說爲他顯示由此二種所見圓滿及由三種苦行圓滿能越衆苦然其自苦不能越度是故爲他之所譏毀若諸所受一切皆是宿因所作亦是自在變化因作亦是三種苦行能越因之所作是則三種修苦行俱所受衆苦定是宿世黑業所感亦是暴惡自在所化三種苦行皆不能越是故於今受斯苦受若彼雖復內證稽留而有爲他所稱讃者猶尚不可況此爲他稱讃勝利亦無所有是故名爲第二過患由此分故唯可譏毀

復次與上相違當知施設正業染淨及正行中有二勝利一者內證無滯勝利二者他所稱讃勝利云何施設業雜染論謂有二業一者善業二不善業於過去世巳曾造作善不善業令現法中受愛非愛異熟果等受愛非愛果差別時更復造作善不善業由此當來

受愛非愛異熟果等如是名爲業雜染論云何施設業清淨論謂如有一不造新業故業觸已尋復變吐由對治力永斷無餘故得清淨如是名爲令雜染業得清淨論如是施設正業染淨名無上論云何正行謂如有一於正法中成就多聞於業雜染及以清淨正知雜染清淨相已捨不善業修習善業彼於聞思如理作意勤方便已爲證修故住空閑處淨修治心令離諸蓋及衆苦法爲欲斷除貪欲瞋恚掉舉惡作以九種行安住其心令心棄捨止所對治爲欲斷除惛沉睡眠及以疑蓋分析六事如理作意修飾其心令心棄捨觀所對治從彼止觀所治出已能正修學消伏衆苦彼既如是淨修其心令離諸蓋衆苦法已復於衣服飲食卧具受用儀則淨修其心若由習近如是衣服乃至卧具不善法增善法退減即便遠離寧可受用麤弊衣等儩爾自在忍受衆苦進修正行又由二緣受用勝妙衣服等因能令生長惡不善法謂諸妄想不正尋思何等二緣一於諸善未能長時串修習故心不調柔二於衣服飲食等事欲貪堅著由是因緣修正行者調柔其心令堪所作於衣服等欲貪堅著及諸無常衆緣生法恒常繫念深見過患爾時雖復受用勝妙衣服等事而於其中無有雜染如是行者亦受安樂亦無有罪由奢摩他毗鉢舍那修習力故淨修其心離諸蓋已由思擇力於衣服等邪受用故雖於爾時暫少成就心一境性欲貪隨眠仍未斷故於當來世復爲雜染彼以妙慧通達是已便修加行爲畢竟斷受用

如法邊際卧具離諸貪著先善修治正定資糧漸次乃至能入清淨第四靜慮以此爲依證諦現觀隨得漏盡心善解脱於一切苦得離繫故究竟寂靜所攝受故微妙清淨一切身心無間滿故一切煩惱永離繫故普能領納諸無漏受是名正行如是應知内證無滯及彼相違五種差别他所稱讚彼於爾時從諸蓋纏及一切苦心善解脱於現法中彼諸隨眠無餘永斷前際後際業及異熟所有雜染皆善解脱由於現法獲得聖道及道果故

復次略有三種補特伽羅一者未入聖教異生二者已入聖教有學三者已入聖教異生由三種相應知最初補特伽羅第二第三當知亦爾云何三相應知最初補特伽羅謂初有一補特伽羅已得成就世間正見了知有施乃至廣説彼於異時聞不正法爲因緣故而便發起非理作意世間正見臨將欲滅雖未一切悉皆已滅而堪能滅又彼所治誹謗邪見臨將欲生雖未已生而堪能生彼於中間聽聞正法爲因緣故遂還發生如理作意彼臨欲生誹謗邪見不現行故説名爲斷然其正見先成就故不名爲生第二有一補特伽羅不成正見及以邪見聽聞正法如理作意爲因緣故爾乃發生世間正見彼於邪見不名爲斷先不成故第三有一補特伽羅成就邪見聽聞正法如理作意爲因緣故斷滅邪見生起正見云何三相應知第二補特伽羅謂於佛等已得證淨彼於佛等先所現起一切無智當於諸諦得現觀時先已斷盡是故於今不名爲斷而於佛等證淨俱行明現

前故說名爲生即以學道斷修所斷餘品無明而於其明不名生起此道與先種類同故彼無學道將現在前修斷無明皆悉滅盡又能生起諸無學明云何三相應知第三補特伽羅謂聞無我相應正法初但由聞發生信解而未悟入彼於無我生信解故能斷我見未悟入故不得名爲生無我見如所聞法復能如理正思惟時於無我理能悟入故乃得名爲生無我見於彼隨眠而未能斷從此巳後由修道力證諦現觀方斷隨眠發生無漏

瑜伽師地論卷第八十九

音釋

憒閙　憒古對切心亂也閙奴教切不靜也　傲五到切　曡曹曡都亘切　瞢莫亘切　諀訿諀四婢切惡言也訿將此切毀也　勁居正切健也　㑷株劣切疲也

瑜伽師地論卷第九十

彌勒菩薩說

唐三藏沙門玄奘奉　詔譯

攝事分中契經事處擇攝第二之二

復次嗢柁南曰

五二與十三　四業爲最後

有二種業一者重業二者輕業復有二業一者增進業二者不增進業復有二業一者故思所造業二者非故思所造業復有二業一者定所受業二者不定所受業復有二業一者異熟已熟業二者異熟未熟業有三種業謂善業不善業無記業復有三業謂順樂受業順苦受業順不苦不樂受業復有三業謂順現法受業順生受業順後受業復有三業謂學業無學業非學非無學業復有三業謂見所斷業修所斷業無斷業復有三業謂三曲業即身曲等復有三業謂三穢業即身穢等復有三業謂三濁業即身濁等復有三業謂三淨業即身淨等復有三業謂三默然業即身默然等有四種業一黑黑異熟業二白白異熟業三黑白黑白異熟業四不黑不白無異熟業能盡諸業當知此中由三因緣令業成重一由意樂故二由加行故三由田故由意樂者謂由猛利纏等所作於后法者見已歡喜於彼隨法多隨尋思多隨伺察如是名爲由意樂故令業成重由加行者謂於彼業無間所作慇重所作長時積集又於其中勸他令作又即於彼稱揚讚歎如是名爲由加行故令業成重由田故者謂諸有情於已有恩若住正行及正行果於彼發起善作惡

作當知此業說名爲重與彼相違說名爲輕若業非是明了所作或夢中作或由無覆無記所作或不善作尋復追悔對治攝受又於一切清淨相續所有諸業如是皆名不增進業當知異此名增進業此中故思所造業者謂先思量已隨尋思已隨伺察已而有所作彼或錯亂或不錯亂其錯亂者謂於餘處思欲殺害或欲劫盜或欲別離或欲妄語及欺誑等如是思已即以此想別處成辦當知此中由意樂故說名爲重不由事故說名爲重不錯亂者當知其相與此相違若異此業是即名爲非故思造定受業者謂故思所造重業不定受業者謂故思所造輕業異熟已熟業者謂已與果業異熟未熟業者與此相違若欲證得阿羅漢時先所造作決定受業由

異熟果現在前故能爲障礙不由隨逐身相續故所以者何但由彼業生不平等所依身故能爲障礙令不能得阿羅漢果若無生受而有後受於所證得阿羅漢果不能爲障然彼非不是定受業何以故由即依彼煩惱助伴及即依彼諸行相續施設此業爲定受故復次由二因緣建立善業一取愛果故二於所緣境如實遍知及彼果故由二因緣立不善業一取非愛果故二於所緣境邪執著故於善不善二種行相不可記故立無記業順樂受業者謂初二三靜慮地繫及欲界繫所有善業順苦受業者謂能招感惡趣生業生於餓鬼及旁生中先業爲因感得樂受當知此業亦得名爲順樂受業順不苦不樂受業者謂第四靜慮及上地等諸所有業唯除那

落迦於所餘處當知皆得苦樂雜受即由彼業增上力故令此依身苦樂雜住不相妨礙順現法受業者謂由如是相狀意樂所作諸業若由如是相狀加行謂事加行或身加行或語加行所作諸業若由如是相狀良由所作諸業於現法中異熟成熟如是名爲順現法受業若所作業於現法中異熟未熟於次生中當生異熟如是名爲順生受業若所作業現法次生異熟未熟從此已後異熟方熟當知是名順後受業有學業者謂聖弟子於時時間依增上戒依增上心依增上慧修學無漏及此後得善有漏業名有學業無學業者謂於一切阿羅漢等身相續中隨應諸業此餘諸業是名非學非無學業若見所斷煩惱相應若此所發思等諸業一切能往諸惡趣業此等皆名見所斷業若修所斷煩惱相應及此所發思等諸業如是皆名修所斷業無斷業者所謂一切有學無學出世間業當知此中由三種相故思所造諸不善業即於現法作增長已還復除斷何等爲三一現法斷故二生斷故三後斷故現法斷者謂如有一於現法中故思造業作增長已尋復猒離於其所作受猒離故此是異生未得離欲住此命終而未能令於次生位不造彼業不受異熟亦未能令於其後位無有是事於現法中亦未一向能令不造生斷故者謂復有一受猒離已離是異生而於欲界已得離欲住此命終彼於現法更不造作尚於次生不受異熟況復生已當有所作然未解脫後位作業及受異熟後斷故者謂復有一雖是有學

而於欲界未得離欲受猒離已獲得最初或復第二沙門果證彼作是念凡我所有由多麤重由多熱惱唯應棄捨可猒賤身所作惡業願於現法一切皆受或我所有現法受業若苦若樂皆願與彼俱時而受勿復令我當於生位或於後位受彼異熟如是正心發誓願已爲斷彼故復修無量以奢摩他品定所攝正起加行爲令能起彼業因緣究竟盡故及爲進趣離欲愛故當知此中或瞋意樂或害意樂或嫉妬性或可愛事深生染著由此爲因於諸有情發起邪行謂身語意所發惡業種種惡事若有爲欲對治如是能起四種惡業因緣修四無量勝三摩地彼乃至於少男少女無處無容蹔更發起作惡業思是故彼修如是加行能盡所有惡業因緣當知如是正修加行由二因緣於其所作及所增長一切惡業皆能摧伏謂由修習無量定故所以者何所作惡業但於有量有情境界欲不饒益意樂所起所修無量乃於無量有情境界欲作饒益意樂所起又能發起不善業心下劣界攝是所對治所修無量俱行之心勝妙界攝是能對治又心是勝諸所造業皆屬於心故說世間並是心亂繫屬心故依心轉故如是行者先發正願爲所依止後善修習無量心定當於進趣離欲愛時便能獲得住不還果若但於此蹔生喜足於現法中不求上進彼現法中尚不造業況於生位或於後位又定不能當受生位後位異熟又正法外墮邪見者行邪道者所有一切善不善業邪見所起邪見增上力所生故皆名曲業猛利

貪瞋所起諸業皆名穢業猛利癡者上品鈍根忘失念者極闇鈍者癡所起業皆是濁業一切能往善趣妙行皆名淨業一切能往涅槃妙行名默然業

復次能感各别處所那落迦惡業名黒黒異熟業能感各别處所天趣善業名白白異熟業能感餘處所有諸業名黒白黒白異熟業於是處所有二業果現前可得是故總說以爲一業若出世間諸無漏業皆名不黒不白無異熟業能盡諸業若已盡業若當盡業二種總名能盡諸業令未生者當不生故令已生者得離繫故由約可愛因果異熟故說不白當知各别處所天趣一向白者謂過他化自在天處有欲界中魔王所都衆魔宫殿及上梵世乃至非想非非想處所有善業總說爲一由彼處所眼所見色乃至意所知法一向可愛相續殊勝增上義故意門引發意成義故各别處所那落迦有四一大那落迦二别那落迦三寒那落迦四邊那落迦於此處所各别純受順樂受業諸果異熟各别純受順苦受業諸果異熟是故說名各别處所又於魔宫初二靜慮純受悦樂若於第三靜慮已上純受喜樂言喜樂者令心調柔令心安適與喜相似故名爲喜非是喜受與樂相似說名爲樂非是樂受六觸處門恒所領受者當知即彼名六觸處及各别處所因果相屬道理義故

復次嗢柁南曰

無智智與定　殊勝障學等　著無我聖道

二海不同分

若諸邪見若諸我見若即無明依前所説三有情衆無智爲根故得生起若能斷此無義根本一切衆中能起一切雜染一切當知彼能正記所解此中第一所起雜染損減實事第二雜染增益虚事第三雜染於其如實顯了方便能作愚癡於彼二因有愚癡故或起增益或起損減

復次有二種如實智一者如理作意所發二者三摩地所發當知此中由正聞思所成作意聽聞正法增上力故於五種受分位轉變所起過患如實了知又即於此分位轉變如理思惟名不定地如實正智此爲依止能隨入修云何名爲分位轉變所起過患謂苦樂位諸無常性苦分位中有自性苦性樂分位中有變壞法性云何名爲分位轉變謂樂分位與苦分位有别異性若苦分位與樂分位有别異性如是當知一切分位展轉别異於此别異如實觀見於此分位住無常想如實觀見别異過患知所有受皆是苦已住於苦想有如是想有如是見能證清淨是故亦得名如實智依定所發如實智者謂即依彼行相轉時輕安所攝清淨無擾寂靜而轉當知此行與前差别又無常性是一切行共相苦性是一切有漏法共相二如實智爲依止故當知如實能正顯了彼法二相

復次住内法者未得定心尚與外道定心差别由智勝故何況定心何以故彼諸外道雖得定心乃至極遠證得非想非非想定然猶未能於六觸處以其五轉如實了知心正離欲證得解脱是故彼與此正法律猶如地空

相去極遠住内法者雖未得定但由信聞無我勝解便能證得三摩地心於六觸處能斷能知心得離欲及證解脱是故當知於正法律彼有失壞此無失壞唯正勝解相續轉時於六境界依止六根略有五種寂靜妙行謂深於彼見過患故名爲善調於不應役諸境界中而不役故名爲善覆於所應役諸境界中或於率爾現前境上善住念故名爲善守一切煩惱皆能斷故名爲善護已善修習圓滿道故名爲善修

復次於二處所如來證得勝安立智能正顯說超諸苦樂非不證得勝安立智於中若有作如是解此大沙門喬答摩種無知無解於諸世間一向安樂爲令弟子謂此安樂間雜衆苦深怖畏故爲超苦樂間雜依附諸世間故爲欲超過諸苦樂故宣說法要當知此解是爲邪想是邪分別是大邪見然其如來善知世間或一向樂或一向苦或雜苦樂然彼一切皆是無常是故爲令諸弟子衆超過一切無常世間超過苦樂說正法要由三種相應正了知諸可意事謂未來世諸可愛事名所追求若過去世諸可愛事名所尋思若現在世可愛外境名所受用若現在世可愛内受名所耽著當知此中墮於三世有四行相一於未來二於過去三於現在於此行相能隨悟入是悅意相意所樂相可愛色相平安色相如其所應當知即是可欣可樂可愛可意四種行相

復次勤修定者略由二門二時二地所有諸欲於所引發三種等持能爲障礙爲欲斷除

如是障礙正勤修習五種對治當知此中先所受用過去諸欲於遠離處由尋思門令心飄蕩復有現在居家所有利養恭敬俱行諸欲由尋思門令心散亂此中利養恭敬俱行所有諸欲於其行時令心飄蕩先所受用居家諸欲於其住時令心散亂即此諸欲於異生地能爲障礙於有學地亦爲障礙又於異生所修無量俱行等持能爲障礙亦於有學能善通達一切智事廣大等持能爲障礙亦於無學極善修習究竟等持能爲障礙當知如是諸所生起一切等持皆與喜俱此中第一於諸有情利益安樂意樂門中與喜俱行第二領受有學解脱喜故與喜俱行第三領受無學解脱喜故與喜俱行彼由眼等所識色等所緣别故復有六種又此等持具諸相故名爲圓滿又此等持究竟邊際謂能往趣世間離欲或能往趣出世離欲過此更無能趣清淨等持可得是故説此無有缺減若欲速證沙門果者於身命等無所顧戀恒常無間殷重加行熾然精進於諸欲中了知自相堅守正念了知過患無希望等正知現前正念正知爲所依故方便勤修四無放逸謂於晝分若行若坐於諸障法淨修其心乃至廣説如是發起勇猛精進於其所證無所怯劣由九種相安住其心一向修習奢摩他定身得輕安無愛味等故無染汙不爲惛沉及以睡眠二隨煩惱之所擾亂一向念住爲所依止精勤修習毗鉢舍那堅守正念遠離掉舉隨煩惱故無有愚癡已入止觀雙運轉道其心正定即此二分一境隨行爲斷彼障修習

如是五種對治爲依止故能於彼障遍知永斷於三等持依六境事所有差别喜俱行定圓滿能引由二因緣諸佛世尊爲諸弟子宣説自已能引導法一於黑品所有過失令生解故二於白品所有功德令生解故

復次於此正法毗奈耶中略有二種補特伽羅一已得意二未得意已得意者復有二種一已見諦已得有學心解脱意二阿羅漢已得無學心解脱意未得意者謂於三學創修事業有學異生彼全未得一切三種心解脱意是故希求異生體後有餘依滅及自體後無餘依滅涅槃界時於三學中多修學住若諸無學雖已證得心解脱意而或失念行縱逸時便有退失現法樂住彼雖於此現法樂住或退不退然無堪能退失解脱若有修行不放逸者一切皆爲證得解脱然已證得解脱無退修不放逸復何所用若爲證得現法樂住勤作功用如造工業非不放逸若諸有學先已證得心解脱意彼亦決定趣三菩提於所修道不由他緣自然能修無放逸行於現法中猶未畢竟息放逸故若有一切未得意者彼應決定修不放逸又由三相辦所應作一由諸根所集成故資糧圓滿二由習近隨順如法諸卧具故心得安住三由依止親近善士聞他法音如理作意衆因緣故乃至獲得二心解脱又即於此應不放逸所作轉時由二種相應知於彼六處寂滅有增上慢無增上慢謂於未滅起邪分别妄執爲滅由所緣故及於未得起邪分别妄執爲得彼雖如是起邪分别謂滅解脱而未能令身壞已

後壽命永盡六處永滅亦不能離諸境界想又彼由於六處寂滅若緣若證邪領受故有如是事此二種相應知說名有增上慢與此相違當知說名無增上慢

復次住內法者於二種著應當了知二種過患謂諸異生於二緣識及能依受不能了知無我性故未離欲者於利養恭敬增上業緣所起諸受有第一著已離欲者於離諸欲緣所起諸受有第二著此著爲因當來生起說名爲生又諸外道由取著故生諸繫縛繫縛生故能生一切惡不善法當知是名第一過患又由此著增上力故當於正法毗柰耶没及當來世生等衆苦差別而生於現法中此增上力爲因緣故不般涅槃當知是名第二過患與此相違應知即是白品差別

復次由四因緣於法無我能到究竟謂一切法皆無我者除識自性識諸因緣識諸助伴其餘所有不可得故又識自性是無常故又此因緣是無常故又此助伴是無常故

復次由八聖支道法故及此果故顯發正法及毗柰耶由五種相當知八聖支道法最勝無罪謂於現法煩惱有無善分別故名爲現見能令煩惱得離繫故名無熾然若行若住若坐若卧一切時中皆可修習易修習故名爲應時道涅槃故名爲引導不共一切諸外道故名唯此見遠離信他欣樂行相周遍尋思隨聞所起見審察忍唯自證故名內所證此道果法亦有五相當知已如攝異門分分別其相

復次海有二種一者水海二生死海由三種

相當知水海與生死海而不同分何等爲三一者自性不同分故二者淪没不同分故三者超渡不同分故此中自性不同分者謂水大海用色一分爲自性故有邊有量生死大海用一切行爲自性故無邊無量此中淪没不同分者謂若所有淪没若由此淪没若如是淪没皆不同分謂水大海或旁生趣或有人趣於中淪没生死大海諸天世間亦常淪没又水大海唯由身故於中淪没不由語故不由意故不由貪故不由瞋故不由癡故不由生等衆苦法故於中淪没此中宣說諸業煩惱彼果三分如其次第應知彼相生死大海亦由身故乃至亦由生等苦故於中淪没諸出家者由妄尋思由妄觀察由自所起諸邪分別發起種種不正尋思令心擾亂於生死海恒常淪没又餘外道諸煩惱繫所纏繫故於生死海恒常淪没諸在家者恒常無間衆苦逼切煩惱燒然而不能猒故名淪没其餘依止諸業煩惱於諸生處往還無絶故名淪没其水大海雖墮其中暫時衰損或旁生趣由業煩惱一分勢力而生其中暫時淪没而非究竟當知是名没不同分此中超渡不同分者謂水大海未離欲貪諸異生類不能越渡河況其餘生死大海三分建立未離欲者由五可愛境差別故已離欲者由意所識可愛諸法境差別故諸有學者由內六處有差別故其未離欲諸異生類於五可愛境界大海未能超渡其已離欲諸異生類於內各別六處大海未能超渡由彼於此未超渡故於前二種境界大海亦未超渡其有學者普

於六處遍知爲苦即於所緣修習正道彼由安住如是住故於未離欲已離欲地二種境界所有心意所緣境相明了現前又由猛利觀察作意於先所見等隨憶念由此因緣於彼速疾以慧通達亦能除遣又彼於其六處大海速能超渡能超渡故於前二種境界大海畢竟超渡及能超渡能發棄捨所學煩惱能發尋思亂心煩惱能發耽著世間利養恭敬煩惱能發一切惡行煩惱

嗢柁南曰

道師不同分　王國二世間　有爲遮身行堅執三空性

略有二種道不同分一自性不同分二行相不同分若趣苦集行若趣苦滅行是名自性不同分當知初一能趣雜染第二能趣清淨是名此中不同分義即此趣滅行或有有爲共相行轉或有有爲無爲共相行轉是名行相不同分當知此中若諸有爲共相行相彼望道果名不同分若有爲無爲共相行相彼望道果亦名同分何以故道果涅槃常無我故復次於正法内略有五種師假立句諸外道師所製論中都不可得謂趣諸取行趣諸取盡行若一切法遍知永斷作苦邊際若於五相受建立處一一相中不依四相薩迦耶見用彼爲依能害四種行相憍慢若慢爲因有三過患離慢爲因有三勝利當知此中懷憍慢者於涅槃界其心退還由怖畏故是名第一過患於諸惡行恒現行中及於可愛諸雜染事其心趣入是名第二過患於涅槃界深生怖畏增上力故便能生起當來生等生

死重病如由怖畏增上力故如是亦由於諸惡行及於可愛諸雜染事其心趣入增上力故堪能生起當來生等生死重病如生等病眼等處癰貪等毒箭當知亦爾是名第三過患與此相違當知即是離慢爲因三種勝利若隨緣起增上力故於現法中後有種子或增或減由此爲因當來後有或生不生以能攝受種子煩惱或有集起或滅沒故一切世間及出世間所有法教如實建立唯於內法有此大師爲諸弟子正所宣說師假立句眞實可得非諸外道

復次於欲界中諸器世間當知譬如王所王國有情世間譬如臣民彼惡天魔譬如君主

復次有二世間一有情世間二器世間其器世間爲火災等之所壞滅有情世間刹那刹那各各內身任運壞滅

復次空有二種一者有爲二者無爲此中有爲空無常恒久久安住不變易法及我我所若諸無爲唯空無有我及我所又此空性離諸因緣法性所攝法爾道理爲所依趣此或如是或異或非遍一切處無不同歸法爾道理

復次如來不遮能得一切世間邊際唯遮身行隨往能得世間邊際此中當依勝義道理應知世間若得世間邊際方便及世邊際謂於六處有世間想假名施設增上力故即由世間若智若想增上力故說有世間若想若智增上力故於諸世間廣起言說由或見聞或覺或知增上力故於六觸處由其五轉起如實智名得世間邊際方便未來諸行因永盡故名爲能到世間邊際於世因果如實

知故名世間解能正任持最後身故名善運轉世間邊際於現法中一切境界愛求盡故具恒住故說名能超世間愛者由如是等所說行相當知名得世間邊際

復次非善說法毗柰耶中諸出家者隨有一惡不善尋思未生生時一向能爲梵行障礙如彼生已堅執不捨此中不行最爲殊勝設有行者不應堅執於相續中不應爲作居住依止何以故剎那雜染不能傾動所修梵行要當相續能傾動故

復次當知略有二種空住一者尊勝空住二者引彼空住諸阿羅漢觀無我住如是名爲尊勝空住由阿羅漢法爾尊勝觀無我住於諸住中最爲尊勝如是或尊勝所住或即住尊勝由此緣因是故說名尊勝空住引彼空住者謂如有一若行若住如實了知煩惱有無知有煩惱便修斷行知無煩惱便生歡喜生歡喜故乃至令心證三摩地由心證得三摩地故如實觀察諸法無我晝夜隨學曾無懈廢如是名爲引彼空住當知此中於內煩惱如實了知有知爲有無知爲無是名空性

復次正見圓滿已見諦跡諸聖弟子皆能如實越彼邪空亦能如實入正不空以世間道及出世道修習空性其義云何謂於此處彼非有故正觀爲空若於此處所餘有故如實知有譬如客舍於一時間無諸人物說名爲空於一時間有諸人物說名不空或即此舍由無一類說名爲空謂無材木或無覆苫或無門戶或無關鍵或隨一分無所有故然非此舍即舍體空如是自體所依止身亦名受

趣亦名想趣趣亦名思趣然此自體所依止身於一時間由無一類或受或想或復思等一切煩惱隨煩惱等說名爲空於一時間由有一類說名不空或即自體所依止身於一時間由無一類或眼或耳或鼻或舌或身一分或意一分說名爲空然非自體所依止身即自身體一切皆空當知此中總略義者若觀諸法所有自性畢竟皆空是名於空顛倒趣入亦名違越佛所善說法毗柰耶若觀諸法由自相故一類是有一類非有此有非有畢竟遠離又觀有性於一時間一分遠離於一時間一分不離如是名爲於彼空性無有顛倒如實趣入以世間道修空性者謂聖弟子住遠離處先於城邑聚落人想作意思惟次復思惟阿練若想彼即觀察於自身中此想

爲空謂人邑等想此想不空謂阿練若想又餘不空謂阿練若想爲緣阿練若想相應諸受思等或即此想由一類故觀之爲空謂無麤重不寂靜住及熾然等由一類故觀爲不空謂有微細極寂靜住離熾然等又即於彼能取山林卉木禽獸等阿練若差別相想無復思惟但思惟地無別相想又即於彼能取險惡高下不平多諸荆棘瓦礫等地差別相想無復思惟但思惟地平坦細滑猶如掌中無別相想從此次第除色想等漸次思惟空處識處無所有處差別相想後於非想非非想處所有相想作意思惟於一切處如前所說歷觀空性觀諸下地有麤想等觀諸上地有靜想等如是名爲諸聖弟子以世間道修習空性當知爲趣乃至上極無所有處漸次

離欲自斯巳後修聖道行漸次除去無常行等能趣非想非非想處畢竟離欲彼於爾時自觀身中空無諸想謂一切漏一向寂靜永離熾然又觀身中有法不空謂此依止爲縁六處展轉互相任持乃至壽住爲縁諸清淨法無有壞滅當知世尊於昔修習菩薩行位多修空住故能速證阿耨多羅三藐三菩提非如思惟無常苦住是故今者證得上妙菩提住巳由昔串習隨轉力故多依空住

復次有二種空一者應所證空二者應所修空若諸苾芻樂依雜住於此二種不能成辦應所證空不能證故應所修空不能修故因於二種不成辦故當知退失四種妙樂謂於一切攝受惡事遽務衆苦皆悉解脱妙出離樂解脱貪欲瞋恚等事机靜慮中妙遠離樂尋伺止息妙寂靜樂二解脱攝無所造作無恐怖攝妙等覺樂二解脱者一時愛心解脱二不動心解脱若阿羅漢根性鈍故於世間定是其退法未能解脱所有定障故名時愛心解脱以退法故時時退失時時現前故説名時於現法樂喜欲證住故説名愛不動心解脱者謂阿羅漢根性利故是不退法一切皆以無漏道力而得解脱於一切種都無退夫當知此中決定義是三昧耶義餘如前説無所造作無恐怖者當知無有異類可得令阿羅漢心於中染彼變異故生愁歎等應所證空略有二種一者外空二者内空外空者謂超過一切五種色想則五妙欲之所引發於離欲貪正能作證内空者謂於内諸行斷增上慢正能作證應所修空亦有二種一於

內外諸境界中修無我見二即於彼修無常見此四種空當知四行爲所依止外空以內住心增上緣力離所生樂滋潤其身爲所依止及我慢遍知內空以內外空於內外法修無我見爲所依止無我見以即於彼修無常見爲所依止無常見以聞正法如理作意爲所依止又於此中若諸苾芻爲離欲貪精勤修學觀察作意增上力故於欲界繫諸不淨相勉勵思惟彼於外空未作證故於其正道未善修故趣染習故於外空性心不證入不愛樂故便於其中由我慢門心不流散等隨觀察以寂靜相思惟內空彼由我慢未永斷故於其正道未善修故亦於此中心不證入遂於內外一切行中修無我見於無我見未善修故亦於其中心不證入乃於內外一切行中修無常見令心不動於諸行中見無常故一切種動皆無所有故無常見名不動界由於是處心無勝解故以正慧如實通達或緣不淨或緣慈悲或緣息念所有境界或緣諸行無常境界於三摩地極多修習爲因緣故令心調柔由是漸次於一切處皆能證入由此因緣於所證空能證圓滿因於所證得圓滿故其心解脫一切能順下上分結由此因緣於所修空能修圓滿因於所修得圓滿故成就無學正見等法若於是時乃至於空未能證入當知此時是異生位若時證入是有學位若時修習已得圓滿是無學位爲令此修得圓滿故勤修正行令心證入以善尋思而正尋思則於其中能善知量離諸雜染而起言說於經行處能正經行於所坐處能

正安坐於如是等一切處所皆善知量如是行時清淨爲先於其住時亦得清淨其間能以觀察作意數數觀察現行煩惱淨修治心如是能趣一向成就諸白淨法一切魔怨所不能奪及彼一切惡不善法四種雜染謂後有因性故現法身心遍燒惱故惡趣因性故生等衆苦因性故言說有二一者隨逐音聲勝解言說二者隨逐法隨法行言說第一言說是於正法受持讀誦請問徵覈之所發起第二言說是於所緣令心安住究竟解脱施設教授之所發起若爲是義如來出世諸弟子衆隨入聖教應勤修習如是善法若於彼法毗柰耶中無一切種所修梵行當知亦無修梵行者以於其中無梵行故稱梵行者皆修邪行師弟展轉互相觸惱各自許有尊卑體式於正法中二俱可得若有棄捨大果大利應所證空應所修空爲極下劣有大罪過利養恭敬愛味所漂多習邪行當知彼爲大梵行灾之所觸惱彼由如是耽嗜愛著利養恭敬自逼惱故於能隨順解脱言教不欲聽聞雖爲宣說不能屬耳或爲貪著利養恭敬增上力故而强聽聞無心求解不欲修行不爲究竟善自調伏乃至不爲證般涅槃由如是事憎惡大師行不平等以於廣大現前恩德不能報故當知此中總略義者謂善說法毗柰耶中旣出家已由四因緣如於自已正所應行而不能行如於大師聖教出家正所應行亦不能行謂樂相雜住故隨順故逐音聲勝解言說故耽著利養恭敬故由此耽著增上緣力聽聞正法不修自利利他行故又

佛世尊不欲自顯能善御衆而攝徒衆唯深哀愍諸有情故由是因緣於行邪行弟子衆中能無護惜分明示語寧使弟子由此分明麤利益語現捨正法及毗柰耶當獲利益勿令住此廣興邪行

瑜伽師地論卷第九十

音釋

奢摩他（梵語也此云止奢詩車切）礫（郎擊切小石也）徵（知陵切驗也）

瑜伽師地論卷第九十一

彌勒菩薩說

唐三藏沙門玄奘奉詔譯

攝事分中契經事處擇攝第二之三

復次嗢柁南曰

離欲未離欲　問因緣涂路　保命著處等

皆廣說應知

若有苾芻於其欲界或已離欲或未離欲於五妙欲意所識法定地三世由三種纏及彼根本所有隨眠正雜涂時於現法中不住趣證究竟涅槃當知此中由過去世依彼取識由未來世屬彼取識由現在世著彼取識由彼根本所有隨眠墮在相續常隨逐故執彼取識與此相違無雜涂時於現法中堪能趣證究竟涅槃復次於聖教中當知有四如理問者一有淨信若諸長者若長者子二具聰慧多聞苾芻三是大師親承侍者四即大師有二因緣佛於弟子知而故問謂觀弟子雖欲請問而無無畏或於其義無所了知爲遮現在未來過故爲令正法得久住故

復次由二因緣說六識身以內六處爲因以外六處爲緣謂內六處爲彼種子所依附故又內六處相續一類如先所得畢竟轉故境界不爾非彼種子所依附故又非一類相續轉故復次由二種相當總了知一切雜涂一者一切雜涂自性二者一切雜涂行路言自性者所謂欲貪與諸雜涂爲根本故言行路者謂內外處能取所取有差別故

復次若諸苾芻於二處所等隨觀察若行若住如理作意爲所依止於二雜涂應脫其心

云何名爲於二處所謂自保命忽然夭喪不善心殞往諸惡趣云何名爲如理作意爲所依止復於何等二種雜染應脫其心謂我寧遭種種楚撻損害於已諸處之身勿復令我不善心殞生諸惡趣又我應當與喜樂俱如實觀察爲欲對治現行不善懇勵修習諸行無常若經行時於諸境界執取諸相執取隨好所有雜染令心解脫遠離住時於諸不善種種尋思所有雜染令心解脫當知此中第一雜染是相似因第二雜染是相似果又二雜染現在轉時生於二處謂自保命即於爾時倐歸夭喪不善心殞往諸惡趣是故於彼二種雜染一刹那中深見過患發生慙愧尚

爲妙善況能相續

復有衆多魔所歸向所有雜染著安足處智者了知應當遠避謂已離欲諸異生類繫屬定生喜樂諸處所有愛味著安足處未離欲者於妙五欲愛爲依故喜樂諍競貪愛躭染著安足處於恩於怨諸有情所一切愛恚著安足處廣大上品能引境界順樂順苦所求所尋所可貪愛所有三世著安足處當知此中可欣可樂可愛可意諸句差別如前已辯不可欣者於未來世不可樂故不可樂者於過去世由隨憶念不可樂故不可愛者於諸境界不可樂故不可意者由於諸受不可樂故又言苦者即於境界不可樂故言損惱者即於諸受不可樂故言違背者於過去世不可樂故言逆意者於未來世不可樂故

復次有二雜染一者外境雜染二者内受雜染眼等爲依於色等境起諸貪著名外境雜

染諸觸爲依貪著内受名内受雜染此二雜染於永寂滅般涅槃中皆不可得非諸魔怨所能遊履

復次由十五相應當了知一切種類愛見雜染謂於諸處由諸纏故名藏由隨眠故名護由我見故名覆所餘差別廣說如前攝異門分

復次總嗢柁南曰

因同分等　唯作緣等　上品貪等　後多住等

別嗢柁南曰

因同分思縛　解脫相觸徧　勝解護根門

教授相爲後

諸聖弟子因同分識隨入無我由三種相於諸識中正觀而住云何因同分識隨入無我謂由現見五有色處四大種身若增若減若取若捨無常性故於緣彼識隨入無常無常則苦苦則無我由是因緣隨入無我云何隨入無我性已由三種相於諸識中正觀而住謂諸邪見一切皆以我見爲根是故此根必應先斷又以正慧即觀彼識所依所緣差別轉故有無量種又觀此識差別轉時如刹那量安住堅實尚不可得何況畢竟復次於六處滅究竟寂靜無戲論中由戲論俱四種行相不應思惟不應分別不應詰問唯應依他增長覺慧審諦觀察眞實意趣云何爲四謂或有無或異不異以彼六處有生有滅展轉異相施設可知由生滅故有無可得有異相故待他種類異性可得待自種類前後無別不異可得六處永滅常寂靜相是故由彼戲論俱行四種行相思惟觀察不應道理當知

此中能引無義思惟分別所發語言名爲戲論何以故於如是事勤加行時不能少分增益善法損不善法是故說彼名爲戲論

復次於内外處若有欲貪境界現前或不現前而其諸根不能棄捨故名爲縛若無欲貪設有境界正現在前諸根於彼尚能棄捨況不現前故名解脫復次善修梵行於諸蘊處我我所見已永斷者若爲損身乃至奪命苦受所觸終無色變心變可得如是名麤善守根相彼由如是善守諸根四苦解脫增上力故得四種喜一由當來外緣生苦得解脫故二由當來内緣生苦得解脫故三於現法般涅槃時由二種依所作衆苦得解脫故四命終已與世所見草木相似一切衆苦不相續故由二種相草木相似一者六處離有情想與世所見草木相似二者六處爲所依止貪瞋癡火乃得燒然與世所見草木相似善修梵行諸聖弟子當來後有苦不生故與諸如來成就明力少分相似非現法緣苦不生故設暫生已速疾斷故然諸如來二種明力皆悉成就是故說名無上明持

復次有一沙門或婆羅門越勝現量世間愚夫尚不迷惑況諸智者一切愚癡所安足處虛妄推度以爲依止或依前際或依現法堅固執著建立四種苦樂邪論謂依前際虛妄計度宿作因故立諸苦樂一向自作虛妄計度自在變化以爲因故立諸苦樂一向他作虛妄計度先自在作然後宿作因所作故立諸苦樂自作他作虛妄計度無因生故立諸苦樂非自非他所作因生或依現法虛妄計

度若隨自欲自作功用所生起者立爲自作若不隨欲不自覺知他所引者立爲他作若隨所欲自所覺知他所引者立自他作若非自他功用爲先所生起者但由境界現在前故不能了達微細因觸便起邪執謂非自他所作因生立無因生此中唯有諸根境識和合所生苦樂可得都無前際或現法中若自若他實有可得唯即於此三事和合假立自他是故當知唯有其觸偏行一切爲苦樂因復次由四種相正發精進速令諸漏永盡無餘何等爲四一者發起平等精進謂不極掉舉發勤精進令其身心疲倦損惱亦不極下發起精進虛棄身命令無所得是名初相又不由此而生憍慢謂我獨能發勤精進餘則不爾是第二相又於正發勤精進果世間安觸所證差別無有愛味與此俱行修不放逸是第三相又於精進平等之相能善攝受令於當來無有退失是第四相如是正發勤精進故永盡諸漏成阿羅漢若欲於彼大師有智同梵行所記别自己所證差別唯阿羅漢六處勝解能正記別謂依三學及以五種補特伽羅云何名爲六處勝解一出離勝解二無惱勝解三遠離勝解四愛盡勝解五取盡勝解六心無忘失勝解云何三學一增上戒學二增上心學三增上慧學云何五種補特伽羅一者異生處在居家唯依於信發生欣樂出離勝解從境界縛心求出離是名第一補特伽羅二者異生既出離已唯依於戒於諸有情由身語意行無惱行是名第二補特伽羅三者異生能斷利養及恭敬愛於現法

中離欲界欲是名第三補特伽羅四者有學已見諦跡是名第四補特伽羅五者無學得阿羅漢是名第五補特伽羅當知此中第一第二處所勝解初學所依第三處所所起勝解與第二學作其所依後三處所所起勝解與第三學作其所依若由此智能斷煩惱及煩惱斷當知是名心無忘失又於當來後有因斷說名愛盡現法境界諸雜染斷說名取盡又彼第一補特伽羅雖有正信出離勝解而未決定堪於當來令彼一切悉皆棄捨及與變異第二有其無惱勝解第三有其遠離勝解當知亦爾若諸有學六處勝解雖無堪能當來棄捨及與變異然似幼童等持念慧皆悉羸劣雖生聖處未善修故於貪瞋癡不能遠離無餘永斷由慧劣故及由貪等未永斷故若遇勝妙境界現前時時忘念由此因緣而勤生起學心解脫及慧解脫盡諸煩惱是故有學補特伽羅仍有所作由此分故而名減劣若阿羅漢六處勝解尚無堪能當來變異況有棄捨善修道故貪瞋癡等永斷無餘愛盡取盡勝解圓滿已得盡智無生智故六種恒住所攝受故所有智慧非如有學時時忘念故阿羅漢六處勝解由第一義最極圓滿亦名成就最極清淨非餘下位補特伽羅由此因緣亦無自高記別所解於三摩地所行所緣無散亂故名內心住即三摩地善成滿故名不狹小一切煩惱皆離繫故名善解脫所有智慧善積集故說名善修見滅盡故無有愛味其心一向善而無罪

復次略有二種補特伽羅一者不能容護根

門二者善能密護根門云何名爲不能密護根門補特伽羅謂如有一於諸境界不能如理作意思惟於可愛色爲貪欲纏之所纏縛於不愛色爲瞋恚纏之所纏縛又於彼境不能隨念所有過患設有隨念不善修習由是因緣心爲諸纏之所覆蔽起諸纏已不能制伏又是異生未得有學心慧解脫於上無學心慧解脫不如實知由不知故於諸有學心慧解脫亦不能滿彼於爾時未以修力爲所依止於煩惱品所有麤重未能永害又不依先善思擇力念不成就爲因緣故當知不能密護根門由此三相補特伽羅應知不能密護根門一由纏故二由思擇所攝對治有缺減故三由修力所攝對治有缺減故與此相違當知白品於諸根門善能密護復次由二

種相諸聖弟子於其大師所說法教能正記別能善宣說謂能辯釋眞實義故云何爲二一者由是意趣宣說善能悟入如是意趣而正記別二者如來以無量門廣宣聖教爲無量品補特伽羅種種辯說於此法教不違法性能正記別復次於佛善說法毗奈耶深心愛樂新學苾芻由二種相應正了知一由身相無變異故二由心相無變異故謂由形色極光淨故面貌熈怡極鮮潔故膚體充實不羸損故諸根適悅而寂靜故身無變異隨有所得生喜足故遠離貪樂畜積資財而受用故於其室家無顧戀故心無變異復有三種婬貪對治能令婬貪未生不生已生尋斷一者思惟不應行想二者思惟極不淨想三者密護一切根門此由密護一切根門略廣應

知如聲聞地謂能密護諸根門者不令母邑摩觸身故名善護身於諸母邑不觀不聽不憶念故名善守根設見設聞設隨憶念即能長時攝受正念以猛利慧深見過故名善住念彼由如是善護其身善守諸根善住正念便能思惟不應行想由此煩惱不能蔽心令暫欣味又能思惟極不淨想由此煩惱不能敝心令速迴轉

復次嗢柁南曰

唯緣尋思願　一切種律儀　入聖教不護
勝資糧善備　捨所學著處　不善義隨流
菩薩勝餘乘　論施設最後

由先所作諸業煩惱及自種子相續所引諸受生起其六觸處唯爲作緣如心所起功用所引諸取受業手唯能作助取受緣當知此中道理亦爾

復次諸有苾芻受用如法邊際卧具安住空閑若有能令尋思躁擾勝妙境相來現於心當知是魔品類所作此中苾芻應以九相安住其心從諸境界相應尋思攝心令住無容尋思隨一更起若由此依由此境界有所飡味於此境界隨其所得隨其所住能自遠離彼於爾時於可愛事終不依止諸欲尋思而有所作於恚尋思及害尋思亦能遠離淨修其心於現法中能得涅槃得涅槃已終不共他諍競而住謂諸諍競於佛聖法毗奈耶中極作衰損如是愚癡所生尋思亦不尋思如餘外道復次若由先世後有苦因於現法中有六觸處果法而轉由六境界所損惱時若有苾芻爲求後有自發誓願修行梵行彼於

爾時令其第七後有苦因倍更增長轉爲損惱於現法中能障涅槃由此因緣能得當來有暇圓滿不決定故此後有願當知於彼微細縛中最極微細何以故如彼三十三天宮中有一囹圄其中禁縛天或非天然彼法爾暫得解脱以天妙欲遊戲而住乃至未起逃竄之心此心若起便失妙欲還見自身爲縛所縛彼纔起心便爲微細縛之所縛以時分故説名微細非難識故而説微細由彼縛時能自解了我今有縛若諸苾芻心願後有比心若起便即被縛既被縛已不能了知自身有縛是故此縛最極微細當知時分及以難識俱微細故名極微細

復次若諸苾芻精勤加行守護諸根於其律儀及非律儀應當了知於輭中上世間有學無學律儀應當了知云何律儀謂如有一於可愛境諸雜染心不忍不受不執不取設令暫起尋還棄捨是名律儀云何非律儀謂一苾芻如營農者親近善士聽聞正法如理作意正修所緣境界良田令其生起善根苗稼然其種性猛利多貪未嘗串習貪欲對治猛利慚愧亦未曾有若遇勝妙境界現前彼由本性猛利貪故未曾串習貪對治故所有慚愧皆羸劣故便起貪纏堅執不捨心於貪纏不能防護而自放縱非理作意相應心牛入境界田損壞所有善根苗稼以是因緣名非律儀又如有一能速作意於諸境界而自攝斂然未能觀所有過患令不再起是名爲輭世間律儀又如有一能速作意於諸境界而自攝斂亦能觀彼所有過患令不再起是名

爲中世間律儀由此爲依獲得四種作意所攝九相心住當知如前聲聞地說由得此故名離欲貪諸異生類彼先修習加行觀時如營農者令得增上猶如大王於先所得等至所生勝妙諸受能正了知是大放逸安足處已便使如臣聽聞正法增上所生勝奢摩他之所攝護毗鉢舍那令其觀察彼所生受性是緣生緣生性故體是無常彼由此故便以意地諸過患相俱行作意而得離欲既離欲已復觀等至所依別故十種差別時分別故多百差別此中等至所依別故十種別者謂有尋有伺無尋唯伺無尋無伺若喜俱行若樂俱行若捨俱行退分住分若昇進分順決擇分時分別故多百別者謂即觀察如是行相依生住滅時分所作差別道理當知復有多百差別如是了知彼所生受是無常性流轉差別種種性已略由三相復審觀彼是無常性謂所依故現行故因故所依故者謂極乃至第四靜慮所有色身是受所依現行故者謂極乃至滅受想定其間想受多分現行言因故者謂當來世所有受因即思求願觀察如是乃至有頂所有諸法緣生性故皆是無常如是如理審正觀察諸離欲地是名上品世間律儀當知此中前二律儀思擇力攝後一律儀修習力攝彼既成就如是勝妙不放逸力如實通達聖諦理故便能永斷執我我所以爲前行一切見道所斷煩惱又能獲得有學律儀彼即修習有學律儀復能永斷妄執我慢以爲前行一切修道所斷煩惱究竟證得無學律儀此上更無若過若勝所餘

律儀

復次若諸苾芻已入聖教不護諸根彼便一向造作衆苦謂後法苦或現法苦當知如是不護根者如癩病人入蘆荻叢爲如其葉可愛境界破裂其身攝受當來微細俱行後有衆苦而不能覺如是名爲由後法苦說造衆苦彼又於此起染起著廣生毀犯由是因緣雖住空寂阿練若處而受現行追悔所起尋思之苦如菅茅刺傷害其足不能無畏往淨仙衆設强趣入清淨僧中便爲有智同梵行人舉其所犯由彼内懷覆藏意故心如鴆毒於能舉邊發憤磣害又諸有智同梵行者知其鄙劣樂捨沙門即便遠避不與同住若諸村邑若阿練若咸共譏毀言此長老如是毀犯如是惡說如是惡作如是非法雜染而住

已淨信者令其變退未淨信者令信不生是故彼人於現法中領受如此退悔所作發憤所作遠避所作譏毀所作種種諸苦此及前說領受後法所作衆苦總略爲一名受衆苦此中云何名非律儀謂於如是現法後法具衆過患行處境界起不如理妄執諸相隨好邪想邪想爲先於其住處發起順彼相應尋思由此不能於前所說一切過失如實觀見雖復觀見所有過失未能數數多修習故於所依中諸煩惱品所有麤重未能除遣身未輕安謂色心身由此行相纏及隨眠猶尚和合能令違背思擇修習二力對治名非律儀與此相違當知即是律儀行相又此律儀三因緣故能令修習速得圓滿何等爲三所謂最初於善說法毗奈耶中淨信出家既出家

已便用神力相應聞慧攝持蟲獸相似六根既攝持已復用如理作意思慧正審觀察過患方便在聞慧上修慧下故中間繫縛中間繫已為欲試察於彼神力得自在不乃取淨相於諸境界而放縱之於彼神力未自在故各各馳散別別境界然其不能究竟逃竄未善觀見彼過患故令彼蟲獸未善調伏又令神力不得自在了知是已復多修習如理思慧令到究竟超過作意轉更勤修修身正念於此正念善修習故彼不復能各各馳散別別境界當知爾時彼善調伏神力於彼而得自在

復次有諸苾芻先已修集妙慧資糧復得值遇善友圓滿聽聞諸行三種過患謂現法過患後法過患現法後法過患當知此中大種互違為所依止一切疾病名現法過患惡趣諸行常恒隨逐能作能往名後法過患先於現法成就喜貪以為所依能引現法後法老死名現法後法過患如是總略有三種苦一疾病苦二惡趣苦三老死苦謂依善趣及依惡趣聽聞如是諸過患已精進修行法隨法行因斯能入聖諦現觀次由善淨無我真智如入空室現觀內外六處皆空彼於爾時以慧通達依諸境界妄念所生諸煩惱纏能為損害及有餘殘煩惱隨眠貪愛隨眠又自通達於相續中有諸煩惱有諸貪愛有諸苦惱有諸損害及過一切煩惱貪愛證有餘依般涅槃界一向寂靜次後復證無有餘依般涅槃界彼先修習譬如草木枝條莖葉正法聞慧積集聖道法隨法行為所依筏於修道中

正勤修習漸次證於心善解脱住有餘依般涅槃界一切災惱皆得解脱既住於此當知究竟越度衆苦到於彼岸

復次由七因緣於善說法毗柰耶中雖出家已復還退捨正所修學云何爲七謂諸異生未能超度諸異生地於五取蘊衆苦惱法不能如實了知五轉或復異生於諸妙欲不能上品觀其過患又於行時及於住時恒常縱逸於可愛境取不如理所有相貌不繫念故恒常尋思善品瑟刺非理尋思又無無畏若王若餘因事呼逼由怖畏故則便隨從復有親愛於諸親屬有所顧戀彼若招命由親愛故則便隨從又於境界或隨順貪或隨順瞋或隨順癡發起猛利諸煩惱纏又即於彼心相續中常有隨縛又由成就下劣勝解無有一切廣大勝解謂於出離遠離涅槃由彼成就劣勝解故於諸境界其心趣入由於一切父母等事不能孑然無顧戀故於其出離心不趣入於八聖支無勝解故於其遠離心不趣入由於彼果煩惱斷中無勝解故於其涅槃心不趣入略由二處攝一切漏一見所斷二修所斷當知此中非理作意及所緣境名順漏法若諸有學於能發起修所斷漏非理作意所緣境界雖未永斷而由妙慧正通達故說名於此順漏法中其心寂靜猶有失念增上所生微劣纏故未名清涼未名宴默然其所起一切見道所斷諸漏皆永斷故亦名清涼以於當來不生法故亦名宴默而彼異生成就下劣諸勝解者徧於一切順諸漏法心不寂靜不名清涼不名宴默當知由是七

因緣故復還退捨正所修學與此相違所有白品七因緣故於善說法毗奈耶中既出家已終不退捨正所修學

復次若有苾芻依四著處當知彼行四種邪行何等名爲四種著處謂有苾芻於内外處有貪愛故能感後有於現法中不樂涅槃是初著處復有苾芻於先所捨外諸所有父母等事有所顧戀繫縛其心如是名爲第二著處復如有一於現法中希求一切利養恭敬於諸所得利養恭敬躭著不捨如是名爲第三著處復如有一是有學者已見諦跡有餘我慢少分貪愛之所隨逐於修棄捨縱逸而住如是名爲第四著處云何名爲四種邪行謂彼最初愛樂後有補特伽羅於現法中不樂涅槃若諸有學行於縱逸由此著處增上力故樂與在家及出家衆共相雜住如是名爲最初邪行又復即前愛樂後有補特伽羅愛樂後有增上力故發起邪願行於梵行如是名爲第二邪行又復於先所捨外事有所顧戀由彼著處增上力故能令退捨正所修學如是名爲第三邪行又於明世希求利養及與恭敬於諸所得利養恭敬躭著不捨補特伽羅由此著處增上力故毁犯尸羅廣說乃至螺音狗行彼由顧戀利養恭敬不捨所學不見是罪公然犯戒如是名爲第四邪行

復次有諸苾芻於義不善從他所聞種種文字一義言說便懷猶豫不生歡喜今於是中何者爲實復有四種能生微妙清淨智見無倒觀門何等爲四謂極精勤觀察苦者於生受因如實妙智又於依持及所依因如實妙

智又於住因如實妙智又於依緣自性助伴隨順苦樂非苦樂行如實妙智又二緣故如來除滅於義不善補特伽羅所有猶豫一者顯示種種文詞所表一義文有差別義無差別由是能令斷除猶豫二者開顯聖教廣義由此能令於義逌達云何名爲聖教廣義謂從資糧地乃至漏盡皆說名爲聖教廣義此中邊際根成熟住如來所化無我相應善受堅固聞思所成正見成就此爲依止此爲建立獨處空閑緣内外處四種識住爲欲斷滅諸有取識修循身念勝奢摩他毗鉢舍那之所攝受由此親近修習勢力發生如實緣初識住隣逼現觀止觀雙行從此無間於聖諦中能入現觀復更修習如所得道以漸進趣能得一切諸漏永盡如能如實緣初識住乃至如實緣第四識住當知亦爾

復次如先所說不護根門補特伽羅煩惱諸纏現前不捨世及出世思擇修習二力對治有所闕乏煩惱生已性多堅執魔既了知性堅執已便往其所以諸境界而媚惑之如是彼魔於性執著煩惱諸纏補特伽羅而得其便爲欲媚惑於其相續安立所緣又即如是不護根門補特伽羅於般涅槃欲樂劣故親愛劣故譬如乾朽葦草舍宅魔便於彼積集可愛境界炬火而焚燎之由二因緣彼爲境界常所蔽伏一未生纏令其生故二已生纏令相續故由爲境界愛所蔽伏於廣追覓諸境界時多行種種惡不善行於行如是邪惡行時復爲種種惡不善法之所蔽伏如前所說行邪行已失路而行沿流而去名順流者

與此相違所有白品當知是名非順流者復次由八種相當知總攝後有菩薩諸正行道及以道果勝聲聞乘爲無有上何等爲八謂哀愍故内勇悍故諦察法忍性現前故能出離故自内發起觀諦行故廣大善修世間正見現在前故由獲無漏菩提分法得清淨故由善清淨修覺分俱進修無上純淨修道依止六處修習圓滿獲得六種最勝無上圓滿德故當知此中於諸有情長時哀愍熏修其心住最後有諸大菩薩見諸愚夫墮貪愛河順流漂溺爲五相苦之所逼切既觀見已深起大悲何等爲五一者見彼墮貪愛河不正尋思不可愛水常所逼觸二者見彼内外六處三毒火難住於兩岸三者見彼在於欲界衆多憂苦種種災横諸惡毒刺徧布其下四者見彼在於色界世間慧眼有所闕故猶如盲冥處在其中五者見彼在無色界世間慧眼已圓滿故諸聖慧眼有所闕故猶如昏闇居在其上既見如是墮貪愛河諸有情類徧於一切皆不寂靜若觸若岸若下中上苦逼迫已發起大悲是名哀愍又即成就此哀愍者或生王家或帝師家雖未出家内興勇悍我今定當通達妙跡歸修梵行終無退轉如是名爲内興勇悍又彼即於未出家位居贍部影獨坐思惟便能證入最初靜慮後於自他老病死法正審觀察能定忍可如是名爲諦察法忍内自現前又彼宿世所習善根一切善行之所覺發復由勇悍諦察法忍增上力故便能棄捨廣大妙欲淨信出家雖無施設正梵行者而能自然受持禁戒由此禁

戒爲依止故漸次能證乃至非想非非想處如是名爲能正出離又彼爲欲棄世間道正求出離由於先世正等覺所獲得無上究竟出離正聞勝解積集熏修身相續故於世間道都無信樂由是因緣往菩提樹即依先時觀老病死假想之道於諸諦相次第觀察作是思惟是諸世間有情之類墮在種種艱險衆苦有生有老有病有死然其不能於老病死究竟出離如實了知如是次第觀於老死觀老死集觀老死滅觀能趣證老死滅行如理作意爲依止故久已積集大資糧故以俱生慧便能覺悟一切法性安住諸法法性法界如是名爲自内發起觀察諦行又彼復欲求上漏盡方便發起宿住念智憶念先世從諸如來正等覺所於漏盡道積習聞思由是發起長時積集世間正見令現在前然此正見如教授者以此爲依能令菩薩安處一坐乃至證得究竟漏盡如是名爲廣大善修正見現前又即由彼如教授者所有正見漸次勝進先巳遠離下地諸欲乃至上極無所有處當於聖諦得現觀時便證無漏四念住等乃至最後八聖支道所有一切菩提分法舉其最後當知亦攝前位一切由得彼故成不還果以得無漏菩提分法是故説名獲得清凉彼由如是獲得世間究竟安樂獲得出世無漏安樂得清凉故名離熾然由世間道乃至巳離無所有處所繫煩惱及巳遠離見道所斷諸煩惱故名離熱惱爲欲無餘永斷有頂所繫煩惱故復勤修純無漏道所謂修習無上覺支是名進修無上修道由此修故無

學地中六種修法究竟圓滿一者修聖神通究竟圓滿二者修淨五根究竟圓滿三者證得煩惱并諸習氣無餘離繫究竟圓滿四者證得四種現法樂住究竟圓滿五者證得世間靜慮解脫等持等至究竟圓滿六者證得名身句身文身得隨所欲得無艱難宣說正法究竟圓滿當知此中修淨信根究竟滿者謂於涅槃意樂淨故修精進根究竟滿者謂能勇猛造作一切有情義利善清淨故修習念根究竟滿者謂三念住無忘失法善清淨故修習定根究竟滿者謂於聖天及以梵住善清淨故修習慧根究竟滿者謂十智力善清淨故彼由如是能往六處修圓滿因得爲大王所謂法王由是證得六種圓滿謂聖神通增上力故得大財富自在圓滿諸根清淨增上力故得大舍宅自在圓滿斷諸煩惱增上力故得受安樂諸坐卧具自在圓滿現法樂住增上力故處其舍宅坐卧其中證得第一無諸損惱大安樂住自在圓滿靜慮解脫等持等至增上力故證得能辦一切有情正利益事遊戲喜樂自在圓滿於諸名身句身文身得隨所欲得無艱難宣說正法增上力故得爲法王能於他所獲得平等分布作用自在圓滿如是名爲六處修滿爲依止故證得六種自在圓滿

復次略有四種尋求我論由此論故薩迦耶見未永斷者求我尋思數數現行云何爲四一者尋求我我用何以爲自性二者尋求我我爲常爲是無常三者尋求云何我我是常無常四者尋求我所有我住在何處當知此

中略有四種尋求於我一者尋求自性二者尋求其轉三者尋求其因四者尋求窟宅此中三種可得施設諸行差別又此施設可非顛倒第四一種由一切種終不可得施設差別當知施設我自性者謂即施設十二種處所生六識并受想思以爲其我過此餘我不可得故又即此我體是無常由有生故老故死故又此諸行以於諸趣種種自體生起差別不成實故說如幻事想心見倒迷亂性故說如陽焰起盡法故說有增減剎那性故名曰暫時數數壞已速疾有餘頻頻續故說爲速疾現前相續來無所從往無所至是故說爲本無今有有已散滅由如是相略說生身展轉無常及有因剎那展轉無常如是三種如理施設我之自性若轉若因施設我之所有窟宅終不可得由諸行中離諸行性別有實我住諸行中不可得故由是因緣約世俗諦諸行尚空不可施設何況勝義是故一向於空立空如是由心如理作意聞解了故思等了故修諦了故如其次第差別說言應當歡喜應當等喜應當徧喜

瑜伽師地論卷第九十一

音釋

嗢柁南（梵語也此云自說嗢烏骨切柁徒可切）推度（推川追切尋繹也度達各切計也）躁擾（躁則到切不安靜也擾而沼切煩也）囹圄（囹盧經切圄魚許切囹圄獄名）串（古換切狎串也）菅（居顏切茅也）鴆（直禁切毒鳥也）磣（初錦切惡毒也與慘同）害（胡蓋切傷也）竄（取亂切逃也）媢（明祕切也）蠱　燎（力照切縱火也）悍（侯旰切性勇急也）

瑜伽師地論卷第九十二

彌勒菩薩說

唐三藏沙門玄奘奉詔譯

攝事分中契經事處擇攝第二之四

復次嗢柁南曰

上貪教授及苦住　觀察引發不應供
明解脫修無我論　定法見苦最爲後

三因緣故補特伽羅於所緣境上品貪行何等爲三一者康强非羸劣二者端嚴非醜陋三者習貪非捨貪復由三種對治攝受尚令如是懷上品貪補特伽羅於善說法毗柰耶中勤修梵行調伏其心令得寂靜何況但懷中輭品貪微薄塵者何等爲三一者密護根門爲所依止遠離一切欲樂邊故二者於食知量初夜後夜減省睡眠爲所依止遠離一切自苦邊故三者最勝正念正知爲所依止行於中道出離行故當知此中於四念住善住心者或於行時境界現前若不取相及與隨好如實了知受生住滅若取其相及與隨好如實了知想生住滅或於住時如實了知彼因尋思生住與滅由如是相正念正知於一切時於一切種所緣境界能如正軌守護其心是名最勝正念正知復有最勝正念正知謂已獲得滅盡定者或已獲得無相定者或已獲得無尋伺者當知依止聖住天住除此最勝正念知住更無有餘能過上者或從滅定起已而住或將入定方便而住如實了知受生住滅是名最勝正念正知如依滅定如實知受依無相定如實知想無尋伺定如實了知所有尋伺當知亦爾由此最勝正念

正知唯取法故不於如是受想尋伺起我我所虛妄分别若諸愚夫受想尋伺差别生時於受等法不能發起唯有法想但作是念我能領受乃至廣說由是因緣彼尚無有正念正知何况最勝此中後說正念正知或不還果或阿羅漢當知前說正念正知從得作意無有放逸諸異生位至一來果

復次由二因緣如來自言其年衰暮身力疲怠勸諸聲聞請他說法一者爲令恃其少年專行憍傲住放逸者自怖猒故二者爲令於當來世諸有苾芻其年衰老無有勢力遠離疑悔勸請少年諸苾芻等宣說正法諸有苾芻其年盛美具足勢力遠離疑悔無所恐懼爲他說法當知此中略有二種處大集會宣說正法一者決擇說二者直言說決擇說者謂與詰問徵覈方便說正道理滅除疑惑直言說者謂諸聽衆默然而住如說法師宣說正法又由四相名能隨順教授教戒一能分析諸處差别於諸行中得無我智見清淨故二於諸受幷所依滅離增上慢最極寂靜見清淨故三能超越未來諸苦見清淨故四能超越現在諸苦見清淨故此中分析内外諸處識觸受想思愛衆别顯示無我由依緣起方便道理能引最初正見清淨如明依燈如影依樹彼非有故此亦非有顯示内外諸處差别爲因諸受由彼諸處無餘滅故此亦隨滅離增上慢於其涅槃如實了知最勝寂靜能引第二正見清淨於現法中以智慧力能求斷滅一切煩惱顯示無餘超越當來所有衆苦能引第三正見清淨顯示徧於順苦順

樂順非苦樂一切法中不起貪欲不起瞋恚不起愚癡顯示見道於其念住善住其心顯示修道修諸覺分謂令諸漏永滅盡故超越現法雜染苦住能引第四正見清淨

復次有諸苾芻不守根住於諸境界心多愛染心多散亂由此因緣受二種苦一若麤重所作苦二者於諸法中疑惑所作苦所以者何由彼方便應勤修身勤修身已應勤修戒奢摩他支以不修身亦不修戒奢摩他支爲因緣故身不輕安心不輕安是故彼受麤重所作苦輕安闕故不能觸證勝三摩地由是因緣應如實知不如實知多生疑惑是故彼受於諸法中疑惑所作苦由此二種苦惱住故名不守根增上縁力所得衆苦不安隱住如是名爲於現法中不守根者所有過患與比相違當知即是守護根者所有功德

復次有諸苾芻爲離欲貪勤修方便由正修習加行道故伏諸煩惱作是思惟我於諸欲爲有欲貪而不覺了爲無有耶乃以淨相作意思惟於斷未斷方得決定觀察作意爲依止故尋求貪欲生起處所如實了知憶念分別是諸煩惱勝安足處由彼煩惱未永斷故若爲煩惱漂漾心時了知能趣下劣分故便即制伏若不制伏於先所得少三摩地尚還退失況能進趣勝品功德由整攝故能不退失亦能進趣勝品功德若不觀察復還發起增上慢故亦有退失由觀察故能證決定若心漂漾能正了知還復整攝是故不退如修方便爲離欲貪於餘上位隨其所應當知亦爾若猛利見審觀察時而不生起彼便獲得

決定勝解我於諸處已是勝伏謂此所緣應生煩惱我於是處已勝伏故令不生起超過學地猶如大王能隨已心自在而轉降伏一切魔羅聚落證得究竟盡無生智梵行圓滿復次於其六根如前所說五寂靜相不寂靜故當知攝受三種苦果謂現法中依根增上雜染而住由諸不善現行爲因或於他所成其退劣或被譏呵或被殺害受如是等現法衆苦又受當來生老病死種種諸苦又受當來由先數習所引等流不護諸根諸雜染故亦名爲苦與此相違於其六根由有五種寂靜相故當知攝受三苦滅果

復次略有二種世俗梵志實非福田懷增上慢自謂福田自稱我是眞實福田當知成就非實福田性及相故不應供養一者從他所得利養恭敬現前猛利躭著諸根饕餮爲性躁擾詐示現前離欲之行二者攝受家産親屬雜居鄙穢專自修身凡所行行既非自利亦非利他遠離尸羅正法正行遠離能往善趣善行遠離能往涅槃妙行當知彼與一切愚夫異生之類無有差別住正法者與此相違當知是名勝義梵志

復次此正法外有諸沙門婆羅門等爲諸弟子宣說法時多分爲求詰憤勝利及求免脫他難勝利當知如是宣說法者就第一義無義無利非自利益非利益他諸佛如來爲諸弟子宣說正法唯爲證得明及解脫二果勝利當知如是說正法者大果大利自利利他無不圓滿行於三世無忘失住最勝義故三種所緣境差別故說名三明若心解脫若慧

解脱皆名解脱是愛無明根本雜染勝對治故爲得未得明與解脱當知略有四種修道謂修根故能正修身修身所引善行修故能正修戒修戒所引念住覺支無倒修故能修心慧此中修根復有三種一世間修二有學修三無學修若思擇力爲所依止雖取可愛不可愛境不如理相而不發起煩惱諸纏設令暫起尋復除遣是世間修若於聖諦已得現觀由失念故或生適意或不適意或兼二意而心不爲纏縛堅住速於雜染能得解脱是有學修若即此心堅固安住如前於内無有隘迮善脱善修都無一切下至失念於諸可意不可意等發心親近計彼有德而趣向之是名無學善淨修根當知修戒修心修慧三種亦爾此中最初是初修根所引第二是第二所引第三是第三所引修戒修心修慧相望各有三種所引當知亦爾此中可意不可意境界差別故有恩有怨有情差別故功德過失相應有情差別故所愛非所愛有情差別故當知一向適意一向不適意適意不適意相雜差別可意不可意境界差別故者自有境界一向可意自有境界一向不可意自有境界其類相雜少分可意少分不可意如是有情或一向有恩或一向有怨或恩怨相雜或一向有得或一向有失或得失俱備若於有情愛復生愛當知一向是其所愛若於有情恚復生恚當知一向非其所愛若於有情愛已生恚或於有情恚已生愛當知是名所愛非所愛由如是等差別因緣適意等三有其差別又於惡行隨觀現法所有過患

隨觀當來所有過患是故遠離修習妙行若於六處由一切門皆被誹毀是名現法所有過患由是因緣墮於惡趣是名當來所有過患此中爲他所誹毀者謂爲外道及餘世間有聰敏者聞其鄙惡名稱聲頌咸共誹毀當知其餘即如所説又此中言修念住者謂念覺分創始發起在異生地數修習者在有學地修圓滿者在無學地修習覺分未得斷界於其斷界正希求時名依遠離未得無欲界於無欲界正希求時名依離欲未得滅界於其滅界正希求時名依於滅棄捨下劣修覺分故迴向勝妙修覺分故名棄捨迴向又諸苾芻守護諸根有慚有愧由是因緣恥於惡行修習妙行修妙行故無有變悔無變悔故發生歡喜此爲先故心得正定心正定故能見如實見如實故明及解脱皆悉圓滿當知是名修行次第

復次有一沙門若婆羅門自既不能善修諸根而不如理爲他施設善修根法見唯棄背所有境界名護諸根然其自於諸弟子衆深生染著一分起愛一分生憎謂於其教順逆因緣適不適意常現行故於此微細自已雜染不能以慧如實悟入而謂自能善修諸根起增上慢諸有隨順如是見者彼雖令根離諸境界獨處空閑而緣彼境發起種種尋思雜染然無智慧而自悟入是亦不名善修諸根又亦不爲善修根故勤修正行但信他言起邪勝解及以邪慢諸佛如來爲諸弟子如理施設煩惱斷故名善修根非唯一向背諸境界又諸如來於其三種不共念住善住其

心故不染著諸弟子衆於正行衆悅意現行於邪行衆行不悅意由此所生貪欲雜染瞋恚雜染都無所有由是因緣雖與弟子等煩惱斷而名無上善修諸根又此修根依五品衆有差別故當知亦有五轉差別謂佛世尊或有弟子一向正行而亦畢竟或有弟子一向放逸而亦畢竟或有弟子修行正行而不畢竟或有弟子行於邪行而不畢竟或有弟子多種品類一行正行一行放逸一行一分或時放逸或不放逸如是名爲第五品衆此中如來稱可意者謂諸弟子於善說法毗柰耶中爲修諸根得圓滿故修行正行復有一類不可意者謂行邪行或不修行是故如來觀第一衆生起悅意觀第二衆生不悅意觀第三衆生起悅意生不悅意觀第四衆生不悅意生起悅意觀第五衆生起悅意生不悅意亦復生起悅不悅意如來雖復如此五衆發起如是五轉差別悅不悅意然諸如來終不爲彼愛恚行相之所染汙由諸煩惱并其習氣永離繫故善修根故是故如來一切煩惱并習永斷爲所依止能善住念於弟子衆無諸雜染說名五轉無上修根又於如是一切五轉隨其所應當正思惟三種對治一無常想二者慈心三無相定如是三種隨其所應當知其相又佛世尊所作已辦無學弟子名已修根由彼長夜樂涅槃故雖遇如前諸有情數境相現前或純可愛或純非愛或多雜類通愛非愛由貪瞋癡永遠離故由心解脫及慧解脫增上力故即由無相令心於彼速疾棄捨由意樂故於諸境界起猒逆想又

於涅槃見寂靜德如是速能安住於捨由此因緣一剎那頃失念所作雜染汙心亦不得起當知齊此善修習故名善修根若諸有學未能速疾安住於捨有餘煩惱熏彼相續成雜穢故又於一切三轉境中憎惡所起諸煩惱故現行煩惱所逼迫時則能方便住猒逆想及過患想如是修行能令修根速得圓滿是故說彼名正行者如是當知於善說法毗柰耶中大師美妙諸弟子衆得所得義能修正行

復次無我論師略有三種正所作事何等爲三謂於苦集諦所攝行自相共相應正顯了安立無我當知此中顯各各別衆多性故顯了自相開示生滅相似性故顯了共相是名第一正所作事復於無我唯有因行如其所有雜染清淨如實顯了當知此中於三種受緣生三種煩惱隨眠未能永斷於其見道我見隨眠未能除遣於其修道我慢隨眠未能除遣於見慢品能起無明亦未永斷未能生起彼對治明是故不能作苦邊際如是名爲顯示雜染與此相違當知即是顯示清淨是名第二正所作事復於諸行斷增益我薩迦耶見依能取實無我正見如清淨相應實顯了此無我見在異生位能正攝受聖諦現觀又能證得諸聖慧眼在有學位能得上位盡無生智在無學位能令一切學與無學見修所斷所有煩惱無餘永斷是故當知此無我見能令清淨故應顯了是名第三正所作事

復次於其成就世間正見多聞不定住正法者即成就此世間正見多聞得定住正法者

當知略有五種殊勝正加行果稱讚利益何等爲五謂彼第一住正法者先由其心未得定故奢摩他支戒未清淨亦未鮮白即此第二住正法者心得定故清淨鮮白當知是名第一殊勝正加行果稱讚利益又彼第一心未得定補特伽羅於一切受并其所依并其所緣并其助伴并其隨轉不如實知由不知故便爲三種無智爲因過患所觸何等爲三一受雜染所作過患二世雜染所作過患三現法後法雜染所作過患當知此中受雜染所作過患者謂愚癡者於其樂受并彼隨轉并所隨染有貪愛縛於苦受等有瞋恚縛於其不苦不樂受等有愚癡縛及隨眠縛由有愚癡所隨眠故世雜染所作過患者謂愚癡者於現在世有貪染縛於過去世有顧戀縛於未來世有繫心縛現法後法雜染所作過患者謂彼如是雜染心者於世於受有雜染故便能生長感後有業由此增益後有諸蘊令當得生又能增長所有貪愛謂後有愛及資財愛後有愛故能生當來所有自體資財愛故於追求時極生疲怠若得境界便生染惱若不獲得所欲不遂便自燒然若得已失便爲愁惱之所損害如是名爲現法過患若即由彼作及增長能感後有諸業煩惱增上力故起於當來生老死等衆苦差別如是名爲後法過患第二心定補特伽羅應知一切與上相違當知是名第二殊勝餘如前說又彼第一補特伽羅心未定故於其無智所作過患若自若他不如實知第二心定補特伽羅於彼皆能如實了知當知是名第三殊勝

餘如前說又彼第二心已得定補特伽羅於諸過患如實了知已入修他即前所得無我相應所有正見由此修故於二時中依其斷界及無欲界與彼一切菩提分法皆共圓滿初未得定補特伽羅心未定故於彼一切皆未圓滿當知是名第四殊勝餘如前說又彼第二心已得定補特伽羅所有多聞毗鉢舍那助伴支分彼能攝受勝三摩地能淨修治毗鉢舍那由是因緣止觀二種平等雙轉心未得定補特伽羅應知多聞與彼俱闕如是於成世間正見多聞不定住於正法補特伽羅即此成就世間正見多聞得定住於正法補特伽羅當知有此第五殊勝正加行果稱讃利益如是即彼由已獲得勝奢摩他毗鉢舍那依於斷界應徧知者能正徧知應永斷者能正永斷應作證者能正作證應修習者能正修習依無欲界於彼一切已知已斷已證已修於所依色及能依名正知已知於所依無明及能依有愛正斷已斷於所依明淨智及能依解脫煩惱斷正證已證於所依奢摩他及能依毗鉢舍那正修已修

復次有二法見一有爲法見二無爲法見有爲法見者謂如有一於諦依處及諦自性皆如實知云何名爲諦所依處謂名色及人天等有情數物云何爲諦謂世俗諦及勝義諦云何世俗諦謂即於彼諦所依處假想安立我或有情乃至命者及生者等又自稱言我眼見色乃至我意知法又起言說謂如是名乃至如是壽量邊際廣說如前當知此中唯有假想唯假自稱唯假言說所有性相作用

差別名世俗諦云何勝義諦謂即於彼諦所依處有無常性廣說乃至有緣生性如前廣說如無常性有苦性等當知亦爾若於如是世俗勝義諦所依處其世俗諦如實了知是世俗諦其勝義諦如實了知是勝義諦如是名爲有爲法見若有成就有爲法見苾芻齊此言說滿足云何名爲無爲法見謂即於彼諦所依處已得二種諦善巧者由此善巧增上力故於一切依等盡涅槃深見寂靜其心趣入如前廣說乃至解脫如是名爲無爲法見若有成就無爲法見苾芻齊此言說滿足又此法見當知三種補特伽羅皆得成就一者異生法隨法行已得定心博識聰敏能如正理觀察諸法二者有學已見諦迹三者無學諸漏永盡

復次若有希求人天盛事自發誓願行梵行者當知彼爲稱讃人天二種過患何等爲二一者煩惱所生衆苦二者無常所生衆苦云何煩惱所生衆苦謂於人天住境界愛依現在世故住境界樂依過去世故住境界欣於現在世依過去境生愛樂故住境界喜於未來世依現在境生愛樂故若於如是三世境中住染汙者當知彼爲稱讃所欲有匱乏苦及生老等所有衆苦是名生起煩惱所作衆苦過患云何無常所作衆苦謂順樂處有背失故起變壞苦隨順苦處現在前故起猒離苦一切自體於終没時皆滅壞故有滅壞苦當知是名三種無常所作衆苦此中如來超過如是二種過患住一向樂即於此樂應如實知由此故樂復應如實知樂方便云何爲

樂謂一切境相應求盡無上安隱即有餘依般涅槃界云何方便謂如前說於五種受發起五轉如實妙智若諸聲聞棄捨大師所證超過人天妙樂希求下劣人天樂者當知彼於諸智者所多受毀辱亦自欺誑

復次嗢柁南曰

一住遠涅槃　略說内所證　辯一切知相捨所學業等　空隨行恒住　師第二圓滿

由二因緣當知名爲有第二住謂有愛故爲欲生起第二自體受習其因此自體滅第二自體次生起故云何有愛謂諸可愛所緣境界將得現前最初生起染汙欣悅名有喜樂從此已後乃至未得於彼多住作意思惟設復已得而未受用於其中間即由喜樂增上力故住染欣悅名有歡喜於受用時多生貪愛名有染著故名有愛又於未來起希求故及於已得生領納故名有喜樂於過去世隨憶念故名有歡喜於已獲得正受用時生貪愛故名有染著如是名爲第二差別云何生起第二自體謂喜樂等爲集因故於當來世生老爲根衆苦生起與此相違當知是名無第二住復次有二種法更互相違一者煩惱二者涅槃是故安住雜染法已即便隨順後有而轉若於後有隨順轉時當知說名去涅槃遠復有六種鄙碎士夫補特伽羅鄙碎行相一者性多忿恚二者所作不思三者樂逼惱他四者若苦所觸便發不實麤惡語言五者或發眞實能引無義麤惡語言六者因此展轉發起無量差別惡言非但少詞而生喜足由二因緣諸出家者力勵受行速疾能證

沙門義利諸未信者令生淨信其已信者倍令增長何等爲二一者忍辱二者柔和言忍辱者謂於他怨終無返報言柔和者謂心無憤性不惱他復次以要言之如來略依二種處所說無界教一者說有餘依涅槃界教二者說無餘依涅槃界教若由如是煩惱斷故名成就斷補特伽羅不成煩惱即由如是不住彼果後有衆苦當知是名說有餘依涅槃界教若由如是不住煩惱後有苦果即由如是乃至壽盡既滅没已一切餘依都無所有不住此身不住餘身不住中有證得一切衆苦邊際當知是名說無餘依涅槃界教略有三種念力强因一由其年少壯二由前生串習三由現法數習復次由五種相當知涅槃是内證法謂離信故乃至離見審察忍故如

前應知謂現法中於内各别内外增上所生雜染如實了知有及非有復次由三因緣顯示諸佛無上菩提一者覺了一切境故二者覺了有及非有如實事故三者覺了染淨二品一切法故是故他於如是三處請問世尊復次諸有爲法俱有轉時令心迷亂能令於相邪取分别是故如來爲諸弟子分别開示令於彼相決定悟入爲欲了知眞實相故又爲於自無欺誑故又爲於他坦然無畏正記别故復次諸出家者棄捨所學增上力故當知安立顧戀境界又出家者毁犯尸羅增上力故當知安立未出家者棄背趣入心株覆事遠離慚愧故一向愛味故若堅執取所緣境界當知彼名最極愛味由是因緣於修上品諸善業中爲心株杌是不調柔無堪能義

又即由此增上力故行諸惡行內懷隱匿所造衆惡故生其覆如是一切略攝爲一說名於境最極愛味心株覆事復次若於諸根無護行者由樂聽聞不正法故便生無明觸所生起染汙作意即此作意增上力故於當來世諸處生起所有過患不如實知不如實知彼過患故便起希求希求彼故造作增長彼相應業造作增長相應業故於當來世六處生起如是名爲順次道理逆次第者謂彼六處以業爲因業愛爲因愛復用彼無明爲因無明復用不如正理作意爲因不正作意復用無明觸爲其因又於此中先所造業是現法受六處之因現法造業是次生受六處之緣或是後受六處由藉愛等業等隨其所應當知亦爾復次由二因緣後有生起一後有業二後有愛而但說言諸有情類隨業而行不言隨愛何以故略有三愛一者欲愛二者色愛三無色愛此中欲愛是不善者雖有異熟然若不起惡不善業終不能與惡趣異熟若欲界愛於無明觸所生諸受起希求時於可愛境發生貪欲於可憎境發生瞋恚於可迷境發生愚癡由此三種增上力故行不善業由此業故生諸惡趣非但由彼貪瞋癡纏定墮惡趣然即此愛於所造業異熟生時能爲助伴又由希求可愛境界增上力故修行善行身語意業由此爲因得生善趣此中可愛諸異熟果但應用業爲引生因非染性愛又若此愛色無色繫雖非不善然是染汙一切皆非有異熟果又即由此色無色愛名有愛者彼由聽聞正法因故於其欲界觀麤鄙

相證得明觸所生世間如理作意相應諸受調伏欲界貪瞋癡等造修所成善有漏業由於此間造彼業故當得生彼不由於彼染汙性愛然即此愛於所造業異熟生時能爲助伴是故但説諸有情類隨業而行不言隨愛復次於外事中世間假名增上力故亦説有果及有受者彼或時空世現可得或時不空如果受者因與作者當知亦爾如是名爲世俗諦空非勝義空若説恒時一切諸行唯有因果都無受者及與作者當知是名勝義諦空應知此空復有七種一後際空二前際空三中際空四常空五我空六受者空七作者空當知此中無有諸行於未來世實有行聚自性安立諸行生時從彼而來若有是事彼不應生於未來世諸行自性已實有故又不應有無常可得既有可得是故當知諸行生時無所從來本無今有是名後際空又無諸行於過去世有實行聚自性安立已生已滅諸行往彼積集而住若有是事不應施設諸行有滅過去行聚自性儼然常安住故若無有滅彼無常性應不可知既有可知是故諸行於正滅時都無所往積集而住有已散滅不待餘因自然滅壞是名前際空又於剎那生滅行中唯有諸行暫時可得其中都無餘行可得亦無別物是名中際空當知亦是常空我空以無我故果性諸行空無受者因性業行空無作者如是名爲受者作者二種皆空作者受者無所有故唯有諸行於前生滅唯有諸行於後生生於中都無捨前生者取後生者是故説言唯有諸法從衆緣生能生

諸法又一切法都無作用無少有法能生少法是故說言此有故彼有此生故彼生但唯於彼因果法中依世俗諦假立作用宣說此法能生彼法

復次由五種相於能順喜所緣境界隨順而行深心喜樂不如正理執取其相發生貪欲多起尋思方便求覓因此廣行福非福行如能順喜所緣境界順憂順捨所緣境界如其所應當知亦爾其差別者於能順憂所緣境界隨順而行深心猒惡發生瞋恚於能順捨所緣境界隨順而行深心愚昧發生愚癡餘如前說

復次有諸苾芻證阿羅漢諸漏永盡於一切境隨順而行恒時不堪乃至失念生諸煩惱是故恒住無雜染住由是因緣說名恒住彼隨行品若喜若憂若欣若慼諸阿羅漢皆無所有乃至善中亦無是事又彼恒住極難行故及無罪故名爲最勝能成就者極難得故說名第一眞實福田應當奉請乃至廣說當知如前攝異門分復次於善說法毗柰耶中應知大師及弟子衆各由二相其德圓滿云何二相應知大師其德圓滿謂依利他行欲令悟入諸所有受皆是苦故說受所依說彼因緣說能雜染所有隨行說所對治及能對治師句安立說一切種究竟出離是名第一師德圓滿又依自利行宣說不共三種念住無雜染住是名第二師德圓滿云何二相應知弟子其德圓滿謂於如來無量法教能了知已而未得到聞之彼岸若以得到其彼岸者要爲修行法隨法行證得出離非爲受持

了知是已如理修行法隨法行非但隨說音聲語言以爲究竟是名第一諸弟子衆其德圓滿如是修行法隨法行不以下劣而生喜足要當往趣賢敏丈夫所趣之地定當獲得彼所應得是名第二諸弟子衆其德圓滿復次於善說法毗柰耶中復由三相應知大師其德圓滿又由二相應知弟子其德圓滿云何三相應知大師其德圓滿謂佛世尊爲諸弟子最初施設遠離二邊中道正行是名第一師德圓滿又於聖教未生信者有毀犯者以正方便令入聖教離諸毀犯是名第二師德圓滿又於聖教已得入者由四法攝正攝受之是名第三師德圓滿云何名爲四種法攝一於祕容以其如法閑靜教授而教授之不以非法二於違犯以其如法苦切語言現前呵擯非不如法三於尋思依止躭嗜教令於內勤修寂靜四令時時聽聞正法常無懈廢又令遠離相似正法及令對治棄捨正行當知即是於其祕容能引如法閑靜教授於實毀犯若正了知要當呵擯方調伏者以如法言現前呵擯心無雜染於尋思者方便令其易得決了於諸流蕩五妙欲者示其過患令生猒離漸次修學乃至證入第四靜慮所有尋思依止躭嗜方能於內究竟寂靜自令無惱令他攝取當知是名於時時聞聽聞正法常無懈廢云何二相諸弟子衆其德圓滿謂諸弟子最初忍受大師所見謂諸法中空無我見由是因緣於諸法中不增益我起邪執著亦不毀壞世俗道理勝意樂故無所隨從隨言說故亦不遠離是名第一諸弟子衆

其德圓滿又彼於見既忍受已能正修行法隨法行由四法攝所攝受時若彼諸法有苦有害如實了知能速斷滅若彼諸法無苦無害如實了知能速作證是名第二諸弟子衆其德圓滿如是大師及弟子衆之所攝受諸佛聖教當知一向無染清淨諸聰慧者之所歸趣

瑜伽師地論卷第九十二

音釋

徵覈 徵知陵切驗也覈下革切考實也
析 先的切
漂漾 漂紕昭切浮也漾余亮切蕩也
饕餮 饕他刀切餮他結切饕餮並貪也
詰嘖 詰契吉切問也嘖側革切爭言貌
隘迮 隘幺懈切陋也迮側格切迫也
擯 必刃切斥也

瑜伽師地論卷第九十三

彌勒菩薩說

唐三藏沙門玄奘奉　詔譯

攝事分中契經事緣起食諦界擇攝第三之一

如是已說處擇攝緣起食諦界擇攝我今當說總嗢柁南曰

立等二諦等　以觸爲緣等　有滅等食等
最後如理等

別嗢柁南曰

立苦聚諦觀　攝聖教徵智　思量際觀察
上慢後甚深

略由三相應知建立緣起差別一從前際中際得生二從中際後際得生三於中際生已隨轉及趣清淨此中云何從其前際中際得生及於中際生已隨轉謂如有一宿非聰慧無明爲緣造作增長罪福不動身語意業由此爲緣隨業行識乃至命終隨轉不絕能爲後世續生識因如是展轉有內外愛識生果時能爲助伴現前而起既命終已由前際因於現在世自體得生生已漸次於母腹中因識爲緣續生果識隨轉不絕任持所有羯羅藍等名色分位後後殊勝始從胎藏乃至衰老又即此識當續生時能感生業與異熟果異熟生識復依名色相續而轉謂依眼等六根轉故由是說言名色緣識俱生五根說名爲色無間滅等說名爲名隨其所應能與六識作所依止識依彼故乃至命終數數隨轉又五色根根依大種根處大種所生諸色及諸餘名由彼執持所有根等墮在相續流轉

不絕此二總名隨轉依止由是故言識緣名色名色緣識於現在世猶如束蘆相依而轉乃至壽住如是名爲從其前際中際緣起諸行得生於其中際生已隨轉當知此中依胎生者說轉次第卵生濕生除在母腹有餘差別有色有情在欲色界受化生者於初生時諸根圓滿與餘差別在無色界諸有情類識依於名及色種子名及色種依識而轉由彼識中有色種故色雖間斷後當更生如是名爲此中差別由福業故生於欲界人天兩趣由罪業故生惡趣中由不動業生色無色云何名爲從其中際後際緣起諸行得生云何不生由不生故證得清淨謂彼如是於中際生補特伽羅領受先業所得二果一者領受內異熟果二者領受境界所生受增上果彼由聽聞不正法故或由先世串習力故於二種果發起愚癡彼由於內異熟果中有愚癡故不能如實了知當來後有生苦由此前際後際無明增上力故如前造作增長諸行由此新業熏變識故於現法中隨業而行如是無明以爲緣故諸行得生行爲緣故令識轉變當知此識於現法中但是因性攝受當生諸識果故約就一切相續爲名說六識身又即此識當來後有名色種子之所隨逐名色種子復爲當來後有六處種子隨逐六處種子復爲當來後有諸觸種子隨逐此觸種子復爲當來後有諸受種子隨逐當知是名於其中際後有引因由識爲先受爲最後徧能牽引諸自體故如是由先異熟果愚引後有已復由第二境界所生增上果愚緣境界受

發生貪愛由此愛故或求諸欲或求諸有又取欲取或取見戒禁我語取取諸取已愛取和合潤先引因轉名爲有是當生起因所攝故此有無間既命終已如其引因所引諸行識爲最初受爲最後或漸次生或復頓生如是應知於現法中初用無明觸所生受爲緣生愛愛爲緣故次生於取取爲緣故轉成其有有爲緣故當生得生生爲緣故老病死等衆苦差別次第現前當知此中或有處所生處現前或有處所種子隨逐如是中際無明緣行受緣愛等能生後際緣起諸行若現法中從他聞法或於先世已集資糧由彼爲因能於二種果性諸行如理思惟若於彼因若於彼滅若趣滅行如理作意思惟彼故發生正見又於諸諦漸次獲得有學無學清淨智

見彼由如是智見力故能無餘斷無明及愛由彼斷故即彼所緣不如實知諸無明觸所生諸受亦復隨斷由此斷故於現法中由離無明證慧解脫又無明觸所生諸受相應心中所有相應貪愛煩惱彼於其心亦得離繫由離貪故證心解脫又即由彼無明滅故諸有無明猶未斷時依於後際應生行識乃至諸受皆不得生成不生法是故說言無明滅故諸行隨滅次第乃至異熟所生諸觸滅故異熟所生諸受隨滅又現法中無明滅故無明觸滅由無明觸永得滅故從無明觸所生受滅由無明觸所生諸受永得滅故愛亦隨滅由愛滅故如前說名所有取等乃至損惱以爲後邊諸行皆滅成不生法於現法中如是諸行皆不流轉不流轉故於現法中住有

餘依般涅槃界名爲證得現法涅槃彼於爾時識緣名色名色緣識有餘未滅而得說名清淨鮮白乃至有識身住未滅彼恒領受離繫諸受無有繫縛彼有識身乃至先業所引壽量恒相續住壽量若盡能執持識捨所執身命根亦捨從此已後所有命根無餘永滅都無所有又彼諸識與一切受於此位中任運而滅先因滅故餘更不續亦無餘滅由此道理名無餘依般涅槃界究竟寂靜常住妙跡爲此義故常隨涅槃常以涅槃爲其究竟於世尊所熟修梵行是名廣說由三種相建立緣起謂從前際中際流轉從其中際後際流轉復於中際流轉清淨復次安立九相後有苦樹能生當有謂有世間非聰慧者於現法中所造新業如小苦樹若彼世間非聰慧者於能隨順諸漏處所依現在世隨觀愛味依過去世深生顧戀依未來世專心繫著如是住已先所未斷一切貪愛由數習故轉更增長此非聰慧補特伽羅欲令如是後有小樹復加滋茂以貪愛水而恒溉灌令如前說能感當來取所得果漸次圓滿若有多聞諸聖弟子雖造有漏能感當來諸業小樹然於能順煩惱諸行無倒隨觀生滅法性於斷無欲及以滅界無倒隨觀是寂靜性損減彼業不令增長使其愛水亦皆消散故聰慧者不欲滋榮後有小樹便斷其愛愛緣取等損壞如是後有小樹尚令一切皆無所有何況使其後更增長復更有一補特伽羅已生自體諸先所有造作增長順後受業於現法中爲其所繫即彼自體及先所造順後受業總攝

爲一説名後有如大苦樹若於能順諸煩惱法如前乃至專心繫著如是住巳彼先所造順後受業如直下根令樹鬱茂於現法中彼愛煩惱如傍注道令樹潤澤以此爲因令隨惑業行一切種子識於當來世正續生時住於名色如是苦樹長時安立當知如是補特伽羅欲令苦樹展轉滋茂此中白品如前應知

復次世尊在昔爲菩薩時棄前所得諸世俗道及世諸師處菩提座爲欲悲愍利他有情以爲上首自於諸諦起正觀察爾時爲欲歷觀苦諦由老死支苦諦所攝故於緣起逆歷觀察當知此中由三種相於其老死如理觀察一者觀察細因緣故二者觀察麤因緣故三者觀察非不定故感生因緣亦名爲生即生自體亦名爲生前生是細後生爲麤此中觀前細生有故而有老死亦觀由後麤生緣故得有老死當來老死細生爲因現法老死麤生爲因云何名爲非不決定謂即除彼生處所攝二種生體餘定無能與老死果如觀老死生有取愛各由二種如理觀察當知亦爾如是名爲始從老死次第逆觀苦集二諦緣起道理應知此中順集諦法猶如燈炷即此集諦如膏油等苦諦類燈諸非聰慧補特伽羅譬於灌油并集炷者如是苦燈燒然長世當知白品與此相違謂善方便觀滅道諦復有二種補特伽羅何等爲二一唯行自非利益行謂但於巳集炷灌油令一苦燈相續久住二復有餘補特伽羅兼行自他無量大衆非利益行爲然自他大苦火聚攝受聽聞

邪法爲先聞思修慧所引邪行譬如積集乾薪乾草及乾牛糞由是因緣令苦火聚長時熾然無有斷絶復次世尊在昔爲菩薩時處菩提座依緣起門逆次而入先緣後際如理思惟老死苦諦乃至其愛如是觀察後際苦諦及後際苦所有集諦未爲喜足遂復觀察後際集諦因緣所攝現在衆苦謂徧逆觀受觸六處名色與識當知此中觀未來苦是當苦諦觀彼集因是當集諦觀未來世苦之集諦由誰而有知由從先集所生起識爲邊際現法苦有既知從先集所生起不應復觀此云何有是故世尊昔菩薩時爲觀當來所有苦集觀現在苦乃至作意相應心識而復轉還又爲漸次觀彼後際集諦依處後際苦諦所依止處當知即是後際集諦故乃至識復還順上如是順逆如理觀察緣起苦集從此無間爲觀滅諦始從老死逆次第入乃至無明何以故觀察如是現在苦諦云何一切皆悉盡滅謂不造作無明爲緣新業行故如是歷觀三聖諦已次更尋求此滅聖諦何道何行而能證得由如前說宿住隨念憶昔爲求諸漏永盡世間正見如教授者令現在前作是思惟我今證得先舊正道古昔諸仙同所遊履如是但以世間作意歷觀四諦又以正見於諸諦中得入現觀次第方便證覺無上正等菩提現見方便獲得無漏有學無學善淨智見爲此義故於三大劫阿僧企耶修行一切難行之行今於此義皆已證得爲利他故哀愍世間諸人天故隨有堪能入聖法者開四聖諦令生等覺

復次佛世尊教三處所攝何等爲三一善建立諸緣生法無作用故二彼爲依利他行故三彼爲依自利行故此中善建立諸緣生法無作用故者謂從後際苦逆觀現法前際苦集名色緣識識緣名色譬如束蘆展轉相依而得住立於其中間諸緣生法皆非自作亦非他作非自他作非無因生如是施設名善建立諸緣生法無作用故所以者何無常諸行前際無故後際無故中際雖有唯刹那故作用動轉約第一義都無所有但依世俗暫假施設如是施設如實無倒是故說此名善建立即依如是善建立性依諸緣起爲他宣說聖諦法教名彼爲依利他行故即此爲依自能趣入聖諦現觀法隨法行又能證得現法涅槃當知是名用彼爲依自利行故又先積集智慧資粮諸弟子衆成就猛利俱生慧故名爲聰慧具教智故名爲明了具證智故名善調伏不由他緣自覺法故名無所畏緣於涅槃如實覺故名見甘露盡無生智爲所依止證有餘依涅槃界故名身證得妙甘露界具足安住復次有諸愚夫外道種類雖能觀見四大種身麤無常性由觀此身雖久住立而有增減死時生時有捨取故便於其身能猒能離能起勝解以世間道離欲界欲離色界欲極至有頂然彼於身當知仍名未得解脫所以者何由於彼彼所得定中瑩磨其識執取爲我雜染而住復於後時壽盡業盡還退生下以於緣起不善巧故諸聖弟子雖於緣起已得善巧而但隨觀四大種身細無常性未即觀察識無常性所以者何四大種

身經久時住常相可得刹那相似相續隨轉其無常性難可得故識無常相麤顯可得刹那刹那所緣易脫其相轉變無量品類有差別故雖即此識無常性相無量品類麤顯易得然復說名最極微細當知其性難可識故難可入故所以者何唯是慧眼所見境故四大種身有增有減有捨有取其無常性尚爲非理肉眼境界況其餘眼緣起善巧諸聖弟子復欲悟入最極微細識無常性即於緣起如理思惟由能分別墮自相續觸所生起諸受分位差別性故便能悟入識無常性彼既成就如是智見漸次於受所依止身所因諸觸及餘一切名所攝行皆能猒離生於勝解亦得解脫得解脫故安住畢竟若有餘依若無餘依二涅槃界復次於緣起法善巧苾芻由三種相於其三際能正思量正能盡苦云何三相一苦依處二苦因緣三苦因緣依處是名三相云何三際一者中際二過去際三未來際是名三際當知此中內身苦依是寒熱等及病死等衆苦差別現法生起之所依處何以故由有此故於所依身彼得生故外父母等親屬朋黨攝受苦依是供侍等執持刀杖以爲後邊憂愁歎等衆苦差別之所依處何以故如前說故此二種依用攝受愛以爲其因由以集愛此依生起名苦因緣又即此愛依止可樂妙色境界以爲依處方乃得生說彼名苦因緣依處又諸所有現在境界貪瞋癡火熱惱爲因令生焦渴由是遂飮譬如雜毒可藥妙色所緣境界甘美之飮不能棄捨轉增渴愛由渴愛故有當來依當來依

故便有衆苦如是當知由第一義名爲趣死即由如是現在道理應當了知去來道理當知是名能正思量中去來際又即依止四種言說應知一切所依三量若見若知二種言說是依現量若覺言說是依比量若聞言說依至教量復次由五種相正勤方便觀察緣起能盡衆苦能作苦邊何等爲五一者觀察諸緣生法生起因緣二者觀察彼滅因緣三者如實了知能趣彼滅正行四者修行法隨法行五者於證離增上慢如是名爲善起觀察及果成滿始從未來依因緣苦逆次乃至識緣名色由四種相觀察通達修習正行謂由二相觀察當來因有故果有因無故果無既觀察已通達因無由修正行既通達已隨正修行法隨法行又正觀察於現法中無明爲緣福及非福不動新業因法有故隨福非福不動業行果識等有彼非有故此亦非有既觀察已如前通達及正修行正修行時不造無明爲緣新業故業觸已速能變吐於現法中證得如前現見聖道道果涅槃彼於爾時譬如陶師舉煩惱火隨眠烝熱隨有識身熟烝熱甕置極清涼涅槃岸上令離一切煩惱烝熱又令如瓦有識身攝依得清涼應知如前領受所有身邊際受乃至廣說未捨命來常處恒住終不退失阿羅漢果亦不能造無明緣行云何於證離增上慢謂彼爾時成就能緣緣起妙善清淨智見作是思惟依勝義諦無流轉者無涅槃者唯有彼彼法生故令彼彼法生彼彼法滅故令彼彼法滅復次略有二種增上慢者一於有學增上慢者二

於無學增上慢者若於有學增上慢者彼告他言我已渡疑永斷三結我於所證有學解脫已離猶豫已拔毒箭已能永斷薩迦耶見以爲根本一切見趣若於無學增上慢者彼告他言我無有上所應作事所應決擇我皆已作如是二種或依緣起或依涅槃又依聖說而起說時謂說甚深出離世間空性相應緣性緣起順逆等事於其所說不能覺了不隨悟入由此二種因及緣故於如實覺發起狐疑於自相續煩惱永斷涅槃作證亦生猶豫所以者何由於有學增上慢者計我我所常所隨逐隨入作意微細我慢間無間轉不能了達又奢摩他任持相續防麤煩惱令不雜亂由是因緣彼於未得生已得想於未防護生已護想便告於他又於無學增上慢者彼自謂言我已寂靜我已涅槃我已離愛我已離取於此未斷微細現行諸增上慢不能了達於所未得生已得想於未防護生已護想便告於他又於無學增上慢者當知決定先於有學起增上慢無有實義諸有學者於上無學起增上慢所以者何非彼相續煩惱現行如是纏心堅牢而住由此因緣於所未得生已得想起增上慢堅固執著經多時住或告於他唯有失念狹小暫時煩惱現行尋復通達速能遠離又彼如是或由先時於所未得起得增上慢故或由今時於其所得生疑惑猶豫壞期心故便生憂慼作是思惟若我所證無所有者他之所證亦應無有如是便生謗聖邪見受惡趣因獲大衰損云何如前聖說甚深謂能開示甚深緣起究竟涅槃

三相相應有爲無爲體性差別有爲無常無爲常住諸行皆苦涅槃寂靜一切有爲總唯是苦及唯苦因一切無爲總唯衆苦及因永滅若諸苾芻於現法中得涅槃者永斷後有衆苦因道令當來世所有苦果究竟不轉入無餘依般涅槃時後苦不續先因所引現在苦依任運而滅至苦邊際此中都無先流轉者亦無於今般涅槃者若能開示如是義言當知名爲如前所說聖說甚深復次緣起本性最極甚深而有一能開示令淺當知此由二因緣故一由大師善開示故二即由此補特伽羅成就微細審悉聰敏博達智故若說若聽是諸句義應知如前攝異門分當知此中諸緣起法略由四相最極甚深何等爲四一由微細因果難了知故二由無我難了知故三由離繫有情而有繫縛難了知故四由有繫有情而離繫縛難了知故云何微細因果難可了知謂依觀察聖諦道理始從老死乃至識緣名色所有有支有緣體性云何名爲有緣體性謂於是中有因緣生未永斷故而有生生生既生已唯當希待後時老死當知此中生之因緣亦名爲生因緣所起亦名爲生有前生故而有後生有後生故而有老死此中前生是後生因亦老死緣後生唯是老死之緣如是一切總攝爲一略說名爲生緣老死當知是名初老死支有緣體性如說生支如是有支取支安立當知亦爾取差別者謂無差別欲貪名取取之差別安立有四如是愛支或求欲門發起諸業或求有門發起諸業此二業門所有諸愛當知歸趣愛非

愛受又即此愛生六處門所起無明觸所生受爲縁故轉復有餘受非此愛縁謂明觸所生及非明非無明觸所生又即此受當知一切皆用相似觸爲其縁此復云何謂明無明相應是增語觸與此相違是有對觸又此明觸及無明觸所隨增語觸如其所應當知彼用聽聞正法或不正法於所縁境若正若邪聞思修智相應諸名以爲其縁非明非無明觸所攝有對觸當知彼用若内若外諸色爲縁如是總名名色縁觸又即六處略爲二分謂名及色與觸爲縁當知此中意處非色與餘非色諸法相應如是一分説名爲名諸餘色處總爲一分説名爲色又此名色於現法中由續生識爲縁牽引及能執持令不散壞又即此識續生已後依名色住或於同時或

無間生依彼而轉故於現法此亦用彼名色爲縁應知先業所引名色與識展轉相依展轉爲縁如是當知識縁名色以爲後邊所有有支隨老死相如前所説隨其所應有縁體性如是名爲微細因果難可了知難了知故當知縁起名爲甚深最極甚深云何無我難可了知謂諸因果安立縁起齊爾所事徧於一切有情衆中起無差别有情增語即此增語應知是路依此處所有言辭轉施設各異有情衆别謂鳥魚蛇蠍人天等類又立各異名字差别謂鸜鵒舍利孔雀鴻鴈多聞持國增長醜目舍利子極賢善給孤獨一切義成等名字差别齊爾所事於諸世俗言説士夫有言論轉謂諸所有受若明觸所生若無明觸所生若非明非無明觸所生如是一切與

名色俱若諸名色無餘永滅所有諸受無容得生當知是名無我緣起難可了知云何離繫有情而有繫縛難了知性謂如外道觸對無明觸所生受由三門故於其無我緣生諸行分別有我起見施設云何三門一於欲界未得離欲於欲界繫三種受中妄計一分爲明我所妄計一分爲受者性分別有我起見施設二於欲界已得離欲第三靜慮未得離欲唯於樂受計有所得即妄計此爲明我所計此受外別有實我是能受者起見施設謂即此我是有受法即用彼受領納其受三於第三靜慮已上不苦不樂微細諸受不能通達分別有我謂於諸受都非受者起見施設如是一切由三種門所起我見皆不應理所以者何以三種受皆無常故其所計我應亦無常是故彼見三受爲我不應道理又於第四靜慮已上都無樂受其中亦無能受樂者計我於彼由樂受故名有受法不應道理又於第四靜慮已上無色定等彼所計我應無覺受彼由寂靜定所生受發起我慢謂我寂靜此慢應無然有此慢是故此計亦不應理當知是中若諸緣起非甚深者彼應無有如是無智妄計失壞内法多聞諸聖弟子觸對明觸所生受故了知一切所起我見皆不應理是故觀見諸法無我彼於世俗及勝義諦皆得善巧於如前說如來滅後若有若無乃至非有非無皆不執著於如是事心得解脫設有來問如是爲有如其所應而不記別如是爲無俱及俱非皆如所應而不記別如是彼由妙智爲先而不記別或有謂言是無知

者當知此是極大無智極大邪見又彼如是見行外道於現法中依如前說三種妄見或施設我是其有色或施設我是其無色或施設我以爲狹小或施設我以爲無量如現法中妄分別我是眞可得起見施設如是當來分別起見爲他施設當知亦爾雖有多種妄分別我然唯一類薩迦耶見隨眠所繫未斷彼故雖由下劣諸世俗道漸離繫縛乃至有頂當知即彼猶名繫縛如是名爲以諸緣起善巧妙智能隨悟入離繫有情而有繫縛難了知性云何名爲有繫有情而離繫縛難了知性謂有名聞諸聖弟子觸對明觸所生受故於現法中不得實我亦不施設身壞已後亦不於彼七識住中施設一切有情衆已復於其下續生識處又復於彼生起識處彼於識住及於二處以諸緣起聖諦道理如實觀時成阿羅漢或慧解脱或俱解脱具八解脱靜慮等至彼於現法雖可現見有生老死然名從彼而得離繫雖復現見領納諸受然名於受而得離繫雖復現見有識名色然名於彼而得離繫如是名爲以諸緣起善巧妙智如實了知有繫有情而離繫縛難了知性由此四相應知緣起名爲甚深最極甚深

復次嗢柁南曰

異世俗勝義　法爾此作等　大空與分別自作爲其後

於此正法毗柰耶中雖復愚智俱從前際至於中際並由二種根本煩惱集成如是有識之身此身爲緣於外所有情非情數名色所攝所緣境界領納三受然其智者於彼一切

前中後際與彼愚者大有差別當知此中於其中際有差別者謂由二種根本煩惱集成如是有識之身於現法中此二皆斷斷此二故於當來世無復有彼識所隨身是即名爲後際差別問何緣智者成智者性答於現法中所有集諦及於後際所有苦諦皆離繫故問何緣愚者成愚者性答於斷彼二無力能故曽習聖教名爲智者先已尋求智資糧攝諸梵行故於其聖教曽未修習名爲愚者彼相違故當知是名智者愚者前際差別復次於諸緣起善巧多聞諸聖弟子如實了知世俗勝義二諦道理如實知故於現法中有識身等所有諸法了知無我終不執彼爲我我所由於勝義得善巧故無是邪執於墮諸行相續自業所作有情如實了知無有展轉所能作者亦無不作有吉祥義了知是已遂正勤修煩惱離繫由於世俗得善巧故遠離所有增益不實損減實事彼現法中於有識身先所造作思所祈願思所建立由誓願故即以聞思所成妙慧緣起善巧爲所依止用奢摩他毗鉢舍那修所成行能隨悟入又於識觸受想思身歷觀爲苦又於愛身差別觀時當知即是觀察集諦彼於二諦有生滅智如實了知由因集故如其所集由因滅故如其所滅謂由定地世間作意修習如是作意因緣入諦現觀彼於先時於世間集及世間滅由聞思慧說名善見亦名善知由修慧故名善思惟今於聖諦入現觀時名爲善了亦名善達由盡所有如所有故隨其次第彼於爾時由聞思慧名趣正法由修慧故名近正法

由諦通達名證正法又由趣由近正法故名到源底由證正法故名徧到源底又有學慧名入世間出没妙慧此無漏故聖相續中而可得故名爲聖慧能盡能出一切煩惱及諸苦故名出離慧最極究竟能通達故名決擇慧彼既成就如是妙慧復作是思我當進斷後諸所有一切煩惱即於此事多修習故於修道中出餘煩惱盡一切苦如是顯示從初業地乃至獲得阿羅漢果所有正道復次由二因緣於諸緣起及緣生法建立二分差别道理謂如所流轉故及諸所流轉故當知此中有十二支差别流轉彼復如其所應稱理因果次第流轉又此稱理因果次第無始時來展轉安立名爲法性由現在世名爲法住由過去世名爲法定由未來世名法如性非無因性故名如性非不如性如實因性故名實性如實果性故名諦性所知實性故名眞性由如實智依處性故名無倒性非顛倒性由彼一切緣起相應文字建立依處性故名此緣起順次第性又此二種善巧多聞諸聖弟子於三世中如實了知遠離一切非理作意於諸聖諦能入現觀於諸外道諸見趣中能得離繫如前趣等廣說應知又彼緣起無始時來因果展轉流轉相續如來於此流轉實性現等覺已以微妙智起正言詞方便開示非生非作當知此中無始時來因果展轉法住法性由彼相應名句文身爲令解了隨順建立法住法界種性依處復次由二因緣此作此受餘作餘受不應記别云何爲二一者因果相屬一故諸行相續前後異故二者

所餘作者受者不可得故若於此論不受不執以中道行如唯因果而正記別亦無過失復次一切無我無有差别總名爲空謂補特伽羅無我及法無我補特伽羅無我者謂離一切緣生行外别有實我不可得故法無我者謂即一切緣生諸行性非實我是無常故如是二種略攝爲一彼處說此名爲大空謂若有離世俗言說妄見爲依起如是見立如是論謂有别物異緣生法或緣生法異彼屬彼此依妄見非住梵行何以故由如是見依止初空所治見轉非此見者應解脫故或復即名色所攝緣生法中依如前說三種妄見起如是見立如是論命即是身乃至廣說如是亦非安住梵行何以故由如是見依第二空所治見轉非此見者應解脫故遠離如是二邪見邊唯見因果名中道行所知眞如名如實性能知眞如名無倒性於有諸行假施設有謂是諸行諸行屬彼若依勝義有如是者彼一切行若滅若斷云何可說此是諸行或行屬彼由於爾時如是二種不可得故復次由二因緣當知施設所有緣起一切種相謂總標舉或别分别云何爲二一如所有性故二盡所有性故云何如所有性謂無明等諸緣生法漸次相稱因果體性及有此因未斷故有彼果未斷此未斷因生故彼未斷果生如是名爲如所有性云何盡所有性謂無明等諸緣生行一切種相如彼無明是前際無智乃至廣說差别體相廣分别名應知如前攝異門分建立分别如前應知如是名爲盡所有性即依如是如所有性盡所有性若

總標舉若别分别先總標舉説名爲初後即於此復廣開示説名分别復次由二因縁自作苦樂不可施設不可記别如是他作俱作俱非所作無因而生當知亦爾云何爲二一者諸行如前所説無作用故二者有餘作者有情不可得故此中諸行無作用故此受此領自作苦樂不應道理又彼有餘作者有情不可得故餘受餘領不應道理受所渴愛攝受他受亦不應理有諸縁故諸受得生故無因生亦不應理是故遠離前之三種惡因論邊後之一種無因論邊覺了如前中道行教勤修正行能盡衆苦

瑜伽師地論卷第九十三

音釋

漑居代切灌注也　蠍許竭切毒蟲也　記别别并列切記别謂授將來成佛之記劫國名號之别也　遠離遠于願切離力置切

瑜伽師地論卷第九十四

彌勒菩薩說

唐三藏沙門玄奘奉 詔譯

攝事分中契經事緣起食諦界擇攝第三之二

復次嗢柁南曰

觸緣見圓滿 實解不愛樂 法住智精進

生處等爲後

於一切觸緣受有中若諸沙門或婆羅門宣說無因惡因論者如前請問此作此受乃至廣說安住正法大師弟子若勝若劣略有三種無倒記別一開自宗記二伏他宗記三有執無執雜染清淨記當知此中於彼所問無差別記謂諸苦樂皆從緣生是我宗致斯則名爲開自宗記若於彼問作如是記諸計苦樂自作他作俱非俱作無因而生於一切處由觸生受何用妄計自他作等若觸因受現不可得更求餘因可爲巧妙然觸因受既現可得故求餘因非爲巧妙如是記者是則名爲伏他宗記所以者何由二因緣彼爲摧伏一者除唯根境識合不能顯示餘作者故二者不能誹撥一切世間現量如理所得觸因緣故又彼不能立自宗故亦復不能破他宗故名被摧伏若於彼問作如是記我亦唯依根境界識假名自作他作俱作若苦若樂而於實我都無所執汝於此中有邪執著故不隨許所以者何若有執著即爲雜染若無執著即爲清淨云何名爲若有執著即爲雜染謂彼世間不聰慧者若於前際有所執著無明緣行廣說如前便於中際苦樂雜染若於

中際有所執著彼亦如前當於後際苦樂雜染云何名爲若無執著即爲清淨謂聰慧者若於前際或於中際不於諸行執我我所彼於前際諸受因滅已般涅槃或於後際諸受因滅當般涅槃是名第三有執無執雜染清淨記

復次若有棄捨無因惡因於因生法五種因中獲得正見名見圓滿於此正法及毗柰耶不可轉故亦得名爲成正直見由於涅槃意樂淨故亦名成就於佛證淨於所知境智清淨故由此三緣如其次第名於正法趣向親近及與正證云何名爲從因生法五種因耶一惡趣因謂諸不善及不善根二善趣因謂一切善及諸善根三於識住令識住因謂四種食四現法後法雜染因謂一切漏五清淨因謂諦緣起若有於此諸因自性如實了知是其自性於此因緣如實了知是其因緣於因緣滅如實了知眞實是滅於趣滅道如實了知眞實是道名見圓滿觀緣生事乃至無明爲邊際故過此更無緣生因觀唯由此觀自義究竟

復次略有三種於現法中眞實寂滅乃至壽量未永止息恒相續轉所知境事於彼有學正修行時施設學性於彼無學作是思惟我一切盡不復當盡盡無生智所思擇故名思擇法云何爲三一六處二六處緣觸三觸緣受當知此中所有多聞諸聖弟子隨所領受即於彼受如實偏知又即於彼猒離欲滅勤修正行又能如實了知彼受觸所引生觸復由彼六處引生即於彼觸引因六處猒離欲

滅勤修正行又於彼受觸及六處一切實事略攝爲一了知一切由無常滅名滅法已於現法中於此一切三種實事無常滅法如前修行猒離欲滅由此正行名學常委又由修行此正行故無所造作究竟解脱是故説名擇法常委爲欲證得曾所未得曾所未證修行無間殷重方便名學常委爲於所有現法樂住無有退失無間所作殷重所作由是説名擇法常委等説一切事法增上名句文身名爲法界諸有獲得無礙解故名句文身隨欲自在是故説名善達法界由於法界善通達故即於如是眞實想義更以餘名隨其所樂差別宣説乃至能於七日七夜或過彼量辭辯無竭復以如是差別種類如實宣説彼是有爲思所造作動轉羸頓如病如癰乃至廣説

復次當知具解諸阿羅漢略有六種記別所解一有異門記別二無異門記別三智記別四斷記別五總記別六别記別有異門記別者謂如有一或他請問或復自然爲欲令他於佛聖教多起恭敬故如是記我於今者無一疑惑無異門記別者謂作是記我生已盡乃至廣説智記別者謂有問言云何知故云何見故彼生已盡便記別言生緣盡故彼生已盡以如是相記别自已善解脱智所攝盡智名智記别又即於此别記者謂即記别彼因緣有又復記别彼生因緣因緣諸取又復記别此諸取相如實知故如實見故令取無有總記别者謂即於此一切所説了知所有諸受皆苦既了知已令彼生盡如是記者名

總記別斷記別者謂即由彼内解脱故一切貪愛因縁皆盡如是記者名斷記別此斷記別即如前說名別記別此總記別當知略由三種行相謂薄伽梵所說諸結我皆無有是名最初斷總記別謂諸有結皆永斷故又我安住如是正念由我安住此正念故一切貪憂惡不善法能令畢竟不漏於心是名第二斷總記別謂恒住故又於此中自無憍慢是名第三斷總記別謂無有餘增上慢故如是總說有六記別

復次有三種法是諸世間所愛所樂依内而說一者勢力二者如色三者壽命復有遠害如是三法能引所治不可愛樂三種別法一者疾病二者衰老三者夭歿若於三學起邪行時便不堪任超越疾病衰老夭歿若於三學起正行時即能超越如是三事云何三學一增上戒學二增上心學三增上慧學云何名爲依止所有增上戒學起諸邪行謂如有一於初學中有所毀犯或觀於自或觀於他無有羞恥既自安住無羞恥已便於一切惡不善法不自防護既於彼法不自護已於佛法僧不起恭敬於諸所學教授教誡都無敬忌由是因緣若於此事他正諫舉便於彼言不能忍受自亦於彼嘿不與語於處非處能正諫舉補特伽羅憎背遠避於行邪行同己法者親近交遊好共安止由與惡友共安止故於諸賢聖尚生憎背況當詣彼躬申敬覲設復往彼爲說正法憎背聖故而不欲聞設暫屬耳心無敬順唯懷違諍不爲知解而有聽聞於處非處分別正行諸智論中不樂安

住彼由内懷違諍心故雖有聽聞而不信受亦不依行又諸賢聖嘿不與語作是思惟如是行者不堪與語教授教誡彼既自然無法自制又爲賢聖之所棄捨於其内心恒不寂靜外身語意猥雜而住勃惡貪婪獷口憍傲於如是事不見過罪多所毁犯不如法悔由數習故漸次毁犯一切尸羅當知是名依止所有增上戒學起諸邪行與此相違當知即是依止所有增上戒學所起正行云何名爲依止所有增上心學起諸邪行謂於行時不如正理執取境界諸相隨好由是因緣發起妄念即於其中不觀過患煩惱生已堅執不捨由是因緣不正知住或於住時居遠離處無有第二即以妄念不正知住爲所依止心外馳散如是名爲依止所有增上心學起諸邪行與此相違當知即是依止所有增上心學所起正行云何名爲依止所有增上慧學起諸邪行謂如有一離近賢聖依近惡友聞不正法勝解爲因不如正理思擇諸法於諸惡欲及諸惡見喜樂受行或於廣大所覺所得微妙法中而自輕懱如是名爲依止所有增上慧學起諸邪行與此相違當知即是依止所有增上慧學所起正行此中異生補特伽羅依止如是三種學中所起邪行無有堪能超異生地無倒趣入正性離生永斷三結由不永斷三種結故無有堪能依上修道得阿羅漢於現法中無餘永斷貪瞋癡等一切煩惱超越當來疾病衰老及以夭殁與此相違當知即是於三學中如實正行一切白品廣說乃至超越當來疾病衰老及以夭殁

復次若有苾芻具淨尸羅住別解脫清淨律儀增上心學增上力故得初靜慮近分所攝勝三摩地以為依止增上慧學增上力故得法住智及涅槃智用此二智以為依止先由四種圓滿遠離受學轉時令心解脫一切煩惱得阿羅漢成慧解脫此中云何名法住智謂如有一聽聞隨順緣性緣起無倒教已於緣生行因果分位住異生地便能如實以聞思修所成作意如理思惟能以妙慧悟入信解苦真是苦集真是集滅真是滅道真是道諸如是等如其因果安立法中所有妙智名法住智又復云何名涅槃智謂彼法爾若於苦集滅道以其妙慧悟入信解是真苦集滅道諦時便於苦集住厭逆想於滅涅槃起寂靜想所謂究竟寂靜微妙棄捨一切生死所依乃至廣說如是依止彼法住智及因於苦若苦因緣住厭逆想便於涅槃能以妙慧悟入信解為寂靜等如是妙智名涅槃智

復次於善說法毗柰耶中諸聰慧者正觀六種圓備現前足能發起勤精進住云何名為六種圓備一大師圓備二聖教圓備三聖教易入圓備四證得自義無上圓備五一切如理無間宣說圓備六有聖言將圓備云何名為大師圓備謂諸如來成就十力四無所畏自稱言我今已處大仙尊位能轉梵輪於大衆中正師子吼開示一切順逆緣起寂滅涅槃如是等名大師圓備云何名為聖教圓備謂如是等名聖教圓備云何名為聖教易入圓備謂此聖教所有文句其性明顯其義甚深由此聖教能正開發諸甚深義故說文句

其性明顯其義甚深如是名爲聖教易入圓備云何名爲證得自義無上圓備謂無沙門或婆羅門於如來所能正開覺通慧爲勝是故於他證得自義所應得義所應覺義唯有如來所說法教爲妙爲上若過於此言辭路絕如是名爲證得自義無上圓備云何名爲一切如理無間宣說圓備謂諸如來所說法教普爲一切人天開示無倒開示於一切法不作師倦無遺開示如是名爲一切如理無間宣說圓備云何名爲有聖言將圓備謂有能斷一切疑惑及能生起一切善根一切善法所依大信現量可得安足之所大師現前如是名爲有聖言將圓備諸聰慧者正觀此六圓備現前足能發起勤精進住於三學中依增上戒修習瑜伽依增上心修不放逸依增上慧於大師教修瑜伽行若有安住懈怠心者當知希求二種過患一者希求現法當來能生衆苦一切煩惱雜染憂苦不安隱住二者希求退失所有未證已證一切善法退失能引能住善趣涅槃大義與此相違勤精進者當知希求二種勝利此精進者於諸善法未證能證無退失時能辨自義他義俱義云何名爲能辨自義謂出家已由其二相說名有果一者證得煩惱離繫究竟涅槃謂離繫果二者能起世間勝樂謂往善趣樂異熟果云何名爲能辨他義謂廣爲他宣說法要令其能往世間善趣究竟涅槃云何名爲能辦俱義謂自修治淨福田性堪任受用從淨信邊所得如法衣服等事由此受用攝養已身令其能順一切善品又能令他於已所作

得大果報謂於當來往善趣故得大勝利謂當獲得財寶僕從皆圓滿故得大榮盛謂當獲得壽命色力樂辯才等自圓滿故得大脩廣謂即於上所得三處長時隨逐無間斷故由四種相應知世尊所説聖教名善説法一能趣寂靜能令證得有餘依涅槃界故二能般涅槃能令證得無餘依涅槃界故三能趣菩提能令證得聲聞獨覺無上正等三菩提故四善逝分別最極究竟現量所顯無上大師所開示故

復次具四圓滿能生聖處若隨有一成此圓滿於善説法毗柰耶中正修行時名曰善來善出家者云何名爲四種圓滿一增上意樂圓滿二根圓滿三智圓滿四即於聖處有佛出世得值圓滿增上意樂圓滿者謂如有一於般涅槃極淨修治增上意樂方乃出家非爲債主及諸怖畏之所逼迫乃至廣説當知如是而出家者名善出家生於聖處根圓滿者謂如有一眼耳無缺非半擇迦不缺支分由得如是根無缺故於善説法毗柰耶中堪任出家説正法時堪能聽受智圓滿者謂如有一性不愚戇無有下品愚癡障故亦不瘖瘂無有中品愚癡障故非手代言無有上品愚癡障故離三種智愚癡障故有力能解善説惡説所有法義即於聖處有佛出世得值圓滿者謂如今時有薄伽梵釋迦牟尼出現於世是爲如來應正等覺乃至廣説若廣解釋應知如前攝異門分宣説正法趣寂靜等廣説如前當知此中生聖處故名爲善來善得出家根無缺故不愚戇故不瘖瘂故亦不

以手代其言故名善獲得具足人身
復次其於緣生諸行流轉修觀行者略有二種作猶豫法云何爲二一者承習説無因論二者承習説惡因論此中承習無因論者觀一切種皆無所因便生疑惑云何諸法無因而轉其有承習惡因論者亦生疑惑云何由彼不相似因不稱理因有諸法轉若有多聞諸聖弟子遠離二種非眞實論正觀流轉由是因緣得善決定無有疑惑内證眞實若於是處説有多聞諸聖弟子當知此中是諸異生若於是處唯説有其諸聖弟子當知此中説已見諦
復次於正法中略有三種補特伽羅猶有苦惱不安隱住云何爲三謂如有一於善説法毗柰耶中爲求涅槃趣向涅槃棄捨家法趣於非家既出家已唯能受持所有禁戒便喜足住不於時時轉進修習增上心學增上慧學彼捨先時居家所有受用境界未能隨得無上安隱證涅槃道處在中間猶有苦惱不安隱住是名第一補特伽羅復如有一雖不唯於所受禁戒喜足安住然其未能超異生地由未能超異生地故於一切法緣藉他故常視他面常觀他口何當如實知於所知見於所見恒於他所求聞正法教授教誡然其自心有疑有惑猶有苦惱不安隱住是名第二補特伽羅復如有一是學見迹放逸而住於現法中不堪證得究竟涅槃有能攝受第二有體生起之因有第二住猶有苦惱不安隱住是名第三補特伽羅如是三種補特伽羅復有三異補特伽羅有諸快樂善安隱住

謂阿羅漢一向樂住

復次嗢柁南曰

有滅若沙門　婆羅門受智　流轉與來往

佛順逆爲後

諸學見迹雖於有滅寂靜涅槃不隨他信內聖慧眼自能觀見然猶未能以身觸證譬如有人熱渴所逼馳詣深井雖以肉眼現見井中離諸塵穢清冷美水并給水器而於此水身未觸證如是有學雖聖慧眼現見所求後煩惱斷最極寂靜而於此斷身未觸證

復次有諸沙門若婆羅門於貪瞋癡無餘斷滅真沙門義婆羅門義全未證得而諸世間起沙門想婆羅門想彼亦自稱是真沙門真婆羅門世間於彼雖起是想然彼但是世俗沙門及婆羅門非第一義若第一義諸有沙門及婆羅門皆不忍許彼爲沙門及婆羅門所以者何由彼不能如實了知諸雜染法雜染法因亦不如實了知彼滅趣彼滅行雜染法者謂老死支所攝衆苦及以生支雜染法因復有二種一愛所作二業所作愛所作者謂由緣起逆次道理有取愛支若無明觸所生諸受若無明觸及無明界所隨六處業所作者謂由緣起逆次道理名色識行及即於彼不如實知如法住智尚未能了況當如彼諦現觀時能徧了知或如修道未徧了知如無學地未能超越

復次略由二種明觸生法於其緣生一切行中依四諦理趣入現觀云何爲二一由領納所緣爲性明觸生受二由揀擇所緣爲性明觸生慧當知此中於十一支安立四諦依此

一一支諦建立四十四事即依明觸所生諸受宣說如是四十四種受事差別即依明觸所生諸慧宣說如是四十四種智事差別此中苦際所作老死唯果非因於其前際所發無明唯因非果其餘有支亦因亦果三時徧智有差別故如前所說決定徧智有差別故由法住智所攝能取智無常性有差別故當知建立七十七種智事差別如是顯示歷觀諸諦一切行相從此無間入諦現觀漸次修習乃至獲得阿羅漢果

復次由三種相於緣生行應正了知流轉漸次何等爲三一因增益故二果生起故三果增集故如是一切略攝爲一總名諸法若增若生若集依因果滅如其所應當知說名若減若滅若没如是意趣差別道理不違法性

復有別義初中後際時差別故欲色無色界差別故如其次第若增若減若生若滅若集若没應正了知

復次當知略有二種雜染一業愛雜染二妄見雜染此二雜染依於二品一在家品二出家品應知此中業愛雜染所造作故名思所作妄見雜染邪計起故名計所執此中異生若在家品若出家品具二雜染由諸纏故及隨眠故因彼所緣於四識住令心生起諸雜染已招集後有循環往來不得解脫有學見迹妄見雜染已永斷故唯有我慢依處習氣尚有餘故不造新業不欣後有業愛雜染無有諸纏能爲雜染唯有隨眠依附相續能爲雜染因彼所緣於諸識住雜染其心招集後有若諸無學二種雜染纏及隨眠皆永斷故

即現法中於諸識住其心雜染及與當來所招後有一切皆無

復次過去諸佛爲菩薩時如理思惟緣起法已證覺無上正等菩提今薄伽梵亦於緣起正思惟已證覺無上正等菩提如過去佛得菩提已即於緣起作意攀緣順逆道理方便隨修現法樂住已住安樂今薄伽梵亦復如是彼雖無量如說世間七刧相似故唯說七如是無上正等菩提尚猶如實知緣起故未證能證證已獲得現法樂住況餘下劣所有菩提又爲如實等覺緣起攝受五支爲斷方便如前應知又此緣起總略義者謂依轉品有因諸苦又依還品有因無漏所有諸法又有因苦因緣諸漏又彼諸漏所依止性從無明觸所生諸受又有因法住立因緣則現法中煩惱斷者唯有依緣又復依於七種清淨漸次修集爲得無造究竟涅槃應知宣說隨順如是緣性緣起甚深言教云何名爲七種清淨一戒清淨二心清淨三見清淨四度疑清淨五道非道智見清淨六行智見清淨七行斷智見清淨云何名爲如是清淨漸次修集謂有苾芻安住具足尸羅守護別解脫律儀廣說應知如聲聞地彼由如是具尸羅故便能無悔廣說乃至心得正定漸次乃至具足安住第四靜慮彼既獲得如是定心漸次乃至質直調柔安住不動於爲證得漏盡智通心定趣向於四聖諦證入現觀斷見所斷一切煩惱獲得無漏有學正見得正見故能於一切苦集滅道及佛法僧永斷疑惑由畢竟斷超度猶豫故名度疑又於正見前行之

道如實了知是爲正道由此能斷見所斷後修所斷惑又於邪見前行非道如實了知是爲邪道於道非道得善巧已遠離非道遊於正道又於隨道四種行迹如實了知何等爲四一苦遲通二苦速通三樂遲通四樂速通如是行迹廣辯應知如聲聞地於此行迹如實了知最初行迹一切應斷超越義故非由煩惱離繫義故如實了知第二第三苦速樂遲二種行迹一分應斷如是如實了知初全及二一分應當斷已依樂速通正勤修集從此無間永盡諸漏於現法中獲得無造究竟涅槃身壞已後證無餘依般涅槃界如是七種清淨爲依漸次修集乃至獲得諸漏永盡無造涅槃當知此中由於如是七種清淨一切具足漸次修集方乃證得無造涅槃非隨闕一是故應求如是一切於世尊所熟修梵行非求隨一又佛世尊由此因緣亦具施設如是一切爲令證得無造涅槃非隨捨一又於此中依一一說非唯由此亦非離此能獲無造究竟涅槃如是應知此中緣性緣起甚深

復次嗢柁南曰

安立與因緣　觀察於食義　極多諸過患
雜染等爲後

有四種法於現法中最能長養諸根大種云何爲四一者氣力二者喜樂三者於可愛事專注希望四者氣力喜樂專注希望之所依止諸根大種并壽并煖安住不壞如是四法隨其次第當知別用四法爲食一者段二者順樂受觸三者有漏意會思四者能執諸根

大種識當知此中段與現法氣力爲食由氣力故便能長養諸根大種能順樂受諸有漏觸能與喜樂爲食由喜樂故便能長養諸根大種若在意地能會境思名意會思能與一切於可愛境專注希望爲食由專注希望故便能長養諸根大種由能執受諸根大種識故令彼諸根大種弃壽弃煖與識不離身爲因而住是故說識名彼住因由彼住故氣力喜樂專注希望依彼而轉如是四食能令已生有情安住又由段故而有氣力有氣力故諸根大種皆得增長由是因緣諸有顧戀身命愚夫爲此義故有所追求於追求時造作種種新善惡業亦令增長又能增長種種煩惱如說於段觸意會思隨其所應當知亦爾由此三門能集後有業煩惱識此於現法有業煩惱所隨逐故成其有取便能攝受當來後有如是四食令求後有愛樂後有於其後有未能斷者能攝後有徧攝後有隨攝後有又諸段食在欲界天名之爲細或處中有母腹卵㲉當知亦爾欲界餘位段食名麤觸意會思及以識食在無色界當知名細餘處名麤有色爲依易分別故無色爲依難分別故又此諸食當知有異麤細義門謂若能使已生有情得安住者說名爲麤攝益求有諸有情者當知是細如是應知安立四食

復次如上所說諸根大種由集諦攝先愛而生爲欲令彼得增長故追求四食由此道理已生有情雖由四食而得安住然本藉愛爲緣故有又有愛故於現法中依諸食身由三種門滋長業惑能辦業惑常所隨逐有取之

識於現法中攝受後有是故一切求有有情雖由四食之所攝益然復藉愛爲緣故有又即此愛於現法中由無明觸所生諸受爲緣故起此無明觸所生諸受由無明觸爲緣故起此無明觸由先串習諸無明界所隨六處爲緣故起此六處後更無餘因於現法中唯此六處展轉相依有色諸根依止於識識亦依止識所執受有色諸根由此因緣六處已後更無所說或復有時聽聞正法爲外支力如理作意正勤修習爲内支力由是因緣正見生起正見生故能斷無明能生於明彼現法中諸無明界所隨六處皆得除滅明界所隨六處得生名爲轉依彼品麤重皆止息故六處既滅漸次乃至愛亦隨滅由愛滅故諸食亦滅能取後有諸法滅故當知後有亦復隨滅是故應知處於明者不求後有

復次無有少法生已安住亦無有我能食所食由此因緣彼何名食然唯約與未生諸法作生緣理唯法引法說爲食義但由法假於其識上假想施設補特伽羅望此四食說爲食者爲欲隨順世間言說約世俗諦說有如是補特伽羅能食四食非約勝義所以者何若說有識生已安住體是眞實補特伽羅名能食者不應立識爲其食性未曾見有補特伽羅還自能食補特伽羅一相續中定無二識同時安住是故立識體是眞實補特伽羅爲能食者不應道理由有如是不應理故若作是問誰食識食當知此問爲非理問若作是問誰是能食識食因緣當知此問爲如理問能令悟入緣起理故復有二有一者生有

二者業有苦爲當來後有生起令現法中諸業煩惱所隨逐識爲因能引當來生有即彼曾有前行業性説名業有於現法中有此有故能令當來生有所攝後有生起於命終時前際六處纔無常滅後際六處尋復續生即此六處識於先時爲能引緣復於今時爲結生緣如是由識入母胎故得有名色名色爲緣便有六處由無明界所隨六處以爲緣故有相似觸漸次乃至取爲緣故令後際業轉成其有如是諸法先未曾有一切新從別別緣起當知此中都無觸者乃至有者能有所觸乃至有有唯有諸法別名所食別名能食是故因果墮在諸行相續流轉無有斷絶由其先際業有往趣後際生有復由後際業有還趣先際生有如是緣起轉迴不絶從此世間往彼世間自彼世間還此世間是故唯法能引法義當知此中説爲食義

復次三食爲因能令三種内苦生起一者界不平等所生病苦二者欲希求苦三者求不允苦初苦段食爲因第二苦觸食爲因第三苦意會思食爲因段食因緣生内病苦是故苾芻當觀段食如子肉想不應貪著隨順樂受觸食因緣能生於内欲希求苦是故苾芻當觀順彼六種觸處如無皮牛應作是觀若我依於六種觸處發起種種欲希求貪便爲依止諸色而住依止色故令我發起種種諸惡不善尋思如無皮牛觸處諸蟲之所唼食多生衆苦不安隱住如是觀已於初觸處深見過患無染而住如依於色如是依聲香味觸法當知亦爾如於初觸處深見過患無染

而住如是乃至於第六觸處當知亦爾有漏意會思食因緣能生於內求不允苦是故苾芻當觀有漏意會思食如一分火觀察如是所求不允能引身心大熱惱故彼作如是正觀察已終不希望衣食等事往詣他家是故不爲所求不允所生苦觸其心坦然安樂而住由是因緣應正觀察如是三食所謂段觸意會思食即由如是三食因緣生如所說依識內苦是故苾芻當觀識食如三百鉾之所鑽刺所以者何段食因緣能令非一種種衆多品類病苦依識而起隨順樂受觸食因緣能令倍增欲希求苦依識而起有漏意會思食因緣能令種種求不允苦依識而起如是行者於識食中正觀諸食以識爲依多生過患由是因緣不顧身命如是如理於四種食審正觀察審觀爲依能於現法求斷諸食食求斷故得至當來後有苦際

復次若不如實觀此四食便爲喜貪之所染汙若爲是二所染汙者當知希求二種過患一者當來二者現法於四食中有漏意會思食因緣專注希望俱行喜染名喜隨順樂受觸食因緣於能隨順喜樂諸食多生染著名貪此二煩惱於現法中能染於識令其安止四種識住增長當來後有種子既增長已生起後有生等衆苦當知是名喜貪二種煩惱所作當來過患彼由如是於四食中安住喜食二種煩惱便於現法有諸塵染由塵染故食若變壞於現法中便生悲歎愁憂萎頓懷慼而住當知是名喜貪二種煩惱所作現法過患復次諸有於此四種識中喜貪未斷彼

六處攝有識之身猶如臺觀六處窻牖能與緣境煩惱日光作入依處是光於此或住上地或住下地既得住已如前所說於四識住能染於識生起當來後有衆苦若有能斷如是喜貪二種煩惱與彼相違緣境煩惱尚不得起況依此入而當得住又復若有補特伽羅喜貪未斷便爲魔羅來詣其所以其種種猶如彩色可愛境界彩畫如是補特伽羅令其變生種種煩惱相貌顯現當知如是補特伽羅喜貪未斷譬如其地能爲種種煩惱彩畫作所依處已斷喜貪補特伽羅魔詣其所如前廣說當知如是補特伽羅喜貪已斷猶若虛空非爲種種煩惱彩畫作所依處當知是名於諸食中喜貪未斷如其次第所有過患當知是名於諸食中喜貪已斷如其次第所有功德

瑜伽師地論卷第九十四

音釋

誹撥（誹妃尾切非議也撥北末切絕也）癰（於容切疽也）嘿（密北切沉嘿也）屬耳（屬之欲切注也）猥（烏賄切鄙也）貪婪（貪他貪切婪盧含切多貪也）懱（莫結切輕易也）瘖瘂（瘖於禽切瘂幺下切瘖瘂疾不能言也）戇（陟降切愚也）㲉（克角切）唼（作答切齧膚也）鉾（迷浮切鉤兵也）鑽刺（鑽祖官切穿也刺七賜切直傷也）萎（於危切枯也）

瑜伽師地論卷第九十五

彌勒菩薩說

唐三藏沙門玄奘奉詔譯

攝事分中契經事緣起食諦界擇攝第三之三

復次嗢柁南曰

如理攝集諦　得相處業障　過黒異熟等

大義後難得

若於諦智增上如理及不如理不如實知不能盡漏與此相違如實知故能盡諸漏當知此中聞不正法不爲寂靜不爲調伏不爲涅槃所起諸智名不如理聽聞正法與上相違當知如理又於此中住惡說法補特伽羅於此正法佛佛弟子眞善丈夫不樂瞻仰於別解脫尸羅律儀宻護根門正知而住如是等類賢聖法中不自調伏不受學轉於諸聖諦無聞思修照了通達又即於彼諸惡說法毗柰耶中聞不正法起邪勝解於不如理生起如理顛倒妄想於不如理不如實知是不如理又於聽聞正法如理不如實知是其如理由不知故於諸所有惡說惡解有縛無脫不應思惟顛倒法中不能解了而故思惟於諸所有善說善解有脫無縛應可思惟無顛倒法所謂契經及應頌等乃至廣說不能解了而不思惟如是亦名非理作意由此作意不爲寂靜不爲調伏不爲涅槃故名非理又復聽聞不正法故依三言事增上緣力顯示過去未來現在計我品類即由如是增上力故於三世境起不如理作意思惟謂於過去分別計我或有或無未來現在當知亦爾彼既

如是不如正理作意思惟或緣所取事或緣能取事此不如理作意思惟或即諸行分別有我或離諸行分別有我彼於所計得決定時若緣所取事分別爲我或成常見由此見故作是思惟我有其我於現法中是實是常或成斷見由此見故作是思惟我無其我於現法中是實是常若緣能取事計有我見分別爲我作是思惟我今以我觀察於我或謂我我先有今無作是思惟我今以我觀察無我或復即緣能取之事計無我見於現法中以其無我分別爲我作是思惟我今以其無我我隨觀昔曾有我如是且說所取能取差別五相不如正理作意思惟五種見處謂即三世所有諸行分別有我又復由於不如正理比度作意離於諸行分別有我彼謂如是所

計實我或自能作感後有業名能作者或他令作名等作者或自能起現法士用名能起者或他令起名等起者或自已作後有業故或他令作後有業故感果異熟名能生者或自能起現士用故或他等起現士用故得士用果名等生者或由自見或由他見隨起言說如是或由自聞覺知或由他聞覺知隨起言說名能說者或於妻子及奴婢等所有家屬隨其所應施設教勑令住其處如是亦復名能說者或復當來業果已生名能受者或於現法諸士夫果已現等生名等受者或於過去彼彼生中造作種種善不善業今於現法領受種種彼果異熟名領受者或有乃至壽量減盡而便夭喪能捨此蘊能續餘蘊若異此者既無有我云何得成如上所說諸所

作事是名第六不如正理作意思惟所攝見處如是諸見且說皆以薩迦耶見爲其自性能生其餘薩迦耶見以爲根本所有見趣故名見處由能障礙能取眞實微妙慧故名見稠林損善法故名見曠野勞役他故名見猒肯欲求有求所行歷故名見行歷詰責他論免脫已論而動搖故名見動搖能善結構後有苦故名爲見結習行如是諸邪行者於現法中未現前漏令起現前既現前已令依下品趣其中品令依中品趣其上品由此爲因生起當來老病死等一切苦法如是當知由於如理及不如理不實知故造作苦諦集諦雜染與此相違聽聞正法起正勝解於其如理無不如理顛倒妄想於其如理如實了知是其如理廣說乃至於應思惟無顛倒法能

正思惟由此因緣於三世行并其所取及以能取如實隨觀無我我所當於聖諦入現觀時於見所斷所有諸漏皆得解脫得此事已於上修道所斷諸漏爲令無餘永斷滅故精勤修習四種因緣何等爲四一善護身故二善守根故三善住念故四如先所得出世間道以達世間出没妙慧多修習故善護身者謂正安住遠避惡象乃至廣說如聲聞地由遠避故於盡諸漏無有障礙善守根者謂正安住於諸可愛現前境界非理淨相能正遠離如理思惟彼不淨相善住念者謂住四處一者安住思擇受用衣服等處二者安住能正除遣處靜現行惡尋思處三者安住能正忍受發勤精進所生疲倦踈惡不正淋漏等苦他麤惡言所生諸苦界不平等所生苦處

四者安住於所修道依不放逸無雜住處由正安住如是四處名善住念彼由如是善護身故善守根故善住念故如先所得出世間道善修習故於修所斷所有諸漏皆能解脱及隨證得最極究竟

復次若有説言此四聖諦唯是境界或有其我或有有情緣此聖諦修諸善法應告彼言勿作是説所以者何諸有無量世出世間善法生起一切皆歸四聖諦攝當知諸法略有二種一能知智二所知境其能知智亦所知境是故諸智俱行善法無不攝在四聖諦中彼復修習循身念故觀品止品所有善法始修業地已作辦地總得生起云何名爲修循身念謂若有住始修業地如理攀緣若内若外諸大種色爲境正念或復由他愛與非愛增語有對觸現行時如理攀緣觸受想行及與諸識爲境正念或若有住已作辦地如理攀緣諸所造色爲境正念或復如理攀緣作意及彼所生受想行識爲境正念如是一切略攝名爲修循身念當知此念或緣色身或緣名身云何名觀云何生起觀品善法謂於内外諸大種色及所餘蘊正決擇慧説名爲觀若有從初無倒修習分析聚想於外大種由觀劫盡修無常想於内大種所合成身由觀唯食漸漸不淨修不淨想由觀從愛所生長性及於後際老死法性修無常想及與苦想若於此身一切愚夫不能如實了知體是無常苦故或執爲我或執我所即於此身具足多聞諸聖弟子如實知故無有所執是即能修苦無我想此無我想由於其身唯有界

想有此想故若復由他愛與非愛增語有對諸觸現行言非愛者即是手足杖塊等觸彼則於此及此爲緣所有受等無色諸行正觀無常離愛離恚唯觀有界心緣此身正安住故如是亦名遠離愚癡如是所有分析聚想於外大種修無常想於內大種修不淨想若無常想無常苦想苦無我想於所生起受等諸法依大種身修無常想離貪瞋癡如是觀品無量善法始修業地由正修習循身念故皆得生起云何名止云何生起止品善法謂由修習循身念故以觀爲依如理修止又言止者謂於其內正安住心止品善法者謂得如是正思擇力攀緣鋸喻沙門教授於怨家所正修忍辱又即緣彼無倒修慈既由忍慈所攝受故戒得清淨觀戒淨故作是思惟我今已於大師聖教微有所作由是因緣無所憂悔無憂悔故深生歡喜廣說乃至得三摩地彼於爾時由靜定心乃至獲得第四靜慮此三摩地行拘執故未能雙運無功用轉未善清淨爲欲令其善清淨故修如前說四支所攝不放逸行發勤精進無有怯弱乃至廣說彼於後時第四靜慮清淨鮮白若復爲其靜定愛味漂轉其心不能於定正捨而住於滅涅槃不觀寂靜彼乃依佛或法或僧深生猒恥作是念言我依如來大師佛寶法毗柰耶善說法寶無倒修習善行僧寶爲無所得非有所得是其惡得非爲善得於薩迦耶愛藏而住於滅涅槃不觀寂靜彼由內心善調柔故纔生猒恥便能安住引沙門義平等妙捨於滅涅槃能觀寂靜生起如是止品善法

所謂忍慈尸羅清淨無悔歡喜廣說乃至得三摩地四支所攝不放逸行引沙門義平等善捨觀滅涅槃寂靜功德彼於爾時由二因緣多有所作一由其妙慧於大師教爲盡諸漏能淨修治第四靜慮故二於薩迦耶心增上捨故齊此名爲始修業地究竟成滿從是已後於所修習不生喜足爲欲趣入已作辦地修循身念觀造色身如草木泥及彼所生餘非色法以如實慧通達緣起能隨趣入如實諦智既得入已依上修道於去來今諸根境界能起猒患乃至解脫能如實知我已解脫如是名爲已作辦地修循身念所生善法謂觀色身如草木泥想如是觀察無色諸法眞實妙慧通達緣起能隨趣入四聖諦智於修道中能起猒患離欲解脫解脫知見齊是名爲於大師教以其妙慧所應作事皆已作訖所以者何一切自義皆已究竟從此已後更無所作非於作已復須分別若有作已餘時退失當更有作此作雖作非畢竟作如諸異生以世間道而得解脫此中若先始修業地有漏善法若後所有已作辦地無漏善法如是一切隨其所應當知皆入四聖諦攝

復次由四因緣應正了知集諦所攝百八愛行一由內外差別故二由所依差別故三由自性差別故四由時分差別故

云何名爲內外差別謂由內外六處爲依起諸愛行

云何名爲所依差別謂愛依止五種我慢何等名爲五種我慢謂於我見未永斷故得有如是我慢現行於其六處計我起慢乃至未

爲衰老所損諸行相似相續而轉作是思惟是我如昔彼若復爲衰老所損或於一時成就好色或於一時成就惡色或於一時成就大力安樂辯才或於一時乃至無辯彼若成就好色大力安樂辯時作是思惟我今美妙若違於此作是思惟我非美妙若爲衰老所損敗時作是思惟我今變異

云何名爲自性差別謂此五種我慢爲依發起有愛及無有愛又彼有愛耎中上品差別而轉於其無有由審思擇方能起愛非由意樂任運而住是故於中無有三品差別建立當知此中耎有愛者謂於當來願我當有即於六處願我當有即如是類願我當有於同類生有希求故異如是類願我當有於異類生有希求故若先自體是可愛者願彼相應故造善業作是思惟願我當有如是種類如今所有若先自體不可愛者願彼離隔故造善業作是思惟願我當有如是種類異今所有中有愛者謂於無有不生希欲爲治彼故願我得有即於六處願我得有如前所說即如是類願我得有異如是類願我得有如是一切應知皆名中品有愛上有愛者謂即如是行相差別作是念言願我定有猛利思求

四種相愛應知說名上品有愛此五種愛自性差別由有所依內處別故說十八種愛行差別於其外處當知亦爾此差別者謂如於彼內六處中計我起慢如是於色計爲我所而起於慢謂於此色我自在轉如是乃至於諸法中計爲我所而起於慢謂於此法我自在轉餘隨所應如前應知如是十八并前愛

行合說總有三十六種愛行差別云何名爲時分差別謂即如是三十六行各有過去未來現在三世差別如是名爲由四因緣有差別故愛行合有一百八種又於此中無差別相凡諸所有染汙希求皆名爲愛又即此愛集諦攝故說名爲因津潤性故順生死流而漂轉故名爲流潤於諸境界執著性故名爲著境能與生已依五取蘊如癰病等所有衆苦爲因緣故說名癰根難制伏故說名流溢微細現行魔所縛故說名纖緻上至有頂高標出故說名條幹令無飽故說名枯渴又即如是所說相愛纏衆生故說名爲礙由隨眠故說名爲覆即由如是纏及隨眠成上品故說名上聳成其中品及耎品故說名發起若欲界愛於所知境令迷惑故說爲

冥闇若色界愛於所知境令迷惑故說爲昏昧若無色愛於所知境令迷惑故說爲瞖瞙如有三人第一盲瞽第二閉目第三瞖瞙微覆其眼此中第一全無所見第二少分似有所見第三雖見眼不淨故不覩眞色如是三愛隨其次第冥闇昏昧及與瞖瞙當知亦爾復次由五種相轉法輪者當知名爲善轉法輪一者世尊爲菩薩時爲得所得所緣境界二者爲得所得方便三者證得自所應得四者得已樹他相續令於自證深生信解五者令他於他所證深生信解當知此中所緣境者謂四聖諦此四聖諦安立體相如前應知若略若廣如聲聞地得方便者謂即於此四聖諦中三周正轉十二相智最初轉者謂昔菩薩入現觀時如實了知是苦聖諦廣說乃

至是道聖諦於中所有現量聖智能斷見道所斷煩惱爾時說名生聖慧眼即此由依去來今世有差别故如其次第名智明覺第二轉者謂是有學以其妙慧如實通達我當於後猶有所作應當徧知未知苦諦應當永斷未斷集諦應當作證未證滅諦應當修習未修道諦如是亦有四種行相如前應知第三轉者謂是無學已得盡智無生智故言所應作我皆已作如是亦有四種行相如前應知此差别者謂前二轉四種行相是其有學眞聖慧眼最後一轉是其無學眞聖慧眼得所得者謂得無上正等菩提樹他相續令於自證生信解者謂如長老阿若憍陳從世尊所聞正法已最初悟解四聖諦法又答問言我已解法從此已後如前所說究竟行相五皆證得阿羅漢果生解脫處最後令他於他所證生信解者謂如長老阿若憍陳起世間心我已解法如來知已起世間心阿若憍陳已解我法地神知已舉聲傳告經於刹那瞚息須臾其聲展轉乃至梵世當知世尊轉所解法置於阿若憍陳身中此復隨轉置餘身中彼復隨轉置餘身中以是展轉隨轉義故說名爲轉正見等法所成性故說名法輪如來應供是梵增語彼所轉故亦名梵輪

復次於四聖諦未入現觀能入現觀當知略有四種瑜伽謂爲證得所未得法淨信增上發生厚欲厚欲增上精進熾然熾然精進有善方便言淨信者謂正信解所言欲者謂欲所得精進如前略有五種有勢有勤有勇堅猛不捨其扼善方便者謂爲修習不放逸故

無忘失相說名爲念於諸放逸所有過患了別智相說名正知此二所攝名不放逸於諸染法防守心故常能修習諸善法故

復次苦諦如諸疾病集諦如起病因滅諦如病生已而得除愈道諦如病除已令後不生諸有病者詣良醫所但應尋求爾所正法諸有良醫亦但應授爾所正法是故更無第五聖諦諸佛如來拔大愛箭無上良醫亦但宣說爾所正法

復次背聖諦智不成現觀諸有沙門若婆羅門當知略有十相過患謂有勝義諸沙門等意不許彼爲沙門等言亦不數爲沙門等於諸後有生等衆苦皆未解脫於諸惡趣亦未解脫堪能棄捨正所學處不堪能證諸出世間過人勝法所謂聖道道果涅槃向善趣故

堪能尋訪除學無學餘外福田於超苦苦更不還果無所堪能於現法中究竟悟解解脫一切有餘依苦無所堪能與此相違當知即是不背諦智成就現觀所有沙門若婆羅門十相功德

復次趣向諦智樂正覺者應當了知依四聖諦增上緣力得所依處得彼方便應知是處於善說法毗柰耶中淨信出家名得依處若四沙門果所攝受聲聞菩提若諸獨覺所有菩提若諸如來無上菩提如是三種當知名得如前所說三周正轉隨其次第智見現觀名得方便應知於入諦現觀時如實了知是苦聖諦乃至廣說是道聖諦說名智位從此已後於諸諦中復有所作應當徧知廣說乃至應當修習由此觀故說名見位於無學地

如實解了我已徧知我已永斷我已作證我已修習名現觀位復有差別謂諸無學盡無生智所攝一切極解脫智說名智位即此無學極解脫智所引正見說名見位從預流果乃至究竟當知所有一切學慧名現觀位

復次應知諦智略有六種作業及相謂此諦智是能永滅衆苦前行如日將出先現明相正盡苦者謂初見諦所斷衆苦作苦邊者謂阿羅漢所斷衆苦又此諦智是能對治大無明闇如日光明能破世間所有大闇又如有一已證諦智永斷三結從此無間由失念故暫爲欲貪瞋恚所染彼於爾時依不放逸入初靜慮由觸諦智得不還果如是漸次雖入非想非非想定而與外凡有其差別由已證得不退法故如是諦智有廣大用有廣大果此中所有過去諸行說名已生現在諸行說名正生未來諸行說名當生如是一切總名集法即此一切由無常滅或有已滅或有向滅或有當滅總名滅法

又於諦智已證得者如大石樓已善雕飾八方猛風不能傾動一切異論不能移轉所有悟解不假他緣不視他面彼將何說我當聽受不觀他口適出語已尋我聽聞思惟籌量審諦觀察諸他沙門婆羅門者當知即是諸外道輩

又即一切四聖諦智漸次集成名諦現觀非隨闕一此諦現觀猶如餚饌諸聖弟子無上慧命皆依此活如受欲者食用餚饌苦等諦智闕餘三智如睒彌葉當知餘似娑羅支葉四聖諦智漸次集成一切圓滿

又諸諦智與喜樂俱覺眞義故能令身心極輕安故名諦現觀生那落迦中略有二苦一燒然苦二治罰苦由闕諦智獲斯二苦此無量生猛利大苦由聖諦智皆能超越如是諦智假使因其燒然治罰猛利大苦於現法中一身滅壞而可得者應生踊躍歡喜忍受縱毀百身尚應歡喜況乃唯一

復次若有爲修聖諦現觀當知略有四種障礙何等爲四一者不信二者上慢三者待時四者放逸

言不信者復有三種一於諦現觀不生信解二於僧善行不生信解三於佛菩提不生信解爲欲斷除初不信故世尊自引現量所證聖諦現觀告諸弟子言我已於四聖諦理得現觀故證覺無上正等菩提爲欲斷除第二不信故復說言我昔與汝輩長世久流轉由未正思惟覺悟於眞諦我今與汝等由正見通達以通達爲因盡生死流轉彼因緣盡故自今無後有唯餘最後身住持令不滅第三不信於佛菩提如是相轉謂若沙門喬答摩種是一切智何故有問一類能記一類不記爲欲斷除如是不信故復說言我所覺法無量無邊譬如大地諸草木葉爲他說者少不足言譬如手中升攝波葉多分能引無義利故少分能引有義利故當知此中非不知故而不記別但由能引無義利故而不記別

言上慢者謂即於彼諦現觀中起增上慢爲欲斷除如是上慢故復說言如人在遠以箭射箭筈筈無遺甚爲希有或復一毛析爲百分以毛鑽毛端端不落以極細故是事復難

通達聖諦轉難於彼所以者何由即以其能取作意還即通達能取作意如是方有能緣所緣平等平等無漏智生通達諦理是故此事最細最難箭射箭筈毛鑽毛端則不如是言待時者謂於所作推待後時爲欲斷滅如是待時故世尊說無墜人身甚爲難得復引盲龜以況其事

云何放逸謂略而言若邪思惟若邪尋思若邪戲論是名放逸當知若於不應思處而强思惟名邪思惟謂或思惟我於過去世爲曾有耶乃至廣說於未來世於內猶豫我爲是誰誰當是我今此有情從何而來於是沒已當往何所或思世間謂世間常乃至廣說如是或謂世間有邊乃至廣說或思有情謂命即身乃至廣說或思有情業果異熟謂妄思惟此作此受乃至廣說或復思惟諸靜慮者靜慮境界或思諸佛諸佛境界如來滅後若有若無乃至廣說彼由世俗勝義善巧於是一切二因緣故不應思惟一非思惟所緣境故二由其事無所有故若有思求非思境事或有思求無所有事如是一切皆無所得唯有令心轉增迷亂若於此中不如正理强思惟者雖有一類由宿因力或起猒離或起猒離相應作意緣實境界於其中間暫爾現行而復於彼見爲過患生不實想如是思惟世間等法能引無義邪尋思者當知即是欲等尋思邪戲論者復有六種謂顛倒戲論唐捐戲論諍競戲論於他分別勝劣戲論分別工巧養命戲論躭湪世間財食戲論如是一切總名放逸爲欲斷除此放逸故如來親自爲

教誨者爲堪受化補特伽羅聞已速能斷諸放逸世尊弟子爲斷如是聖諦現觀四種障礙由三行相任持聖諦何等爲三一由聞慧任持其文二由思慧任持其義三由修慧任持其證此中聞慧如其所聞能正任持是苦聖諦乃至廣說又由思慧任持其義謂諸聖者知其是諦故名聖諦當知此中由二緣故得名爲諦一法性故由眞實義說名爲諦二勝解故由即於此眞實義中起諦勝解說名爲諦一切愚夫但由法性得名爲諦非勝解故若諸聖者俱由二種得名爲諦故偏說此名爲聖諦又由修慧於諸諦中獲得内證現量諦智亦得證淨由是因緣於諸諦實遠離疑惑諦智證淨更互相依若處有一必有第二

復次若有沙門或婆羅門於聖諦智而未相應於諸聖諦未成現觀當知略有四種過患何等爲四謂於能往下分惡趣生本行中深起愛樂造作增長彼相應業由此顛墜生惡趣坑又於欲纏人天兩趣衆多煩惱常所燒煑生本行中深起愛樂造作增長彼相應業由此因緣既生彼已大生熱惱常所焼然又於此上色無色纏所有相應如前所說無明昏闇及諸瞖瞙生本行中廣說乃至墮於生闇又由退失受用境界涅槃道故於其中間如生三種世界中間墮在三種妄見黒闇一者常見二者斷見三者現法涅槃見由是因緣墜墮三界生黒闇處攝受如是自妄見故邪無明闇所覆障故不如實觀如前五支所攝受斷由是因緣應知如實顯示諸諦

復次或有一類於諸聖諦不得善巧造作增長黑黑異熟業已能感那落迦傍生鬼趣由此業故譬如擲杖根墮那落迦中墮傍生趣端墮餓鬼界如是一類造作增長黑白黑白異熟業已由此雜業譬如擲杖或墮惡趣不清淨處或墮善趣少清淨處如是一類造作增長白白異熟業已由此業故生在五趣生死諸業所隨逐處壽盡業盡即還從彼色無色界没已退墮五趣生死如五輻輪旋轉不住若有爲他說世間道乃至雖能上昇有頂當知此說非第一義令上昇教何以故如是上昇非畢竟故若諸如來所說聖諦相應言教當知此教是第一義令上昇教何以故如是上昇是畢竟故又若由得諸世俗智乃至有頂名聰慧者非第一義說名聰慧如前說故若由諦智名聰慧者是第一義名爲聰慧如前說故

復次於其四種聖諦智中初聖諦智能入聖諦漸次現觀譬如本足第二諦智譬如牆壁第三諦智如下層級第四諦智如上寶臺又即如是四聖諦智如四階隥能令上昇大智慧殿又即如是四聖諦智如四梯梯能令隥上解脱寂滅當知此中有三種愛譬如三槍諸惡魔羅執持撓攪生死大海令彼受生諸有情類隨而迴轉如是三種魔羅愛槍不能令彼三種有情隨而迴轉一者勁鋭即是預流二者處中即餘有學三者逆流道行圓滿隨其所欲皆能造作已見聖諦補特伽羅永斷所有慢所作苦慢所成苦由是因緣諸苦少在多分已斷謂諸有學及阿羅漢如慢所

作所成衆苦如是諸愛身語意業貪瞋癡等所生衆苦當知一切皆少分在多分已斷譬如礫石及大雪山如是諸慢所作所成所有衆苦若餘若斷當知亦爾如大池沼其水盈滿於中沾引二滴三滴依大池沼水尚甚多如是無色愛所生苦若餘若斷當知亦爾如大陂湖餘如前說如是色界愛所生苦若餘若斷當知亦爾又如大海餘如前說如是欲界愛所生苦若餘若斷當知亦爾又大雪山若諸金山若蘇迷盧及大地喻又有六種礫石之喻又涅團喻餘如前說如是身業語業意業貪瞋癡等所生衆苦若餘若斷當知亦爾如是多苦已遠離故少苦在故當知聖諦如實現觀有大義利謂諸有學最極七生人天苦在諸惡趣苦皆已越度若諸無學唯有現法所依苦在餘一切苦皆已越度

復次若住是身入諦現觀當知此身最爲難得又聖明眼見諦有學轉甚難得又聞思修所成妙慧亦爲難得由此慧故於善說法毗柰耶中如其次第解了勝了及以決了於解了時能審分別於勝了時能生勝解於決了時於法入證又諦現觀所有資粮善有漏法亦爲難得謂於父母識恩養等諸善業道有暇圓滿亦爲難得又有世間初正見等乃至解脱智爲後邊十種正法亦爲難得如是諸法即是有學即是無學當知此中善知恩養所有士夫補特伽羅如實了知一切父母皆應孝養如是知已於其父母勤修孝養是名善識父母恩養又樂已利所有士夫補特伽羅於他有德一切沙門及婆羅門如實了知

是福田已如其所應勤修供養是名善知所有沙門若婆羅門又無貪憧所有士夫補特伽羅於諸妻子及奴婢等一切親屬如實了知彼既以我為室為歸我若有樂彼亦隨樂我若有苦彼亦隨苦如是知已於時時間正以飲食衣服給賜復以病緣醫藥攝受於彼義利自然勇勵而為施造非於一切求彼憶念稟性忠平好等分布亦不婬佚損費財寶不於非處生毗柰耶亦不非處而興憒發於諸耆長及尊重處正善隨轉如是名為善御家長善能造作自他義利諸所施為皆以正法不以非法於現法中他作惡行深見過失謂或殺或縛或罰或退或被譏毀正思擇已終不現行如是名為於此世罪深見怖畏又正觀見造惡行已於其後世感惡趣苦及感所餘匱乏等苦正思擇已終不現行如是名為於他世罪深見怖畏又時時間能正受學施福業事造作種種差別福行所謂看病事佛法僧躬為執當如是等類名作福行於一日夜乃至盡壽所有尸羅能正受學如是總名惠施作福受齋學戒十業道者謂二三等差別宣說乃至為令由聞思慧於彼相應所有作意正多修習又諸有情生惡趣已難可解脫生善趣已速疾乖離當知是名有暇圓滿甚為難得又見諦故無有差別正見生起於過去世名已生起於現在世名今生起於未來世名當生起如前所說若習若修若多修習其義應知若世間正見應隨防護若有學正見并其斷果應隨觸證若無學正見并自離繫果應隨作證如說正見如是乃至解

脫智應知亦爾

瑜伽師地論卷第九十五

音釋

鋸喻 鋸居御切刀鋸也喻羊恕切譬喻也　耎 乳兗切　繳 古了切纏也

瞖瞙 瞖於計切瞙末各切瞖瞙目不明也　瞚 舒閏切目動也　扼 巳革切

筈 古活切箭末也　穳 祖管切　隥 都鄧切登陟之道也　桄 音光梯橫木也

撓 女巧切擾也　攪 古巧切動也　銳 以芮切利也　礫 郎擊切小石也

佚 夷質切淫放也

瑜伽師地論卷第九十六

彌勒菩薩說

唐三藏沙門玄奘奉詔譯

攝事分中契經事緣起食諦界擇攝第三之四

復次總嗢柁南曰

總義等光等　受等最爲後

別嗢柁南曰

總義自類別　似轉後三求

當知諸界略有二種一住自性界二習增長界住自性界者謂十八界墮自相續各各決定差別種子習增長界者謂則諸法或是其善或是不善於餘生中先已數習令彼現行故於今時種子强盛依附相續由是爲因暫遇小緣便能現起定不可轉

復次以要言之雖界種類十八可得然一一界業趣有情種種品類有差別故當知無量譬如世間大惡叉聚於此聚中有多品類種類一故雖說爲一而有無量如是於其一一界中各有無量品類差別種類一故雖各說一而實無量

復次如是諸界由勝解力之所集成先惡勝解集成惡界先善勝解集成善界隨所集成還與如是相似有情同法而轉謂相往來同聚同住同見同意勝解相似由是故言有情諸界共相滋潤相似而轉

復次由梵行求增上力故先說起信次於尸羅受學而轉次於現行所有過罪觀自觀他而生羞恥次於善法無間修習發勤精進於久所作及久所說能無忘失是二爲依令心

得定由心定故得如實智如是且說信增上力漸次修習三種所學一增上戒二增上心三增上慧如是三學勝資粮道謂世正見好行惠捨易養易滿少欲喜足及四攝事其易養等句義差別如聲聞地已說其相如是當知名梵行求已得圓滿成就如是梵行求者還與此界諸有情類共相滋潤相似而轉離此界者還與遠離此界有情共相滋潤相似而轉當知此中果依於因非因依果故無明界所隨六處諸界爲緣所依別故起無明觸種種品類其無明觸種種品類以爲緣故起無明觸所生諸受種種品類其無明觸所生諸受種種品類以爲緣故起無明觸所生諸受爲緣貪愛愛爲緣故而有其取廣說乃至大苦蘊集當知是名依有求故建立諸界又無明界所隨六處諸界爲緣起無明觸此無明觸以爲緣故於諸境界起不如理執取相好所有諸想此想爲緣於諸境界發起希欲希欲爲緣起彼隨法多隨尋思由彼隨法多隨尋思以爲緣故發起思慕愁憂所作身心熱惱身心熱惱以爲緣故於諸境界種種品類思求差別皆可了知如是當知依欲求故安立諸界

復次嗢柁南曰

三七界相攝　見想與希奇　差別性安立

寂靜愚夫後

界有三種一者色界二無色界三者滅界復有七界一光明界二清淨界三空處界四識處界五無所有處界六非想非非想處界七滅界當知此中由其色界攝光明界及清淨

界由無色界攝四無色由其滅界還攝滅界又諸色貪由見由受所顯發故徧於一切色界地中安立光明及清淨界又於如是七界徧知應當了知於得方便應當了知即於其得應當了知於得所爲應當了知如是諸界所有徧知由四因緣應當了知謂有相違所治能治而相待故狹小無量而相待故有及非有而相待故有上無上而相待故黑闇爲緣施設光明不淨爲緣施設清淨色趣爲緣施設虛空如是名爲有相違故待彼所治施設能治由待彼故能於此中正覺慧轉由緣有量狹小境識以爲緣故施設識無邊處由少所有以爲緣故施設無所有處由一切有最勝現前以爲緣故施設非想非非想處爲有無上由薩迦耶所有相應諸煩惱斷以爲緣故施設滅界爲滅無上當知有頂是有無上滅於諸法皆是無上又有想定名爲有行於七界中次第乃至無所有處一切皆是有想定故皆由行定隨順獲得謂取明相光明想俱修三摩地隨順獲得光明想定如是由取清淨虛空識無邊相無所有相當知亦爾非想非非想處由無相作意方便趣入想極細故取爲第一諸有寂靜起勝解時隨順獲得第一有定於一切相不思惟故於無相界正思惟故薩迦耶滅由無相故隨順獲得滅定滅界如是二種不由行定隨順獲得又由永害色無色界所有貪故不下屈故不高舉故解脫住故住解脫故如是諸定得隨所欲有力調柔自在而轉如是名爲隨得諸界又此諸界能隨獲得八解脫定當知初界能隨

獲得第一第二二解脫定其第二界能隨獲得第三解脫勝靜慮定其餘五界如其次第能隨獲得五解脫定

復次諸外道輩欲令弟子於三處中得昇進故略說法要謂有一類於劣欲界爲令獲得人中快樂乃至他化自在天生宣說能感彼果諸行復有一類於中色界爲令獲得梵世間等衆同分生宣說能感彼果諸行復有一類於妙無色爲令獲得乃至非想非非想處衆同分生宣說能感彼果諸行如是彼說劣界爲緣名爲劣語中界爲緣名爲中語妙界爲緣名爲妙語彼諸弟子聞是法已還起如是差別想解如是想解亦名劣想中想妙想如如其想如是如是發生忍樂如是忍樂發生劣見中見妙見彼由如是諸忍樂見便於彼彼差別生處信解忍可執爲最勝造作增長彼相應業如是信解名爲劣願中願妙願當知此二說者行者亦說名爲劣中妙品補特伽羅又彼說者及以行者亦便爲他宣說如是劣中妙法彼亦獲得如是類生又即此生前後相待有差別故安立諸界劣中妙別如是三種若待涅槃一切皆是劣界所攝若諸如來由勝義故妙界爲緣但說妙語餘法差別如應當知若諸聖者所有行趣應知皆爲現法涅槃先有外道彼命終已來生此間因增長故衆緣和合於善說法毗柰耶中暫得出家彼由先世外道妄見所迷亂故集成今時大無明界由此爲因於其涅槃及大師所生起疑惑退失正法及毗柰耶還歸外道諸惡說法彼由先世數習因力還復宣說如

是劣語乃至廣說如前所說一切應知復次於外道處外道弟子各別見趣廣施設中略有三種由忍見依差別可得依此正法能令永捨纏及隨眠由纏捨故彼亦隨捨餘亦無執了知由彼於現法中與他違諍忿競而住能引自他一切無義既知是已捨彼隨眠由捨此故所餘隨眠及餘因此所有諸纏畢竟無執於外道處各別見趣廣施設者謂執世間若常無常廣說乃至如來滅後非有非無於中一類外道弟子爲性遲鈍如如自師或他教導如是如是不審思量取執堅著唯此諦實餘皆愚妄彼於一切各別見趣悉皆忍受是名第一由忍見依復有一類外道弟子性是中根而非遲鈍不能自然於法猛利推尋觀察亦不隨言便生信解而於展轉相違見趣隨喜樂一彼於一類見趣忍受於餘一類而不忍受是名第二由忍見依復有一類外道弟子性是利根彼能自然於法猛利推尋觀察由諸見趣惡施設故彼見一切皆不應理見已一切都不喜樂由是因緣於諸見趣皆不忍受此復有二補特伽羅一邪見行性無堪能無求解意二正見行性有堪能有求解意此中第一一切不忍補特伽羅即由如是非理比量於善說法毗柰耶中不審思量執爲非理誹謗賢聖起無有見又於一切各別見趣皆不忍受方便令彼無所依仗亦令滅壞無所宗承而妄分別計度顯示無所依仗所引見趣常與一切各別見者共興違諍互相惱害是名第三由忍見依此中第二一切不忍補特伽羅於前一切不忍者

見亦不喜樂住求解心往詣他所謂善說法毗柰耶中佛佛弟子如實顯已言我一切皆不忍受佛佛弟子了知彼人有求解意覺慧猛利具堪任性即以其心念彼心已遂依於前補特伽羅而反詰曰汝即於此都不忍見亦不忍耶彼便如實唯然而答如來遂舉此正法中諸弟子衆讃勵於彼告言汝與多人相似我等一切於諸見趣弁不忍見皆不忍受汝若爾者如此人衆纏與隨眠一切見依皆永斷故於當來世諸見雜染無所堪能汝今與彼竟無差別如是輩流極爲尠少汝於此少轉更爲少若於一切纏及隨眠都不忍見能永斷者彼於一切畢竟無執如是如來如來弟子方便令彼外道弟子於正智見發生希欲竊作是念我竟不知如來弟子能斷如是纏及隨眠如來知彼於正智見生希欲已更復策發彼希欲心其遂承受如來爲欲令彼依止思擇修習二對治力永斷一切纏及隨眠宣說法要令其獲得無倒智見如餘安住此正法者能捨一切纏及隨眠所謂思擇彼諸見依能令展轉互相乖背由是因緣違諍惱害能引自他一切無義諸聖弟子於彼一切皆無執取設有來問亦不記別觀察如是諸過患已依思擇力捨離諸纏由此因緣於彼見依能永捐棄於餘見依由正見故亦令無有如是爲欲永斷諸纏拔隨眠故修循身念於有色身觀無常性於身染著淨修其心於隨自身諸受分位由無常門觀無常性如實了知諸名色故便於諸漏心得解脫觀身壞已當來諸受皆悉斷滅又於其身住

當壞想乃至命在常能領受離繫諸受如是名爲依修習力捨離隨眠當知此中貪恚癡等令當來世生等諸苦和合繫縛亦令現法起業雜染亦令欣求未來染事執取過去巳所捨事躭著現在正現前事意很名違言很名諍由三損惱說名爲害觀無常等如聲聞地巳說其相

復次不淨慈悲修所對治欲貪恚害未永斷故諸依止中彼品麤重猶如種子能生彼故如其所應說名欲貪及恚害界由有此故順欲恚害境現前時依不如理作意思惟於三種境能取非理相好想生此想生巳由堅執故當知發起二種過患一者現法二者後法此中云何名爲堅執云何名爲現法過患云何名爲後法過患若由巳生想增上力如前相似欣欲分別所有熱惱尋求生起由是因緣名堅執想又尋求時於其三處於諸有情發起邪行由此爲因或有堪能能生現法所有憂苦由此因緣說名有苦或無堪能然即由彼現在前故名有匱乏又此有苦及有匱乏用二爲緣一者用他手塊刀杖及麤言等爲增上緣由是緣故名有災害二者用內雜染而住爲增上緣由是緣故名有燒惱如是名爲現法過患即由此因於當來世生諸惡趣如是名爲後法過患又若於其所受學處有堅固執當知於彼如乾草舍所依止中所有能依如蟲善法由邪想火擲置其中能焚滅故當知即此補特伽羅所有如蟲一切善法皆被燒害與此相違無堅執故當知退失功德善法與此相違如其所應當知出離無

恚無害想等差別又於是中間思修慧能令黑品無堅固執能令白品有堅固執若此三種妙慧有闕能令黑品有堅固執能令白品無堅固執

復次如來有二甚希奇法一者顯示一切諸法皆無有我二者顯示一切有情自作他作皆無失壞此中略有二種有情一在家品二出家品在家有情爲求財寶初興加行名發起界即於此中若未獲得由順精進障礙因緣諸心勇悍即望於彼名勢力界若已獲得由蚤寅等所有災害順精進障不能令轉名任持界即此諸界從自方所至餘方所從未擯捨至已擯捨名出離界即彼有情爲財寶故俱於二處由起無間殷重加行無緩加行名勇猛界出家有情先樂出家求出家故生決定欲名發起界依出家品於所應得廣大善法無有怯劣名勢力界種種淋漏所生衆苦發勤精進所生衆苦界相違等所生衆苦不能敗壞名任持界若於下劣不生喜足名出離界乃至命在常修無間殷重加行名勇猛界如是一切應當了知謂彼諸界及盡所有諸品類界

復次於諸界中略有二種界差別性云何爲二一者他類差別性二者自類差別性他類差別性者謂眼界異色界異眼識界異如是乃至意識界異自類差別性者謂即彼界或順苦受或順樂受或順不苦不樂受由是爲緣能生三受

復次由四因緣當知建立三種三界三出離界云何爲四一者外不出離而出離故二者

內不出離而出離故三者非畢竟出離而出離故四者無增上慢故當知此中用外五妙欲貪爲緣建立欲界即由此界出離義故建立色界最初靜慮由尋喜樂出離義故建立此上三種靜慮由色有對種種性想出離義故建立空無邊處所攝無色界由空識無所有想出離義故建立此上所攝無色界如是外處不出離出離義故當知建立三界差別又色界中具足六處內處圓滿無色界中五有色處皆已超越唯餘意處於滅界中一切六處皆已超越如是內處不出離出離義故當知建立餘三種界又色界中非是畢竟出離欲界無色界中望於色界當知亦爾若諸有爲皆悉寂滅當知是名畢竟出離如是非畢竟出離出離義故當知建立三界差別無增上慢者謂由徧知當知建立五種六種諸出離界如三摩呬多地已辯其相

復次若諸苾芻專樂寂靜勤修止觀略由五相當知其心名得解脫一者奢摩他熏修其心依毗鉢舍那解脫奢摩他品諸隨煩惱二者毗鉢舍那熏修其心依奢摩他解脫毗鉢舍那品諸隨煩惱三者二種等運離心隨惑解脫一切見道所斷所有諸行四者即由此故解脫一切修道所斷所有諸行住有餘依般涅槃界五者解脫一切苦依諸行住無餘依般涅槃界於善說法毗柰耶中略有二種師及弟子甚希奇法一平等見隨起言說二最勝見隨起言說如是二種外道法中都不可得所作差別故遠離涅槃故

復次世間愚夫略有二種愚夫之相一樂習

行能引自他無義利行二於四處不得善巧當知能引無義利行有四種相云何爲四謂能生起四種苦故一他差别苦二内差别苦三時差别苦四身差别苦他差别苦者或有疫癘謂非人作或有災害謂人所作或有已遭或恐當遭於所未遭而生怖畏如是名爲由他增上所生衆苦内差别苦者謂界相違疾病因緣名爲災患所愛變壞所欲匱乏生染惱心名爲擾惱如是名爲由内增上所生衆苦此復如前應知或有已所遭苦或恐當遭生怖畏苦時差别苦者謂即如是諸品類苦過去已有未來當有現在今有如是總名時差别苦身差别苦者謂自習行邪行爲因能令已苦由是因緣他雖正行亦能令苦如是名爲身差别苦當知此中前三名爲唯能引自無義利行後一名爲亦能引他無義利行云何四處不得善巧謂於諸界諸處緣起處非處中皆不了達與上相違當知即是聰慧二相又由無色意處所依所緣自類流轉差别當知建立有十八界由五色處安立運轉驅役所依體性差别當知建立有餘六界安立所依體性差别謂地等四運轉所依體性差别即是空界驅役所依體性差别即是識界由染淨品想及尋思所依義故當知建立有餘六界謂欲恚害并彼對治貪瞋癡縛所依義故當知建立有餘六界謂苦樂憂喜捨無明若有非理作意思惟即便生起邪想尋思若有如理作意思惟即便生起正想尋思又由三界染淨二品徧行義故當知建立有餘四界謂名所攝受等四藴又由所染所

淨清淨即此不淨清淨增上如前所說外不出離出離義故當知建立有餘三界謂欲界色界無色界如前所說内不出離出離義故當知建立有餘三界謂色界無色界滅界又即由此内外二事出離增上聽聞正法或不正法如理思惟或不如理思惟依處三種言事差別義故當知建立有餘三界謂過去界未來界現在界又由所知諸苦煩惱多中少義當知建立有餘三界謂劣界中界妙界若有上苦及上煩惱是名劣界若有中苦及中煩惱是名中界若有少苦及少煩惱是名妙界如是徧知劣中妙界又由遠離此因緣義及由修習此對治義當知建立有餘三界謂善界不善界無記界又由修善清淨差別缺縛義故無縛義故具縛義故當知建立有餘三界謂學界無學界非學非無學界又即由彼有學無學與諸愚夫若共不共世出世法成就義故當知建立有餘二界謂有漏界無漏界又即由彼世出世間若常無常有上無上差別義故當知建立有餘二界謂有爲界無爲界一切皆爲趣向涅槃悉以涅槃爲其後際熟修梵行是故過此無復立界諸處緣起及處非處所有善巧如聲聞地已辯其相又若略說處及非處善巧相者謂或依止趣五趣行或復依止趣涅槃行此一切行略有三種謂劣中勝趣惡趣行說名爲劣趣善趣行說名爲中趣涅槃行說名爲勝所以者何趣善趣行此最爲極更無餘行唯此能感所有世間最極圓滿謂能感得轉輪王身或帝釋身或魔羅身或大梵身彼無第二更無有

餘補特伽羅或男或女與其等者趣涅槃行當知能證一切有情最勝法性謂聲聞菩提獨覺菩提無上菩提諸佛如來於彼一切最爲殊勝一切三千大千世界補特伽羅無與等者又餘所有安住菩提劣功德者於諸世間得增上位尚爲殊勝何況如來彼復云何謂於是處正見具足補特伽羅不能現行諸異生類堪任現行當知一切如經廣説

復次嗢柁南曰

自性與因緣　見染數取趣　轉差别道理

寂靜後觀察

諸受自性應當了知諸受因緣應當了知於受正見應當了知於受雜染應當了知於能受受補特伽羅思擇不思擇二力差别應當了知如是於受解脱不解脱流轉品别應當了知諸有所受皆苦道理應當了知諸受寂靜止息差别應當了知於受觀察一切受想應當了知略説三受是受自性三品類觸是受因緣又諸樂受變壞法故貪依處故貪是當來衆苦因故由此應觀樂受爲苦若諸苦受現在前時惱害性故如中毒箭而未得拔由此應觀苦受如箭非苦樂受已滅壞者是無常故正現前者是滅法故於二更續能隨順故由此應觀非苦樂受性是無常性是滅法如是於受所生正見能隨悟入諸有所受皆悉是苦於樂受中有貪隨眠於苦受中有瞋隨眠於非苦樂無明隨眠是名於受所起雜染雖於樂等所有諸受現前分位一切未斷煩惱隨眠之所隨眠然由緣彼各别所行諸纏生起此後睡眠煩惱隨縛即名於彼相

續隨眠爲欲永害諸隨眠故熟修梵行非唯爲遣諸纏因緣無思擇力補特伽羅受苦受時心極憂悴即此苦受若身若心現前領納所餘樂受非苦樂受由未斷故而說相應是故名爲現見圓滿冥闇受坑難得其底有思擇力補特伽羅應知一切與上相違又於諸受心未解脫補特伽羅但於苦受圓滿領納猶如一人中二毒箭二毒箭者即喻三受或染心領納謂由貪瞋癡惑相應領納謂由生等苦如是彼由現法所有上品苦故及由現法諸雜染故亦由後法所有苦故由是諸處受其染惱心解脫者應知一切與上相違此差別者具領三受又若有受於依止中生已破壞消散不住速歸遷謝不經多時相似相續而流轉者應觀此受猶若旋風若有諸受少時經停相似相續不速變壞而流轉者應觀此受如客舍中羇旅色類又彼諸受自性所依染淨品別當知名受品類差別有味受者諸世間受無味受者諸出世受依耽嗜受者於妙五欲諸染汙受依出離受者即是一切出離遠離所生諸善定不定地俱行諸受又諸苦受一切衆生現知是苦不假成立所餘二受由二因緣應知是苦非苦樂受及能隨順此受諸行由無常故應知是苦所有樂受及能隨順此受諸行變壞法故應知是苦由此道理當知諸受皆悉是苦又彼諸受應知略有三種寂靜一由依止上定地故下地諸受皆得寂靜二由暫時不現行故而得寂靜三由當來究竟不轉而得寂靜當知此中暫時不行名爲寂靜令其究竟成不行法名

爲止息樂言論者廣生言論染汙樂欲展轉發起種種論說名爲語言即此語言若正證入初靜慮定即便寂靜又麤尋伺能發語言諸未得定或有已得還從定起能發語言非正在定正在定者雖有微細尋伺隨轉而不能發所有語言是故此位說名一切語言寂靜是名第二義門差別又瑜伽師於貪瞋癡深見過患安住領納貪瞋癡等離繫諸受數數徧知數數斷滅貪瞋癡等故說其心於貪瞋癡離染解脫又由七行於諸受中觀受七相謂觀諸受自性故現在流轉還滅因緣故當來流轉因緣故當來還滅因緣故雜染因緣故清淨因緣故及清淨故

復次嗢柁南曰

受生起劣等　諸受相差別　見等爲最勝

知差別問記

一切有情應斷諸受略由三緣而得生起一者欲緣謂於未來世二者尋緣謂於過去世三者觸緣謂於現在世現前境界云何名爲一切有情謂有情衆略有八種一在家衆二出家衆三於諸欲未離貪衆四於諸欲已離貪衆五於初靜慮未離貪衆六於初靜慮已離貪衆七從此已上乃至非想非非想處未得離貪諸外道衆能入世間定具足於邪見乃至邪解脫智者八住內法衆能入世間定具足於正見乃至正解脫智者及住內法衆能入出世定者由此八衆依能領納諸受徧知應知普攝諸有情衆又在家衆或出家衆於諸欲中未離貪者由三因緣諸染汙受而得生起一由染著力二由作意力三由境界

力當知此中諸在家者追求諸欲爲受用故發生欲樂由染著力即此非理思惟先時曾所領受由作意力於現前境現在受用由境界力應知如是補特伽羅欲尋觸緣由現行故皆不寂靜以此爲緣發生三受又由最初染汙欲尋觸現行故領納彼緣所生諸受若彼生巳染著不捨亦不除遣如是彼受長時相續隨轉不絕不得寂靜不寂靜緣長時相續領納諸受又彼欲等由其最初長時相續恒現行故彼緣彼品所有煩惱墮在相續未永斷故即說名爲不寂靜緣是名第二義門差別若諸出家未離貪者由於諸欲能棄捨故其染著力所攝受欲雖得寂靜作意境界力所攝受若尋若觸而未寂靜由是因緣彼於獨處於尋對治未善修故一切離欲皆未

作故於曾受境非理作意尋思現行於諸勝妙現前境界有觸現行若於尋思深見過失於彼對治巳善修故一切離欲未盡作故欲如前說巳得寂靜由是因緣尋亦寂靜唯觸獨一未得寂靜若勝妙境現在前時諸染汙觸便復生起若於諸欲巳離貪者當知一切皆得寂靜是名一種義門差別復有一類於諸欲中未離貪者由於諸欲所有貪欲未永斷故諸尋染觸未永斷故由是一切皆未寂靜若於諸欲貪欲巳斷證初靜慮欲巳寂靜尋未寂靜於初靜慮巳離貪者乃至非想非非想處未離貪者二巳寂靜觸未寂靜超過有頂一切寂靜是名第二義門差別若諸外道能入世間定具足於邪見乃至邪解脫智者由彼爲緣生起諸受於彼染著又由彼品

煩惱隨縛即由如是不寂靜緣諸受生起若住內法能入世間定具足於正見乃至正解脫智者由彼爲緣生起諸受於彼染著又由彼品煩惱隨縛即由如是不寂靜緣諸受生起又住內法能入出世定者若依向道轉自事未究竟所有諸欲未得爲得未證爲證未觸爲觸作是希望我於是處何時當得廣說如前彼未寂靜由是爲緣彼於爾時諸受生起若於自事已得究竟彼欲寂靜由寂靜緣便有第一寂靜無上諸受生起彼於一切所有諸受出離方便如實了知是故如前於第一義諸沙門中許爲沙門諸梵志中許爲梵志若不了知於彼一切皆不忍許當知此中一切諸受無有差別皆觸爲緣又即此緣欲亦爲緣尋亦爲緣境界愚癡所攝無明亦爲其緣如是一切不正思惟及墮相續彼品煩惱以爲其集由此滅故彼亦隨滅正見等道當知說名能趣滅行

復次於遠離喜身作證住諸聖弟子能斷五法能修五法令得圓滿應知如前三摩呬多地廣辯其相又喜樂捨劣中勝品謂在欲界及四靜慮如其所應當知其相又在第四靜慮地捨一切過患皆遠離故名善清淨若此上捨復可立爲勝無愛味

復次由十種相當知諸受所有差別一勝義差別二流轉所依差別三自相差別四盡所有性差別五自相品類差別六流轉門差別七雜染門差別八所治能治差別九時差別十剎那展轉生起差別此中或有無間覺者作如是言受唯有二一苦二樂雖復說有不

苦不樂然唯苦樂無性所顯是故世尊即依如是苦樂寂靜假設爲有世尊爲欲開曉彼故說如是言樂有二種所謂欲樂及遠離樂此遠離樂復有三種一者劣樂二者中樂三者勝樂劣樂者謂無所有處已下中樂者謂第一有勝樂者謂想受滅既有是理樂受亦得說爲寂靜謂在初二三靜慮中非苦樂受亦名寂靜謂在第四靜慮已上乃至有頂一切受無亦名寂靜謂在滅定然佛世尊約第一義說有三種最寂靜樂謂諸苾芻心於其貪離染解脫如於其貪於瞋於癡當知亦爾如是一切總爲三樂一者應遠離樂二者應修習樂三者最極究竟解脫無上住樂應遠離樂者謂諸欲樂應修習樂者謂初靜慮乃至有頂諸所有樂有上住樂者謂滅盡定此亦名爲應修習樂最極究竟解脫無上住樂者謂如前說三最勝樂非據受樂說滅盡定以爲有樂然斷受樂說名爲樂又勝住樂與樂相似又即依此有樂可得說名爲樂謂如有一從此定起有所領受作如是言我已多住如是如是色類最勝寂靜樂住由依此故說名有樂

復次若有苾芻依止如是色類見聞及樂想有無間隨得諸漏永盡當知此見名最勝見乃至此有名最勝有從無我見不更尋求其餘勝見謂無常見即此無間隨得漏盡是故此見名最勝見依止此見復由四門方能隨得諸漏永盡一或從他聽聞正法二或依四現法樂住三或依止三種想定謂從空無邊處乃至無所有處四或天有或在人有是故

此聞於其餘聞此樂於其餘樂此想於其餘想此有於其餘有說爲最勝

復次由徧了知應徧知事於其苦諦得徧解脱於其集諦得勝解說於其滅諦能正作證於其道諦能正修習正於苦邊能隨得者謂於苦諦得徧解脱於諸漏盡能隨得者謂於集諦得勝解脱應猒應離應解脱者謂於滅諦能正作證於無常等隨觀住者謂於道諦能正修習又由十相應當了知境事差別一者已生諸行繫屬命根住因差別二者有色無色諸行展轉相依住立流轉差別三者無色諸行無常法性入門差別四者心諸雜染依處差別五者一切諸行一切品類總皆是苦差別六者淨不淨業果受用門差別七者有喜樂識所行邊際差別八者愛恚依處差別九者喜樂執藏有情生處安住邊際差別十者墮往惡趣依處邊際差別又清淨品應得應修事增上故當知有餘十種差別一者善法無間修習增上無邊差別二者心慧解脱依止差別三者勝三摩地邊際差別四者於一切境繫縛其心邊際差別五者解脱方便差別六者解脱差別七者等覺眞義差別八者現等覺後於三學中受學差別九者正學已學現法樂住差別十者證聖神通廣行差別復次即依如上所說差別應生問論標舉者謂由未了義理記別者謂由已了義理當知此中由四因緣能請問者不應與言由四因緣能記別者不應與言前四種者一於現量二於應理三於其因四於非因謂等示現時而不領解比度分別正施設時而不領

解汝自修行自然當了而不領解正智論者親自演說由此至教亦不領解是故於此能請問者不應與言後四種者謂一切行皆是無常一切諸法皆無有我一切生處皆不可樂淨不淨業終無失壞是一向記故思造業當受於苦此非一向獲得於捨於現法中定般涅槃亦非一向若有問言造作業已往善趣不應反詰云汝問何業若有問言修習道已得涅槃不應反詰云汝問何道爲是世間爲出世間置記論者謂依一切所有見趣如是四種正答問者名善能記應可與言與此相違不應與言

復次諸佛如來有二記別一共外道二者不共共外道者記諸弟子當生處等言不共者終不記別有生者等有二識火熾然所依一微細愛二麤名色欲色二界愛所生識名色爲依愛若止息乃至壽量其識相續隨轉而住若無色界愛所生識但緣其名而得住立愛若斷滅乃至壽量其識相續隨轉而住又於色界此愛爲依生中有識即愛爲依令於中有般涅槃者暫爾安住此愛若斷即於爾時其識謝滅復有二種意所生身二者色界意所生身二無色界意所生身謂由定地意門方便而能集成二生身故又諸如來略有二種善避他論一者能避定不應記作不定論二者能避決定應記作不定論如說喜樂色等義別如是喜樂取等義別應知亦爾

瑜伽師地論卷第九十六

音釋

鈍（徒困切不利也）尠（息淺切少也）很（下懇切不聽從也）蚉蝱（蚉無分切蝱莫耕切）呬（虛器切）疫癘（疫營隻切癘力制切）悴（秦醉切憔悴也）羇（居宜切縻也）

瑜伽師地論卷第九十七

彌勒菩薩說

唐三藏沙門玄奘奉詔譯

攝事分中契經事菩提分法擇攝第四之一

如是已說緣起食諦界擇攝菩提分法擇攝我今當說總嗢柁南曰

念住與正斷　神足及根力　覺道支息念

學證淨爲後

別嗢柁南曰

沙門沙門義　喜樂一切法　梵行數取趣

起二染爲後

依四念住修習增上由四因緣應知內法有沙門道及有究竟外法決定無沙門道亦無究竟當知他論諸沙門道及以究竟一切皆空云何名爲四種因緣一者依止四處得四證智故二者解脫四種外隨煩惱故三者內法弟子與外道弟子不同品類故四者內法大師與外道師不同品類故云何名爲內法沙門謂諸沙門略有四種一者勝道沙門二者論道沙門三者命道沙門四者汙道沙門是四沙門若略若廣如聲聞地已辯其相內法道者云何爲道謂八支聖道若處施設八支聖道是處施設汙道爲後四種沙門若有其道自行邪行非生道器由是因緣容有汙道是故外法尚無汙道況得有餘內法究竟者云何究竟謂斷諸取諸取斷已當來畢竟無復相續云何名爲依止四處云何復名得四證智謂四處者一三結永斷蘇息處二無退墮法勢力處三定趣菩提種類處四極七反有隨行處依此四處於佛法僧及於淨戒

得證淨智云何名爲解脫四種外隨煩惱一者解脫現法外隨煩惱二者解脫後法外隨煩惱三者解脫展轉互相違戾所作外隨煩惱四者解脫於諸聖諦不能宣說不能覺悟所作外隨煩惱當知此中諸外道類闕念住故其念忘失不正知住領納諸受或樂或苦或非苦樂於樂起染於苦起恚於非苦樂發起愚癡如是名爲第一現法外隨煩惱彼由如是染恚癡故以受爲緣生後有愛以愛爲緣發生諸取有愛取故以取爲緣成辦於有廣說乃至純大苦聚積集增長如是名爲第二後法外隨煩惱又諸外道薩迦耶見以爲根本種種見趣意各别故彼此展轉互相違戾是名第三外隨煩惱又諸外道徧於一切四聖諦中尚無有能施設其教況當覺悟是故彼於自師宗智雖得增上而實無知墮無明趣是名第四外隨煩惱住内法者於是一切皆能解脫云何内法弟子與外道弟子不同品類謂外道弟子或墮有見常邊或墮無見斷邊長夜積集深起藏護由聞親近由思染著由修染著内法弟子行處中行遠離二邊云何内法大師與外道師不同品類謂外道師於一切取雖同宣說斷徧知論而於諸取不能施設正斷徧知由彼本契出家捨欲故於欲取立斷徧知非於自見自戒我語若有與他諸餘沙門婆羅門等見不同分戒禁同分彼於見取亦能隨分立斷徧知非於戒禁我語二取若有戒禁亦不同分於戒禁取亦能隨分立斷徧知其我語取於一切時一切外道悉皆共有是故外道於自於他我語

取中皆不施設斷徧知論又彼雖能分捨諸取而於當來還復能取未永斷故如是外道於諸取中未全斷故未永斷故不得究竟内法大師當知一切與上相違如是應知内法大師與外道師不同品類

復次依四念住修習增上略由三處三地三種補特伽羅當知普攝諸沙門義云何三處一境二智三證云何三地一正加行攝異生地二有學地三無學地云何三種補特伽羅一正加行異生補特伽羅二有學補特伽羅三無學補特伽羅云何名境謂地等六界與六觸處爲所依體此六觸處與十八意行爲所依體十八意行能雜染心云何名智謂心清淨增上慧依處云何名證謂即慧依處增上若諦依處若捨依處若寂依處云何慧依處謂慧爲依處於正加行異生地中正修善法爲因緣故能無放逸入有學地若慧爲依處證阿羅漢無學地中得盡智故如實了知我生盡等若學無學出世智後諸世間慧云何諦依處謂已獲得八支聖道斷諸煩惱由此依處當來衆苦畢竟不生由此畢竟無忘失故名諦依處云何捨依處謂斷彼事由此依處於已斷事無雜染行現法樂住云何寂依處謂爲斷滅所餘結事方便勤修如已得道此爲依處於所餘結及所餘事能捨無餘如是一切以要而言爲欲得證故修其智既得證已便獲聖道及聖道果果有二種謂煩惱斷及與事斷此中一種證所未證第二依處捨未來苦第三依處能隨習近現法樂住第四依處斷未圓滿能令圓滿齊爾所處諸

瑜伽師於所應作皆得究竟謂於未證由初能證於未來苦第二能捨於現法樂第三能住於上斷滅所未圓滿第四能滿如是一切由四依處應當了知此中先所獲得聖道名寂靜道爲斷上位煩惱事故正修習時於其事斷倍趣增益於煩惱斷防未得退此中云何由智觀察所知境界證所應證謂正加行異生地中正行異生補特伽羅由內外別觀察五界於所有身住循身觀謂心解脫及慧解脫爲增上故彼起如是如理加行於諸界中住唯界想觀唯有界都無有我依思擇力於諸色界已遠離貪而於所緣猶未能斷於未來世不希望故於現在世不躭著故名已離貪未能永害彼隨眠故名於所緣猶未能斷彼於其貪已遠離故由心解脫爲增上力遠離貪故心得清淨而於所緣未能斷故有餘上位應更修治從此已後於六觸處所攝境界無倒觀察於諸受中住循受觀彼如前說依思擇力於諸受界亦遠離貪歷觀緣生無常性故即如前說而於所緣猶未能斷彼於無明已遠離故由慧解脫爲增上力依諸明觸所生如理作意相應所有善受於一切受所生雜染猒捨而住由於無明觸所生受爲緣起貪已遠離故名得清淨而於隨眠未永斷故有餘上位應更修治從此已後於十八意行無倒觀察俱於心所同時安住循心所觀彼作是思此十八意行最第一者謂諸所有寂靜解脫超過諸色在於無色於能順捨起諸意行復作是思若我依此勝妙意行於清淨捨若定若生躭著係憶因此我心便

成雜染如是知已捨而不憶是名於心住循心觀復於諸處觀無常性是名於法住循法觀彼於爾時於三想定及以非想非非想處所有諸行餘第一有已離貪故名於想界及行界貪亦得遠離餘如前說如是彼於正加行攝異生地中淨修心已爲欲證會學心解脫復於一切身受心法觀唯有法都無有我於一切有深心猒捨不起加行謂我當有或我當無如實了知此中無有有者無者彼由如是如實知故漸於見修所斷三漏心得解脫得盡智故觀察一切當來諸受不復流轉此不流轉由身滅故彼於爾時依諸漏盡所獲盡智爲最第一有學異生諸慧依處猶有垢故今此所得定無垢故又即此慧於諸煩惱斷滅諦中以寂靜行攀緣而住暫時失念亦不能動如是所有心慧解脫不爲忘念之所陵雜如前異生及有學位以彼尚有忘失法故諦不圓滿在無學位於一切時如實性故其諦圓滿故諦依處成就第一由能棄捨一切依事故捨依處成就第一一切道果所集成故名善修道非如異生及諸有學故寂依處成就第一問何因緣故唯在無學四種依處說爲第一非在異生及有學位答在此位中微細淋漏亦不可知況有中上在異生地淋漏彌多有學位中少可知有此中何等名爲淋漏應知如前諸動舉等說名淋漏於彼一切皆永斷故趣向圓滿牟尼性故說名牟尼最極寂靜又已永害當來因故於初中後生老死苦永止息故現法行時於諸世法四種貪愛永寂靜故四種瞋恚永寂靜故又

於住時不恍喧雜永寂止故
復次依修所有菩提分法圓滿增上由七因
緣當知建立七種正法何等爲七一聞所成
作意所緣故二思所成及修所成作意所緣
故三即此三種作意加行時差別故四於受
用財徧受用財善通達故五受用財法於時
時間從他得故六於究竟時內離上慢無失
壞故七亦於他所離增上慢無失壞故此中
依諸止舉捨相修習知時如聲聞地及三摩
呬多地已辯其相食飲等義如聲聞地應知
差別又於此中受用財者謂於刹帝利婆羅
門長者等衆受用法者謂於沙門衆我應如
是行者謂善護於身善守諸根善住正念應
如是住者謂至門首若不聽許則不應入或
得入已若不聽許不應自專就坐而坐應如
是坐者謂不應寬縱一切身分乃至廣説應
如是語者謂五種語一應時語二應理語三
應量語四寂靜語五正直語應如是嘿者謂
於五時應當宴嘿謂或紛擾故或相誹撥故
或違諍而住故或延請故或談論故爲待言
終所有宴嘿云何應時語謂非紛擾或遽尋
思或不樂聞或不安住正威儀時而有所説
又應先序初時所作然後讃勵正起言説又
應待他語論終已方起言説如是等類一切
當知名應時語云何應理語謂依四道理能
引義利稱實而語名應理語云何應量語謂
文句周圓齊爾所語決有所須但説爾所不
增不減非説雜亂無義文辭如是等類名應
量語云何寂靜語謂言不高踈亦不喧動身
無奮發口不咆勃而有所説名寂靜語云何

正直語謂言無詭詐不因虛構而有所說離諂曲故發言純質如是當知名正直語於已所無信等善法不起上慢謂爲自有於其狹小亦不增益以爲廣大唯於實有乃至所有如實了知自稱言有故名自知又信爲先受持淨戒持戒爲先求多聞法由此爲先捨諸過失普於一切資財身命無所顧戀由此爲先心得靜定證如實智如是五法由四因緣之所顯發一由他教故二教增上力自內證故三俱生尋思勝辯才故四由先串習獲得俱生功德相應善男子故略有二種補特伽羅者雙標二種如是二種者分別二種此二爲勝者當知簡擇二種差別修十善法得二勝利謂現法中得輕安樂覺境實性發生勝喜由是因緣多住喜樂安住是已能如理思

速疾證得諸漏永盡復次依修菩提分法增上於善說法毗柰耶中略由諸學及諸學果攝一切法云何諸學謂三種學一增上戒二增上心三增上慧云何學果謂有餘依及無餘依二涅槃界當知此中一切法者謂善法欲清淨出家爲證涅槃先受持戒由是漸次乃至獲得究竟涅槃是故宣說一切諸法欲爲根本又依淨戒引求正法攝受多聞由聞正法增上力故能速集證增語明觸是故說彼以爲觸集又彼皆爲流趣明觸所生諸受乃至有餘依般涅槃界爲其後際爲求安樂而發起故此樂一向無罪性故是故說彼學所攝法爲受流趣又彼爲求所有明觸及依明觸所生諸受起聞思修所成作意是故說彼爲作意生又於爾

時於四念住由觀品念以觀爲依與內心止爲其增上是故說彼念爲增上又念增上起奢摩他與後聖諦現觀妙智爲上首轉是故說彼定爲上首又於聖諦諸現觀中慧爲最勝謂能無餘永盡諸漏是故說彼慧爲最勝又由一切漏永盡故獲得究竟明觸生受俱行解脱即此解脱非由一切學所攝法數數隨得唯由頓得由此解脱一切樂中爲最第一無罪性故是故說彼即用解脱以爲堅固又彼如是善解脱心若諸明觸所生受等若學所攝所有諸法并所依身於無餘依般涅槃界任運自然究竟寂滅是故說彼皆以涅槃爲其後際應知此中欲爲增上受持淨戒名增上戒學依止觸受增上心慧任持方便所有作意若念若定并其加行名增上心學慧爲最勝名增上慧學如是應知名爲三學及彼依持解脱堅固是有餘依般涅槃界第一學果涅槃後際是無餘依般涅槃界第二學果如是略說學及學果攝一切法又此諸學及諸學果能證資糧當知對治八種過患修習九想云何名爲八種過患所謂躭著利養恭敬愛藏一切後有諸行懈怠懶惰薩迦耶見貪著美味於諸世間種種妙事欣欲貪愛依止放逸惡行方便依止邪願修習梵行云何名爲修習九想一者修習出家想二者修習無常想三者修習無常苦想四者修習苦無我想五者修習猒逆食想六者修習一切世間不可樂想七者修習死想八者修習世間平等不平等想九者修習有無出没過患出離想應知此中所有如法平等行攝能

往善趣善身語意業說名平等所有非法不平等行攝能往惡趣不善身語意業名不平等又住於此若生若長能生後際所有衆苦說名爲有從其前際於現法中有死滅苦說名爲無餘出没等應知如前已廣分別

復次諸外道輩聞不正法增上所生不如理想爲依止故發起無明所生諸受由此爲依發生諸漏而諸外道於是諸漏不如實知亦於無明觸所生受不如實知亦於聽聞諸不正法增上所生所有邪想不如實知於是三處不實知故發起欲求發起有求亦復發起邪梵行求及無有求彼於諸欲不如實知於後有業不如實知於其衆苦不如實知此中前五是集諦處最後一種是苦諦處如是外道於此集諦及以苦諦不如實知又即於此集諦苦諦略由二相不如實知一雜染故二清淨故此中雜染復有四相一自性故二因故三果故四因果差別故此中清淨復有二種一集苦滅二趣滅行彼於如是四聖諦中闕乏正智不能修習菩提分法由是因緣彼所修行所有梵行不得名爲最極究竟即由此緣不名究達不盡諸漏故住内法者與彼相違所修梵行最極究竟名爲究達盡諸漏故

復次於其六種補特伽羅依染淨法如來所有大士根智及當來法生起智轉云何名六補特伽羅謂有一類補特伽羅先餘生中於佛善說法毗柰耶獲得淨信廣說乃至得正直見彼於今生於惡說法毗柰耶中近不善士聞不正法非理作意於現法中最初生起諸邪見受諸業雜染彼於爾時成就前生所

有善法及現法中諸不善法復於後時於善說法毗柰耶中親近善士聽聞正法如理作意即由先因棄捨惡説法毗柰耶於惡説想諸不善法不生染著速能遣滅此於當來成清淨法是名第一補特伽羅復有一類補特伽羅先餘生中倶行二法毗柰耶行由彼爲因於現法中成就善法及不善法彼於今生最初如前於善説法乃至獲得如理作意於現法中諸不善法令舊滅没新不復生諸有善法令舊增長新復更生諸先所有不善未斷隨眠隨逐令於一切皆能斷除無放逸住此於當來成清淨法復有一類補特伽羅先餘生中唯行外行彼於今生由是爲因串習出家故串習邪見故於善説法毗柰耶中遇緣和合而得出家既出家已復生邪見住自見取造無間業亦斷善根一向成就諸不善法惡趣決定是名第三補特伽羅如是三種補特伽羅當知第一先於内法純習因行於現法中先行放逸後不放逸第二補特伽羅先於内外倶習因行於現法中當知一向不放逸第三補特伽羅先於外法純習行因行於現法中當知一向多行放逸如是三種補特伽羅復有餘三補特伽羅與上相違應知其相此中第一補特伽羅先於外法純習因行於現法中先不放逸後行放逸第二補特伽羅先於内外倶習因行於現法中專行放逸第三補特伽羅先於内法純習因行於現法中當知一向修不放逸又於此中先世所習善不善因猶如種子今世善説法毗柰耶於其先世諸善種子猶如良田於彼先世

不善種子猶如瘠田與是相違今世惡說法毗柰耶於其先世不善種子猶如良田於彼先世諸善種子猶如瘠田又彼先世因增上力令善法起猶如光明與彼一切如無明闇諸不善法爲能對治彼不善法與彼一切猶如光明所有善法爲所對治如是先世諸不善法如有熱炭由有能燒身心義故今世惡說法毗柰耶如乾葦舍又彼先世所有善法如有熱炭由有能燒煩惱義故今世善說法毗柰耶如乾葦舍又彼先世所有善法處今惡說法毗柰耶由損減故猶如置在冷地石器如無熱炭又彼先世諸不善法處今善說法毗柰耶由斷滅故猶如置在冷地石器如無熱炭此中諸如來由大士無上根勝劣智力於其先世善不善因所習成根隨其所應如實了知又於現法染淨門轉生起當來染淨諸法亦隨所應如實了知故言成就甚奇希有

復次往惡趣行往善趣行超度差別當知略有五門不同由此五門於自超度如實了知於他超度亦正徧知所謂諸佛及佛弟子云何名爲往惡趣行謂諸外道所有一切薩迦耶見以爲根本諸惡見趣并彼所緣并彼所依以爲依止發生種種惡欲及害若殺生等所有無量惡不善法如經廣說乃至所有諸非法行不平等行以爲最後能往險惡處能往那落迦能往諸惡趣差別生起若往於彼名生惡趣領受彼因所感非愛諸果異熟如是名爲往惡趣行於此多聞諸聖弟子若彼所緣生諸見趣若自所依令起執著若諸所

有能往一切險惡趣等諸惡欲等廣說乃至諸非法行不平等行以爲最後若住於彼領受非愛險惡等果如是一切如實隨觀非我我所謂於是中決定無我亦無我所如是觀已當於聖諦得現觀時彼諸見趣隨眠根本皆永拔故說名爲斷其餘一切畢竟不續此聖弟子於彼見趣以爲根本所有能往險惡處等定不能作定不能往險惡處等是名第一往惡趣行永損害門由是因緣能於自內如實了知離我等聖所餘異生雖復有能以世間道超度能往惡趣不善及惡趣等獲得四種現法樂住或得超過諸色無色寂靜解脫然其不能究竟損害諸惡趣等後可相應是故彼流雖極能離欲色界愛暫時獲得勝上樂住而復當來更還造作殺生等事往諸惡趣我等定當不能造作殺生等事乃至廣說諸非法行不平等行我等定當能不造作是名聖法毗柰耶中永損害門謂能損害往惡趣行如是諸佛及佛弟子能實徧知永損害門所有差別又即如是諸聖弟子爲欲超度所餘未斷往善趣行此聖弟子於先所作不生喜足於上漏盡起欣樂欲發正願心於彼所得諸世俗道審觀過患謂彼不能究竟離苦是名第一爲欲超度往善趣行發心願門發心願已普於一切善趣後有所生愛味深觀過患如險惡道心生猒離欣慕寂靜現法涅槃正修方便由是進趣如先所得趣涅槃行如是名爲能進趣門彼由修道漸次離欲乃至能入第一有定若於上捨多生愛味放逸因緣於現法中不般涅槃但名上行不

還果者如是名爲後上行門若復於彼深觀過患於上捨中不生愛味彼於現法能證涅槃依有餘依般涅槃說如是名爲般涅槃門由是門故如實了知自般涅槃超度一切往善趣行於他超度亦正徧知所謂諸佛及佛弟子此中初一永損害門當知超度往惡趣行後發心願進趣上行涅槃四門當知超度往善趣行

復次諸聖弟子已見諦跡未離欲者應知略有二種雜染謂欲雜染後有雜染於此二種諸聖弟子應勤加行淨修其心諸聖弟子爲欲斷除欲雜染故勤方便時漸依三行謂趣無動行趣無所有處行證入無動無所有非想非非想處定此由斷對治故及遠分對治故超度欲雜染或爲斷除後有雜染勤方便時已離欲界愛未離色界愛謂我所何當不有我何當不有我當不有我所當不有若今所有若昔所有如是一切我皆棄捨彼正修習能斷後有所有差別對治道已離色界愛乃至能入非想非非想處定若現法中於其上捨多生愛味不般涅槃彼於現法不全解脫一切所有後有雜染若於上捨不生愛味彼現法中能般涅槃能全解脫所有一切後有雜染當知此中若爲對治欲雜染故修對治道漸次乃至能入第一有定若爲對治後有雜染修對治道漸次乃至能入第一有定如是二種名共解脫由諸聖者非聖異生皆可容有是故此解脫不名聖解脫若於一切乃至有頂薩迦耶苦如實知已超度有頂於現法中永斷一切所有雜染如是解脫唯諸

聖者方能獲得故此解脱名聖解脱如是一切總有五處一趣無動行二趣無所有處行三趣非想非非想處行四現法涅槃五聖解脱復有三種諸欲過患一者諸欲能爲順樂受境界所生貪欲因緣二者諸欲能爲順苦受境界所生瞋恚因緣三者諸欲能爲順不苦不樂受境界所生無明憤發因緣又此諸欲當於三處應觀過患一自性故二所緣故三助伴故自性故者謂虚妄分別所生貪愛所緣故者謂若内若外五種色境助伴故者謂非理作意相應倒想又離上欲勝方便心說名廣大何以故由彼上地轉上轉勝故修彼心說名廣大若能猒離下地世間當知定以無常等行猒壞制伏於其上地所應得處當知亦以暫時方便起寂靜想任持其心又我已得於是處所具足安住生信解者當知彼於加行道中修習淨信於是處所生淨信心由此淨信增上力故修習精進念定慧等從初靜慮漸次乃至識無邊處諸無動定皆能證入又由其慧起是勝解謂我已能入如是定此即能感識無動處所有生果若現法中不般涅槃或不進求往於上地彼於當來決定應往此無動處又由三緣於是諸地當知建立爲無動處謂外欲等散動斷故立初靜慮爲無動處尋伺喜樂色界地中諸動斷故立第四靜慮爲無動處有色有對種種别異想動斷故立空無邊處識無邊處爲無動處第二第三靜慮中後後所有諸動斷故當知亦得名無動處識無邊處由空無邊處外門緣動得遠離故當知建立爲無動處以要

言之緣所有定無動揺故皆名無動此定邊際極至識無邊處是故當知乃至此處建立無動即此一切緣所有定皆名有上想定從此已上緣無所有定當知名爲無上想定從此已上復名非想非非想處定故由三分宣說三行由三種門諸聖弟子猒壞欲等既猒壞已漸次能入乃至識無邊處定是故建立能趣三種無動處行又若色想若無動想於諸下地深猒壞已能入無所有處定是名第一能趣無所有處行又即此處是無漏道修習邊際此無漏道復有二種一者有上二者無上如有想定其有上者無常行俱其無上者無我行俱由有上行於其下地深猒壞已入此處定由無上行於下於上一切法中思惟無我能入無漏無所有處定此無上行當知名爲第二趣行此第二趣行復由二行有差别故建立二種云何二行謂能依所依智差别故此中能依無我智者謂諸所有若有情界若我已身於中都無我所屬處謂地方域我所屬者謂諸有情我所屬事謂或父或母或伴或主如是等類如彼於我非所屬處非所屬者非所屬事如是我亦於彼非所屬處非所屬者非所屬事此中所依無我智者謂諸世間空無有常及我我所此中都無常我我所眞實可得唯有諸法如是世間既悉是空當復有誰有所屬處有所屬者有所屬事是故當知前無我智是其能依後無我智是其所依非想非非想處無無漏道唯由猒壞無所有處想故能入此處定於中唯有此一趣行又於此中我所何當不有者謂由生

等苦故說我有苦我何當不有者謂即以生等苦爲我發生如是樂欲心已正勤加行正加行已獲得前後所有差别由是因緣復得決定謂我當不有我所當不有若今所有者謂令現法造作增長所有新業若昔所有者謂諸故業彼於此一切所有異熟果皆不願求一切棄捨無顧戀故

復次嗢柁南曰

安立邊際純　及如理緣起　修持障自性說斷起修後

此中安立四念住爲初道支爲最後三十七種菩提分法若略若廣如聲聞地應知其相又由四念住應知一切所知事邊際由所知事邊際故復應了知智事邊際又四念住由欲精進等修習加行方得圓滿應知除此四種念住更無有餘不同分道或所緣境由此道此境能盡諸漏獲得涅槃由無第二清淨道故說純有一能趣正道又此純一能趣正道由二因緣能令有情究竟清淨一由思擇力故二由修習力故此中愁者謂染汙憂所言泆者謂悼俱行欲界染喜愁以四種世法爲所依處泆以餘四世法爲所依處於四念住勤修加行依思擇力超度愁泆由依世間修習力故得離欲愛棄捨憂苦依出世間修習力故超度一切薩迦耶苦亦能證得八支聖道及聖道果眞實妙法一切有情當知皆由思擇修習二種力故得一切種究竟清淨

復次若於身等四種所緣發起種種非理作意即便違背四種念住違背此故即便違背如理作意謂聖如理無間能生正見支等所

有聖道違背此故即便違背一切聖道違背道故便爲違背道果甘露究竟涅槃又瑜伽師了知身等因緣生巳復於三世身等諸法住無常觀由住如是無常觀故於諸後有終不依止後有愛住又現法中於一切行若內若外都不執取我及我所又於未來當知安住集法隨觀於過去世當知安住滅法隨觀於現在世生巳無間盡滅法故當知安住集滅法隨觀由彼最初於身等法觀緣生性悟入無常悟入如是無常性巳於諸愛見雜染等處多修習住淨治其心如是作意方得圓滿由此爲依能隨獲得究竟漏盡又一切法以要言之謂善不善若雜染品若清淨品當知此中諸雜染品皆用非理作意爲集諸清淨品皆用如理作意爲集如是一切總略說名作意爲集

復次修諸念住若略若廣如聲聞地應知其相又此念住修習道理非今世尊出現於世方始宣說令聖弟子適初修習然於過去無始時來於諸念住修習流轉於未來世當知修習亦無窮盡又是過去未來現在世出世間無量善法生起依處故說如是四種念住名爲善聚又能障礙如是善聚故說五蓋名不善聚又由身等四所知法無邊別故如來智慧於彼無礙亦無有邊智無邊故如來所說無上法教亦無有邊如是法教二緣所顯一由文故二由義故義差別門無有數量法教文句開顯義門亦無數量於此文句不重宣說無邊展轉辯才無盡是故如來成就希奇未曾有法善能宣說所有法教於一義中

能以無量巧妙文句方便開示而不重說又於聖教宗義趣智善成就故名爲有趣俱生聞思所成妙慧善成就故名爲有意成就定故名爲有念通達諦故名爲有慧當知此中

初一總標後三別釋

復次有諸苾芻於身等法先由聞思如理作意安住唯有身等法觀知一切法無我性已不唯於此聞思作意而生喜足唯上希求定心解脫爲求定故住遠離處唯緣身等以九行相安住其心令心内寂由二因緣起四念住名善發起一由如理作意如實智故二由三摩地如實智故此慧無間由如實智當得究竟

復次有諸苾芻於三對治得隨所欲得無艱難得無阻礙謂無常想若仁慈觀若無相定彼由如是三種對治隨其所應如前所說於可意等身等境界住猒逆想不猒逆想棄彼二種捨念正知由此因緣當知名爲善修念住

復次嗢柁南曰

先諸根愛味　前後有差別　取相及諸縛大果利爲後

有三種根於諸念住一切善聚爲障礙故當知說名不善法聚何等爲三一惡行根能令當來住惡趣苦二尋思根能令現法住不安苦三者根根與惡行根及尋思根爲根本故說名根根應知此中諸貪瞋癡三不善根能與身等惡行爲根欲等三想能與欲等尋思爲根欲等三界當知能與貪等三根及欲想等三根爲根

復次有諸苾芻於四念住勤修加行以世間道離欲界愛廣說乃至第一有定具足安住即於此定多生愛味即於此定生喜足想不上勤求得所未得此於聖法毗柰耶中不名大士何以故其心未得善解脫故與此相違得名大士

復次有諸苾芻於身等境精勤安住循身等觀以九行相安住其心令心內聚當知此心於奢摩他所治身心惛沉下劣不得解脫不解脫故依此聚心生起身中諸惛沉性生起心中諸下劣性若於念住善安住心如實了知此所生起隨煩惱已便從內聚還收其心安置在外淨妙境相謂於佛等功德行緣持心令住由緣此故發生歡喜廣說乃至由妙舉門於所緣境令心得定從奢摩他之所對治諸隨煩惱而得解脫從此已後如實了知於隨煩惱心得解脫爲此義故祈願於外得此義已還復如前攝心內聚而不爲其諸隨煩惱之所惱亂心內聚已不由祈願自然如實了知於外心得解脫彼於外緣行相尋思有所制伏有其加行難可運轉皆得自在解脫棄捨安樂而住已得成辦勝奢摩他如是彼於四種念住善安住心能正了知前後差別又應知此補特伽羅先已修行毗鉢舍那以爲依止於奢摩他修瑜伽行

復次有諸苾芻於諸念住勤修加行毗鉢舍那以爲依止於奢摩他樂修觀行彼即應於內奢摩他所攝自心取如是相謂我今者何所思惟云何思惟令奢摩他所攝受心爲奢摩他所治身心惛沉下劣之所惱亂復我今

者何所思惟云何思惟令奢摩他所攝受心不爲彼法之所惱亂若彼苾芻不取如是自心相貌但自了知此隨煩惱染汙心已便於外緣取淨妙相由是爲因雖能暫時除遣現在現前隨惑然於後時若復如前攝心內聚還爲如是隨惑所惱不得靜定如先不取自心相故由是因緣爲隨煩惱數數擾亂又不能得所欣求義復爲憂愁之所損惱又經長時不能獲得內心寂止不能獲得依奢摩他毗鉢舍那爲先清淨增上第一正念正知由不獲得內心寂止故不能得四增上心現法樂住由不獲得增上第一正念正智故不能得先所未得無上安隱究竟涅槃與上相違應知即是一切白品乃至獲得先所未得無上安隱究竟涅槃此中典廚譬瑜伽師主即譬於內奢摩他所攝受心其餚饍味喻執取相上妙衣食喻於內心奢摩他等當知黑品喻諸愚夫所有白品喻諸智者

復次有諸苾芻於諸念住正勤修習而是異生或有勝妙可愛境界正現在前或復獨處得諸相狀由失念故不如理想以爲依止率爾發起猛利貪纏彼於此纏深心猒恥謂如自身墮於厄難極鄙穢處發起猛利思遠離心由如是行便於彼纏心得解脫既解脫已心生歡喜從此已後起猛利猒猛利猒後得無常想如見大犂發諸行塊便於聖諦如實現觀以其依止依附涅槃又即有學觀察作意於勝妙境思惟淨相由未永斷貪隨眠故貪纏率爾生起現前尋復於彼深見過患爲欲斷此纏及隨眠入無相定如是能斷餘未

斷法從定起已如實了知一切已斷領受微妙解脫喜樂如實觀見自已成就大智力故名爲强盛諸魔羅品其力羸劣

復次修四念住所引功德當知能感最勝增上究竟果故名有大果當知能感最勝增上樂勝利故名有大利

瑜伽師地論卷第九十七

音釋

咆（蒲交切咆爊也）勃（蒲没切勃然也）瘠（秦昔切瘦也）惛（呼昆切不明也）

瑜伽師地論卷第九十八

彌勒菩薩說

唐三藏沙門玄奘奉詔譯

攝事分中契經事菩提分法擇攝第四之二

復次嗢柁南曰

邪師住雪山　勸勉繫屬淨　漸次戒圓滿
穗成就爲後

有諸外道於弟子衆自立爲師專求利養專求恭敬專求自利遇緣和合有族姓子投其出家因而謂曰汝之與我先無一切資身衆具可共受用汝應爲我往詣他處褒讃我德掩藏我失我亦爲汝行如是事我等二人迭相依護當於諸王若與王等乃至一切大商主邊多獲利養及以恭敬若作是言諸外道師名專自利然其弟子便發抗言勿爲此見如是護者未名自護往惡趣失若防此失乃名自護是故汝應如前自護我亦當自別爲餘護我既不能護汝汝亦不須護我於此義中當知弟子是如理語者是聰慧者重當來故應知其師是非理語者是愚癡者重現在故復有雜染觸惱於他由雜染故不能自護因此惱他不名護他此中如前由親近等斷諸煩惱名當自護從此已後由斷爲因不惱他等名當護他應知此中無瞋無害是無惱義無緣而起利樂二心無緣而起慈悲二心當知如此是哀愍義由哀愍故不惱於他是故當知一切哀愍與彼相違

復次應知雪山喻佛善說法毗柰耶此中略有三分可得一無學地二有學地三異生地猨猴喻彼非理作意諸相應心獵人喻魔於

無學地俱不能行於有學地乃至不還唯有非理作意相應獶猴喻心獨一能往非獵人喻魔所能行於異生地二俱能行又諸愚夫要觀餘境能出餘境追求餘境餘境所縛是故於境不得解脫

復次由於正法聽聞受持觀察義理法隨法行如其次第應知勸化安立四義復有三法尚能斷除一切勝妙婬欲貪纏況乎鄙劣諸欲貪纏何等爲三一精進力二不放逸力三對治力由精進力其已生者令不堅住由餘二力其未生者令不得生如是行者勤修正行爲欲斷除已生惡故及未生者令不生故

復次於四念住殷重修習如聲聞地應知其相繫屬魔者謂在欲界此不還果即能超度繫屬死者謂從欲界乃至有頂此阿羅漢乃能超度言不清淨諸有情者謂諸異生言清淨者謂諸有學言鮮白者謂諸無學復有三種證淨未清淨者能令清淨已清淨者能令鮮白當知此中上諸有學說名清淨下諸有學名不清淨彼由修道未清淨故餘如前說

復次修四念住應知略有五種漸次一信增上力清淨出家二戒律儀三根律儀四樂遠離五蓋清淨諸在家者雖復數數修諸念住護得淨信諸蓋清淨然闕學處當知所修不得圓滿

復次由三因緣具戒苾芻當知禁戒淨命圓滿云何爲三一所行圓滿二攝取圓滿三受用圓滿所行圓滿者謂從買賣乃至害縛斷截撾打揣摩等事皆悉遠離攝取圓滿者謂於攝取象馬等事乃至攝取生穀等事皆悉

遠離受用圓滿者謂衣僅蔽身食纔充腹便生喜足於餘長物非時食等皆悉遠離復次身等四法如四大路於彼所生非理作意如邪祈願稻穀麥穗於彼所生如理作意如正祈願稻穀麥穗當知欲界是不定地猶如其皮色無色界俱是定地猶如其肉無明如血於三界中由三種漏有淋漏義

復次如先所說所有貪等種種無量惡不善法由二因緣若成就者不能修習四種念住非是一切汎成就者云何爲二一有貪等纏現前故二於此纏不見過故纏現在前雜染心故不能修習雖暫遠離性染著故非無戀故於能隨順貪等諸法其心散動常逐漂淪種種尋思恒隨擾亂是故不能修習念住若不爾者諸有其性不深染著皆應不能修習念住若如是者無容有能修四念住

復次嗢柁南曰

勇力修等持　異門神足後

應知建立四種正斷如聲聞地已廣分別此中宣說勇第五句云何名勇謂如前說堪能忍受發勤精進所生衆苦諸淋漏苦界不平苦他麤惡言損惱等事所生衆苦非此因緣退捨修習正斷加行故名爲勇

復次應知建立四種神足如聲聞地已廣分別若略說者由四種力持心令定是故建立四種神足云何爲四一淨意樂力二勤務力三心喜樂力四正智力當知此中由第一力於三摩地發生樂欲爲證得故修習勤務由第二力最初住心令其安定由第三力已住定心無復散動不令於外更復飄轉由第四

力觀察等持所治煩惱於斷未斷如實了知又於等持入住出相能善了別如是復於奢摩他等所有諸相若奢摩他毗鉢舍那諸隨煩惱及隨煩惱能對治等皆如實知樂等持者於等持中但有爾所等持作事除此更無若過若增

復次由五因緣當知神足略修習相一由遠離奢摩他品隨煩惱故二由遠離毗鉢舍那品隨煩惱故三於毗鉢舍那品所緣境界繫縛心故四於奢摩他品所緣境界繫縛心故五俱於二品所緣境界繫縛心故應知此中奢摩他品隨煩惱者謂懈怠俱行欲等及惛沉睡眠俱行欲等當知懈怠俱行欲等是惛沉睡眠俱行欲等所依止性毗鉢舍那品隨煩惱者謂掉舉俱行欲等及妙欲散動俱行欲等當知掉舉俱行欲等是妙欲散動俱行欲等所依止性又於此中由懈怠俱行欲等於奢摩他品令住雜染然不能令諸奢摩他皆悉滅沒由惛沉睡眠俱行欲等於奢摩他品令住雜染亦復能令諸奢摩他皆悉滅沒由掉舉俱行欲等於毗鉢舍那品令住雜染而不能令毗鉢舍那一切滅沒妙欲散動俱行欲等於毗鉢舍那品令住雜染亦令一切毗鉢舍那皆悉滅沒毗鉢舍那品所緣境者謂前後想此想分別如聲聞地應知其相奢摩他品所緣境者謂上下想此亦如前應知其相俱品所緣境者謂光明想彼於俱品由動搖故有諸光影俱行心修又非如欲等與餘懈怠相應說名懈怠俱行精進亦爾得有懈怠共相應義然即精進隨在慢緩不正發

勤精進相續說名懈怠俱行又此五相當知總攝一切種修樂等持者由此等持速得成滿

復次於五解脫處如其所應當知欲等增上四種三摩地若有苾芻依淨意樂及猛利欲爲欲證得最勝通慧從諸如來及佛弟子殷重恭敬聽聞正法從聞無間漸次證得勝三摩地當知是名欲增上三摩地復有苾芻如所聞法如所得法起大功用發大精進或正爲他宣說開示或以勝妙音詞讀誦從此無間漸次因緣能隨獲得勝三摩地當知是名精進增上三摩地復有苾芻於諸賢善三摩地相善取思惟觀青瘀等乃至骨鎖以爲邊際由此所緣次第生起勝三摩地當知是名心增上三摩地復有苾芻如所聞法如所得法獨處空閑思惟籌量審諦觀察由此因緣漸次生起勝三摩地當知是名觀增上三摩地復次差別謂由四門起三摩地一由如前從他生起猛利樂欲聞正法門二由從他獲得無倒教授教誡無間殷重發起加行未入根本勝三摩地爲欲趣入正教授門三由已入根本勝三摩地爲欲轉得所餘上位勝三摩地心喜樂門四由多聞聞持自能於法如理觀察平等觀門當知此中由第一門起欲增上三摩地由第二門起精進增上三摩地由第三門起心增上三摩地由第四門起觀增上三摩地所餘分別義及分別斷行如聲聞地應知其相

復次修諸神足以爲依止能正引發諸聖神通無有外道修諸神足能正引發諸聖神通

又諸聖者引發所有最勝神通隨所願樂延諸壽行或住一劫或一劫餘謂過一劫不淨種姓補特伽羅名爲物類當知此類唯住內法又諸聖者變化神通於其四事不能變化一者根二者心三者心所有法四者業及業異熟又諸聖者變性神通不能轉變順樂受業令自性改成順苦受如順樂受望順苦受順苦受業望順樂受應知亦爾若業能順非苦樂受當知畢竟順非苦樂又諸聖者住持神通不能住持順非苦樂受業令成無受餘亦如是又諸聖者變時神通不能轉變順現法受業令成順後法受業及順後法受業令成順現法受業

復次嗢柁南曰

安立所行境　慧根爲最勝　當知後安住
外異生品等

略由六處增上義故當知建立二十二根何等爲六一能取境界增上義故二繼嗣家族增上義故三活命因緣各別事業加行士用增上義故四受用先世諸業所作愛不愛果及造新業增上義故五趣向世間離欲增上義故六趣向出世離欲增上義故當知此中眼根最初意根爲後如是六根於取境界有增上義男女二根於能繼嗣家族子孫有增上義命根一種於愛命者活命因緣各別事業加行士用有增上義樂最爲初捨爲其後如是五根於其受用先業所作愛不愛果及造新業有增上義信爲最初慧爲其後如是五根於能趣向世間離欲有增上義未知當知已知具知三無漏根於能趣向出世離欲

最極究竟有增上義一切世間所現見義其唯此量當知是義能究竟者無出於此二十二根故一切根二十二攝

復次或有一類作是思惟若無內我託六根門行六境界如是六根各別所行各別境界然此六根唯能領受自所行境誰能領受如是六根所行境性當知此由不能了達緣起道理故於諸行起邪分別緣起理者謂若有時修瑜伽師於內六根如理攀緣精勤加行修四念住即於爾時此四念住領受六根所行境性即此於彼由清淨故名爲出離又即勤修四念住故初達諦理得七覺支即於爾時此諸覺支眞故實故領受念住所行境性又由修習覺支因緣起於明脫即於爾時如是明脫領受覺支已善修習從此已後不復應修所行境性如實已斷一切煩惱即於爾時於諸煩惱斷滅涅槃離增上慢即由遠離增上慢故此現實有究竟明脫如實領受已得明脫所行境性由此出離一切所有有爲法故當知明脫亦得出離於涅槃中能取所取二種施設皆無所有一切戲論永滅離故是故乃至諸有爲法可得展轉問答施設能取所取言論差別究竟涅槃無爲法中一切問答言論差別皆不如理是故當知於無我中應正顯示唯有雜染唯有清淨

復次若有黠慧諸根猛利種類士夫補特伽羅由思擇力如理作意思惟諸法乃於涅槃得正信解由此增上發勤精進此增上故能於身等所緣境界安住正念此增上故能於所緣令心一趣此增上故於一切法如實了

知如實觀見由是因緣能到究竟是故此慧若初若後多有所作故說慧根最為殊勝復次若依諸佛無上菩提所得正信乃至正慧於此世間亦無有者當知此住外異生品即於此法唯有世間無出世者當知此住內異生品非外異生若於此法有出世者當知一切別住餘品非彼品類

復次嗢柁南曰

思擇覺慧等　國等及諸王　阿羅漢有學質直最為後

略於一切現法後法諸惡行中深見過巳能正思擇息諸惡行修諸善行名思擇力當知此力能成二事一者能往人天善趣二者能往現法涅槃又此能與修習力攝修諸念住為所依止由此為依能正修習四念住等菩提分法當知此修名修習力又思擇力能與三處羞恥為伴何等名為三處羞恥一者他處羞恥謂作是思若我作惡當為世間有他心智諸佛世尊若聖弟子若諸天衆信佛教者共所呵毀是名第一處思擇力二者自處羞恥謂作是思若我作惡定當為巳深所呵毀何有善人為斯惡行是名第二處增上力三者法處羞恥謂作是思我若作惡便為障礙於善說法毗柰耶中所修梵行此法若有便壞梵行是名第三處思擇力如是羞恥當知三處以為增上一世增上二自增上三法增上

復次由自利行及利他行為增上故當知建立有四種力一覺慧力二精進力三無罪力四攝受力能往現法涅槃名為自義能往人

天善趣亦名自義當知此中依第一自義建立覺慧精進二力由是二力能有方便發起正勤依第二自義立無罪力由此三力一切自義皆得究竟樂利他者他義有餘由此增上立攝受力當知攝事如菩薩地已辯其相復次依國及王若男若女若夫若妻若愚若智若處居家若出家衆當知建立有十種力謂諸國王有自在力如是等力廣說如經復次諸阿羅漢成就八力如實領受貪瞋癡等永盡無餘不造諸惡修習諸善謂心趣向遠離出離般涅槃故猒背後有猒背因緣不造惡業又見諸欲猶如一分熱炭火故猒背諸欲猒背因緣不造惡業由此二力不造諸惡不造惡故復由六門修習諸善謂念住正斷神足根力覺支道支

復次諸佛如來依自利行及利他行爲欲顯已與諸弟子有差別故說如是言諸有學者成就五力唯有如來成就十力若有成就有學五力行自利行諸聖弟子獲得最上阿羅漢果從此無間一切自義皆得究竟如來獲得阿羅漢已成就十力行利他行即用利他以爲自義設於是時一切所化其事究竟入無餘依般涅槃界當知爾時於所作事方得圓滿若所修行阿羅漢行若爲利他即自義行此二因緣於諸弟子皆爲殊勝如來十力如菩薩地已廣分別

復次若有自愛無諂無誑其性質直補特伽羅爲證自義有四種相若依惡說法毗柰耶便有稽留要依善說法毗柰耶乃無稽留云何四相一說正法教二教授教誡三如理通

達四得眞實證所聞正法是諸勝解所依止處由能遠離無因惡因開示稱理正因義者諸有無倒教授教誡善能隨順斷加行教文義所攝無顚倒法能令證得如前勝解所依處法若有自愛諸善男子已調相續有所堪能來入内法毗柰耶中得正宣說得正開悟便能速疾趣向勝進如理通達所應通達亦能實證眞所應證謂四念住以爲依止於有爲法諸聰慧者共許爲有或許爲無皆正了知於無爲法乃至有頂皆是有上能正了知是爲有上涅槃無上如實了知是爲無上如是名爲如理通達又四念住以爲依止由靜定心於七覺支正修習已於明解脫究竟作證如是名爲得眞實證若彼自愛諸善男子趣入惡說法毗柰耶於是四處皆不能得故名稽留

復次嗢柁南曰

立差別 食漸次 安樂住 修居後

由奢摩他毗鉢舍那俱品差別建立覺支如聲聞地應知其相

復次自性差別故及所緣因緣相差別故應知七覺支十四種差別所緣因緣相廣分別義如三摩呬多地及聲聞地應知其相

復次於能隨順覺支法中略有二種無倒作意當知總與覺支爲食何等爲二一正作意二數作意與此相違當知非食

復次於初中後隨闕一支令如實覺不得圓滿如其色類所依能依流轉安立隨其生起漸次而說當知此中念爲所依擇法能依餘隨所應當知亦爾

復次若有苾芻於諸覺支方便修習由四因緣令其不得安隱而住何等名爲四種因緣一者一切煩惱品類麤重皆未離故二者奢摩他品諸隨煩惱現在前故三者毗鉢舍那品諸隨煩惱現在前故四者道未調善而乘駕故與此相違四種因緣令其獲得安隱而住於此二種善巧苾芻如實了達正知而住由諸作意有加行故精進太過又由前後有增減故運轉不等由此二緣當知名爲道不調善與此相違二因緣故名道調善如轉輪王於四洲渚得大自在所獲七寶如是心王於四聖諦得大自在所獲眞淨七覺支寶當知亦爾謂於奢摩他毗鉢舍那雙品運轉降伏一切煩惱勝怨由此義故初念覺支猶如輪寶所知境相其量無邊能知智體亦隨廣大由此義故擇法覺支猶如象寶依此速能乃至往彼所行所得殊異勝處由此義故精進覺支猶如馬寶悅意無罪最爲殊勝由此義故其喜覺支猶如女寶身心映徹有所堪能由此義故輕安覺支如神珠寶能辦一切所欣求事由此義故其定覺支如藏臣寶能摧一切染汙法軍能率一切清淨法軍能趣無相安隱住處由此義故其捨覺支如將軍寶復次諸修行者得七覺支譬如大王有妙衣篋三時受用三分安住彼七覺支當知亦爾言三時者謂初日分時中日分時後日分時言三分者謂奢摩他品毗鉢舍那品及其俱品於初分中住四覺支第二分中住四覺支第三分中具足安住七種覺支諸修行者未曾安住唯一覺支又七覺支於諸外道無

怨憎故無違競故恒懷利益意樂轉故一切煩惱皆離繫故說名無怨無敵無害無有災患若修行者於七覺分隨時現前隨量現前說名為住若時退出說名爲滅於是一切如實了知彼由如是正知住故名無罪住無有愛味心離味染

復次二十一種想俱行修諸覺支者當知略由二因緣故一據相應俱行義二據無間俱行義無常等想俱行修乃至死想俱行修者據相應義不淨等想俱行修乃至觀空想俱行修者據無間義慈等俱行修應知亦爾又於過去未來現在一切行中諸行愛染若嬾惰懈怠若薩迦耶見雖已斷滅習氣隨縛我慢現行若貪味愛若於世間種種妙事欲樂貪愛若有所餘煩惱隨眠若希求利養若希求活命若諸欲愛若諸有愛若隨虛妄分別所起四種欲貪一美色貪二形貌貪三細觸貪四承事貪如是能令生起所有非理過患及令其心越路而轉對治彼故隨其所應有二十一想俱行修覺支差別謂爲對治四種障故修無願行想從無常想乃至一切世間不可樂想爲欲對治一種障故修空行想苦無我想爲欲斷滅所餘煩惱隨眠障故修於三界無相行想爲欲對治希求利養及欲愛故於諸欲中修過患想爲欲對治希求活命及有愛故修習死想爲欲對治隨逐虛妄分別所起四欲貪故修不淨想爲初乃至觀空想爲後又此一切從青瘀想乃至觀空想當知皆是不淨想攝又於此中青瘀想爲初膖脹想爲後對治美色貪食噉想分赤想分散

想對治形貌貪骸骨想骨鎖想對治細觸貪觀無心識空有尸想對治承事貪又於此中修慈最極至徧淨等如三摩呬多地應知其相

復次嗢柁南曰

初內外力　清淨差別　異門沙門　後婆羅門

若內若外一切力中爲欲生起八支聖道有二種力於所餘力最爲殊勝云何爲二一者於外力中善知識力最爲殊勝二者於內力中正思惟力最爲殊勝當知此中離諸障礙先修福業於衣食等無匱乏等名餘外力除正思惟相應想外餘斷支分名餘內力外善知識者謂從彼聞無上正法由此故名從他聞音內正思惟者謂此無間能發正見爲上首道

復次彼正見等若在有學由無漏故說名清淨若在無學相續淨故說名鮮白若在世間遠離無量隨外道見諸惡邪行是故說名無有塵點遠離塵點所起後有諸業雜染是故說名離隨煩惱略說一切八聖道支二處所攝一者世間二出世間其世間者三漏四取所隨縛故不能盡苦是善性故能往善取出世間者與彼相違能盡衆苦又正見等八聖道支廣分別義如聲聞地及攝異門分應知其相七種定具如三摩呬多地已說

復次正見爲首八聖道支會正理故說名爲法能滅一切諸煩惱故名毗柰耶去諸惡法極懸遠故一切聖賢共相習故說名爲聖能隨順往諸善趣故說名爲善趣涅槃故說名應修諸有智者所稱讚故說名善哉與此相

違應知即是邪見爲首八邪道支所有差別墮在無明黑闇品故說名爲黑往惡趣故說名無義不善性故說名下劣生現法中所有怖畏及怨憎故說名有罪諸有智者所譏毀故所遠離故名應遠離

復次依第一義所有沙門安立如是八支聖道爲沙門義爲此義故於善說法毗柰耶中假名出家受沙門性又此畢竟無失壞故名第一義其假名者即不如是諸有成就此第一義沙門性者當知亦名勝義沙門又彼追求此沙門果貪瞋癡等畢竟斷義是故說彼名沙門義此沙門義復有二種一無差別總相建立二有所作若無所作行向住果差別建立如是一切總有四種一沙門性二是沙門三沙門義四沙門果其婆羅門差別道理當知亦爾

復次嗢柁南曰

障隨惑尋等　果欲細身勞　學住及作意
智無執爲後

入出息念修習差別有十六行廣分別義如聲聞地應知其相又勤修行諸瑜伽師修習如是入出息念爾時應知五障礙法一者於其外緣其心散亂二者入出息轉有所艱難三者掉舉惡作纏現在前四者惛沉睡眠纏現在前五者樂與道俗共相雜住如是五法於未得定欲求心定及得定已倍復增長當知一切能爲障礙奢摩他品諸隨煩惱所染汙時發身惛沉生心下劣由正修習入出息念身心輕安能令惛沉下劣俱行身心麤重皆悉遠離毗鉢舍那品諸隨煩惱所染汙時

發生種種尋伺妄想謂欲尋伺等不正尋伺及無明分尋伺所起諸欲想等種種妄想由正修習入出息念令尋伺等悉皆靜息爲欲對治彼無明分諸妄想故純修明分想令速得圓滿

復次正勤修習入出息念諸瑜伽師於緣過去諸行尋伺能令無間所生等持有間鈌者速得損滅於緣未來諸行尋伺能令無間所生等持有間鈌者速得止息於緣現在諸行尋伺能令無間所生等持有間鈌者速得寂靜又若略說由能永斷六種結故當知建立二種四種及以七種諸果勝利如經廣說云何六結謂順下分上分二結見道修道所斷二結若起若生二分位結如是別別當知總說有六種結如其次第建立二種四種七種諸果勝利

復次入出息念修習差別略有二種一者有上二者無上其有上者謂如有一獨處空閑以靜定心如理觀察命根繫屬入息出息若我於入息後無有出息或出息後無入息者如是命根即應斷滅而於無常行中有希奇事入息滅已我命根住乃復得至出息生時出息滅已我命根住乃復得至入息生時彼由攀緣如是事故深心猒離於三世境所發愛恚淨修其心是名有上十六行修當知無上復次如是入息出息念住緣細風色爲境界故名微細住隔絕一切亂尋伺故名不流散發生廣大身心所有妙輕安故名不可伏復次修習如是入出息念令身無勞善能除遣奢摩他品隨煩惱故令眼無勞善能除遣

毗鉢舍那品隨煩惱故由隨觀察涅槃樂故名隨觀樂由隨領受第三靜慮地中樂故名領受樂無染住故無恐畏故名安樂住

復次若有是處或有一人作如是念如來與彼最極下劣得慧解脫阿羅漢果無有差別謂依解脫作是思惟如來解脫與慧解脫阿羅漢果所有解脫無有差別頗復有人作如是念如來所有離諸蓋住居內法中最極下劣若諸有學若諸異生由精進力於其五蓋伏斷而住名離蓋住此離蓋住彼離蓋住爲如解脫無有差別爲有差別應知如是二離蓋住極大差別謂諸有學雖現行故離蓋住心與如來等然彼隨眠未永斷故諸蓋數數間心相續數數作意勵力除遣如來諸蓋畢竟斷故離諸蓋住與彼所有離諸蓋住極大差別非如解脫無有差別

復次修瑜伽師入出息念爲所依止修四念住如理作意以爲依止於諸未斷內心所有非理作意如實了知是爲非理於內所有如理作意如實了知是爲如理既了知已於內所有非理作意一向遠離於內所有如理作意一向修習爲欲令彼永斷滅故又於此中身等四法如四大路非理作意如塵土丘不堅牢故不貞實故迷亂心故如理作意如四方來輿乘車車緣身等四境界門轉能損害彼如塵土丘非理作意亦令一切相續清淨

復次精勤修習諸息念者由正修習四種念住無我等故平等平等是身種類能取於身如理作意如身無我作意亦爾是故說彼爲身一分能修如是身念住者都不可得如身

念住廣説乃至修法念住當知亦爾如是諸佛修念住教外道法中皆無所有是故説此修念住教名非一切外道所執

復次嗢柁南曰

初尊重尸羅　清淨戒圓滿　現行學勝利學差別爲後

學有三種謂增上戒學增上心學增上慧學建立如是三學差別如聲聞地應知其相又略於此諸所學中所有邪行應正了知所有正行應正了知言邪行者謂如有一不尊重戒汎爾出家雖復出家不以淨戒爲其增上如於淨戒於定於慧應知亦爾彼可容有犯無餘罪於彼世尊説其於諸沙門果證爲無能者是故當知彼於三學一向毁犯言正行者有三正行謂下中上下正行者謂如有一尊重淨戒亦以淨戒爲其增上與前相違於定於慧不生尊重不爲增上此不容有犯無餘罪而容有犯小隨小罪於此如來不説其於沙門果證爲無能者中正行者謂於戒定皆悉尊重亦爲增上如尊重戒毁犯次第此中亦爾是故當知乃至所有諸異生位上正行者謂已見諦於三種學皆悉尊重此已獲得沙門果證不待思擇有能無能如是二行開爲四種即此四種合爲二行此二與四平等平等當知此中若有定學必有戒學若有慧學必有定學有戒學者不必定有定學慧學若瑜伽師尊重諸學當知是名所作圓滿其餘但名所作一分

復次於性罪處能遠離故當知是名淨戒圓滿於能密護諸根門等攝受淨戒所有善法

無間受持相續轉故當知是名善法圓滿於遮罪處能遠離故當知是名別解脱圓滿又依聖所愛戒若依蘊等五種善巧及依別解脱律儀受持世俗所有禁戒隨其次第應知淨戒圓滿等第二門差別

復次依淨尸羅略有二種所學差別一者受持非止所攝所受尸羅所有如法身語現行所攝學處二者受持是止所攝所受尸羅所攝學處此復二種謂或有是毗柰耶所說非別解脱所說或有是毗柰耶所說亦是別解脱所說是故一切總略而言有三學處一增上現行二增上毗柰耶三增上別解脱

復次學勝利住慧爲上首解脱堅固念爲增上修習三學速圓滿等如攝擇分廣辯應知

復次住具戒等如聲聞地應知已辯又即淨戒對治一切犯戒惡故密護根門所依處故說名律儀初善受故說名圓滿後善守故說名清淨感愛果故說名爲善無染汙故說名無罪於諸有情能善隨順慈心定故說名無害於沙門性善隨順故說名隨順趣聖所愛澄清性故名順澄清終不隨順戒禁取故名不隨順與同法者爲同分故名同色類於正修習增上心慧爲所依處隨順轉故名爲順轉不惱於他饒益轉故又正遠離自苦行故名無熱惱於所受持無變悔故名無燒惱於諸毀犯不現行故如法悔除已所犯故名無悔惱如是名爲增上戒學所有差別三住爲依當知增上心學慧學所有差別謂由天住梵住差別應知增上心學差別由諸所有覺分等法聖住差別應知增上慧學差別謂四

靜慮四無色等名爲天住四無量定名爲梵住四聖諦智四種念住乃至道支四種行迹勝奢摩他毗鉢舍那四法迹等當知一切皆名聖住又有四種若行若住無雜染法令修觀者或於境界退出遊行或於所緣安心靜定離諸雜染安隱而住云何爲四一於隨順受境界諸染汙憂染心棄捨三於毗鉢舍那喜受境界諸雜染喜染心棄捨二於隨順憂品諸隨煩惱淨修其心四於奢摩他品諸隨煩惱淨修其心於是四種若行若住離諸雜染安隱住法應知四種安足處所所依法迹如其所應當知即是無貪無瞋正念正定

復次嗢柁南曰

證淨初安立　有變異爲先　天路喻明鏡

記別最居後

具足正見如来弟子略由二法能正攝受證清性故應知建立四種證淨謂沙門義所攝信戒於能說者於沙門義於同法者於能證得沙門助伴所有淨信深固根本於餘生中亦不可引無虛誑故名證清性及淨尸羅於其一切能往惡趣惡不善法獲得畢竟不作律儀是故亦得名證清性應知此中依止淨信於善說法毗柰耶中深生信解由此淨信證清性故設在餘生於佛善說法毗柰耶畢竟無轉又由怖畏諸惡道苦受持淨戒對治惡行由此攝受戒證清性說在餘生亦不造惡墮諸惡趣畢竟無退乃至涅槃由於善說法毗柰耶畢竟無轉所依處故畢竟不往一切惡趣所依處故其用最勝唯說信戒爲證清性非餘精進念定等法非證清性又此信

戒是其增上戒定慧學所依止處由說信戒是清淨故義顯三學皆得清淨由是因緣唯說此二以爲證淨是名第二義門差別如是證淨善能滋潤一切墮界白淨法故名滋潤福能引殊勝諸聖道故名滋潤善能引所餘煩惱斷故名能引樂

復次一向決定能往善趣成就證淨諸聖弟子猶有往於善趣三種諸大互違變異所起重苦怖畏然無惡趣所有怖畏云何三種重苦怖畏一者病苦二者老苦三者斷截末摩死苦是故說言其四大種可令變異非已成就四種證淨諸聖弟子可有變異

復次若第一義清淨諸天說名最勝無有惱害由身語意畢竟無有惱害事故即依如是清淨天性說四證淨名爲天路又四證淨爲所依止諸聖弟子依三種門修六隨念一者爲斷奢摩他品諸隨煩惱所起染惱二者爲斷毗鉢舍那品諸隨煩惱所起染惱三者諸斷雖無染惱而於未來當可生起二隨煩惱當知此中惛沉睡眠名奢摩他品諸隨煩惱欣樂諸欲俱行掉舉貪等過失所生不善欲尋伺等令心流散諸雜染法名毗鉢舍那品諸隨煩惱又由勝義諦理所得隨念名義威勇由世俗諦理所得隨念名法威勇

復次譬如有人執持明鏡爲觀自面淨不淨相如是如來諸聖弟子執持微妙證淨明鏡爲如實觀自身所有染淨諸相

復次若有成就四種證淨唯即依自四種證淨爲他記別不依上位能順歡喜所修道念由此因緣當知記別預流果證未趣上位所

修道故若於上位能順歡喜五種隨念爲他記別由是因緣當知記別一來果證果由三摩地未成滿故於離欲道未圓滿故於彼諸天未現見故爲求離欲修習能順歡喜諸法由此歡喜爲所依故發生輕安由輕安故領受身樂由受樂故心得正定而證靜定未得成滿若於上位六種隨念爲他記別由是因緣當知記別不還果證阿羅漢果唯出世道乃能趣證所有隨念唯是世間是故不還果證已上更無如是隨念記別又四證淨預流果中唯說爲淨於餘學果說圓滿淨於最上果說爲第一圓滿清淨如是略引隨順此論境智相應諸經宗要摩呾理迦其餘一切隨此方隅皆當覺了

瑜伽師地論卷第九十八

音釋

褒 博毛切揚也 撾 陟瓜切擊也 揣摩 揣初委切摩眉波切 瘀 依倨切氣血滯也 篋 詰叶切箱屬 膖脹 膖匹絳切脹知亮切

瑜伽師地論卷第九十九

彌勒菩薩說

唐三藏沙門玄奘奉詔譯

攝事分中調伏事總擇攝第五之一

如是已說素呾纜事摩呾理迦云何名為毗柰耶事摩呾理迦謂即從此四種經外別解脫經所有廣說摩呾理迦展轉傳來如來所說如來所顯如來所讚名毗柰耶摩呾理迦此毗柰耶摩呾理迦總相少分我今當說嗢柁南曰

利聚攝隨行　逆順能寂靜　徧知信不信

刀等為其後

如來觀見十種勝利於毗柰耶中為諸弟子制立學處謂攝受僧伽令僧精懇乃至廣說如攝釋分應知其相若能攝受四大姓等正信出家趣非家衆當知說名攝受僧伽如是出家趣非家已為其宣說有因緣有出離有所依有勇猛有神變等甚深法教當知說名令僧精懇有因緣等諸句差別如菩薩地已辯其相由五種相應知說名令僧安樂一者令順道具無所匱乏二者令擯異法補特伽羅三者令善除遣所生惡作四者令善降伏諸煩惱纏五者令善永滅隨眠煩惱應知此中最初安樂增上力故未淨信者令生淨信已淨信者令其增長第二安樂增上力故調攝鄙惡補特伽羅第三安樂增上力故令慚愧者得安樂住第四安樂增上力故令善防護現法諸漏第五安樂增上力故能令永滅當來諸漏如是獲得安樂住已未得入者令易入故欲令多人梵行久住乃至廣說皆應

了知又此一切以要言之謂正顯示最初攝受次正攝受既攝受已令安樂住及顯未來未攝受者易入方便如是名爲第二差別

復次應知略有五種罪聚攝一切罪何等爲五一者彼勝罪聚二者衆餘罪聚三者隕墜罪聚四者别悔罪聚五者惡作罪聚集麤不定如其所應即入如是諸罪聚中復有四種還淨罪聚何等爲四謂除彼勝所餘罪聚皆可還淨故有四種還淨罪聚最初罪聚雖可還淨然唯依二補特伽羅非爲一切無有差別皆可還淨是故彼勝不立一向還淨聚中又若略説有十五種犯罪過失徧於一切犯罪聚中當知建立諸所犯罪何等十五一事重過失二猛利纏過失三匱乏不喜足過失四他所譏嫌過失五無淨信者倍令不信有淨信者令其變異過失六多諸財寶多諸事業過失七染著過失八惱他過失九發起疾病過失十障往善趣沙門過失十一於應避護不正避護不應避護而反避護過失十二不應爲依反與爲依應與爲依而不爲依過失十三於應恭敬而不恭敬不應恭敬而反恭敬過失十四於應覆藏而不覆藏不應覆藏而反覆藏過失十五於應習近而不習近不應習近而反習近過失應知此中初修業者於四彼勝雖有事重過失而無猛利纏過失由彼意樂無勃惡故謂於沙門無所顧戀若初業者了知此法能障沙門爲命因緣亦不違犯意樂力强不唯依事故彼無犯制立所犯要由意樂增强力故若雖有犯而無一念起覆藏心彼亦可出於沙門果仍有堪能

其餘一切犯彼勝者亦有事重過失亦有猛利無慚無愧諸煩惱纏過失當知彼由二皆重故成不可出法及不般涅槃法若衣鉢等世尊開許應持作淨而受用之於彼一切悉皆棄捨或不作淨而輒受用如是等罪由依匱乏不喜足過制立所犯若非親屬苾芻尼所受衣與衣或共彼等獨在一處或復非時諸苾芻僧不同忍許輒往教授或除餘時與諸母邑共道路行如是等類當知是名他所譏嫌過失若非威儀入聚落等乞食受用坐不如法澡手滌器或不因請於其食前輒入他舍或不觀日於其食後遊履邑居如是等類當知是名無淨信者倍令不信有淨信者令其變異過失若有執受金銀等寶種種品類買賣營爲種蒔林木畜僑賒耶妙臥具等當知是名多諸財寶多諸事業過失若故泄精或復執觸母邑手等或行媒娉因茲趣入變異染心或爲好故往親屬所追求上妙長衣服等當知是名染著過失若以無根假異分法毀他苾芻或作離間人語等事當知是名惱他過失若自持羊毛過三踰繕那或荷重擔或上過人樹等當知是名發起疾病過失若爲破壞和合僧故勤設勇猛方便事等當知是名障往善趣過失若作不與因語等事當知是名障礙沙門過失若有棄擲僧祇臥具置迥露處捨而去等或邪受用等當知是名於應避護不正避護過失若與邪見苾芻勤策共居住等爲依止等當知是名不應爲依及與爲依過失若於尊教輕觸怨咎怒睛惡視不恭敬聽受別解脫經等當知是名

於應恭敬而不恭敬過失若於未受具戒補特伽羅前宣示實得勝過人法或復覆藏苾芻所犯麤惡罪等當知是名於應覆藏而不覆藏不應覆藏而反覆藏過失若有受用不淨非法衣服等事當知是名不應習近而反習近過失如是所說十五過失當知於彼所犯罪中或有多種或二或一

復次略有五法攝毗柰耶何等為五一者性罪二者遮罪三者制四者開五者行云何性罪謂性是不善能為雜染損惱於他能為雜染損惱於自雖不遮制但有現行便往惡趣雖不遮制但有現行能障沙門云何遮罪謂佛世尊觀彼形相不如法故或令衆生重正法故或見所作隨順現行性罪法故或為隨順護他心故或見障礙善趣壽命沙門性故而正遮止若有現行如是等事說名遮罪云何名制謂有所作能往惡趣或障善趣或障如法所得利養或障壽命或障沙門如是等類如來遮制不令現行故名為制與此相違應知名開云何名行謂略有三行一者有犯二者無犯三者還淨如是三種略攝為二一者邪行二者正行應知有犯說名邪行無犯還淨說名正行此中云何犯所犯罪謂於應作而不作故及加行故於不應作而反作故及加行故犯所犯罪又彼略由四因緣故犯所犯罪一無知故二放逸故三煩惱盛故四輕慢故云何名為由無知故犯所犯罪謂如有一於所犯罪不審聽聞不善領悟彼無解了無有覺慧無所知故於其所犯起無犯想而犯衆罪如是名為由無知故犯所犯罪云

何名爲由放逸故犯所犯罪謂如有一於所犯罪雖復解了有其覺慧亦有所知而住忘念住不正知彼由如是不住念故如無所知而犯衆罪如是名爲由放逸故犯所犯罪云何名爲煩惱盛故犯所犯罪謂如有一於其所犯雖復解了有其覺慧亦有所知而彼本性貪瞋癡等極爲猛利彼由猛利貪瞋癡故雖知是事所不應爲煩惱纏逼不自在故而犯衆罪如是名爲煩惱盛故犯所犯罪云何名爲由輕慢故犯所犯罪謂如有一於所犯罪雖復解了有其覺慧亦有所知而彼信解極爲下劣無有强盛宿善因行由其信解極下劣故於沙門性於般涅槃無所顧戀於佛法僧無敬無憚無有羞恥不樂所學由輕慢故隨其所欲廣犯衆罪如是名爲由輕慢故犯所犯罪當知此中無知放逸所犯衆罪是不染汙由煩惱盛及以輕慢所犯衆罪是其染汙由五因緣當知所犯成下中上三品差別何等爲五一由自性故二由毀犯故三由意樂故四由事故五由積集故由自性者謂彼勝罪聚是上品罪衆餘罪聚是中品罪所餘罪聚是下品罪復有差別謂彼勝衆餘是重品罪隕墜別悔是中品罪惡作罪聚是輕品罪如是應知由自性故諸所犯罪成下中上三品差別由毀犯者謂無知故及放逸故所犯衆罪是下品罪煩惱盛故所犯衆罪是中品罪由輕慢故所犯衆罪是上品罪如是應知由毀犯故諸所犯罪成下中上三品差別由意樂者謂由下品貪瞋癡纏所犯衆罪是下品罪若由中品是中品罪若由上品是

上品罪如是應知由意樂故諸所犯罪成下中上三品差別由事故者謂雖現行相似意樂而由其事非一類故應知所犯成下中上三品差別如以瞋纏於傍生趣所有衆生故思殺害生隕墜罪即以如是相似瞋纏或於其人或人形狀非父非母故思殺害生彼勝罪非無間罪即以如是相似瞋纏於人父母故思殺害生彼勝罪及無間罪如是應知由事別故諸所犯罪成下中上三品差別由積集者謂如有一或犯一罪不能如法速疾悔除或二或三乃至或五如是應知由積集故成下品罪從此已後或犯十罪或犯二十或犯三十乃至或犯可了數罪不能如法速疾悔除如是應知由積集故成中品罪若所犯罪其數無量不可了知我今毀犯如是重罪

如是應知由積集故成上品罪云何應作謂若於彼由不作故及加行故便成毀犯此所應作略有五種一於村邑所應作事二於道場所應作事三於善品所應作事即此善品所應作事復有二種一者資糧所應作事二者清淨所應作事如是資糧所應作事如聲聞地說十三種所有資糧如是清淨所應作事如聲聞地說修作意又於城邑所應作者謂或爲已衣服等事入於聚落或復爲於佛法僧事同梵行事或爲未信令其生信其已信者倍令增長入於聚落與此相違所有能障五應作事如其所應當知五種不應作事云何無犯謂五因緣令無所犯何等爲五謂於根門密護而住飲食知量初夜後夜甞不睡眠勤修勝行正知而住如是名爲第一因

緣又於沙門起其上品精勤顧戀於其大師諸有智者同梵行所起其上品愛樂恭敬於現行罪發起猛利增上慙愧如是名爲第二因緣又少財物少事少業不多悤務如是名爲第三因緣又住喜足於犯不犯能善了知不與道俗交遊縱蕩專修善品曾無間隙如是名爲第四因緣又初修業癡狂心亂痛惱所逼如是名爲第五因緣當知由此五因緣故從初不犯云何還淨謂如有一隨所犯罪即便生起五種惡作五支所攝不放逸行以爲依止由五種相除彼所生五種惡作云何生起五種惡作一者由我毀犯淨戒因緣於後定當深自懇責生起惡作二者由我毀犯淨戒因緣定當爲他諸天呵責生起惡作三者由我毀犯淨戒因緣定爲大師及諸有智同梵行者當共呵責生起惡作四者由我毀犯淨戒因緣定徧方維惡名惡稱惡聲惡頌彰顯流布生起惡作五者由我毀犯淨戒因緣身壞已後必定當墮諸惡趣中生起惡作五支所攝不放逸行如聲聞地應知其相謂前際俱行後際俱行中際俱行初時所作及俱隨行云何由五種相除彼所生五種惡作一者世尊所說正法皆有因緣亦有出離是故所犯容可還淨由是除遣所生惡作二者由彼無知放逸煩惱熾盛及以輕慢犯所犯罪即此無知乃至輕慢我已斷滅所有正智乃至尊敬我已生起由是除遣所生惡作三者當來無犯意樂我已生起由是除遣所生惡作四者我已於諸有智同梵行所發露悔滅由是除遣所生惡作五者我於佛善說法

毗柰耶中既出家已雖越學處而能悔滅極爲善哉然薄伽梵以無量門呵毀所起相續惡作爲蓋爲障我今於彼多住堅執不能除遣非極善哉了知此已由是除遣所生惡作如是名爲所犯還淨

復次應知略有五毗柰耶所隨行法依毗柰耶勤學苾芻隨行於彼云何爲五一者安住二者居處三者所依四者受用五者羯磨云何安住謂依毗柰耶勤學苾芻應當安住五種想住何等爲五一者若入聚落應當安住入牢獄想二者若在道場常當於已住沙門想應知此中沙門想者謂我於今色形別異棄捨俗相我已受持壞色等事廣說如經審諦觀察二十二處三者若飲食時常當安住爲療病想四者若處遠離於眼所識色耳所識聲等應住盲聾瘖瘂等想五者若寢息時當起難保曠野林中驚怖鹿想依毗柰耶勤學苾芻常當安住是五想住於此想住既安住已雖現受用堪爲國王所受衣服飲食卧具而不墮墮受欲樂行邊云何居處謂五居處一苾芻居處二苾芻尼居處三外道居處四雜染居處五無雜染居處苾芻居處者謂於是處有諸苾芻下中上座之所居止苾芻尼居處者謂於是處有苾芻尼如前三種之所居止外道居處者謂於是處種種外道之所居止謂離繫淨命波輸鉢多如是等類雜染居處者謂於是處一切羯磨皆不施設或但施設一分羯磨無雜染居處者謂於是處具足施設一切羯磨又無雜染苾芻居處應知衆會安立整肅若有雜染苾芻居處應知衆

會安立混雜諸有受樂所學苾芻於有雜染苾芻居處應故思擇棄捨利養棄捨恭敬不應止住除有危難暫時依附或行道路暫時止息或爲拔彼諸苾芻衆出不善處安置善處於苾芻尼衆所居處不應止住餘如前說三種因緣外道居處當知亦爾於無雜染苾芻居處雖正思擇盡壽止住而應常懷羇旅之想若有苾芻雖住如是諸所居處應懷種種慮恐處想雖住如是無譏嫌處而常慮恐爲諸有智同梵行者之所譏嫌云何所依謂五所依何等爲五一村田所依二居處所依三補特伽羅所依四諸衣服等資具所依五威儀所依若依村城地方分所而得安住應知是名村田所依若依園林或諸寺院經行處等而得安住應知是名居處所依若依施主軌範親教諫誨憶念教授教誡說正法者而得安住應知是名補特伽羅所依若依順道或麤或妙隨所獲得衣服飲食病緣醫藥資身衆具而得安住應知是名諸衣服等資具所依若依是處於時時間身四威儀如其所樂得安樂住應知是名威儀所依若依如是所依而住終不爲其苦惱非聖無義所引因弊匪宜損害自己云何受用謂有五種不淨受用及有五種清淨受用云何五種不淨受用一者受用窣堵波物非遭重病設遭重病有餘方計二者受用諸僧祇物非僧授與非墮鉢中非彼分攝三者受用他別人物不從彼得非彼所許隨意受用四者受用非委信物謂非委信補特伽羅一切所有不應受用五者受用諸便穢等所染汙物或由習近

減諸善法增不善法或習近時令諸世間生起譏訶令諸世間共所猒賤未生信者令倍不信已生信者令其變異是名五種不淨受用於毗柰耶勤學苾芻應當遠離與此相違應知五種清淨受用於毗柰耶勤學苾芻應當受用如是遠離不淨受用於淨受用隨行苾芻能善酬報所有信施云何羯磨謂一切羯磨略有四種一者單白羯磨二者白二羯磨三者白四羯磨四者三語羯磨此四羯磨略有二事爲所依處一有情數事爲所依處二無情數事爲所依處有情數事爲所依處者謂出家羯磨若受具足羯磨若補特伽羅同意羯磨若出罪羯磨若舉羯磨若擯羯磨若兩安居受十二十四十夜等所有羯磨如是或爲攝受有情或爲折伏有情施設羯磨

是名有情數事爲所依處羯磨無情數事爲所依處者謂受持衣鉢羯磨若持羯絺那衣護衣不捨羯磨若結界羯磨若淨稻穀同意羯磨如是等類所有羯磨當知是名無情數事爲所依處羯磨又此羯磨當知或有二衆所作或有四衆所作或有十衆所作或有二十衆所作或有四十衆所作或有合衆所作二衆所作者謂一苾芻對一苾芻三說別悔羯磨發露悔除或隕墜罪或惡作罪等四衆所作者謂如有一犯麤罪已於四人前發露悔除羯磨十衆所作者謂受具足羯磨二十衆所作者謂出苾芻衆餘罪羯磨及苾芻尼受具足羯磨四十衆所作者謂出苾芻尼衆餘罪羯磨合衆所作者謂增長羯磨若恣舉羯磨或餘所有種類羯磨是四羯磨由事差

别成無量種廣說應知如毗柰耶摩呾理迦如是解了所有羯磨於毗柰耶勤學苾芻隨羯磨行於所犯罪而得善巧於罪出離亦得善巧避護自身令得清淨離諸罪過

復次於毗柰耶勤學苾芻應知有五違逆學法應當遠離復有五種隨順學法應當受持云何爲五違逆學法一者障礙二者像似正法三者惡友四者愚戇煩惱熾盛五者宿世資糧其力薄弱云何障礙謂有五障一增上戒障二增上心障三增上慧障四往善趣障五利養壽命所作事障云何名爲增上戒障謂如有一或是奴婢或是獲得或有所言廣說一切障出家法而與相應如是名爲增上戒障云何名爲增上心障有十一障當知名爲增上心障謂數與衆會爲初處分居處爲後云何名爲增上慧障謂於正法及說法師不起恭敬陵懱正法及說法師輕賤自巳於法慳恪障他正法令背正法毀謗正法如是等類當知皆名增上慧障云何名爲往善趣障謂如有一惡欲邪見多諸忿恨乃至廣說如是色類順諸惡趣受學轉法當知是名順惡趣障利養障者謂隨所行令未信者更增不信其巳信者能令攻變不樂功德不時時中精勤修習施福業事不樂爲他引攝所有利益安樂如是等類壽命障者謂不謹慎遠避惡象廣說乃至不善遠離有災有疫諸惡國土又不遠離諸因諸緣未盡壽量能令夭歿如是等類所作事障者謂能障礙營衣鉢等所有事業如是一切總攝爲一應知說名利養壽命所作事障云何名爲像似正法謂

略有二種像似正法一似教正法二似行正法若於非法生是法想顯示非法以爲是法令他於中生正法想如是法教實故諦故非是正法而復像似正法顯現是故名爲似教正法若廣爲他如是宣說令他受學亦自修行妄起法想習諸邪行而自憍慢稱言我能修是正行應知是名似行正法

爲廣宣說像似正法復說中間嗢柁南曰

初法等五種　次根等諸見　非處惡作等後暴惡戒等

諸以如來所說法教相似文句於諸經中安置僞經於諸律中安置僞律如是名爲像似正法又由增益或損減見增益虛事損減實事由此方便於無常等種種義門廣爲他人宣說開示如是如是自他習行如是亦名像似正法又於宣說補特伽羅所有經典邪取分別說有眞實補特伽羅如是亦名像似正法又於種種假有法中宣說開示爲實有性如是亦名像似正法又於遠離一切戲論究竟湼槃分別爲有或爲非有說爲有性或非有性如是亦名像似正法又有一類補特伽羅作如是說世尊宣示稱揚讚歎密護根門由是因緣寧不視色乃至於法不以意思而不繫念觀視衆色乃至以意思惟諸法如是亦名像似正法又聞世尊宣示稱歎簡靜而住便作是言寧無咎責不測量他於應毀者而不呵毀於應讚者亦不稱讚而不有所呵毀稱讚如是亦名像似正法又聞世尊宣示稱歎和氣輭語便作是言受嘿然戒都無言說爲極善哉如是亦名像似正法又聞世尊

宣示稱歎節量衣食便作是言斷食而住露體而行最爲妙善如是亦名像似正法又聞世尊宣示稱歎離諠雜住息諸言說及以事業便作是言棄捨卧具寂靜閑居無所修習爲極美妙如是亦名像似正法又聞佛說心將導世間心營造一切隨心所生起皆自在而轉於如是等諸經義趣不如實知或有一類由惡取執作如是言唯有一識馳流生死無二無別如是亦名像似正法又聞佛許持戒士夫補特伽羅受百味食百千衣服障道妙欲設此品類正受用時亦不爲障或有一類由惡取執作如是言世尊所說障道諸欲若有習近不足爲障如是亦名像似正法又聞佛說諸阿羅漢於現法中於食言說蘊界處等不捨不取不如實知便作是說如我解佛所說法者阿羅漢僧於其死後無所覺了如是亦名像似正法復有一類不如實知世俗勝義二諦道理違二諦理作如是言諸蘊無我云何無我造作諸業令我觸證應知亦名像似正法復有一類本性愚癡多行謗毁彼於九種内正住心不如實知於諦觀行念住觀行不如實知由不知故爲他宣說唯信解作意是奢摩他品唯信解作意是毗鉢舍那品唯信解作意能得究竟自亦習行如是相行當知亦名像似正法復有一類非處惡作而不思惟當知亦名像似正法復有一類於其讀誦觀行作意皆有堪能而樂僧事亦於其中見勝功德爲他宣說當知亦名像似正法復有一類於戒於修有所堪能而於惠施見勝功德遊歷諸方於自禁戒所遮止處

多有毁犯集諸財物奉佛法僧當知亦名像似正法復有一類於善說法毗柰耶中既出家已展轉相引專以聽聞爲其究竟當知亦名像似正法復有一類見諸苾芻大族大福多獲衣等所有利養捨少欲等而往其所恭敬叙慰現親誨喻令新苾芻邪心動作當知亦名像似正法復有一類棄捨如來所說甚深空性相應所有經典專樂習學隨順世間文章呪術而不自察懷聰明慢又欲令他知已聰敏當知亦名像似正法復有一類折伏暴惡及諸犯戒爲欲於彼暴惡犯戒作不饒益發起惡思當知亦名像似正法復有一類搆集種種矯詐威儀當知亦名像似正法復有一類以解世間文章呪術多求多獲所有利養當知亦名像似正法復有一類損惱於他以其非法積聚財寶作有罪福當知亦名像似正法又即於彼能引無義像似正法如是諸因緣開示建立當知亦名像似正法如是一切像似正法應知皆是違逆學法惡友性相廣說應知如聲聞地及菩薩地又略說者若於放逸或於惡行或於下劣諸善功德而相勸勵應知是類總名惡友若諸昧劣愚癡種類所有猛利長時煩惱是名愚戇煩惱熾盛若於宿世信等善法不修習故於現法中信等微弱雖極精懇然無力能即於現法獲得涅槃當知是名宿世資糧有所闕故於現法中其力薄弱是名五種違逆學法與此相違應知五種隨順學法成就彼故於毗柰耶勤學苾芻能正修集一切所學成就如是隨順法者復有五法能防戒蘊一正出家二善

請問三審觀察四修對治五任持信不厄於債而求出家如前廣說唯求涅槃愛樂所學而求出家當知如是名正出家既出家已於犯無犯及還淨中若有苾芻持經律論其所未了躬往請決彼便開曉當知如是名善請問於自尸羅三時觀察或初日分或中日分或後日分若見無犯便生歡喜晝夜精勤隨學而住若見有犯即便速疾如法悔除當知如是名審觀察於時時間初夜後夜或晝日分思惟修習所有貪等煩惱對治非唯聽聞尸羅言教便生喜足當知如是名修對治深信有犯當不愛果深信無犯當來愛果當知如是名任持信又正出家爲所依止作餘四事由正請問終不毀犯無知故犯由審觀察終不毀犯放逸故犯由修對治終不毀犯煩惱熾盛故有所犯由任持信終不毀犯輕慢故犯依止如是五種法故能防戒蘊名善防護復次於毗柰耶勤學苾芻由有五種寂靜法故能滅諸惡云何爲五一者柔和易可共住二者斷三者斷支四者敬事五者滅諍何等柔和易可共住謂如經說略有六種可愛樂法何等爲斷謂諸人天所有四輪何等斷支謂五斷支何等敬事謂敬事大師廣說乃至無有放逸何等滅諍謂七滅諍法當知此中由依身等於同梵行現行非愛又於僧祇共有財物不平受用又有戒見不同分法由依此故難可共住性不柔和心常展轉互相輕構如是名爲可愛樂法之所對治與此相違由其白品三種因緣當知即是建立六種可愛樂法由其第一建立三種由其第二建

立第四由其第三建立第五及以第六又於此中所有令他獲得可愛利益安樂正現在前身等諸業名慈善友若物可令清淨受用此物名爲如法利養若物不依邪命非法方便獲得此物名爲如法所得若物已置在於鉢内當知此物名墮鉢中若物雖未置於鉢中而將欲置當知此物名鉢所攝若所受食不偏精妙亦不偏多共食所食顯露而食不私竊食乃至唯有可充腹食亦共分布終不故思隱障處食亦不閉門而有所食恐他飢乏之來至希求不得分給當知是名平等受用聖所愛戒差別分別如攝異門應知其相出世正見差別分別即攝事分應知其相又由二相成可樂性一體彼有德而尊重故二荷彼有恩而慰意故又可樂性有二差別一者

未生令其得生二者生已當倍增廣應知此中尊重增上謂體彼有德慰意增上謂財法二攝彼二增上謂善和合和合增上謂心無擾惱遠離貪等所有擾惱名曰無違和合方便共爲一事名曰無諍和同水乳名一趣性又處所圓滿教導圓滿正行圓滿資糧圓滿爲所依止應知建立人天四輪五種妙好所住方處名處所圓滿廣說應知如聲聞地正士善友名教導圓滿廣說應知如聲聞地及菩薩地由五種相自發正願名正行圓滿何等爲五一於正教授能敬順取二行無違逆三如實自顯四其教授師隨所獲得精麤衣服飲食卧具便生喜足五無間殷重二種加行樂斷樂修乃至修習四種苾芻愛取對治又宿所作福補特伽羅宿世善根增上力故

應知有五相果勝利謂宿所作福增上力故安住二種可愛果報一內二外內可愛果報者謂長壽久住妙色端嚴無病少惱非僕非女非半擇迦智慧猛利發言威肅具大宗業外可愛果報者謂生富貴家如經廣說大富大翼有大侍衛是名第一宿所作福相果勝利又宿所作福增上力故得善安住非諸魍魎藥叉非人守宅神等能爲障礙謂於財位不作障礙或於壽命不作障礙是名第二宿所作福相果勝利又宿所作福增上力故性於善法心能趣入修習無怠是名第三宿所作福相果勝利又宿所作福增上力故性於惡行深自慙愧雖作惡已時時發起猛利悔心由此因緣令已作惡現在微劣於當來惡能永遠離是名第四宿所作福相果勝利又宿所作福增上力故一切事業方便加行意趣技能展轉昌盛凡所施爲無不敬順少用功力多有成辦是名第五宿所作福相果勝利如是四種天上諸天人中諸人所有止觀勝妙車輪隨有所闕其車不轉又依應所得義深生信解於師長前如實自顯身有勇悍心有勇悍堪能領解善說惡說所有法義如其次第應知建立五種斷支隨闕一支斷不成辦又於最初應當勉勵敬事大師謂能宣說增上戒學增上心學增上慧學所有法教次應敬事其所說法次修習法隨法行時應當敬事依增上戒與毗柰耶相應學處次應敬事依增上心及增上慧教誡教授於時時間修財供養及法供養應知此中財法供養謂同居止及同受用次於靜慮修三摩地從

此無間隨無愛味通達諦理求盡諸漏無有放逸如是七種敬事差別次第應知又由三相應知敬事由能體彼功德勝利故起尊重隨所體悉以身語意三種正行而修恭敬復設種種幢旛蓋等而爲供養有諸同梵行者舉餘同梵行者所犯衆罪即於現前四目相對而以其實不以非實乃至廣說彼於未了正解了時便更無犯更無犯故是諸苾芻由見聞疑不應重舉前所犯事如是諍事便得除滅有諸苾芻見餘苾芻犯罪時節别於後時彼犯罪者忘自所犯其見犯者記彼所犯便舉是事問言汝憶自所犯不彼乃答言我都不憶彼既不憶不可自悔妄言我憶非無悔言能離惡作既被他舉故信順他應從衆僧求乞憶念毗柰耶想及以清淨爾時衆僧信諸苾芻與彼清淨彼犯罪者得離惡作是諸苾芻不應重舉前所犯事如是諍事便得除滅復有苾芻由顛狂故現行衆多非沙門法不隨順法彼由此事故不成犯時有一類無知苾芻謂彼成犯非處舉發有諸苾芻爲防未來教示憶念令得自心還從衆僧求乞不癡毗柰耶想及以清淨彼聞是已即便求乞爾時衆僧應斷如是補特伽羅不成於犯僧和合住唱與清淨無知苾芻既聞是已不復重舉前所犯事如是諍事便得除滅復有苾芻於衆僧中舉苾芻罪其能舉者起有犯想彼所舉者起無犯想由無犯想便自稱言我無所犯能舉者云長老豈不曾作如是如是事耶彼遂誠言我不曾作能舉復云彼先已犯今得舉發猶不了故仍言不犯爾時衆

僧便爲尋求事之自性爲犯不犯待得實已當如法斷如是諍事便得除滅有異住處衆多苾芻於所犯罪互生疑諍或言有犯或言無犯或言是重或言是輕有別住處衆數過前或望彼衆此多慧解受持三藏彼應就此請決所疑令到究竟如是諍事便得除滅復有苾芻既犯罪已自惡作纏之所激發遂成憂悴慮他舉發便如法悔由此一切諍事除滅有多苾芻互相舉罪各爲憍慢之所執持不欲展轉相對發露專事離散二部別居各作是言彼既不肯來對我衆發露悔滅我等何爲輒就彼衆發露滅悔彼此部中各應推一有智衆首共稟所言補特伽羅同往他衆許其發露悔滅所犯如是諍事便得除滅如是諍事略有四種應知除滅亦有四種云何名爲四種諍事一者他舉諍事二者互疑諍事三者自舉諍事四者互舉事何等復名四種除滅一者願出所犯除滅二者施與清淨除滅三者許求實性除滅四者各各發露除滅

瑜伽師地論卷第九十九

音釋

素呾纜 梵語也此云契經 呾 當割切 纜 盧瞰切 隕 羽敏切 落也 蒔 市之切 種也 媒娉 媒 模杯切 謀合二姓也 娉 匹正切 問娶也 窣堵波 梵語也此云方墳 窣 蘇沒切 堵 音覩 構 古候切 合集也

瑜伽師地論卷第一百

彌勒菩薩說

唐三藏沙門玄奘奉詔譯

攝事分中調伏事總擇攝第五之二

復次依毗柰耶勤學苾芻於其五處應正徧知云何爲五一事徧知二罪徧知三補特伽羅徧知四引攝義利徧知五損惱徧知云何事徧知謂蘊等五事如聲聞地已說云何罪徧知謂依毗柰耶勤學苾芻由五種相徧知所犯一者徧知犯罪因緣二者徧知犯罪等起三者徧知所犯罪事四者徧知犯罪加行五者徧知犯罪究竟徧知犯罪因緣者謂或貪因緣或瞋因緣或癡因緣毀犯衆罪徧知犯罪等起者謂或有罪由身等起非語非心或復有罪由語等起非身非心或復有罪由心等起非身非語或復有罪由身由心等起非語或復有罪由語由心等起非身或復有罪由身由語等起非心或復有罪由身由語由心等起無獨由心所犯衆罪應從他處發露悔除唯當懇誠深自防護如有苾芻發起種種欲尋思等不善尋思徧知所犯罪事者謂犯罪事略有二種一者有情數事二者無情數事徧知犯罪加行者謂所犯罪有二加行一非所應作事業加行二是所應作事業加行徧知犯罪究竟者謂於是處施設方便即於是處而得究竟非於中間有其退轉以是緣故所犯圓滿諸集麤罪彼勝衆餘方便中犯隕墜惡作於彼方便及自聚中而得究竟於隕墜罪諸方便中亦犯惡作四種罪聚名有餘罪彼勝罪聚名無餘罪若所犯罪由

有智故名不積集或復從他而顯發故亦不積集與此相違非不積集若所犯罪已從於他如法發露方便悔除名已顯說與此相違名未顯說若所犯罪權持當悔名有期願與此相違名無期願若所犯罪諸佛世尊於別解脱毗柰耶中建立爲犯名有制立與此相違名無制立若所犯罪或約一類補特伽羅或復約時而不決定先無差别總相制立當知此罪名爲等運與此相違名非等運云何補特伽羅徧知謂由五相應知差别一由行差别故二由衆差别故三由增減差别故四由證得差别故五由觀察差别故由行差别者謂能徧知由貪等行有差别故彼有差别如聲聞地應知其相由衆差别者謂能徧知由苾芻苾芻尼等七衆别故彼有差别由增減差别者謂如一類補特伽羅或貴族出家或富族出家或顏容端正其餘一類則不如是復有一類補特伽羅多聞博識語具圓滿大智大福於淨尸羅堅猛防護少有所犯多生惡作於犯於出能善了知其餘一類則不如是若能徧知如是等事當知説名徧知增減有差别故彼有差别由證得差别者謂能徧知從隨信行俱分解脱以爲後邊七種差别預流果向乃至最後阿羅漢果八種差别諸如是等補特伽羅差别分别如聲聞地已辯其相由觀察差别者謂能舉罪補特伽羅應善觀察所舉罪者然後應舉爲作憶念謂觀所舉補特伽羅爲於我邊有愛敬不廣說如經應知其相其所發舉補特伽羅亦應善察能舉罪者爲是愚夫顛狂癡騃非法舉罪

欲於我所當作損害廣說如經應知其相爲是智者非狂非騃所有白品廣說如經應知其相又於堪舉補特伽羅應正觀察爲開舉不如是觀察補特伽羅所有差別應知說名補特伽羅徧知云何引攝義利徧知謂能徧知略有三種引攝義利何等爲三一引攝自身利養義利二引攝他身出罪義利三引攝僧伽擯斥犯戒安樂義利引攝自身利養義利者謂若諸利養體是清淨是名眞實若諸利養體是清淨而堪要用非無所用徒多貯畜凡百資緣如是名爲能引義利若諸利養不過於時堪任受用是名應時若諸利養其餘苾芻亦現引攝是名有伴即此有伴非引破僧名離破僧若所引攝利養義利具此五支安住正念以無涂心應當受用如是引攝

利養義利名爲無罪引攝他身出罪義利者謂若所犯罪彼實現行是名眞實若復自知我能令彼出不善處安置善處如是名爲能引義利若他說法敬事尊長恭承病等正加行時無容舉罪是名應時若舉憶罪諸餘苾芻共爲助伴是名有伴非此因緣能引破僧如是名爲第五清淨若所引攝出罪義利具此五支安住正念無涂汙心如慈善友以柔輭言應引攝他出罪義利如引攝他出罪義利引攝僧伽擯斥犯戒安樂義利當知亦爾而差別者若因擯斥其被擯者不與能擯命爲障礙或不因此壞僧居園亦不因此損壞制多及不損餘同梵行者如是名爲能引義利與此相違應知說名引無義利云何損惱徧知謂有五種現法損惱凡夫所趣愚癡所

趣智者所離雖實非狂如狂所作乃至唯有虛誑稽留都無增長所有義利云何爲五謂有一類傷悼死亡以無量門而自煎迫傷淪喪者是名第一現法損惱凡夫所趣乃至廣說復有一類幸有所餘易活方便而於衢路大市鄽閒分解肢節疑命殆盡邪苦逼已以自存活是名第二現法損惱凡夫所趣乃至廣說復有一類爲性慳貪慳垢所蔽幸有種種養命資緣而大艱辛以自存活是名第三現法損惱凡夫所趣乃至廣說云何慳垢謂八慳垢一者宿習慳貪不串惠施慳垢二者現法上品顧戀身命慳垢三者於同分支共住隨轉諸有情所不串習悲悲心微劣慳垢四者見田寡德毀犯正行慳垢五者於諸財物起難得想慳垢六者三時憂悔慳垢七者於諸財寶唯見功德不見過患慳垢八者邪施迴向慳垢當知是名八種慳垢復有一類愛樂天趣求欲生天不如實知生天道路斷食投火墜高巖等自加逼害是名第四現法損惱凡夫所趣乃至廣說復有一類愛樂清淨不如實知清淨道路謂加苦法而得清淨以無量門自爲逼害是名第五現法損惱凡夫所趣乃至廣說如是五種現法逼惱依毗柰耶勤學苾芻當正徧知應速遠離

復次依毗柰耶勤學苾芻成就五法未生信者令其生信已生信者令倍增長云何爲五一尸羅圓滿二正見圓滿三軌則圓滿四淨命圓滿五遠離展轉鬪諍圓滿尸羅圓滿略有十種如聲聞地已辯其相謂初善受持不太沉聚不太浮散乃至廣說正見圓滿略有

五種一者增益薩迦耶見及邊執見已求斷故二者損減撥無邪見已求斷故三者取見謂諸見取及戒禁取已求斷故四者妄計吉祥處見已求斷故五者妄計非有爲有有爲非有諸顛倒見已求斷故軌則圓滿亦有五種謂或依時務應所作事或依善品應所作事或依威儀應所作事隨順世間及毗柰耶所有軌則廣說應知如聲聞地淨命圓滿亦有五種謂能遠離矯詐等五起邪命法如聲聞地應知其相遠離展轉鬬諍圓滿略有六種謂離六種鬬諍根故此中六種鬬諍根者謂忿恨等廣說如經又依六處應知建立六鬬諍根云何六處一者不饒益相二者樂隱已過憍慢執持三者利養恭敬欲愛現行四者毀犯增上戒行五者毀犯增上心行六者毀犯增上慧行應知依第一處建立第一鬬諍根本乃至依第六處建立第六鬬諍根本謂有一類補特伽羅衆所識知廣從他處多獲利養由是因緣有所毀犯於所犯罪樂欲隱藏不欲令他知已所犯有諸苾芻既了知已對一對二或對衆多舉其犯事彼由此故一向憂慼燒惱身心又由憍慢所執持故多生熱惱勿彼復對他衆人前各責於我如是彼人先隱所犯說名爲覆又復發起憍慢煩惱此二合名樂隱已過憍慢執持由是建立鬬諍根本復有苾芻恭敬利養欲愛現行見有他人多饒財寶衆所知識具大福祐則便親附殷重承事非愛非敬亦非樂法專爲利養恭敬因緣如是思惟攝取質直忍辱柔和爲依止師我於其處隨意自在彼於我所多

有施爲而我於彼都無所作如是思惟攝取
捷慧愛樂修福同梵行者以爲助伴所有僧
事及其餘事皆令彼作我獨蕭然自得而住
如是或有毀犯禁戒同梵行者正詰問時便
不分明假託餘事而有所說如是名爲行矯
僞行誑諂處所由此因緣起諸鬪諍餘隨所
應當知其相與是相違有五種法令未信者
轉增不信令已信者尋還變革
復次依毗柰耶勤學苾芻成就五力於一切
種等意正行所有加行云何五力一加行力
二意樂力三開曉力四正智力五質直力若
有樂學一切身分於諸學中正善修學又於
所學最極恭敬爲自調伏爲般涅槃如是當
知名加行力若有所犯由意樂故速還出離
如是當知名意樂力若於學處時時請問持
三藏者所有自愛諸善男子應所修學亦能
開示如是當知名開曉力從他聞已若於其
中是眞是實無倒攝受若於其中僞毗柰耶
像似正法諸惡言說違背法性如實了知雖
不至彼躬申請問所未開曉而多聞故於佛
世尊所不遮止亦不開許能自思惟於沙門
性是能隨順是能違逆既了知已如其所應
能正修行能正遠離如是當知名正智力若
信解力離諸誑諂無有少分詐妄分別非於
少分所開許中增益多分而起現行非於多
分所開許中損減少分而起現行其所現行
不增不減如是最初自生欣慶後令自他安
樂而住修行正行非眩惑他如是當知名質
直力
復次依毗柰耶所學加行應知有五補特伽

羅品類差别謂有一類補特伽羅於善説法毗柰耶中依出家法始將發趣雖欲發趣仍未出家便生煩惱邪欲尋求以是緣故遂不出家復有一類既出家已煩惱熾盛故思犯罪由是因縁多諸憂悔便生煩惱邪欲尋求復有一類既出家已於出家法不生喜樂於捨所學將欲發趣及於出家發生憂悔而作是念非我好作所謂出家彼由二緣發生煩惱邪欲尋求復有一類既出家已命難因緣不起故思違越所學乃至盡命愛樂出家勤修梵行彼非二緣發生煩惱邪欲尋求如是四種補特伽羅是異生類復有一類謂諸有學未得解脱即此爲依於後第一心慧解脱通達昇進如實了知是名第五補特伽羅即此第五望前第四諸異生類由調善可愛有學解脱於後解脱通達昇進而有差别即此當知已見諦迹此中前三補特伽羅如其所應於發趣所生憂悔所生及俱所生所有煩惱邪欲尋求應正除遣於上解脱應正了知第四唯於後上解脱應正了知若能如是一切當得平等平等復次於三學中當知略有三種邪行謂有一類補特伽羅先求涅槃而樂出家出家已後爲天妙欲愛味所漂所受持戒迴向善趣唯護尸羅便生喜足是名外結補特伽羅於增上戒第一邪行復有一類補特伽羅不唯護戒便生喜足而能趣證上諸世間隨一靜定即於此定深生味染不進上求聖諦現觀是名内結補特伽羅於增上心第二邪行復有一類補特伽羅是其有學已見諦迹由住放逸於現法中不般涅槃當

知是名於增上慧第三邪行如是略引隨順
比論境智相應調伏宗要摩呾理迦其餘一
切隨此方隅皆當覺了
攝事分中本母事序辯攝
如是已說毗柰耶事摩呾理迦云何名爲摩
呾理迦事謂若素呾纜摩呾哩迦若毗柰耶
摩呾理迦總略名一摩呾理迦雖更無別摩
呾理迦然爲略攝流轉還滅雜染清淨雜說
法故我今復說分別法相摩呾理迦嗢柁南
曰
要由餘釋餘　非即此釋此　於前略序事
自後當廣辯
若有諸法應爲他說要以餘門先總標舉復
以餘門後別解釋若如是者名順正理非即
此門先總標舉還以此門後別解釋如先總
舉云何有爲後別釋言所謂五蘊若如是者
名順正理非先總舉云何有爲後別釋言所
謂有爲如是一切應隨覺了略由二相應知
建立分別法相摩呾理迦一者先略序事二
者即依如是所略序事後當廣辯云何名爲
先略序事謂略序流轉雜染品事及以還滅
清淨品事云何流轉雜染品事謂六識身自
性所依所緣助伴事若蘊界處事若諸緣起
處非處事若三受事若三世事若四緣事若
諸業事若煩惱事若三界事謂欲界等若十
有事謂欲有色有無色有那落迦有傍生有
鬼有天有人有業有中有由別離欲善趣惡
趣招引趣向有差別故若十一識住事謂四
識住與七識住總合說故若九有情居事如
經廣說若五趣事若四生事若四入胎事若

四得自體事若四食事若四言說事若四法受事若四顛倒事若苦諦事若集諦事如是等類名爲略序流轉雜染品事云何還滅清淨品事謂滅諦事若道諦事若三摩地事若諸智事若此所引諸功德事若七正法事若七正作意觀察事若三十七菩提分法事若四行迹事若四法迹事若奢摩他毗鉢舍那事若四修定事若三福業事若三學事若四沙門果事若四證淨事若四聖種事若三乘事若四問記事如是等類名爲略序還滅清淨品事如是等事廣辯建立隨其所應如前所說彼彼地中及諸攝分應知其相又一切事以要言之總有五事一者心事二者心所有法事三者色事四者心不相應行事五者無爲事云何即依如是所略序事後當廣辯

謂略由四相廣辯彼事何等爲四一異門差別故二體相差別故三釋詞差別故四品類差別故異門體相釋詞差別如攝釋分應知其相品類差別復有八種一建立有非有異非異性差別二建立界差別三建立時分差別四建立方所差別五建立相續差別六建立分位差別七建立品分差別八建立道理差別由如是等八種差別於一切事品類差別應隨覺了云何建立有非有異非異性差別謂若略說有三種有一者實有二者假有三者勝義有云何實有謂諸詮表法有名可得有事可得此名於事無礙而轉非或時轉或時不轉當知是名略說實有如於色等諸法聚中建立墉室軍林草木衣食等想此想唯於此聚隨轉於餘退還色等諸想於一切

處皆悉隨轉是故此想所詮實有當知餘想所詮假有又此假有略有六種一聚集假有二因假有三果假有四所行假有五分位假有六觀待假有聚集假有者謂爲隨順世間言說易解了故於五蘊等總相建立我及有情補特伽羅衆生等想此想唯能顯了此聚是故說名聚集假有因假有者謂未來世可生法行由未生故雖非實有而有其因當可生故名因假有果假有者所謂擇滅是道果故不可說無然非實有唯約已斷一切煩惱於當來世畢竟不生而假立故所行假有者謂過去世已滅諸行唯作現前念所行境是故說名所行假有已謝滅故而非實有分位假有者謂生等諸心不相應行如前意地已標辯釋即於諸行由依前後有及非有同類異類相續分位假立生等非此生等離諸行外有眞實體而別可得觀待假有者諸虛空非擇滅等虛空無爲待諸色趣而假建立若於是處色趣非有假說虛空非離色無所顯法外別有虛空實體可得非無所顯得名實有觀待諸行不俱生起於未來世不生法中立非擇滅無生所顯假說爲有非無生所顯可說爲實有云何勝義有謂於其中一切名言一切施設皆悉永斷離諸戲論離諸分別善權方便說爲法性眞如實際空無我等如菩薩地眞實義品第四所知障淨智所行眞實應知其相與上相違當知非有又由四種別無別故應知建立異不異性一由所因別無別故二由所依別無別故三由作用別無別故四由時分別無別故若所因等諸法異

相差別可得此異於餘若無異相差別可得此前及後與現無異時分別者謂一切行唯剎那住即此自體還望自體說爲不異過剎那後說名爲異由彼爲種而此得生說爲所因若由眼等及大種等爲依而轉說名所依若一切行別別功能說名作用如是名爲建立第一有非有異非異性品類差別云何建立界地差別謂欲色無色三界差別言欲界者謂下從無間上超他化至魔羅宮其中諸行皆因欲界煩惱所生於其三世與彼煩惱爲所依止彼品麤重之所隨縛爲彼所繫又欲界中一切煩惱全未離欲非定地攝色無色界一切煩惱一分離欲定地所攝餘煩惱相如前應知言色界者謂四靜慮幷靜慮中間有十七地無色界者謂空處等四無色地云何建立時分差別謂於過去世有無間已滅有隣近已滅有久遠已滅於未來世有無間將生有隣近當生有久遠當生於現在世有剎那現在有衆同分現在有相續未滅現在云何建立方所差別謂有色諸法據處所故得有遠近方所差別無色諸法由無色故無據處所若依色法而得生起即於其處說有方所此由轉相故非據處所故有色諸法具由二種云何建立相續差別當知相續略有四種自他根境有差別故立四相續一自身相續二他身相續三諸根相續四境界相續二是假建立二是眞實義云何建立分位差別謂苦分位樂分位不苦不樂分位即是能順三受諸法云何建立品分差別當知建立所治能治二品差別謂染不染法下劣勝

妙法麤細法執受非執受法有色無色法有見無見法有對無對法有爲無爲法有漏無漏法有諍無諍法有愛味無愛味法依耽嗜依出離法世間出世間法墮攝非墮攝法當知此中由五因緣建立染法一者於三受中如其所應爲雜染故二者能遍攝受諸煩惱品麤重性故三者能遍攝受現法當來非愛果故四者能遍連結生相續故五者能遍障礙一切善法及於所知障智生故由是因緣名爲染法與是相違應當了知不染法相此不染法略有二種謂善無記由臭爛不淨及煩惱不淨故名不淨由於此中諸所有受皆悉是苦故名爲苦由無常性故名不堅若由如是勝義道理性是不淨性是其苦性是不堅其性鄙穢名爲下劣超過於此應知勝妙

又相待故下劣勝妙二相差別謂待色界欲界是劣待無色界色界是劣若待涅槃三界皆劣如是等類應當了知微著差別故淨穢差別故勢用差別故應知建立色趣麤細輭等品類有差別故應知建立無色諸法所有麤細又有色法無色法由世俗勝義諦理易了難了故應知麤細二種差別微謂極微聚著謂所餘聚淨謂中有上地色聚穢謂餘有下地色聚言勢用者謂若是處有地大等勢用增强雖與餘聚其物量等而能勝餘麤顯可得輭等品類有差別者謂樂等諸受信等諸法有輭中上品類差別執受法者謂諸色法爲心心所之所執持由託彼故心心所轉安危事同同安危者由心心所任持力故其色不斷不壞不爛即由如是所執受色或時

衰損或時攝益其心心所亦隨損益與此相違名非執受言有色者謂能據方所言無色者謂不據方所此約所緣領納流轉施設建立言有見者謂若諸色堪爲眼識及所依等亦在此彼明了現前與此相違名爲無見言有對者謂若諸色能礙他見礙他往來與此相違名爲無對言有爲者謂有生滅繫屬因緣與此相違應知無爲言有漏者謂若諸法諸漏所生諸漏麤重之所隨縛諸漏相應諸漏所緣能生諸漏於去來今爲漏依止與此相違應知無漏能與當來生等衆苦爲生因故於現法中有罪性故名爲有諍與此相違名爲無諍內門自體愛染隨故名有愛味與此相違名無愛味外門境界愛著隨故名依躭嗜與此相違名依出離若法有漏有諍有愛味依躭嗜如是一切名爲世間若能治此依世俗諦所起俗智及所引法亦名世間與此相違名出世間若諸世間名墮攝法隨有情器欲色無色世間攝故若出世間非墮攝法不墮前說世間攝故云何建立道理差別謂四道理一相待道理二證成道理三作用道理四法爾道理如是道理差別分別如聲聞地應知其相如是八種品類差別及前所說異門體相釋詞差別應知如前廣略所序一切事中能正廣辯無過此辯

復次嗢柁南曰

初聚相攝等　其次成就等　自性等因等

後廣說地等

有九法聚攝一切法何等爲九一善法聚二不善法聚三無記法聚四見所斷法聚五修

所斷法聚六無斷法聚七邪性定法聚八正性定法聚九不定法聚善等法聚廣如意地已辯其相見所斷法聚者謂一切見若依見等貪瞋癡慢若惡趣業若於諸諦猶豫疑等修所斷法聚者謂餘一切所應斷法無斷法聚者謂無漏法邪性定法聚者謂無間業及斷善根正性定法聚者謂學無學所有諸法不定法聚者謂餘非學非無學法應知此中所有諸法自性相攝他性相應或有一類補特伽羅成就善法及無記法非不善法謂諸聖者已離欲貪及此異生除種子法或有一類補特伽羅成就不善及無記法非諸善法謂斷善根補特伽羅除種子法無有成就善不善法非無記法或唯不善或唯無記而可得者又於此中應知諸法如其所應若得若捨謂有一類由受所受故或捨所受故或邪推求故或正推求故或轉形故或法爾故或離欲故或加行故或退失故或得果故或死生故而有得捨如別解脫律儀等法由受彼故得由捨彼故捨若諸善法由邪推求故捨由正推求故得由轉形故捨苾芻律儀或苾芻尼律儀隨得其一二形生故一切永捨由法爾故世間壞時能入法爾所得靜慮由離欲故能得上地所有善法由加行故能發依彼所引功德令現在前由退失故還得先時諸下劣法由得果故捨諸世法得出世法及後明淨世間善法由死生故若生下時獲於生得善及不善無記諸法若生上時唯得善法及無記法諸有所捨如其所應亦隨覺了無有相違諸心心所而共相應及與相攝即

此刹那行還與此刹那又無一切生死諸行可永斷法又無諸行先未曾生欻然今起又一切行皆刹那生生刹那後必無停住諸行一生一住一滅又一切法一一自性無有第二自性可得又定無有同類二法一時相應即由第二自性無故又非一法有乖異相二種作用又一切行依於他轉而不自依又非自性與自性俱亦不隨轉又非即此一刹那心與此刹那心爲所緣又非即此刹那自性與此刹那自性爲因亦非後生爲前生因亦非同類爲異類因如不善望善善望不善而作無記異熟果因廣說地等嗢柁南曰

初諸地諸依　次諦智加行　三摩地根道

對治行修習　有漏無漏法　諸果諸因緣

立補特伽羅　後徧知究竟

有九種地何等爲九一資糧地二方便地三觀行地四見地五修地六有學地七無學地八聖者地九異生地先應積集出世資糧次爲盡漏勤修方便次修隨順決擇分時正觀諸諦次能證入正性離生次後漸證四沙門果此中前三是有學地其第四果是無學地證離生已一切世間漸昇進道名爲修地即總攝見學無學地名聖者地此餘一切名異生地謂若未修加行若已修加行若已離欲一切異生復有九依能盡諸漏何等爲九謂未至定若初靜慮靜慮中間餘三靜慮及三無色除第一有復有四聖諦能爲盡淨惑所復有十智能覺一切所知境界謂法智類智若世俗智若他心智若苦等智盡無生智此廣分別如聲聞地又瑜伽師有五加行一爲

欲證入正性離生二爲得上果三爲進離欲四爲欲轉根五爲引功德復有瑜伽三三摩地一空三摩地二無願三摩地三無相三摩地復有三種一切行向住果者根一未知欲知根是行預流果向者根二已知根是預流果已上乃至行阿漢羅果向者根三具知根是住阿羅漢果者根復有九道云何爲九一世間道二出世道三加行道四無間道五解脫道六勝進道七下品道八中品道九上品道世間道者謂由此故能證世間諸煩惱斷或不證斷能往善趣或往惡趣出世道者謂由此故能證究竟諸煩惱斷加行道者謂爲斷惑勤修加行無間道者謂正斷惑解脫道者謂斷無間心得解脫勝進道者謂從此後發勝加行下品道者謂能對治上品煩惱中品道者謂能對治中品煩惱上品道者謂能對治下品煩惱復有四種對治一猒壞對治二斷滅對治三任持對治四遠分對治復有十六行相謂觀諸諦爲無常等如前已辯復有八種修習如是對治如是行相如是修習如前定地及聲聞地應觀其相復有二品攝一切法一有漏法二無漏法此二如前應知已辯復有五果一異熟果二等流果三離繫果四士用果五增上果復有十因一隨說因二觀待因三牽引因四攝受因五生起因六引發因七定異因八同事因九相違因十不相違因復有四緣一因緣二等無間緣三所緣緣四增上緣如是一切果因及緣如菩薩地等已辯其相復有七種補特伽羅謂隨信行等復有六種阿羅漢謂退法等復有八種

補特伽羅謂行四向及住四果建立應知如聲聞地復有六種徧智一者不定地有漏諦徧智二者定地有漏諦徧智三者無漏無爲諦徧智四者無漏有爲諦徧智五者順下分結徧智六者順上分結徧智復有二種究竟一者智究竟二者斷究竟智究竟者謂盡無生智自斯已後爲斷煩惱無復應知斷究竟者謂徧究竟諸煩惱斷由彼斷故圓滿究竟證心解脫及慧解脫如是略引隨順此論境智相應摩呾理迦所有宗要其餘一切隨此方隅皆當覺了徧行一切摩呾理迦如攝釋分應知其相如來法教數無限量何能窮到無邊彼岸隨此方隅隨此引發隨此義趣諸聰慧者於餘一切應正尋思應正覺了

瑜伽師地論卷第一百

音釋

癡騃 癡超知切騃五駭切癡騃不慧也 悼 徒到切哀也 鄽 呈延切市中空地也 矯詐 矯居夭切妄也詐側駕切僞也 眩 黃絹切目無常主也 墉 余封切墻也

攝大乘論釋
唐三藏法師玄奘奉　制譯

清刻龍藏佛說法變相圖

攝大乘論釋卷第一

無性菩薩造

唐三藏法師玄奘奉　制譯

釋總標綱要分第一

稽首大覺諸如來　無上正法眞聖衆
爲利自他法久住　故我略釋攝大乘

論曰阿毗達磨大乘經中薄伽梵前已能善入大乘菩薩爲顯大乘體大故說

釋曰欲以十義總攝大乘所有要義彼義能顯此論體性是聖教故用此爲門而開發言阿毗達磨大乘經等擇法因故或共了故阿毗達磨想爲標幟大乘經言簡別餘處若略釋者亦乘亦大故名大乘或乘大性故名大乘因果大故業具運故果謂十地若廣釋者七種大性共相應故謂菩提分波羅蜜多學

持相等貫穿縫綴故名爲經此中即是隨墮八時聞者識上直非直說聚集顯現以爲體性若爾云何菩薩能說非聞者識彼能說故彼增上生故作是說譬如天等增上力故令於夢中得論呪等若離識者佛云何說諸契經句語爲自性且不應理由一一字能詮顯義不應理故次第而生不俱時住無聚集故如是不得彼之自性語無有轉故不應理又非無字轉有少名能詮故諸契經名爲自性亦不應理是故決定如所說經自性應理於此所說阿毗達磨大乘經中薄伽梵者破諸魔故能破四種大魔怨故名薄伽梵四種魔者一者煩惱魔二者蘊魔三者天魔四者死魔依空三摩地能破煩惱魔一切麤重轉依相住無量善根隨順證得或復依止精進慧力能破蘊魔依慈等持能破天魔依修神足能破死魔能破如是四大魔故名薄伽梵又自在等功德相應是故說佛名薄伽梵所以者何以當宣說佛世尊故於彼前者顯佛開許堪廣流通親對大師無異言故如十地經已能善入大乘者或依德迹或共了知謂彼已能善入大乘或即於此已極喜入故名已能善入大乘顯此已得諸陀羅尼辯才功德於大乘義能持能闡故依此義說如是名言菩薩者菩提薩埵爲所緣境故名菩薩依弘誓語立菩薩聲亦見餘處用所緣境而說其名如不淨等爲所緣境三摩地說名不淨說名爲空或即彼心爲求菩提有志有能故名菩薩爲顯大乘體大故者甚深高廣無上故大體聲即說自性作用如世說言火煖爲

體毒害爲體此體大故說名體大顯者開示他所未了爲者欲也

論曰爲依大乘諸佛世尊有十相殊勝殊勝語一者所知依殊勝殊勝語二者所知相殊勝殊勝語三者入所知相殊勝殊勝語四者彼入因果殊勝殊勝語五者彼因果修差別殊勝殊勝語六者即於如是修差別中增上戒殊勝殊勝語七者即於此中增上心殊勝殊勝語八者即於此中增上慧殊勝殊勝語九者彼果斷殊勝殊勝語十者彼果智殊勝殊勝語由此所說諸佛世尊契經諸句顯於大乘真是佛語

釋曰謂聲即是略標所說十勝處義依大乘者所爲所說非聲聞乘亦非世間復舉大乘爲決定義顯所依者即此非餘以依世間由餘相故異於佛語如有頌言諦語而無忿少施不希求如是等若依聲聞由餘相故異於大乘如有頌言諸行無常有生滅法如是等是故重舉大乘應理有十等者以數顯數殊勝佛語安立論體相者種也即此展轉差別無雜故名殊勝或復望彼聲聞等法極懸遠故又增上故名爲殊勝以能引發大菩提故由此十相是殊勝故彼語殊勝是故說言有十相殊勝殊勝語佛世尊者染汙不染汙二癡睡盡故於一切所知智開發義故說名爲佛如士夫寤如蓮華開如有說言寤寤開發義有時業佛界如是等

論曰復次云何能顯由此所說十處於聲聞乘曾不見說唯大乘中處處見說謂阿賴耶識說名所知依體三種自性一依他起自性

二遍計所執自性三圓成實自性說名所知相體唯識性說名入所知相體六波羅蜜多說名彼入因果體菩薩十地說名彼因果修差別體菩薩律儀說名此中增上戒體首楞伽摩虛空藏等諸三摩地說名此中增上心體無分別智說名此中增上慧體無住涅槃說名彼果斷體三種佛身一自性身二受用身三變化身說名彼果智體由此所說十處顯於大乘異聲聞乘又顯最勝世尊但爲菩薩宣說是故應知但依大乘諸佛世尊有十相殊勝殊勝語

釋曰所應可知故名所知依謂所依此所依聲簡取能依雜染清淨諸有爲法不取無爲由彼無有所依義故所依即是阿賴耶識是彼因故能引彼故如其所應若爾所知即所知依由異熟識是所知性故不相違此所知依即是殊勝此殊勝故語亦殊勝即前所說諸佛世尊言一切處隨轉所知相者所知自性是所相故依業軍說多置魯荼所知所斷所證等故或依具軍以遍計所執相無所相表無性故圓成實性是其共相依他起性是其自性我有情義識展轉別異故如地界等以其堅等爲能表相雖無異性而說爲相又如宣說大士夫相經部等師生等諸相由此因緣或所知即相或所知之相故名所知相說無異性故異無異性故如其所應此亦如是入所知相者謂此能入所應知相或是所知相之能入入謂現觀入所知相即唯識性此即殊勝此殊勝故語亦殊勝彼入因果者謂唯識性說名彼入勝解行地修加行時世

間者淨波羅蜜多名彼入因已證入時即出世間波羅蜜多清淨增上意樂攝故名彼入果彼入因果即是殊勝此殊勝故語亦殊勝彼因果修差別者謂即唯識性之因果數習此故說名爲修分分不同故名差別彼入因果修差別性即是十地此即殊勝此殊勝故語亦殊勝即於諸地波羅蜜多修差別中爲攝取後復勤修學即此爲依安立三學一增上戒學謂依止戒正勤修學是故說名增上戒學即諸地中菩薩律儀遠離諸惡饒益有情攝一切善三種淨戒所受尸羅防護過去已生住等身等諸業如調御者極善調攝故名律儀如是即依增上尸羅修學正行故名爲學此增上戒即是殊勝此殊勝故語亦殊勝二增上心學謂依止心正勤修學是故說名增上心學此性即是虛空藏等諸三摩地等者等取餘賢護等三摩地王又於增上心學中言

即諸三摩地　大師說爲心　由心采畫故
如所作事業

三增上慧學謂依止慧正勤修學是故說名增上慧學此性即是無分別智對治一切戲論分別此中加行無分別智根本依止即此根本無分別智後得依止如是依止非次所說如是三種戒定慧學是道體性彼果二種一斷二智此殊勝故語亦殊勝彼果斷者彼諸學果名爲彼果彼果即斷名彼果斷此性即是客障離繫眞如解脫無住涅槃見彼寂靜故生死即涅槃即彼爲縁而無染著非無餘依般涅槃界是故無住此即殊勝此殊勝

故語亦殊勝彼果智者彼諸學果名爲彼果彼果即智名彼果智此性即是三種佛身一自性身即是無垢無罣礙智是法身義今此與彼無分別智有何差別如是二種所有分別俱不行故彼有對治當有所作此是彼果所作已辦如是差別二受用身即後得智即由此智殊勝力故與諸殊勝大菩薩衆共受不共微妙法樂成辦如是受用事故名受用身若無如是外清淨智菩薩所作所餘資糧應不圓滿三變化身即是後得智之差別即能變化名變化身此增上力之所顯現即智差別謂由此故摧伏他論與諸菩薩共受法樂無有斷絶成辦初業諸菩薩衆諸聲聞等所應作事譬如眼識了受諸色若彼無者此亦應無此則殊勝此殊勝故語亦殊勝由此所說十處者謂於此及餘總大乘義處是事義異聲聞乘者於彼不說故又顯最勝者究竟宣說佛果道故世尊但爲菩薩宣說者此中應言菩薩但爲菩薩宣說由佛現見佛所開許而宣說故名世尊說如十地等是故先說薄伽梵前

論曰復次云何由此十相殊勝殊勝如來語故顯於大乘眞是佛語遮聲聞乘是大乘性由此十處於聲聞乘曾不見說唯大乘中處處見說謂此十處是最能引大菩提性是善成立隨順無違爲能證得一切智智此中二頌

所知依及所知相　彼入因果彼修異
三學彼果斷及智　最上乘攝是殊勝
此說此餘見不見　由此最勝菩提因

故許大乘真佛語 由說十處故殊勝

釋曰復次云何由此等者猶未信解故設此難何以故非於聲聞乘中六句義等曾未見說吠世師等論中處處見說即令吠世師等論真是佛語先答容他如是妨難故後通言謂此十處是最能引大菩提性等亦覺亦大故名大菩提或覺大性故名大菩提此大菩提智斷殊勝以爲自相如說煩惱所知障斷由彼斷故獲得無垢無罣礙智如是四種總名菩提是最能引者謂此十處是能得性非六句義或最勝等是故彼論非真佛語是善成立者謂如是十處正量所隨故如廣當決擇言隨順者是能對向是能順義言無違者無彼過故非如六句義等邪智或聲聞乘有過失故佛果相違此中二頌者謂頌已說及當說義此說此餘見不見者謂此十處殊勝語說於此大乘處處見說於餘小乘曾不見說

論曰復次云何如是次第說此十處謂諸菩薩於諸法因要先善巧方於緣起應得善巧次後於緣所生諸法應善其相善能遠離增益損減二邊過故次復如是善修菩薩應正通達善所取相令從諸障心得解脫次後通達所知相已先加行位六波羅蜜多由證得故應更成滿增上意樂得清淨故次後清淨意樂所攝六波羅蜜多於十地中分分差別應勤修習謂要經三無數大劫次復於三菩提所學應令圓滿既圓滿已彼果涅槃及與無上正等菩提應現等證故說十處如是次等又此說中一切大乘皆得究竟

釋曰為辯由此趣大菩提故復開示次第方便及所須因謂諸菩薩要先於因得善巧已方於緣起應得善巧知從此因而有彼果復知彼果要從此因是故非離此因言教能了知彼因者即是阿賴耶識由說此故便捨無因不平等因次後於緣所生諸法應了其相遠離增益損減邊故於無無因強立為有故名增益於有無因強撥為無故名損減如是增益及與損減俱說為邊是墜墮義此二轉時失壞中道由善數習真實觀故於此二邊遠離善巧於遍計所執唯有增益而無損減都無有故以要於有方起損減於依他起無有增益以有體故要於非有方有增益亦無損減唯妄有故於圓成實無有增益是實有故唯有損減即由此故或復於此善能遠離增益損減二邊過者謂於依他起性增益實無遍計所執性損減實有圓成實性又如大般若波羅蜜多經中說慈氏於汝意云何諸遍計所執中非實有性為色非色不也世尊諸依他起中唯有名想施設言說性為色非色不也世尊諸圓成實中彼空無我性為色非色不也世尊慈氏由此門故應如是知諸遍計所執性決定非有諸依他起性唯有名想施設言說諸圓成實空無我性是真實有我依此故密意說言彼無二數謂是色等如是解脫二邊過失於三自性得善巧已由唯識性應善通達所知之相入者即是通達作證或由此故能順通達次後即於順唯識性通達體入所修六種波羅蜜多由勝義故應更證得清淨意樂應更攝受欲及勝解名為

尊何處說阿賴耶識謂薄伽梵於阿毗達磨大乘經伽他中說

無始時來界　一切法等依　由此有諸趣　及涅槃證得

釋曰此引阿笈摩證阿賴耶識名所知依無始時者初際無故界者因也即種子也是誰因種謂一切法此唯雜染非是清淨故後當言多聞熏習所依非阿賴耶識所攝如阿賴耶識成種子如理作意所攝似法似義所起等彼一切法等所依者能任持故非因性故能任持義是所依義非因性義所依能依性各異故若不爾者界聲已了無假依言由此有諸趣及涅槃證得者如決擇處當廣分別謂生雜染等那落迦等若離阿賴耶識皆不得有等生等雜染畢竟止息名爲涅槃若離

意樂此二爾時雖無增數證淨攝故而說清淨次後即彼於十地中由於三學勤修學故三無數劫數修習故應令圓滿次後彼果煩惱所知二障永斷及與無垢無有罣礙一切智智應更證得如是所辯次第方便及所須因顯是能順大菩提性即由如是所說次第唯有十處不增不減如是已釋主隨二論是故當知聲聞乘道即佛乘道不應道理若爾其果應無差別又於一切聲聞乘中曾未有處爲諸菩薩廣說佛道又亦不許佛與聲聞無有差別師資建立應無有故由此說有二道差別是故說此名攝大乘盡其所有大乘綱要無別說故

釋所知依分第二之一

論曰此中最初且說所知依即阿賴耶識世

阿賴耶識不應證得

論曰即於此中復說頌言

由攝藏諸法　一切種子識　故名阿賴耶

勝者我開示

釋曰復引聖言所說證阿賴耶識名阿賴耶能攝藏諸法者謂是所熏是習氣義非如大等顯了法性藏最勝中阿賴耶識攝藏諸法亦復如是爲簡彼義是故復言一切種子識與一切種子俱生俱滅故阿賴耶識與諸轉識互爲緣故展轉攝藏是故說名阿賴耶識非如最勝即顯了性顯自簡劣故復說言勝者我開示即大菩薩有堪能故名爲勝者爲彼開示非餘劣者

論曰如是且引阿笈摩證復何緣故此識說名阿賴耶識一切有生雜染品法於此攝藏爲果性故又即此識於彼攝藏爲因性故是故說名阿賴耶識或諸有情攝藏此識爲自我故是故說名阿賴耶識

釋曰一切有生者謂諸有爲雜染品法者簡清淨法非清淨法是雜染性一切雜染庫藏所治種子體性之所攝藏能治彼故非互相違爲因果性是正道理然得爲所依若處有所治亦有能治故於此攝藏者顯能持習氣由非唯習氣名阿賴耶識要能持習氣如彼說意識或諸有情攝藏此識爲自我者是執取義

論曰復次此識亦名阿陀那識此中阿笈摩者如解深密經說

阿陀那識甚深細　一切種子如暴流

我於凡愚不開演　恐彼分別執爲我

釋曰復引餘教所說異名開示建立阿賴耶識令極顯了言甚深者世聰叡者所有覺慧難窮底故言甚細者諸聲聞等難了知故是故不爲諸聲聞等開示此識彼不求微細一切智智故一切種子如暴流者刹那展轉相續不斷如水暴流我於凡愚不開演者懷我見者不爲開示恐後分別計執爲我何容彼類分別計執窮生死際行相一類無改易故

論曰何緣此識亦復說名阿陀那識執受一切有色根故一切自體取所依故所以者何有色諸根由此執受無有失壞盡壽隨轉又於相續正結生時取彼生故執受自體是故此識亦復說名阿陀那識

釋曰執受一切有色根故等者顯聲轉因以能執受一切眼等有色諸根安危共同盡壽隨轉是故說名阿陀那識若不爾者應如死身即便失壞一切自體取所依故等者謂是一切若一若多所有自體取所依性若色等根未已生起若無色界自體生起名爲相續攝受彼故名正結生受彼生故精血合故非無阿賴耶識而有執受一期自體譬如室宅院攝光明是一期自體習氣所熏故

論曰此亦名心如世尊說心意識此中意有二種第一與作等無間緣所依止性無間滅識能與意識作生依止第二染汙意與四煩惱恒共相應一者薩迦耶見二者我慢三者我愛四者無明此即是識雜染所依識復由彼第一依生第二雜染了別境義故等無間義故思量義故意成二種

釋曰此亦名心者復引餘教安立異名令此

堅固第二染汙意者由四煩惱薩迦耶見等所染汙故此中薩迦耶見者謂堅執著我我所性由此勢力而起我慢恃我我所而自高舉此二有故便起我貪說名我愛此三皆用無明爲因言無明者即是無智明所治故此即是識雜染所依於定不定善等位中皆不相違恒現行故其如何等謂善心時亦執我故由第一依生者由等無間滅意故由第二雜染者由四煩惱相應意故以計我等能作雜染了別境義故者是能取境似境現義此釋識名等無間義故思量義故意成二種者此釋意名若離訓釋聲義道理終不能令他得解了

論曰復次云何得知有染汙意謂此若無不共無明則不得有成過失故又五同法亦不得有成過失故所以者何以五識身必有眼等俱有依故又訓釋詞亦不得有成過失故又無想定與滅盡定差別無有成過失故謂無想定染意所顯非滅盡定若不爾者此二種定應無差別又無想天一期生中應無染汙成過失故於中若無我執我慢又一切時我執現行現可得故謂善不善無記心中若不爾者唯不善心彼相應故有我我所煩惱現行非善無記是故若立俱有現行非相應現行無此過失此中頌曰

若不共無明　及與五同法　訓詞二定別
無皆成過失　無想生應無　我執轉成過
我執恒隨逐　一切種無有　離染意無有
二三成相違　無此一切處　我執不應有
眞義心當生　常能爲障礙　俱行一切分

謂不共無明

此意染汙故有覆無記性與四煩惱常共相應如色無色二纏煩惱是其有覆無記性攝色無色纏爲奢摩他所攝藏故此意一切時微細隨逐故

釋曰爲引正理成染汙意故復略舉直說伽他謂此若無不共無明不得有等若不說有染汙意者則不得有不共無明不共無明當說其相謂能障礙真智生愚此於五識無容說有是處無有能對治故若處有能治此處有所治非五識中有彼能治於此見道不生起故非於不染意識中有由彼此應成染性故亦非染汙意識中有與餘煩惱共相應時不共無明名不成故若立意識由彼煩惱成染汙者即應畢竟成染汙性諸施等心應不成善彼煩惱相恒相應故若復有說善心俱轉有彼煩惱是即一向與彼相應餘不得有此染意識引生對治不應道理若有說言染汙意俱有別善心能引對治能治主故所治即滅應正道理若爾所立不共無明亦不成就與身見等所餘煩惱恒相應故汝難不平非我說彼與餘煩惱不相應故名爲不共然說彼惑餘處所無故名不共譬如十八不共佛法前說與餘煩惱相應名不成者觀他所立顯彼過故又五同法亦不得有成過失者此破唯立從六二緣六識轉義眼等五識與彼意識有同法性謂從二緣而得生起彼染汙意若無有者與此相違所謂俱生增上緣依無別有故又眼等識各具二緣皆是識性如是識性並有眼等俱轉別依唯增上緣非

因緣等此爲能喻意識亦爾應有如是差别所依阿賴耶識雖是意識俱生所依然不應立爲此别依是共依故因緣性故經部所立色爲意識俱生别依此不成就不應道理以就思擇隨念分别應一切時無分别故由此道理餘部所立胷中色物意識别依亦不成就如所説過恒隨逐故譬如依止色根諸識如是難通應廣決擇又訓釋詞亦不得有成過失者如前所説訓釋意名依思量性若不立有染汙意者此何所依六識已謝不應成意體滅無故又無想定與滅盡定差别無有成過失者若有定立有染汙意此有此無在凡相續在聖相續如其次第二定差别道理成就若不爾者俱想受滅等有識行應無差别不可説在第四静慮在第一有地差别故出離静住欲差别故二定差别由二自相無差别故心及心法俱滅何異今此決擇對經部師少相近故彼部所立不相應行非實物有何得二定實有差别又無想天一期生中無我執轉應成過失言無想者謂若生在無想天中心心法滅初續生時有彼暫起從此已後相續隨轉若不許彼有染汙意一期生中應無我執曽不見有具煩惱者一期生中都無我執又諸聖賢同訶厭故非生剎那現起意識我執所依爲勢引故名有我執未永斷故如有癩等應正道理我執所依俱謝滅故勢引亦無餘所依故不應道理我執習氣在身相續亦不應理色法受熏不應理故無堪能故又經部師不説唯色名爲心法等無間緣此所無故心及心法四緣定故若説别

有常俱起心我執所依此無過失又一切時我執隨逐不應道理謂若不説有染汙意於一切時義不符順施等善位亦有我執常所隨逐自謂我能修行施等非離無明我執隨逐非離依止而有無明是心法故此所依止離染汙意定無所有非即善心是無明依應正道理如説

如是染汙意　是識之所依　此未滅識縛終不得解脱

無有二者謂不共無明及與五同法三成相違者謂訓釋詞二定差别無想天生我執隨逐如是三種皆成相違前已略舉不共無明今爲廣釋故説眞義心當生等謂能障礙眞實義見彼若現有此不生故俱行一切分者是善不善無記位中當隨縛義

論曰心體第三若離阿賴耶識無别可得是故成就阿賴耶識以爲心體由此爲種子意及識轉

釋曰心體第三若離阿賴耶識無别可得者謂如意聲説染汙意無間滅意識聲則説六種轉識如是心聲離彼二種無體可得非無有體而有能詮亦非異門意識二聲所詮異故此中體聲意取所詮是故成就阿賴耶識等者顯阿賴耶識是心聲所詮道理決定

論曰何因緣故亦説名心由種種法熏習種子所積集故

釋曰由種種法者謂由種種品類轉識所攝諸法熏習種子者謂所熏成功能差别所積集者謂雜種類積集其中故者即是門義依義此則顯示心聲轉因

論曰復次何故聲聞乘中不說此心名阿賴耶識名阿陀那識由此深細境所攝故所以者何由諸聲聞不於一切境智處轉是故於彼雖離此說然智得成解脫成就故不爲說若諸菩薩定於一切境智處轉是故爲說若離此智不易證得一切智智

釋曰由此深細境所攝故者此顯阿賴耶識亦是深細亦所知境由深細故於諸聲聞不爲宣說彼是麤淺所知境攝所應化故深細轉者此則顯彼無有功能希願處相是故於境智於彼無思由諸聲聞不於一切境智處彼雖離此說等者謂於聲聞雖離爲說阿賴耶識但由麤淺色等境界苦集等性無常等行正觀察時便能永斷一切煩惱彼爲此義依世尊所勤修梵行言麤淺者謂諸色法體相麤故受等諸法所緣行相易可分別行相麤故與此相違如其所應阿賴耶識說名深細如說我不說一法未達未遍知等者此密意說不斷煩惱以別相聲說總相處非諸煩惱有各別斷或取共相無常等行故不爲說阿賴耶識亦無過失若諸菩薩定於一切境智處轉者顯菩薩有種性勢力由與功能希願處相具相應故一切智性爲所期處異此不能作他義利所以者何非一切智無有堪能隨順知他意樂隨眠界根勝劣有能無能時分差別具作一切他之義利如是等事菩薩所求是故爲說阿賴耶識若離此智等者若離阿賴耶識智不能永斷於義遍計彼不斷故無分別智則不得有執有遍計所執義故由此因緣不易證得一切智智所以者何

能證一切所知共相是分別智知遍計義自相分別展轉不同以無邊故決定無能具證一切若知此唯阿賴耶識能生習氣轉變力故義有情我顯現而轉爾時覺知無所取義如是亦能知無能取由此證得無分別智次後得智如所串習通達法性由一切法共相所顯眞如一味知一切法於一刹那亦易證得一切境智非無邊故然復說言要經於三無數劫者此顯積習廣大資糧方能證得廣大殊勝一切種相微妙果智如是所說妙智資糧不離能證法無我境故說頌言

非於一切所知境　不斷所執法分別
而能證得一切智　是故宣說法無我

不善通達如是理教故有頌言

由彼相續有堪能　當知如火食一切
如是應許一切智　能作一切知一切

是故於此阿賴耶識知不知者易證難證一切智智定依此宗作如是說非知一切法無我者名一切智彼雖一切智非一切種智

攝大乘論釋卷第一

音釋

幟昌志切旗旛也　寤五故切寐覺也　楞盧登切　阿笈摩梵語也此云無比法　笈極曄切　伽他梵語也此云孤起　他唐何切　癇音閑癲病也　串古患切與慣同

攝大乘論釋卷第二

無性菩薩造

唐三藏法師玄奘奉制譯

釋所知依分第二之二

論曰復次聲聞乘中亦以異門密意已說阿賴耶識如彼增壹阿笈摩說世間衆生愛阿賴耶樂阿賴耶欣阿賴耶喜阿賴耶爲斷如是阿賴耶故說正法時恭敬攝耳住求解心法隨法行如來出世如是甚奇希有正法出現世間於聲聞乘如來出現四德經中由此異門密意已顯阿賴耶識於大衆部阿笈摩中亦以異門密意說此名根本識如樹依根化地部中亦以異門密意說此名窮生死蘊有處有時見色心斷非阿賴耶識中彼種有斷

釋曰聲聞乘中亦以異門密意已說阿賴耶識者此舉餘部共所成立顯阿賴耶識如大王路故先總序如彼增壹阿笈摩說者是說一切有部中說愛阿賴耶者此句總說貪著阿賴耶識樂阿賴耶者樂現在世阿賴耶識欣阿賴耶者欣過去世已生阿賴耶識喜阿賴耶者喜未來世當生阿賴耶識此性於彼極希願故由樂欣喜是故總名愛阿賴耶爲斷如是阿賴耶故者爲求害彼說正法時者說正教法恭敬者樂欲聞故攝耳者立願聽故此則說其聞所成智住求解心者如所聞義求決定故此則說其思所成智法隨法行者所證名法道名隨法隨順彼故又出世道名法世間道名隨法行者行彼自心相續樹增彼故令彼現前得自在故此則說其修所

成智如來出現四德經中由此異門密意已顯阿賴耶識者謂此經中宣說如來出現於世有其四種可稱讚德於大衆部阿笈摩等者重成此識於彼部中如大王路根本識者餘識因故譬如樹根是莖等因化地部等者於彼部中有三種蘊一者一念頃蘊謂一剎那有生滅法二者一期生蘊謂乃至死恒隨轉法三者窮生死蘊謂乃至得金剛喻定恒隨轉法此若除彼阿賴耶識餘不應有但異名說阿賴耶識如名諸蘊決定無有窮生死故彼問云何此答有處有時見等有處於界有時於分於無色界諸色間斷於無想天及二定分諸心間斷非謂於阿賴耶識中色心種子乃至對治道未生來有時間斷不應計度隨所應有正義有故計度傍義違越正義不應道理

論曰如是所知依說阿賴耶識爲性阿陀那識爲性心爲性阿賴耶爲性根本識爲性窮生死蘊爲性等由此異門阿賴耶識成大王路

釋曰等謂聖者上座部中以有分聲亦說此識阿賴耶識是有因故如說六識不死不生或由有分或由反緣而死由異熟意識界而生如是等能引發者唯是意識故作是說五識於法無所了知唯所引發意界亦爾唯等尋求見唯照矚等貫徹者得決定智安立是能起語分別六識唯能隨起威儀不能受善不善業道不能入定不能出定勢用一切皆能起作由能引發從睡而覺由勢用故觀所夢事如是等分別說部亦說此識名有分識

由如是等諸部聖教爲定量故阿賴耶識如大王路

論曰復有一類謂心意識義一文異是義不成意識兩義差別可得當知心義亦應有異復有一類謂薄伽梵所說衆生愛阿賴耶乃至廣說此中五取蘊說名阿賴耶有餘復謂貪俱樂受名阿賴耶有餘復謂薩迦耶見名阿賴耶此等諸師由教及證愚於阿賴耶識故作此執如是安立阿賴耶名隨聲聞乘安立道理亦不相應若不愚者取阿賴耶識安立彼說阿賴耶名如是安立則爲最勝云何最勝若五取蘊名阿賴耶生惡趣中一向苦處最可厭逆衆生一向不起愛樂於中執藏不應道理以彼常求速捨離故若貪俱樂受名阿賴耶第四靜慮以上無有具彼有情常有厭逆於中執藏亦不應理若薩迦耶見名阿賴耶於此正法中信解無我者恒有厭逆於中執藏亦不應理阿賴耶識内我性攝雖生惡趣一向苦處求離苦蘊然彼恒於阿賴耶識我愛隨縛未嘗求離雖生第四靜慮以上於貪俱樂恒有厭逆然彼恒於阿賴耶識我愛隨縛雖於此正法信解無我者厭逆我是然彼恒於阿賴耶識我愛隨縛是故安立阿賴耶識名阿賴耶成就最勝

釋曰復有一類謂心意識義一文異者此顯邪執謂如所說心意識名皆同一義是義不成者是非理義意識兩義差別可得者兩聲兩義能詮所詮自相異故謂六識身無間過去說名爲意了別境界說名爲識如意識名義有差別如是心義亦應有異復有一類謂

薄伽梵所說等者此顯餘師於愛阿賴耶等起異義執言五取蘊名阿賴耶者謂諸衆生攝爲我故言貪俱樂受名阿賴耶者謂貪受俱行總名阿賴耶此受是貪所增隨眠故或復各別名阿賴耶著處異故言薩迦耶見名阿賴耶者由此取彼爲我性故此等諸師由教及證愚阿賴耶識故作此執者謂彼諸師有惡教故有惡證故愚阿賴耶識或彼諸師無親教故無自解故愚阿賴耶識隨聲聞乘安立道理亦不相應者隨彼自宗亦不應理如勝論等所立實等彼非爲勝有過失故如是安立則爲最勝者無過失故有勝德故爲欲顯彼計執過失故復問言云何最勝若立五取蘊名阿賴耶生惡趣中一向苦處者生捺落迦傍生餓鬼名生惡趣唯有苦故似苦現故名一向苦處由彼曾無有少樂故最可厭逆於一切時有多苦故衆生一向不起愛樂非不愛義而有執藏與執藏義不相應故於中執藏不應道理以彼常求速捨離者是於苦蘊恒傷歎義云何當令我無苦蘊非求速離而復執藏應正道理以相違故第四靜慮及上無色貪俱樂受恒無所有常有厭逆是厭因故可惡逆故言具彼者第四靜慮以上有情具彼種類是故彼處於中執藏亦不應理以無有故於此正法中信解無我者常極厭逆薩伽耶見是應斷故見無我者彼無有故但取信解恒求斷故於中執藏亦不應理如是已顯他執過失復當顯示自宗勝德阿賴耶識内我性攝者衆生妄執爲内我體雖然兩聲爲重遮止他說妄計捺落迦等名

生惡趣一向苦處雖於苦蘊常求遠離然彼恒於阿賴耶識我愛羂索隨縛不離曾不於中起無亦愛由捨受相應非可厭逆故所以者何彼雖希願云何當令我諸苦蘊都無所有然於自我未常求離我見對治未有故異趣更無故若於諸蘊有所願樂此則是其阿賴耶力非於意識有此我愛應正道理以惡趣中與彼苦受恒相應故由此道理於餘趣中於彼希願亦不相應雖生第四靜慮以上於貪俱樂恒有厭逆然內我愛隨縛不離如是我愛依他而轉依阿賴耶非於意識以阿賴耶乃至對治道未生來無變易轉意識不爾於無想定無想滅定有間斷故非有意識而無有受俱成有故於此正法中信解無我者雖恒厭逆分別我見然有俱生我見隨縛此於何處謂彼但於阿賴耶識率爾聞聲便執內我驚畏生故何緣不許即於諸蘊而有我愛以若於彼有我愛者此則是其阿賴耶識由可分別所緣行相四無色蘊於無想天二無心定不相續故若爾阿羅漢雖厭逆身見亦應得有如是我愛斷故無有以阿羅漢一切我見皆已永斷故無此失是故說言阿羅漢已轉於阿賴耶識更無此我愛是故安立阿賴耶識名阿賴耶識決定成就無諸過失有諸勝德是故說言成就最勝

論曰如是已說阿賴耶識安立異門安立此相云何可見安立此相略有三種一者安立自相二者安立因相三者安立果相此中安立阿賴耶識自相者謂依一切雜染品法所有熏習爲彼生因由能攝持種子相應此中

安立阿賴耶識因相者謂即如是一切種子阿賴耶識於一切時與彼雜染品類諸法現前爲因此中安立阿賴耶識果相者謂即依彼雜染品法無始時來所有熏習阿賴耶識相續而生

釋曰如是已説安立異門次安立相唯由其名未能了別此識自相故次須説自相應相略有二者分析此識自相應相以爲二種因果異故依識自相説如是言謂依一切雜染品法所有熏習即貪瞋等名爲一切雜染品法與彼能熏俱生滅故得成種子即此功能望彼當生能作生因由能攝持種子相應者於第五處説第三轉是能攝持種子相應故義此中攝持種子相應謂有生法俱生俱滅故成熏習如是熏習攝持種子應正道理此相應故能生於彼非最勝等有如所説攝持種子相應亦非等無間緣等彼雖能攝受而非最勝因攝持種子不相應故最勝因者所謂種子阿賴耶識能攝持此故能與彼而作生因非唯攝受要由攝持熏習功能方爲因故因相即是增盛作用熏習功能能爲因性現前能生雜染法故果相即是由轉識攝貪等現行雜染諸法熏習所持名爲果相阿賴耶識因果不定故當説言

言熏習所生　諸法此從彼　異熟與轉識
更互爲緣生

論曰復次何等名爲熏習熏習能詮何爲所詮謂依彼法俱生俱滅此中有能生彼因性是謂所詮如苣蕂中有華熏習苣蕂與華俱生俱滅是諸苣蕂帶能生彼香因而生又如

所立貪等行者貪等熏習依彼貪等俱生俱滅此心帶彼生因而生或多聞者多聞熏習依聞作意俱生俱滅此心帶彼記因而生由此熏習能攝持故名持法者阿賴耶識熏習道理當知亦爾

釋曰復次何等名爲熏習等者爲欲決了熏習自相鄭重徵責難了知故謂依彼法俱生俱滅此中有能生彼因性者謂此所熏與彼能熏同時生滅因彼此有隨順能生能熏種類果法習氣俱言爲簡異時生滅爲別常住此顯熏習相異餘計依者因也於因建立如是字緣如言依雲而有雨等舉其因性爲顯此中有能隨順生果因體如苣藤中有花熏習等者舉他共成喻自宗義由自所現苣藤與花俱心變故如彼苣藤與諸香花俱生俱滅由是爲因隨順能生後後無間帶花香氣苣藤刹那此亦如是又如所立貪等行者貪等熏習等者此舉餘部共成熏習喻自宗義

論曰復次阿賴耶識中諸雜染品法種子爲別異住爲無別異非彼種子有別實物於此中住亦非不異然阿賴耶識如是而生有能生彼功能差別名一切種子識

釋曰一切法種子是阿賴耶識功能差別如法作用與諸法體非一非異此亦復爾

論曰復次阿賴耶識與彼雜染諸法同時更互爲因云何可見譬如明燈焰炷生燒同時更互又如蘆束互相依持同時不倒應觀此中更互爲因道理亦爾如阿賴耶識爲雜染諸法因雜染諸法亦爲阿賴耶識因唯就如是安立因緣所餘因緣不可得故

釋曰譬如明燈於一時間燈炷燈焰生焰燒炷互爲因果阿賴耶識與諸轉識於一時間互爲因果其性亦爾如是蘆束更互依持令住不倒若於爾時此能持彼令住不倒即於爾時彼能持此令住不倒唯就如是安立因緣者謂就前說攝持種子相應非餘所餘因緣不可得故者謂所餘法攝持種子不相應故若說五因爲因緣者即異門說阿賴耶識相應故熏習若離阿賴耶識無容有故相應同類遍行異熟三因若離住持熏習因性不因者心與心法更互相待受用境界有自功能猶如商侶非離功能阿賴耶識能依種起俱有因義即阿賴耶與諸轉識若離如是俱有因攝内外種子阿賴耶識所餘因緣定不可得

論曰云何熏習無異無雜而能與彼有異有雜諸法爲因如衆纈具纈所纈衣當纈之時雖復未有異雜非一品類可得入染器後爾時衣上便有異雜非一品類染色絞絡文像顯現阿賴耶識亦復如是異雜能熏之所熏習於熏習時雖復未有異雜可得果生染器現前已後便有異雜無量品類諸法顯現

釋曰云何熏習無異等者就理爲難依理通言如衆纈具纈所纈等纈具即是淡澀差別當纈衣時無異無雜文像可得果生即染器故名果生染器緣所攝受故名爲入阿賴耶識如所染衣如染衆像諸法顯現

論曰如是緣起於大乘中極細甚深又若略說有二緣起一者分别自性緣起二者分别愛非愛緣起此中依止阿賴耶識諸法生起

是名分別自性緣起以能分別種種自性爲緣性故復有十二支緣起是名分別愛非愛緣起以於善趣惡趣能分別愛非愛種種自體爲緣性故

釋曰如是緣起於大乘中極細者謂諸世間難了知故甚深者謂聲聞等難窮底故緣起者謂即是因有因起義應念於因後置訖埵緣故分別自性者謂於分別有勢力故或於分別有所須故說名分別即阿賴耶識能分別自性以能分析一切有生雜染法性令差別故分別愛非愛者謂無明等十二支分於能分析善趣惡趣若可欣樂不可欣樂種種自體差別生中爲最勝緣從阿賴耶識諸行等生時由無明等勢力令福非福不動等有差別故

論曰於阿賴耶識中若愚第一緣起或有分別自性爲因或有分別宿作爲因或有分別自在變化爲因或有分別實我爲因或有分別無因無緣若愚第二緣起復有分別我爲作者我爲受者譬如衆多生盲士夫未曾見象復有以象說而示之彼諸生盲有觸象鼻有觸其牙有觸其耳有觸其足有觸其尾有觸脊梁諸有問言象爲何相或有說言象如犂柄或說如相或說如箕或說如臼或說如箒或有說言象如石山若不解了此二緣起無明生盲亦復如是或有計執自性爲因或有計執宿作爲因或有計執自在爲因或有計執實我爲因或有計執無因無緣或有計執我爲作者我爲受者阿賴耶識自性因性及果性等如所不了象之自性

釋曰由於二種緣起義愚譬如生盲或有計執宿作爲因者損減士用故成邪執

論曰又若略說阿賴耶識用異熟識一切種子爲其自性能攝三界一切自體一切趣等

釋曰爲顯本生了別自性故復說言又若略等爲生生中由善不善諸業熏習所取能取分別執著種子所生有情本事異熟爲性阿賴耶識及與雜染諸法種子爲其自相能攝三界者能攝欲色及無色纏一切自體者能攝一切有情相續一切趣等者能攝天趣等言能攝者常相續相何以故如色轉識有處有時相續間斷阿賴耶識則不如是乃至治生恒持一切遍諸位故

論曰此中五頌

內外不明了　二種唯世俗　勝義諸種子　當知有六種

刹那滅俱有　恒隨轉應知　決定待衆緣　唯能引自果

堅無記可熏　與能熏相應　所熏非異此　是爲熏習相

六識無相應　三差別相違　二念不俱有　類例餘成失

此外內種子　能生引應知　枯喪由能引　如任運後滅

釋曰前已總說一切種子爲顯如是種子差別復說五頌謂內外等稻穀麥等名外種子阿賴耶識名內種子不明了者是無記故言二種者謂外及內或果與因此俱唯識由持因性雜染清淨二法轉故有本誦言於二者彼應於因於果執麥等外種說名世俗阿賴耶識所變現故言勝義者阿賴耶識是實種子是一切種子實因緣性故及爲彼體故此二種子六種差別法差別故刹那滅者生已

無間即滅壞故無有常住得成種子於一切時無差別故雖剎那滅然非已滅何者俱有已滅生果不應理故如死雞鳴是故應許種子與果俱時而住以此與果不相違故如蓮華根雖復俱有然非一二三剎那住猶如電光何者應知此恒隨轉剎那傳傳經於多時恒隨轉故所以者何其根損益枝等同故若恒隨轉非許少分樂爲種子何因緣故不從一切一切俱生爲避此難故說決定雖恒隨轉以諸種子功能定故不從一切一切俱生雖爾何故不一切時常能生果爲避此失言待衆緣非一切時會遇衆緣故無過失今此種子是誰種子答此問言唯能引自果所言唯者若於此時能生自果即於爾時說名種子種與有種並無始故由此唯言遮相續等

爲種子體如所說種子法不相應故要待所熏能熏相應種與有種其性方立爲辯所熏故說堅等若法相續隨轉堅住如苣藤等乃爲所熏非不堅住猶如聲等非唯堅住復無記性方是所熏如平等香乃受熏習非極香物如沉麝等非極臭物如蒜薤等言可熏者若物可熏或能受熏分分展轉更相和糅乃名可熏非金石等能受熏習不可分分相和糅故非唯可熏要復與彼能熏相應乃名所熏非別異住同時同處不即不離名曰相應具斯衆德可名所熏非異於此非聲爲遮一切轉識是所熏性如上所說義相違故阿賴耶識其體堅住乃至治生相續隨轉未嘗斷故性唯無記非善惡故性應可熏或能受熏非常住故能熏相應俱生滅故是爲熏習相

者是彼法故所熏爲能相熏習爲所相又諸轉識定非所熏以彼六識無定相應何以故以三差別互相違故若六轉識定俱有者不應所依所緣作意三種各別以各別故六種轉識不定俱生不俱生故無定相應無相應故何有所熏能熏之性若言前念熏於後念成熏習者此義不然以其二念不俱有故此亦顯示由二剎那不俱有故無定相應無相應故無有所熏能熏之性若言依止種類句義六種轉識或二剎那同一識類或剎那類無有差別由異品故或即彼識或彼剎那有相熏習非一切者此不應理種類例餘成過失故阿羅漢心不出識類彼亦應是不善所熏一類法故或類例餘成過失者是例餘類有過失義此義云何謂眼等根清淨色性皆根種類之所隨逐意根亦應成造色性根義等故且有爾所熏習異計或說六識展轉相熏或說前念熏於後念或說熏識剎那種類如是一切皆不應理是故唯說阿賴耶識是所熏習非餘識者是爲善說如是外內二種種子俱爲生因及爲引因若外種子親望於芽爲能生因傳望莖等爲能引因阿賴耶識是內種子親望名色爲能生因傳望六處乃至老死爲能引因生因且爾云何引因爲答此問故說枯喪由能引言若二種子唯作生因非引因者收置倉等麥等種子不應久時相似相續喪後屍骸如青瘀等分位隨轉亦不應有何者纔死即應滅壞云何譬如任運後滅譬如射箭放弦行力爲能生因令箭離弦不即墮落彎弓行力爲箭引因令箭前行

遠有所至非唯放弦行力能生應即墮故亦非動勢展轉相推應不墮故既離弦行遠有所至故知此中有二行力能生能引有誦任運後滅故者彼直以理增益引因非說譬喻所以者何油炷都盡不待外緣燈焰任運後漸方滅非初即滅由此道理決定應有能引功力於今未盡內法諸行亦應如是有種勢力展轉能引令不斷絕

論曰為顯內種非如外種復說二頌

外或無熏習　非內種應知　聞等熏習無
果生非道理　作不作失得　過故成相違
外種內為緣　由依彼熏習

釋曰如是已辯外內種子其性麤因為顯不同復說外或無熏習等或者分別不決定義謂外種子或有熏習或無熏習如從其炭牛糞毛等隨其次第生彼苣藤青蓮華根及以蒲等非苣藤等與彼炭等俱生俱滅互相熏習而從彼生如是外種或無熏習如苣藤等與華鬘等俱生俱滅由熏習故生香氣等如是外種或有熏習如是分別外種不定是故說或內種子即是阿賴耶識中一切法熏習如是種子應知定由熏習故有何以故若無所持聞等熏習多聞等果不見有故又外種子若稻穀等或有雖種而復失壞若稊稗等或有不種而復得生云何內種非如外種有作不作失得過失故次答言故成相違以內種子與外種子不同法故名曰相違若外種子與內種子有差別者云何不違前文所說阿賴耶識是一切法真實種子為避此難故說外種內為緣等由稻穀等外法種子皆是

衆生感受用業熏習種子依阿賴耶力所變現是故外種離内無别如有頌言

天地風虛空　陂池方大海　皆由内所作分别不在外

如是等類有無量頌

論曰復次其餘轉識普於一切自體諸趣應知說名能受用者如中邊分别論中說伽他曰

一則名緣識　第二名受者　此中能受用分别推心法

釋曰諸趣謂天等趣能受用者即六轉識爲受用故從緣而生所緣境界可分别故爲顯此義故引中邊分别論頌爲至教量言此中者此諸識中能受用者謂受蘊能分别者謂想蘊能推者謂行蘊思能推心於彼彼轉最勝故說如是三蘊皆能助心受用境界故名心法

論曰如是二識更互爲緣如阿毗達磨大乘經中說伽他曰

諸法於識藏　識於法亦爾　更互爲果性亦常爲因性

釋曰此中爲顯阿賴耶識與諸轉識更互爲緣引阿笈摩令其堅固故說諸法於識藏等又如瑜伽師地論攝決擇分中說阿賴耶識與諸轉識作二緣性一爲彼種子故二爲彼所依故爲種子者謂所有善不善無記轉識轉時一切皆用阿賴耶識爲種子故爲所依者謂由阿賴耶識執受色根五種識身依之而轉非無執受又由有阿賴耶識故得有末那由此末那爲依止故意識得轉譬如依止

眼等五根五識身轉非無五根意識亦爾非無意根復次諸轉識與阿賴耶識作二緣性一於現法中能長養彼種子故二於後法中爲彼得生攝植彼種子故於現法中長養彼種子者謂如如依止阿賴耶識善不善無記轉識轉時如是如是於一依止同生同滅熏習阿賴耶識由此因緣後後轉識善不善無記性轉更增長轉更熾盛轉更明了而轉於後法中爲彼得生攝植彼種子者謂彼熏習種類能引攝當來異熟無記阿賴耶識如是爲彼種子故謂彼所依故長養種子故攝植種子故應知建立阿賴耶識與諸轉識互爲緣性

論曰若於第一緣起中如是二識互爲因緣於第二緣起中復是何緣是增上緣如是六識幾緣所生增上所緣等無間緣如是三種緣起謂窮生死愛非愛趣及能受用具有四緣

釋曰若於第一緣起中者謂於分別自性緣起中如是二識互爲因緣者如次前說於第二緣起中者謂於分別愛非愛緣起中是增上緣者以最勝故由無明等增上力故令其行等於善惡趣感異熟果如是六識三緣生者此中眼識眼爲增上緣色爲所緣緣無間滅識爲等無間緣如說眼識從三緣生如是耳等一一轉識各從別別三緣所生生義平等如前眼識分別自性唯因緣生其餘三緣非正有故如是三種緣起謂窮生死等具有四緣者此隨所應非各具四唯心心法具四應知

論曰如是已安立阿賴耶識異門及相復云何知如是異門及如是相決定唯在阿賴耶識非於轉識由若遠離如是安立阿賴耶識雜染清淨皆不得成謂煩惱雜染若業雜染若生雜染皆不成故世間清淨出世清淨亦不成故

釋曰已引自他聖教成立阿賴耶識當依正理鄭重成立故起如是略問略答聖教正理各有能故如有頌言

聖教及正理　各別有功能　爲生於信慧無一不成故

以若離此阿賴耶識欲於餘處安立如是異門及相雜染清淨皆不得有故知定有阿賴耶識言雜染者是渾是濁是不淨義言清淨者是鮮是潔是掃除義雜染有三一煩惱所作二業所作三生所作清淨有二一世間清淨以有漏道暫時損伏現煩惱故二出世間清淨以無漏道畢竟斷滅彼隨眠故

論曰云何煩惱雜染不成以諸煩惱及隨煩惱熏習所作彼種子體於六識身不應理故所以者何若立眼識貪等煩惱及隨煩惱俱生俱滅此由彼熏成種非餘即此眼識若已謝滅餘識所間如是熏習熏習所依皆不可得從此先滅餘識所間現無有體眼識與彼貪等俱生不應道理以彼過去現無體故如從過去現無體業異熟果生不應道理又此眼識貪等俱生所有熏習亦不成就然此熏習不住貪中由彼貪欲是能依故不堅住故亦不得住所餘識中以彼諸識所依別故又無決定俱生滅故亦復不得住自體中由彼

自體決定無有俱生滅故是故眼識貪等煩惱及隨煩惱之所熏習不應道理又復此識非識所熏如說眼識所餘轉識亦復如是如應當知

釋曰且依轉識先辯煩惱雜染不成故說若立眼識等言即此眼識者謂即貪等所熏眼識餘識所間者耳等識所間如是重熏習及所依識已謝滅故皆不可得眼識與彼貪等俱生者後時眼識與貪瞋癡相雜俱起由無因故不應道理以彼過去眼識無體不能爲因如從過去現無體業異熟果生不應道理者如經部師過去無體其異熟果是現熏習之所引發毗婆沙師從過去業異熟果生此不應許所以者何過去無故由此譬喻貪等心生不應道理如是已說且許貪等俱生眼識貪等所熏餘識間起後時眼識貪等俱生不應道理今當更辯即此貪等俱生眼識所有熏習亦不得成故說又此眼識等言然此熏習不住貪中者然聲是次第義然且此熏習不得住貪中以貪依識故貪繫屬識識不依貪非能依貪受所依熏應正道理是能熏故不堅住故者正遮貪欲是所熏性亦不得住所餘識中者謂不得住耳等識中所依別故者所依謂耳等彼別故識別依眼根識云何能熏依耳等識又不俱故非不俱有得有所熏及能熏性此則顯示無重習相又復不得住自體中者謂非即眼識還熏於眼識能熏所熏作者作業相雜過故又復此識非識所熏者是此眼識非耳等識所熏習義所依別故如前已說唯有如是可立理趣彼一切種

皆不應理如應當知者所餘轉識立破道理隨其所應一切當知

論曰復次從無想等上諸地没來生此間爾時煩惱及隨煩惱所染初識此識生時應無種子由所依止及彼熏習並巳過去現無體故

釋曰從無想等上諸地没來生此間者從上界没來生欲界爾時煩惱及隨煩惱者謂貪瞋等所染初識者謂續生時生有初識爾時自地一切煩惱所染汙故非經部師欲纏巳斷煩惱及心過去是有可得從彼今復現行非彼没心爲此所依應正道理由彼没心亦不成故若爾何故不即說彼以彼不定是染汙故又此與彼無差別故說彼說此竟有何異

論曰復次對治煩惱識若巳生一切世間餘識巳滅爾時若離阿賴耶識所餘煩惱及隨煩惱種子在此對治識中不應道理此對治識自性解脫故與餘煩惱及隨煩惱不俱生滅故復於後時世間識生爾時若離阿賴耶識彼諸熏習及所依止久巳過去現無體故應無種子而更得生是故若離阿賴耶識煩惱雜染皆不得成

釋曰對治煩惱識若巳生等者謂如最初預流果向見斷煩惱對治道生一切世間餘識巳滅爾時若無阿賴耶識修斷煩惱所有隨眠何所依住非對治識帶彼種子應正道理由此對治識自性解脫故即是自性極清淨義與餘煩惱及隨煩惱不俱生滅故者能治所治互相違故猶如明闇此則顯示與彼種

子相不相應復於後時者謂見道後修道位中久已過去現無體故者此破過去立無實義毗婆沙師煩惱得等經部諸師皆已破訖故不重破然經部師熏習所依並無有體過失所隨故不應理是故若離阿賴耶識煩惱雜染皆不得成者結上所論決擇道理

論曰云何爲業雜染不成行爲緣識不相應故此若無者取爲緣有亦不相應

釋曰行爲緣識不相應故者此說於轉識業雜染不成謂行爲緣貪等俱生眼等諸識許爲識支此不應理識緣名色有聖言故所以者何眼等諸識剎那速壞久已謝滅爲名色緣不應道理若畏此失許續生識爲識支者此亦不然於續生時福與非福及不動行久已滅故非從久滅此復應生又續生心非無記性愛恚俱故既非無記以行爲緣不應道理若說轉識與行相應由此爲緣阿賴耶識能持熏習說名識支應正道理此若無者取爲緣有亦不相應者謂熏習位諸業種子異熟現前轉名爲有或復轉得生果功能故說名有行所熏識若不成就何處安立彼業種子而復得言生果現前轉名爲有是故若離阿賴耶識此業雜染亦不得成

攝大乘論釋卷第二

音釋

矚 朱欲切照也　捺落迦 梵語也此云苦具捺乃曷切　羂 古泫切與罥同　析 先的切與析同　苣藤 苣勤侶切苣藤胡麻也　纈 胡結切文繒也　箒 止酉切篲也　麝 神夜切獸名　蒜 音算與蒜同　糅 如又切雜也　瘀 依據切　蔓 莫班切　稊稗 稊杜兮切稗旁卦切稊稗似穀草也　陂

班麋切澤也

瑜伽梵語也此云相應瑜容朱切

攝大乘論釋卷第三

無性菩薩造

唐三藏法師玄奘奉　制譯

釋所知依分第二之三

論曰云何爲生雜染不成結相續時不相應故

釋曰今爲顯示若無阿賴耶識生雜染體亦不得成故說結相續時不相應故

論曰若有於此非等引地没已生時依中有位意起染汙意識結生相續此染汙意識於中有中滅於母胎中識羯邏藍更相和合若即意識與彼和合既和合已依止此識於母胎中有意識轉若爾即應有二意識於母胎中同時而轉又即與彼和合之識是意識性不應道理依染汙故時無斷故意識所緣不可得故設和合識即是意識爲此和合意識即是一切種子識爲依止此識所生餘意識是一切種子識若此和合識是一切種子識即是阿賴耶識汝以異名立爲意識若能依止識是一切種子識是則所依因識非一切種子識能依果識是一切種子識不應道理是故成就此和合識非是意識但是異熟識是一切種子識

釋曰非等引地所謂欲界没即是死依中有位意者謂依死生二有中間中有轉心起染汙者與愛恚俱有顛倒故言意識者餘識爾時久已没故連持生故名爲相續攝受生故名爲結生此染汙意識者緣生有故於中有中滅者此若不滅無生有故於母胎中識羯邏藍更相和合者謂此滅時於母胎中有異

熟識與其赤白同一安危令相和雜成羯邏藍如世尊說阿難陀識若不入母胎者不應和合羯邏藍成羯邏藍之體性若即意識者謂此若非阿賴耶識既和合已者謂受生已依止此識者依異熟識有意識轉者有別轉識謂與信等貪等相應樂苦受俱分別意識後後位轉若爾即應有二意識於母胎中同時而轉者謂異熟體有情本事不待今時加行而轉無記意識及可了知所緣行相樂苦受等相應意識是二意識應一身中一時而轉然不應許經相違故如是頌言

無處無容　非前非後　同身同類　二識並生

又不應許此二是一自性別故又異熟識不應間斷結相續已後應餘處更結生故又異熟體唯恒相續更無異趣又即與彼和合之識是意識性不應道理依染汙故時無斷故者由立宗門顯與彼性自相相違謂共決定若是意識非一切處非一切種非一切時依於染汙猶如後時所有意識如是結生相續時識於一切處一切種類一切時分皆依染汙即中有攝後心爲依此所依心生有爲境於一切處一切種類一切時分是染汙故能依之識非是意識由此越於意識法故或有說言與四煩惱恒相應心名染汙依已相續心應成染汙此已成立許爲無記異熟性故由異熟性時無間斷由此亦遮是意識性意識所緣不可得故者此義重增遮意識因若是意識決定可得自所緣境謂可了知如中有位最後意識已相續心所緣境界不可了知故非意識不應以彼住滅定心爲此妨難

不許彼是意識性故如是此中但說所緣爲不可得難了知故非全無有以於爾時非無有法雖是其有而不可知從設和合識即是意識乃至但是異熟識是一切種子識者雙關徵責立正破邪結歸本義其文易了不須廣釋

論曰復次結生相續已若離異熟識執受色根亦不可得其餘諸識各别依故不堅住故是諸色根不應離識

釋曰結生相續已者謂已得自體若離異熟識者謂離阿賴耶識言執受者謂能攝持言色根者謂除意根亦不可得者謂餘轉識皆不能得執受色根何以故其餘諸識各别依故此則顯示眼等六根無有一法能遍執受且如眼識唯依於眼如是所餘耳等諸識唯依耳等若是此所依唯此能執受若非此所依此不能執受不堅住故者此數數間斷彼獨生起故於無想等有間斷故爾時眼等無能執故應無覺受有說身根爲能執受由遍體故此義不然身根亦是所執受故設此身根是能執受更無有餘執受此故亦不得成又佛應言捨離身根爾時名死不應說言壽暖及與識若捨離身時如是等是故身根爲能執受不應道理

論曰若離異熟識識與名色更互相依譬如蘆束相依而轉此亦不成

釋曰如世尊言識緣名色此中名者非色四蘊色者即是羯邏藍性此二皆用識爲因緣識復依此剎那傳傳相續而轉識者不離阿賴耶識所以者何所舉名言已攝轉識復舉

識言更何所攝又如經說齊識退還識者即是阿賴耶識自體爲依無間轉故是故說此名色爲緣又如經說阿難陀或男或女識若斷壞滅者名色得增長廣大不不也世尊如是等此若欲離阿賴耶識理不可成

論曰若離異熟識已生有情識食不成何以故以六識中隨取一識於三界中已生有情能作食事不可得故

釋曰已生有情識食不成者以諸轉識是善等性無恒長養諸有義故又於二定及無想天皆無有故所作食事不遍三界非入定等諸心心法可名爲食經不說故已滅無故心心法滅亦非是食段食等數已決定故

論曰若從此沒於等引地正受生時由非等引染汙意識結生相續此非等引染汙之心彼地所攝離異熟識餘種子體定不可得

釋曰如是已辯於欲界中若離阿賴耶識結生相續不成於色無色亦不得成今當顯示若從此沒於等引地正受生時者是欲界死上生時義由非等引染汙意識者謂與彼地貪定味等煩惱相應離異熟識餘種子體定不可得者非欲纏沒心有彼種子體生滅不俱故非定地生心爲彼種子體即於一心種有種性不相應故非餘生中先所獲得色纏等心爲種子體持彼熏習餘識無故非色相續爲種子體無因緣故是故定依阿賴耶識於中恒有無始時來彼地所攝此心熏習

論曰復次生無色界若離一切種子異熟識染汙善心應無種子染汙善心應無依持

釋曰生無色界者謂於彼界已得受生染汙

善心者謂能愛味及等至心應無種子者是無種子識義應無依持者是無異熟識義爾時一切心及心法皆應無有是故應許一切種子及異熟識決定是有因及依時定應有故

論曰又即於彼若出世心正現在前餘世間心皆滅盡故爾時便應滅離彼趣

釋曰又即於彼者於無色界若出世心者謂無漏心正現在前者謂生無漏餘世間心者是無漏餘皆滅盡者一切永滅爾時便應滅離彼趣者彼趣所攝異熟無故不由功用自然應得無餘涅槃能治現前一切所治皆永斷故

論曰若生非想非非想處無所有處出世間心現在前時即應二趣悉皆滅離此出世間不以非想非非想處爲所依趣亦不應以無所有處爲所依趣亦非涅槃爲所依趣

釋曰若生非想非非想處等者謂生第一有欲斷彼地諸煩惱時想微劣故自地無道無所有處地明利故起彼無漏心現在前爾時二趣俱應滅離謂第一有無所有處二趣滅離爾時有情應成死滅二趣所依俱無有故非無漏法是趣所攝是不繫故對治趣故亦非涅槃爲所依趣者住有餘依涅槃界故又一切趣永滅離故涅槃名爲非趣之趣如是都無自體異熟可爲出世識之所依

論曰又將没時造善造惡或下或上所依漸冷若不信有阿賴耶識皆不得成是故若離一切種子異熟識者此生雜染亦不得成

釋曰將没時者謂將死時若造善者即於其

身下分漸冷若造惡者與此相違若不信有阿賴耶識此不成就所以者何爾時意識無處無有阿賴耶識有處無有以依處住變似方處相顯現故

論曰云何世間清淨不成謂未離欲纏貪未得色纏心者即以欲纏善心爲離欲纏貪故勤修加行此欲纏加行心與色纏心不俱生俱滅故非彼所熏爲彼種子不應道理又色纏心過去多生餘心間隔不應爲今定心種子唯無有故是故成就色纏定心一切種子異熟果識展轉傳來爲今因緣加行善心爲增上緣如是一切離欲地中如應當知如是世間清淨若離一切種子異熟識理不得成

釋曰如是已辯三種雜染於諸轉識理不得成今欲更辯世間清淨亦不得成故說未離欲纏貪等欲色二纏加行善心無有俱生俱滅義故所熏能熏不應道理又欲纏心非無記故亦非所熏繫地別故非彼因緣無始生死餘生所得色纏善心非今色纏善心種子過去多生欲纏多心所間隔故經部諸師過去無體現無有體能爲色纏善心種子不應道理是故成就等者結上徵責道理功能證決定有阿賴耶識爲彼因緣於今欲纏加行善心爲增上緣不共因故威力勝故如其次第如是一切離欲地中如應當知者一切上地各別離欲加行善心皆隨所應破邪立正唯上當知

論曰云何出世清淨不成謂世尊說依他言音及內各別如理作意由此爲因正見得生此他言音如理作意爲熏耳識爲熏意識爲

兩俱熏若於彼法如理思惟爾時耳識且不得起意識亦爲種種散動餘識所間若與如理作意相應生時此聞所熏意識與彼熏習久滅過去定無有體云何復爲種子能生後時如理作意相應之心又此如理作意相應是世間心彼正見相應是出世心曾未有時俱生俱滅是故此心非彼所熏旣不被熏爲彼種子不應道理是故出世清淨若離一切種子異熟果識亦不得成此中聞熏習攝受彼種子不相應故

釋曰今欲更辯於六轉識出世清淨亦不得成故說云何出世等言文皆易了無勞重釋攝受彼種子不相應故者如前所說攝受出世清淨種子不應理故

論曰復次云何一切種子異熟果識爲雜染因復爲出世能對治彼淨心種子又出世心昔未曾習故彼熏習決定應無旣無熏習從何種生是故應答從最清淨法界等流正聞熏習種子所生

釋曰復次云何乃至淨心種子者此顯畢竟無有道理未曾見有毒爲甘露阿賴耶識猶如毒藥云何能生出世甘露清淨之心又出世心乃至從何種生者此顯淨心唯未曾得云何無因率爾得生從最清淨乃至種子所生者此顯淨心有別種子決定不從阿賴耶識種子而生云何別種謂最清淨法界等流正聞熏習最清淨法界者諸佛法界永離一切客塵障故言等流者謂從法界所起教法無倒聽聞如是教法故名正聞依此正聞所起熏習是名熏習即此熏習能生出世無漏

之心名爲種子如是種子非阿賴耶識是未曾得故

論曰此聞熏習爲是阿賴耶識自性爲非阿賴耶識自性若是阿賴耶識自性云何是彼對治種子若非阿賴耶識自性此聞熏習種子所依云何可見乃至證得諸佛菩提此聞熏習隨在一種所依轉處寄在異熟識中與彼和合俱轉猶如水乳然非阿賴耶識是彼對治種子性故

釋曰此聞熏習乃至所依云何可見者翻覆徵難責別所依乃至證得諸佛菩提者謂乃至得無垢無礙智所依趣此聞熏習者無倒聽聞經等教法所引熏習隨在一種所依轉處者謂隨一種相續轉處寄在異熟識中與彼和合俱轉猶如水乳者此聞熏習雖非彼識而寄識中與識俱轉然非阿賴耶識者謂此聞熏習是出世心種子非阿賴耶識自性亦非彼種子但就俱轉不相離性許是唯識是彼對治種子性故者是阿賴耶識對治無分別智因性故義如種種物和雜庫藏如種種毒所雜仙藥如有衆病服阿伽陀雖與穢毒多時俱轉然此良藥非彼毒自性亦非毒種子此聞熏習種子亦爾

論曰此中依下品熏習成中品熏習依中品熏習成上品熏習依聞思修多分修作得相應故

釋曰下中上品熏習等言分明易了不須重釋

論曰又此正聞熏習種子下中上品應知亦是法身種子與阿賴耶識相違非阿賴耶識

所攝是出世間最淨法界等流性故雖是世間而是出世心種子性又出世心雖未生時已能對治諸煩惱纏已能對治諸嶮惡趣已作一切所有惡業朽壞對治又能隨順逢事一切諸佛菩薩雖是世間應知初修業菩薩所得亦法身攝聲聞獨覺所得唯解脫身攝又此熏習非阿賴耶識是法身解脫身攝如如熏習下中上品次第漸增如是如是異熟果識次第漸減即轉所依既一切種所依轉已即異熟果識及一切種子無種子而轉一切種永斷

釋曰又此正聞乃至應知亦是法身種子者是略標舉自下廣釋與阿賴耶識相違非阿賴耶識所攝者非彼自性故雖是世間者似有漏故而是出世心種子性者是無漏心資糧性故此中證相說名法身依世間生名是世間阿賴耶識中相雜俱轉故爲欲顯此熏習能勝故說出世心雖未生時等已能對治諸煩惱纏者此同類因展轉相續刹那勢力能爲對治如火焚燒已能對治諸嶮惡趣者如有頌言

諸有成世間　上品正見者　雖經歷千生
而不墮惡趣

彼先所作惡行勢力或墮惡趣故次說言已作一切所有惡業朽壞對治無始時來所作惡業此聞熏習損彼功能是故說名朽壞對治法身攝者是彼因故解脫身攝亦如是說此中法身與解脫身有差別者謂解脫身唯永遠離煩惱障縛如村邑人離枷鎖等所有禁繫息除衆苦而無殊勝增上自在富樂相

應其法身者解脫一切煩惱所知二種障縛并諸習氣力無畏等無量希奇妙功德衆之所莊嚴一切富樂自在所依證得第一最勝自在隨樂而行譬如王子先蒙灌頂少有僁犯閉在囹圄纔得解脫即與第一最勝自在富樂相應即轉所依者如服仙藥轉所依身雖無命終受生而有捨劣得勝無種子而轉者應知異熟果識唯無一切雜染種子是故說斷一切種永斷者一切種子品類斷故

論曰復次云何猶如水乳非阿賴耶識與阿賴耶識同處俱轉而阿賴耶識一切種盡非阿賴耶識一切種增譬如於水鵝所飲乳又如世間得離欲時非等引地熏習漸減其等引地熏習漸增而得轉依

釋曰譬如於水鵝所飲乳又如世間離欲轉依等其文易了不勞重釋

論曰又入滅定識不離身聖所說故此中異熟識應成不離身非爲治此滅定生故

釋曰如是已說雜染清淨不成道理決定證有阿賴耶識復引滅定不成因緣顯發前力故說又入滅定等言除佛獨覺若阿羅漢若不還果及不退位諸菩薩等餘不能入爲顯滅定與死差別故說此識不離身言識者不離阿賴耶識何以故滅定不能對治此故非爲治此而生滅定所緣行相難了知故非爲對治不明了識而入滅定不寂靜性難了知故是故滅定不能對治阿賴耶識若無對治此則不滅爲治轉識故此定生所緣行相不寂靜性易了知故是故此定唯滅轉識於中不滅阿賴耶識

論曰又非出定此識復生由異熟識既間斷已離結相續無重生故

釋曰有執定中諸識雖滅而出定時識還生故言不離身爲遮此義故說又非出定等言其文易了不須重釋

論曰又若有執以意識故滅定有心此心不成定不應成故所緣行相不可得故應有善根相應過故不善無記不應理故應有想受現行過故觸可得故於三摩地有功能故應有唯滅想過失故應有其思信等善根現行過故拔彼能依令離所依不應理故有譬喻故如非遍行此不有故

釋曰又若有執以意識故滅定有心此心不成者謂此定中不離身識決非意識定不應成故者是想與受俱不滅義由彼意識與諸大地決不相離想受二種俱不滅故定不應成又此中識決非意識所緣行相不可得故一切意識不離所緣行相可得此中無故彼不成有又此中識決非意識應有善根現行過故由此定心決非不善亦非無記何者唯善謂此善心離無貪等決不得有相應故善是彼宗故善根既有想受二種何不現行又無貪等決不離觸故觸可得定所生觸輕安爲相順樂捨受故應有受與觸俱生有受想等聖所說故應無滅定或謂此中厭患想受如癰箭等故生滅定於此定中唯想受滅爲遮此計故復說言於三摩地有功能等三摩地中所能厭患非唯此滅何以故無想定中由前方便三摩地力應有唯滅想過失故若所厭患唯此滅者無想定前唯厭患想無想

定中應唯想滅然汝不許又如若離所依止滅決定無有能依止滅故於此中心亦應滅如是滅定心若不滅應思信等善根現行彼若滅者心定應滅是故不應唯滅能依既有所依拔彼能依不應理故有譬喻故者謂有無想定是此中譬喻如彼拔除不應理故此應俱滅或有大種所造譬喻如彼更互不相離故又善等非遍行大地是定異故可於一切心非遍有想受二法是大地故決定安住遍行類中是故有識此二不有不應道理爲顯斯意故復說言如非遍行此不有故

論曰又此定中由意識故執有心者此心是善不善無記皆不得成故不應理

釋曰又此定中不離身識決非意識以善不善及無記性皆不成故謂若意識決定或善或是不善或復無記然此意識且非是善應有善根相應過故如前已說云何善心離無貪等此等云何應離於觸此復云何應離遍行受等心法或復有執加行善心所引發故定心是善不由善根相應力故此與彼論由相應力心得成善安立相違人於此中有何定緣其加行心由無貪等相應故善非於此定等流果心又非此心是自性善以自性善唯善根等入其數故又此善心非勝義善唯有解脫是決定故或有復謂若能和合名和合觸非一切觸皆能和合今此中觸於能生受無所堪能定加行時於彼受等已厭患故破此邪執已如前說謂彼即應唯滅此等是故此中意識無受不應道理又於此中有何因緣若尋伺語行滅語則不轉想受等意行

滅而意猶轉不可例言如身行滅其身猶住故意行滅意亦應住由薄伽梵離身行外說有餘因令身安住所謂飲食命根識等是故雖無入息出息身猶可住離想受等曾未見說有別意行是故此中離想受等安立有意不應道理故此定中識非意識又此中識亦非不善定是善故無想定中尚不許有一切不善況趣解脫次第超越定中間行滅盡定內得有不善又於今時工巧等事無容得有故三無記此中皆無若許此中有異熟識則是成立阿賴耶識又若有說別有一種非異熟行轉名第五無記如是所執唯有名想如前說過皆不能離

論曰若復有執色心無間生是諸法種子此不得成如前已說又從無色無想天沒滅定等出不應道理又阿羅漢後心不成唯可容有等無間緣

釋曰若復有執者謂經部師作如是執色心無間生者謂諸色心前後次第相續而生是諸法種子者是諸有爲能生因性謂彼執言從前刹那色後刹那色無間而生從前刹那心後刹那心及相應法無間而生此中因果道理成就何用復計阿賴耶識是諸法因爲遮此執故次說言此不得成如前已說如說二念不俱有等復有何過謂無色沒色界生時前色種子能生今色理不得成久斷滅故從無想沒心想生時及滅定等出心生時前心種子能生後心皆不應理久斷滅故又若離其俱生俱滅攝受種子相應道理但執唯有前刹那心能爲種子引生無間後刹那心

即阿羅漢後心不成不應得入無有餘依妙涅槃界由最後心能爲種子等無間緣生餘心故如是即應無無餘依妙涅槃界是故色心前後相生但應容有等無間緣及增上緣無有因緣

論曰如是若離一切種子異熟果識雜染清淨皆不得成是故成就如前所說相阿賴耶識決定是有

釋曰如是若離一切種子異熟果識如前所說種種過失之所隨逐雖無欲樂自事重故然必應許阿賴耶識決定是有如是名爲反詰道理此中亦有順成道理覆相顯示方便因故以無虛誑正論總相成立大乘眞是佛語謂大乘教眞是佛語一切不違補特伽羅無我性故阿賴耶識能詮之教稱所詮義佛所說故如說刹那速滅等言如佛餘言又諸大乘定是殊勝與法有法不相違故如說甚深緣起等教餘廣決擇釋難立難如理應知

論曰此中三頌

菩薩於淨心　還離於五識　無餘心轉依

云何汝當作　若對治轉依　非斷故不成

果因無差別　於求斷成過　無種或無體

若許爲轉依　無依二無故　轉依不應理

釋曰復次若不信有阿賴耶識如住轉識轉依不成以結句頌三頌徵難所謂菩薩於淨心等於淨心者謂於善識遠離於五識者謂於意識言無餘者除惡無記無餘有漏善意識故謂無漏中離餘有漏故說無餘非即能治中有所治隨眠心轉依者心之轉依云何汝當作者若不信有阿賴耶識汝當云何作

此轉依若許對治即是轉依彼非斷故理不得成非能對治即是求斷何者斷因謂由求斷是能治果是轉依體若許能治即是求斷果之與因應無差別立能治因即斷果故無種或無體若許爲轉依者顯彼許別是故言或作雜染種積集在心或彼無種許爲轉依或種體無許爲轉依無彼無二故轉依不應理者以若有彼可說無種或說無體非無有彼可得說言無種無體非出世心正現前時有彼可得云何可說彼無種子或體斷滅

論曰復次此阿賴耶識差別云何略說應知或三種或四種此中三種者謂三種熏習差別故一名言熏習差別二我見熏習差別三有支熏習差別四種者一引發差別二異熟差別三緣相差別四相貌差別

釋曰此阿賴耶識差別云何者謂已信解阿賴耶識相成熟義復問差別答或三種或四種等名言熏習差別者謂我法用名言多故有人天等我眼色等法去來等用熏習差別由此我法用影顯現諸識生起功能差別我見熏習差別者謂四煩惱所染汙意薩迦耶見力故於阿賴耶識中有能執我熏習差別有支熏習差別者謂福非福不動行增上力故於天等諸趣中有無明等乃至老死熏習差別

論曰此中引發差別者謂新起熏習此若無者行爲緣識取爲緣有應不得成此中異熟差別者謂行有爲緣於諸趣中異熟差別此若無者則無種子後有諸法生應不成此中緣相差別者謂即意中我執緣相此若無者

染汙意中我執所緣應不得成

釋曰三種當釋且釋四種故說此中引發等言引發差別謂新起熏習者謂最初名言所生起熏習是名引發差別由此熏習引發生故此若無者行爲緣識取爲緣有應不得成者謂即此阿賴耶識待諸煩惱隨眠力故生現前住說名爲有異熟差別謂行有爲緣於諸趣中異熟差別者謂彼所引異熟差別此若無者則無種子後有諸法生應不成者謂若離根即無枝等緣相差別謂即意中我執緣相者謂即此阿賴耶識染汙意中薩迦耶見勢力所起緣執我時我執緣相此若無者染汙意中我執所緣應不得成者若此緣相阿賴耶識差別無者意中我執所緣不成

論曰此中相貌差別者謂即此識有共相有不共相無受生種子相有受生種子相等共相者謂器世間種子不共相者謂各別由處種子共相即是無受生種子不共相即是有受生種子對治生時唯不共相所對治滅共相爲他分別所持但見清淨如瑜伽師於一物中種種勝解種種所見皆得成立此中二頌

難斷難遍知　應知名共結　瑜伽者心異
由外相大故　淨者雖不滅　而於中見淨
又清淨佛土　由佛見清淨

復有別頌對前所引種種勝解種種所見皆得成立

諸瑜伽師於一切　種種勝解各不同
種種所見皆得成　故知所取唯有識

此若無者諸器世間有情世間生起差別應

不得成

釋曰相貌差別多種不同謂共相等種種差別此中共相謂器世間種子者是器世間影現識因又共相者所謂相似自業異熟增上力故一切可有能受用者皆有相似影現識生又不共相謂各別内處種子者我執所緣故名各別在内身中眼等諸處故名内處即是各別内處因義故名種子共相即是無受生種子者是能生起無苦樂等無損無益所依之因非器世間有苦樂等損益事故又不共相即是有受生種子者是能生起苦樂受等所依因故對治生時者謂道諦生時唯不共相所對治滅者各別内處諸種子滅以相違故共相爲他分別所持但見清淨者由此共相是器世間故修行者雖復内處分別求滅而他相續分別所持但可於彼證見清淨觀彼清淨如淨虛空非水所爛非地所依非火所燒非風所吹云何於有義而得見清淨恐容他難故次說言如瑜伽師於一物等種種勝解者謂隨種種金銀草等差別勝解種種所見者唯所見事說名所見於業多說魯吒緣故皆得成立者謂隨所見種種金銀草木等別皆得成立難斷難遍知者謂所應斷故名爲斷所應遍知故名遍知斷與遍知極大勤苦事猶不辯故說爲難結者如結難可斷故所以者何以共有故是共因義言心異者種種勝解各不同故由外相大故者是器世間大安布義言淨者謂已轉依雖不滅者謂即於此其餘有情分別持故不可全滅又清淨佛土由佛見清淨者謂即於彼未斷色

等分别異生所見淤泥沙石瓦礫高下不平株杌毒刺不淨糞土諸穢土中已斷色等分别如來見金銀等衆寶所成清淨佛土如處穢磧見淨園林此若無者謂若無此共不共相阿賴耶識諸器世間有情世間生起差别應不得成者淨穢差别苦樂差别皆不應成論曰復有麤重相及輕安相麤重相者謂煩惱隨煩惱種子輕安相者謂有漏善法種子此若無者所感異熟無所堪能有所堪能所依差别應不得成復有有受盡相無受盡相有受盡相者謂已成熟異熟果善不善種子無受盡相者謂名言熏習種子無始時來種種戲論流轉種子故此若無者已作已作善惡二業與果受盡應不得成又新名言熏習生起應不得成復有譬喻相謂此阿賴耶識

幻焰夢翳爲譬喻故此若無者由不實遍計種子故顛倒緣相應不得成復有具足相不具足相謂諸具縛者名具足相世間離欲者名損減相有學聲聞及諸菩薩名一分永拔相阿羅漢獨覺及諸如來名煩惱障全永拔相及煩惱所知障全永拔相如其所應此若無者如是次第雜染還滅應不得成釋曰麤重相者惡故名麤得此沉沒故名麤重即是煩惱及隨煩惱所有種子此若無者所有麤重無堪能性不應得有輕安相者如說相違輕而安隱有堪能性是輕安相有受盡相謂已成熟異熟果等者善惡種子既成熟已不可重熟受用盡故猶如種子既生芽已不可重生無受盡相謂名言熏習種子者即彼種子隨緣增長能起名言戲論因故此

若無者若無二相阿賴耶識已作已作者謂已作善及已作惡與果受盡者是已與果受用壞義此破若無有受盡相又新名言熏習生起應不得成者謂都無有本無今有世間名言一切名言皆因本舊名言種子此破若無無受盡相譬喻相者謂由幻等能譬喻事顯所喻相如幻事等是能生起不實見因阿賴耶識亦復如是此若無者謂若無有喻所喻相阿賴耶識應無不實顛倒緣相離應能作實見緣相餘文易了不須重釋

論曰何因緣故善不善法能感異熟其異熟果無覆無記由異熟果無覆無記與善不善互不相違善與不善互相違故若異熟果善不善性雜染還滅應不得成是故異熟識唯無覆無記

釋曰如是已釋阿賴耶識所有句義異門訓詞體相決擇及與差別復欲顯此能順正行故起問答何因緣等無覆無記者是無染無記義由異熟果等辯無記因緣無覆無記與善不善互不相違者是共依故作無間業等世間離欲等皆同有故是故異熟識非善不善勿與此二因果相違

攝大乘論釋卷第三

音釋

羯邏藍梵語也此云凝滑 羯居竭切 邏郎佐切 嶮虛檢切與險同 囹圄囹盧經切圄偶許切囹圄獄也 伺相吏切察也 淤依據切濁也 礫郎狄切小石也 杌五忽切木無枝也 磧七迹切沙磧也 翳一計切

攝大乘論釋卷第四

無性菩薩造

唐三藏法師玄奘奉制譯

釋所知相分第三之一

論曰已說所知依所知相復云何應見此略有三種一依他起相二遍計所執相三圓成實相

釋曰已說所知依者謂不復當說此者此所知相略有三種者謂一切法要有所應知所應斷所應證差別故依他起相者謂依業煩惱所取能取遍計隨合他而得起故如是相者何所表知謂依他起相遍計所執相者謂永無相永無相者是遍計所執所取能取補特伽羅及法有性之所相故云何非有可爲所相謂即如是而分別故由薄伽梵說如是言乃至實有不知實有乃至非有不知非有如是實有知爲實有若非實有知非實有圓成實相者謂即於彼遍計所執所取能取或我或法無性之性用彼爲量所了境性於彼遍知方能了別遍計所執決定非有有相違性故非爲境性故

論曰此中何者依他起相謂阿賴耶識爲種子虛妄分別所攝諸識此復云何謂身身者受者識彼所受識彼能受識世識數識處識言說識自他差別識善趣惡趣死生識此中若身身者受者識彼所受識彼能受識世識數識處識言說識此由名言熏習種子若自他差別識此由我見熏習種子若善趣惡趣死生識此由有支熏習種子由此諸識一切界趣雜染所攝依他起相虛妄分別皆得顯

現如此諸識皆是虛妄分別所攝唯識爲性是無所有非眞實義現所依如是名爲依他起相此中何者遍計所執相謂於無義唯有識中似義顯現此中何者圓成實相謂即於彼依他起相由似義相永無有性

釋曰謂身身者受者識者如後當說眼等六內界爲性如其所應眼等五識所依意界名身者識第六意識所依意界名受者識彼所受識者如後當說是色等六外界彼能受識現數識者謂似一等算數影現處識者謂似者如後當說是六識界世識者謂似三時影聚落園等影現言說識者謂似見聞覺知言說影現自他差別識者謂身等識我我所執相續不斷執我我所他他所等有差別故善趣惡趣死生識者謂似天人及捺落迦傍生餓鬼死生影現此中若身身者等乃至言說識此由名言熏習種子者謂彼身等皆由名言熏習種子識所變現無別事故若自他差別識此由我見熏習種子者謂染汙意我見熏習爲因變現若善趣惡趣死生識此由有支熏習種子者謂由有支熏習爲因變現如此諸識皆是虛妄分別所攝者如前所說身等諸識所取能取虛妄分別安立爲性唯識爲性者由邪分別二分顯現實唯是識善等法中雖無邪執緣起力故二分顯現亦唯是識是無所有非眞實義顯現所依者所取色等名無所有能取識等名非眞實此二皆是遍計所執並名爲義虛妄分別所攝諸識是此二種顯現因緣故名所依如是名爲依他起相者如上所辯阿賴耶識爲種子等皆說

名爲依他起相謂於無義唯有識中以義顯現者實無所取及能取義唯有虛妄分別所攝種種識中遍計所執似義顯現謂即於彼依他起相由似義相永無有性者謂於緣起心及心法所現影中由横計相永無所顯眞如實性此即名爲圓成實相又一切法從因緣生唯識爲性當知皆名依他起相顛倒横計似義顯現當知皆名遍計所執相依他起上遍計所執永無所顯眞如實性當知皆名圓成實相譬如鹿愛自相續力安立似水所取能取即遍計性當知名爲依他起相横計實有水事顯現當知名爲遍計所執相即於如是鹿愛事中横計水相畢竟無性當知是名圓成實相又遍計所執相即是遍計所執自性依他起相即是依他起自性亦名分別自性圓成實相即是圓成實自性亦名法性自性如是三種即是宣說應知應斷應證三法如大般若波羅蜜多經中亦說佛告慈氏若於彼彼行相事中遍計爲色爲受爲想爲行爲識乃至爲一切佛法依止名想施設言說遍計以爲諸色自性乃至一切佛法自性是名遍計所執色乃至遍計所執一切佛法若復於彼行相事中唯有分別法性安立分別爲緣起諸戲論假立名想施設言說謂之爲色乃至謂爲一切佛法是名分別色乃至分別一切佛法若諸如來出現於世若不出世法性安立法界安立由彼遍計所執色故此分別色於常常時於恒恒時是眞如性無自性性法無我性實際之性是名法性色乃至由彼遍計所執一切佛法故此分別一切

佛法於常常時於恒恒時乃至是名法性一切佛法廣說如經

論曰此中身身者受者識應知即是眼等六内界彼所受識應知即是色等六外界彼能受識應知即是眼等六識界其餘諸識應知是此諸識差別

釋曰此諸識者謂如前說身等爲初能受爲後言差別者是此諸識差別性故謂即於此有爲識中皆有已行現行當行差別性故依之建立世影現識於此諸識皆有一等差別性故依之建立數影現識於所受識有上下等差別性故依之建立處影現識餘類應知

論曰又此諸識皆唯有識都無義故此中以何爲喻顯示應知夢等爲喻顯示謂如夢中都無其義獨唯有識雖種種色聲香味觸舍林地山似義影現而於此中都無有義由此喻顯應隨了知一切時處皆唯有識由此等言應知復有幻誑鹿愛翳眩等喻若於覺時一切時處皆如夢等唯有識者如從夢覺便覺夢中皆唯有識覺時何故不如是轉眞智覺時亦如是轉如在夢中此覺不轉從夢覺時此覺乃轉如是未得眞智覺時此覺不轉得眞智覺此覺乃轉

釋曰一切唯識都無有義舉夢等喻以顯示者未成立故如夢中等其文易了無勞重釋

論曰其有未得眞智覺者於唯識中云何比知由教及理應可比知此中教者如十地經薄伽梵說如是三界皆唯有心又薄伽梵解深密經亦如是說謂彼經中慈氏菩薩問世尊言諸三摩地所行影像彼與此心當言有

異當言無異佛告慈氏當言無異何以故由彼影像唯是識故我說識所緣唯識所現故世尊若三摩地所行影像即與此心無有異者云何此心還取此心慈氏無有少法能取少法然即此心如是生時即有如是影像顯現如質為緣還見本質而謂我今見於影像及謂離質別有所見影像影現此心亦爾如是生時相似有異所見影現即由此教理亦顯現所以者何於定心中隨所觀見諸青瘀等所知影像一切無別青瘀等事但見自心由此道理菩薩於其一切識中應可比知皆唯有識無有境界又於如是青瘀等中非憶持識見所緣境現前住故聞思所成二憶持識亦以過去為所緣故所現影像得成唯識由此比量菩薩雖未得真智覺於唯識中應可比知

釋曰由教及理者由至教量及由比量雖未證得唯識真智應可比知唯識無境十地經者於彼經中宣說菩薩十種地義此即安立十地行相名句文身識所變現聚集為體謂彼聖者金剛藏識所變影像為增上緣聞者身中識上影現似彼法門如是展轉傳來于今說名為教唯有心者心識是一唯聲為遣所取境義由彼無故能取亦無不遮心法由彼與心不相離故如說若無心所有法心未曾轉若爾滅定何故唯心是彼宗過我大乘宗若處有心必定亦有心相應法若處無有心相應法心亦定無如是三界皆唯有心此言顯示三界唯識言三界者謂與欲等愛結相應墮在三界此唯識言成立唯有諸心心

法無有三界横計所縁此言不遣眞如所縁依他所縁謂道諦攝根本後得二種所縁由彼不爲愛所執故非所治故非迷亂故非三界攝亦不離識故不待説若爾應説如是二界無色界中經部唯有心心法故此難不然識所取義皆無義故非但色無説名唯識何者亦無餘虚空等識所取義經部諸師許無色界諸心心法是無色相無體無實所取境義顯現所依恐彼執爲非心心法故説三界皆唯有心解深密經所明意趣如十地釋經謂教法三摩地者是能令心住一境性心法爲體此所縁境説名所行本境名質似彼現者説名影像我説識所縁唯識所現故者我説在外識所縁境唯是内識之所顯現即是所縁境識爲自性義此意説言識所縁境唯

是識上所現影像無別有體云何此心還取此心者此顯作用於自相違慈氏無有少法能取少法者此釋前難無作用故謂一切法作用作者皆不成故如是生時者縁起諸法威力大故即一體上有二影生更互相望不即不離諸心心法由縁起力其性法爾如是而生如質爲縁還見本質等者譬如依止自面等質於鏡等中還見本質由迷亂故謂我見影由鏡等縁威力大故雖無異影而似別有影像顯現此心亦爾如是生時等者謂心心法種種憶念分別等縁功能大故如是生時雖無有異三摩地等所行影像而似別有影像顯現即由此教理亦顯現者謂此教中亦即兼顯比量道理所以者何於定心中等者序述教中有別理義謂青瘀等不離於心

隨所樂欲而顯現故譬如夢中所見青瘀等又於如是青瘀等中非憶持識等者恐彼異計故作此說謂若有人作如是計由彼先於澹泊路等見骨鎖等今猶憶持爲三摩地所行影像遮此計故故言又於如是青瘀等中非憶持識見所緣境現前住故若此所緣即是昔日所憶持者如昔所見方處決定如昔所受應如是憶然不如是修所成智是眞現量所見境界分明現前非憶持識有如是事若爾聞思所成兩慧相應之識憶持本事彼二所行應離於識此亦不然由彼聞等二憶持識緣過去故過去無故所緣影像並唯是識譬如憶昔自已少年是故此識現所憶持並唯有識所念空故如觀行者所想現前不淨骨鎖女人影像由此比量等語義分明不須重釋

論曰如是已說種種諸識如夢等喻即於此中眼識等識可成唯識眼等諸識既是有色亦唯有識云何可見此亦如前由教及理

釋曰教即十地解深密經理即經中所說道理謂三摩地所行影像及夢等喻皆如前說

論曰若此諸識亦體是識何故乃似色性顯現一類堅住相續而轉與顛倒等諸雜染法爲依處故若不爾者於非義中起義顛倒應不得有此若無者煩惱所知二障雜染應不得有此若無者諸清淨法亦應無有是故諸識應如是轉此中有頌

亂相及亂體　應許爲色識　及與非色識

若無餘亦無

釋曰若此諸識亦體是識等者此問色識一

類堅住相續轉因言一類者是相似義前後一類無有變異亦無間斷故名堅住即此説名相續而轉與顛倒等諸雜染法爲依處故者等即等取煩惱業生諸雜染法眼等諸識與顛倒等諸雜染法作所依處所依處者即是因義故者須也觀彼問意而作此答謂無義中顯現似於眼等諸識一類堅住相續而轉由此起彼顛倒等法若不爾者若不如是轉於非義中起義顛倒應不得有若無顛倒煩惱所知二障雜染應不得有無因縁故若無雜染清淨亦無要息雜染顯清淨故是故諸識應如是轉者眼等諸識應如是轉爲不因力諸法得生非須力耶不爾隨問與答言故彼問所須不問因種由彼不執別有諸色但問何須阿賴耶識變作諸色不唯作識故作此答亂相許爲似色變識亂體許爲非色變識順結頌法故文隔越其義相屬若無似色所變因識非色果識不應得有以若無境有境亦無

論曰何故身身者受者識所受識能受識於一切身中俱有和合轉能圓滿生受用所顯故

釋曰何故身等如前爲問能圓滿等如前而答由此五識一切身中無不具足受用所顯若闕一支即不圓滿

論曰何故如説世等諸識差別而轉無始時來生死流轉無斷絶故諸有情界無數量故諸器世界無數量故諸所作事展轉言説無數量故各別攝取受用差別無數量故諸愛非愛業果異熟受用差別無數量故所受死

生種種差别無數量故

釋曰何故如說世等識等如前爲問等者等取數處言說自他差别善趣惡趣及與死生六變現識無始時來乃至所受死生差别無數量故者如數次第顯世等識須說之果

論曰復次云何安立如是諸識成唯識性略由三相一由唯識無有義故二由二性有相有見二識别故三由種種種種行相而生起故所以者何此一切識無有義故得成唯識有相見故得成二種若眼等識以色等識爲相以眼識識爲見乃至以身識識爲見若意識以一切眼爲最初法爲最後諸識爲相以意識識爲見由此意識有分别故以一切識而生起故此中有頌

唯識二種種　觀者意能入　由悟入唯心彼亦能伏離

釋曰復次云何安立如是諸識等者謂依前理更以别理種種徵問由唯識者是無義義故次說言無有義故所說唯言專爲遣義無義之理少分已說少分當說由二性者謂相及見於一識中有相有見二分俱轉相見二分不即不離始從眼識乃至身識隨類各别變爲色等種種相識說名相分眼等諸識了别境界能見義邊說名見分又所取分名相能取分名見是名二性由種種者種種行相而生起故於一識中一分變異似所取相一分變異似能取見此之二分各有種種差别行相俱時而起若有不許一識一時有種種相應無一時覺種種境若意識以一切眼爲最初等者謂彼意識有能一時取一切義增

上勢力眼識爲初法識爲後所安立相是其相分即此意識了別義邊說名見分由此意識遍分別故似一切識而生起故是故意識說名相名見亦名種種於伽他中諸瑜伽師能入唯識二性種種遣外境界意爲伏離能取之心所緣無故能緣之識亦不得有了別無故了者亦無非無了別而有了者勿境界相無分別事亦名有境能分別心若出世心雖離分別能取所取然有內證聖智所依能緣所緣平等性在

論曰又於此中有一類師說一意識彼彼依轉得彼彼名如意思業名身語業

釋曰又於此中有一類師說一意識等者此顯諸師所見差別謂有一類菩提薩埵欲令唯有一意識性依於彼彼眼等生時得彼彼名所謂眼識乃至意識此中無別餘識種類此如何等如意思業如一意思在身處所發動於身則名身業在語處所發動於語則名語業與意相應名爲意業意識亦爾

論曰又於一切所依轉時似種種相二影像轉謂唯義影像及分別影像又一切處亦似所觸影像而轉有色界中即此意識依止身故如餘色根依止於身

釋曰或謂若爾如是意識應無分別所依鈍故如眼等識夫能依者皆順所依如染汙意爲雜染依意識俱轉亦成雜染爲解此難說於一切所依轉等一切所依者謂眼等所依轉時者生起時似種種相二影像轉者謂似種種所取能取二影像轉爲釋此故次復說言謂唯義等唯一意識一分似義影像顯現

第二於義分別而生是故無有無分別過又一切處亦似所觸影像而轉者謂於定中領納分別輕重等觸而非散亂隨順彼故有色界中者非於無色界何以故即此意識依止身故如餘色根依止於身者如餘眼等有色諸根依止身故即於此身能作損益意識亦爾有色界中依止身故即於此身領納分別能作損益

論曰此中有頌

若遠行獨行　無身寐於窟　調此難調心

我說眞梵志

釋曰說一意識菩提薩埵引教證言若遠行等遊歷一切所識境故名爲遠行爲證此義復說獨行無第二故言無身者無形質故寐於窟者居在內故言調此者於如是心作自在故難調心者性懱悷故

論曰又如經言如是五根所行境界意各能受意爲彼依

釋曰復引第二聖教爲證如是五根所行境界意各能受者謂此五根所行境界唯是意識一一各別能領受義意爲彼依者由此增上彼生起故

論曰又如所說十二處中說六識身皆名意處

釋曰復引第三聖教爲證說六識身皆名意處者所謂宣說意識事故

論曰若處安立阿賴耶識識爲義識應知此中餘一切識是其相識若意識識及所依止是其見識由彼相識是此見識生緣相故似義現時能作見識生依止事如是名爲安立

諸識成唯識性
釋曰若處安立阿賴耶識識爲義識者義是因義即是安立阿賴耶識以爲因識餘一切識者謂身等識是其相識者是所緣相是所行故若意識識及所依止者謂第六識及所依止無間過去意及與染汙意此二能作生起雜染所依性故是其見識者能分別故由彼相識是此見識生緣相故者謂阿賴耶識所變異相是二見識生緣相故似義現時者謂意見識似義現時能作見識生依止事者謂眼等識能與見識作生依事
論曰諸義現前分明顯現而非是有云何可知如世尊言若諸菩薩成就四法能隨悟入一切唯識都無有義一者成就相違識相智如餓鬼傍生及諸天人同於一事見彼所識有差別故二者成就無所緣識現可得智如過去未來夢影緣中有所得故三者成就應離功用無顛倒智如有義中能緣義識應無顛倒不由功用知眞實故四者成就三種勝智隨轉妙智何等爲三一得心自在一切菩薩得靜慮者隨勝解力諸義顯現二得奢摩他循法觀者纔作意時諸義顯現三已得無分別智者無分別智現在前時一切諸義皆不顯現由此所說三種勝智隨轉妙智及前所說三種因緣諸義無義道理成就
釋曰復爲成立無有境義故引餘教及餘道理謂諸菩薩成四法等相違識相智者更相違反故名相違相違者識名相違識生此識因說名爲相了知此相唯內心變外義不成故無有義說名爲智如餓鬼傍生及諸天人

等者謂於餓鬼自業變異增上力故所見江河悉皆充滿膿血等處魚等傍生即見舍宅遊從道路天見種種寶莊嚴地人見是處有清冷水波浪湍洄若入虛空無邊處定即於是處唯見虛空一物實有為互相違非一品類智生因性不應道理云何於此一江河中已有膿血屎尿充滿持刀杖人兩岸防守復有種種香潔舍宅清淨街衢衆寶嚴地清冷美水波浪湍洄虛空定境若許外物都無實性一切皆從內心變現衆事皆成如有頌言

於一端嚴婬女身　出家耽欲及餓狗

臭屍昌豔美飲食　三種分別各不同

無所緣識現可得智等者過去未來皆非實有此與經部共許成就夢境實無一切共了諸三摩地所行影像已說非有亦非憶持水鏡等中面等影像都無所有如前已說此中無境而識得成應離功用無顛倒智本文雖顯而少助說若有欲令如所得義即真實有應不用功自然解脫一切有情皆見實故得心自在者得心調順堪有所作得靜慮者謂諸聲聞及獨覺等若已證得清淨靜慮心一境性樂靜思慮名靜慮者隨勝解力諸義顯現者謂隨增上意解勢力如所願樂欲令地等變成水等皆悉顯現得奢摩他者謂已證得奢摩他定滋潤相續令心寂靜所言循者空境相應或四聖諦所緣相應止觀雙運故名相應與此相應故名為循法觀者者謂此後得觀契經等正法妙慧纔作意時諸義顯現者謂契經等正法教中隨於一種無常等義如如作意思惟剎那速滅等性如是如是

非一品類境界顯現無分別智現在前時一切諸義皆不顯現者無分別智後當廣釋義若實有此智應無非有分別無分別成義若是實有無分別智生不應不顯現此智如實緣境義故由此無間所說道理及前所說三種因緣諸義皆無道理成就

論曰若依他起自性實唯有識似義顯現之所依止云何成依他起何因緣故名依他起從自熏習種子所生依他緣起故名依他起生剎那後無有功能自然住故名依他起

釋曰云何成依他起者問所解法何因緣故名依他起者問所釋詞解不解品由此雙關能了義故餘二自性兩問亦爾依此諸問兩兩酬答從自熏習種子等者謂從遍計所執名言熏習種生依自種子他所生故名依他起此說彼體依他而生生剎那後無有功能自然住者此說彼體依他而住由此二因名依他起

論曰若遍計所執自性依依他起實無所有似義顯現云何成遍計所執何因緣故名遍計所執無量行相意識遍計顛倒生相故名遍計所執自相實無唯有遍計所執可得是故說名遍計所執

釋曰依依他起者謂依唯識依他起性實無所有似義顯現者謂實無體但似其義相貌顯現若體實無云何名義爲避此難是故說言似義顯現謂由名言熏習種子雖無實體而似有義相貌顯現是故名義如幻像等似有顯現言顯現者是明了義無而似有明了現前故名顯現即此似義爲彼自性如自性

受無量行相者種種我法境界影像意識遍計者謂即意識說名遍計顛倒生相者謂是亂識所取能取義相生因故名遍計所執者謂即遍計所執義相名為遍計所執自性自相實無唯有遍計所執可得者謂於實無我及法中唯有遍計所執影像相貌可得由此故名遍計所執

論曰若圓成實自性是遍計所執永無有相云何成圓成實何因緣故名圓成實由無變異性故名圓成實又由清淨所緣性故一切善法最勝性故由最勝義名圓成實

釋曰由無變異性故名圓成實等者應知此性常無變故又由清淨所緣性故一切善法最勝性故圓滿成就眞實為性

論曰復次有能遍計有所遍計遍計所執自性乃成此中何者能遍計何者所遍計何者遍計所執自性當知意識是能遍計有分別故所以者何由此意識用自名言熏習為種子及用一切識名言熏習為種子是故意識無邊行相分別而轉普於一切分別計度故名遍計又依他起自性名所遍計又若由此相令依他起自性成所遍計此中是名遍計所執自性由此相者是如此義復次云何遍計能遍計度緣何境界取何相貌由何執著由何起語由何言說何所增益謂緣名為境於依他起自性中取彼相貌由見執著由尋起語由見聞等四種言說而起言說於無義中增益為有由此遍計能遍計度

釋曰復次有能遍計等者為欲分別遍計所執故說此言當知意識是能遍計有分別故

者由有顯示隨念分別所雜染故用自名言熏習爲種子者無始生死所有意識戲論名言熏習種子爲此生因及用一切識名言熏習爲種子者謂用無邊色等影識名言熏習種子爲因似彼生故是故一切無邊行相分別而轉又依他起自性名所遍計者謂此一分眼等諸相是所計業又若由此相令依他起自性成所遍計此中是名遍計所執自性者謂由此品類縁相是名遍計所執自性是如此義者是如此品類縁相義復次云何遍計能遍計度者作問生起爲欲宣說遍計所執自性差別縁名爲境者謂色受等天與等名於義相應起諸遍計說異行相爲識其名非無有名能於其義起諸分別於依他起自性中取彼相貌者是執自相義由能取相說名爲想如其所想作是言說或於依他起自性中取眼等相由見執著者由五品類推求行轉起諸執著取相貌已起執著故是於相貌堅執著義由見推求於義決定起執著已欲爲他說由尋起語者如契經說由尋由伺而說語言非無尋伺能說語言由見聞等四種言說而起言說者由見聞覺知四種言說而起言說如縁似蛇繩等相貌取盤曲等種種相貌自執著已爲覺悟他說如是言我已見蛇我已見蛇此亦如是他聞是已復更增益謂爲實有

論曰復次此三自性爲異爲不異應言非異非不異謂依他起自性由異門故成依他起即此自性由異門故成遍計所執即此自性由異門故成圓成實由何異門此依他起成

依他起依他熏習種子起故由何異門即此自性成遍計所執由是遍計所緣相故又是遍計所遍計故由何異門即此自性成圓成實如所遍計畢竟不如是有故

釋曰非異者謂依他起性與遍計爲執有非有故有望於有可得言異非望非有兔角等無非不異者有與非有不成一故依他起性與圓成實亦復如是性不清淨性清淨故今復依止異門意趣此三自性或成一性或成異性由是遍計所緣相故又是遍計所遍計故者由依他起是我色等遍計所執所依止故又依他起是我色等意識遍計所遍計故由此意趣假說依他起爲遍計所執如所遍計畢竟不如是有故者於依他起如所顯現畢竟無故如是即說三種自性不全成異亦非不異觀待別故若時觀待熏習種子所生義邊成依他起不即由此成餘二性若時觀待遍計所緣成遍計執不即由此成餘二性若時觀待遍計所執畢竟無邊成圓成實不即由此成餘二性

論曰此三自性各有幾種謂依他起略有二種一者依他熏習種子而生起故二者依他雜染清淨性不成故由此二種依他別故名依他起遍計所執亦有二種一者自性遍計執故二者差別遍計執故由此故名遍計所執圓成實性亦有二種一者自性圓成實故二者清淨圓成實故由此故成圓成實性

釋曰依他熏習種子而生起故者由託因緣而得生故名依他起依他雜染清淨性不成故者由分別時成雜染性無分別時成清淨

性依二分故名依他起自性遍計者謂總執取眼等有法事體差別遍計者謂別執取常無常等義別法義自性圓成實者謂有垢眞如清淨圓成實者謂離垢眞如

論曰復次遍計有四種一自性遍計二差別遍計三有覺遍計四無覺遍計有覺者謂善名言無覺者謂不善名言

釋曰善名言者謂自意趣在語前行領解具足故名有覺與此相違說名無覺

論曰如是遍計復有五種一依名遍計義自性謂如是名有如是義二依義遍計名自性謂如是義有如是名三依名遍計名自性謂遍計度未了義名四依義遍計義自性謂遍計度未了名義五依二遍計二自性謂遍計度此名義如是體性

釋曰依名遍計名自性者謂如生在椰子洲人聞說牛聲不了其義數數分別如是牛聲依義遍計義自性者謂曾未習想與有想更互相應欻見牛身數數分別如是牛義依二遍計二自性者謂依假立能詮所詮分別二種

論曰復次總攝一切分別略有十種一根本分別謂阿賴耶識二緣相分別謂色等識三顯相分別謂眼識等并所依識四緣相變異分別謂老等變異樂受等變異貪等變異逼害時節代謝等變異捺落迦等諸趣變異及欲界等諸界變異五顯相變異分別謂即如前所說變異所有變異六他引分別謂聞非正法類及聞正法類分別七不如理分別謂諸外道聞非正法類分別八如理分別謂正

法中聞正法類分別九執著分別謂不如理作意類薩迦耶見爲本六十二見趣相應分別十散動分別謂諸菩薩十種分別

釋曰根本分別者謂阿賴耶識是餘分別根本自性亦是分別故名根本分別緣相分別者謂分別色等有如是緣相顯相分別者謂眼識等幷所依識顯現似彼所緣相故緣相變異分別者謂似色等影識變異所起分別老等變異者謂色等識似老等相起諸變異何以故外内色等皆有老等轉變相故等者等取病死變異樂受等變異者由樂受故身相變異如説樂者面目端嚴等者等取苦及不苦不樂受貪等變異者謂由貪等身相變異等者等取瞋癡忿等如説忿等惡形色等逼害時節代謝等變異者謂殺縛等令身相等生起變異時節代謝亦令内外身樹色等形相改變如説寒等所逼切時身等變異捺落迦等諸趣變異者等即等取一切惡趣彼處色等變異共了及欲界等諸界變異者等取色界無色界中無似色等影像識故於諸天中及靜慮中亦有有情及器色等種種變異如末尼珠威神力故種種淨妙光色變異顯相變異分別者謂由眼等所依根故令似色等影像顯現眼識等識種種變異即於此中起諸分別即如前説老等變異隨其所應而起變異何以故如説眼等根有利鈍識明昧故如無表色所依變異彼亦變異由樂受等變異亦爾如説樂者心安定故如説苦者心散動故貪等逼害時節代謝亦爾捺落迦等及欲界等依身變異識亦變異如應當知

無色界中亦有受等所作變異諸識分別他引分別者謂善惡友親近所起及與聽聞正非正法爲因分別即是外道迦毗羅等及正法中諸騷揭多所有分別名不如理如理分別如是二種隨其所應能生邪見正見相應二種分別薩迦耶見爲因所起六十二見相應分別即梵網經中前際後際中際分別謂我過去爲曾有耶如是等分別名執著分別言見趣者是品類義散動分別者散亂擾動故名散動此即分別是故說名散動分別此即擾亂無分別智何以故由此擾亂般若波羅蜜多故無分別智即是般若波羅蜜多謂諸菩薩十種分別者謂諸菩薩能發語言他引而轉不稱眞理十種分別何以故證會眞理若正現前不可說故

論曰一無相散動二有相散動三增益散動四損減散動五一性散動六異性散動七自性散動八差別散動九如名取義散動十如義取名散動爲對治此十種散動一切般若波羅蜜多中說無分別智如是所治能治應知具攝般若波羅蜜多義

釋曰於一切般若波羅蜜多中具說如是十種散動對治且如說言世尊云何菩薩應行般若波羅蜜多舍利子是菩薩實有菩薩不見有菩薩何以故色自性空不由空故色空非色色不離空色即是空空即是色何以故舍利子此但有名謂之爲色此自性無生無滅無染無淨假立客名別別於法而起分別假立客名隨起言說如如言說如是如是生起執著如是一切菩薩不見由不見故不生

執著如説於色乃至於識當知亦爾此中爲對治無相散動故彼經説言實有菩薩等謂實有空爲菩薩體爲對治有相散動故即彼經言不見有菩薩等謂遍計所執自性求無有故爲對治增益散動故即彼經言色自性空等謂即遍計所執自性求無有故爲對治損減散動故即彼經言不由空故等謂彼法性是實有故爲對治一性散動故即彼經言色空非色等淨不淨境性各別故爲對治異性散動故即彼經言色不離空等謂遍計所執色自性無所有即是空故爲對治自性散動故即彼經言此但有名謂之爲色等爲對治差別散動故即彼經言無生無滅等爲對治如名取義散動故即彼經言假立客名別別於法而起分別等爲對治如義取名散動故即彼經言假立客名隨起言説如如言説如是如是生起執著如是一切菩薩不見由不見故不生執著此意説言於名於義如實了知無妄執著

論曰若由異門依他起自性有三自性云何三自性不成無差別若由異門成依他起不即由此成遍計所執及圓成實若由異門成遍計所執不即由此成依他起及圓成實若由異門成圓成實不即由此成依他起及遍計所執

釋曰此義如前不須重釋

攝大乘論釋卷第四

音釋

眩熒絹切　鏁蘇果切與鎖同　相屬屬朱欲切連也　𢤱㥊𢤱力董切㥊郎計切𢤱㥊多惡不調也　湍洄湍他官切激湍也洄胡隈切泝洄也　耽都合切樂也　椰余遮切木名　欻許勿切忽也

攝大乘論釋卷第五

無性菩薩造

唐三藏法師玄奘奉　制譯

釋所知相分第三之二

論曰復次云何得知如依他起自性遍計所執自性顯現而非稱體由名前覺無稱體相違故由名有衆多多體相違故由名不決定雜體相違故此中有二頌

由名前覺無　多名不決定　成稱體多體
雜體相違故　法無而可得　無染而有淨
應知如幻等　亦復似虚空

釋曰如依他起遍計所執分雖顯現可得而非稱彼體爲顯此義故說由名前覺無等若依他起與遍計所執同一相者離取其名於遍計所執應生其覺如不可說自所領受現量所得依他起中不待於名而生其覺既無此事故依他起遍計所執其體相稱與理相違由名有衆多多體相違故者由意解力依他起中計度於義於一義中立衆多名如尼揵荼書一物立多名於一牛上立種種名非於一物有多自性而不相違故依他起遍計所執不同一相由名不決定雜體相違故者於多物類隨其所欲建立一名又一種名隨處隨時別目諸義若名與義同一相者義應相雜既無此事故不如名而有其義於伽陀中初一伽陀以句略攝上所說義易受持故後一伽陀就遍計所執及圓成實釋通疑難論曰復次何故如所顯現實無所有而依他起自性非一切一切都無所有此若無者圓成實自性亦無所有此若無者則一切皆無

若依他起及圓成實自性無有應成無有染淨過失既現可得雜染清淨是故不應一切皆無此中有頌

若無依他起　圓成實亦無　一切種若無
恒時無染淨

釋曰非一切都無所有者非一切種顯現所依所緣根本都無所有又一切者謂一切時圓成實自性亦無所有者若無雜染清淨亦無問二性若無圓成實性最應成就何故言無荅自性清淨圓成實性可爾離垢清淨圓成實性不爾頌文易了不須重釋

論曰諸佛世尊於大乘中說方廣教彼教中言云何應知遍計所執自性應知異門說無所有云何應知依他起自性應知譬如幻焰夢影光影谷響水月變化云何應知圓成實自性應知宣說四清淨法何等名爲四清淨法一者自性清淨謂眞如空實際無相勝義法界二者離垢清淨謂即此離一切障垢三者得此道清淨謂一切菩提分法波羅蜜多等四者生此境清淨謂諸大乘妙正法教由此法教清淨緣故非遍計所執自性最淨法界等流性故非依他起自性如是四法總攝一切清淨法盡此中有二頌

幻等說於生　說無計所執　若說四清淨
是謂圓成實　自性與離垢　清淨道所緣
一切清淨法　皆四相所攝

釋曰大乘教中欲方便說三種自性故先爲問應如異門說無所有者說遍計所執即是異門說無所有畢竟無故依他起性如幻焰等義之差別次後當說自性清淨者謂此自

性異生位中亦是清淨謂眞如者性無變故是一切法平等共相即由此故聖教中說一切有情有如來藏空者謂於依他起上遍計所執永無所顯眞實理性言實際者眞故名實究竟名際際聲即是邊際言故如弓邊際言無相者永離一切色等相故言勝義者即是勝智所證義故言法界者謂是一切淨法因故此法界聲是法界因言如金界等離垢清淨其文易了不須重釋得此道清淨者是能證得離垢眞如清淨道義言菩提者永斷煩惱及所知障無垢無礙智爲自性隨順彼故說名爲分即念住等三十七品及與十種波羅蜜多波羅蜜多後當廣說等者等取一切聖道生此境清淨者此即此前菩提分等所說聖道餘文二頌其義易了不須重釋

論曰復次何緣如經所說於依他起自性說幻等喻於依他起自性爲除他虛妄疑故他復云何於依他起自性有虛妄疑由他於此有如是疑云何實無有義而成所行境界爲除此疑說幻事喻云何無義心心法轉爲除此疑說陽焰喻云何無義有愛非愛受用差別爲除此疑說所夢喻云何無義淨不淨業愛非愛果差別而生爲除此疑說影像喻云何無義種種識轉爲除此疑說光影喻云何無義種種戲論言說而轉爲除此疑說谷響喻云何無義而有實取諸三摩地所行境轉爲除此疑說水月喻云何無義有諸菩薩無顚倒心爲辦有情諸利樂事故思受生爲除此疑說變化喻

釋曰虛妄疑者於虛妄義所起諸疑云何無

義遍計度時分明顯現似所行境爲遮此疑說幻事喻如實無象而有幻象所緣境界依他起性亦復如是雖無色等所緣六處遍計度時似有所緣六處顯現又如陽焰於飄動時實無有水而有水覺外器世間亦復如是又如夢中睡眠所起心心法聚極成眛略雖無女等種種境義有愛非愛境界受用覺時亦爾又如影像於鏡等中還見本質而謂我今別見影像而此影像實無所有非等引地善惡思業本質爲緣影像果生亦復如是又如光影由捺影者映蔽其光起種種影定等地中種種諸識於無實義差別而轉又如谷響實無有聲而令聽者似聞多種言說境界種種言說語業亦爾又如水月由水潤滑澄清性故雖無有月而月可取緣實義境之所熏修潤漬爲性諸三摩地相應之意亦復如是雖無所緣實義境界而似有轉此與影像有何差別定不定地而有差別有說面等衆緣和合水鏡等中面等影生分明可取如衆緣力頗胝迦等種種色生爲不爾耶所取差別如離水鏡月面等影分明可得頗胝迦等所現衆色則不如是故非同喻又非我等許有水等種種實義有法不成故非比量又如變化依此變化說名變化雖無有實而能化者無有顛倒於所化事勤作功用菩薩亦爾雖無遍計所執有情於依他起諸有情類由哀愍故而往彼彼諸所生處攝受自體應知此中惟有爾所虛妄疑事所謂内外受用差別身業語業三種意業非等引地若等引地若無顛倒於此八事諸佛世尊說八種喻諸

有智者聞是所說於定不定二地義中能正解了

論曰世尊依何密意於梵問經中說如來不得生死不得涅槃於依他起自性中依遍計所執自性及圓成實自性生死涅槃無差別密意何以故即此依他起自性由遍計所執分成生死由圓成實分成涅槃故

釋曰世尊依何密意乃至無差別密意者若問若答兩段本文其義易了不須重釋何以故下釋上生死涅槃無差別密意若遣遍計永無復餘不得生死不得此時便得觀見寂滅涅槃然此中說偏一不成無差別性爲遣愚夫定性差別顚倒執著亦即顯示依他起義依二自性不決定故

論曰阿毗達磨大乘經中薄伽梵說法有三種一雜染分二清淨分三彼二分依何密意作如是說於依他起自性中遍計所執自性是雜染分圓成實自性是清淨分即依他起是彼二分依此密意作如是說於此義中以何喻顯以金土藏爲喻顯示譬如世間金土藏中三法可得一地界二土三金於地界中土非實有而現可得金是實有而不可得火燒練時土相不現金相顯現又此地界土顯現時虛妄顯現金顯現時眞實顯現是故地界是彼二分識亦如是無分別智火未燒時於此識中所有虛妄遍計所執自性顯現所有眞實圓成實自性不顯現此識若爲無分別智火所燒時於此識中所有眞實圓成實自性顯現所有虛妄遍計所執自性不顯現是故此虛妄分別識依他起自性有彼二分

如金土藏中所有地界

釋曰金土藏中三法可得喻三自性地界者用堅硬爲性藏者即是金土種子金土者是顯色形色如其次第大種所造爲三法體土顯現時虛妄顯現者非彼性故金顯現時眞實顯現者是彼性故是故地界是彼二分者是彼土金二種分故地界則喻依他起性土喻遍計所執自性金者則喻圓成實性識亦如是者以法合喻由唯識性是依他起遍計所執及圓成實是此性分無分別智火所燒時眞實虛妄二種性分如其次第一則顯現一不顯現

論曰世尊有處說一切法常有處說一切法無常有處說一切法非常非無常依何密意作如是說謂依他起自性由圓成實性分是常由遍計所執性分是無常由彼二分非常非無常依此密意作如是說如常無常無二如是苦樂無二淨不淨無二空不空無二我無我無二寂靜不寂靜無二有自性無自性無二生不生無二滅不滅無二本來寂靜非本來寂靜無二自性涅槃非自性涅槃無二生死涅槃無二亦爾如是等差別一切諸佛密意語言由三自性應隨決了如前說常無常等門此中有多頌

如法實不有　如現非一種　非法非非法
故說無二義　依一分開顯　或有或非有
依二分說言　非有非非有　如顯現非有
是故說爲無　由如是顯現　是故說爲有
自然自體無　自性不堅住　如執取不有
故許無自性　由無性故成　後後所依止

無生滅本寂　自性般涅槃

釋曰世尊有處說一切法常等者謂依他起法性眞如體是常住遍計所執自性分邊體是無常此常無故此性常無故名無常非有生滅說名無常二分所依說爲非常亦非無常是無二性樂者即是圓成實分苦者即是遍計所執分無二者是依他起分如是淨不淨空不空我無我寂靜不寂靜有自性無自性生不生滅不滅本來寂靜非本來寂靜自性涅槃非自性涅槃生死涅槃無二等如其所應皆依三性以釋差別爲令有情易受持故復說如法實不有等長行結句易可知故如所顯現非有性故非法而顯現故非非法由此非法非非法故說無二義如是應釋依一分開顯或有或非有如所顯現不如是有而有顯現故依二分說言非有亦非非有無二性故如前應知如顯現非有者我性法性所取能取如是等體皆無有性非量所證故說爲無由如是顯現者如薩迦耶見實無我我所但由無始時來戲論熏習轉變力故似有顯現此亦如是故說爲有由靜慮門無二聲轉非如異類若爾爲不同離繫論豈有相似彼依邪見此依正見彼執非一互相違性但不欲違一切所見故說無二此佛法中依他起性於二性中不定屬一故說無二是故彼此其理極遠自然自體無者依衆緣故名自然無前生剎那已故非新名自體無自性不堅住者一剎那後性滅壞故此無自性理共聲聞如執取不有故許無自性者此是不共無自性理如有顛倒執有我等如是愚夫

所執諸法都無所有故大乘中許一切法皆無自性由無性故成者由無自性無生滅等道理成立後後所依止者由無自性故無有生由無生故即無有滅無生滅故本來寂靜本寂靜故自性涅槃應知此中後後諸句依前前句而得解釋如是四種方便勝行隨順能入菩薩現觀譬如聲聞無常等行

論曰復有四種意趣四種祕密一切佛言應隨決了四意趣者一平等意趣謂如說言我昔曾於彼時彼分即名勝觀正等覺者二別時意趣謂如說言若誦多寶如來名者便於無上正等菩提已得決定又如說言由唯發願便得往生極樂世界三別義意趣謂如說言若已逢事爾所殑伽河沙等佛於大乘法方能解義四補特伽羅意樂意趣謂如爲一補特伽羅先讚布施後還毀呰如於布施如是尸羅及一分修當知亦爾如是名爲四種意趣四祕密者一令入祕密謂聲聞乘中或大乘中依世俗諦理說有補特伽羅及有諸法自性差別二相祕密謂於是處說諸法相顯三自性三對治祕密謂於是處說行對治八萬四千四轉變祕密謂於是處以其別義諸言諸字即顯別義如有頌言

覺不堅爲堅　善住於顛倒　極煩惱所惱得最上菩提

釋曰遠觀於他欲作攝受名爲意趣近觀於他欲令悟入說名祕密平等意趣者謂一切佛由資糧等互相似故說我昔曾於彼時等如有意緣互相似性作如是言彼即是我然非昔時毗鉢尸佛即今世尊釋迦牟尼別時

意趣者謂觀懈怠不能於法精勤學者故説是言若誦多寶如來名者便得決定由惟發願便得往生極樂世界此意長養先時善根如世間説但由一錢而得於千别義意趣者謂證相大乘法義與教相大乘法義甚有差别由此意趣作如是言若已逢事爾所殑伽河沙等佛於大乘法方能解義極懸遠故於大乘法簡取聖者自内所證簡去隨言所解了義補特伽羅意樂意趣者先爲慳貪讃歎布施後爲樂施毁訾布施先爲犯戒讃歎尸羅後爲持戒毁訾尸羅爲欲令修勝品善故一分修者謂世間修令入祕密者謂有處説補特伽羅及一切法自性差别爲令悟入世俗諦理如聲聞乘中説有化生諸有情等如大乘中爲化怖斷諸有情故説心常等相祕密者爲令悟入所知相故對治祕密者謂爲對治所治貪等諸行差别八萬四千轉變祕密者謂於字義轉變差别覺不堅爲堅者剛强流散説名爲堅非此堅故説名不堅即是調柔無散亂定即於此中起堅固慧覺彼爲堅善住於顛倒者謂於四顛倒善能安住知是顛倒決定無動極煩惱所惱者爲化有情精進劬勞所疲倦故如有頌言處生死久惱但由於大悲如是等得最上菩提者是得諸佛三菩提義

論曰若有欲造大乘法釋略由三相應造其釋一者由説緣起二者由説從緣所生法相三者由説語義

釋曰爲欲開曉諸造釋者解釋道理故説略由三相等言

論曰此中說緣起者如說
言熏習所生　諸法此從彼
更互爲緣生
釋曰如是緣起及緣生法所知依處已辯其
相已解三種緣起相故今於此中復略顯示
阿賴耶識與其轉識互爲因果故伽陀中說
言熏習所生等言
論曰復次彼轉識相法有相有見識爲自性
又彼以依處爲相遍計所執爲相法性爲相
由此顯示三自性相如說
從有相有見　應知彼三相
復次云何應釋彼相謂遍計所執相於依他
起相中實無所有圓成實相於中實有由此
二種非有及有非得及得未見已見眞者同
時謂於依他起自性中無遍計所執故有圓
成實故於此轉時若得彼即不得此若得此
即不得彼如說
依他所執無　成實於中有　故得及不得
其中二平等
釋曰有相有見識爲自性者此如先說相識
自性謂色識等及眼識等見識自性謂眼識
識等又彼以依處爲相者謂依他起相是二
自性所依處故遍計所執爲相者即是遍計
所執自性法性爲相者謂即於此淨分安立
爲顯此義說半頌言從有相有見應知彼三
相未見已見眞者同時者謂若爾時未見眞
者於依他起自性中見圓成實無遍計所執
有即於此時已見眞者見遍計所執無圓成
實有何處誰無依他所執無者於依他起中
遍計所執無故於中何有成實於中有者於

依他起中圓成實有故此中妄見愚夫由顛倒見非有見有有見非有眞見聖者由無倒見有見爲有無見爲無爲顯此義下半頌言故得及不得　其中二平等

論曰說語義者謂先說初句後以餘句分別顯示或由德處或由義處

釋曰如是不觀說者意趣釋諸義已今當隨順說者意趣釋說語義或由德處或由義處者謂由德意趣由義意趣已得在已圓滿饒益故名爲德未得在已隨順趣求故名爲義

論曰由德處者謂說佛功德最清淨覺不二現行趣無相法住於佛住逮得一切佛平等性到無障處不可轉法所行無礙其所安立不可思議遊於三世平等法性其身流布一切世界於一切法智無疑滯於一切行成就大覺於諸法智無有疑惑凡所現身不可分別一切菩薩等所求智得佛無二住勝彼岸不相間雜如來解脫妙智究竟證無中邊佛地平等極於法界盡虛空性窮未來際最清淨覺者應知此句由所餘句分別顯示如是乃成善說法性最清淨覺者謂佛世尊最清淨覺應知是佛二十一種功德所攝謂於所知一向無障轉功德於有無無二相眞如最勝清淨能入功德無功用佛事不休息住功德於法身中所依意樂作業無差別功德修一切障對治功德降伏一切外道功德生在世間不爲世法所疑功德安立正法功德授記功德於一切世界示現受用變化身功德斷疑功德令入種種行功德當來法生妙智功德如其勝解示現功德無量所依調伏有

情加行功德平等法身波羅蜜多成滿功德隨其勝解示現差別佛土功德三種佛身方處無分限功德窮生死際常現利益安樂一切有情功德無盡功德等

釋曰最清淨覺者此是初句由所餘句開顯其義如是乃名善說法性謂以多德辯說一德謂於所知一向無障轉功德者此即開示不二現行謂佛一向無障礙智於一切事品類差別無著無礙故非如聲聞等智有處有障有處無障二種或二處現行此中無有如是所說二種現行是故說名不二現行由此故名最清淨覺有大功能智斷滿故後諸句中皆應如是互相配屬於有無無二相真如最清淨能入功德者此即開示趣無相法謂此真如有圓成實相無遍計所執相由此道理名無二相無有無相是實有故無有有相所執無故最勝清淨能入功德者謂即真如最勝清淨一切法中最第一故遠離一切客塵垢故於此真如自既能入亦令他入是故說為最勝清淨能入功德由此如前應當配屬自既清淨亦令他淨故無功用佛事不休息住功德者此即開示住於佛住謂不作功用於諸佛事有情等中能無間斷隨其所應恒正安住聖天梵住非如聲聞要作功用方能成辦利有情事非如外道雖有所住而非殊勝天住即是四種靜慮梵住即是悲等無量聖住即是空無相等於法身中所依意樂作事無差別功德者即是開示逮得一切佛平等性所依無差別者一切皆依清淨智故意樂無差別者一切皆有利益汝樂一切有

情勝意樂故作業無差別者一切皆作受用變化利他事故非如聲聞等唯有所依故修一切障對治功德者即是開示到無障處謂已串習一切煩惱及所知障對治聖道一切種智定自在性已到永離一切習氣所依趣處降伏一切外道功德者即是開示不可轉法謂教證二法皆不爲他所能動轉無有餘法勝過此故生在世間不爲世法所礙功德者即是開示所行無礙謂若於中常所遊履說名所行雖行世間而於其中非利衰等愛恚世法所能拘礙如有頌言

諸佛常遊於世間　利樂一切有情類
八法熱風邪分別　不能傾動不拘礙

安立正法功德者即是開示其所安立不可思議謂契經等十二分教名所安立安立彼彼自相共相故如是安立非諸愚夫覺所行故出世間故不可思議此所安立不可思議即是功德如前配屬授記功德者即是開示遊於三世平等法性謂於三世平等法性能遍遊涉以於三世平等性中能隨解了過去未來曾當轉事皆如現在而授記故於一切世界示現受用變化身功德者此即開示其身流布一切世界謂隨所化遍諸世界示現兩身利樂彼故斷疑功德者即是開示於一切法智無疑滯於一切境善決定故非於諸法自不決定能決他疑非離決定能斷疑故令入種種行功德者即是開示於一切行成就大覺當來法生妙智功德者即是開示於諸法智無有疑惑謂聖聲聞言此全無少分善根而棄捨者佛薄伽梵知彼後時善法當

生現證知彼餘生微少善根種子所隨逐故如其勝解示現功德者即是開示凡所現身不可分别謂隨有情種種勝解現金色等雖現此身而無分别如末尼珠及簫笛等廣説如彼如來密經無量所依調伏有情加行功德者即是開示一切菩薩等所求智謂由無量菩薩所依爲欲調伏諸有情故發起加行佛增上力聞法爲先獲得妙智異類菩薩攝受付囑展轉相續無間而轉由此證得一切菩薩等所求智平等法身波羅蜜多成滿功德者即是開示得佛無二住勝彼岸謂無二故名爲平等依平等法身波羅蜜多果位成滿故或平等者無減無增於法身中波羅蜜多一切成滿其中無有或增或減非如於彼菩薩地中波羅蜜多有增有減隨其勝解示

現差别佛土功德者即是開示不相間雜如來解脱妙智究竟謂觀衆生勝解差别現金銀等種種佛土不相間雜世尊勝解現在前時隨衆所樂悉皆顯現無不了知是故説名如來解脱妙智究竟此中勝解説爲解脱三種佛身方處無分限功德者即是開示證無中邊佛地平等謂如世界無中無邊佛地亦爾功德方處無有分限或復世界方處無邊諸佛三身即於其中稱世界量平等遍滿以法身等即住如是諸世界中非餘處故成法身等於佛地中平等遍滿無中無邊無有分限此法身等遍一切處爲諸衆生現作饒益然非自性無中無邊窮生死際常現利益安樂一切有情功德者即是開示極於法界謂此法界最清淨故能起等流契經等法極此

法界於當來世一切有情如其所應常能現作利益安樂無盡功德者即是開示盡虛空性謂彼虛空無障爲性於有對物不障爲業性者界也持自相故非諸閒穴明闇爲性窮盡如是虛空自性如彼虛空無邊無際無盡無滅無生無滅無有變易於一切時現前容受一切質礙法身亦爾常現前作一切有情利樂爲相盡一切界遍作衆生諸饒益事無有休息等者等取究竟功德即是開示窮未來際謂此功德窮未來際常無間斷窮於未來無際之際顯佛功德不無窮盡所化有情求無盡故由此功德之所莊嚴最清淨覺顯薄伽梵異諸聲聞獨覺菩薩覺最勝故云何而得此最勝覺故次說言不二現行諸聲聞等於所知境有二現行所謂正智不染無智

佛無此故智德圓滿爲顯如來斷德圓滿故次說言趣無相法不住生死涅槃相故以何方便得此涅槃故次說言住於佛住由薄伽梵於空大悲善安住故不住生死不住涅槃如是佛住與餘爲共爲不共耶故次說言逮得一切佛平等性諸佛一切行相展轉和雜住故如是已說自利圓滿次當廣說利他圓滿爲顯已得一切所化障礙對治故次說言到無障處有諸魔等能退轉法能障有情所作義利今於此中無有是事故次說言不可轉法於諸所作有情利益安樂事中無有高下能爲拘礙故次說言所行無礙依此方便能作有情諸饒益事故次說言其所安立不可思議如是加行諸佛世尊爲性平等爲名差別不爾何者遊於三世平等法性三世諸

佛利有情事皆相似故如是所作利有情事爲於一一諸世界中次第作耶不爾何者其身流布一切世界頓於一切諸世界中現成佛故爲顯能斷於彼彼處所生起疑故次說言於一切法智無疑滯所化有情種姓別故如其所應方便化導爲欲顯此巧方便智故次說言於一切行成就大覺即依如是所化有情有能無能善巧差別故次說言於諸法智無有疑惑即於所化有情邪正及俱行中所應現相不可分別爲現此事故次說言凡所現身不可分別引發任持不定種姓聲聞菩薩故讚大乘爲顯此事故次說言一切菩薩等所求智爲遮所化諸有情類於大師所疑一切智非一切智故次說言得佛無二住勝彼岸聞一切佛得平等言即謂一切應同一性爲遮此疑故次說言不相間雜如來解脫妙智究竟非一非異其相云何爲答此問故次說言證無中邊佛地平等常無常等一切皆是二邊相攝云何無相爲避此難故次說言極於法界謂最清淨離諸戲論是法界相如是種類利衆生事爲經幾時故次說言盡虛空性窮未來際

論曰復次由義處者如說若諸菩薩成就三十二法乃名菩薩謂於一切有情起利益安樂增上意樂故令入一切智智故自知我今何假智故摧伏慢故堅牢勝意樂故非假憐愍故於親非親平等心故永作善友乃至涅槃爲後邊故應量而語故含笑先言故無限大悲故於所受事無退弱故無厭倦意故聞義無厭故於自作罪深見過故於他作罪不

瞋而誨故於一切威儀中恒修治菩提心故不希異熟而行施故不依一切有趣受持戒故於諸有情無有恚礙而行忍故爲欲攝受一切善法勤精進故捨無色界修靜慮故方便相應修般若故由四攝事攝方便故於持戒破戒善友無二故以慇重心聽聞正法故以慇重心住阿練若故於世雜事不愛樂故於下劣乘曾不欣樂故於大乘中深見功德故遠離惡友故親近善友故恒修治四梵住故常遊戲五神通故依趣智故於住正行不住正行諸有情類不棄捨故言決定故重諦實故大菩提心恒爲首故知是諸句應知皆是初句差別謂於一切有情起利益安樂增上意樂此利益安樂增上意樂句有十六業差別應知此中十六業者一展轉加行業二無顛倒業三不待他請自然加行業四不動壞業五無求染業此有三句差別應知謂無染繫故於恩非恩無愛恚故於生生中恒隨轉故六相稱語身業此有二句差別應知七於樂於苦於無二中平等業八無下劣業九無退轉業十攝方便業十一厭惡所治業此有二句差別應知十二無間作意業十三勝進行業此有七句差別應知謂六波羅蜜多正加行故及四攝事正加行故十四成滿加行業此有六句差別應知謂親近善士故聽聞正法故住阿練若故離惡尋思故作意功德故此復有二句差別應知助伴功德故此復有二句差別應知十五成滿業此有三句差別應知謂無量清淨故得大威力故證得功德故十六安立彼業此有四句差別應知

謂御衆功德故決定無疑教授教誡故財法攝一故無雜染心故如是諸句應知皆是初句差別

釋曰三十二法由十六業分別顯示說彼業故利益安樂增上意樂故者或有利益而非安樂如盛貪者强修梵行或有安樂而非利益如樂欲者受用種種有罪境界或有利益亦是安樂如薄塵者樂修梵行此中菩薩作如是心云何皆令一切有情當得無上利益安樂言意樂者欲及勝解以爲自性此意樂勝故名增上意樂令入一切智智故者是展轉加行業之所解釋譬如一燈傳然千燈由此業故利益安樂增上意樂則得顯現如是於後一切句中利益安樂增上意樂皆應配釋自知我今何假智故者是無顛倒業之所解釋或有利樂增上意樂而是顛倒故須自知我今何假由此智故說無倒業謂我唯有如是聞慧了知教證自有堪能起隨所應無倒加行如有頌言

諸有自稱量　勤求所求處　彼不逮劬勞而能到所到

如是等頌應當廣說摧伏慢故者是不待他請自然加行業之所解釋他雖不請自然往彼爲說正法堅牢勝意樂故者是不動壞業之所解釋生死衆苦不能動壞所發心故非假憐愍故於親非親平等心故求作善友乃至涅槃爲後邊故者是無求染業三種差別之所解釋若有染繫由愛染因假作憐愍暫時攝受若無染繫非假憐愍於一切時恒不捨離若依愛染而作憐愍於親非親有愛有

恚心不平等若無染心則於二品平等而轉若有愛染而作憐愍但至命終憐愍隨轉若無愛染而生憐愍於生生中憐愍之心恒常隨轉是故菩薩乃至涅槃永作善友應量而語含笑先言故者此是二種利益安樂增上意樂相稱語身業之所解釋無限大悲故者是平等業之所解釋若唯於苦而起大悲非樂非捨非平等業一分轉故菩薩大悲於樂於苦於非苦樂所攝有情皆被生死衆苦隨逐平等憐愍無有差别是故說此名平等業於所受事無退弱故者是無下劣業之所解釋專爲拔濟一切有情猶如重擔見此重擔心無怯懼不捨勤苦如擔而辦是故說名無下劣業無厭倦意故者是無退轉業之所解釋所化有情諸邪惡行不能退轉利益安樂增上意樂相應業故聞義無厭故者是攝方便業之所解釋聞謂所聞契經等法非汎所聞義謂即彼所詮之義於此聞義常無厭足此是能攝成熟有情巧方便性是故說名攝方便業聞義無足如所堪能應正道理而化導故於自作罪深見過故於他作罪不瞋而誨故者是厭惡所治業之所解釋此中所治謂貪瞋等欲令遠離故名厭惡若於自罪深見過失速疾厭離方能制他所不應作言威肅故非餘能制如契經言

若自住邪行　便受他譏論　是人終不能
制止他過失

世俗亦言

若自犯愆過　經時不觀察　不如理遠離
慢不取其德

若懷瞋忿誨他所犯以非利益非方便故言不威肅他轉違背起諸邪行如有頌言
慈憐如一子　誨舉他所犯　決定令受持後不復當犯
於一切威儀中恒修治菩提心故者是無間作意業之所解釋普於一切所作事中無間修治菩提心故如所行清淨契經中說
若見坐時　發如是心　願諸衆生　坐菩提座
如是等頌不希異熟而行施故乃至由四攝事攝方便故者是勝進行業六句差別之所解釋即六波羅蜜多及四攝事離如所說所治過等於極喜等後後地中轉得增勝趣向成滿因名爲業是所作故此中四種波羅蜜多易故不釋有差別者今當略釋捨無色界修靜慮故者菩薩不生無色界中於彼不見能作利樂有情事故亦不數入無色等至不見彼處有多功德之所依故捨是離義方便相應修般若者大悲相應修習妙慧能作有情諸利樂事此若無者於諸有情利益安樂此事應無專爲此事求佛果故如有頌言
雙修習慧悲　能作他利樂　利他行正道一向趣菩提
四攝事者布施愛語利行同事由布施故能攝受他由愛語故方便開解爲說法相由利行故隨其所應勸彼修善由同事故於最後時令彼同得不共功德或由布施故令成法器由愛語故得法勝解由利行故依法勝解發起正行由同事故令所起行轉得清淨轉復微妙由此具攝方便自性於持戒破戒善友無二故乃至親近善友故者是成滿加行

業六句差別之所解釋由此加行能令成滿是故說名成滿加行此即是業由親近善友等六句釋經所說八句作意功德助伴功德各釋二故有善尸羅故名持戒有惡尸羅故名破戒於此二種能說法者爲聞法故恭敬法故起善友想無有差別是故說言善友無二由是因緣於破戒者不應一向謂非善友如有頌言

若有戒足雖羸劣　而能辯說利多人
如佛大師應供養　愛彼善說故相似

以慇重心聽聞正法者謂如所說廣義等中由十六行應聽聞法以慇重心住阿練若者遠離聚落過俱盧舍名阿練若於中居止說名爲住如應而住無有慢緩名慇重心於世雜事不愛樂者不愛世間歌笑儛等種種雜事即是遠離欲等相應不正尋思作意功德者捨愛聲聞獨覺乘故大乘功德愛相應故助伴功德者遠惡友故近善友故恒修治四梵住故常遊戲五神通故依趣智故者是成滿業之所解釋謂成滿相名成滿業此中業聲是相別名無量清淨等三句釋前恒修治四梵住等三句慈悲喜捨四種無量名四梵住由此表知所有內德成滿清淨故得相聲遊戲五通名爲威力漏盡智通是解脫智名大威力或取菩薩增上神通名大威力如是亦名成滿之相證得功德者謂已證得現前自在此即解釋依趣智故各別內證名依趣智不唯於義依趣於識非寂靜故於住正行不住正行等是安立彼業四句差別之所解釋由此安立利益安樂增上意樂此即是業

是故説名安立彼業御衆功德者謂於持戒犯戒有情驅擯攝受俱欲令其出不善處安立善處名不棄捨言決定故者謂決定無疑教授教誡言威肅故言若不定即不威肅重諦實故者謂財法二攝合成一種積集財法無異分別平等分布如先所許如是施與除現所無如有頌言

財供養能令　衆生盡壽命　法供養能令
究竟天寂靜

大菩提心恒爲首故者是無雜染心之所解釋由菩提心所攝受故凡有所作終不貪求他供事等唯求證得無上菩提

論曰如説

由最初句故　句別德種類　由最初句故
句別義差別

釋曰此伽陀中其義易解無勞重釋

攝大乘論釋卷第五

音釋

犍居言切　挊盧貢切與弄同　漬疾智切浸也　頗胝迦梵語也此云水玉　胝張尼切　殑伽梵語也此云天堂來　殑其陵切　呰蔣氏切譏也　闇烏紺切不明也　僁起虔切與愆同　儛罔甫切與舞同　擯必刃切斥也

攝大乘論釋卷第六

無性菩薩造

唐三藏法師玄奘奉　制譯

釋入所知相分第四

論曰如是已說所知相入所知相云何應見多聞熏習所依非阿賴耶識所攝如阿賴耶識成種子如理作意所攝似法似義而生似所取事有見意言

釋曰菩薩修習如是業已如入現觀所應知相今當顯說多聞熏習所依者謂於大乘而起多聞聞法義已熏心心法相續所依其少聞者無容得入此現觀故如薄伽梵教授尊者羅怙羅經說如是言唯願世尊教我現觀世尊告曰汝已受持正法藏耶羅怙羅言不也世尊世尊告曰汝今且應受持法藏如是等非阿賴耶識所攝者謂此所依從最清淨法界流故對治彼故非彼性攝彼相違故如阿賴耶識成種子者如阿賴耶識能爲一切雜染法因此所依性能爲一切清淨法因唯因性同故得爲喻非一切種如有頌言

爲欲利益常放逸　生盲不覩自樂者
諸佛降靈現世間　爲彼宣說微妙法
譬如無價末尼寶　能除衆毒不思議

言似法者謂契經等如十地等言似義者謂彼所詮無我性等似彼行相而生起故說爲似法似義而生似所取事者如彼所取而顯現故言有見者謂意取識俱言意言者所謂意識或與見分俱所取能取性此即安立所取能取所依自性如前已說

論曰此中誰能悟入所應知相大乘多聞熏

習相續已得逢事無量諸佛出現於世已得一向決定勝解已善積集諸善根故善備福智資糧菩薩

釋曰用及用具皆待作者故問入者誰能悟入答此問言大乘多聞熏習相續等謂依大乘法而起多聞熏習相續已得逢事無量諸佛出現於世者由此相續故得現前逢事諸佛出現於世已得一向決定勝解者由逢事佛於大乘法深生信解非諸惡友引令猶豫由此大乘多聞等三因緣故能善積集無量善根是則名爲善備福智資糧菩薩

論曰何處能入謂即於彼有見似法似義意言大乘法相等所生起勝解行地見道修道究竟道中於一切法唯有識性隨聞勝解故如理通達故治一切障故離一切障故

釋曰何處能入者問所入境及能入位謂即於彼有見等者謂於大乘法相所生決定行相似法似義意言能入於此境界能入是用所入境界是業是持於此意言或有能入在勝解行地於一切法唯識性中但隨聽聞生勝解故或有能入在見道中如理通達此意言故此中如理而通達者謂通達彼非法非義非所取非能取故或有能入在修道中由此修習對治煩惱所知障故或有能入在究竟道中最極清淨離諸障故如是四種是能入位

論曰由何能入由善根力所任持故謂三種相練磨心故斷四處故緣法義境止觀恒常慇重加行無放逸故

釋曰由何能入者此問入因謂由何因於此

能入由善根力所任持故等者謂雖有善根力而心或退屈故說三種相練磨心故等

論曰無量諸世界無量人有情剎那剎那證覺無上正等菩提是爲第一練磨其心由此意樂能行施等波羅蜜多我已獲得如是意樂我由此故少用功力修習施等波羅蜜多當得圓滿是爲第二練磨其心若有成就諸有障善於命終時即便可愛一切自體圓滿而生我有妙善無障礙善云何爾時不當獲得一切圓滿是名第三練磨其心

釋曰無量諸世界等者此言顯示初練磨心引他例已令心增盛無有退屈由此意樂者顯示第二練磨其心我已獲得如是意樂者顯此意樂離諸弊縛謂此意樂遠離慳悋遠離欲尋遠離恚尋遠離懈怠遠離惛沉及以睡眠遠離無明我由此故少用功力修習施等波羅蜜多當得圓滿者謂已獲得殊勝意樂便能任運修行施等速令圓滿若有成就等者顯示第三練磨其心諸有障善者謂有成就諸世間善未能永斷所治障故說名有障我有妙善等者謂我能永斷所對治障由無障善而成其善云何當來而不證得圓滿佛果練磨心者謂策舉心令其猛利對治退屈

論曰此中有頌

人趣諸有情　處數皆無量　念念證等覺
故不應退屈　諸淨心意樂　能修行施等
此勝者已得　故能修施等　善者於死時
得隨樂自滿　勝善由永斷　圓滿云何無

釋曰復以伽他攝如是義人趣諸有情等者

其心怯弱名爲退屈勸彼不應心生退屈謂我不能證覺無上正等菩提名心怯弱今勸進彼不應於已謂無功能故無退屈如有頌言

無量十方諸有情　念念已證善逝果
彼既丈夫我亦爾　不應自輕而退屈

諸淨心意樂能修行施等者謂非不善及無記心而行施等唯是善心故名淨心如有世間不善無記散亂心中亦行施等希願諸有及財位故菩薩不爾唯求無上正等菩提言意樂者謂能無礙修施等因如先已說此勝者已得故能修施等者謂諸菩薩名爲勝者先已得此殊勝意樂由此施等波羅蜜多任運而轉如說而修故名已得由此決定捨所對治捨所治故不由功用於其施等任運而轉等者等取戒乃至慧波羅蜜多善者於死時者謂由世間善而成善者於命終時得隨樂自滿者謂得世間隨所愛樂自圓滿果是乃至得有頂生義勝善由求斷者即是由彼求斷障善而成善義圓滿云何無者是隨所樂圓滿佛果云何無義

論曰由離聲聞獨覺作意斷作意故由於大乘諸疑離疑以能求斷異慧疑故由離所聞所思法中我我所執斷法執故由於現前現住安立一切相中無所作意無所分別斷分別故此中有頌

現前自然住　安立一切相　智者不分別
得最上菩提

釋曰今當顯示斷除四處斷作意故者斷除二乘分別作意以能求斷異慧疑故者謂於

大乘甚深廣大不起異慧顛倒及疑斷法執故者謂於所聞所思法中能永斷除我我所執謂我能聞我能思覺我所聽聞我所思義如是執著一切皆無於其勝義證現觀故斷分別故者謂於現前任運而轉色等現住及作功用諸骨鏁等淨定安立一切所緣諸境界相作意分別悉能永斷乃至一切諸佛菩薩波羅蜜多如是等相執著分別悉能永離其頌義顯不須重釋

論曰由何云何而得悟入

釋曰此中雙問作具所作由有作者入所作業應知定有能入之具自現觀相是所作事決定應有如是如是所作方便是故今當二俱解釋

論曰由聞熏習種類如理作意所攝似法似義有見意言

釋曰此中先辯能入之具種類之聲即因言說是爲因義

論曰由四尋思謂由名義自性差別假立尋思及由四種如實遍智謂由名事自性差別假立如實遍智如是皆同不可得故以諸菩薩如是如實爲入唯識勤修加行即於似文似義意言推求文名唯是意言推求依此文名之義亦唯意言推求名義自性差別唯是假立若時證得唯有意言爾時證知若名若義自性差別皆是假立自性差別義相無故同不可得由四尋思及由四種如實遍智於此似文似義意言便能悟入唯有識性

釋曰由四尋思及由四種如實遍智者依如先說能悟入具發起如實所作方便於加行

時推求行見假有實無方便因相說名尋思了知假有實無所得決定行智方便果相名如實智此中名者謂色受等亦攝名因名果句等尋思此名唯意言性唯假非實不離意言名名尋思義尋思者如名身等所詮表得蘊界處等推求此性唯假非實如有種類種類相應差別可得如是所詮能詮相應不應理故推求依此文名之義亦唯意言者尋思依名所表外事唯意言性思惟此義似外相轉實唯在內推求名義自性差別唯是假立者尋思名義二種自性惟假立相謂色受等名義自性實無所有假立自性譬如假立補特伽羅尋思名義二種差別亦假立相謂無常等名義差別唯假立故若名若義自性差別皆是假立者證知四種虛妄顯現依他起攝自性差別義相無故同不可得者了達四種遍計執義皆不可得應知此中四種方便說名尋思四種果智說名四種如實遍智謂推求名唯是假立實不可得說名尋思若即於此果智生時決定了知假有實無名如實智如是於事自性差別假有實無推求決定說亦應爾

論曰於此悟入唯識性中何所悟入如何悟入入唯識性相見二性及種種性若名若義自性差別假自性差別義如是六種義皆無故所取能取性現前故一時現似種種相義而生起故如闇中繩顯現似蛇譬如繩上蛇非真實以無有故若已了知彼義無者蛇覺雖滅繩覺猶在若以微細品類分析此又虛妄色香味觸為其相故此覺為依繩覺當滅

如是於彼似文似義六相意言伏除非實六相義時唯識性覺猶如蛇覺亦當除遣由圓成實自性覺故

釋曰於此悟入唯識性中欲顯所入及入譬喻故爲此問若義無有於此悟入唯識性中爲何所入此意難言此惟識性即是其義云何義無爲遮此難故先說言入唯識性謂此識義亦無義性非唯外義是無所有若無義性云何得有十二處教云何世間有義言說爲遮此難故次說言相見二性雖無實義識似内外二義顯現無始言說熏習力故識似義轉似了别用說名爲見故不相違爲唯悟入似相似見識别種類爲不爾耶爲答此問故說悟入及種種性謂唯一識所取能取性差别故於一時間分爲二種又於一識似三相現所取能取及自證分名爲三相如是三相一識義分非一非異如餘處辯於一識上有多相現故名種種名等六相無有義等釋前三種爲答前問如何悟入故復說言如闇中繩顯現似蛇由此譬喻成立通達三種自性譬如繩上蛇非眞實以無有故如是似名似義意言依他起上名等六種遍計所執亦非眞實以無有故又於此中如依繩覺捨於蛇覺如是依止唯識顯現依他起覺捨於六義遍計執覺如依色等細分之覺除遣繩覺如是依止圓成實覺遣依他起迷亂之覺如有頌言

於繩謂蛇智　見繩了義無　證見彼分時
知如蛇智亂

伏除非實六相義時者是非有義六種非實

義非有爲相故
論曰如是菩薩悟入意言似義相故悟入遍計所執性悟入唯識故悟入依他起性云何悟入圓成實性若巳滅除意言聞法熏習種類唯識之想爾時菩薩巳遣義想一切似義無容得生故似唯識亦不得生由是因緣住一切義無分別名於法界中便得現見相應而住爾時菩薩平等平等所緣能緣無分別智巳得生起由此菩薩名巳悟入圓成實性
釋曰悟入意言似義相故悟入遍計所執性者謂了知意言似義相現無有遍計所執實義由此故名悟入遍計所執自性悟入唯識故悟入依他起性者謂了知唯識無明解故於無義中似義相現由此悟入依他起性爲顯悟入圓成實性故復說言巳遣義想即是巳能除義想義一切似義無容得生者即是都無有能似義而生起義故似唯識亦不得生者所取無故能取亦無即是唯識所成之義亦不轉義住一切義無分別名者謂一切法是契經等名所依行處名一切義名有十種前九種名有所分別其第十名於一切義無所分別安住如是於一切義無分別名如說一切唯有其名即如是名能起一切者此中似名顯現識等假說爲名於法界中便得現見相應而住者謂於法界内證相應而起勝解平等平等者謂如所緣都無所有如是能緣亦無所有是故所緣能緣二種平等平等由此菩薩名巳悟入圓成實性者悟入遍計所執自性依他起性是有餘故猶有作者作用未息但名悟入今於此中作者作用息

滅究竟名已悟入

論曰此中有頌

法補特伽羅　法義略廣姓　不淨淨究竟

名所行差別

釋曰如前所說住一切義無分別名令以伽他顯示此名自境差別初法名者謂色受等補特伽羅名者謂天授等隨信行等佛教中名後法名者謂契經應頌等義名者謂此所詮殺害於父母誅國及隨行等略名者謂一切法皆無我等廣名者謂色無我等姓名者謂阿等諸字是詞句因故不淨名者謂諸異生爲諸煩惱垢所染故淨名者謂諸賢聖垢永斷故究竟名者謂總所緣即般若波羅蜜多及十地等以總略義爲所緣故

論曰如是菩薩悟入唯識性故悟入所知相悟入此故入極喜地善達法界生如來家得一切有情平等心性得一切菩薩平等心性得一切佛平等心性此即名爲菩薩見道

釋曰善達法界者於此法界深作證故生如來家者謂佛法界名如來家於此證會故名爲生於此所緣勝智生故轉先所依生餘依故紹繼佛種令不斷絕如餘續生餘衆同分所生能生相續不斷託所生家如是般若波羅蜜多證佛法界名於中生名眞佛子由此般若波羅蜜多於佛法界能正作證樹自相續自在現前故名爲生如有說言

一切雄猛　樂利他者　生母養母　所生所育

得一切有情平等心性者遍見一切等無我故如有說言一切諸法皆如來藏如是等得一切菩薩平等心性者得彼意樂平等性故

得一切佛平等心性者得彼法身平等性故此即名爲菩薩見道者見先未見勝法界故譬如聲聞獨覺見道

論曰復次爲何義故入唯識性由緣總法出世止觀智故由此後得種種相識智故爲斷及相阿賴耶識諸相種子爲長能觸法身種子爲轉所依爲欲證得一切佛法爲欲證得一切智智入唯識性又後得智於一切阿賴耶識所生一切了别相中見如幻等性無倒轉是故菩薩譬如幻師於所幻事於諸相中及說因果常無顛倒

釋曰復次爲何義故等者問入唯識所須次應答言爲欲證得一切智智而先方便如所說者爲欲開示次第言故爲欲饒益堪受如是所化類故由緣總法者緣一切法總相所顯眞如爲境謂大乘教中所說一切法皆眞如爲性故緣眞如即是解了一切法性若不爾者雖經多時無分别智亦應不生言出世者是無漏故無分别故止觀智故者由三摩呬多無顛倒智故種種相識者謂安立諸法因性果性有上無上等即是所取能取分義爲斷及相阿賴耶識諸相種子者爲斷阿賴耶識中似色等相諸法種子及能熏相此即說斷種子因果爲長能觸法身種子者爲欲增長一切大乘多聞熏習由此爲先得法身故爲轉所依者通達眞如諸心心法離垢生故或復眞如善清淨故爲欲證得一切佛法者爲欲生起力無畏等諸佛法故爲欲證得一切智智者爲欲證得無垢無礙諸佛智故又後得智者顯後得智有所作用於一切阿

賴耶識所生者此舉所生爲取其因一切了別相中者此顯其果即是能取所取分中見如幻等性無倒轉者如實觀見依他起性如幻事等無迷亂故譬如幻師於所幻事者於草木等幻惑因中無有顛倒如實見故於象馬等幻惑相中亦無顛倒如實見故如是菩薩見眞實者如實現見無有所取能取自性圓成實已起於後得能發語言世俗淨智知因果時及説法時常無顛倒其聽聞者雖有顛倒而聞重習熏相續故次第漸漸得無顛倒由彼成辦所應作故此後得智亦無分別無染汙故

論曰於此悟入唯識性時有四種三摩地是四種順決擇分依止云何應知應知由四尋思於下品無義忍中有明得三摩地是煗順決擇分依止於上品無義忍中有明增三摩地是頂順決擇分依止復由四種如實遍智已入唯識於無義中已得決定有入眞義一分三摩地是諦順忍依止從此無間伏唯識想有無間三摩地是世第一法依止應知如是諸三摩地是現觀邊

釋曰於一切處入現觀時皆有四種順決擇分是前相故現觀已顯故不重釋由四尋思者謂如前説推求名義自性差別假立爲體於下品無義忍中者謂於下品覺慧愛樂諸義無所有中明謂能照無有義智所求果遂故名爲得此定創得無義智明故得明得三摩地名譬如最初求得火等煗者即是煗品善根譬如鑽火煗爲前相此亦如是眞智前相言依止者謂是因義言決擇者即是現觀

此分即是法無我忍引此善根說名爲順最居其上故名爲頂復由四種如實遍智者謂如先說於名事等不可得中已得決定如是轉時悟入唯識似名等現決定了知都無有義入眞義一分三摩地者唯能通達所取無故名入一分由於此中了達義無未能伏彼能取行相唯識令無是故說此名諦順忍所依止定順謂親近依所取無令能取無應知如是諸三摩地是現觀邊者當知即是近彼轉義

論曰如是菩薩已入於地已得見道已入唯識於修道中云何修行於如所說安立十地攝一切經皆現前中由緣總法出世後得止觀智故經於無量百千俱胝那庾多劫數修習故而得轉依爲欲證得三種佛身精勤修行

釋曰於如所說安立十地者謂隨彼彼戲論言說自相共相十種地中由緣總法者相雜緣故無緣別法而修正智若不爾者無分別智所集資糧不應得有出世者是無分別智後得即是清淨世間能安立智此後得故清淨有相境故世間而得轉依者謂經多劫修無分別後得智故而得轉依謂心心法相續清淨爲欲證得三種佛身精勤修行者後當廣說

論曰聲聞現觀菩薩現觀有何差別謂菩薩現觀與聲聞異由十一種差別應知一由所緣差別以大乘法爲所緣故二由資持差別以大福智二種資糧爲資持故三由通達差別以能通達補特伽羅法無我故四由涅槃

差別攝受無住大涅槃故五由地差別依於十地而出離故六七由清淨差別斷煩惱習淨佛土故八由於自他得平等心差別成熟有情加行無休息故九由生差別生如來家故十由受生差別常於諸佛大集會中攝受生故十一由果差別十力無畏不共佛法無量功德果成滿故

釋曰聲聞菩薩現觀差別略有十種或十一種所緣差別中菩薩現觀以大乘法爲聞慧等三種所緣聲聞現觀聲聞乘法爲其所緣資持差別中福資糧者謂施戒忍三種加行智資糧者謂精進靜慮及聞慧等言資糧者經無量劫所運集故通達差別中聲聞現觀唯能通達補特伽羅空無我理菩薩現觀俱能通達補特伽羅法空無我涅槃差別中菩薩現觀攝受悲慧方便資糧生死涅槃無所住著以爲涅槃聲聞現觀唯住無爲以爲涅槃地差別中菩薩現觀依於十地而得出離聲聞乘中無有如是諸地建立清淨差別中菩薩現觀永斷煩惱并諸習氣及能清淨衆寶佛土聲聞現觀雖斷煩惱未除習氣全不能淨衆寶佛土言習氣者雖無煩惱然其所作似有煩惱自他平等心差別中菩薩現觀證得自他平等法性成熟有情加行無絶聲聞現觀分別自他唯修自利不修他利生差別中菩薩現觀於如來家法界中生是佛真子如輪王家生有相子非如聲聞同於下賤無智婢子受生差別中菩薩現觀常於諸佛大集會中蓮華臺上結跏趺坐乃至成佛恒受化生所言諸佛大集會者謂無漏界諸佛

國土非如聲聞處毋胎等果差别者菩薩現觀力無畏等無量功德衆所莊嚴能無功用起作一切利有情事證得法身以爲勝果餘用無漏轉生爲果

論曰此中有二頌

名事互爲客　其性應尋思　於二亦當推唯量及唯假　實智觀無義　唯有分别三彼無故此無　是即入三性

釋曰以二伽他總攝尋思及尋思果令易解了名事互爲客其性應尋思者謂名於事爲客事於名亦爾非如一類謂聲與義相稱而生互相繫屬於二亦當推唯量及唯假者謂於自性及差别中亦當推尋唯有分别唯有假立其事云何謂此二種唯有分别唯有假立差别言説都無眞實自性差别言實智者謂從尋思所生四種如實遍智觀無義者謂觀其義本來無有唯有分别三者觀見唯有三種分别謂名分别自性假立分别差别假立分别彼無故此無者謂義無故觀此三種分别亦無是即入三性者如上所説即是悟入三種自性謂初頌前半觀名與事更互爲客即是悟入遍計所執自性初頌後半觀彼二種自性差别唯有分别唯有假立即是悟入依他起自性第二頌中即是悟入圓成實自性此中但遣遍計所執各别心境伏除分别不無其事若不爾者繫縛解脱俱不應成淨與不淨皆無有故

論曰復有教授二頌如分别瑜伽論説

菩薩於定位　觀影唯是心　義想旣滅除審觀唯自想　如是住内心　知所取非有

次能取亦無　後觸無所得

釋曰誰能如是尋思得果如是教授當復爲誰爲答此問說於二頌菩薩於定位觀影唯是心者謂觀所有似法似義定所行影唯是內心如經言我說識所緣唯識所現故言菩薩者即說能觀於定位者心住一境義想既滅除者謂由彼影遣其義想審觀唯自想者謂審觀察如是似法似義之相唯我定心之所變現如是住內心者是心於爾時即住自心義知所取非有次能取亦無者謂先已了所取是無如所取性既無所有所取性上能取之性亦不得成後觸無所得者謂從此後證無二性所得眞如

論曰復有別五現觀伽他如大乘經莊嚴論說

福德智慧二資糧　菩薩善備無邊際
於法思量善決已　故了義趣唯言類
若知諸義唯是言　即住似彼唯心理
便能現證眞法界　是故二相悉蠲除
體知離心無別物　由此即會心非有
智者了達二皆無　等住二無眞法界
慧者無分別智力　周遍平等常順行
滅依榛梗過失聚　如大良藥銷衆毒
佛說妙法善成立　安慧并根法界中
了知念趣唯分別　勇猛疾歸德海岸

釋曰福德智慧二資糧菩薩善備無邊際者謂施等三波羅蜜多名福資糧第六般若波羅蜜多名智資糧精進俱修故通二種靜慮亦爾若緣無量屬福資糧其餘屬智福智積集故名資糧言善備者是圓滿義經無數時

差別圓滿名無邊際於法思量善決已者謂於一切契經等法由定後智極善決定得無猶豫故了義趣唯言類者是故能了一切義趣唯用意言分別爲因若知諸義唯是言即住似彼唯心理者謂若了知一切義相唯是意言即能安心住似義相種種變現唯心理中得決定故此第二頌初半顯示菩薩在順決擇分位初頌顯示此位加行便能現證眞法界是故二相悉蠲除者由先了達義無所有住唯心故能除所取能取二相現證無二眞實法界善決定智依此生故此前半頌及後第三顯見道位如所現證次當顯示體知離心無別物由此即會心非有者謂知離心無別一切所緣境界由彼無故能緣心性亦不得成智者了達二皆無者勝慧相應故名

智者於二無性能決定知故名了達遍計所執所緣能緣本來無性名二皆無等住二無眞法界者平等安住故名等住所取能取悉皆遠離故言二無如是現證法界非虛名眞法界慧者無分別智力者謂諸菩薩無分別智所有功能周遍平等常順行者謂總內外故名周遍如所取無能取亦爾故名平等隨順觀察契經等法其性平等譬如虛空故名順行時恒故常滅者除也依謂一切雜染法因難可悟入喻於榛梗諸雜染法名爲過失習氣積集故名爲聚如大良藥銷衆毒者其義易了能除遠入諸過失故如阿揭陀此第四頌顯示修道佛說妙法善成立者謂牟尼尊所說正法極善成立安慧幷根法界中者謂安其慧置佛所說善成立法幷其根本眞

法界中根者謂此是覺因故或總緣法名爲根本謂一切經皆以十地爲根本故法依彼轉故名法界即諸法空了知念趣唯分別者謂後得智依法界轉了知念趣唯是分別離分別外無所念法謂彼所念契經等法及所應念波羅蜜多弁彼果等遍計所執性皆無故勇猛疾歸德海岸者謂諸菩薩由先漸次修習現觀無分別智後得智故速能證獲一切功德圓滿佛果謂如來地超度無邊因位功德名德海岸如有頌言

證三菩提時　頓成圓滿果　度無邊德海
至無等等位

疾者速也經無量劫乃成佛果時既長久云何言疾此義不然時劫長遠唯分別故如有頌言

處夢謂經年　寤乃須臾頃　故時雖無量
攝在一刹那

又佛精進極熾然故雖經多劫而謂少時如有頌言

愚修雖少時　怠心疑已久　佛於無量劫
勤勇謂須臾

言勇猛者即智慧力成無分別後得智故無所怯憚故名勇猛此頌顯示至第一義最勝尊高究竟道位

攝大乘論釋卷第六

音釋

囉怙囉（梵語也此云執日怙候古切）惛（呼昆切心不明也）呬（虛器切）煗（奴管切與煖同）鑽（祖官切穿也）寤（音教）

攝大乘論釋卷第七

無性菩薩造

唐三藏法師玄奘奉制譯

釋彼入因果分第五

論曰如是已說入所知相彼入因果云何可見謂由施戒忍精進靜慮般若六種波羅蜜多云何由六波羅蜜多得入唯識復云何六波羅蜜多成彼入果謂此菩薩不著財位不犯尸羅於苦無動於修無懈於如是等散動因中不現行時心專一境便能如理簡擇諸法得入唯識菩薩依六波羅蜜多入唯識已證得六種清淨增上意樂所攝波羅蜜多是故於此設離六種波羅蜜多現起加行由於聖教得勝解故及由愛重隨喜欣樂諸作意故恒常無間相應方便修習六種波羅蜜多速得圓滿

釋曰入唯識因謂加行時世間六種波羅蜜多今當顯示謂此菩薩不著財位者無所貪求故名不著貪著即是捨所對治此即是施波羅蜜多所對治障後五亦爾不犯尸羅者毀犯是戒波羅蜜多所對治障於苦無動者忿動是忍波羅蜜多所對治障於修無懈者懈是精進波羅蜜多所對治障心專一境者謂於靜慮波羅蜜多所對治障散動因中遠離不轉持心令定便能如理簡擇諸法者即是般若波羅蜜多由此六種波羅蜜多得入唯識既得入已證得清淨增上意樂所攝殊勝果分六種波羅蜜多是故設離波羅蜜多現起加行恒常無間修習六種波羅蜜多速得圓滿爲不爾耶若於尸羅波羅蜜多不起

加行應是犯戒此義不然不起勉勵加行故若於尸羅不起加行應有此失非不發起勉勵加行而有此失由於聖教得勝解等任運加行是故無失此中於聖教得勝解者謂於波羅蜜多相應聖教雖極甚深而能信解愛重作意者謂於已得波羅蜜多受功德味隨喜作意者謂於十方一切世界他相續中或於各别自相續中波羅蜜多深心慶喜欣樂作意者謂於未來願我與此恒不相離及轉殊勝

論曰此中有三頌

已圓滿白法　及得利疾忍　菩薩於自乘
甚深廣大教　等覺唯分别　得無分别智
希求勝解淨　故意樂清淨　前及此法流
皆得見諸佛　了達菩提近　以無難得故

由此三頌總顯清淨增上意樂有八種相謂資糧故堪忍故所緣故作意故對治故自體故瑞相故勝利故如其次第諸句伽他應知顯示

釋曰此中顯說清淨增上意樂所有資糧堪忍所緣作意對治自體瑞相勝利已圓滿白法者謂先於彼勝解行地善備資糧白法圓滿是謂資糧及得利疾忍者謂簡熈中惟取上品諦察法忍此忍轉時即是堪忍菩薩於自乘甚深廣大教者謂緣大乘深廣聖教其義微細名爲甚深即法無我殊勝威德相應名爲廣大即是虚空藏等諸三摩地是謂所緣等覺唯分别者覺一切法惟有分别是謂作意得無分别智者即是對治希求勝解淨故意樂清淨者即是自體由此意樂以信及

欲爲自體故前及此法流皆得見諸佛者即是瑞相前謂意樂清淨位前此謂於此三摩地中法流即說在三摩地處於定中見諸佛故了知菩提近以無難得故者謂因見佛知菩提近釋此義言無難得故即是勝利於此位中見菩提近得此能得勝方便故得不爲難修習資糧勢力成熟有堪能故如是三頌總釋清淨增上意樂八相差别

論曰何因縁故波羅蜜多惟有六數成立對治所治障故證諸佛法所依處故隨順成熟諸有情故爲欲對治不發趣因故立施戒波羅蜜多不發趣因謂著財位及著室家爲欲對治雖已發趣復退還因故立忍進波羅蜜多退還因者謂處生死有情違犯所生衆苦及於長時善品加行所生疲怠爲欲對治雖已發趣不復退還而失壞因故立定慧波羅蜜多失壞因者謂諸散動及邪惡慧如是成立對治所治障故惟立六數又前四波羅蜜多是不散動因次一波羅蜜多不散動成就此不散動爲依止故如實等覺諸法眞義便能證得一切佛法如是證諸佛法所依處故惟立六數由施波羅蜜多故於諸有情能正攝受由戒波羅蜜多故於諸有情能不毁害由忍波羅蜜多故雖遭毁害而能忍受由精進波羅蜜多故能助經營彼所應作即由如是攝利因縁令諸有情於成熟事有所堪任從此已後心未定者令其得定心已定者令得解脱於開悟時彼得成熟如是隨順成熟一切有情唯立六數應如是知

釋曰次當開示最後頌中數相等義先依立

數說如是言成立對治所治障等謂三因緣波羅蜜多數惟有六不多不少先當開示成立對治所治障故爲欲對治不發趣因故立施戒波羅蜜多乃至爲欲對治而失壞因故立定慧波羅蜜多失壞因者謂諸散動及邪惡慧顛倒執取諸鄙惡智名邪惡慧如諸外道是失壞因餘句如文分明易了證諸佛法所依處者第二建立六數因緣以是一切佛法因故波羅蜜多惟有六數不增不減其義云何謂前四波羅蜜多是不散動因能令所治散動無故靜慮波羅蜜多不散動成就令不散動得圓滿故依此靜慮波羅蜜多如實等覺諸法眞義能於所緣正遍知故諸佛法者謂十力等證謂成辦隨順成熟諸有情者第三成立六數因緣由施波羅蜜多於諸有情能正攝受由戒波羅蜜多於諸有情能不毀害不生惱故由忍波羅蜜多雖遭毀害而能忍受能忍受故能饒益他不反報故由精進波羅蜜多助彼所作由靜慮波羅蜜多心未定者令其得定由慧波羅蜜多心已定者令得解脫開悟時者謂教授彼令於境界得悟入時彼得成熟者彼於境界已得成熟言成熟者謂所治障消融潰散如癰已熟或能對治成滿可用如食已熟

論曰此六種相云何可見由六種最勝故一由所依最勝謂菩提心爲所依故二由事最勝謂具足現行故三由處最勝謂一切有情利益安樂事爲依處故四由方便善巧最勝謂無分別智所攝受故五由迴向最勝謂迴向無上正等菩提故六由清淨最勝謂煩惱

所知二障無障所集起故若施是波羅蜜多耶設波羅蜜多是施耶有施非波羅蜜多應作四句如於其施如是於餘波羅蜜多亦作四句如應當知

釋曰依所立相説如是言謂由六種最勝故等六種最勝其言易了不須別釋具足現行故者於内外事一切種類皆能捨故無分別智所攝受故者謂三輪清淨施者受者施物分別皆遠離故餘文易了有是施非波羅蜜多者謂離六種最勝而修布施有是波羅蜜多非施者謂六種最勝所集戒等有亦施亦波羅蜜多者謂六種最勝所集布施有非施非波羅蜜多者謂離六種最勝而修戒等如於施中作是四句如是於餘戒等五中如其所應皆善安立故有頌言

麟角喻無有　六波羅蜜多　唯我最勝尊
上品到彼岸

論曰何因緣故如是六種波羅蜜多此次第説謂前波羅蜜多隨順生後波羅蜜多故

釋曰隨順生後波羅蜜多故者謂於財位不貪著已能守尸羅具尸羅已便能忍受能忍受已堪耐乖違故發精進發精進已心便得定心得定已能如實知故此六種如是次第

論曰復次此諸波羅蜜多訓釋名言云何可見於諸世間聲聞獨覺施等善根最爲殊勝能到彼岸是故通稱波羅蜜多又能破裂慳悋貧窮及能引得廣大財位福德資糧故名爲施又能息滅惡戒惡趣及能取得善趣等持故名爲戒又能滅盡忿怒怨讎及能善住自他安隱故名爲忍又能遠離所有懈怠惡

不善法及能出生無量善法令其增長故名精進又能消除所有散動及能引得内心安住故名靜慮又能除遣一切見趣諸邪惡慧及能真實品別知法故名爲慧

釋曰釋總名者若諸世間聲聞獨覺施等善根最爲殊勝能到彼岸是故通名波羅蜜多到彼岸名是最勝義釋別名者謂於因時能破慳悋亦能引廣福德資糧及於果時能裂貧窮得大財位故名爲施餘釋別名其文易了

論曰云何應知修習如是波羅蜜多應知此修略有五種一現起加行修二勝解修三作意修四方便善巧修五成所作事修此中四修如前已說成所作事修者謂諸如來任運佛事無有休息於其圓滿波羅蜜多復更修習六到彼岸又作意修者謂修六種意樂所攝愛重隨喜欣樂作意一廣大意樂二長時意樂三歡喜意樂四荷恩意樂五大志意樂六純善意樂若諸菩薩乃至若干無數大劫現證無上正等菩提經爾所時一一刹那假使頓捨一切身命以殑伽河沙等世界盛滿七寶奉施如來乃至安坐妙菩提座如是菩薩布施意樂猶無厭足經爾所時一一刹那假使三千大千世界滿中熾火於四威儀常乏一切資生衆具戒忍精進靜慮般若心恒現行乃至安坐妙菩提座如是菩薩所有戒忍精進靜慮般若意樂猶無厭足是名菩薩廣大意樂又諸菩薩即於此中無厭意樂乃至安坐妙菩提座常無間息是名菩薩長時意樂又諸菩薩以其六種波羅蜜多饒益有

情由此所作深生歡喜蒙益有情所不能及是名菩薩歡喜意樂又諸菩薩以其六種波羅蜜多饒益有情見彼於已有大恩德不見自身於彼有恩是名菩薩荷恩意樂又諸菩薩即以如是六到彼岸所集善根深心迴施一切有情令得可愛勝果異熟是名菩薩大志意樂又諸菩薩復以如是六到彼岸所集善根共諸有情迴求無上正等菩提是名菩薩純善意樂如是菩薩修此六種意樂所攝愛重作意又諸菩薩於餘菩薩六種意樂修習相應無量善根深心隨喜如是菩薩修此六種意樂所攝隨喜意樂又諸菩薩深心欣樂一切有情六種意樂所攝六種到彼岸修亦願自身與此六種到彼岸修恒不相離乃至安坐妙菩提座如是菩薩修此六種意樂所攝欣樂作意若有聞此菩薩六種意樂所攝作意修已但當能起一念信心尚當發生無量福聚諸惡業障亦當消滅何況菩薩

釋曰修謂數習現起修等差別有五現起加行修者謂於施等無顛倒轉如有頌言

施者殊勝　信等具足　恭敬應時　自手施等

又如頌言

利他加行於有情　不簡有力若無力
於一切時一切施　隨力所能廣饒益

勝解修者謂由信欲而生勝解於佛聖教深印順故生樂欲故如有頌言

雖於利業無功用　而於佛教生信解
由信及欲共相應　意樂常修無懈廢

作意修者謂愛重隨喜欣樂作意所攝修習如前已說方便善巧修者謂無分別智攝受

修習亦如前說成所作事修者謂諸如來到彼岸法雖極圓滿爲饒益他本願力故不作功用隨彼所能現行施等所應作事此即是修爲彼修故亦名爲修又聲欲說前作意修有差别義謂修六種意樂所攝乃至意樂猶無厭等其言易了少處少說無厭足者謂無疲倦經爾所時一一刹那或有誦言經爾所時爲一刹那謂經於三無數劫量爲一刹那如是刹那積集乃至得大菩提經爾所時一一刹那其義易了滿中熾火者顯乏少勝處常乏一切資生衆具者顯無苦對治資生衆具爲治諸苦而攝受故於四威儀者顯志廣大雖乏勝處及資生具而於一切四威儀中修行戒等到彼岸心常現前故長時意樂者謂於久時無間息故荷恩意樂者謂深信解諸來求者是善友故此即信彼諸來求者施已可愛妙果異熟是故荷恩大志意樂者謂此意樂大志相應爲欲利益諸有情故迴已善根施與一切如是意樂最爲殊勝是故說名大志意樂純善意樂其義是一立别名者若以施等迴求三有財位圓滿如是意樂希求苦具似有罪故不名純善若以施等共諸有情迴求佛果如是意樂不求苦具都無罪故說名純善修此六種意樂所攝三種作意其言易了無煩重釋諸惡業障亦當消滅者謂令無果故或治惡趣故

論曰此諸波羅蜜多差别云何可見應知一一各有三品施三品者一法施二財施三無畏施戒三品者一律儀戒二攝善法戒三饒益有情戒忍三品者一耐怨害忍二安受苦

忍三諦察法忍精進三品者一被甲精進二加行精進三無怯弱無退轉無喜足精進靜慮三品者一安住靜慮二引發靜慮三成所作事靜慮慧三品者一無分別加行慧二無分別慧三無分別後得慧

釋曰由此一一波羅蜜多各有三品顯示差別言法施者謂無染心如實宣說契經等法言財施者謂無染心捨資生具無畏施者謂止損害濟拔驚怖又法施者欲資益他諸善根財施爲欲資益他身無畏施爲欲資益他心律儀戒者謂於不善能遠離法防護受持由能防護諸惡不善身語等業故名律儀此即是戒此能建立後二尸羅由自防護能修供養佛等善根及能饒益諸有情故攝善法戒能令證得力無畏等一切佛法饒益有情戒能助有情如法所作平等分布無罪作業成熟有情耐怨害忍是諸有情成熟轉因安受苦忍是成佛因寒熱饑渴種種苦事皆能忍受無退轉故諦察法忍是前二忍所依止處堪忍甚深廣大法故被甲精進謂最初時自勵我當作如是事即是解釋契經所說初有勢句加行精進謂加行時如所意樂勤修加行即是解釋契經所說次有勤句無怯弱無退轉無喜足精進謂隨意樂所作善事乃至安坐妙菩提座終不放捨於自疲苦心不退屈名無怯弱於他逼惱心不移動名無退轉乃至菩提於其中間進修善品嘗無懈廢名無喜足如是三句如數解釋契經所說有勇堅猛於諸善法不捨軛句安住靜慮爲得現法樂住離慢見愛得清淨故引發靜慮爲

能引發六神通等殊勝功德成所作事靜慮爲欲饒益諸有情類以能止息饑儉疾疫諸怖畏等苦惱事故無分別加行慧謂眞觀前勝方便智無分別慧謂眞觀智無分別後得慧謂現觀邊諸世俗智能起種種說法等事

論曰如是相攝云何可見由此能攝一切善法是其相故是隨順故是等流故

釋曰由此能攝一切善法者此答非理不如問故前總問言如是相攝云何可見無此過失說此能攝一切善法其義已說彼亦攝此一切善法者謂施等信等諸念住事力等爲後是其相故者是攝體相謂此施等與彼施等更互相攝是隨順故者是攝隨順信等善法施等善心彼所修故於施等中彼隨轉故信等即是諸善大施及念住等菩提分法是等流故者是攝等流謂無諍等及十力等是到彼岸等流果故如有頌言

地及到彼岸　諸佛法所依　轉依法身等諸功德爲果

論曰如是所治攝諸雜染云何可見是此相故是此因故是此果故

釋曰如是所治慳悋犯戒忿恚懈怠散動惡慧云何能攝一切雜染是此相故者謂攝慳等差別自性離他性故是此因故者謂不信等邪見爲後慳等因故

論曰如是六種波羅蜜多所得勝利云何可見謂諸菩薩流轉生死富貴攝故大生攝故大朋大屬之所攝故廣大事業加行成就之所攝故無諸惱害性薄塵垢之所攝故善知一切工論明處之所攝故勝生無罪乃至安

坐妙菩提座常能現作一切有情一切義利是名勝利

釋曰今當顯説波羅蜜多勝利功德富貴攝故者是施波羅蜜多所得勝利勝生無罪乃至是名勝利於一切處應遍配屬大生攝故者是戒波羅蜜多所得勝利勝善趣攝故名大生大朋大屬之所攝故者是忍波羅蜜多所得勝利朋謂親族屬謂奴婢廣大事業加行成就之所攝故者是精進波羅蜜多所得勝利廣大事業謂輪王等於中策勵名爲加行所作皆辦故名成就由此所攝無所罣礙無諸惱害性薄塵垢之所攝故者是靜慮波羅蜜多所得勝利由靜慮故感此威力善知一切工論明處之所攝故者是慧波羅蜜多所得勝利勝生無罪者雖同世間得最勝生不如世間勝生有罪既無有罪時又無邊無間相續乃至菩提非如世間唯自利益常能現作一切有情一切義利

論曰如是六種波羅蜜多互相決擇云何可見世尊於此一切六種波羅蜜多或有處所以施聲説或有處所以戒聲説或有處所以忍聲説或有處所以勤聲説或有處所以定聲説或有處所以慧聲説如是所説有何意趣謂於一切波羅蜜多修加行中皆有一切波羅蜜多互相助成如是意趣

釋曰謂於一切波羅蜜多修加行中皆有一切波羅蜜多互相助成如是意趣者謂於一一修加行中即有一切更互相助謂修施時禁防忍受策勵專心能善了知業果相屬如是施中即有餘轉若修戒時遠離慳悋忿恚

懈怠散動邪見如是戒中即有餘轉修習所
餘波羅蜜多亦如是説如有頌言
施時無貪無犯戒　無嫉無恚起慈心
諸來求者便施與　無惓無亂無異見
復有頌言
施性中現有　六波羅蜜多　財施無畏施
法施所攝故
論曰此中有一嗢柁南頌
數相及次第　訓詞修差別　攝所治功德
互決擇應知
釋曰總攝前文義如上釋
釋彼修差別分第六
論曰如是已説彼入因果彼修差別云何可
見由菩薩十地何等爲十一極喜地二離垢
地三發光地四焰慧地五極難勝地六現前
地七遠行地八不動地九善慧地十法雲地
如是諸地安立爲十云何可見爲欲對治十
種無明所治障故所以者何以於十相所知
法界有十無明所治障住云何十相所知法
界謂初地中由遍行義第二地中由最勝義
第三地中由勝流義第四地中由無攝受義
第五地中由相續無差別義第六地中由無
雜染清淨義第七地中由種種法無差別義
第八地中由不增不減義相自在依止義土
自在依止義第九地中由智自在依止義第
十地中由業自在依止義陀羅尼門三摩地
門自在依止義此中有三頌
遍行最勝義　及與勝流義　如是無攝義
相續無別義　無雜染淨義　種種無別義
不增不減義　四自在依義　法界中有十

不染汙無明　治此所治障　故安立十地
復次應知如是無明於聲聞等非染汙於諸
菩薩是染汙
釋曰爲欲顯示入所知相因果所攝波羅蜜
多隨其所應善修習已能除見修所應斷障
故辯因果修位差別由菩薩十地者謂諸菩
薩於此地中修習現觀離過離貪修菩提分
觀察諸諦觀察緣起於無相中若有功用若
無功用得勝辯才逮眞灌頂除滅所知煩惱
障等故此修位有十地別以於十相者謂遍
行等所知法界者謂由十相所顯法界有十
無明所治障住者謂於十相有十無明十所
治障爲障而住爲斷此障修十相智由十相
智得入十地法無我智分位名地謂初地中
由遍行義者即初地中一切法空無有少法
而非是空故名遍行了知此義得入初地第
二地中由最勝義者謂此空理一切法中最
爲殊勝如說離欲最爲殊勝了知此義得入
二地第三地中由勝流義者謂此所流教法
最勝故捨身命求此善說不以爲難了知此
義得入三地第四地中由無攝受義者謂契
經等法愛斷故不計我所觀此非自非他所
攝了知此義得入四地第五地中由相續無
差別義者謂了知此非如色等相續差別了
知此義得入五地第六地中由無雜染清淨
義者謂知自性本無雜染亦無清淨雜染爲
先後可淨故了知此義得入六地第七地中
由種種法無差別義者如契經等種種法別
此不如是了知此義得入七地第八地中由
不增不減義者謂法外無用所以不增諸法

不增所以不減或染法滅時此無有減淨法增時此無有增相自在依止義土自在依止義者謂即於此第八地中所證法界是二自在所依止處隨所求相欲令現前如其勝解即能現前名相自在隨所希求金等寶土如其勝解則能現前名土自在前諸地中雖亦得此無差別住然作功用後乃得成於此地中能無功用隨欲即成故名自在了知此義入第八地第九地中由智自在依止義者謂此地中得無礙辯所依止故分證得智波羅蜜多於一切法不隨其言善能了知諸意趣義如實成熟一切有情受勝法樂了知此義得入九地第十地中由業自在等依止義者謂隨所欲得身語意業用自在依五神通隨自作業皆能成辦得文義持諸陀羅尼自在力故能持一切佛所宣說文義無忘得三摩地自在力故於諸等至能持能斷隨其所欲虛空藏等諸三摩地三摩鉢底而能現前第十地中所證法界是如此等自在所依了知此義得入十地如是無明於聲聞等非染汙者非所斷故非所斷者不爲入彼能治地故於其涅槃不爲障故於諸菩薩是染汙者是所斷故是所斷者正爲入彼能治地故菩薩所求一切種智如是無明能爲障故入初地時已得通達一切法界何故復立後後差別爲欲顯示諸住現行故立後後諸地差別謂爲安住如其所得法界勝住品別現前非唯證得便生喜足坦然而住

論曰復次何故初地說名極喜由此最初得能成辦自他義利勝功德故何故二地說名

離垢由極遠離犯戒垢故何故三地說名發光由無退轉等持等至所依止故大法光明所依止故何故四地說名焰慧由諸菩提分法焚滅一切障故何故五地名極難勝由眞諦智與世間智更互相違合此難合令相應故何故六地說名現前由緣起智爲所依止能令般若波羅蜜多現在前故何故七地說名遠行至功用行最後邊故何故八地說名不動由一切相有功用行不能動故何故九地說名善慧由得最勝無礙智故何故十地說名法雲由得總緣一切法智含藏一切陀羅尼門三摩地門譬如大雲能覆如空廣大障故又於法身能圓滿故

釋曰依聲轉因故作是說由此最初得能成辦自他義利勝功能故者謂如菩薩入現觀時得能成辦自他義利最勝功能生極歡喜非聲聞等入現觀時唯得成辦自利功能生如是喜故不說彼名極喜地若初地中不相應者自後諸地亦不相應此爲先故由極遠離犯戒垢者謂此地中性戒成故遠離一切毀戒穢垢由無退轉等持等至所依止者謂此地中證希有定能發智光照了諸法故名發光得已不失名無退轉諸靜慮定說名等持諸無色定說名等至或等持者心一境相言等至者正受現前大法光明所依止者謂此地中與定相應無退轉故於諸大乘契經等法得智光明此地是彼所依因故名爲發光言焰慧者謂此地中有慧焰故名爲焰慧此即一切菩提分法皆名爲焰燒諸障故此菩提分多安住時令諸煩惱皆成灰燼極難

勝者最難可勝謂眞諦智是無分別世間書印工論等智是有分別眞俗諦智更互相違難可引發令其相應此能和合令不相違故極難勝言現前者最勝般若到彼岸住現在前故謂此地中證緣起住緣起智力令無分別最勝般若到彼岸住自在現前知一切法無染無淨言遠行者至功用行最後邊故謂此地中諸功用行最爲究竟一切法相雖不能動而於無相猶有功用言不動者謂一切相及一切行皆悉不能動彼心故第七地中雖一切相所不能動不現行故然不自在任運而轉有加行故第八地中任運而轉不作加行無功用故是名七八二地差別言善慧者謂得最勝四無礙解無礙解智於諸智中最爲殊勝智即是慧故名善慧四無礙者法義詞辯由法無礙自在了知一切法句由義無礙自在通達一切義理由詞無礙自在分別一切言詞由辯無礙遍於十方隨其所宜自在辯說於此地中最初證得先未曾得無礙解智故名善慧言法雲者由得總緣一切法智總緣一切契經等法不離眞如此一切法共相境智譬如大雲陀羅尼門三摩地門猶如淨水智能藏彼如雲含水有能生彼勝功能故又如大雲覆隱虛空如是總緣一切法智覆隱如空廣大無邊惑智二障言覆隱者隔義斷義又如大雲澍清冷水充滿虛空如是總緣一切法智出生無量殊勝功德充滿所證所依法身

論曰得此諸地云何可見由四種相一得勝解謂得諸地深信解故二得正行謂得諸地

相應十種正法行故三得通達謂於初地達法界時遍能通達一切地故四得成滿謂修諸地到究竟故

釋曰依得諸地說如是言由四種相一得勝解謂得諸地深信解者於地教法決定印可眞實如是二得正行謂得諸地相應十種正法行者得於教法十種法行謂於諸地相應教法書寫供養轉施聽聞披讀受持開示諷誦思惟修習三得通達謂於初地達法界時遍能通達一切地者若於初地正通達時速能通達後一切地此種類故如有頌言

如竹破初節　餘節速能破
得初地眞智　諸地疾當成

四得成滿謂修諸地到究竟者謂地地中果分成滿或最後滿

論曰修此諸地云何可見謂諸菩薩於地地中修奢摩他毗鉢舍那由五相修何等爲五謂集總修無相修無功用修熾盛修無喜足修如是五修令諸菩薩成辦五果謂念念中銷融一切麤重依止離種種想得法苑樂能正了知周遍無量無分限相大法光明順清淨分無所分別無相現行爲令法身圓滿成辦能正攝受後後勝因

釋曰於地地中者謂諸地非一故作重言奢摩他者謂能對治諸散動定毗鉢舍那者謂能對治諸顚倒慧於地地中修此二種皆由五相數數修習五相即是集總修等集總修者謂集一切總爲一聚簡要修習餘骨璅等事境界觀亦集一切總爲一聚要略修習爲簡彼故說無相修於離衆相眞法界中遣事

差別而修習故雖無相修或有功用爲顯此修不藉功力任運而轉故次復說無功用修離作功用任運轉故雖無功用任運而修或勝或劣二種不定故復第四說熾盛修言熾盛者即是增勝雖熾盛修或少所得便生喜足謂且修此餘何用爲故最後說無喜足修非但無相及無功用熾盛而修何者爲證最上佛果應勤修習銷融一切麤重依止者阿賴耶識名麤重依止損壞彼聚故名銷融如大良藥銷諸病塊離種種想得法苑樂者離我離法佛等相想苑謂於中可以遊玩法謂法界法即是苑故名法苑於此喜悅名法苑樂證此故名得法苑樂如王宮外上妙苑園遊戲其中受勝喜樂法界亦爾能正了知周遍無量無分限相大法光明者謂正通達十方無邊無分量相顯照行故名法光明如善誦習文字光明順清淨分無所分別無相現行者當來佛果名清淨分此能引彼故名爲順無所分別無相現行如佛輪王鮮白蓋等爲令法身圓滿成辦能正攝受後後勝因者謂第十地說名圓滿若在佛地說名成辦感此之因最爲殊勝說名勝因前前諸因所招集故說名後後如是五修隨其數量得五種果

論曰由增勝故說十地中別修十種波羅蜜多於前六地所修六種波羅蜜多如先已說後四地中所修四者一方便善巧波羅蜜多謂以前六波羅蜜多所集善根共諸有情迴求無上正等菩提故二願波羅蜜多謂發種種微妙大願引攝當來波羅蜜多殊勝衆緣

故三力波羅蜜多謂由思擇修習二力令前六種波羅蜜多無間現行故四智波羅蜜多謂由前六波羅蜜多成立妙智受用法樂成熟有情故又此四種波羅蜜多應知般若波羅蜜多無分別智後得智攝又於一切地中非不修習一切波羅蜜多如是法門是波羅蜜多藏之所攝

釋曰由增勝故說十地中別修十種波羅蜜多者謂決定說修差別義爲不爾耶一一地中具修十種波羅蜜多是故不應但決定說此地修此波羅蜜多由增勝言無此過失此中但說增勝修義不遮修餘如契經說初地布施波羅蜜多最爲增勝其餘一切波羅蜜多非不修習隨力隨分乃至廣說於前六地所修六種波羅蜜多如先已說者謂極喜等前六地中修布施等六到彼岸後四地中所修四者謂遠行等後四地中修方便等四到彼岸方便善巧者謂不捨生死而求涅槃是則說名方便善巧若以前六波羅蜜多所集善根共諸有情爲欲饒益諸有情故不捨有情當知即是不捨生死若以此善迴求無上正等菩提爲證無上佛菩提故當知即是希求涅槃謂發種種微妙大願引攝當來波羅蜜多殊勝衆緣者求未來世到彼岸緣亦爲饒益諸有情故及爲速證佛果涅槃作是願言若是處有到彼岸緣願我未來當生於彼如是等願無量無邊故言種種謂由思擇修習二力者於此力中且說二種其餘諸力亦攝在中謂由前六波羅蜜多成立妙智受用法樂成熟有情者由施等六成立此智復由

此智成立六種謂數相等種種品類是則名爲受用法樂由此妙智能正了知此施此戒此忍進等如所聞法饒益一切有情之類是則名爲饒益有情又此四種波羅蜜多乃至後得智攝者謂此所說方便等四是無分別後得智攝若立十種波羅蜜多第六般若唯是根本無分別智若立六種波羅蜜多第六般若無分別智及後得智二智所攝後得智中四到彼岸亦在第六般若攝故如是法門是波羅蜜多藏所攝者一切大乘教法皆名波羅蜜多藏如是十地法門是彼藏所攝由一一地皆是一切到彼岸藏之所攝故以此證知一切地中具修一切波羅蜜多

論曰復次凡經幾時修行諸地可得圓滿有五補特伽羅經三無數大劫謂勝解行補特伽羅經初無數大劫修行圓滿清淨增上意樂行補特伽羅及有相行無相行補特伽羅於前六地及第七地經第二無數大劫修行圓滿即此無功用行補特伽羅從此已上至第十地經第三無數大劫修行圓滿此中有頌

清淨增上力　堅固心昇進　名菩薩初修
無數三大劫

釋曰有五補特伽羅經三無數大劫者應知唯一補特伽羅位差別故建立五種謂後所說勝解行等勝解行者未證眞如但依勝解勤修諸行此經第一無數大劫修行圓滿清淨增上意樂行者謂得清淨增上意樂勤修諸行此在六地名有相行在第七地名無相行如是二種補持伽羅經於第二無數大劫

修行圓滿已上乃至第十地中即此轉名無功用行經於第三無數大劫修行圓滿第八地中無功用行猶未成滿第九第十地中此行方得成滿此唯是一補特伽羅異位相應差別成立如預流等從無始來生死流轉齊何當言三無數劫最初修行爲答此問故說伽他清淨增上力者謂善根力名清淨力此即說有善根力者若大願力名增上力此意說有大願力者有善根力故能降伏所治有大願力故常值善知識堅固心昇進者雖遇惡友方便破壞終不棄捨大菩提心現世當來所修善法運運增長終無退減如是若時具善根力及大願力大菩提心堅固不退所修善法念念增進不生喜足順舊而已齊是名爲最初修行三無數劫

釋增上戒學分第七

論曰如是已說因果修差別此中增上戒殊勝云何可見如菩薩地正受菩薩律儀中說復次應知略由四種殊勝故此殊勝一由差別殊勝二由共不共學處殊勝三由廣大殊勝四由甚深殊勝

釋曰依增上戒而學故名增上戒學如菩薩地正受菩薩律儀中說者謂如彼尸羅波羅蜜多品中廣說復次應知略由四種殊勝故此殊勝等如後廣釋

論曰差別殊勝者謂菩薩戒有三品別一律儀戒二攝善法戒三饒益有情戒此中律儀戒應知二戒建立義故攝善法戒應知修習一切佛法建立義故饒益有情戒應知成熟一切有情建立義故

釋曰差別殊勝謂諸菩薩具三種戒即律儀戒攝善法戒饒益有情戒聲聞乘等唯有一種律儀尸羅是故菩薩望彼殊勝律儀戒者謂正受遠離一切品類惡不善法攝善法戒者謂正修習力無畏等一切佛法饒益有情戒者謂不顧自樂隨所堪能令入三乘捨生死苦證涅槃樂律儀戒應知二戒建立義故者是二戒因故謂若防守身語意者便能無倒修習一切清淨佛法亦能成熟一切有情令入三乘餘則不爾

論曰共不共學處殊勝者謂諸菩薩一切性罪不現行故與聲聞共相似遮罪有現行故與彼不共於此學處有聲聞犯菩薩不犯有菩薩犯聲聞不犯菩薩具有身語心戒聲聞唯有身語二戒是故菩薩心亦有犯非諸聲聞以要言之一切饒益有情無罪身語意業菩薩一切皆應現行皆應修學如是應知說名爲共不共殊勝

釋曰殺盜婬等貪等所生名爲性罪斷生草等非貪等生說名遮罪菩薩於中觀有利益而無罪者一切應修聲聞不爾又諸菩薩心亦有犯非諸聲聞謂唯内起欲恚害等諸惡尋思不爲發起身語二業一切饒益有情無罪身語意業者謂能利益安樂有情不發自他貪等煩惱如是一切菩薩應修

論曰廣大殊勝者復由四種廣大故一由種種無量學處廣大故二由攝受無量福德廣大故三由攝受一切有情利益安樂意樂廣大故四由建立無上正等菩提廣大故

釋曰種種無量學處廣大者謂諸菩薩所學

尸羅種種品類無量差別所以廣大攝受無量福德廣大者謂此尸羅能攝無量福德資糧所以廣大攝受一切有情利益安樂意樂廣大者謂此尸羅攝諸有情此世他世世出世間捨惡攝善若因若果饒益意樂所以廣大建立無上正等菩提廣大者謂此尸羅建大菩提所以廣大諸聲聞等無如是事是故殊勝

論曰甚深殊勝者謂諸菩薩由是品類方便善巧行殺生等十種作業而無有罪生無量福速證無上正等菩提又諸菩薩現行變化身語兩業應知亦是甚深尸羅由此因緣或作國王示行種種惱有情事安立有情毗柰耶中又現種種諸本生事示行逼惱諸餘有情眞實攝受諸餘有情先令他心深生淨信後轉成熟是名菩薩所學尸羅甚深殊勝

釋曰由是品類方便善巧者謂諸菩薩悲願相應後得妙智行殺生等十種作業而無有罪等者謂諸愛樂善法憎惡不善見諸邪性說名後三依止此故行殺等七而無有罪生無量福速證菩提或行前七不起後三大數言十或已伏除爲試彼力故心蹔起不能招苦故無有罪能助道故生無量福現行變化身語兩業者謂依化身發起兩業或依實身由化心發身語二業意業無形不可變化或雖現有貪瞋等事於化有情無大義利是故不說安立有情毗柰耶中者謂作國王制諸法律示行逼惱令住其中或一切善能滅衆惡或大涅槃滅除生死名毗柰耶又現種種諸本生事者謂諸菩薩諸本生事化心所現

或久成佛復示現行諸本生事饒益有情令菩薩學故後說言是名菩薩所學尸羅

論曰由此略說四種殊勝應知菩薩尸羅律儀最爲殊勝如是差別菩薩學處應知復有無量差別如毗奈耶瞿沙方廣契經中說

釋曰今於此中略說四種殊勝之相於毗奈耶瞿沙經中廣說復有無量殊勝此經即是菩薩藏攝故名方廣

攝大乘論釋卷第七

音釋

耎乳兖切與輭同 潰胡對切散也 軛乙革切 惓逵眷切懈也 嗢烏沒切 澍朱戍切霔也 璅蘇果切與瑣同

攝大乘論釋卷第八

無性菩薩造

唐三藏法師玄奘奉　制譯

釋增上心學分第八

論曰如是已說增上戒殊勝增上心殊勝云何可見略由六種差別應知一由所緣差別故二由種種差別故三由對治差別故四由堪能差別故五由引發差別故六由作業差別故

釋曰如增上戒與聲聞異其增上心亦應有異故爲此問六種差別略答此問如後別釋

論曰所緣差別者謂大乘法爲所緣故

釋曰大乘法者菩薩藏中所有甚深廣大教等聲聞等定非所能緣是故殊勝

論曰種種差別者謂大乘光明集福定王賢守健行等三摩地種種無量故

釋曰菩薩所得諸三摩地差別無量此中略說爲上首者等餘一切聲聞乘等尚不聞名何況能得

論曰對治差別者謂一切法總相緣智以楔出楔道理遣阿賴耶識中一切障麤重故

釋曰無分別智所緣眞如是一切法共相所顯故說此智名總相緣定能發此能對治智亦名對治聖道微妙故如細楔所治種子其性麤重故如麤楔

論曰堪能差別者謂住靜慮樂隨其所欲而受生故

釋曰由此靜慮其性調順有所堪能隨欲饒益諸有情處不退靜慮而往受生聲聞乘中無如是事所以殊勝

論曰引發差別者謂能引發一切世界無礙神通故

釋曰由此定力引發種種一切世界無礙神通

論曰作業差別者謂能振動熾然遍滿顯示轉變往來卷舒一切色像皆入身中所往同類或顯或隱所作自在伏他神通施辯念樂放大光明引發如是大神通故

釋曰由此定力引發種種神通所作顯謂顯現隱謂隱藏所作自在謂變魔王作佛身等伏他神通謂能映奪他神通力無辯才者施以辯才無念樂者施以念樂爲召他方遠住菩薩放大光明引發如是大神通者引前所說種種神通如是等類聲聞等無是故殊勝

論曰又能引發攝諸難行十難行故十難行者一自誓難行誓受無上菩提願故二不退難行生死衆苦不能退故三不背難行一切有情雖行邪行而不棄故四現前難行怨有情所現作一切饒益事故五不染難行生在世間不爲世法所染汙故六勝解難行於大乘中雖未能了然於一切廣大甚深生信解故七通達難行具能通達補特伽羅法無我故八隨覺難行於諸如來所說甚深祕密言詞能隨覺故九不離不染難行不捨生死而不染故十加行難行能修諸佛安住解脫一切障礙窮生死際不作功用常起一切有情一切義利行故

釋曰如說菩薩修諸難行一切難行十種所顯自誓難行誓受無上菩提願者不顧自樂誓受饒益一切有情甚爲難故不退難行生

死衆苦不能退者久處生死風寒等苦所不能退甚爲難故不背難行一切有情雖行邪行而不棄者於父母等行邪惡行或無所用戲求眼睛雙足踐蹋不觀其過而作饒益甚爲難故現前難行然有情所現作一切饒益事者雖有重然而現饒益甚爲難故不染難行生在世間不爲世法所染汙者常處世間利等八法所不能染甚爲難故勝解難行等者於微妙義殊勝神力雖未能了而深信解甚爲難故通達難行等者通達現觀等覺一義能具通達遍計所執補特伽羅一切法性皆無所有甚爲難故隨覺難行等者於佛所說祕密言詞捨隨聞義覺不聞義甚爲難故不離不染難行等者不捨生死不染彼過甚爲難故加行難行等者已斷已脫一切煩惱及所知障而恒現前起作一切利有情事盡未來際常無休息欣修此行甚爲難故

論曰復次隨覺難行中於佛何等祕密言詞彼諸菩薩能隨覺了謂如經言

釋曰第八難行其義未了故須重釋

論曰云何菩薩能行惠施若諸菩薩無少所施然於十方無量世界廣行惠施云何菩薩樂行惠施若諸菩薩於一切施都無欲樂云何菩薩於惠施中深生信解若諸菩薩不信如來而行布施云何菩薩於施策勵若諸菩薩於惠施中不自策勵云何菩薩於施耽樂若諸菩薩無有暫時少有所施云何菩薩其施廣大若諸菩薩於惠施中離娑洛想云何菩薩其施清淨若諸菩薩殟波陀慳云何菩薩其施究竟若諸菩薩不住究竟云何菩薩

其施自在若諸菩薩於惠施中不自在轉云何菩薩其施無盡若諸菩薩不住無盡如於布施於戒爲初於慧爲後隨其所應當知亦爾

釋曰若諸菩薩無少所施等者謂諸菩薩一切有情攝爲已體通達自他平等性故彼行施時即菩薩施故無少施名能行施又以一切所有財物施於一切是故說名無少所施又所施物施者受者皆不可得三輪清淨是故說言無少所施若諸菩薩於一切施都無欲樂者此旣遮言是不樂義於來求施當施我施先施我施此等一切皆無欲樂唯樂攀緣安住涅槃而行惠施若諸菩薩不信如來而行布施者謂證法性自了自信而行惠施非唯信他若諸菩薩於惠施中不自策勵者謂能任運常行施故不須自策而能策他勸令施故若諸菩薩無有暫時少有所施者是一切時一切施義若諸菩薩於惠施中離娑洛想者此娑洛言顯目堅實容詮流散今取容義離流散想即三摩地是心住定而行施義若諸菩薩殟波陀慳者殟波陀言顯目生起容詮拔足今取容義拔除慳足而行惠施若諸菩薩不住究竟者不同一向趣寂聲聞安住究竟無餘涅槃若諸菩薩於惠施中不自在轉者謂令慳等施所治障不自在轉若諸菩薩不住無盡者謂得圓滿無盡增上究竟佛果而不安住何者起化爲饒益他常行惠施如於布施於戒乃至當知亦爾者類通餘五謂如經言云何菩薩能具尸羅若諸菩薩不護少戒謂見自他平等性故他護淨戒

即是自已具足尸羅

論曰云何能殺生若斷衆生生死流轉云何不與取若諸有情無有與者自然攝取云何欲邪行若於諸欲了知是邪而修正行云何能妄語若於妄中能說爲妄云何具戍尼若能常居最勝空住云何波魯師若善安住所知彼岸云何綺間語若正說法品類差別云何能貪欲若有數數欲自證得無上靜慮云何能瞋恚若於其心能正憎害一切煩惱云何能邪見若一切處遍行邪性皆如實見

釋曰如經中說苾芻我是能殺等者此中顯彼所說意趣若斷衆生生死流轉者斷是殺義與問相應無有與者自然攝取者是無他求自攝益義若於諸欲了知是邪而修正行者謂如實知若境界欲若分別欲唯是邪亂如有頌言

佛說貪恚癡　皆從分別起　淨不淨顛倒
此亦爲緣生　淨不淨顛倒　爲緣而有者
彼自性皆無　故欲非眞實

若於妄中能說爲妄者說妄爲妄故名妄語如有頌言

一切虚妄法　世尊如實說　於虚妄法中
諸行最虚妄

若能常居最勝空住者依世訓釋文詞道理答上所問具戍尼言此具戍尼顯目離間語密詮常勝空具表勝義戍表空義尼表常義今取密義問答相應顯則不爾波魯師等訓釋文詞道理亦爾此波魯師顯目麤惡語密詮住彼岸今取密義是故說言若善安住所知彼岸所知彼岸是一切智佛於其中能善

安住名波魯師若正說法品類差别者釋綺間語其義易了若有數數欲自證得無上靜慮者如上訓釋文詞道理諸佛身中所有靜慮說爲無上若於其心能正憎害一切煩惱者已滅已斷是憎害義若一切處遍行邪性皆如實見者謂見一切虛妄分别邪亂爲性

論曰甚深佛法者云何名爲甚深佛法此中應釋謂常住法是諸佛法以其法身是常住故又斷滅法是諸佛法以一切障永斷滅故又生起法是諸佛法以變化身現生起故又有所得法是諸佛法八萬四千諸有情行及彼對治皆可得故又有貪法是諸佛法自誓攝受有貪有情爲已體故又有瞋法是諸佛法又有癡法是諸佛法又異生法是諸佛法應知亦爾又無染法是諸佛法成滿眞如一切障垢不能染故又無汙法是諸佛法生在世間諸世間法不能汙故是故說名甚深佛法

釋曰甚深佛法契經所說其義云何謂餘經說若常住法是諸佛法廣說乃至又無汙法是諸佛法此中密意今當顯示以其法身是常住者法身即是轉依爲相離一切障常住眞如無變易故或無垢穢無有罣礙無上妙智如無色界而非異熟是無漏故此亦常住法身所攝無差别故非業煩惱所能爲故八萬四千諸有情行及彼對治皆可得者八萬四千法藴能治有貪有瞋有癡等分有情行故四種各有二萬一千又無染法是諸佛法者善淨眞如一切障垢不能染故餘義易了不須重釋佛說如是祕密言詞復有何果謂

令說者易可安立總括義故易爲他說即此因故能令聞者易可受持資糧易滿受持教故易達法性資糧滿故得佛證淨得大我故法僧亦爾并最勝故由此證得現法樂住覺知彼故於智者前論義決擇入聰敏數爲斯十利說秘密言聲聞乘中亦說殺害於父母等密意言詞十利亦爾

論曰又能引發修到彼岸成熟有情淨佛國土諸佛法故應知亦是菩薩等持作業差別

釋曰菩薩所得諸三摩地復有四種作業差別謂依此定能修一切波羅蜜多成熟一切諸有情類發神通等方便引令入正法故能淨佛土隨欲能成金等寶故能正修習力無畏等一切佛法非離如是所說等持能辦修習到彼岸等四種作業如聲聞等

釋增上慧學分第九

論曰如是已說增上心殊勝增上慧殊勝云何可見謂無分別智若自性若所依若因緣若所緣若行相若任持若助伴若異熟若等流若出離若至究竟若加行無分別後得勝利若差別若無分別後得譬喻若無功用作事若甚深應知無分別智名增上慧殊勝

釋曰心既在定能如實知故等持無間說增上慧學爲不爾耶攝取其明即名爲學慧之與學應無有異若如是者依同處釋謂增上慧即是其學若爾此中應無依義謂依餘慧而起於學是故說名增上慧學如前二學依戒而學依定而學非於此中依慧而學慧即學故應如是說其加行慧依根本學其根本慧依後得學其後得慧依二無間而起修學

何等名爲增上慧學謂無分別智今於此中最初自性最後甚深廣釋此智

論曰此中無分別智離五種相以爲自性一離無作意故二離過有尋有伺地故三離想受滅寂靜故四離色自性故五離於眞義異計度故離此五相應知是名無分別智

釋曰依智自性說離五相由遮詮門說智體相以表詮門不可說故遣分別門無分別智其相可了若異此智應有分別何等分別謂後廣說無作意等若無作意是無分別智熟眠醉等無所作意應成無分別智然不應許由離功用應得無顛倒故若過尋伺地是無分別智第二靜慮已上諸地一切異生及聲聞等應成無分別智然彼無有無分別智若想受滅是無分別智此智體相難可成立無想等中離心無有諸心法故由意識滅說彼無心如前已說若如其色是無分別智應不得成無分別智譬如大種所造色故若於眞義異相計度是無分別智此智不成無分別性以於眞義異相計度言此是眞是無分別有分別故

論曰於此所說無分別智成立相中後說多頌

釋曰依前所說無分別智略成立相廣說多頌次第別顯爲顯自性故說初頌

論曰

諸菩薩自性　遠離五種相　是無分別智不異計於眞

釋曰於此頌中由前三句遮五種相方便顯示無分別智由第四句正說自性不異計於

眞者謂於眞義不異計度以爲自性自性自
體義無差別如說環釧金爲自體次後一頌
說智所依
論曰
諸菩薩所依　非心而是心　是無分別智
非思義種類
釋曰智是心法故應依心依止於心而無分
別不應道理心聲即是思量相故若依非心
譬如衆色不應成智爲解如是雙結過失故
說半頌非思義種類者謂無分別智所依非
心非思義故亦非非心爲所依止心種類故
以心爲因數習勢力引得此位名心種類此
即顯示智所依心出過一切思量分別次有
一頌顯智因緣
論曰
諸菩薩因緣　有言聞熏習　是無分別智
及如理作意
釋曰因緣與能作因緣義一有言聞熏習者
謂有於他大乘言音故名有言聞謂聽聞即
彼非餘由此所引功能差別說名熏習及如
理作意者謂此爲因所生意言如理作意順
理清淨故名如理智必有境故次一頌說智
所緣
論曰
諸菩薩所緣　不可言法性　是無分別智
無我性眞如
釋曰不可言法性者謂可言法無自性性是
離可言遍計所執自性性義無我性眞如者
爲成此義令其明了即是一切補特伽羅諸
法無性所顯眞如解脫增益損減二邊無分

別智所緣境界有所緣法定有行相故次一
頌顯智行相
論曰
諸菩薩行相　復於所緣中　是無分別智
彼所知無相
釋曰於所緣中相似而行故名行相無分別
智於眞如境相似而行彼所知無相者謂說
此智於眞如境所作行相此意說言無分別
智緣眞如境離一切相作意行相以爲行相
次說二頌於上所緣及智行相釋通疑難
論曰
相應自性義　所分別非餘　字展轉相應
是謂相應義　非離彼能詮　智於所詮轉
非詮不同故　一切不可言
釋曰若實無有所分別義何所分別故說是
言相應自性義所分別非餘等謂諸文字展
轉相應宣唱不絕遍計心等緣此假立成遍
計義爲所分別無別實義爲所分別故言非
餘若無文字相續宣唱分別無故云何諸法
皆不可言爲顯此理故說是言非離彼能詮
智於所詮轉等若實有義可言說者離能詮
名於彼應有似言智起非未解了能詮名言
於所詮義有此智起故不可言或謂外義雖
定實有要待能詮所詮智起爲遮此故說如
是言非詮不同故謂相異故非實能詮以能
詮名與所詮義別相取故其相各異云何得
成定實詮表一切不可言者由此道理所有
一切能詮所詮皆不可言無分別智何所任
持
論曰

諸菩薩任持　是無分別智　後所得諸行爲進趣增長

釋曰後所得諸行者謂無分別後得智中所得種種菩薩諸行此行皆以智爲所依爲進趣增長者謂爲增長菩薩諸行此說任持有要所用無顛倒故能持諸行無分別智爲誰助伴若唯有一應無所能

論曰

諸菩薩助伴　說爲二種道　是無分別智五到彼岸性

釋曰二種道者一資糧道二依止道五到彼岸以爲自性此中前四波羅蜜多是資糧道第五靜慮波羅蜜多是依止道若在定心前說四種波羅蜜多諸善資助便能生長無分別智此智名慧波羅蜜多乃至未得佛果已來無分別智當於何處感異熟果

論曰

諸菩薩異熟　於佛二會中　是無分別智由加行證得

釋曰二會中者謂於諸佛變化受用二身會中由加行證得者謂顯能感異熟果義此非異熟因能對治彼故即增上果假名異熟由此資熏餘有漏業令感異熟故立此名若修加行無分別時生在諸佛所現變化身衆會中若時證得無分別智便生諸佛所現受用身衆會中無分別智誰爲等流

論曰

諸菩薩等流　於後後生中　是無分別智自體轉增勝

釋曰前前生中無分別智後後生處展轉增

勝是等流果無分別智出離云何

論曰

諸菩薩出離　得成辦相應　是無分別智

應知於十地

釋曰初極喜地入見道時見一切地無分別理初得出離後修道中方得諸地成辦相應無分別智誰爲究竟

論曰

諸菩薩究竟　得清淨三身　是無分別智

得最上自在

釋曰清淨三身者謂初地中雖得三身而未清淨至第十地乃得清淨方名究竟故說爾時得淨三身得最上自在者謂於爾時無分別智非但獲得清淨三身亦得最上十種自在故名究竟無分別智如何從何由何無染

論曰

如虛空無染　是無分別智　種種極重惡

由唯信勝解

釋曰初問如何得無染者答如虛空無染次問從何得無染者答種種極重惡後問由何得無染者答曰唯信勝解謂唯由信由慧勝解以爲因故而得無染

論曰

如虛空無染　是無分別智　解脫一切障

得成辦相應

釋曰解脫一切障者解脫煩惱及所知障得成辦相應者謂在初地與得相應乃至佛地成辦相應

論曰

如虛空無染　是無分別智　常行於世間

非世法所染

釋曰常行於世間非世法所染者此顯遍生一切生處利等世間八法不染如紅蓮華出世間攝如是三頌顯示三智所得勝利加行根本後得三種無分別智有何差別

論曰

如瘂求受義　如瘂正受義　如非瘂受義
三智譬如是　如愚求受義　如愚正受義
如非愚受義　三智譬如是　如五求受義
如五正受義　如末那受義　三智譬如是
如未解於論　求論受法義　次第譬三智
應知加行等

釋曰為顯三智行相差別說如是喻如瘂求受義者譬如瘂人求受境界而未能受亦不能說如是加行無分別智求證眞如而未能證寂無言說當知亦爾如瘂正受義者譬如瘂人正受境界無所言說如是根本無分別智正證眞如離諸戲論當知亦爾如非瘂受義者如不瘂人受諸境界亦起言說如是後得無分別智返照眞如現證境界能起言教當知亦爾由此道理釋如愚頌如五求受義者譬如五識求受境界雖有所求而無分別如是加行無分別智當知亦爾如五正受義者譬如五識正受境界離諸分別如是根本無分別智當知亦爾如末那受義者譬如意識能受境界亦能分別如是後得無分別智當知亦爾如未解於論求論受法義者如未解論求誦於論而未能誦如是加行無分別智當知亦爾如溫習論領受文字如是根本無分別智當知亦爾如已聽習通達法義如

是後得無分別智當知亦爾由如是等衆多譬喻如數次第喻加行等三智差別次顯根本後得二智譬喻差別

論曰

如人正閉目　是無分別智　即彼復開目
後得智亦爾　應知如虛空　是無分別智
於中現色像　後得智亦爾

釋曰由此二頌顯示根本後得差別閉目開目虛空色像俱顯二智是無分別是有分別是其平等是不平等其加行智未有所證故略不說又加行智是本智因其後得智是本智果是故且辯無分別智成所作事無分別智修成佛果既無分別云何能作利有情事

論曰

如末尼天樂　無思成自事　種種佛事成
常離思亦爾

釋曰今此頌中引彼末尼天樂兩喻成立所得無分別智雖無分別不作功用成種種事如如意珠及以天樂雖無是念我當放光我當出聲並無思故然由生彼有情福業意樂勢力不待擊奏放種種光出種種聲諸佛菩薩無分別智當知亦爾雖離分別不作功用而能隨彼所化有情福力意樂現作種種利樂事轉次當顯示無分別智所有甚深無分別智境界云何爲緣分別依他起性爲緣餘境自體亦爾爲智非智若爾何失若緣分別依他起性云何得成無分別智若緣餘境餘境定無當何所緣若是其智應有所知若是非智云何得名無分別智爲離如是一切過失故說頌言

論曰

非於此非餘　非智而是智　與境無有異

智成無分別

釋曰無分別智不緣分別依他起性無分別故非緣分別成無分別亦不緣餘以爲境界以即緣此分別法性爲境界故法與法性若一若異俱不可說是故此智不可定說緣分別境非分別境自體亦爾不可說言決定是智如加行智及後得智分別無故亦不可說決定非智以加行智爲先因故與境無有異智成無分別者不可分別此是能知此是所知能取所取分別無故此智與境無差別相譬如虛空與虛空中所有光明是故此智成無分別餘契經中說一切法性無分別今當解釋

論曰

應知一切法　本性無分別　所分別無故

無分別智無

釋曰所分別無故者由所分別遍計所執義永無故餘契經中說一切法性無分別若一切法本來自性無分別者何不一切有情之類從本已來不作功用自然解脫無分別智證眞智本來未生諸菩薩等於一切法無分別性種性爲因證智已生由此道理諸菩薩等能得解脫非餘有情次當顯示加行智等各有三種五種差別

論曰此中加行無分別智有三種謂因緣引發數習生差別故

釋曰此加行智生起差別由三種力一因緣

力二引發力三數習力因緣力者謂種性力或有種性會遇强緣速起加行如是加行種性爲因而得生起言種性者謂無始來六處殊勝能得佛果法爾功能引發力者謂前生中已習爲因發起加行數習力者謂現在生數數修習由士用力發起加行

論曰根本無分別智亦有三種謂喜足無顛倒無戲論無分別差別故

釋曰喜足無分別者謂於下劣義而生喜足於後勝進不希求故名無分別如得世間聞思兩智於少分義或已信解或已決了便生喜足或如已得世間修慧證第一有麤煩惱息於中執爲究竟解脫便生喜足如是等類皆名喜足無分別智無顛倒無分別者謂聖弟子等彼由修慧於苦等諦起無常等四無倒行不起常等顛倒分別名無顛倒無分別智無戲論無分別者謂諸菩薩於無常等亦不分別乃至菩提亦離戲論由一切法無分別理出過一切名言道故越度一切世智境故由戲論名是世俗聲世俗智攝遠離此故名無戲論無分別智

論曰後得無分別智有五種謂通達隨念安立和合如意思擇差別故

釋曰此後得智所作別故有其五種謂通達等思擇之聲一一皆有通達思擇者於眞決定於眞現觀故名通達由後得智思擇如是所得通達謂即於中自内審察此事如是是故說名通達思擇隨念思擇者謂於後時隨念通達念言我曾通達是事是故說名隨念思擇安立思擇者謂從此出如所通達爲他

宣說是故說名安立思擇和合思擇者謂總相觀緣一切法由此觀故進趣轉依或轉依已重起此觀是故說名和合思擇如意思擇者謂智現前隨所思惟一切如意如令地等變成金等是故說名如意思擇此思擇聲意說其智前說一切法本性無分別所分別無故云何得知所分別義實無所有爲欲成立彼無所有故說多頌

論曰

鬼傍生人天　各隨其所應　等事心異故
許義非眞實　於過去事等　夢像二影中
雖所緣非實　而境相成就　若義義性成
無無分別智　此若無佛果　證得不應理
得自在菩薩　由勝解力故　如欲地等成
得定者亦爾　成就簡擇者　有智得定者
思惟一切法　如義皆顯現　無分別智行
諸義皆不現　當知無有義　由此亦無識

釋曰鬼傍生人天等者謂於人等見有水處餓鬼見是陸地高原於人所見有糞穢處傍生見爲淨妙飲食於人所見不淨物中餓鬼傍生見爲清淨於人所見淨妙飲食諸天見爲臭穢不淨非相違事同一處有故知遍計所執義無若無有義云何無境識得現行何故詰問汝經部師過去未來境界非有云何於中得有智轉又於夢中夢像實無云何智起非隘室中偃臥一處容有夢智所緣眞實山河像等又未曾經自斷其首云何夢見非不得通憶宿住事又於鏡等三摩地中所行二影非眞實有云何了然當心顯現故知自緣心之影像而境相成就者總結過去未來

等境雖非實有而於自心境相成就若義義性成無無分別智者若諸境義義性成實無分別智應不得成分別有故此若無佛果證得不應理者此無分別智體若無證得佛果不應道理是則應成害本過失是故應知所分別義定非成實又此境義定非實有何以故得自在菩薩者謂諸菩薩得大自在由勝解力故者由意解力如欲地等成者謂變地等令成金等得定者亦爾者謂除菩薩餘聲聞等得靜慮者成就簡擇者謂慧成滿者言有智者謂與成滿正智相應是故菩薩名有智者得定者者得三摩地思惟一切法者謂正思惟一切契經應頌等法如義皆顯現者謂以種種無我等行如如思惟契經等法如是如是其義顯現是故應知即此如理作意之心似其所取能取相現一切外義都無所有無分別智行諸義皆不現者此中應續前說許義非真實言由諸菩薩無分別智現起行時一切境義皆不顯現是故應知所有境義皆非實有當知無有義由此亦無識者結勸應知無有境義由此能識亦無所有非無所識而有能識應正道理前於廣釋所知相中已具辯析如是道理

論曰般若波羅蜜多與無分別智無有差別如說菩薩安住般若波羅蜜多非處相應能於所餘波羅蜜多修習圓滿云何名爲非處相應修習圓滿謂由遠離五種處故一遠離外道我執處故二遠離未見眞如菩薩分別處故三遠離生死涅槃二邊處故四遠離唯斷煩惱障生喜足處故五遠離不顧有情利

益安樂住無餘依涅槃界處故

釋曰般若波羅蜜多與無分別智無有差別者性相等故謂諸所有無分別智即是般若波羅蜜多故彼經中作如是說菩薩安住般若波羅蜜多非處相應能於所餘波羅蜜多修習圓滿此義云何謂由遠離五種處故即是遠離外道我執處等五處差別此中可居故名爲處遠離外道我執處者謂諸外道安住我執作是念言我能了知此是我慧菩薩遠離如是處所不計執我及以我所而起般若菩薩遠離如是處所是故說名非處相應遠離未見眞如菩薩分別處者謂未見眞諸菩薩衆於其般若波羅蜜多無分別智起諸分別此是般若波羅蜜多菩薩遠離如是處所是故說名非處相應如有頌言

若有所見　汝爲彼縛　若無所見　便得解脫

遠離生死涅槃二邊處者謂如世間住生死邊有我執故如聖弟子住涅槃邊煩惱斷故菩薩不爾是故說名遠離二邊非處相應遠離唯斷煩惱障生喜足處者謂聲聞等計修習力斷煩惱障即爲一切所作已辦菩薩遠離如是處所以能障礙利益安樂諸有情故如有頌言

非往諸惡趣　極障大菩提　如住於聲聞
及以獨覺地

菩薩遠離如是處所是故說名非處相應遠離不顧有情利益安樂住無餘依涅槃界處者如聲聞等不顧有情利益安樂住無餘依涅槃界中如火燒薪畢竟寂滅菩薩遠離如是處所般若大悲皆具足故能正安住無住

涅槃由捨此處是故說名非處相應

論曰聲聞等智與菩薩智有何差別由五種相應知差別一由無分別差別謂於蘊等法無分別故二由非少分差別謂於通達眞如入一切種所知境界普爲度脫一切有情非少分故三由無住差別謂無住涅槃爲所住故四由畢竟差別謂無餘依涅槃界中無斷盡故五由無上差別謂於此上無有餘乘勝過此故此中有頌

諸大悲爲體　由五相勝智　世出世滿中

說此最高遠

釋曰此中顯示聲聞等智與菩薩智五相差別無分別差別者謂聲聞等智就四顚倒名無分別諸菩薩智於一切法乃至菩提皆無分別非少分差別復有三種一通達眞如非少分差別謂聲聞等入眞觀時唯能通達補特伽羅空無我理是諸菩薩入眞觀時具足通達補特伽羅及一切法空無我理二所知境界非少分差別謂聲聞等唯於苦等諦中智生即名修習所作已辦是諸菩薩普於一切所知境界無倒智生乃名修習所作已辦三所度有情非少分差別謂聲聞等唯求自利盡無生智正勤修行是諸菩薩普爲濟度一切有情求大菩提於此三種非少分中聲聞菩薩智有差別無住差別者謂聲聞等唯住涅槃是諸菩薩具足悲慧增上力故無住涅槃以爲住處畢竟差別者顯聲聞等與諸菩薩於涅槃中有大差別謂聲聞等住無餘依涅槃界中身智永盡如燈焰滅是諸菩薩得成佛時所證法身窮生死際無有斷盡如

無色界相續不壞由此差別智有差別無上差別者謂聲聞乘上有獨覺獨覺乘上復有大乘其菩薩乘即是佛乘更無有上由此五相應知聲聞與諸菩薩智有差別復以伽陀攝如是義言五相者即前所說五相差別世出世滿中者靜慮無色名世間滿聲聞乘等所得涅槃名出世滿此皆勝彼故說高遠

論曰若諸菩薩成就如是增上尸羅增上質多增上般若功德圓滿於諸財位得大自在何故現見有諸有情匱乏財位見彼有情於諸財位有重業障故見彼有情若施財位障生善法故彼見有情若乏財位厭離現前故見彼有情若施財位即爲積集不善法因故見彼有情若施財位即便作餘無量有情損惱因故是故現見有諸有情匱乏財位此中有頌

見業障現前　積集損惱故　現有諸有情不感菩薩施

釋曰今當顯說由是因緣菩薩雖有財位自在而不施他見彼有情於諸財位有重業障故者謂諸菩薩見彼有情於其財位有重業障故不施與勿令慧施空無有果設復施彼亦不能受何用施爲如有頌言

如毋乳嬰兒　一經月無倦　嬰兒喉若閉乳毋欲何爲

見彼有情若施財位障生善法故者謂諸菩薩見彼有情雖於財位無重業障而彼若得財位圓滿便多放逸不起善法作是思惟寧彼現法少時貧賤勿彼來生多時貧賤故不施彼所有財位見彼有情若乏財位厭離現

前故者謂諸菩薩見彼有情若乏財位猒生死心便現在前求欲出離若得富貴即生憍逸故不施彼所有財位作是思惟寧彼貧賤猒離生死心常現前勿彼富貴受樂放逸不猒生死不起善法見彼有情若施財位即為積集不善法因故者謂諸菩薩見彼有情若當施彼滿足財位即便放逸積集種種惡不善業故不施彼所有財位如有頌言

寧使貧之於財位　遠離惡趣諸惡行
勿彼富貴亂諸根　令感當來衆苦器

見彼有情若施財位即便作餘無量有情損惱因故者謂諸菩薩見彼有情若得富貴即便損惱無量有情故不施彼所有財位作是念言寧彼一身受貧賤苦勿令損惱餘多有情復以伽陀攝如是義故說見業障現前等

其文易了無煩重釋

攝大乘論釋卷第八

音釋

楔先結切　蹹達合切與踏同　殟烏骨切　瘂倚下切瘖也　隘烏懈切陜也

攝大乘論釋卷第九

無性菩薩造
唐三藏法師玄奘奉　制譯

釋彼果斷分第十

論曰如是已說增上慧殊勝彼果斷殊勝云何可見斷謂菩薩無住涅槃以捨雜染不捨生死二所依止轉依爲相此中生死謂依他起性雜染分涅槃謂依他起性清淨分二所依止謂通二分依他起性轉依謂即依他起性對治起時轉捨雜染分轉得清淨分

釋曰無分別智能治旣生一切所治決定應斷故彼無間說斷殊勝無住涅槃者不同世間聲聞獨覺安住生死或涅槃故以捨雜染不捨生死者害彼勢力如被呪蛇雖不棄捨而無染故二所依止轉依爲相者或依士釋或持業釋住此轉依如無色界若依自利與殊勝慧共相應故不容煩惱若依利他由與大悲共相應故現處生死而不棄捨此中何者生死涅槃依止轉依皆應顯說生死謂依他起性雜染分者謂心心法煩惱迷亂生死過失相續不絕遍計所執分涅槃謂依他起性清淨分者謂畢竟轉遍計所執圓成實分二所依止謂通二分依他起性者謂二所依依他起性轉依謂即依他起性者謂心心法依他起性是諸雜染轉滅所依又是一切佛法所依如有說言此是一切佛法諸地波羅蜜多果所依等云何轉依何者轉依謂即於此依他起性對治起時者無分別智起時轉捨雜染分者轉滅一切所取能取諸迷亂分轉得清淨分者捨彼所取能取性故轉得遠

離所取能取自內所證絶諸戲論最清淨分

論曰又此轉依略有六種一損力益能轉謂由勝解力聞熏習住故及由有羞恥令諸煩惱少分現行不現行故二通達轉謂諸菩薩已入大地於真實非真實顯現不顯現現前住故乃至六地三修習轉謂猶有障一切相不顯現真實顯現故乃至十地四果圓滿轉謂永無障一切相不顯現最清淨真實顯現於一切相得自在故五下劣轉謂聲聞等唯能通達補特伽羅空無我性一向背生死一向捨生死故六廣大轉謂諸菩薩兼通達法空無我性即於生死見爲寂靜雖斷雜染而不捨故若諸菩薩住下劣轉有何過失不顧一切有情利益安樂事故違越一切菩薩法故與下劣乘同解脫故是爲過失若諸菩薩住廣大轉有何功德生死法中以自轉依爲所依止得自在故於一切趣示現一切有情之身於最勝生及三乘中種種調伏方便善巧安立所化諸有情故是爲功德

釋曰損力益能轉等者謂由勝解力及聞熏習力損減依附異熟識中煩惱熏習增益所習淨法功能又由勝解聞熏習住有羞恥故令諸煩惱少分現行或不現行通達轉等者謂已證入菩薩大地於真非真或現不現無分別智有間無間而現行故或時真現謂入觀時或非真現謂出觀時非真與真於此二時如其次第說名不現此現不現乃至六地修習轉等者由所知障說名有障此轉依位乃至十地諸相不現唯真顯現果圓滿轉等者由一切障說名無障以一切障永無有故

得一切相皆不顯現得最清淨眞實顯現依此轉依於一切相得大自在以於諸相得自在故隨其所樂利樂有情下劣轉等其言易了無煩重釋廣大轉等者謂於雜染斷而不捨於生死中達無我故斷諸雜染即於其中見寂靜故而不棄捨住下劣轉有何過失等其文易解住廣大轉有何功德等者於一切法得自在故於一切趣示顯一切同分之身種種調伏方便善巧安立所化有感有情置最勝生及三乘中最勝生者謂諸世間安樂生處應知此是說法功德

論曰此中有多頌

諸凡夫覆眞　一向顯虛妄　諸菩薩捨妄

一向顯眞實　應知顯不顯　眞義非眞義

轉依即解脫　隨欲自在行　於生死涅槃

若起平等智　爾時由此證　生死即涅槃

由是於生死　非捨非不捨　亦即於涅槃

非得非不得

釋曰爲顯轉依復說多頌諸凡夫覆眞等者謂如凡夫無明未斷眞義不顯故說名覆無明力故一切虛妄皆悉顯現菩薩不爾無明斷故通達虛妄皆無所有故名捨妄惟有眞義一向顯現由此道理應知顯不顯眞義非眞義者謂圓成實眞義顯現遍計所執非眞實義皆不顯現言轉依者謂非眞義皆不顯現所有眞義皆悉顯現故名轉依即解脫者謂即轉依名爲解脫隨欲自在行者謂此轉依解脫自在於諸世間得隨欲行由隨所欲所作自在故名解脫非如斬首捨離身命名爲解脫於生死涅槃若起平等智等者謂遍

計所執自性名爲生死此即無性無性即空空即涅槃圓成實性由是於生死非捨非不捨等者謂即生死是涅槃故說名非捨無復生死名想轉故名非不捨非離生死别得涅槃故名非得即於此中證涅槃故名非不得

釋彼果智分第十一之一

論曰如是已說彼果斷殊勝彼果智殊勝云何可見謂由三種佛身應知彼果智殊勝一由自性身二由受用身三由變化身此中自性身者謂諸如來法身一切法自在轉所依止故受用身者謂依法身種種諸佛衆會所顯清淨佛土大乘法樂爲所受故變化身者亦依法身從覩史多天宫現没受生受欲踰城出家往外道所修諸苦行證大菩提轉大法輪入大涅槃故

釋曰由斷所斷獲得無垢無罣礙智故斷殊勝無間次說果智殊勝自性身中非假所立故名自性是所依止故名爲身法性即身故名法身或是諸法所依止處故名法身言一切法自在轉所依止者謂於一切法得自在轉亦所依止故名一切法自在轉所依止或依持業釋受用身中依法身者由有彼故而得有此種種諸佛衆會所顯者謂有佛土諸大菩薩衆所雲集由此了知故名所顯即是西方極樂土等清淨佛土大乘法樂爲所受故者謂於清淨佛國土中受用種種大乘法樂領解義故或於清淨佛國土中受用種種金銀等寶諸佛菩薩展轉受用妙色身等及受經等種種法義安立自相及共相故何者所依復是誰依謂前無垢無罣礙智由此妙

智增上力故能令安住不可思議解脫已入大地諸大菩薩清淨佛土大乘法樂相現智生變化身中依法身者如前已說謂由果智殊勝力故從覩史多天宮現沒乃至涅槃此即能令餘相續中與人同分識相生起

論曰此中說一嗢柁南頌

相證得自在　依止及攝持　差別得甚深念業明諸佛

釋曰略標總義名嗢柁南相證得等是所標義

論曰諸佛法身以何爲相應知法身略有五相

釋曰初總標相復有五種下轉依等別釋五相

論曰一轉依爲相謂轉滅一切障雜染分依他起性故轉得解脫一切障於法自在轉現前清淨分依他起性故

釋曰轉滅一切障雜染分依他起性故者謂轉雜染分依他起性似所取相及能取相令永不生故轉得解脫一切障於法自在轉現前清淨分依他起性故者謂轉得所取能取無性所顯離垢眞如圓成實性及得於一切法自在而轉現在前因極清淨分依他起性故

論曰二白法所成爲相謂六波羅蜜多圓滿得十自在故此中壽自在心自在衆具自在由施波羅蜜多圓滿故業自在生自在由戒波羅蜜多圓滿故勝解自在由忍波羅蜜多圓滿故願自在由精進波羅蜜多圓滿故神力自在五通所攝由靜慮波羅蜜多圓滿故

智自在法自在由般若波羅蜜多圓滿故釋曰白法所成爲相等者謂諸聲聞所得轉依惟是煩惱永斷所顯無有白法所成爲相若諸菩薩所得轉依修習六種波羅蜜多極圓滿故白法自性十種自在以爲其相於此時中無有一念是無記分況染汙分此中已下釋十自在壽自在者謂隨所欲能捨命故心自在者謂於生死無染汙故又隨意樂能正爲他引攝衆具於中自在運轉其心名心自在衆具自在者謂飲食等諸資生具隨意所樂能積集故衆具資財其義是一由施波羅蜜多圓滿故者謂由法施無畏施財施圓滿如其所應得此果故業自在者謂於諸業得大自在惟作善業非惡無記及於其中勸他作故生自在者謂於一切應所生處如其所欲現受生故由戒波羅蜜多圓滿故者謂二自在是尸羅果由具戒者惟造善業故又具戒者所願皆成故勝解自在者謂於地等發起勝解令成金等如所勝解地等金等隨勝解轉由忍波羅蜜多圓滿故者謂此自在是其忍果如昔因時樂修忍故隨諸有情心所樂轉故今獲得地等金等隨勝解轉願自在者謂隨所願一切事成由精進波羅蜜多圓滿故者謂此自在是精進果由昔因時修精進故於諸有情諸利樂事無有懈廢故於今時所願自在神力自在五通所攝者謂隨意樂引發種種最勝神通由靜慮波羅蜜多圓滿故者謂此自在是靜慮果由昔因時樂修定故隨諸有情所應作事證入種種靜慮等至故於今時得定所作神通自在智自在

者謂隨所有種種言音智現前故法自在者謂隨意樂宣說契經應頌等故由般若波羅蜜多圓滿故者謂此自在是般若果由昔因時樂修慧故隨其類音爲說正法故今證得殊勝般若妙達言音巧說正法

論曰三無二爲相謂有無無二爲相由一切法無所有故空所顯相是實有故有爲無爲無二爲相由業煩惱非所爲故自在示現有爲相故異性一性無二爲相由一切佛所依無差別故無量相續現等覺故此中有二頌

我執不有故　於中無別依　隨前能證別
故施設有異　種性異非虛　圓滿無初故
無垢依無別　故非一非多

釋曰有無無二爲相者謂非有相以一切法遍計所執皆無有故亦非無相以空所顯自性有故有爲無爲無二爲相者以業煩惱非所爲故非有爲相於能示現似有爲法得大自在數數示現似有爲故非無爲相異性一性無二爲相者以佛法身體是其一故非異相無量依止各別證得故非一相俱一無故名無二相復以二頌攝如是義令其易了所謂我執不有故等若於是處有其我執計自爲我執外爲他即於其中分別自他此彼各異於法身中無有我執故無分別此彼有異若爾云何說有多佛隨前能證有差別故施設有異謂隨菩薩能證位別施設有異隨順世間名言故說此是釋迦牟尼此是勝觀佛等種性異故者謂本因性有差別故非惟一佛種性有二一本性住種性謂無始來六處殊勝展轉相續法爾所得二習所成種性謂

從先來善友力等數習所成本性住性有差別故習所成性有其多種種性多故執惟一佛更無餘佛不應道理非虛故者有多菩薩依前種性各別修習菩提資糧若惟一佛一證菩提餘無所證彼集資糧應空無果不應道理圓滿故者謂諸如來遍於各別所化有情成立利益安樂正事謂於三乘如應安立若惟一佛是則不可安立有情置於佛乘以更無有第二佛故是則如來所作佛事應不圓滿是故定應許有多佛無初故者謂諸如來前前出世猶如生死無有最初離集資糧自然成佛不應理故離逢事佛能集資糧不應理故由此決定非惟一佛又不應執定有多佛無垢所依無差別故無漏法界名無垢依由智殊勝畢竟遣除客塵垢故於此無漏眞法界中不可定執諸佛有異是故諸佛非一非多

論曰四常住爲相謂眞如清淨相故本願所引故所應作事無竟期故

釋曰恒無變易相續無斷是故說言常住爲相由三因緣成立此相眞如清淨相故者此顯眞如性常無變顯成佛果說爲法身性若變易即非眞如是故常住本願所引故者謂諸如來皆先發起如是大願我當度脫無量有情令般涅槃諸有情類未般涅槃願所引果相續不絕是故常住此願所引離相續常道理不成所應作事無竟期故者謂先大願所應作事無究竟期諸有情類量無邊故乃至有情相續不斷佛所作事恒無斷故說名爲常

論曰五不可思議爲相謂眞如清淨自内證故無有世間喻能喻故非諸尋思所行處故

釋曰言思議者謂依道理審諦思惟起分別智尋思所攝譬喻所顯諸佛非此所行處故不可思議超過一切尋思地故惟應信解不應思議

論曰復次云何如是法身最初證得謂緣總相大乘法境無分別智及後得智五相善修於一切地善集資糧金剛喻定破滅微細難彼障故此定無間離一切障故得轉依

釋曰信解亦名初得法身法行亦爾爲簡彼故說現證得但言證得非生起者體是常故緣總相等其義易了五相善修者謂無生無滅本來寂靜自性涅槃及無自性名爲五相又集總等五相善修成辦五果謂念念中銷融一切麤重依止離種種想得法苑樂能正了知周遍無量無分限相大法光明順清淨分無所分別無相現行爲令法身圓滿成辦能正攝受後後勝因破滅微細難破障故者顯示此定喻金剛因譬如金剛其性堅固能破難破如是此定超諸下類能破難破不染無知能發無上清淨智道故譬金剛此定無間離一切障故得轉依者由無分別及後得智故證轉依得佛法身

論曰復次法身由幾自在而得自在略由五種一由佛土自身相好無邊音聲無見頂相自在由轉色蘊依故二由無罪無量廣大樂住自在由轉受蘊依故三由辯說一切名身句身文身自在由轉想蘊依故四由現化變易引攝大衆引攝白法自在由轉行蘊依故

五由圓鏡平等觀察成所作智自在由轉識蘊依故

釋曰由轉五蘊依故得五自在諸聲聞等怖畏苦故求斷諸蘊如愚癩人自捨身命若諸菩薩攝巧方便轉滅有罪色等諸蘊轉起無罪色等諸蘊如智癩人求諸良藥轉有病身成無病身此中由轉色蘊依故得能示現佛土自在如其所欲現金銀等諸佛土故得能示現自身自在隨心所思皆能示現於其種種大集會中隨諸所化有情機宜各別現故得能示現相好自在隨所愛樂示現種種妙相好故得能示現無邊音聲無見頂相二種自在現佛音聲量無邊故現佛頂相無能見故由轉受蘊依故得無罪無量廣大樂住自在應知此中離煩惱故名為無罪有衆多故名為無量超過一切三界樂故名為廣大由轉想蘊依故得能辯說一切名身句身文身自在以能取相是想自性由攝如是資糧為因轉得如是功能差別由此能於名身等事隨其所欲自在能住由轉行蘊依故得能現化變易引攝大衆引攝白法自在謂行蘊中思最為勝由此思故於現化等自在能轉現化自在者如其所欲能現化故變易自在者如其所欲轉變地等成金等故引攝大衆自在者如意所樂引攝天等諸大衆故引攝白法自在者如意所樂令無漏法現在前故由轉阿賴耶識等八事識蘊得大圓鏡智等四種妙智如數次第或隨所應當知此中轉阿賴耶識故得大圓鏡智雖所識境不現在前而能不忘不限時處於一切境常不愚迷無

分別行能起受用佛智影像轉染汙末那故得平等性智初現觀時先已證得於修道位轉復清淨由此安住無住涅槃大慈大悲恒與相應能隨所樂現佛影像轉五現識故得妙觀察智具足一切陀羅尼門三摩地門猶如寶藏於大會中能現一切自在作用能斷諸疑能雨法雨轉意識故得成所作智普於十方一切世界能現變化從覩史多天宮而沒乃至涅槃能現住持一切有情利樂事故

論曰復次法身由幾種處應知依止略由三處一由種種佛住依止此中有二頌

諸佛證得五性喜　皆由等證自界故
離喜都由不證此　故求喜者應等證
由能無量及事成　法味義德俱圓滿
得喜最勝無過失　諸佛見常無盡故

二由種種受用身依止但爲成熟諸菩薩故三由種種變化身依止多爲成熟聲聞等故

釋曰由幾種處應知依止者此問法身與幾種法爲所依止略由三處者廣即無量功德依止今且略說但由三處由種種佛住依止者由諸如來所得法身與所安住種種天住聖住梵住爲所依止諸天住中如來多住第四靜慮諸聖住中如來多住空解脫門諸梵住中多住其悲如是種種如來所住勝聲聞等爲顯如來所證涅槃勝聲聞等所得涅槃故說諸佛證得五性喜等證自界者證自法界於此修治正作證故名爲等證言離喜者謂諸如來證自法界安住五喜諸聲聞等證如斬首求滅涅槃遠離如是最勝歡喜故求喜者應等證者謂諸菩薩勤求五喜應正求

證此眞法界何等爲五所求勝喜故次說言由能無量及事成等由因別故爾所喜異能謂堪能言無量者謂過無量殑伽沙數諸佛如來所有堪能同依法身一切和雜平等無異由見如是能無量故生大歡喜及者集義事者所作一切有情諸利樂事隨彼所能無倒安立於三乘等成謂成辦經無量時此所作事無礙轉故由見堪能所應作事亦無量故生大歡喜言法味者謂契經等無上法味謂證眞諦所得理味義圓滿者謂契經等法所詮義皆得圓滿隨自意樂現在前故德圓滿者謂神通等功德圓滿由見法味亦無量故見義圓滿亦無量故見德圓滿亦無量故生大歡喜復有說言義謂涅槃德謂隨樂所起功德俱圓滿故並生大喜得喜最勝無過失諸佛見常無盡故者謂諸如來見自身中眞如一味能無量等所生大喜雖入涅槃亦常無盡是故最勝無有過失出三界故名爲最勝煩惱所知二障幷習皆永斷故名無過失由種種受用身依止等者謂由法身爲增上緣彼得轉故說名依止非如日光依日道理與變化身爲所依止其義亦爾言多爲者攝取勝解行地菩薩以劣信解諸聲聞等雖見佛身不應成熟初業菩薩當知亦爾已入大地諸菩薩衆不由化身方得成熟通達甚深廣大法故

論曰應知法身由幾佛法之所攝持略由六種一由清淨謂轉阿賴耶識得法身故二由異熟謂轉色根得異熟智故三由安住謂轉欲行等住得無量智住故四由自在謂轉種

種攝受業自在得一切世界無礙神通智自在故五由言說謂轉一切見聞覺知言說戲論得令一切有情心喜辯說智自在故六由拔濟謂轉拔濟一切災横過失得拔濟一切有情一切災横過失智故應知法身由此所說六種佛法之所攝持

釋曰就自性攝以顯攝持法身自性由清淨者謂由清淨佛法攝持法身自性以其法身體清淨故淨誰轉誰而得清淨爲答此問說如是言轉阿賴耶識得法身故由阿賴耶識執持一切雜染種子對治起時轉滅如是一切染種轉得隨順一切無罪圓滿功德譬如世間阿揭陀藥能變有毒令成無毒故說名轉由異熟者謂由異熟佛法攝持法身自性轉色根者謂轉眼等有色諸根得異熟智者謂所轉捨是異熟故假說轉得亦名異熟如昔所得異熟諸根令得善智假名異熟由安住者謂由安住佛法攝持法身自性轉欲行等者謂等取勝解行等由轉彼故證得息滅一切有情諸災患智由自在者謂由自在佛法攝持法身自性攝受業者謂諸世間商賈營農事王等業由轉彼故證得無礙神通自在由言說者謂由言說佛法攝持法身自性由轉世間見等言說證得見聞覺知自在由此逮得一切有情心喜妙智由拔濟者謂由拔濟佛法攝持法身自性災横等者謂如世間國王家等所生憂苦或親友力或財寶力而能息除由轉此故證得息除一切有情一切災横過失妙智轉捨如是六種世法轉得如是六種佛法

論曰諸佛法身當言有異當言無異依止意樂業無別故當言無異無量依身現等覺故當言有異如說佛法身受用身亦爾意樂及業無差別故當言無異不由依止無差別故無量依止差別轉故應知變化身如受用身說

釋曰諸佛法身依止意樂作業無別故無有異諸佛眞如無有異故依止無別一切皆爲利益安樂一切有情意樂同故意樂無別一切皆同利他爲勝現等正覺般涅槃等種種作業故業無別無量依身現等覺故當言有異者謂由無量別別依身菩提薩埵現成佛故非無有異如前廣說如說法身受用亦爾此說意樂及業無別不說依止無有差別無量依止差別轉故謂於一切別世界中諸佛國土衆會名號身量相好受法樂等各不同故佛變化身應知亦爾

論曰應知法身幾德相應謂最清淨四無量解脫勝處遍處無諍願智四無礙解六神通三十二大士相八十隨好四一切相清淨十力四無畏三不護三念住拔除習氣無忘失法大悲十八不共佛法一切相妙智等功德相應

釋曰此中顯說諸佛世尊共聲聞等所有清淨殊勝功德最清淨者顯此功德永斷煩惱及所知障身中起故如是所說最清淨言應知遍在一一功德四無量者謂緣無量有情爲境慈悲喜捨言解脫者謂八解脫所謂有色觀諸色等言勝處者謂八勝處言遍處者謂十遍處無諍願智更無差別四無礙解者

謂法無礙解義無礙解訓詞無礙解辯說無礙解六神通者謂如意通爲初漏盡智爲後三十二大士相者謂妙輪相印手足等八十隨好者謂鼻脩直等四一切相清淨者謂所依清淨所緣清淨心清淨智清淨言十力者謂處非處智力業異熟智力靜慮解脫等持等至智力根勝劣智力種種勝解智力種種界智力遍趣行智力宿住隨念智力死生智力漏盡智力四無畏者謂佛世尊自發誠言我是真實正等覺者若有難言於如是法不正等覺我於彼難正見無緣是第一無畏又發誠言我是真實諸漏盡者若有難言如是如是諸漏未盡我於彼難正見無緣是第二無畏又發誠言我爲弟子說出離道若有難言修如是道非正出苦我於彼難正見無緣

是第三無畏又發誠言我爲弟子說障礙法染必爲障若有難言雖染彼法不能爲障我於彼難正見無緣是第四無畏於此四中皆應廣說正見彼難無有緣故得大安隱得安隱故都無所畏三不護者謂諸如來所有身業清淨現行無不清淨現行身業慮恐他知可須藏護如是名爲第一不護如說身業語業意業亦如是說是三不護三念住者謂諸如來說正法時一類弟子恭敬屬耳住奉教心精進修行法隨法行如來於彼無悅無喜心不踊躍一類弟子不生恭敬翻前廣說如來於彼不生恚恨不生不忍非不保任一類弟子亦生恭敬亦不恭敬乃至廣說如來於彼其心無二謂不喜悅亦不恚恨於彼一切遍住妙捨拔除習氣者謂永拔除雖無煩惱

而有煩惱相似所作騰躍等事無忘失法者謂於利樂諸有情事正念正知不過時分言大悲者謂於有情利樂意樂大義當說十八不共佛法者謂不同義是不共義即諸如來無有誤失如阿羅漢雖盡諸漏爲乞食故出遊城邑或於一時與惡象惡馬惡牛惡狗等共同遊止或於一時足踐叢刺諸惡蛇等齊足跳躑或於一時入如是舍與諸母邑不依正理而作語言或於林野捨棄好道而行惡路或與怨賊師子猛獸及他妻等同共遊止如是等類諸阿羅漢所有誤失諸佛皆無又諸如來無卒暴音如阿羅漢或於一時遊行林野迷失道路或入空宅揚聲叫喚發大暴音或因不染習氣過失聚脣露齒而現大笑如是等類諸阿羅漢卒暴音聲諸佛皆無又諸如來無忘失念如阿羅漢有不染汙久遠所作久遠所說諸忘失念諸佛皆無又諸如來無種種想如阿羅漢於有餘生死一向起極厭逆想於無餘涅槃一向起極寂靜想如來於彼有餘生死無餘涅槃無差別想住最勝捨又諸如來無不定心如阿羅漢斂心方定出即不定如來於彼一切分位無不定心又諸如來無不擇捨如阿羅漢不以智慧簡擇有情諸利樂事而便棄捨如來無有如是等類不擇而捨又諸如來無有欲等六種退失如阿羅漢於能永淨所知障中有未得退謂志欲退精進退念退定退慧退解脫退如是六退諸佛皆無又諸如來身語意業智爲前導隨智而轉如阿羅漢或於一時善身業轉或於一時無記業轉語業意業當知亦爾

如來三業智前導故隨智轉故無有無記智等起故名智前導智俱行故名隨智轉又諸如來於三世境若智若見無著無礙如阿羅漢於三世事非暫起心即能解故智見有著不能一切悉了知故智見有礙如來於彼三世事中暫起心時即遍解知一切境界是故智見無著無礙由是因緣此十八種一一皆名不共佛法一切相妙智者謂於一切蘊界處中善能了知一切行相等者等餘無量功德法身相應

論曰此中有多頌

釋曰於此法身能依不共諸功德中以讚頌門結句道理分别開示

論曰

憐愍諸有情　起和合遠離　常不捨利樂　四意樂歸禮

釋曰今此頌中顯四無量憐愍諸有情者是總句起和合意樂者顯慈無量欲令有情樂和合故起遠離意樂者顯悲無量欲令有情遠離苦故起常不捨意樂者顯喜無量欲令有情不捨樂故起利樂意樂者顯捨無量欲令有情獲得利益及安樂故捨謂棄捨欲令有情捨樂受等煩惱隨眠不捨有情又處中住説名爲捨緣此功德歸依敬禮諸佛法身故名歸禮餘頌准此一切應知

論曰

解脱一切障　牟尼勝世間　智周遍所知　心解脱歸禮

釋曰解脱一切障者此句顯示諸佛解脱勝聲聞等牟尼勝世間者此句顯示諸佛勝處

勝聲聞等智周遍所知者此句顯示諸佛遍處勝聲聞等非如聲聞乘等唯有八種解脫八種勝處十種遍處解脫爲先而有勝處勝處爲先而有遍處由此門故作意思惟解脫一切障勝一切世間智周一切境心解脫者具上三德心離繫縛

論曰

能滅諸有情　一切惑無餘　害煩惱有染　常哀愍歸禮

釋曰此頌顯無諍世俗智爲性不同聲聞所得無諍將入城邑先審觀察若一有情當緣我身隨起一種煩惱諍者即便不入如來觀見雖諸有情當緣佛身起諸煩惱若彼堪任受佛化者即便往彼方便調伏令滅煩惱能滅諸有情一切惑無餘者非如聲聞住無諍定方便遠避不令自身作少有情生煩惱緣惟伏欲界有事煩惱非餘煩惱諸佛不爾方便能滅一切有情一切煩惱令無有餘害煩惱者惟害煩惱不害有情有染常哀愍者若諸有情有煩惱染佛常哀愍而不訶害如有頌言

如呪鬼良醫　治諸鬼所魅　但訶害鬼魅　非鬼所魅者　如是大悲尊　治煩惱所魅　但訶害煩惱　不訶害有情

論曰

無功用無著　無礙常寂定　於一切問難　能解釋歸禮

釋曰此頌顯願智勝聲聞等由五相故謂無功用故無著故無礙故常寂定故一切疑難能解釋故諸聲聞等所得願智隨其所願而

入於定惟能知此不知其餘佛即不爾由無功用智不作功用如末尼天樂隨願能知一切境界由無著智於所知境皆無滯故由無礙智斷煩惱障并習氣故由常寂定定障斷故如有頌言

那伽行寂定　那伽住寂定　那伽坐寂定

那伽臥寂定

由此所發微妙願智於一切時善能解釋一切問難

論曰

於所依能依　所説言及智　能説無礙慧

常善説歸禮

釋曰此頌顯示四無礙解言所依者謂諸教法即契經等言能依者謂所詮義如是二種皆名所説所作業故言智二種皆是能説作者作具等所起故無礙慧者謂於此中無退轉智常善説者由具四種無礙解故常能善説若於所依無礙覺慧名法無礙於法異門無罣礙故若於能依無礙覺慧名義無礙於一切法自相共相無罣礙故或於諸法別義意趣無罣礙故若於其言無礙覺慧名訓詞無礙於諸國土各別境界種種言詞隨自展轉異想隨説無罣礙故或於諸法訓釋言詞無罣礙故若於分析諸法智中無礙覺慧名辯説無礙於能辯析諸法智中無罣礙故

論曰

爲彼諸有情　故現知言行　往來及出離

善教者歸禮

釋曰此頌顯示六種神通爲彼諸有情者此是總句善教者言一一皆有善者妙也教者

言也爲令勝進說微妙言名善教者故現善教者是如意通隨所應化故往其所現大神變善教彼故知言善教者是天耳通聽聞遠住有義言詞一切音聲如其所應爲說法故知行善教者是心差別通知心勝劣善教彼故知往善教者是宿住隨念智通了達過去善教彼故知來善教者是死生智通了達未來善教彼故知出離善教者是漏盡智通如斷煩惱善教彼故

論曰

諸衆生見尊　皆審知善士　暫見便深信

開導者歸禮

釋曰此頌顯示諸相隨好法身是現相好所依故就相好歸禮法身諸衆生見尊皆審知善士者一切世間由見世尊具相隨好皆悉審知是大善士諸衆生者通攝當時及於彼時堪受化者暫見便深信者暫見世尊具相隨好便深淨信知是世間善開導者

論曰

攝受住持捨　現化及變易　等持智自在

隨證得歸禮

釋曰此頌顯示四一切相清淨攝受住持捨者顯所依清淨依止靜慮如其所欲隨樂長短能於自身攝受住持棄捨自在現化及變易者顯所緣清淨化作種種未曾生色名爲現化轉變種種巳曾生色成金銀等名爲變易於此一切變化品類皆得自在等持自在者顯心清淨隨其所欲三摩地門自在而轉一一刹那如其意樂能入諸定智自在者顯智清淨如其所欲陀羅尼門任持自在隨證

得者隨順證得上四清淨

論曰

万便歸依淨　及大乘出離　於此誑衆生

摧魔者歸禮

釋曰此頌顯十力謂於善趣惡趣方便諸業歸依世出世淨大乘出離四種義中魔誑衆生此中顯說能摧彼魔十力業用言方便者善趣万便謂諸善業惡趣方便謂不善業宣說如是趣方便時魔於其中誑惑而住言不如是與是相違說不善業爲善趣方便說諸善業爲惡趣方便或說一切皆無有因或說一切自在天等以爲其因處非處力能摧彼說訓釋詞者處名所以有所容受若無所以無所容受說名非處謂無處無容諸衆生類無因惡因而當得有此復云何由此有故彼有此生故彼生謂無明緣行等非自在天等令次第得生言歸依者所謂諸業如說世間皆由自業業爲依止業作歸依說此業時魔於其中誑惑而住廣如前說由第二業異熟智力能摧彼說無所罣礙謂諸有情業所分別高下勝劣不由無因自在天等廣如前說所言淨者謂世間淨及出世淨暫時畢竟伏諸煩惱永害隨眠由諸靜慮等持等至及聖道故說此淨時魔於其中誑惑而住廣如前說由靜慮等持等至智力能摧彼說無所罣礙及大乘出離者此顯餘力所作業用謂說大乘究竟出離佛果德時魔於其中誑惑而住言此無上正等菩提極難可得宜求聲聞究竟出離由餘七力能摧彼說無所罣礙

論曰

能說智及斷　出離能障礙　自他利非餘外道伏歸禮

釋曰此頌顯示四無所畏能說智者謂佛誠言我是眞實正等覺者即是遍知一切法智能說斷者謂佛誠言我是眞實諸漏盡者即是煩惱諸漏永盡如是二種依自利說能說出離者謂佛誠言我爲弟子說出離法眞實出離能說能障礙者謂佛誠言我爲弟子說能障法眞實能礙如是二種依利他說如是四種名自他利非餘外道伏者顯離怖畏釋無畏義非餘外道所能降伏是故無畏

論曰

處衆能伏說　遠離二雜染　無護無忘失攝御衆歸禮

釋曰此頌顯示不護念住處衆能伏說者謂處大衆能伏他說以身業等及諸威儀皆無醜惡可須藏護恐彼譏嫌是故處衆能伏他說如是即明三種不護遠離二雜染者謂恭敬聽不恭敬聽弟子衆中善住念故遠離愛恚如是即明三種念住由此無護無忘失故能善攝御諸弟子衆

論曰

遍一切行住　無非圓智事　一切時遍知實義者歸禮

釋曰此頌顯示拔除習氣遍一切行住者謂於聚落或於城邑爲乞食故往返經行於樹下等身四威儀寂然而住無非圓智事者謂聲聞等雖盡煩惱猶有習氣隨縛所作掉舉等事如彼尊者大目揵連五百生中常作獼猴由彼習氣所隨縛故雖離煩惱而間時作

獼猴跳躑有一獨覺昔多生中曾作婬女今餘習故時莊飾面如是等類非一切智所應作事世尊皆無是名如來不共功德一切時遍知實義者非如外道棓刺拏等非是眞實一切智者故說如來是其實義一切智者順結頌法故顛倒說或此句義前後各別一切時遍知者此顯佛是一切智者實義者此顯佛是有實義者如人有杖說爲杖者

論曰

諸有情利樂　所作不過時　所作常無虛
無忘失歸禮

釋曰此頌顯示無忘失法諸有情利樂所作不過時者謂佛世尊若有所化若於爾時應有所作即便爲彼即於爾時作所應作終不失時如有頌言

譬如大海水　奔潮必應時　佛哀愍衆生
赴感常無失

所作常無虛者諸佛所作不空無果無忘失者所作應時常無忘失

論曰

晝夜常六返　觀一切世間　與大悲相應
利樂意歸禮

釋曰此顯大悲利益安樂意樂爲體此言大者福智資糧圓滿證故令脫三苦爲行相故三界有情爲所緣故於諸有情心平等故決定無有勝此者故晝夜常六返觀一切世間者此顯大悲所作業用謂佛世尊於晝夜分各三時觀一切世間誰善法增誰善法減誰善根熟誰根未熟誰是堪受勝生法器誰是堪受定勝法器誰是佛乘器誰是餘乘器如

是等

論曰

由行及由證　由智及由業　於一切二乘

最勝者歸禮

釋曰此顯十八不共佛法言由行者此說行時一切事業即是如來無有誤失乃至無有不擇而捨及由證者即是住時六種無退謂欲無退乃至第六解脫無退言由智者謂於三世無著無礙智見而轉及由業者即是如來身語意業智爲前導隨智而轉於一切二乘最勝者者此顯佛於一切聲聞及獨覺乘最爲殊勝由與十八不共功德具相應故

論曰

由三身至得　具相大菩提　一切處他疑

最勝者歸禮

釋曰此頌顯示一切相妙智性一切行相皆正了知名一切相妙智此妙智體名一切相妙智性即是一切所知境界一切行相殊勝智體言三身者謂自性等由此三身至得具相無垢無礙妙智自性大菩提果言具相者具一切相有說無常等十六種行相名一切相菩提用彼爲先因故有餘復說即此及餘一切諸法皆無自性無生無滅本來寂靜自性涅槃無所得相名一切相有餘復說非於此中說治所治諸品類相然說一切義利圓滿如如意珠具一切相我今觀此一切相者即是一切障斷品類所以者何求斷一切障品類故謂斷一切所知障品及斷一切習氣品故又此具相大菩提者即是正知一切境相是故能斷一切他疑一切處者一切世間

他疑即是所有人天一切疑惑於此他疑皆悉能斷由此能斷一切人天疑惑作用顯一切相妙智殊勝

論曰諸佛法身與如是等功德相應復與所餘自性因果業相應轉功德相應是故應知諸佛法身無上功德此中有二頌

尊成實勝義　一切地皆出　至諸衆生上
解脫諸有情　無盡無等德　相應現世間
及衆會可見　非見人天等

釋曰法身與此功德相應復與餘六功德相應此略標義二頌廣釋尊成實勝義者謂佛法身成實勝義眞如所顯此即宣說法身自性功德相應說力差別相應無失譬如說火煗德相應一切地皆出者是極喜等一切十地皆出離義此則成實勝義之因至諸衆生上者一切智性於諸有情最爲殊勝此即成實勝義之果解脫諸有情者即是成實勝義之業無盡無等德相應者與諸功德相屬相應無邊不共力無畏等無盡無等德相應故現世間及衆會可見者謂變化身出現世間及受用身處大衆會二皆可見非見人天等者謂佛法身非人天等之所能見此說世尊三身差別以顯轉義謂體性轉變差別於三身中二身可見一非可見

攝大乘論釋卷第九

音釋

癩（落蓋切惡病也）跳躑（跳田聊切跳躍也躑直隻切躑躅也）魅（明祕切精怪也）掊（蒲溝切）

攝大乘論釋卷第十

無性菩薩造

唐三藏法師玄奘奉制譯

釋果智分第十一之二

論曰復次諸佛法身甚深最甚深此甚深相云何可見此中有多頌

釋曰諸佛法身甚深者說此法身自性難覺世聰明者所有覺慧尚不解故最甚深者說此法身差別難覺諸聲聞等所有覺慧不能行故如是甚深以十二頌略當顯示

論曰

佛無生爲生　亦無住爲住　諸事無功用　第四食爲食

釋曰此顯生住業住甚深佛無生爲生者諸佛無生而現有生名生甚深亦無住爲住者生死涅槃無住爲住此即安住無住涅槃名住甚深諸事無功用者不由功用作一切事猶如世間末尼天樂名業甚深第四食爲食者食有四種一不清淨依止住食謂具縛者由段等食令身安住二淨不淨依止住食謂若生在色無色界由觸意思識食安住已離欲故無有段食預流向等是有學故亦淨不淨依止住食彼由四食自體安住三一向淨依止住食謂由四食阿羅漢等自體安住四唯示現依止住食謂佛世尊示現受用段等四食如來食時實不受食亦不假食自身安住然順世間示現受食示現假食其身安住現受第四食得住故名住甚深

論曰

無異亦無量　無數量一業　不堅業堅業

諸佛具三身

釋曰此頌顯示安立數業甚深無異者顯安立甚深以無差別而安立故亦無量者顯數甚深此顯安立其數無量無數量一業者雖有無量而無別業何者一業變化受用業無差別成他利故不堅業堅業者自性身業是其堅住餘二身業是不堅住如是一切名業甚深

論曰

現等覺非有　一切覺非無　一一念無量有非有所顯

釋曰此頌顯示現等覺甚深現等覺非有者依他起中遍計所執性非有故一切覺非無者依他起中圓成實性是真有故一一念無量者謂過無量殑伽沙數諸世界中念念俱時有無量佛現等覺故有非有所顯者謂諸如來是有非有空性所顯成尊位故

論曰

非染非離染　由欲得出離　了知欲無欲悟入欲法性

釋曰此頌顯示離欲甚深云何非染斷貪纏故非離染者非速永斷貪隨眠故由欲得出離者由留如是隨眠貪故得大菩提若斷如是貪隨眠者應同聲聞等疾入涅槃故了知欲無欲者了知遍計所執貪欲無欲性故悟入欲法性者悟入作證欲法眞如

論曰

諸佛過諸蘊　安住諸蘊中　與彼非一異不捨而善寂

釋曰此頌顯示斷蘊甚深諸佛過諸蘊者謂

諸如來超過一切遍計所執色等諸聚如實觀見遍計所執不可得故安住諸蘊中者謂佛安住法性蘊中與彼非一異者謂法性蘊與彼遍計所執諸蘊不可說異遍計所執性本無故不可說一遍計所執順雜染故法與法性非一非異不捨而善寂者謂不棄捨法性諸蘊即是妙善求寂滅故

論曰

諸佛事相雜　猶如大海水　我已現當作

他利無是思

釋曰此頌顯示成熟甚深諸佛事相雜者謂諸如來所作一切利益安樂有情事業展轉和同合成一味不可分別問此事如何等答猶如大海水謂如大海衆流所歸水同一味不可分別一切同作魚等饒益我已現當作他利無是思者離功用心思惟他利三時差別而能任運起利他事如帝釋等末尼天樂雖無思慮而有作用

論曰

衆生罪不現　如月於破器　遍滿諸世間

由法光如日

釋曰此頌顯示顯現甚深問若如來身是常住者於一切時何故不現答衆生罪不現如月於破器如破器中水不得住月影不現此非月過是器之失衆生身中無奢摩他清潤定水佛影不現非如來過是衆生失水喻等持清潤性故如說如來是真妙善無漏法影有感斯現若無感者猶如生盲不能覩見遍滿諸世間由法光如日者謂諸佛日放契經等正法言光遍照一切有情世間有緣斯見

餘不見者是其自過非如來失如世間日流光遍照有目者覩盲者不見

論曰

或現等正覺　或涅槃如火　此未曾非有諸佛身常故

釋曰此頌顯示示現等覺涅槃甚深或現等正覺或涅槃如火者如世間火有處燒然有處息滅諸佛亦爾於諸善根未成熟者現等正覺令其成熟速得解脫於諸善根已得成熟已解脫者現般涅槃無所爲故此未曾非有等其義易了

論曰

佛於非聖法　人趣及惡趣　非梵行法中最勝自體住

釋曰此頌顯示住甚深於非聖法最勝自體住者謂於不善由最勝自體住最勝住即空無願及無相住緣不善法而安住故於人趣及惡趣最勝自體住者謂於人趣及諸惡趣由最勝自體住最勝住即諸靜慮諸等至住由緣彼趣而安住故非梵行法中最勝自體住者謂於非梵行法中由最勝自體住最勝住即四無量名爲梵住緣非梵行而安住故

論曰

佛一切處行　亦不行一處　於一切身現非六根所行

釋曰此頌顯示自體甚深言自體者即是如來常住法界及所成德總名自體佛一切處行者謂後得智遍行一切於何遍行謂善不善無記有漏無漏有爲無爲等差別境界亦不行一處者謂無分別智無分別故不行一

切差別境界於一切身現者謂變化身於一切處現受生故非六根所行者謂第一義常住法身非諸生處那落迦等同分有情所能取故

論曰

煩惱伏不滅　如毒呪所害　由惑至惑盡

證佛一切智

釋曰此頌顯示斷煩惱甚深煩惱伏不滅者謂菩薩位中伏諸煩惱而未永斷如毒呪所害者譬如衆毒爲神驗呪之所損害體雖未滅而不爲患煩惱亦爾由念智力伏現行纏隨眠猶在何故煩惱隨眠猶在恐同聲聞乘速般涅槃故由此道理煩惱爲因至煩惱盡得一切智如有頌言

念智力所制　煩惱證菩提　如毒呪所持

過失成功德

論曰

煩惱成覺分　生死爲涅槃　具大方便故

諸佛不思議

釋曰此頌顯示不可思議甚深謂諸煩惱轉成覺分生死苦惱即爲涅槃如是因果非世間理可得思議

論曰應知如是所說甚深有十二種謂生住業住甚深安立數業甚深現等覺甚深離欲甚深斷蘊甚深成熟甚深顯現甚深示現等覺涅槃甚深住甚深顯示自體甚深斷煩惱甚深不可思議甚深

釋曰此十二種皆難覺了故名甚深一一別相如前已說

論曰若諸菩薩念佛法身由幾種念應修此

念略説菩薩念佛法身由七種念應修此念
一者諸佛於一切法得自在轉應修此念於
一切世界得無礙通故此中有頌
有情界周遍　具障而闕因　二種決定轉
諸佛無自在
二者如來其身常住應修此念眞如無間解
脱垢故三者如來最勝無罪應修此念一切
煩惱及所知障並離繫故四者如來無有功
用應修此念不作功用一切佛事無休息故
五者如來受大富樂應修此念清淨佛土大
富樂故六者如來離諸染汙應修此念生在
世間一切世法不能染故七者如來能成大
事應修此念示現等覺般涅槃等一切有情
未成熟者能令成熟已成熟者令解脱故此
中有二頌

圓滿屬自心　具常住清淨　無功用能施
有情大法樂　遍行無依止　平等利多生
一切佛智者　應修一切念
釋曰此顯菩薩修念諸佛法身功德於一切
法自在轉者謂諸如來於一切法由串習故
得自在轉暫起欲樂一切功德皆能圓滿現
在前故若諸如來普於一切無量無邊諸世
界中神通無礙何因緣故一切有情不般涅
槃由彼有障及無因故前總明佛於一切法
得自在轉今别顯示佛於有情不得自在故
説伽他有情界周遍具障而闕因者謂具煩
惱業異熟障故名具障猛利煩惱諸無間業
愚戇頑嚚如其次第無涅槃因無種性故名
爲闕因二種決定轉者謂作重業決定受異
熟決定作重業決定者謂數串習令同類因

與等流果決定相續如未生怨害父王等受異熟決定者謂作決定感異熟業決定當受諸異熟果如諸釋種決定應爲毗盧宅迦王所殺害諸佛於上所說有情皆無自在令得涅槃是故前雖總說如來於一切法得自在轉今須別說不得自在如來身常住者最清淨眞如爲自體故無改轉故無變異故如來最勝無罪者謂諸煩惱及所知障罪永斷故如來無功用者謂如天樂其義易了如來受大富樂者受用廣大清淨佛土功德莊嚴大法樂故如來離染汙者如紅蓮華其義易了如來能成大事者謂現等覺般涅槃等成辦有情廣大義利如所堪能令彼成熟得解脫故如是七種所修念佛復以二頌略攝其義初圓滿言貫通一切屬自心圓滿者此攝第一於一切法自在轉相具常住圓滿者此攝第二身常住相具清淨圓滿者此攝第三最勝無罪相無功圓滿者此攝第四無功用相能施有情大法樂圓滿者此攝第五大法樂相遍行無依止圓滿者此攝第六一切世法不能染相平等利多生圓滿者此攝第七能成大事相能作廣大利樂事故一切佛者謂諸如來圓滿功德言智者謂大菩薩應修一切念者應修如是七種隨念憶持明記令不忘失是其念義

論曰復次諸佛清淨佛土相云何應知如菩薩藏百千契經序品中說謂薄伽梵住最勝光曜七寶莊嚴放大光明普照一切無邊世界無量方所妙飾間列周圓無際其量難測超過三界所行之處勝出世間善根所起最

極自在淨識爲相如來所都諸大菩薩衆所雲集無量天龍藥叉健達縛阿素洛揭路茶緊捺洛莫呼洛伽人非人等常所翼從廣大法味喜樂所持作諸衆生一切義利蠲除一切煩惱災横遠離衆魔過諸莊嚴如來莊嚴之所依處大念慧行以爲遊路大止妙觀以爲所乘大空無相無願解脱爲所入門無量功德衆所莊嚴大寶華王之所建立大宫殿中如是顯示清淨佛土顯色圓滿形色圓滿分量圓滿方所圓滿因圓滿果圓滿主圓滿輔翼圓滿眷屬圓滿任持圓滿事業圓滿攝益圓滿無畏圓滿住處圓滿路圓滿乘圓滿門圓滿依持圓滿復次受用如是清淨佛土一向淨妙一向安樂一向無罪一向自在

釋曰此依諸佛清淨佛土説薄伽梵住最勝光曜七寶莊嚴等言最勝光曜七寶莊嚴者謂佛淨土光曜最勝用七妙寶綺飾莊嚴或即七寶最勝光曜言七寶者一金二銀三瑠璃四牟娑洛寶五遏濕摩揭婆寶此復何等所謂帝青大青等寶六赤真珠寶謂赤蟲所出名赤真珠七羯雞怛諾迦寶放大光明普照一切無邊世界者謂即最勝光曜七寶放大光明遍照一切無邊世界或佛淨土放大光明普照一切無邊世界其體亦遍無邊世界此上二句顯佛淨土顯色圓滿無量方所妙飾間列者謂佛淨土無量方所妙飾間列如慧爲先安布間飾此句顯示形色圓滿周圓無際其量難測者謂佛淨土其量周圓無際難測或復其量無邊際故周圓難測此句顯示分量圓滿超過三界所行之處者謂佛

淨土方處超過三界行處非三界愛之所行故非諸繫業異熟果故此句顯示方所圓滿勝出世間善根所起者謂出世間善根爲因及後得勝善根爲因淨土生起非自在等爲淨土因此句顯示因圓滿最極自在淨識爲相者謂佛淨土最極自在清淨心識以爲體相唯有識故非離識外別有實等即淨心識如是變現似衆寶等此句顯示果圓滿如來所都者謂佛爲主都此非餘此句顯示主圓滿諸大菩薩衆所雲集者唯有已入大地菩薩止住其中輔翼如來非聲聞等此句顯示輔翼圓滿無量天龍藥叉等者謂諸天等止住其中以爲眷屬此化非實莫呼洛伽者此攝大嬵此句顯示眷屬圓滿廣大法味喜樂所持者謂淨土中大乘法味喜樂爲食此句顯示任持圓滿食能任持諸身命故作諸衆生一切義利者食此食已作諸有情諸利樂事此句顯示事業圓滿蠲除一切煩惱災橫者謂淨土中無諸煩惱所作災橫此句顯示攝益圓滿遠離衆魔者謂離煩惱蘊死天魔四種怨敵此句顯示無畏圓滿過諸莊嚴如來莊嚴之所依處者謂過一切菩薩莊嚴如來莊嚴之所依處此句顯示住處圓滿於諸住處最爲勝故大念慧行以爲遊路者思所成慧名爲大念聞所成慧名爲大慧修所成慧名爲大行此句顯示路圓滿遊路即是道之異名大止妙觀以爲所乘者乘奢摩他毗鉢舍那遊三慧路往所趣園勝諸聲聞獨覺菩薩所乘止觀故名爲大此句顯示乘圓滿大空無相無願解脫爲所入門者三解脫門

爲趣入處門者通也大義如前此句顯示門圓滿無量功德衆所莊嚴大寶華王之所建立者譬如世間寶莊嚴具衆寶莊嚴此佛淨土所依大寶紅蓮華王無量功德衆所莊嚴如地輪等依風輪住如是淨土無量功德衆所莊嚴大寶華王之所建立此紅蓮華於衆華中最爲殊勝是故說名大寶華王或即如來說名大王大法王故此紅蓮華是佛依處從主爲名之所建立者謂佛淨土依此華王長時相續無有間絶此句顯示依持圓滿受用如是清淨佛土一向淨妙者無不淨故離糞穢故一向安樂者無有苦受及處中受故一向無罪者無有不善及無記故一向自在者不待外緣故暫起於心衆事辦故

論曰復次應知如是諸佛法界於一切時能作五業一者救濟一切有情災横爲業於暫見時便能救濟盲聾狂等諸災横故二者救濟惡趣爲業拔諸有情出不善處置善處故三者救濟非方便爲業令諸外道捨非方便求解脫行置於如來聖教中故四者救濟薩迦耶爲業授與能超三界道故五者救濟乘爲業拯拔欲趣餘乘菩薩及不定種性諸聲聞等安處令修大乘行故於此五業應知諸佛業用平等此中有頌

因依事性行　别故許業異　世間此别力
無故非導師

釋曰諸佛法界即是法身應知恒時能作五業救濟一切有情災横爲業者因緣所生病等憂苦說名災横於暫見時便能救濟盲聾狂等諸災横者如契經言若見佛時盲者得

眼聾者得耳狂者得念如是等問如說法身非六根境云何今說盲得眼等能見法身爲法身業答見法身者由昔大願引發勢力成滿法身次第發起變化身用由此能令盲得眼等由昔資糧引發勢力證得法身任運起用如機關輪以末歸本言見法身實唯見化救濟惡趣爲業等者拔不善處置於善處方名救濟其因若無果亦無故救濟非方便爲業等言其文顯了救濟薩迦耶爲業等者迦耶名身虛僞名薩其身虛僞名薩迦耶謂於其中僞身見轉即是三界有漏諸法於彼說授出離法故名爲救濟救濟乘爲業等者爲令不定種性菩薩及聲聞等證大菩提安立彼於大乘正行應知諸佛於此五業悉皆平等爲顯此義復說頌言因依事等世間因別故許業異者謂天因別人鬼等因各各差別故業有異諸佛不爾因無別故非業有異世間依別故許業異者依謂身體彼差別故其業有異如彼天授與彼祠授依身別故其業各異諸佛不爾法身無別故業非異世間事別故許業異者事謂所作所用差別事各別故其業有異如彼凡夫營農事別商賈事別如是一切諸佛不爾利衆生事無差別故非業有異世間性別故許業異者性謂意樂如彼世間利益意樂安樂意樂境界差別故業有異諸佛不爾利益安樂一切有情意樂無別故業非異世間行別故許業異者行謂功用如小功用能起小業若大功用便起大業功用別故其業有異諸佛不爾一切所作皆無功用故業非異此別力無故非導師者此

因等五別力無故非世導師五業差別

論曰若此功德圓滿相應諸佛法身不與聲聞獨覺乘共以何意趣佛說一乘此中有二頌

爲引攝一類　及任持所餘　由不定種性

諸佛說一乘　法無我解脫　等故性不同

得二意樂化　究竟說一乘

釋曰依此密意佛說一乘二頌顯示爲引攝一類者了知不定種性聲聞趣彼解脫方便引攝令依大乘而般涅槃故說一乘及任持所餘者爲欲任持其餘不定種性菩薩恐於大乘精進退壞故說一乘任持令住勿彼菩薩依聲聞乘而般涅槃法等故者法謂眞如諸聲聞等乘雖差別同趣眞如所趣眞如無有差別故說一乘無我等故者補特伽羅無我同故若實有異補特伽羅可有乘別此是聲聞此是菩薩既無實異補特伽羅故說一乘解脫等故者謂彼三乘於煩惱障解脫無異如世尊言解脫解脫無有差別由此意趣故說一乘性不同故者謂諸聲聞不定種性有差別故謂迴向菩提聲聞身中具有聲聞種性及佛種性由此道理故說一乘得二意樂故者謂得二種意樂一者諸佛於一切有情得同自體意樂言彼即是我我即是彼由是因緣此既成佛彼亦成佛是故名得第一意樂二者世尊法華會上與諸聲聞舍利子等受佛記別爲令攝得如是意樂我等與佛平等無二又此會上有諸菩薩與彼名同得授記別故佛一言含二種益謂諸聲聞攝得同佛自體意樂及諸菩薩得授記別由此道

理故說一乘言化故者如世尊言汝等苾芻我憶往昔無量百返依聲聞乘而般涅槃云何已成佛復依聲聞而般涅槃是故此中有別意趣謂爲調伏聲聞種性所化有情自化其身同彼乘類現般涅槃由此義故若聲聞乘若獨覺乘即是大乘故成一乘究竟故者依究竟理故說一乘非無歸別由過此外無別勝乘唯此一乘最爲勝故佛說一乘

論曰如是諸佛同一法身而佛有多何緣可見此中有頌

一界中無二　同時無量圓　次第轉非理
故成有多佛

釋曰一界中無二者一世界中無有二佛是故當言唯有一佛同時無量圓者無量菩薩修習資糧同時圓滿多世界中現成佛果是故諸佛當言有多或有說言一世界中前後次第無量菩薩成等正覺非多世界同時多佛爲破此執復言次第轉非理故無有因緣無量菩薩修習資糧同時圓滿展轉相待次第成佛是故諸佛同時有多

論曰云何應知於法身中佛非畢竟入於涅槃亦非畢竟不入涅槃此中有頌

一切障脫故　所作無竟故　佛畢竟涅槃
畢竟不涅槃

釋曰有大乘人謂佛畢竟不般涅槃就無餘依涅槃界說餘復謂佛畢竟涅槃就有餘依涅槃界說此二意趣定執非理若正說者應言諸佛非定畢竟入於涅槃亦非畢竟不入涅槃佛一切障得解脫故畢竟涅槃所應作事無竟期故諸佛畢竟不入涅槃

論曰何故受用身非即自性身由六因故一色身可見故二無量佛衆會差別可見故三隨勝解見自性不定可見故四別別而見自性變動可見故五菩薩聲聞及諸天等種種衆會間雜可見故六阿賴耶識與諸轉識轉依非理可見故佛受用身即自性身不應道理

釋曰色身可見故者謂受用身有色可見非自性身有色可見故受用身非自性身又受用身無量衆會受用色法差別可見非自性身有此差別故受用身非自性身又受用身隨勝解見自性不定如契經言或有一類見受用佛或有一類見是少年或有一類見爲童子如是廣說非自性身有此不定故受用身非自性身又受用身自性變動差別可見一能見者先於一時見受用身形相別異後於一時復見別異非自性身其體變動故受用身非自性身又受用身菩薩聲聞及諸天等種種衆會常所間雜非自性身應有如是衆會間雜故受用身非自性身又見轉依非道理故謂轉阿賴耶識得自性身轉諸轉識得受用身故受用身非自性身由此六種不應正理故受用身非自性身

論曰何因變化身非即自性身由八因故謂諸菩薩從久遠來得不退定於覩史多及人中生不應道理又諸菩薩從久遠來常憶宿住書筭數印工巧論中及於受用欲塵行中不能正知不應道理又諸菩薩從久遠來已知惡說善說法教往外道所不應道理又諸菩薩從久遠來已能善知三乘正道修邪苦

行不應道理又諸菩薩捨百拘胝諸贍部洲但於一處成等正覺轉正法輪不應道理若離示現成等正覺唯以化身於所餘處施作佛事即應但於覩史多天成等正覺何不施設遍於一切贍部洲中同時佛出既不施設無教無理雖有多化而不違彼無二如來出現世言由一四洲攝世界故如二輪王不同出世此中有頌

佛微細化身　多處胎平等　爲顯一切種
成等覺而轉

爲欲利樂一切有情發願修行證大菩提畢竟涅槃不應道理願行無果成過失故

釋曰由八因故證變化身即自性身不應正理謂諸菩薩從久遠來得不退定曾無退失生於欲界覩史多天尚不應理況生人中非經多劫修不退定得欲界果應正道理故變化身異自性身道理成就又諸菩薩從久遠來常憶宿住廣說乃至修邪苦行不應道理其文易了無煩重釋又諸菩薩捨百拘胝諸贍部洲但於一處成等正覺轉正法輪不應道理此一切處皆相似故由此道理是變化身非自性身若謂遠離餘贍部洲現成等覺唯獨於此贍部洲中真證等覺以變化身遍於餘處施作佛事何故不許覩史多天真證等覺化身來此諸四大洲施作佛事若汝意謂一贍部洲成等正覺餘處現化非不應理若唯住在覩史多天成等正覺一切四洲贍部洲內示現化身何不應理若定不許一切四洲現等正覺無教無理故不可說有贍部洲無佛出世爲不與彼契經相違如契經說

無處無容非前非後於一世界有二如來出現於世若許一切贍部洲中同時多佛出現於世與彼相違爲避此難是故復言雖有多化而不違彼無二如來出現世等彼契經說一四大洲名一世界非千洲等即彼經說如二輪王不同時出若不許佛多四大洲同時俱出亦不應許有多輪王多四大洲同時俱出若許唯一四大洲中無二輪王同時並出非千洲等亦應許佛一四洲中無二並出非千洲等復以伽他現多化身顯具相覺佛微細化身等者如佛化身現入毋胎如是化作舍利子等多聲聞衆其相各異入自毋胎同時平等爲欲顯發一切種覺是尊勝故佛作是化次顯如來畢竟涅槃不應道理謂爲利樂一切有情發願修行證大菩提此願此行唯欲利樂一切有情事猶未訖即便依彼畢竟涅槃而般涅槃不應道理行願二種應無果故現涅槃者是變化身非自性身

論曰佛受用身及變化身既是無常云何經說如來身常此二所依法身常故又等流身及變化身以恒受用無休廢故數數現化不永絕故如常受樂如常施食如來身常應知亦爾

釋曰有契經說如來身常佛受用身及變化身既是無常云何如來其身常住謂此二身雖是無常然依法身法身常故亦說爲常言身常者或體是常或依常身故名身常此顯等流及變化身是異門常非自性常又受用身以恒受用無休廢故如常受樂猶如世間言常受樂雖非受樂常無間斷而得說言此

常受樂佛受用身當知亦爾雖非常住而或言常以於彼彼菩薩衆中受大法樂無休廢故佛變化身數數現化不求斷絶别意言常如常施食猶如世間言常施食雖非施食能常無間然數數施期心不絶名常施食佛變化身當知亦爾非無生滅説名爲常隨所化生數數示現不求絶故密意言常

論曰由六因故諸佛世尊所現化身非畢竟住一所作究竟成熟有情已解脱故二爲令捨離不樂涅槃爲求如來常住身故三爲令捨離輕毀諸佛令悟甚深正法教故四爲令於佛深生渴仰恐數見者生厭怠故五爲令於自身發勤精進知正説者難可得故六爲諸有情極速成熟令自精進不捨軛故此中有二頌

由所作究竟　捨不樂涅槃　離輕毀諸佛
深生於渴仰　内自發正勤　爲極速成就
故許佛化身　而非畢竟住

釋曰爲令捨離不樂涅槃爲求如來常住身故者此顯如來入涅槃意以如來身是無常故應樂涅槃若求如來常住身時便背涅槃世尊現滅顯身無常令樂畢竟常涅槃故爲令捨離輕毀諸佛令悟甚深正法教故者若謂諸佛其身常住便於悟解甚深法教不勤方便謂令不悟後定當悟若數撿問諸弟子衆便生輕毀自執已見作如是言我由此故定免彼問若不住世彼於何處當生輕毀咸言我等未得彼意世尊涅槃誰能無倒開悟我等是故於法勤求覺悟令於自身發勤精進知正説者難可得故者謂知世尊將般涅

槃便於自身發勤精進佛是世間正說法者彼若無有世間無依如是知已發勤精進為諸有情極速成熟令自精進不捨軛故者為修精進離捨善軛乃至世尊未滅度來我諸善根定須成熟由是六因佛變化身非畢竟住為攝如是上所說義故說伽他由所作等

論曰諸佛法身無始時來無別無量不應為得更作功用此中有頌

佛得無別無量因　有情若捨勤功用
證得恒時不成因　斷如是因不應理

釋曰此中有難諸佛法身無始時來無別無量作證得因為求佛果何須功用復有難言諸佛法身無始時來無別無量一佛即能具足成辦一切有情諸利樂事不應為得更作功用為答此難故佛得等諸佛證得無始時來無別無量若是有情為求佛果捨正勤因如是證得恒不成因由佛證得非諸有情為求佛果捨正勤因故無此難若離正勤得佛果者一切有情本應皆得是故不應斷正勤因又佛法界無始時來無別無量普為一切作證得因令諸菩薩悲願纏心勤求佛果為作一切有情利樂故求佛果發勤功用

論曰阿毗達磨大乘經中攝大乘品我阿僧伽略釋究竟

釋曰我已略釋攝大乘竟復說頌曰

我無性已發　求佛果妙願　於淨境理教
悲慧積于心　從諸師正聞　如實深信解
專念現前故　已述造斯釋　於甚深廣大
十義勤生福　願一切世間　得具相妙智

攝大乘論釋卷第十

音釋

戇陟降切愚也　嚚魚巾切口不道忠信之言為嚚　蟒母黨切大蛇也

攝大乘論釋卷第一

世親菩薩造

唐三藏法師玄奘奉詔譯

總標綱要分第一

諸破所知障翳闇　盡其所有如所有
諸法眞俗理影中　妄執競興於異見
斯由永離諸分別　無垢清淨智光明
獲得最勝三菩提　惑障并習斷常住
能無功用於十方　隨諸有情意所樂
開示殊勝極廣大　三種解脱等方便
由無分別有大悲　生死涅槃俱不住
由攝妙慧巧方便　究竟至極自他利
如是世尊等所覺　等所開示微妙法
若能於此善修行　必獲寂然甘露迹
誹謗決定没無底　甚久無能大苦海
學無學僧居道果　普勝一切所餘僧
善逝無垢功德河　眞實於中而沐浴
爲世無上良福田　雖復投於微少善
而便廣大如地空　慧者由斯得解脱
故我至誠身語思　頻修無倒歸命禮
軌範諸師今減少　眞法正理多渾濁
皆由聰叡邪慢人　依自尋思失教證
我師於此非前後　逢事聖者大慈尊
依止無動出世間　放大法光三摩地
闡揚妙法流清譽　如日舒光遍十方
文光無垢最甚深　諸了義經所隨順
廣大句義皆微妙　悉以綺飾自莊嚴
能令聰敏者融心　無諂無憍生愛敬
極難通法慧無滯　不住利養稱譽中
於樂常無染著心　故名決定稱自德

諸賢聖者常親近　一切世間無不知
無著名稱普皆聞　功德顯然同所讃
無盡辯者等所兩　甘露文義微妙法
多從彼聞自力微　少受猶如乞雨鳥
從廣決擇集少分　以言略釋攝大乘
願此所作遍饒益　怖於極大文海者

論曰阿毗達磨大乘經中薄伽梵前已能善入大乘菩薩爲顯大乘體大故說謂依大乘諸佛世尊有十相殊勝殊勝語

釋曰依止何義從何所因而作是說廣博所知深大法性若離諸佛菩薩威力誰於此中能造釋論復由何義於此論初說如是事由若離舉阿毗達磨大乘經言則不了知論是聖教爲此義故又爲顯經名如言十地經故說如是阿毗達磨大乘經言復有餘義爲顯彼經是聖教故初說如是阿毗達磨大乘經言今造此論有所用者爲欲開曉無知者故爲顯法門別名故舉阿毗達磨爲顯通名故舉經言爲簡聲聞阿毗達磨復舉大乘由今亦有非聖所說阿毗達磨如現有人自尋思慧謂是佛說阿毗達磨或聲聞說或世智造又言大乘素怛纜者爲欲顯示異聲聞等爲欲顯示菩薩藏攝故復舉其阿毗達磨又藏攝者謂入自宗素怛纜藏現滅自惑毗柰耶藏即大乘中菩薩煩惱以諸菩薩種種分別爲煩惱故不違最勝阿毗達磨廣大甚深爲其相故此中三藏者一素怛纜藏二毗柰耶藏三阿毗達磨藏如是三藏下乘上乘有差別故則成二藏一聲聞藏二菩薩藏此三及二何緣名藏由能攝故謂攝一切所應知義

復由何緣建立三藏由九種緣謂爲對治疑惑立素怛纜藏若於彼彼義中有疑惑者即爲決定宣說彼彼義故爲對治二邊受用立毗柰耶藏謂遮有罪著欲樂邊受用故及開無罪不自苦邊受用故爲對治自見取執立阿毗達磨藏顯照諸法無倒相故又能說三學故立素怛纜藏能成辦增上戒增上心故立毗柰耶藏謂具尸羅即無悔等漸次能得三摩地故能成辦增上慧故立阿毗達磨藏謂能決擇無倒義故又能說法義故立素怛纜藏能成滿法義故立毗柰耶藏謂爲調伏煩惱勤修行者便於此二能通達故能於法義決擇善巧故立阿毗達磨藏由此九緣許立三藏又此皆爲解脫生死此復云何能得解脫熏覺寂通故得解脫謂由聞熏習心故

由思覺悟故由修奢摩他寂靜故由證毗鉢舍那通達故能得解脫又若略說此素怛纜毗柰耶阿毗達磨藏各有四義菩薩於此若具了知則能證得一切智性聲聞於此雖但解了一伽他義亦得漏盡云何此三各有四義謂能貫穿依故相故法故義故名素怛纜此中依者謂於是處由此爲此而有所說相者謂世俗諦相勝義諦相法者謂蘊界處緣起諦食靜慮無量無色解脫勝處遍處菩提分無礙解無諍等義者謂隨密意對故數故伏故通故應知名阿毗達磨謂阿毗達磨亦名對法此法對向無住涅槃能說諦菩提分解脫門等故阿毗達磨亦名數法於一一法數數宣說訓釋言辭自相共相等無量差別故阿毗達磨亦名伏法由此具足論處所等

能勝伏他論故阿毗達磨亦名通法由此能釋通素怛纜義故犯罪故等起故還淨故出離故應知名毗柰耶此中犯罪者謂五衆罪等起者謂無知故放逸故煩惱盛故不尊敬故而犯諸罪還淨者謂由意樂不由治罰如受律儀出離者有七種一各各相對說悔所犯二誓受治罰謂授學等三等有妨害先制學處後由異門還復開許四別更止息謂僧和合還捨所制五轉依謂苾芻苾芻尼轉男女形故捨不共罪六由眞實觀謂作殊勝法嗢柁南諸行相觀七由法爾得謂由見諦法爾得無小隨小罪應知毗柰耶復有四義一補特伽羅故世尊依彼制所學處二制立故謂告曰彼補特伽羅所犯過已大師集僧制所學處三分別故謂制學處已更廣解釋先所略說四決擇故謂於此中決判所犯云何有罪云何無罪今當釋本文薄伽梵前者顯有所敬故無異言善入大乘者是由已得陀羅尼等勝功德義顯已得此諸功德故於義於文能政任持能政開示如是名菩薩爲何義故說爲顯大乘體大故說所言顯者開發大乘實有大體依大乘者依止大乘而起所說有十相殊勝殊勝語者謂即由彼十種殊勝所殊勝語名十相殊勝殊勝語此殊勝言是差別義兩互相待如言此義殊勝於彼又最上義是殊勝義或是異類謂義因殊勝故語果是殊勝今當說此十種別相

論曰一者所知依殊勝殊勝語二者所知相殊勝殊勝語三者入所知相殊勝殊勝語四者彼入因果殊勝殊勝語五者彼修差別殊

勝殊勝語六者即於如是修差別中增上戒殊勝殊勝語七者即於此中增上心殊勝殊勝語八者即於此中增上慧殊勝殊勝語九者彼果斷殊勝殊勝語十者彼果智殊勝殊勝語由此所說諸佛世尊契經諸句顯於大乘真是佛語

釋曰此中所知依殊勝殊勝語者所應可知故名所知所謂雜染清淨諸法即三自性依是因義此所知依即是殊勝故名所知依殊勝由此殊勝故語殊勝此依即是阿賴耶識如是持業釋乃至彼果智殊勝亦爾謂彼果智即是殊勝故名彼果智殊勝等所知相者是所知自性義所知即是相故名所知相謂三自性入所知相者謂於所知相若能入若正入即唯識性彼入因果者謂能入彼故名彼入即是悟入唯識理性因謂加行時世間施等波羅蜜多果謂通達時出世施等波羅蜜多彼因果修差別者即彼因果故名彼因果即於此中修之差別修謂數習即此數習於諸地中展轉殊勝故名差別即是十地即於如是修差別中增上戒者謂十地中依戒而學故名增上戒即諸菩薩所有律儀於諸不善無復作心增上心者謂在內心或即依心而學故名增上心即諸三摩地增上慧者謂趣證慧故名增上慧或依慧而學故名增上慧即是無分別智斷殊勝者謂最勝品別自內棄捨煩惱及所知障即是無住涅槃智殊勝殊勝語者謂無障智名智殊勝彼無分別智有所對治今此佛智已離一切障及隨眠是名於彼無分別智佛智殊勝

論曰復次云何能顯由此所說十處於聲聞乘曾不見說唯大乘中處處見說謂阿賴耶識說名所知依體三種自性一依他起自性二遍計所執自性三圓成實自性說名所知相體唯識性說名入所知相體六波羅蜜多說名彼入因果體菩薩十地說名彼因果修差別體菩薩律儀說名此中增上戒體首楞伽摩虛空藏等諸三摩地說名此中增上心體無分別智說名此中增上慧體無住涅槃說名彼果斷體三種佛身一自性身二受用身三變化身說名彼果智體由此所說十處顯於大乘異聲聞乘又顯最勝世尊但為菩薩宣說是故應知但依大乘諸佛世尊有十相殊勝殊勝語

釋曰云何能顯者是問何緣義六波羅蜜多說名彼入因果體者謂由唯識性入三自性時世間施等波羅蜜多名清淨因由能引發出世間故入地已去即彼施等波羅蜜多成出世間名清淨果菩薩十地說名彼因果修差別體者謂菩薩十地是前所說波羅蜜多因果二位修差別性無分別智說名此中增上慧體者若諸聲聞離四顛倒分別名無分別若諸菩薩離一切法分別名無分別二無分別差別如是無住涅槃說名彼果斷體者謂三學果故名彼果彼果即斷名彼果斷此性名為彼果斷體即是煩惱所知二障斷義三種佛身說名彼果智體者彼三學果故名彼果彼果即智名彼果智此性名為彼果智體此中若無自性身應無法身譬如眼根若無法身應無受用身譬如眼識應知此中所

依能依爲同法喻若無受用身已入大地諸菩薩衆應無受用法樂若無受用法樂菩提資粮應不圓滿譬如見色若無化身勝解行地諸菩薩衆諸聲聞等劣勝解者最初發趣皆不應有是故決定應有三身顯於大乘異聲聞乘者聲聞乘中不説此故又顯最勝者顯大乘中此亦最勝

論曰復次云何由此十相殊勝殊勝如來語故顯於大乘眞是佛語遮聲聞乘是大乘性由此十處於聲聞乘曾不見説唯大乘中處處見説謂此十處是最能引大菩提性是善成立隨順無違爲能證得一切智智此中二頌

所知依及所知相　彼入因果彼修異

三學彼果斷及智　最上乘攝是殊勝

此説此餘見不見　由此最勝菩提因

故許大乘眞佛語　由説十處故殊勝

釋曰此復云何謂復顯此所説十處是最能引大菩提性是善成立隨順無違是最能引大菩提性者是大菩提能引因義是善成立者謂由正理等量思擇如見導師所説道相言隨順者謂爲證得勤修行時隨順住故如隨導師所説正道隨順而住言無違者謂諸地中無障礙因如隨導師所説道中無劫賊等所有障難或復生死涅槃二種互不相違復有異門是最能引大菩提性者謂此能引無戲論無分别智故是善成立者謂與四理不相違故言隨順者謂與三量不相違故言無違者非先隨順後相違故如有頌言

初任持愛悲　後隨順不善　非黑白我見

有益亦有損

爲能證得一切智智者謂於一切法中發生無上無間一切行相智故善成立等復有餘義謂善成立隨順無違展轉標釋云何善成立謂能隨順故云何能隨順謂無違轉故

論曰復次云何如是次第說此十處謂諸菩薩於諸法因要先善巳方於緣起應得善巧次後於緣所生諸法應善其相善能遠離增益損減二邊過故次後如是善修菩薩應正通達善所取相令從諸障心得解脫次後通達所知相巳先加行位六波羅蜜多由證得故應更成滿增上意樂得清淨故次後清淨意樂所攝六波羅蜜多於十地中分分差别應勤修習謂要經三無數大劫次後於三菩提所學應令圓滿既圓滿巳彼果涅槃及與無上正等菩提應現等證故說十處如是次第

釋曰云何如是次第說者問謂諸菩薩於諸法因要先善巳廣說乃至彼果涅槃及與無上正等菩提應現等證故者答要先了知諸法因巳後於緣起方得善巧必有因故果得生起非自在等由此能得因果兩智次後於因所生諸法應了其相何等爲相謂實無有遍計所執定執爲有名爲增益增益無故損減實有圓成實性遠離如是二邊過失故名善巧次於如是所取諸相由唯識性應正通達得無障礙次於隨順入唯識性世俗所證世間六種波羅蜜多由勝義故應更證得是應修作清淨增上意樂攝義次於十地分分差别應勤修習謂要經三無數大劫非如聲

聞極疾三生勤修對治便證解脫次後即於如是修中增上戒等菩薩三學應令圓滿最後於彼學果涅槃煩惱永斷及與無上正等菩提三種佛身應現等證故說十處如是次第

論曰又此說中一切大乘皆得究竟

釋曰一切大乘齊此究竟何以故若欲說緣起即入阿賴耶識攝若欲說諸相即入三自性攝若欲說證得即入唯識性攝若欲說波羅蜜多即入波羅蜜多攝若欲說諸地即入諸地攝若欲說諸學即入諸學攝若彼說斷及智即入無住涅槃及三種佛身攝齊是名爲一切佛語是故但說如此　次第

所知依分第二之一

論曰此中最初且說所知依即阿賴耶識世尊何處說阿賴耶識名阿賴耶識謂薄伽梵於阿毗達磨大乘經伽他中說

無始時來界　一切法等依　由此有諸趣
及涅槃證得

釋曰此中能證阿賴耶識其體定是阿賴耶識阿笈摩者謂薄伽梵即初所說阿毗達磨大乘經中說如是頌界者謂因是一切法等所依止現見世間於金鑛等說界名故由此是因故一切法等所依止因體即是所依止義由此有者由一切法等所依有諸者於生死中所有諸趣趣者謂異熟果由此果故或是頑愚瘖瘂種類或有勢力能了善說惡說法義或能證得上勝證得又爲煩惱所依止性由此故有猛利煩惱長時煩惱如是四種異熟差別所依止故無有堪能應知翻此名

有堪能非唯諸趣由此而有亦由此故證得涅槃要由有雜染方得涅槃故

論曰即於此中復說頌曰

由攝藏諸法　一切種子識　故名阿賴耶　勝者我開示

釋曰已引阿笈摩證阿賴耶識是所知依體復引阿笈摩證阿賴耶識名阿賴耶識於此頌中由第二句釋第一句勝者即是諸菩薩衆

論曰如是且引阿笈摩證復何緣故此識說名阿賴耶識一切有生雜染品法於此攝藏爲果性故又即此識於彼攝藏爲因性故是故說名阿賴耶識或諸有情攝藏此識爲自我故是故說名阿賴耶識

釋曰今訓此識阿賴耶名一切有生者諸有生類皆名有生雜染品法者是遮清淨義於中轉故名爲攝藏或諸有情攝藏此識爲自我者是執取義

論曰復次此識亦名阿陀那識此中阿笈摩者如解深密經說

阿陀那識甚深細　一切種子如暴流　我於凡愚不開演　恐彼分別執爲我

釋曰復引解深密經即此阿笈摩中佛告廣慧菩薩摩訶薩曰廣慧當知於六趣生死彼彼有情墮彼彼有情衆中或在卵生或在胎生或在濕生或在化生身分生起於中最初一切種子心識成熟展轉和合增長廣大依二執受一者有色諸根及所依執受二者相名分別言說戲論習氣執受有色界中具二執受無色界中不具二種廣慧此識亦名阿

陀那識何以故由此識於身隨逐執持故亦名阿賴耶識何以故由此識於身攝受藏隱同安危義故亦名爲心何以故由此識色聲香味觸等積集滋長故廣慧阿陀那識爲依止爲建立故六識身轉謂眼識耳鼻舌身意識此中有識眼及色爲緣生眼識與眼識俱隨行同時同境有分別意識轉有識耳鼻舌身及聲香味觸爲緣生耳鼻舌身識與耳鼻舌身識俱隨行同時同境有分別意識轉廣慧若於爾時一眼識轉即於此時唯有一分別意識與眼識同所行轉若於爾時二三四五諸識身轉即於此時唯有一分別意識與五識身同所行轉廣慧譬如大暴水流若有一浪生緣現前唯一浪轉若二若多浪生緣現前有多浪轉然此暴水自類恒流無斷無盡又如善淨鏡面若有一影生緣現前唯一影起若二若多影生緣現前有多影起非此鏡面轉變爲影亦無受用滅盡可得如是廣慧由似暴流阿陀那識爲依止爲建立故若於爾時有一眼識生緣現前即於此時一眼識轉若於爾時乃至有五識身生緣現前即於此時五識身轉廣慧如是菩薩雖由法住智爲依止爲建立故於心意識祕密善巧然諸如來不齊於此施設彼爲於心意識一切祕密善巧菩薩廣慧若諸菩薩於内各別如實不見阿陀那不見阿陀那識不見阿賴耶不見阿賴耶識不見積集不見心不見眼色及眼識不見耳聲及耳識不見鼻香及鼻識不見舌味及舌識不見身觸及身識不見意法及意識是名勝義善巧菩薩如來施設彼

爲勝義善巧菩薩廣慧齊此名爲於心意識一切祕密善巧菩薩如來齊此施設彼爲於心意識一切祕密善巧菩薩此伽他中重顯彼義阿陀那識者所釋異名甚深細者難了知故一切種子如暴流者次第轉故一切種子刹那展轉如暴水流相續轉故恐彼分別別執爲我者一行相轉故分別執可得

論曰何緣此識亦復說名阿陀那識執受一切有色根故一切自體取所依故所以者何有色諸根由此執受無有失壞盡壽隨轉又於相續正結生時取彼生故執受自體是故此識亦復說名阿陀那識

釋曰執受一切有色諸根故者所以者何有色諸根由此執受盡壽隨轉用此爲釋謂由眼等有色諸根阿賴耶識所攝受故非如死身青瘀等位若至死時此捨離故彼即便有青瘀等位是故定知此執受故乃至壽限彼不失壞一切自體取所依故者又於相續正結生時取彼生故執受自體用此爲釋謂由此識是相續識故於相續正結生時能攝受生一期自體亦爲此識之所攝受由阿賴耶識中一期自體熏習住故彼體起故說名彼生受彼生故名取彼生由能取故執受自體以是義故阿賴耶識亦復說名阿陀那識

論曰此亦名心如世尊說心意識三此中意有二種第一與作等無間緣所依止性無間滅識能與意識作生依止第二染汙意與四煩惱恒共相應一者薩迦耶見二者我慢三者我愛四者無明此即是識雜染所依識復由彼第一依生第二雜染了別境義故等無

間是故思量義故意成二種

釋曰此亦名心者阿賴耶識即是心體意識二義差别可得當知心義亦有差别顯示此故此中與作等無間緣因性謂無間滅識與意識爲因是第一意由四煩惱常所染汙是第二意此中薩迦耶見者謂執我性由此勢力便起我慢恃我我所而自高舉於實無我起有我貪名爲我愛如是三種無明爲因言無明者即是無智識復由彼第一依生第二雜染者謂無間滅識說名爲意與將生識容受處所故作生依第二染汙意爲雜染所依以於善心中亦執有我故了别境義故等無間義故思量義故意成二種者謂於此中由取境義說名爲識由與處義名第一意由執我等成雜染義名等二意

論曰復次云何得知有染汙意謂此若無不共無明則不得有成過失故又五同法亦不得有成過失故所以者何以五識身必有眼等俱有依故又訓釋辭亦不得有成過失故又無想定與滅盡定差别無有成過失故謂無想定染意所顯非滅盡定若不爾者此二種定應無分别又無想天一期生中應無染汙成過失故於中若無我執我慢又一切時我執現行現可得故謂善不善無記心中若不爾者唯不善心彼相應故有我我所煩惱現行非善無記是故若立俱有現行非相應現行無此過失此中頌曰

若不共無明　及與五同法　訓辭二定别
無皆成過失　無想生應無　我執轉成過
我執恒隨逐　一切種無有　雜染意無有

二三成相違　無此一切處　我執不應有
眞義心當生　常能爲障礙　俱行一切分
謂不共無明
此意染汙故有覆無記性與四煩惱常共相應如色無色二纏煩惱是其有覆無記性攝色無色纏爲奢摩他所攝藏故此意一切時微細隨逐故
釋曰此文復以餘道理成立染汙意何等名爲成立道理謂此若無不共無明即不得有不共無明其相云何謂未生對治能障眞智愚此於五識理不相應是處無容能爲障故若處有能治此處有所治亦不得在染汙意識此非有者餘惑現行名不成故若立此煩惱在染汙意識即應畢竟成染汙性云何施等心得成善與此煩惱恒相應故若說有意識與善法俱轉此即與彼煩惱相應是染意識引生能治不應道理若說染汙意俱轉有善心即此善心引生能治此生彼滅即無過失又五同法故所以者何譬如眼等五識必有眼等五根爲俱有依如是意識亦應決定有俱有依又訓釋辭故所以者何能思量故說名爲意此訓釋辭何所依止非彼六識與無間識作所依止應正道理已謝滅故又二定別故所以者何若定說有染汙意者無想定中即有此意餘定中無故有差別若異此者於二定中第六意識並不行故應無差別又無想中生應無我執故所以者何若彼位中無染汙意彼一期生應無我執若爾不應聖所訶猒既被訶猒是故定知彼有我執又我執隨故所以者何施等位中亦決定有我

執隨故此我執隨若離無明不應道理非此無明離所依止此所依止離染汙意無別體故故定應許有染汙意若不許者有上過失重顯彼故說四伽他若不共無明等乃至廣說此中不共無明者謂於一切善不善無記煩惱隨煩惱位中染汙意相應俱生無明彼若無者成大過失常於苦等障礙智生是其業用此即顯無業用過失五同法者第六意識與五識身有相似法彼有五根阿賴耶識爲俱有依此亦如是有染汙意阿賴耶識爲俱有依此五同法離染汙意決定無有此則顯無自性過失訓辭若無成過失者取所緣相而思量故無間滅時能取境故說名爲意過去已滅無所思量云何當有能思量性訓辭無故成大過失二定別者滅盡定中無染

汙意無想定中有染汙意此若無者如是二定差別應無成大過失又染汙意若無有者無想身中應無我執非異生者於相續中暫離我執應正道理如是諸過離染汙意皆定應得故應定許有染汙意爲顯此義故復說言無有二等二者即是不共無明五相似法三相違者謂訓釋辭二定差別無想生中我執恒隨離染汙意如是三事皆成相違無此一切處我執不應有者離染汙意於一切種善等位中我執恒隨不應得有故應定許有染汙意餘文易了不復須釋

論曰心體第三若離阿賴耶識無別可得是故成就阿賴耶識以爲心體由此爲種子意及識轉

釋曰心體第三若離阿賴耶識無別有性由

此爲因意及轉識皆得生起見取轉識當知亦即取第二意所以者何彼將滅時得意名故

論曰何因緣故亦說名心由種種法熏習種子所積集故

釋曰復欲釋名故作此問由種種法者由各別品類法熏習種子者功能差別因緣積集故者是極積聚一合相義

論曰復次何故聲聞乘中不說此心名阿賴耶識名阿陀那識由此深細境所攝故所以者何由諸聲聞不於一切境智處轉是故於彼雖離此說然智得成解脫成就故不爲說若諸菩薩定於一切境智處轉是故爲說若離此智不易證得一切智智

釋曰由此深細境所攝者謂此境界即深細故名深細境此即深細境界中攝難了知故非諸聲聞爲求一切境界智故正勤修行唯正希求自義利故彼由麁淺苦等正智便能永斷煩惱障故若諸菩薩爲利自他求斷煩惱及所知障正勤修行是故爲說

攝大乘論釋卷第一

音釋

叡俞芮切深明也　殟烏沒切　柁待可切　笈極曄切　鑛古猛切銅鐵樸石也　瘖瘂瘖於金切瘂么下切瘖瘂不能言也　瘀依據切

攝大乘論釋卷第二

世親菩薩造

唐三藏法師玄奘奉詔譯

所知依分第二之二

論曰復次聲聞乘中亦以異門密意已說阿賴耶識如彼增壹阿笈摩說世間衆生愛阿賴耶樂阿賴耶欣阿賴耶喜阿賴耶爲斷如是阿賴耶故說正法時恭敬攝耳住求解心法隨法行如來出世如來甚奇希有正法出現世間於聲聞乘如來出現四德經中由此異門密意已顯阿賴耶識於大衆部阿笈摩中亦以異門密意說此名根本識如樹依根化地部中亦以異門密意說此名窮生死蘊有處有時見色心斷非阿賴耶識中彼種有斷

釋曰世間衆生愛阿賴耶者是總標句如其次第復以餘句約就現在過去未來三時別釋復有別義謂於現在愛阿賴耶於過去時樂阿賴耶由先世樂阿賴耶故復於今世欣阿賴耶由樂由欣阿賴耶故於未來世喜阿賴耶法隨法者如教行故大衆部中名根本識如樹依根者謂根本識爲一切識根本因故譬如樹根莖等總因若離其根莖等無有阿賴耶識名根本識當知亦爾化地部中異門說爲窮生死蘊爲釋此因說有處等言有處者謂無色界無有諸色言有時者謂無想等諸定位中無有諸心非阿賴耶識中彼種有斷者謂阿賴耶識中色心熏習由此爲因色心還有

論曰如是所知依說阿賴耶識爲性阿陀那

識爲性心爲性阿賴耶爲性根本識爲性窮生死蘊爲性等由此異門阿賴耶識成大王路

釋曰由此異門阿賴耶識成大王路者是極廣義

論曰復有一類謂心意識義一文異是義不成意識兩義差别可得當知心義亦應有異復有一類謂薄伽梵所說衆生愛阿賴耶乃至廣說此中五取蘊說名阿賴耶有餘復謂貪俱樂受名阿賴耶有餘復謂薩迦耶見名阿賴耶此等諸師由教及證愚阿賴耶故作此執如是安立阿賴耶名隨聲聞乘安立道理亦不相應若不愚者取阿賴耶識安立彼說阿賴耶名如是安立則爲最勝云何最勝若五取蘊名阿賴耶生惡趣中一向苦處最可猒逆衆生一向不起愛樂於中執藏不應道理以彼常求速捨離故若貪俱樂受名阿賴耶第四靜慮以上無有具彼有情常有猒逆於中執藏亦不應理若薩迦耶見名阿賴耶於此正法中信解無我者恒有猒逆於中執藏亦不應理阿賴耶識内我性攝雖生惡趣一向苦處求離苦蘊然彼恒於阿賴耶識我愛隨縛未嘗求離雖生第四靜慮以上於貪俱樂恒有猒逆然彼恒於阿賴耶識我愛隨縛雖於此正法信解無我者猒逆我見然於藏識我愛隨縛是故安立阿賴耶識名阿賴耶成就最勝

釋曰不愚者謂諸菩薩彼所宣說阿賴耶識理成立故惡趣中者謂餓鬼傍生及那落迦諸惡趣中一向苦處者謂一向受非愛業果

處於彼有時樂受生者是等流果生彼所受異熟果者唯是其苦第四靜慮以上無有者謂即第四靜慮及上諸地具彼有情者謂生所得阿賴耶識內我性攝者謂諸衆生攝取此識爲內我性求離苦蘊者求離苦受然於藏識我愛隨縛者謂於阿賴耶識執我起愛隨縛不離

論曰如是已說阿賴耶識安立異門安立此相云何可見安立此相略有三種一者安立自相二者安立因相三者安立果相此中安立阿賴耶識自相者謂依一切雜染品法所有熏習爲彼生因由能攝持種子相應此中安立阿賴耶識因相者謂即如是一切種子阿賴耶識於一切時與彼雜染品類諸法現前爲因此中安立阿賴耶識果相者謂即依彼雜染品法無始時來所有熏習阿賴耶識相續而生

釋曰如是已說阿賴耶識安立異門非說異門即了其相是故次說此識自性因性果性此中安立自相者謂緣一切雜染品法所有熏習能生於彼功能差別識爲自性爲欲顯示如是功能故說攝持種子相應謂依一切雜染品法所有熏習即與彼法爲能生因攝持種子者功能差別也相應者是修義是名安立此識自相此中安立因相者謂即次前所說品類一切種子阿賴耶識由彼雜染品類諸法熏習所成功能差別爲彼生因是名安立此識因相此中安立果相者謂即依彼雜染品法無始熏習此識續生而能攝持無始熏習是名安立此識果相此中自相是依

一切雜染品法無始熏習爲彼生因攝持種子識爲自性果性因性之所建立此中因相是彼雜染品類諸法熏習所成功能差別爲彼生因唯是因性之所建立此中果相是依雜染品類諸法無始熏習阿賴耶識相續而生唯是果性之所建立是三差別

論曰復次何等名爲熏習熏習能詮何爲所詮謂依彼法俱生俱滅此中有能生彼因性是謂所詮如苣藤中有華熏習苣藤與華俱生俱滅是諸苣藤帶能生彼香因而生又如所立貪等行者貪等熏習依彼貪等俱生俱滅此心帶彼生因而生或多聞者多聞熏習依聞作意俱生俱滅此心帶彼記因而生由此熏習能攝持故名持法者阿賴耶識熏習道理當知亦爾

釋曰謂依彼法俱生俱滅此中有能生彼因性是謂所詮者謂即依彼雜染諸法俱生俱滅阿賴耶識有能生彼諸法因性是名熏習

論曰復次阿賴耶識中諸雜染品法種子爲別異住爲無別異非彼種子有別實物於此中住亦非不異然阿賴耶識如是而生有能生彼功能差別名一切種子識

釋曰阿賴耶識中雜染法種子爲異爲不異若爾何失若有異者彼諸種子應分分別阿賴耶識剎那滅義亦不應成有別異故由善不善熏習力故種子應成善不善性然許無記若不異者云何有多此不應理是故二說俱有過失非彼種子有別實物於此中住亦非不異乃至名一切種子識者爲避如前所說過失故不定取異及不異如是而生者謂

由如是品類而生有能生彼功能差別者謂有能生雜染品法功能差別相應道理由與生彼功能相應故名一切種子識於此義中有現譬喻如大麥子於生自芽有功能故有種子性若時陳久或火相應此大麥果功能損壞爾時麥相雖住如本勢力壞故無種子性阿賴耶識亦復如是有生雜染諸法功能由此功能相應故說名一切種子識

論曰復次阿賴耶識與彼雜染諸法同時更互爲因云何可見譬如明燈焰炷生燒同時更互又如蘆束互相依持同時不倒應觀此中更互爲因道理亦爾如阿賴耶識爲雜染諸法因雜染諸法亦爲阿賴耶識因唯就如是安立因緣所餘因緣不可得故

釋曰復次阿賴耶識與彼雜染諸法同時更互爲因云何可見者欲以喻顯故爲此問譬如明燈焰炷生燒同時更互者謂一剎那燈炷爲依發生燈焰是則燈炷爲焰生因即此剎那焰復能燒所依燈炷是則燈焰爲炷燒因餘喻亦爾如是顯示有俱有因由因現在住即見果生故從如阿賴耶識爲雜染諸法因乃至所餘因緣不可得故者此言顯示阿賴耶識與雜染法更互爲因即是因緣

論曰云何熏習無異無雜而能與彼有異有雜諸法爲因如衆纈具纈所纈衣當纈之時雖復未有異雜非一品類可得入染器後爾時衣上便有異雜非一品類染色絞絡文像顯現阿賴耶識亦復如是異雜能熏之所熏習於熏習時雖復未有異雜可得果生染器現前已後便有異雜無量品類諸法顯現

釋曰云何熏習無異無雜而能與彼有異有雜諸法爲因者欲以譬喻顯斯道理故爲此問如衆纈具纈所纈衣當纈之時雖無異雜文像可見入染器後便有異雜文像可見阿賴耶識如所染衣果生即染器故名果生染器入者即是緣所攝義於熏習時雖無異雜至果熟位便有非一品類諸法因性顯現如已染衣

論曰如是緣起於大乘中極細甚深又若略說有二緣起一者分別自性緣起二者分別愛非愛緣起此中依止阿賴耶識諸法生起是名分別自性緣起以能分別種種自性爲緣性故復有十二支緣起是名分別愛非愛緣起以於善趣惡趣能分別愛非愛種種自體爲緣性故

釋曰如是緣起於大乘中極細甚深者異生覺慧難了知故名爲極細阿羅漢等難窮底故名爲甚深又若略說有二緣起者舉數一者分別自性緣起二者分別愛非愛緣起者列名此中依止阿賴耶識者謂阿賴耶識爲因諸法生起是名分別自性緣起由能分別異類自性爲因性故若無明等是名分別愛非愛緣起由能分別愛非愛種種自體爲因性故

論曰於阿賴耶識中若愚第一緣起或有分別自性爲因或有分別宿作爲因或有分別自在變化爲因或有分別實我爲因或有分別無因無緣若愚第二緣起復有分別我爲作者我爲受者譬如衆多生盲士夫未曾見象復有以象說而示之彼諸生盲有觸象鼻

有觸其牙有觸其耳有觸其足有觸其尾有觸脊梁諸有問言象爲何相或有說言象如犁柄或說如杵或說如箕或說如臼或說如箒或有說言象如石山若不解了此二緣起無明生盲亦復如是或有計執自性爲因或有計執宿作爲因或有計執自在爲因或有計執實我爲因或有計執無因無緣或有計執我爲作者我爲受者阿賴耶識自性因性及果性等如所不了象之自性

釋曰或有分別宿作爲因者謂彼不許有士用因故成邪執爲顯此等說生盲喻無明生盲者謂由無明故成生盲阿賴耶識自性因性及果性等如所不了象之自性者謂前所立此識自相說名自性所立因相說名因性所立果相說名果性由無明力不了此等於阿賴耶識分別自性緣起不解了故執自性等爲諸法因於第二分別愛非愛緣起不解了故執有我爲作者受者此中因謂阿賴耶識諸法熏習於中持故果者即是阿賴耶識即彼諸法所熏習故

論曰又若略說阿賴耶識用異熟識一切種子爲其自性能攝三界一切自體一切趣等

釋曰阿賴耶識用異熟識一切種子爲自性者謂得自體異類熟故諸法種子熏在中故一切趣等者謂五趣等一切自體者謂趣趣中同分異分種種差別

論曰此中五頌

外內不明了　於二唯世俗　勝義諸種子
當知有六種　刹那滅俱有　恒隨轉應知
決定待衆緣　唯能引自果　堅無記可熏

與能熏相應　所熏作異此　是爲熏習相
六識無相應　三差別相違　二念不俱有
類例餘成失　此外內種子　能生引應知
枯喪由能引　任運後滅故

爲顯四種非如外種復說二頌

外或無熏習　非內種應知　聞等熏習無
果生非道理　作不作失得　過故成相違
外種內爲緣　由依彼熏習

釋曰如是已說阿賴耶識爲一切法眞實種子復欲顯示彼種子體說斯五頌此中外者謂稻穀等內者即是阿賴耶識不明了者謂外種子是無記義言於二者阿賴耶識於善不善二性明了通有記故復有別義謂於雜染清淨明了唯世俗者謂外種子唯就世俗說爲種子所以者何彼亦皆是阿賴耶識所變現故勝義即是阿賴耶識所以者何是一切法眞種子故應知如是一切種子復有六義刹那滅者謂二種子皆生無間定滅壞故所以者何不應常法爲種子體以一切時其性如本無差別故言俱有者謂非過去亦非未來亦非相離得爲種子何以故若於此時種子有即於爾時果生故恒隨轉應知者謂阿賴耶識乃至治生外法種子乃至根住或乃至熟言決定者謂此種子各別決定不從一切一切得生從此物種還生此物待衆緣者謂此種子待自衆緣方能生果非一切時能生一切若於是處是時遇自衆緣即於此處此時自果得生唯能引自果者謂自種子但引自果如阿賴耶識種子唯能引生阿賴耶識如稻穀等唯能引生稻穀等果如是且

顯種果生義今當更示熏習異相堅者堅住方可受熏非如動風所以者何風性踈動不能任持所有熏氣一踰膳那彼諸熏氣亦不隨轉占博迦油能持香氣百踰膳那彼諸香氣亦能隨轉言無記者是不可記極香臭義由此道理蒜不受熏以極臭故如是香物亦不受熏以極香故若物非極香臭所記即可受熏言可熏者謂應受熏方可熏習非不受熏如金石等不應受熏名不可熏若於此時能受熏習即於爾時名爲可熏如可熏物與能熏相應者能熏相應方名可熏非不相應當知即是無間生義言所熏者阿賴耶識具上四德應受熏習故名所熏非轉識等非異此者謂若離此阿賴耶識餘非所熏是故所熏即此非異是爲熏習相者謂阿賴耶識有

剎那滅等是熏習相剎那滅故與諸轉識俱時有故乃至對治恒隨轉故或窮生死恒隨轉故定與善等爲因性故待福非福不動行緣於善惡趣異類熟故如是等義於轉識中一切異法皆應成立是故唯此阿賴耶識與如是等勝德相應可受熏習六識無相應者謂彼諸識有動轉故三差別相違者謂彼諸識別別所依別別所緣別別作意復有餘義別別行相一一轉故譬喻論師欲令前念熏於後念爲遮彼故說言二念不得俱有無二剎那一時而有俱生俱滅熏習住故若謂此識種類如是雖不相應然同識類亦得相熏如是例餘應成過失謂餘種類例亦應爾以眼等根同淨色類亦應展轉更互相熏此意說言眼耳兩根同有淨法二淨展轉應互相

熏餘亦如是然汝不許雖同淨法異相續故不得相熏識亦應爾雖同識法何得相熏如是所說二種種子謂外及內應知皆有能生能引此中外種乃至果熟爲能生因內種乃至壽量邊際爲能生因外種能引枯後相續內種能引喪後屍骸由引因故多時續住若二種子唯有生因此因旣壞果即應滅應無少時相續住義若謂剎那展轉相續前念爲因後念隨轉是則後邊不應都滅由此決定應有引因此二種子譬如放弦彎弓爲因箭不墮落遠有所至

論曰復次其餘轉識普於一切自體諸趣廣知說名能受用者如中邊分別論中說伽他曰

一則名緣識　第二名受者　此中能受用分別推心法

釋曰此中受用是生起義受用中有名受用者爲顯此義故引中邊分別論頌爲阿笈摩

論曰如是二識更互爲緣如阿毗達磨大乘經中說伽他曰

諸法於識藏　識於法亦爾　更互爲果性亦常爲因性

釋曰阿賴耶識與一切法於一切時互爲因果展轉相生若於此時阿賴耶識爲諸法因即於爾時諸法爲果若於此時阿賴耶識爲諸法果即於爾時諸法爲因

論曰若於第一緣起中如是二識互爲因緣於第二緣起中復是何緣是增上緣如是六識幾緣所生增上所緣等無間緣如是三種緣起謂窮生死愛非愛趣及能受用具有四

緣

釋曰此中第一緣起謂阿賴耶識中所有習氣與彼諸法互爲因緣第二緣起謂無明等爲增上緣由無明等增上勢力行等生故又六轉識名受用緣起三緣所生謂眼識以眼爲增上緣以色爲所緣緣等無間緣謂彼無間此識生起所以者何若彼不與容受處者此不生故餘識亦爾

論曰如是已安立阿賴耶識異門及相復云何知如是異門及如是相決定唯在阿賴耶識非於轉識由若遠離如是安立阿賴耶識雜染清淨皆不得成謂煩惱雜染若業雜染若生雜染皆不成故世間清淨出世清淨亦不成故

釋曰如是已說阿賴耶識安立異門及安立相今當顯示此二唯在阿賴耶識應正道理非於餘處以理決擇

論曰云何煩惱雜染不成以諸煩惱及隨煩惱熏習所作彼種子體於六識身不應理故所以者何若立眼識貪等煩惱及隨煩惱俱生俱滅此由彼熏成種非餘即此眼識若已謝滅餘識所間如是熏習熏習所依皆不可得從此先滅餘識所間現無有體眼識與彼貪等俱生不應道理以彼過去現無體故如從過去現無體業異熟果生不應道理又此眼識貪等俱生所有熏習亦不成就然此熏習不住貪中由彼貪欲是能依故不堅住故亦不得住所餘識中以彼諸識所依別故又無決定俱生滅故亦復不得住自體中由彼自體決定無有俱生滅故是故眼識貪等煩

惱及隨煩惱之所熏習不應道理又復此識非識所熏如說眼識所餘轉識亦復如是如應當知

釋曰此中此者即此眼識由彼熏者由貪等熏言成種者謂成因性言非餘者非耳識等餘識所聞者耳等識所聞如是熏習者貪等熏習熏習所依者謂即眼識眼識與彼貪等俱生等者謂從過去現無體因眼識與彼貪等俱生不應道理如從過去現無體業異熟果生不應道理者如彼果生不應道理此亦如是不應道理復有餘師執彼有體謂異論師欲令過去是實有性然過去能詮所詮不可得所以者何若法是實有云何名過去是故從彼異熟果生不應道理熏習無故又此眼識者謂與貪等俱生眼識所有熏習亦不成就者謂彼熏習尚不成就何況從彼後時眼識與貪俱生而當得成然此熏習不住貪中者謂眼識熏習在貪欲中不應道理何以故由彼貪欲依眼識故不堅住故亦不得住所餘識中者謂此熏習不得在於耳等識中何以故以彼諸識所依別故由所依別無有決定俱生滅義謂眼識依眼耳識依耳如是乃至意識依於末那所依遠故所餘熏習在所餘處不應道理亦復不得住自體中者謂此眼識亦復不得熏習眼識無二眼識俱時起故以無二故決定無有俱生滅義由此道理是故眼識定不應爲貪等煩惱及隨煩惱之所熏習亦非眼識眼識所熏

論曰復次從無想等上諸地没來生此間爾時煩惱及隨煩惱所染初識此識生時應無

種子由所依止及彼熏習並已過去現無體故

釋曰所染初識者謂來此間最初生識此識生時應無種子者謂初生識應無因生所依止者謂所依止彼熏習者煩惱熏習

論曰復次對治煩惱識若已生一切世間餘識已滅爾時若離阿賴耶識所餘煩惱及隨煩惱種子在此對治識中不應道理此對治識自性解脫故與餘煩惱及隨煩惱不俱生滅故復於後時世間識生爾時若離阿賴耶識彼諸熏習及所依止久已過去現無體故應無種子而更得生是故若離阿賴耶識煩惱雜染皆不得成

釋曰對治煩惱識若已生一切世間餘識已滅者謂六識已滅所餘煩惱及隨煩惱種子在此對治識中不應道理者謂對治識非後世間識生起因復於後時者謂復從此出世心後彼諸熏習者謂餘煩惱及隨煩惱所有熏習及所依止者謂所依識應無種子而更得生者謂若無有阿賴耶識彼應無因而更得生此中煩惱即是雜染是故說名煩惱雜染由上道理煩惱雜染皆不得成

論曰云何爲業雜染不成行爲緣識不相應故此若無者取爲緣有亦不相應

釋曰爲辯業雜染不得成因緣故次問云何業雜染不成業爲緣識不相應故者謂福非福及不動行生已謝滅若不信有阿賴耶識當於何處安立熏習如六識身不能任持所有熏習於說煩惱雜染事中已具顯示此若無者謂若無有行爲緣識取爲緣有亦不相

應者謂亦無有取爲緣有此復何緣謂前諸行所熏習識由取力故熏習增長轉成有故此中即業是雜染性名業雜染或依於業而有雜染名業雜染若不信有阿賴耶識此業雜染亦不得成

攝大乘論釋卷第二

音釋

苣藤（苣曰許切藤詩證切苣藤胡麻也）纈（奚結切文繒也染繒爲文也）

絞（何交切又古巧切）絡（力各切聯絡也）脊（資昔切背吕也）骸（何皆切骨也）

彎（烏關切持弓關矢也）

攝大乘論釋卷第三

世親菩薩造

唐三藏法師玄奘奉詔譯

所知依分第二之三

論曰云何爲生雜染不成結相續時不相應故

釋曰若不信有阿賴耶識如生雜染亦不得成今當顯示結相續時不相應故者謂得自體不相應故

論曰若有於此非等引地歿已生時依中有位意起染汙意識結生相續此染汙意識於中有中滅於母胎中識羯邏藍更相和合若即意識與彼和合既和合已依止此識於母胎中有意識轉若爾即應有二意識於母胎中同時而轉又即與彼和合之識是意識性不應道理依染汙故時無斷故意識所緣不可得故設和合識即是意識爲此和合意識即是一切種子識爲依止此識所生餘意識是一切種子識若此和合識是一切種子識即是阿賴耶識汝以異名立爲意識若能依止識是一切種子識是則所依因識非一切種子識能依果識是一切種子識不應道理是故成就此和合識非是意識但是異熟識是一切種子識

釋曰非等引地即是欲界歿者死也染汙意識即是煩惱俱行意識結生相續者謂攝受自體此染汙意識緣生有爲境於中有滅言和合者識與赤白同一安危若和合識即是意識依此復生所餘意識是則一時二意識轉謂所依上和合意識及能依上所餘意識

又和合識是意識性不應道理何以故依染汙故時無斷故謂此意識貪等煩惱所染汙意為所依止緣生有境故是染汙即此為依名依染汙於此位中所依異熟不容染汙是無記故此和合識常無間斷住業轉故意識所緣不可得故者意識所緣明了可得所謂諸法此和合識無有如是明了所緣是故此識是意識性不應道理

論曰復次結生相續已若離異熟識執受色根亦不可得其餘諸識各別依故不堅住故是諸色根不應離識

釋曰結生相續已者謂已得自體若離異熟識者謂離阿賴耶識其餘諸識各別依故不堅住故者謂餘六識各別處故易動轉故且如眼識眼為別依如是其餘耳等諸識耳等色根為各別依由此道理如是諸識但應執受自所依根又此諸識易動轉故或時無有若離阿賴耶識爾時眼等諸根無能執受便應爛壞

論曰若離異熟識識與名色更互相依譬如蘆束相依而轉此亦不成

釋曰若離異熟識者謂離阿賴耶識如不得成今當顯示謂世尊言識緣名色名色緣識此中識緣名者謂六識中非色四蘊識緣色者謂羯邏藍若不說有阿賴耶識何等名為名色緣識由依名色刹那展轉相似相續流轉不絶

論曰若離異熟識已生有情識食不成何以故以六識中隨取一識於三界中已生有情能作食事不可得故

釋曰此言顯示識食不成如世尊說食有四種一者段食二者觸食三者意思食四者識食此中段食者是能轉變由轉變故饒益所依觸食者是能取境由暫能見色等境界便令所依饒益生故意思食者是能希望由希望故饒益所依如遠見水雖渴不死識食者是能執受由執受故所依久住若不爾者應同死屍不久爛壞是故應許識亦是食能作所依饒益事故此中觸食屬六識身意思食者屬希望意有何别識可說為食又若無心睡眠悶絕入滅定等六識身滅誰復有餘能執受身令不爛壞若有棄捨阿賴耶識身必爛壞

論曰若從此歿於等引地正受生時由非等引染汙意識結生相續此非等引染汙之心彼地所攝離異熟識餘種子體定不可得

釋曰如是已說非等引地結生相續離異熟識不可得成如等引地亦不得成今當顯示謂於此處由染汙識結生相續於等引地由非等引染汙意識結生相續言染汙者彼地煩惱之所染汙彼地煩惱者謂餐定味等此染汙心在不定地不定地沒從此沒已即彼地心云何現前既不現前云何當得結生相續由此道理定應許有阿賴耶識無始時來恒有彼地此心熏習由此熏習此心現行由此心故結生相續

論曰復次生無色界若離一切種子異熟識染汙善心應無種子染汙善心應無依持

釋曰生無色界者謂已解脫色染汙善心者謂能愛味及三摩地應無種子者謂應無因

應無依持者謂應無依復有別義謂此二心若無種子從何而生若無依持依何而轉阿賴耶識所攝受故從自種生爲所依故令此能依相續而轉

論曰又即於彼若出世心正現在前餘世間心皆滅盡故爾時便應滅離彼趣

釋曰即於彼界若出世心現在前時除此所餘是世間心彼世間心爾時皆滅如是彼趣便應永斷不由功用自然證得無餘涅槃旣無此理不應撥無阿賴耶識

論曰若生非想非非想處無所有處出世間心現在前時即應二趣悉皆滅離此出世識不以非想非非想處爲所依趣亦不應以無所有處爲所依趣亦非涅槃爲所依趣

釋曰若生非想非非想處或時起彼無所有處出世間心令現在前由彼處心極明利故又由非想非非想處心闇鈍故住於彼處極明利心起出世心令現在前此出世心不應以彼第一第二爲所依趣由彼二地皆世間故又生餘地起餘地心現在前故二所依趣俱不應理又即此心不應涅槃爲所依趣有餘依故如是三種爲所依趣旣不得成若不信有阿賴耶識此出世心何所依趣

論曰又將沒時造善造惡或下或上所依漸冷若不信有阿賴耶識皆不得成是故若離一切種子異熟識者此生雜染亦不得成

釋曰將捨命時造善造惡或下或上身分漸冷以造善者必定上昇若造惡者必定下墜若不許有阿賴耶識爲能執受云何得有所依漸冷阿賴耶識能執受故或下或上如其

次第隨所捨處身即有冷

論曰云何世間清淨不成謂未離欲纏貪未得色纏心者即以欲纏善心爲離欲纏貪故勤修加行此欲纏加行心與色纏心不俱生滅故非彼所熏爲彼種子不應道理又色纏心過去多生餘心間隔不應爲今定心種子唯無有故是故成就色纏定心一切種子異熟果識展轉傳來爲今因緣加行善心爲增上緣如是一切離欲地中如應當知如是世間清淨若離一切種子異熟識理不得成

釋曰如世間清淨理不得成今當顯示謂爲遠離欲纏貪故以欲纏善心修加行時即此欲纏加行善心未曾爲彼色纏善心之所熏習不俱生滅故今色纏心應無種子自然而生又過去世色纏善心多生所間餘識所隔唯無有故已過去故不得爲今定心種子展轉傳來爲今因緣者阿賴耶識持彼種故今色纏心從自種生加行善心非無功力言功力者但增上緣非是因緣由彼增上力生此色纏心如是遠離色纏貪等如應當知

論曰云何出世清淨不成謂世尊說依他言音及內各別如理作意由此爲因正見得生此他言音如理作意爲熏耳識爲熏意識爲兩俱熏若於彼法如理思惟爾時耳識且不得起意識亦爲種種散動餘識所間若與如理作意相應生時此聞所熏意識與彼熏習久滅過去定無有體云何復爲種子能生後時如理作意相應之心又此如理作意相應是世間心彼正見相應是出世心曾未有時俱生俱滅是故此心非彼所熏既不被熏爲

彼種子不應道理是故出世清淨若離一切種子異熟果識亦不得成此中間熏習攝受彼種子不相應故

釋曰如出世間清淨不成今當顯示此他言音如理作意者謂與言音相應作意意識亦爲種種散動餘識所間者是與正見相應出世間心被間隔義若與如理作意相應生時者謂於彼時此聞所熏意識與彼熏習久滅過去定無有體者謂經長時已謝隔越決定無體云何復爲種子能生後時如理作意相應之心者謂彼久滅現無有體不能爲因此中聞熏習攝受彼種子不相應故者謂在世間意識之中故言此中聞熏習者故他言音正聞熏習攝受彼種子者在意識中攝受出世清淨種子不相應故者謂彼所計不應理故云何可說此從彼生

論曰復次云何一切種子異熟果識爲雜染因復爲出世能對治彼淨心種子又出世心昔未曾習故彼熏習決定應無旣無熏習從何種生是故應答從最清淨法界等流正聞熏習種子所生

釋曰云何等者謂異熟識是所治因爲能治因不應道理又出世心昔未曾習者謂先未生故彼熏習決定應無者由此因故彼出世心無有熏習決定無疑從最清淨法界等流正聞熏習種子所生者爲顯法界異聲聞等言最清淨由佛世尊所證法界永斷煩惱所知障故從最清淨法界所流經等教法名最清淨法界等流無倒聽聞如是經等故名正聞由此正聞所起熏習名爲熏習或復正聞

即是熏習是故說名正聞熏習即此熏習相續住在阿賴耶識爲因能起出世間心是故說言從最清淨法界所流正聞熏習種子所生

論曰此聞熏習爲是阿賴耶識自性爲非阿賴耶識自性若是阿賴耶識自性云何是彼對治種子若非阿賴耶識自性此聞熏習種子所依云何可見乃至證得諸佛菩提此聞熏習隨在一種所依轉處寄在異熟識中與彼和合俱轉猶如水乳然非阿賴耶識是彼對治種子性故

釋曰此聞熏習爲是阿賴耶識自性爲非阿賴耶識自性若爾何過若是阿賴耶識自性云何即爲阿賴耶識對治種子若非阿賴耶識自性此聞熏習種子即應別有所依乃至證得諸佛菩提者謂乃至得諸佛所證無上菩提此聞熏習者即是最清淨法界等流正聞熏習隨在一種所依轉處者謂隨在一相續轉處寄在異熟識中與彼和合俱轉猶如水乳者此聞熏習與異熟識雖不同性而寄識中猶如水乳和合俱轉然非阿賴耶識等者雖復和合似一性轉然非即是阿賴耶識是能對治阿賴耶識種子性故

論曰此中依下品熏習成中品熏習依中品熏習成上品熏習依聞思修多分修作得相應故

釋曰此中下中上品者應知依聞思修所成慧說由彼一一有三種故復有別義聞所成慧是下品思所成慧是中品修所成慧是上品依聞思修多分修作得相應故者謂依聞

等數數猛利而修作故又於此中下品爲因得成中品中品爲因得成上品

論曰又此正聞熏習種子下中上品應知亦是法身種子與阿賴耶識相違非阿賴耶識所攝是出世間最淨法界等流性故雖是世間而是出世心種子性又出世心雖未生時已能對治諸煩惱纏已能對治諸嶮惡趣已作一切所有惡業朽壞對治又能隨順逢事一切諸佛菩薩雖是世間應知初修業菩薩所得亦法身攝聲聞獨覺所得唯解脫身攝又此熏習非阿賴耶識是法身解脫身攝如如熏習下中上品次第漸增如是如是異熟果識次第漸減即轉所依既一切種所依轉已即異熟果識及一切種子無種子而轉一切種永斷

釋曰已能對治諸煩惱纏者謂是能斷增上貪等現起轉因已能對治諸嶮惡趣者謂若能斷諸煩惱纏即能對治諸嶮惡趣已作一切所有惡業朽壞對治者謂若雖有順後受業應墮惡趣而能爲彼作朽壞因舉要言之此聞熏習能治一切過去未來現在惡業又能隨順逢事一切諸佛菩薩者謂是當來逢事善友自身得因雖是世間應知初修業菩薩所得亦法身攝者謂諸異生菩薩名初修業菩薩亦是法身種子故說亦法身攝聲聞獨覺所得唯解脫身攝者謂聲聞等正聞熏習唯是解脫因唯得解脫身不得法身故

論曰復次云何猶如水乳非阿賴耶識與阿賴耶識同處俱轉而阿賴耶識一切種盡非阿賴耶識一切種增譬如於水鵝所飲乳又

如世間得離欲時非等引地熏習漸滅其等引地熏習漸增而得轉依

釋曰非阿賴耶識與阿賴耶識雖同處俱轉而阿賴耶識盡非阿賴耶識在還即以前水乳和合鵝所飲時乳盡水在譬喻顯示又如世間得離欲時於一阿賴耶識中非等引地煩惱熏習漸滅其等引地善法熏習漸增而得轉依此中轉依當知亦爾

論曰又入滅定識不離身聖所說故此中異熟識應成不離身非爲治此滅定生故

釋曰引入滅定識不離言爲成定有阿賴耶識世尊說識不離身者除異熟識餘不得成以滅定生對治轉識故觀此定爲極寂静

論曰又非出定此識復生由異熟識既間斷已離結相續無重生故

釋曰若執出定此識還生由此意故說不離身此不應理以從定出識不復生異熟果識既間斷巳離結相續更託餘生無重生故

論曰又若有執以意識故滅定有心此心不成定不應成故所緣行相不可得故應有善根相應過故不善無記不應理故應有想受現行過故觸可得故於三摩地有功能故應有唯滅想過失故應有其思信等善根現行過故拔彼能依令離所依不應理故有譬喻故如非遍行此不有故

釋曰又若有執以意識故滅定有心此心不成者若有欲離前說自相阿賴耶識以餘轉識滅定有心此不應理何以故定不應成故未曾見心離心法故如餘心法想受亦爾俱應不滅然此滅定俱滅所顯是故應至定不

應成若立唯有阿賴耶識則無此過求靜住者爲治彼怨餘心心法故生此定不爲對治不明了性阿賴耶識又此定內無有餘心何以故所緣行相不可得故諸心心法相續不斷必不遠離所緣行相此滅定中若有心者亦應不離所緣行相然此三種俱不可得是故此定無有餘心若唯立有阿賴耶識無此妨難執受所依之所顯故又此定中若有轉識此識必有善等差別謂或是善或是不善或是無記然此中識且非是善應有善根相應過故此則相違亦非此識是自性善由此不離善根相應成善性故由立定心是善性故至所不欲與無貪等善根相應此不應許與餘善心無差別故遍一切處應成此過又於此中亦不得有不善無記不善無記不應理故於離欲時諸不善根皆永斷故不成不善亦非無記此定善故又不可立此心是善應有想受現行過故若離善根善心不有是故應至善根現行此中如有善根現行想受亦爾應至現行無別因故然不應理所治現行能治無故譬如貪等正現行時不淨觀等決定無有又此定中離阿賴耶識餘心不容有定應有觸可得過故如住餘定決無有疑謂餘定中善根相應餘識轉時決定有觸以定所生輕安爲相或順樂受或有隨順非苦樂受此觸爲緣或生樂受或復生於非苦樂受何以故於餘三摩地有此功能故於餘定中見此二觸於生二受必有功能此亦應爾無障因故觸爲緣受此中應至然不應理何以故應有唯滅想過失故若許此觸爲緣生

受於此定中唯應想滅然不應許想受俱滅聖所說故又此定中若有餘識必與其觸俱有相應此不應理何以故若有觸者應有其思信等善根現行過故若有其識觸相應轉必有與此俱生思等聖所說故此中應至有思現行若此定中有思現行造作善心必有信等善根現行然不應許若有欲避如前所說種種過失及阿笈摩相違過失由但猒離諸心法故唯拔心法於此定中唯立有心無有心法此亦不然何以故拔彼能依令離所依不應理故所依是心能依是心法所依能依心與心法無始生死來更互不相離由此相引是故定應與無貪等善根相應若言此定及定方便與無貪等善根相違故於定中善根不轉唯善心轉此於餘處都未曾見若於因時彼法相應等流果時亦有相應故不應理又不應理有譬喻故謂世尊說諸身行滅諸語行滅諸意行滅此中身行謂入出息其語行者謂尋與伺其意行者謂思想等如尋伺滅語必不起意亦如是若意行滅亦應不起若汝意謂如身行滅安住定中身在不滅意亦如是雖意行滅應在不滅此亦不然何以故如非遍行此不有故如世尊說離身行外有身住因所謂飲食命根識等由此雖無入息出息而身安住意即不爾離意行外更無别因持心令住由此應至無意識故名無心定異熟果識此中有故世尊說識不離於身即從此識一切種子後出定時轉識還生故知定有阿賴耶識

論曰又此定中由意識故執有心者此心是

善不善無記皆不得成故不應理
釋曰已廣廢立滅定有心今當略顯第二頌
義若有欲除阿賴耶識以意識故滅定有心
此心是善不善無記皆不得成故不應理何
以故由此滅定是善性故且非不善無記亦
爾威儀工巧變化無記定不得有若說此是
異熟無記理即應至阿賴耶識除此更無第
五無記又此定中心若是善應無貪等善根
相應染汙意滅唯善心在爾時善心所依所
緣皆悉是有三事和合云何此中不生其觸
既有其觸受等心法何得不生如是滅定應
不得成諸心心法皆不滅故又若有執此定
是善由心所引定前方便能引善心力所引
故定中善心非無貪等善根相應又三和合
若有堪能亦能生受若三和合無有堪能唯
生其觸是故定中雖有善心非無貪等善根
相應亦無受等此義不然方便善心既無貪
等善根相應從此所引等流果心何故不爾
又從所依拔除能依不應理故心與心法無
始已來於一切時互不相離令拔能依令離
所依必不可得何以故有譬喻故謂於世間
從生至壞於一切時互不相離無有道理拔
除能依令離所依譬如大種與所造色無有
道理令其所造離於能造心法亦爾不可令
其離所依心是故於此無心定中無有心法
離所依雖不應理然想及受能障此定於方
便中猒患彼故唯二不行餘法不爾亦得現
行不應道理何以故如非遍行此不有故非
遍行者此中可滅二是遍行故不可滅遍行

若滅心亦隨滅無別因故是故此中言有心者是異熟識定非意識

論曰若復有執色心無間生是諸法種子此不得成如前已說又從無色無想天沒滅定等出不應道理又阿羅漢後心不成唯可容有等無間緣

釋曰若復有執色心無間生是諸法種子者謂若有執前刹那色能為種子後刹那色因彼而生前識後識相望亦爾此前已破又無色沒色復生時色久斷滅何有種子無想天沒或復從於滅定等出心復生時心久斷滅何有心因若如是者諸阿羅漢終不應得無餘涅槃色心兩因永無盡故前刹那色望於後色前刹那識望於後識應知容有等無間緣無有因緣

論曰如是若離一切種子異熟果識雜染清淨皆不得成是故成就如前所說相阿賴耶識決定是有

釋曰由前所說無量道理是故成就阿賴耶識決定是有

論曰此中三頌

菩薩於淨心　遠離於五識　無餘心轉依云何汝當作　若對治轉依　非斷故不成果因無差別　於永斷成過　無種或無體若許為轉依　無彼二無故　轉依不應理

釋曰如住轉識轉依不成三頌顯示菩薩於淨心者是於出世對治相應善意識義遠離於五識者謂此遠離眼等五識言無餘者無善有漏雜染意識已舉淨心復舉無餘為欲遮遣善有漏識言心轉依云何作者若汝信

有阿賴耶識可作一切雜染種子無種子義名心轉依若不爾者云何當作若對治生名爲轉依此不應理何以故若對治轉依非斷故不成雜染永斷故名轉依非能對治即是永斷由此但是永斷因故若必爾者便至果因無差別過果是永斷說名涅槃因是對治說名聖道若能對治即是永斷應至果因一體之過纔生對治應即涅槃無種或無體若計爲轉依者若於轉識作無種子或即無體計爲轉依無彼二無故轉依不應理雜染轉識此定位中不得有故亦無種子可令作無無二可無而名轉依不應道理若決定有阿賴耶識雜染轉識此定位中雖不得有而彼種子一切住在阿賴耶識可能作其無種無體由汝轉依不應道理故應信有阿賴耶識

論曰復次此阿賴耶識差別云何略說應知或三種或四種此中三種者謂三種熏習差別故一名言熏習差別二我見熏習差別三有支熏習差別四種者一引發差別二異熟差別三緣相差別四相貌差別

釋曰如是已成立阿賴耶識今當顯此品類差別於三種熏習差別中名言熏習差別者謂眼名言熏習在異熟識中爲眼生因異熟生眼從彼生時用彼爲因還說名眼如是耳等一切名言差別亦爾我見熏習差別者由染汙意薩迦耶見力故於阿賴耶識中我執熏習生由此爲因謂自爲我異我爲他各有差別有支熏習差別者由善不善不動行力故於諸趣中流轉差別此三如後所知相初當廣分別

論曰此中引發差別者謂新起熏習此若無者行爲緣識取爲緣有應不得成
釋曰引發差別者謂能引發品類差別謂新起熏習者謂彼最先所起熏習若此能引阿賴耶識差別無者諸行生滅熏習成識由取攝受生有現前此所作有應不得成能有後生故名爲有此所説取或善不善是串習果
論曰此中異熟差別者謂行有爲緣於諸趣中異熟差別此若無者則無種子後有諸法生應不成
釋曰異熟差別者謂行有爲緣於諸趣中所引異熟若此所引阿賴耶識差別無者則無有因後有諸法眼等色根此等異熟生應不成當知此則是異熟果
論曰此中緣相差別者謂即意中我執緣相此若無者染汙意中我執所緣應不得成
釋曰緣相差別者謂此阿賴耶識即是染汙意中能依我見我執緣相若此緣相阿賴耶識差別無者染汙意中薩迦耶見爲因我執此所緣境應不得成當知此則是等流果
論曰此中相貌差別者謂即此識有共相有不共相無受生種子相有受生種子相等
釋曰相貌差別有多品類謂於此中有共相有不共相無受生種子相有受生種子相等者是略標舉後當廣釋
論曰共相者謂器世間種子不共相者謂各别内處種子共相即是無受生種子不共相即是有受生種子對治生時唯不共相所對治滅共相爲他分别所持但見清淨如瑜伽師於一物中種種勝解種種所見皆得成立

此中二頌
難斷難遍知　應知名共結　瑜伽者心異
由外相大故　淨者雖不滅　而於中見淨
又清淨佛土　由佛見清淨
復有別頌對前所引種種勝解種種所見皆
得成立
諸瑜伽師於一物　種種勝解各不同
種種所見皆得成　故知所取唯有識
此若無者諸器世間有情世間生起差別應
不得成
釋曰此中若阿賴耶識為一切有情共器世
間因體即是無受生種子若阿賴耶識為不
共各別色等諸處因體即是有受生種子若
離如是品類共相阿賴耶識一切有情共受
用因諸器世間應不得成如是若離第二不

共阿賴耶識有情世間亦應不成由此應如
木石等生
論曰復有麤重相及輕安相麤重相者謂煩
惱隨煩惱種子輕安相者謂有漏善法種子
此若無者所感異熟無所堪能有所堪能所
依差別應不得成復有有受盡相無受盡相
有受盡相者謂已成熟異熟果善不善種子
無受盡相者謂名言熏習種子無始時來種
種戲論流轉種子故此若無者已作已作善
惡二業與果受盡應不得成又新名言熏習
生起應不得成復有譬喻相謂此阿賴耶識
幻焰夢翳為譬喻故此若無者由不實遍計
種子故顛倒緣相應不得成復有具足相不
具足相謂諸具縛者名具足相世間離欲者
名損減相有學聲聞及諸菩薩名一分永拔

相阿羅漢獨覺及諸如來名煩惱障全永拔相及煩惱所知障全永拔相如其所應此若無者如是次第雜染還滅應不得成

釋曰麤重相者謂所依中無堪能性輕安相者謂所依中有堪能性若無有受盡相阿賴耶識數數已作善惡二業與果受盡應不得成無受盡相謂名言熏習種子者如名言熏習差別中已說無始時來種種戲論流轉種子故者謂無始時來共言說因故若無如是阿賴耶識新起名言熏習生起應不得成何以故若無舊熏習今名言亦無故者於世間本來無者本無今有不應道理譬喻相者如由所作幻等因故得有象等顛倒緣相阿賴耶識亦復如是由所說譬喻相不實遍計種子故有顛倒緣相此若無者顛倒緣相應不得成

論曰何因緣故善不善法能感異熟其異熟果無覆無記由異熟果無覆無記與善不善互不相違善與不善互相違故若異熟果善不善性雜染還滅應不得成是故異熟識唯無覆無記

釋曰無覆無記者此中無染說名無覆即無染無記名無覆無記非如色界生煩惱不善說爲無記若異熟果善不善性雜染還滅應不得成者以從善更生善從不善更生不善故則生死流轉無有邊際流轉雜染通有漏善故

攝大乘論釋卷第三

音釋

羯邏藍梵語也此云凝滑　羯居謁切邏郎佐切

數色角切頻數也

嶮虛檢切危也

伺斯義切察也

串古患切習也

攝大乘論釋卷第四

世親菩薩造

唐三藏法師玄奘奉　詔譯

所知相分第三之一

論曰已說所知依所知相復云何應見此略有三種一依他起相二遍計所執相三圓成實相

釋曰依所知相說如是言略者要也

論曰此中何者依他起相謂阿賴耶識爲種子虛妄分別所攝諸識此復云何謂身身者受者識彼所受識彼能受識世識數識處識言說識自他差別識善趣惡趣死生識此中若身身者受者識彼所受識彼能受識世識數識處識言說識此由名言熏習種子若自他差別識此由我見熏習種子若善趣惡趣死生識此由有支熏習種子由此諸識一切界趣雜染所攝依他起相虛妄分別皆得顯現如此諸識皆是虛妄分別所攝唯識爲性是無所有非眞實義顯現所依如是名爲依他起相

釋曰虛妄分別所攝諸識者謂此諸識虛妄分別以爲自性謂身身者受者識者身謂眼等五界身者謂染汙意能受者謂意界彼所受識者謂色等六外界彼能受識者謂六識界世識者謂生死相續不斷性數識者謂筭計性處識者謂器世間言說識者謂見聞覺知四種言說如是諸識皆用所知依中所說名言熏習差別爲因自他差別識者謂依止差別此用前說我見熏習差別爲因善趣惡趣死生識者謂生死趣種種差別此由前說

有支熏習差別種子由此諸識者即由次前
所說諸識一切界趣雜染所攝者謂墮三界
五趣雜染是彼自性故名所攝依他起相者
謂依他起爲體虛妄分別皆得顯現如此諸
識皆是虛妄分別所攝唯識爲性者謂此諸
識皆是虛妄分別自性故名所攝是無所有
非眞實義顯現所依者謂無所有非眞實義
顯現所因非眞實故名無所有如所執我無
所有故名非眞實義者所取謂即彼我實無
所有似我顯現言所依者顯現所依是所因
義此即名爲依他起相

論曰此中何者遍計所執相謂於無義唯有
識中似義顯現

釋曰於無義者謂無所取如實無我唯有識
中者謂無實義似義識中如唯似我顯現識
中似義顯現者似所取義相貌顯現如實無
我似我顯現

論曰此中何者圓成實相謂即於彼依他起
相由似義相永無有性

釋曰於無所有非眞實義顯現因中由實無
有似義相現永無有性如似我相雖永是無
而無我有

論曰此中身身者受者識應知即是眼等六
内界彼所受識應知即是色等六外界彼能
受識應知即是眼等六識界其餘諸識應知
是此諸識差別又此諸識皆唯有識都無義
故此中以何爲喻顯示應知夢等爲喻顯示
謂如夢中都無其義獨唯有識雖種種色聲
香味觸舍林地山似義影現而於此中都無
有義由此喻顯應隨了知一切時處皆唯有

識由此等言應知復有幻誑𪆂愛翳眩等喻若於覺時一切時處皆如夢等唯有識者如從夢覺便覺夢中皆唯有識覺時何故不如是轉眞智覺時亦如是轉如在夢中此覺不轉從夢覺時此覺乃轉如是未得眞智覺時此覺不轉得眞智覺此覺乃轉其有未得眞智覺者於唯識中云何比知由教及理應可比知此中教者如十地經薄伽梵說如是三界皆唯有心又薄伽梵解深密經亦如是說謂彼經中慈氏菩薩問世尊言諸三摩地所行影像彼與此心當言有異當言無異佛告慈氏當言無異何以故由彼影像唯是識故我說識所緣唯識所現故世尊若三摩地所行影像即與此心無有異者云何此心還取此心慈氏無有少法能取少法然即此心如是生時即有如是影像顯現如質爲緣還見本質而謂我今見於影像及謂離質別有所見影像顯現此心亦爾如是生時相似有異所見影現即由此教理亦顯現所以者何於定心中隨所觀見諸青瘀等所知影像一切無別青瘀等事但見自心由此道理菩薩於其一切識中應可比知皆唯有識無有境界又於如是青瘀等中非憶持識見所緣境現前住故聞思所成二憶持識亦以過去爲所緣故所現影像得成唯識由此比量菩薩雖未得眞智覺於唯識中應可比知

釋曰此唯有識由教顯示如十地經言如是三界皆唯有心故解深密經中我說識所緣唯識所現故者謂識所緣唯識所現無別境義復舉識者顯我所說定識所行唯識所現

無別有體然即此心如是生時者謂即由此品類生時相似有異所見影現者謂定所行相似離識別有所取分明顯現又於如是青瘀等中非憶持識見所緣境現前住故者謂青瘀等是三摩地所行影像非憶持識由此不即在彼方處如昔所受還如是憶此住現前分明見故彼憶持識所見暗昧此現前住所見分明若有復謂如聞思慧由串習故境雖謝往纔作意時如昔而生此亦爾者聞思兩慧境既謝往現無有體於無體中若更生時但識影現似彼而生故聞思慧不緣謝往曾所受境是故唯識由此彌彰所取義無理亦成就

論曰如是已說種種諸識如夢等喻即於此中眼識等識可成唯識眼等諸識既是有色亦唯有識云何可見此亦如前由教及理

釋曰眼識等識皆非有色可成唯識眼等諸識既是有色云何唯識此亦如前由教及理者此眼等識如前所引理教顯示亦成唯識

論曰若此諸識亦體是識何故乃似色性顯現一類堅住相續而轉與顛倒等諸雜染法爲依處故若不爾者於非義中起義顛倒應不得有此若無者煩惱所知二障雜染應不得有此若無者諸清淨法亦應無有是故諸識應如是轉此中有頌

亂相及亂體　應許爲色識　及與非色識
若無餘亦無

釋曰一類堅住相續轉者由相似故名爲一類多時住故說名堅住諸有色識相似多時相續而轉顛倒等者即是等取諸雜染法與

煩惱障及所知障爲因性故爲依處者爲彼因性若彼諸識離如是轉於非義中起義心倒應不得有此若無者若煩惱障諸雜染法若所知障諸雜染法應不得有於此頌中顯如是義亂相亂體如其次第許爲色識及非色識此中亂相即是亂因色識爲體亂體即是諸無色識色識亂因若無有者非色識果亦應無有

論曰何故身身者受者識所受識能受識於一切身中俱有和合轉能圓滿生受用所顯故何故如說世等諸識差別而轉無始時來生死流轉無斷絶故諸有情界無數量故諸器世界無數量故諸所作事展轉言說無數量故名別攝取受用差別無數量故諸受非愛業果異熟受用差別無數量故所受死生種種差別無數量故

釋曰爲令自身圓滿受用故身身者受者三識一切身中許彼一時俱有和合一時轉故說名俱有所顯故者是彼因性

論曰復次云何安立如是諸識成唯識性略由三相一由唯識無有義故二由二性有相有見二識別故三由種種種種行相而生起故所以者何此一切識無有義故得成唯識有相見故得成二種若眼等識以色等識爲相以眼識識爲見乃至以身識識爲見若意識以一切眼爲最初法爲最後諸識爲相以意識識爲見由此意識有分別故似一切識而生起故此中有頌

唯識二種種　觀者意能入　由悟入唯心
彼亦能伏離

釋曰此中長行及頌顯示由三種相成立唯識於長行中由唯識者唯有識故一切諸識皆唯有識由所識義無所有故由二性者由於一識安立相見即此一識一分成相第二成見眼等諸識即於二性安立種種謂一識上如其所應一分變似種種相生第二變似種種能取若就意識即以一切眼爲最初法爲最後諸識爲相意識識爲見由此意識遍分別故似一切識而生起故又於三中唯就意識以爲種種所取境界不決定故其餘諸識境界決定又無分別意識分別故唯於此安立第三種種相見是故於此意識具足安立唯識於伽他中能入唯識者悟入所取義永無有故能入二者悟入此識有相見故能入種種者悟入此識似種種相而生起故觀者意者諸瑜伽師所有意趣問於何悟入答由悟入唯心彼亦能伏離若能悟入唯有其心都無有義是則於彼亦能伏離既無所取義何有能取心說入二性及入種種皆爲成立入唯識因餘義相似

論曰又於此中有一類師說一意識彼彼依轉得彼彼名如意思業名身語業

釋曰一類菩薩欲令唯有一意識體彼復次第安立顯示如意思業名身語業者如一意思於身門轉得身業名於語門轉得語業名然是意業意識亦爾雖復是一依眼轉時得眼識名如是乃至依身轉時得身識名非離意識別有餘識唯除別有阿賴耶識

論曰又於一切所依轉時似種種相二影像轉謂唯似義影像及分別影像又一切處亦

似所觸影像而轉有色界中即此意識依止身故如餘色根依止於身

釋曰或有難言眼等諸根無有分別是故意識依彼轉時應無分別如染汙意爲雜染依令雜染轉此亦應爾故次解言又於一切所依轉時似種種相二影像轉謂唯義影像及分別影像此中一切所依者謂眼等所依似種種相二影像轉者謂唯似義影像及分別影像二句解釋由此二句說唯一識一分唯義影像顯現第二分別此義相生是故前說無有過失又一切處亦以所觸影像而生謂有色處於定位中無五識時在色身中内領受起如餘色根依止於身者如餘眼等有色諸根依止於身由此諸根依止身故於自所依能起損益意識亦爾依止身故應知於身能作變異復有別義謂如身根依止於身若相外緣所觸現前身根便似所觸相起即此起時於自依身能作損益意識亦爾依止身故似彼所觸影像生時於所依身能作損益

論曰此中有頌

若遠行獨行　無身寐於窟　調此難調心　我說眞梵志

釋曰彼諸菩薩爲成此義引阿笈摩伽他爲證若遠行者能緣一切所緣境故言獨行者無第二故言無身者遠離身故寐於窟者於身窟中而居止故言調此者作自在故難調心者性暴惡故

論曰又如經言如是五根所行境界意各能受意爲彼依

釋曰復引餘教證成此義如是五根所行境

界意各能受者諸根所行名爲境界如是境界意各能受悉能分别一切法故一一各各能領受故名各能受意爲彼依者是彼諸根能生因故以意散亂彼不生故

論曰又如所説十二處中説六識身皆名意處

釋曰復有聖教能證此義謂六識身皆説名意無餘識名由六識身皆是意處聖所説故是故得知唯有意識

論曰若處安立阿賴耶識識爲義識應知此中餘一切識是其相識若意識識及所依止是其見識由彼相識是此見識生緣相故似義現時能作見識生依止事如是名爲安立諸識成唯識性

釋曰於阿賴耶識亦得安立相見二識謂阿賴耶識以彼意識及所依止爲其見識眼等諸識爲其相識以一切法皆是識故由彼相識者謂眼等諸識是此見識生緣相故者是見生因由所緣性名見生因似義現時能作見識生依止事者能於彼見故名見識即此見識似義現時彼諸相識與意見識能作相續不斷住因是故説名生依止事

論曰諸義現前分明顯現而非是有云何可知如世尊言若諸菩薩成就四法能隨悟入一切唯識都無有義一者成就相違識相智如餓鬼傍生及諸天人同於一事見彼所識有差别故二者成就無所緣識現可得智如過去未來夢影緣中有所得故三者成就應離功用無顛倒智如有義中能緣義識應無顛倒不由功用智眞實故四者成就三種勝

智隨轉妙智何等爲三一得心自在一切菩薩得靜慮者隨勝解力諸義顯現二得奢摩他修法觀者纔作意時諸義顯現三已得無分別智者無分別智現在前時一切諸義皆不顯現由此所說三種勝智隨轉妙智及前所說三種因緣諸義無義道理成就

釋曰相違識相智者謂能了知相違者識所緣義相無所緣識現可得智者謂現見有雖無所緣而識得生如過去等應離功用無顛倒智者謂能了知若如是義如所顯現即是實有離起對治無顛倒智任運應成三種勝智隨轉妙智者謂能了知三種勝智境隨轉義得心自在者得心調順有所堪能得靜慮者謂諸聲聞及獨覺等已得靜慮隨勝解力諸義顯現者謂若願樂地成其水如意則成火等亦爾得奢摩他者得三摩地修法觀者於契經等策勤觀察纔作意時識義顯現者隨於一義如如作意如是如是非一品類境相顯現無分別智現在前時一切諸義皆不顯現者若如顯現義即如是實有應不得有無分別智無分別智若是實有決定應許諸義皆無

論曰若依他起自性實唯有識似義顯現之所依止云何成依他起何因緣故名依他起從自熏習種子所生依他緣起故名依他起生刹那後無有功能自然住故名依他起

釋曰實唯有識似義顯現之所依止者謂實無義唯有其識與彼似義顯現爲因即此唯識名依他起云何成依他起者問自攝受何因緣故名依他起者問爲他說從自因生生

已無能暫時安住名依他起應自攝受亦爲他說

論曰若遍計所執自性依依他起實無所有以義顯現云何成遍計所執何因緣故名遍計所執無量行相意識遍計顛倒生相故名遍計所執自相實無唯有遍計所執可得是故說名遍計所執

釋曰依依他起者謂依唯識實無所有者實無自體似義顯現者唯有似義顯現可得云何何故等者如次前說無量行相者所謂一切境界行相意識遍計者謂即意識說名遍計顛倒生相者謂是能生虛妄顛倒所緣境相自相實無者實無彼體唯有遍計所執可得者唯有亂識所執可得

論曰若圓成實自性是遍計所執永無有相云何成圓成實何因緣故名圓成實由無變異性故名圓成實又由清淨所緣性故一切善法最勝性故由最勝義名圓成實

釋曰是遍計所執永無有相者謂遍計所執自性無性爲性云何何故等如前依他起中已說由無變異性故者謂無虛誑性如不虛誑性又由清淨所緣性故一切善法最勝性故由最勝義名圓成實者謂由清淨所緣性故最勝性故名圓成實

論曰復次有能遍計有所遍計遍計所執自性乃成此中何者能遍計何者所遍計何者遍計所執自性當知意識是能遍計有分別故所以者何由此意識用自名言熏習爲種子及用一切識名言熏習爲種子是故意識無邊行相分別而轉普於一切分別計度故

名遍計又依他起自性名所遍計又若由此相令依他起自性成所遍計此中是名遍計所執自性由此相者是如此義復次云何遍計能遍計度緣何境界取何相貌由何執著由何起語由何言說何所增益謂緣名爲境於依他起自性中取彼相貌由是執著由尋起語由見聞等四種言說而起言說於無義中增益爲有由此遍計能遍計度

釋曰復次云何遍計能遍計度者謂意識名能遍計依他起性名所遍計爲欲顯示由此品類能遍計度故文說緣名爲境等於依他起自性中取彼相貌者謂即於此依他起中由眼等名取彼相貌由取彼相能遍計度由見執著者如所取相如是執著由尋起語者如所執著由語因尋而發語言由見聞等四種言說而起言說者如語所說見聞覺知四種言說與餘言說於無義中增益爲有者如所言說於無義中執有義故

論曰復次此三自性爲異爲不異應言非異非不異謂依他起自性由異門故成依他起即此自性由異門故成遍計所執即此自性由異門故成圓成實由何異門此依他起成依他起依他熏習種子起故由何異門即此自性成遍計所執由是遍計所緣相故又是遍計所遍計故由何異門即此自性成圓成實如所遍計畢竟不如是有故

釋曰由是遍計所緣相故者謂彼意識名爲遍計此爲所取所緣境性能生遍計是故亦名遍計所執又是遍計所遍計故者即彼意識名爲遍計緣彼相貌爲所取境爲所遍計

由此義故依他起性亦名遍計所執自性如所遍計者如彼意識遍計所執畢竟不如是有故者所遍計上遍計所執畢竟無故由此義故即此自性成圓成實

論曰此三自性各有幾種謂依他起略有二種一者依他熏習種子而生起故二者依他雜染清淨性不成故由此二種依他別故名依他起遍計所執亦有二種一者自性遍計執故二者差別遍計執故由此故名遍計所執圓成實性亦有二種一者自性圓成實故二者清淨圓成實故由此故成圓成實性

釋曰雜染清淨性不成故者由即如是依他起性若遍計時即成雜染無分別時即成清淨由二分故一性不成是故說名依他起性自性遍計執故者如於眼等遍計執爲眼等自性差別遍計執故者如即於彼眼等自性遍計執爲常無常等無量差別自性圓成實故者謂有垢眞如清淨圓成實故者謂無垢眞如

論曰復次遍計有四種一自性遍計二差別遍計三有覺遍計四無覺遍計有覺者謂善名言無覺者謂不善名言如是遍計復有五種一依名遍計義自性謂如是名有如是義二依義遍計名自性謂如是義有如是名三依名遍計名自性謂遍計度未了義名四依義遍計義自性謂遍計度未了名義五依二遍計二自性謂遍計度此名此義如是體性

釋曰善名言者謂解名言不善名言者謂牛羊等雖有分別然於文字不能解了

論曰復次總攝一切分別略有十種一根本

分別謂阿賴耶識二緣相分別謂色等識三顯相分別謂眼識等幷所依識四緣相變異分別謂老等變異樂受等變異貪等變異逼害時節代謝等變異捺落迦等諸趣變異及欲界等諸界變異五顯相變異分別謂即如前所說變異所有變異六他引分別謂聞非正法類及聞正法類分別七不如理分別謂諸外道聞非正法類分別八如理分別謂正法中聞正法類分別九執著分別謂不如理作意類薩迦耶見為本六十二見趣相應分別十散動分別謂諸菩薩十種分別

釋曰總攝一切分別略有十種者是總標舉後當別釋根本分別者謂阿賴耶識是諸分別根本自體亦是分別緣相分別者謂色等識為所緣相所起分別顯相分別者謂眼識等幷所依識顯現似彼所緣境相所起分別有所分別或能分別故名分別緣相變異分別者謂即緣相所有變異緣此緣相變異分別故名緣相變異分別謂老等變異者身中大種衰朽改易名老變異分別此故說名緣相變異分別等者等取病死變異樂受等變異亦爾謂由樂受身體改易等者等取苦及不苦不樂貪等變異亦爾等者等取瞋癡逼害時節代謝等變異亦爾謂身變異為所緣境所起分別逼害者謂殺縛等時節代謝者謂寒時等時節改易捺落迦等諸趣變異者等取傍生及餓鬼趣及欲界等諸界變異亦爾等者等取色無色界顯相變異分別者謂眼識等顯現似彼所緣境相所有變異緣此顯相變異分別此亦如前所說老等種種變

異由此亦於老等位中變異起故他引分別者謂由他教所起分別此復二種一聞非正法類二聞正法類此復二種於法分別謂聞正法類或善或不善聞非正法類亦如是釋不如理分別者謂諸外道及彼弟子聞非正法類爲因分別如理分別者謂正法中諸佛弟子聞正法類爲因分別執著分別者謂不如理作意爲因依止我見起六十二諸惡見趣相應分別如經廣說散動分別者謂諸菩薩如後所說十種分別

論曰一無相散動二有相散動三增益散動四損減散動五一性散動六異性散動七自性散動八差別散動九如名取義散動十如義取名散動爲對治此十種散動一切般若波羅蜜多中說無分別智如是所治能治應知具攝般若波羅蜜多義

釋曰此中無相散動者謂此散動即以其無爲所緣相爲對治此散動故般若波羅蜜多經言實有菩薩言實有者顯示菩薩實有空體空即是體故名空體有相散動者謂此散動即以其有爲所緣相爲對治此散動故即彼經言不見有菩薩此經意說不見菩薩以遍計所執及依他起爲體增益散動者爲對治此散動故即彼經言色自性空由遍計所執色自性空故損減散動者爲對治此散動故即彼經言不由空故謂法性色性不空故一性散動者爲對治此散動故即彼經言色空非色何以故若依他起與圓成實是一性者此依他起應如圓成實是清淨境異性散動者爲對治此散動故即彼經言色不離空

何以故此二若異法與法性亦應有異若有異性不應道理如無常法與無常性若取遍計所執自性色即是空空即是色何以故遍計所執色無所有即是空性此空性即是彼無所有非如依他起與圓成實不可說一自性散動者爲對治此散動故即彼經言舍利子此但有名謂之爲色何以故色之自性無所有故差別散動者爲對治此散動故即彼經言自性無生無滅無染無淨生即有染滅即有淨無生滅故無染無淨如是諸句有如是義如名取義散動者謂如其名於義散動爲對治此散動故即彼經言假立客名別別於法而起分別言別別者謂別別名如義取名散動者如義於名而起散動爲對治此散動故即彼經言假立客名隨起言說非義自性有如是名爲對治此十散動故說般若波羅蜜多由此說爲因無分別智生

論曰若由異門依他起自性有三自性云何三自性不成無差別若由異門成依他起不即由此成遍計所執及圓成實若由異門成遍計所執不即由此成依他起及圓成實若由異門成圓成實不即由此成依他起及遍計所執

釋曰此義如前道理解釋

攝大乘論釋卷第四

音釋

眩(熒絹切)　憒(亂也)　捺落迦(梵語也此云不可樂亦云苦器捺乃曷切)

攝大乘論釋卷第五

世親菩薩造

唐三藏法師玄奘奉　詔譯

所知相分第三之二

論曰復次云何得知如依他起自性徧計所執自性顯現而非稱體由名前覺無稱體相違故由名有衆多多體相違故由名不決定雜體相違故此中有二頌

由名前覺無　多名不決定　成稱體多體
雜體相違故　法無而可得　無染而有淨
應知如幻等　亦復似虛空

釋曰如依他起自性徧計所執分雖顯現可得而非稱彼體爲顯此義故說由名前覺無稱體相違故等若依他起徧計所執同一相者應不待名於義覺轉如執有瓶若離瓶名於瓶義中無有瓶覺若此瓶名與彼瓶義同一相者瓶覺應轉以非一相是故不轉由此名義若體相稱則成相違此中安立名爲依他起義爲徧計所執以依他起由名勢力成所徧計故又於一義有衆多名若名與義同一相者義應如名亦有多種若爾此義應成多體一義多體則成相違是故兩性若同一相則成第二相違過失又名不決定以一瞿聲於九義轉若執名義同一相者多義相違應同一體則成第三相違過失由執牛等非一相義同一性故初一伽他重顯此義於中成者顯依他起徧計所執非一義成法無而可得等者此一伽他以幻等喻開悟弟子弟子有二相違疑問云何法無而現可得云何無染而有清淨此中兩喻釋此疑問如幻等

者譬如幻像眞實無所有而現可得應知此中義亦如是雖現可得而非實有似虛空者譬如虛空雖非雲等所能染汙性清淨故而離彼時說名清淨當知諸法亦復如是雖實無染性清淨故然客障垢得滅離時說名清淨

論曰復次何故如所顯現實無所有而依他起自性非一切一切都無所有此若無者圓成實自性亦無所有此若無者則一切皆無若依他起及圓成實自性無有應成無有染淨過失既現可得雜染清淨是故不應一切皆無此中有頌

若無依他起　圓成實亦無　一切種若無
恒時無染淨

釋曰若依他起如所可得不如是有既爾何不一切一切都無所有此若無者圓成實性亦應無有何以故由有雜染清淨有故若二俱無則一切種皆無所有今當顯此非都無有有謗雜染清淨過故雜染清淨既現可得故此二性俱非不有若執爲無則撥現有雜染清淨言無所有

論曰諸佛世尊於大乘中說方廣教彼教中言云何應知徧計所執自性應知異門說無所有云何應知依他起自性應知譬如幻燄夢像光影谷響水月變化云何應知圓成實自性應知宣說四清淨法何等名爲四清淨法一者自性清淨謂眞如空實際無相勝義法界二者離垢清淨謂即此離一切障垢三者得此道清淨謂一切菩提分法波羅蜜多等四者生此境清淨謂諸大乘妙正法教由

此法教清淨緣故非徧計所執自性最淨法界等流性故非依他起自性如是四法總攝一切清淨法盡此中有二頌

幻等說於生　說無計所執　若說四清淨
是謂圓成實　自性與離垢　清淨道所緣
一切清淨法　皆四相所攝

釋曰自性清淨者謂此自性本來清淨即是眞如自性實有一切有情平等共相由有此故說一切法有如來藏離垢清淨者即此眞如遠離煩惱所知障垢即由如是清淨眞如顯成諸佛得此道清淨者謂能得此眞如聖道即是清淨謂念住等菩提分法及以一切波羅蜜多生此境清淨者生此能證菩提分法所緣境界生此境界即是清淨故名生此境清淨即契經等十二分教何以故若此聖教是徧計所執應成雜染因若是依他起應成虛妄最淨法界等流性故非是虛妄既離二自性故成圓成實又此四種於大乘中隨說一種應知是說圓成實性於中初二無有變異圓成實故名圓成實後之二種無有顛倒圓成實故名圓成實後伽他中具頌此義幻等說於生者謂依他起此中名生若於是處說一切法譬如幻事乃至變化應知此說依他起性說無計所執者若於是處說無有色乃至說無一切諸法應知此說徧計所執性

論曰復次何緣如經所說於依他起自性說幻等喻於依他起自性爲除他虛妄疑故他復云何於依他起自性有虛妄疑由他於此有如是疑云何實無有義而成所行境界爲

除此疑說幻事喻云何無義心心法轉爲除此疑說陽燄喻云何無義有愛非愛受用差別爲除此疑說所夢喻云何無義淨不淨業愛非愛果差別而生爲除此疑說影像喻云何無義種種識轉爲除此疑說光影喻云何無義種種戲論言說而轉爲除此疑說谷響喻云何無義而有實取諸三摩地所行境轉爲除此疑說水月喻云何無義有諸菩薩無顛倒心爲辦有情諸利樂事故思受生爲除此疑說變化喻

釋曰爲此義故於依他起說幻等喻今當顯示此中虛妄疑者謂於虛妄依他起性所有諸疑爲除此疑說幻等喻顯依他起若實無義云何成境爲治此疑說幻事喻顯依他起譬如幻象雖無實義而成境界義亦如是他復生疑若無有義即無所緣諸心心法云何而轉爲治此疑說陽燄喻顯依他起此中陽燄譬心心法水喻於義譬如陽燄有動搖故雖無有義而生水覺諸心心法亦復如是由動搖故雖無有義而生義覺是諸愚夫於此復疑若無有義諸愛非愛受用差別云何可得爲治此疑說所夢喻顯依他起如於夢中雖無實義而見種種愛與非愛受用差別現前可得此亦如是於此復疑淨不淨業義既實無愛非愛果義云何起爲治此疑說影像喻顯依他起譬如影像實無有義即於本質起影像覺然影像義無別可得此亦如是應知雖無愛與非愛眞實果義而現可得於此復疑若無有義云何得有種種識轉爲治此疑說光影喻顯依他起如弄影者有其種種

光影可得雖有多種光影可得而光影義實無所有識亦如是無種種義而有種種義現可得於此復疑若無有義無量品類戲論言說云何而轉爲治此疑說谷響喻顯依他起譬如谷響雖無有義而現可得戲論言說亦復如是雖無實義而現可得於此復疑若無有義云何世間定心心法有義可得由說定心能如實知如實見故爲治此疑說水月喻顯依他起譬如水月其義實無由水潤滑澄清性故而現可得定心亦爾所緣境義雖實無有而現可得水喻其定以是潤滑澄清性故於此復疑若有情義實無所有云何證眞諸菩薩等作彼利樂覺慧爲先彼彼趣中攝受自體爲治此疑說變化喻顯依他起譬如變化實無有義由化者力一切事成非變化義而不可得應知此中亦復如是所受自體其義雖無而有能作一切有情利益安樂所受自體義現可得

復有別義世尊意說幻等八喻令當顯示此中幻喻爲治眼等六種內處應知顯示眼等六處譬如幻象雖實非有而現可得說陽燄喻爲治器世間由彼大故於陽燄中實無有水動搖力故似水可得說所夢喻爲治色等所受用境顯如所夢色等實無而能爲因起愛非愛受用差別說影像喻爲治身業果顯善不善身業爲緣而有餘色影像生起說谷響喻爲治語業果顯語業因感語業果猶如谷響意業三種一非等引地二等引地三聞種類說光影喻爲治非等引地諸意業果顯此意業所得諸果猶如光影說水月喻爲治

等引地諸意業果顯等引地諸意業果猶如水月說變化喻爲治聞種類意業聞種類者即是聞思之所熏習此即顯示聞種類意差別而轉猶如變化

論曰世尊依何密意於梵問經中說如來不得生死不得涅槃於依他起自性中依徧計所執自性及圓成實自性生死涅槃無差別密意何以故即此依他起自性由徧計所執分成生死由圓成實分成涅槃故

釋曰如是三種自性相法所說契經悉皆隨順今當顯示世尊依何密意於梵問經中說如來不得生死不得涅槃者問於依他起自性中依徧計所執自性及圓成實自性生死涅槃無差別密意者答次當廣釋依他起自性非定生死由圓成實分成涅槃故亦非定涅槃由徧計所執分成生死故是故不可定說一性由此自性若得一分餘分不異依此意趣於彼經中說如來不得生死不得涅槃

論曰阿毗達磨大乘經中薄伽梵說法有三種一雜染分二清淨分三彼二分依何密意作如是說於依他起自性中徧計所執自性是雜染分圓成實自性是清淨分即依他起是彼二分依此密意作如是說於此義中以何喻顯以金土藏爲喻顯示譬如世間金土藏中三法可得一地界二土三金於地界中土非實有而現可得金是實有而不可得火燒煉時土相不現金相顯現又此地界土顯現時虛妄顯現金顯現時真實顯現是故地界是彼二分識亦如是無分別智火未燒時於此識中所有虛妄徧計所執自性顯現所

有眞實圓成實自性不顯現此識若爲無分別智火所燒時於此識中所有眞實圓成實自性顯現所有虛妄徧計所執自性不顯現是故此虛妄分別識依他起自性有彼二分如金土藏中所有地界

釋曰阿毗達磨大乘經中由此密意說有三法一雜染分謂徧計所執自性是雜染故二清淨分謂圓成實自性是清淨故三彼二分謂依他起自性通彼二故爲顯此義以金土藏爲其譬喻此中藏者是彼種子言地界者是堅鞕性土之與金是所造色於此喻中三法可得謂此藏中先時有土相貌顯現後時金相方乃可得爲顯金相後方可得說火燒煉後可得故金眞實有

論曰世尊有處說一切法常有處說一切法無常有處說一切法非常非無常依何密意作如是說謂依他起自性由圓成實性分是常由徧計所執性分是無常由彼二分非常非無常依此密意作如是說如常無常無二如是苦樂無二淨不淨無二空不空無二我無我無二寂靜不寂靜無二有自性無自性無二生不生無二滅不滅無二本來寂靜非本來寂靜無二自性涅槃非自性涅槃無二生死涅槃無二亦爾如是等差別一切諸佛密意語言由三自性應隨決了如前說常無常等門此中有多頌

如法實不有　如現非一種　非法非非法

故說無二義　依一分開顯　或有或非有

依二分說言　非有非非有　如顯現非有

是故說爲無　由如是顯現　是故說爲有

自然自體無　自性不堅住　如執取不有
故計無自性　由無性故成　後後所依止
無生滅本寂　自性般涅槃

釋曰伽他義中如法實不有如現非一種者如其次第釋非法非非法因縁由實不有故非法由現非一種故非非法以非法非非法故說無二義依一分者謂依一邊開顯者說示也或有或非有者或是有性或是無性依二分說言非有非非有者取依他起具二分性說爲非有及非非有如顯現非有者如現所得不如是有是故說爲無者由此義故說之爲無由如是顯現者由唯似有相貌顯現是故說爲有者即由此義說之爲有說一切法無自性意今當顯示自然無者由一切法無離衆縁自然有性是名一種無自性意自體無者由法滅已不復更生故無自性此復一種無自性意自性不堅住者由法纔生一刹那後無力能住故無自性如是諸法無自性理與聲聞共如執取不有故許無自性者此無自性不共聲聞以如愚夫所取徧計所執自性不如是有由此意故依大乘理說一切法皆無自性由無性故成者由一切法無自性故無生滅等皆得成就所以者何由無自性故無有生由無生故亦無有滅無生滅故本來寂靜本寂靜故自性涅槃後所依止者是後後因此而得有義

論曰復有四種意趣四種祕密一切佛言應隨決了四意趣者一平等意趣謂如說言我昔曾於彼時彼分即名勝觀正等覺者二別時意趣謂如說言若誦多寶如來名者便於

無上正等菩提已得決定又如說言由唯發願便得往生極樂世界三別義意趣謂如說言若已逢事爾所殑伽河沙等佛於大乘法方能解義四補特伽羅意樂意趣謂如爲一補特伽羅先讃布施後還毁呰如於布施如是尸羅及一分修當知亦爾如是名爲四種意趣四祕密者一令入祕密謂聲聞乘中或大乘中依世俗諦理說有補特伽羅及有諸法自性差別二相祕密謂於是處說諸法相顯三自性三對治祕密謂於是處說行對治八萬四千四轉變祕密謂於是處以其別義諸言諸字即顯別義如有頌言

覺不堅爲堅　善住於顛倒　極煩惱所惱

得最上菩提

釋曰意趣祕密有差別者謂佛世尊先緣此事後爲他說是名意趣由此決定令入聖教是名祕密平等意趣者謂如有人取相似法說如是言彼即是我世尊亦爾平等法身置在心中說言我昔曾於彼等非彼昔時毗鉢尸佛即是今日釋迦牟尼依平等義所起意趣作如是說別時意趣者謂此意趣令嬾惰者由彼彼因於彼彼法精勤修習彼彼善根皆得增長此中意趣顯誦多寶如來名因是昇進因非唯誦名便於無上正等菩提已得決定如有說言由一金錢得千金錢豈於一日意在別時由一金錢是得千因故作此說此亦如是由唯發願便得往生極樂世界當知亦爾別義意趣中於大乘法方能解義者謂於三種自性義理自證其相若但解了隨名言義是佛意者愚夫於此亦應解了故知

此中言解義者意在證解要由過去逢事多佛補特伽羅意樂意趣者謂如爲一先讃布施後還毀呰此中意者先多慳悋爲讃布施後樂行施還復毀呰令修勝行若無此意於一施中先讃後毀則成相違由有此意讃毀應理於尸羅等當知亦爾一分修者謂世間修令入祕密者謂若是處依世俗諦理說有補特伽羅及一切法自性差別爲令有情入佛聖教是故說名令入祕密相祕密者謂於宣說諸法相中說三自性對治祕密者謂於是處宣說有情諸行對治爲欲安立有情煩惱行對治故轉變祕密者謂於是處以說餘義諸言諸字轉顯餘義於伽他中覺不堅爲堅者不堅謂定由不剛強馳散對調故名不堅即於此中起尊重覺名覺爲堅善住於顛倒者是於顛倒能顛倒中善安住義於無常等謂是常等名爲顛倒於無常等謂無常等是能顛倒是於此中善安住義極煩惱所惱者精進劬勞名爲煩惱爲衆生故長時劬勞精進所惱如有誦言處生死久惱但由於大悲如是等得最上菩提者其義易了

論曰若有欲造大乘法釋略由三相應造其釋一者由說緣起二者由說從緣所生法相三者由說語義

釋曰由此三相隨其所應應造一切大乘法釋

論曰此中說緣起者如說

言熏習所生　諸法此從彼　異熟與轉識更互爲緣生

釋曰言熏習所生諸法者由外分别熏習在

阿賴耶識中以此熏習爲因一切法生即是轉識自性此從彼者此分别熏習用彼諸法爲因此即顯示阿賴耶識與彼轉識更互爲因

論曰復次彼轉識相法有相有見識爲自性又彼以依處爲相徧計所執爲相法性爲相由此顯示三自性相如說

從有相有見　應知彼三相

復次云何應釋彼相謂徧計所執相於依他起相中實無所有圓成實相於中實有由此二種非有及有非得及得未見已見眞者同時謂於依他起自性中無徧計所執故有圓成實故於此轉時若得彼即不得此若得此即不得彼如說

依他所執無　成實於中有　故得及不得　其中二平等

釋曰彼轉識相法有相有見識爲自性者謂彼識有相有見以爲其體又即彼相有其三種依處爲相者謂依他起相由此所說三種自性顯示彼相於伽他中即顯此義從有相有見應知彼三相者如釋顯示由此二種非有及有非得及得未見已見眞者同時者徧計所執及圓成實名爲二種如是二種第一非有第二是有未見眞者得徧計所執不得圓成實已見眞者即此刹那得圓成實不得徧計所執於伽他中即顯此義謂依他所執無等平等者謂一刹那其中者謂依他起中二者謂未見眞者及已見眞者故者是由此因義謂於依他起中由徧計所執無故及由圓成實有故又諸愚夫顛倒執故如是見轉

若諸聖者由正見故如是見轉
論曰說語義者謂先說初句後以餘句分別
顯示或由德處或由義處
釋曰由說語義如所造釋今當顯示或攝其
德或攝其義
論曰由德處者謂說佛功德最清淨覺不二
現行趣無相法住於佛住逮得一切佛平等
性到無障處不可轉法所行無礙其所安立
不可思議遊於三世平等法性其身流布一
切世界於一切法智無疑滯於一切行成就
大覺於諸法智無有疑惑凡所現身不可分
別一切菩薩等所求智得佛無二住勝彼岸
不相間雜如來解脫妙智究竟證無中邊佛
地平等極於法界盡虛空性窮未來際最清
淨覺者應知此句由所餘句分別顯示如是

乃成善說法性最清淨覺者謂佛世尊最清
淨覺應知是佛二十一種功德所攝謂於所
知一向無障轉功德於有無無二相真如最
勝清淨能入功德無功用佛事不休息住功
德於法身中所依意樂作業無差別功德修
一切障對治功德降伏一切外道功德生在
世間不爲世法所礙功德安立正法功德授
記功德於一切世界示現受用變化身功德
斷疑功德令入種種行功德當來法生妙智
功德如其勝解示現功德無量所依調伏有
情加行功德平等法身波羅蜜多成滿功德
隨其勝解示現差別佛土功德三種佛身方
處無分限功德窮生死際常現利益安樂一
切有情功德無盡功德等
釋曰此中不二現行者謂二現行此中無有

是故說名不二現行即是於所知一向無障轉功德非如聲聞獨覺智亦有障亦無障故趣無相法者謂清淨真如名無相法趣謂趣入即是於有無無二相真如最勝清淨能入功德謂此真如非是有相諸法無性以爲相故亦非無相自相有故於此無相真如最勝清淨能入最勝能入故清淨能入故住於佛住者謂住佛所住無所住處即是無功用佛事不休息住功德謂此住中常作佛事無有休息逮得一切佛平等性者即是於法身中所依意樂作業無差別功德到無障處者即是修一切障對治功德謂一切時常修覺慧對治一切障故不可轉法者即是降伏一切外道功德所行無礙者即是生在世間不爲世法所礙功德謂雖生世間行於世間所行之處不爲利等世間八法所染汙故其所安立不可思議者即是安立正法功德由契經等正法無量不可思議非諸愚夫所能解故由此故名最清淨覺此最清淨覺句於句句中皆徧相應遊於三世平等法性者即是授記功德其身流布一切世界者即是於一切世界示現受用變化身功德於一切法智無疑滯者即是斷疑功德於一切行成就大覺者即是令入種種行功德於諸法智無有疑惑者即是當來法生妙智功德謂知當來如是法生如來妙智凡所現身不可分別者即是如其勝解示現功德一切菩薩等所求智者即是無量所依調伏有情加行功德謂無量菩薩所依能作調伏諸有情事此非諸佛已得自他平等更求此智唯有諸佛已作如

是勝調伏事得佛無二住勝彼岸者即是平等法身波羅蜜多成滿功德謂無二法身名平等法身即於如是無二法身得善清淨波羅蜜多不相間雜如來解脱妙智究竟者謂於無雜如來智中勝解究竟此中勝解名爲解脱即是隨其勝解示現差别功德證無中邊佛地平等者即是三種佛身方處無分限功德謂佛法身不可分限爾所方處受用變化亦不可説爾所世界極於法界者謂極清淨法界是名極於法界即是窮生死際常現利益安樂一切有情功德盡虚空性者即是無盡功德謂佛智無盡如虚空故窮未來際者即是究竟功德等言等此佛智究竟窮未來際無有間斷是故名爲最清淨覺

論曰復次由義處者如説若諸菩薩成就三十二法乃名菩薩謂於一切有情起利益安樂增上意樂故令入一切智智故自知我今何假智故摧伏慢故堅牢勝意樂故非假憐愍故於親非親平等心故永作善友乃至涅槃爲後邊故應量而語故含笑先言故無限大悲故於所受事無退弱故無猒倦意故聞義無猒故於自作罪深見過故於他作罪不瞋而悔故於一切威儀中恒修治菩提心故不希異熟而行施故不依一切有趣受持戒故於諸有情無有恚礙而行忍故爲欲攝受一切善法勤精進故捨無色界修静慮故方便相應修般若故由四攝事攝方便故於持戒破戒善友無二故以慇重心聽聞正法故以慇重心住阿練若故於世雜事不愛樂故於下劣乘曾不欣樂故於大乘中深見功德

故遠離惡友故親近善友故恒修治四梵住故常遊戲五神通故依趣智故於住正行不住正行諸有情類不棄捨故言決定故重諦實故大菩提心恒爲首故如是諸句應知皆是初句差別謂於一切有情起利益安樂增上意樂此利益安樂增上意樂句有十六業差別應知此中十六業者一展轉加行業二無顛倒業三不待他請自然加行業四不動壞業五無求染業此有三句差別應知謂無染繫故於恩非恩無愛恚故於生生中恒隨轉故六相稱語身業此有二句差別應知七於樂於苦於無二中平等業八無下劣業九無退轉業十攝方便業十一猒惡所治業此有二句差別應知十二無間作意業十三勝進行業此有七句差別應知謂六波羅蜜多正加行故及四攝事正加行故十四成滿加行業此有六句差別應知謂親近善士故聽聞正法故住阿練若故離惡尋思故作意功德故此復有二句差別應知助伴功德故此復有二句差別應知十五成滿業此有三句差別應知謂無量清淨故得大威力故證得功德故十六安立彼業此有四句差別應知謂御衆功德故決定無疑教授教誡故財法攝一故無雜染心故如是諸句應知皆是初句差別

釋曰由義處中於一切有情起利益安樂增上意樂故者此句義由十六業餘句顯示由何等業顯示利益安樂增上意樂謂展轉加行業者即是令入一切智智故謂令諸有情入一切智智展轉化導譬如一燈傳然千燈

此即顯示利益安樂增上意樂如是一切所餘句中皆應配屬利益安樂增上意樂無顛倒業者即是自知我今何假智故謂或雖有利益安樂增上意樂仍是顛倒如有發起利益安樂增上意樂勸飲酒等若有正智如實自知方能稱量教導有情非增上慢不如實知起饒益心勸他令作不饒益事不待他請自然加行業者即是摧伏慢故謂由摧伏憍慢心故不待勸請自爲説法不動壞業者即是堅牢勝意樂故不以有情行邪行故動壞菩薩利益安樂增上意樂堅固之心無求染業者即是非假憐愍故於親非親平等心故永作善友乃至涅槃爲後邊故謂後三句釋此三句非爲利養恭敬等因作諸有情利益安樂是故説名無求染業利益安樂增上意樂云何可知謂由相稱語身業者即是應量而語故含笑先言故此二句中應量而語及先言是語業含笑是身業應量語者唯作法語言含笑者舒顏徃來作饒益事於樂於苦於無二中平等業者即是無限大悲故無限悲者愍三苦故於有苦有情愍其苦苦於有樂有情愍其壞苦於不苦不樂有情愍其行苦不苦不樂故名無二無下劣業者即是於所受事無退弱故謂不自輕云我不能當得佛果如此等類無退轉業者即是無猒倦意故謂勤精進修成佛因心無猒倦攝方便業者即是聞義無猒故謂由多聞成善巧智饒益有情猒惡所治業者即是於自作罪深見過故於他作罪不瞋而誨故由此方便乃能如實調伏有情無間作意業者即是於一切

威儀中恒修治菩提心故如是句義如所行清淨契經廣說勝進行業者即是不希異熟而行施故乃至由四攝事攝方便故謂即依前利益安樂增上意樂修此加行以爲增長趣向果因成滿加行業者即是於持戒破戒善友無二故乃至親近善友故謂後六句釋此八句若有習近如是加行速得成滿以慇重心住阿練若故者由住此處離惡尋思世雜事者謂歌舞等成滿業者即是恒修治四梵住故常遊戲五神通故依趣智故謂後三句釋此三句此成滿業所有相狀大威力者謂六神通依趣智故者謂依趣智不依趣識內智生故由此內智現見相應安住於法安立彼業者即是於住正行等謂後四句釋此四句由利益安樂增上意樂故安立有情利益安樂御衆功德故者由於破戒亦不棄捨安立不擯令出不善令住於善決定無疑教授教誡故者由能一向與彼教勑非自說已還復說言我言不善由是因緣其言威肅財法攝一故者由言誠諦以法攝取衣服等財還如是施無雜染心故者由善攝受大菩提心饒益有情非欲自求爲給使故云何有情由此善故速證無上正等菩提如此攝受一切有情

論曰如說

由最初句故　句別德種類　由最初句故

句別義差別

釋曰此伽他中即爲顯示前所說義說如是言

攝大乘論釋卷第五

音釋

煉郎甸切治金也　鞕喻孟切堅也　呰蔣氏切非毀也　悋良刃切鄙也　擯必仞切斥也

攝大乘論釋卷第六

世親菩薩造

唐三藏法師玄奘奉　詔譯

入所知相分第四

論曰如是已說所知相入所知相云何應見多聞熏習所依非阿賴耶識所攝如阿賴耶識成種子如理作意所攝似法似義而生似所取事有見意言

釋曰如能悟入如是種類所應知相今當顯說入所知相者謂能悟入所知境義多聞熏習所依者謂大乘法所熏自體非阿賴耶識所攝者謂能對治阿賴耶識故如阿賴耶識成種子者謂如阿賴耶識爲一切雜染法因此爲一切清淨法因亦爾如理作意所攝者謂如理作意爲自性似法似義而生者謂似法義相而生起時似所取事者謂似色等義有見者謂似於見此即成立有相見識

論曰此中誰能悟入所應知相大乘多聞熏習相續已得逢事無量諸佛出現於世已得一向決定勝解已善積集諸善根故善備福智資粮菩薩

釋曰如是品類如此方便而能悟入今當顯示大乘多聞熏習相續者揀聲聞等所有多聞熏習相續已得逢事無量諸佛出現於世者已得現前逢事諸佛出現世間超過數量已得一向決定勝解者謂於大乘所得勝解非諸惡友所能動壞即由無間所說三因已善積集諸善根故乃得名爲善備福智資粮菩薩又即如是福智資粮云何漸次而得圓滿謂由因力由善友力由作意力由依持力

此中兩句即是二力如數應知作意力者即是一向決定勝解此用大乘熏習爲因事佛爲緣以有一向決定勝解能修正行修正行故積集善根如是名爲由作意力善修福智二種資粮由此漸次善修福智二資粮故能入大地如是名爲由依持力

論曰何處能入謂即於彼有見似法似義意言大乘法相等所生起勝解行地見道修道究竟道中於一切法唯有識性隨聞勝解故如理通達故治一切障故離一切障故

釋曰入如是類及入行相今當顯示意地尋思說名意言如是意言以大乘法爲因而生此中顯示意言差別大乘法相等所生者是此教法爲緣生義或有即於勝解行地名能悟入由但聽聞一切諸法唯有識性深生信解故名能入於見道中如是悟入今當顯示如理通達故者謂於意言如理通達云何於此如理通達謂此意言非法非義非所取非能取如是通達於修道中如是悟入今當顯示治一切障故者謂觀此意言非法非義非所取非能取時便能對治一切障故究竟道中如是悟入今當顯示離一切障故者謂善清淨妙智位中最微細障亦無有故

論曰由何能入由善根力所任持故謂三種相練磨心故斷四處故緣法義境止觀恒常慇重加行無放逸故

釋曰由此能入今當顯示由何能入由善根力所任持故謂三種相練磨心故乃至恒常慇重加行無放逸故者謂於如是所說入句善順相應名善根力所任持故言恒常者無

間修故言慇重者恭敬修故若於如是品類造修即於如是能無放逸

論曰無量諸世界無量人有情剎那剎那證覺無上正等菩提是爲第一練磨其心由此意樂能行施等波羅蜜多我已獲得如是意樂我由此故少用功力修習施等波羅蜜多當得圓滿是名第二練磨其心若有成就諸有障善於命終時即便可愛一切自體圓滿而生我有妙善無障礙善云何爾時不當獲得一切圓滿是名第三練磨其心

釋曰此中對治三種退屈心故唯修三種練磨心所以者何以諸菩薩聞於無上正等菩提最勝甚深廣大難可證得心便退屈對治此故修第一練磨心又諸菩薩聞所修行波羅蜜多最勝甚深廣大難可證得心便退屈對治此故修第二練磨心由此意樂能行施等波羅蜜多者此中意樂謂信及欲菩薩於諸波羅蜜多眞實有性具功德性有堪能性深生信解是名爲信深信解已樂欲修行是名爲欲菩薩既得如是信欲自性意樂少用功力修習六種波羅蜜多當得圓滿又諸菩薩於佛甚深廣大言教思議決擇善巧轉時如是思量如是無上正等菩提難可證得隔一念心方可證得心便退屈對治此故修第三練磨心我有妙善者我有一切十種地中妙善積集福智資粮無障礙善者謂金剛喻定能破在骨麤重微細極難破障此定無間得一切障離繫轉依云何爾時不當獲得一切圓滿者此中意說於障離繫似彼命終時一切種智如彼體圓滿又於此中三種練磨

心者謂諸菩薩善根無缺善根力持由此力故則能三種練磨其心心無退屈初當顯示第一練磨心謂人趣中無量世界無量有情剎那剎那能證無上正等菩提云何我今獨不能證次當顯示第二練磨心謂諸菩薩作是思惟我此意樂離諸障礙波羅蜜多慳等障礙皆無有故不由功用波羅蜜多當得圓滿此圓滿故證佛菩提後當顯示第三練磨心有障善者謂由世間善而成其善此有障善當命終時即便可愛一切自體圓滿而生況我今者由無障善而成其善不當成佛無上菩提無有是處

論曰此中有頌

人趣諸有情　處數皆無量　念念證等覺　故不應退屈　諸淨心意樂　能修行施等　此勝者已得　故能修施等　善者於死時　得隨樂自滿　勝善由永斷　圓滿云何無

釋曰復以伽他顯如是義故不應退屈者由上因緣策持其心令不怯弱謂生是心我不能證無上菩提諸淨心者是非不善無記心義謂或有人以其散亂無記之心而行施等如是外道以不善心而行施等若求無上正等菩提是最勝善故名淨心此勝者已得故能修施等者最勝菩薩名為勝者此之意樂菩薩已得是故能修施等諸度即是已得能斷慳等所治心義等者取始從尸羅乃至般若波羅蜜多善者於死時得隨樂自滿者是乃至得非想非非想處義勝善由永斷圓滿云何無者是由永斷障而成勝善圓滿佛果云何無義

論曰由離聲聞獨覺作意斷作意故由於大乘諸疑離疑以能永斷異慧疑故由離所聞所思法中我我所執斷法執故由於現前現住安立一切相中無所作意無所分別斷分別故此中有頌

現前自然住　安立一切相　智者不分別得最上菩提

釋曰今當顯示斷除四處斷作意故者謂斷聲聞等諸作意故以能永斷異慧疑故者謂於大乘甚深廣大能永斷除異慧及疑此中異慧謂鄙惡慧於理動揺疑謂猶豫由於大乘諸疑離疑者謂於大乘安立法相三自性教謂若說諸法皆無自性無生無滅本來寂靜自性涅槃諸如是等求無異門依徧計所執自性而說若說諸法如幻陽燄夢想光影影像谷響水月變化諸如是等虛妄異門依依他起自性而說若說諸法眞如實際無相勝義法界空性諸如是等眞實異門依圓成實自性而說於此一切異慧及疑永無復轉由離所聞所思法中我我所執者此中意說斷除法執斷法執故者乃至所聞所思法中執我我所終不於彼如實悟入由於現前現住安立一切相中無所作意無所分別者謂加行無分別智轉時如理作意住一切定心諸相作意分別皆斷斷分別故者謂於現前色等現住及骨鎖等定所安立一切所緣諸境界相皆不作意無所分別由無分別方便能入若異分別終不能入現前自然住等頌唯顯最後所斷義

論曰由何云何而得悟入

釋曰爲顯由此如是悟入故爲此問

論曰由聞熏習種類如理作意所攝似法似義有見意言

釋曰由此悟入今當顯示此中由聞熏習種類者謂由聞熏習爲因即前所說悟入任持大乘熏習等所生故應知是圓成實自性所攝

論曰由四尋思謂由名義自性差別假立尋思及由四種如實徧智謂由名事自性差別假立如實徧智如是皆同不可得故以諸菩薩如是如實爲入唯識勤修加行即於似文似義意言推求文名唯是意言推求依此文名之義亦唯意言推求名義自性差別唯是假立若時證得唯有意言爾時證知若名若義自性差別皆是假立自性差別義相無故同不可得由四尋思及由四種如實徧智於此似文似義意言便能悟入唯有識性

釋曰如是悟入今當顯示由四尋思者謂由名義自性等文之所顯說及由四種如實徧智者謂由名事自性差別假立等文之所顯說如實徧智若名若事自性差別皆是假立於中實義皆不可得是故說言如是皆同不可得故又先推求若名若義自性差別唯是假立後如實知如是眞實皆不可得於推求時名爲尋思若如實知不可得時即名四種如實徧智

論曰於此悟入唯識性中何所悟入如何悟入入入唯識性相見二性及種種性若名若義自性差別假自性差別義如是六種義皆無故所取能取性現前故一時現似種種相義

而生起故如闇中繩顯現似蛇譬如繩上蛇非真實以無有故若已了知彼義無者蛇覺雖滅繩覺猶在若以微細品類分析此又虚妄色香味觸爲其相故此覺爲依繩覺當滅如是於彼似文似義六相意言伏除非實六相義時唯識性覺猶如蛇覺亦當除遣由圓成實自性覺故

釋曰今於此中問所悟入及悟入譬唯識性者唯有識性相見二性者顯示有相有見之識顯現似因似所建立故名爲相種種性者唯是一識顯現似有種種相生非速疾故別別而現於此悟入唯識性中如是三種爲所悟入一時現似種種相義而生起故者謂似種種名句文相而生起故及似種種依止此義而生起故此中繩喻顯示悟入三種自性

伏除非實六相義時者謂於遣滅六相義時此中遣滅名爲伏除

論曰如是菩薩悟入意言似義相故悟入徧計所執性悟入唯識故悟入依他起性云何悟入圓成實性若已滅除意言聞法熏習種類唯識之想爾時菩薩已遣義想一切似義無容得生故似唯識亦不得生由是因緣住一切義無分別名於法界中便得現見相應而住爾時菩薩平等平等所緣能緣無分別智已得生起由此菩薩名已悟入圓成實性

釋曰悟入意言似義相故悟入徧計所執性者謂知諸義唯是徧計分別所作由是故言悟入徧計所執自性悟入唯識故悟入依他起性者舉其唯識即取意言了知一切唯意言性由此悟入依他起性一切似義無容得

生者謂無如是品類實義可似其生故似唯識亦不得生者謂唯識相亦不得起何以故計有識時即有義故從是已後現證眞如此現證位不可宣説内自證故爾時菩薩平等平等所縁能縁無分別智已得生起者所縁謂眞如能縁謂眞智此二平等譬如虚空即是不住所取能取二種性義由不分別所取能取是故説名無分別智如是悟入圓成實性

論曰此中有頌

法補特伽羅　法義略廣姓　不淨淨究竟

名所行差別

釋曰如前所説住一切義無分別名何等爲名幾品類義爲答此問以頌顯示名類差別此中法名者謂色受眼耳等補特伽羅名者謂佛及隨信行等又法名者謂契經等義名者謂依此法義略名者謂有情等廣名者謂彼一一各別能詮姓名者謂諸字本母不淨名謂諸異生淨名者謂有學等究竟名者謂一切法總相所縁是諸菩薩所縁名類略有十種一法名謂眼等二補特伽羅名謂我等三法名謂十二分教四義名謂此十二分教所詮諸義五略名謂一切法爲無爲等六廣名謂色受等及虚空等七姓名謂阿字爲初訶字爲後八不淨名謂諸異生九淨名謂諸見諦十究竟名謂一切法總相所縁即是二智所縁境界謂出世智及後得智以一切法眞如實際爲所縁故以一切法種種相別爲所縁故如十地等此中意取於一切義總相縁智所縁境界如是品類是諸菩薩名所行

別

論曰如是菩薩悟入唯識性故悟入所知相悟入此故入極喜地善達法界生如來家得一切有情平等心性得一切菩薩平等心性得一切佛平等心性此即名爲菩薩見道

釋曰生如來家者由此能令諸佛種性無斷絕故得一切有情平等心性者由作是思如我自身欲般涅槃一切有情亦如是故得一切菩薩平等心性者由得菩薩等意樂故得一切佛平等心性者由此位中得佛法身證得此故得一切佛平等心性又得一切有情平等心性者謂證自他平等性故如於自身欲盡衆苦於他亦爾得一切菩薩平等心性者謂與一切菩薩意樂加行皆平等故得一切佛平等心性者見彼法界與已法界無差別故

論曰復次爲何義故入唯識性由緣總法出世止觀智故由此後得種種相識智故爲斷及相阿賴耶識諸相種子爲長能觸法身種子爲轉所依爲欲證得一切佛法爲欲證得一切智智入唯識性又後得智於一切阿賴耶識所生一切了別相中見如幻等性無倒轉是故菩薩譬如幻師於所幻事於諸相中及説因果常無顛倒

釋曰由緣總法出世止觀智故者謂由止觀所顯智故爲斷及相阿賴耶識諸相種子者此中及相是及因義於阿賴耶識中諸雜染法種子名阿賴耶識諸相種子復舉相者爲欲顯示即彼種子是所緣相如是説已顯彼種子因果俱斷若無分別智斷一切障證得

佛法此後得智復何所用無分別智不能宣說諸因果法無分別故由是因緣須後得智宣說所有諸因果法常無顛倒譬如幻師於所幻事於一切阿賴耶識所生者謂阿賴耶識爲因一切了別相中者謂識爲因見相分中由後得智見如幻等及宣說時皆無顛倒

論曰於此悟入唯識性時有四種三摩地是四種順決擇分依止云何應知應知由四尋思於下品無義忍中有明得三摩地是煗順決擇分依止於上品無義忍中有明增三摩地是頂順決擇分依止復由四種如實徧知已入唯識於無義中已得決定有入眞義一分三摩地是諦順忍依止從此無間伏唯識想有無間三摩地是世第一法依止應知如是諸三摩地是現觀邊

釋曰於一切處入眞觀時皆有四種順決擇分故於此中亦應顯示是順決擇分依止者謂決擇分因所依止義於下品無義忍中有明得三摩地者謂於無義中起下品愛樂以其明名顯下品無義智三摩地名顯此無義智所依止定於上品無義忍中者謂於無義中起上品愛樂有明增三摩地者謂以明名顯上品無義智三摩地名顯此無義智所依止定諦順忍依止者法無我理名諦此忍順彼名諦順忍此云何成謂於外無中已決定者於無能取亦深愛樂應知於利順忍轉時是現觀邊者謂現觀時義

論曰如是菩薩已入於地已得見道已入唯識於修道中云何修行於如所說安立十地攝一切經皆現前中由緣總法出世後得止

觀智故經於無量百千俱胝那庾多劫數修習故而得轉依爲欲證得三種佛身精勤修行

釋曰於如所說安立十地者謂於隨說安立菩薩千種地中由緣總法者謂緣總相非分別緣言出世者無分別智後得即是能成立智此不應說唯是世間由於世間未積習故亦不應說唯出世間由隨世間而未現前故由是因緣不可定說而得轉依者由緣總智故得轉依爲欲證得三種佛身精勤修行者謂我當證三種佛身故勤修行

論曰聲聞現觀菩薩現觀有何差別謂菩薩現觀與聲聞異由十一種差別應知一由所緣差別以大乘法爲所緣故二由資持差別以大福智二種資粮爲資持故三由通達差別以能通達補特伽羅法無我故四由涅槃差別攝受無住大涅槃故五由地差別依於十地而出離故六七由清淨差別斷煩惱習淨佛土故八由於自他得平等心差別成熟有情加行無休息故九由生差別生如來家故十由受生差別常於諸佛大集會中攝受生故十一由果差別十力無畏不共佛法無量功德果成滿故

釋曰由涅槃差別者以菩薩現觀攝受無住大般涅槃聲聞不爾由清淨差別者以菩薩現觀永斷煩惱及諸習氣能淨佛土聲聞不爾

論曰此中有二頌

名事互爲客　其性應尋思　於二亦當推
唯量及唯假　實智觀無義　唯有分別三

彼無故此無　是即入三性

釋曰將入眞觀故說二頌名事互爲客其性應尋思者謂名於事爲客事於名爲客非稱彼體故由定而觀故名尋思於二亦當推唯量及唯假者應當推尋義之自性差別並無唯有識量唯有自性差別假立言實智者應知即是如實徧智謂由四種尋思爲因發生四種如實徧智所言觀無義唯有分別三者謂觀於義本無所有唯有三種虛妄分別謂名分別自性分別差別分別彼無故此無者謂義無故分別亦無何以故若有所分別義可有能緣分別由義無所有故當知分別亦無是即入三性者謂於此中悟入三性觀見名事互爲客故即是悟入徧計所執性觀見二種本無有義唯有分別量唯有名自性差別假立故即是悟入依他起性亦不觀見此分別故即是悟入圓成實性如是名爲悟入三性

論曰復有教授二頌如分別瑜伽論說

菩薩於定位　觀影唯是心　義想既滅除
審觀唯自想　如是住內心　知所取非有
次能取亦無　後觸無所得

釋曰爲入眞觀授以正教於此義中說其二頌菩薩依定位觀影唯是心者謂觀似法似義影像唯是其心誰能觀謂菩薩在何位於定位義想既滅除審觀唯自想者謂此位中義想既遣審觀似法似義之相唯是自心如是住內心者如攝自心住於無義即是令心住於內心知所取非有者謂了所取義無所有次能取亦無者由所取義既是非有故能

取心能取之性亦不得成後觸無所得者謂從此後觸證眞如由此眞如無所得故名無所得

論曰復有別五現觀伽他如大乘經莊嚴論說

福德智慧二資粮　菩薩善備無邊際
於法思量善決已　故了義趣唯言類
若知諸義唯是言　即住似彼唯心理
便能現證眞法界　是故二相悉蠲除
體知離心無別物　由此即會心非有
智者了達二皆無　等住二無眞法界
慧者無分別智力　周徧平等常順行
滅依榛梗過失聚　如大良藥銷衆毒
佛說妙法善成立　安慧并根法界中
了知念趣唯分別　勇猛疾歸德海岸

釋曰復有現觀伽他如經莊嚴論說其中難解於此顯示福德智慧二資粮菩薩善備無邊際者資粮有二種一福德資粮二智慧資粮謂施等三波羅蜜多是福德資粮第六般若波羅蜜多是智慧資粮精進波羅蜜多二資粮攝何以故若爲智慧而行精進是智慧資粮若爲福德而行精進是福德資粮如是靜慮波羅蜜多亦通二種若緣無量而修靜慮是福德資粮餘是智慧資粮如是資粮是誰所有謂諸菩薩長遠難度名無邊際如無邊語非無有邊但以多故得無邊稱此亦如是於法思量善決已者要由定後思惟諸法方善決定非餘所能故了義趣唯言類者謂了知諸義唯意言爲因若知諸義唯是意言即住似彼唯心理者謂若了知似義顯現唯

是意言即住似義唯心正理便能現證眞法界是故二相悉蠲除者謂從此後現證眞如永離所取能取二相如入現證次當顯示體知離心無別物由此即會心非有者體知離心無所緣義彼無有故即會能緣心亦非有智者了達二皆無者謂諸菩薩了達此二悉皆是無等住二無眞法界者謂平等住離義離心眞實法界慧者無分別智力者謂諸菩薩無分別智所有勢力周徧平等常順行者於平等中隨順而行觀契經等一切諸法猶如虛空性平等故内外諸法皆如是觀故名周徧常者時恒滅依榛梗過失聚如大良藥銷衆毒者滅謂除滅依謂所依即所依中雜染法因極難了故如溪谷林榛梗難入過失聚者是雜染法熏習自性佛說妙法善成立安慧并根法界中者謂由佛教善安其慧置眞如中及能緣彼根本心中根本心者謂緣如來所有正教總爲一相應知即是無分別心了知念趣唯分別者謂彼安住根本心已爲說正教由後得智念諸義趣知此念趣唯是分別勇猛疾歸德海岸者謂諸菩薩由無分別智及後得智巧方便故速趣佛果功德海岸如是五頌總略義者謂第一頌顯資粮道第二初半顯加行道後半第三顯於見道第四一頌顯於修道第五一頌顯究竟道

攝大乘論釋卷第六

音釋

鄙（補美切　陋也）蠲（圭玄切　除也）榛梗（榛鋤臻切　梗古杏切）

攝大乘論釋卷第七

世親菩薩造
唐三藏法師玄奘奉詔譯

彼入因果分第五

論曰如是已說入所知相彼入因果云何可見謂由施戒忍精進靜慮般若六種波羅蜜多云何由六波羅蜜多得入唯識復云何六波羅蜜多成彼入果謂此菩薩不著財位不犯尸羅於苦無動於修無懈於如是等散動因中不現行時心專一境便能如理揀擇諸法得入唯識菩薩依六波羅蜜多入唯識已證得六種清淨增上意樂所攝波羅蜜多是故於此設離六種波羅蜜多現起加行由於聖教得勝解故及由愛重隨喜欣樂諸作意故恒常無間相應方便修習六種波羅蜜多速得圓滿

釋曰若於爾時得入唯識即於是時證得清淨增上意樂波羅蜜多現起加行者謂波羅蜜多現行加行由於聖教得勝解者謂即於此波羅蜜多相應聖教雖極甚深而能信解愛重作意者謂即於彼見勝功德深生愛味欣樂作意者謂如已到最勝彼岸諸佛所得清淨意樂願我及彼一切有情亦當證得

論曰此中有三頌

已圓滿白法　及得利疾忍　菩薩於自乘
甚深廣大教　等覺唯分別　得無分別智
希求勝解淨　故意樂清淨　前及此法流
皆得見諸佛　了知菩提近　以無難得故

由此三頌總顯清淨增上意樂有七種相謂資糧故堪忍故所緣故作意故自體故瑞相

故勝利故如其次第諸句伽他應知顯示釋曰如是清淨增上意樂有何等相而能攝彼波羅蜜多爲荅此問次説三頌顯示其相已圓滿白法者謂先於彼勝解行地善備資糧故於此中白法圓滿及得利疾忍者忍有三品謂輭中上此中最上名利疾忍由是所緣而得清淨次當顯示菩薩於自乘甚深廣大教者謂於大乘名於自乘此中宣説無量甚深廣大事故法無我性名甚深事虚空藏等諸三摩地名廣大事由是作意而得清淨次當顯示等覺唯分别得無分别智者謂若覺知一切諸法唯有分别即能獲得無分别智意樂自體次當顯示希求勝解淨故意樂清淨者欲及勝解俱清淨故意樂清淨應知此中欲名希求信名勝解意樂瑞相次當顯示前及此法流皆得見諸佛者前此謂意樂清淨位前此謂意樂清淨位中皆得見佛是其瑞相言法流謂定位中意樂勝利次當顯示了知菩提近以無難得故者謂此位中見菩提近得彼能得勝方便故得不爲難此三頌中顯示清淨增上意樂有如是資糧如是堪忍如是所緣如是作意如是自體如是瑞相如是勝利由此三頌成立清淨增上意樂所有體相

論曰何因縁故波羅蜜多唯有六數成立對治所治障故證諸佛法所依處故隨順成熟諸有情故爲欲對治不發趣因故立施戒波羅蜜多不發趣因謂著財位及著室家爲欲對治雖已發趣復退還因故立忍進波羅蜜多退還因者謂處生死有情違犯所生衆苦

及於長時善品加行所生疲怠爲欲對治雖已發趣不復退還而失壞因故立定慧波羅蜜多失壞因者謂諸散動及邪惡慧如是成立對治所治障故唯立六數又前四波羅蜜多是不散動因次一波羅蜜多不散動成就此不散動爲依止故如實等覺諸法眞義便能證得一切佛法如是證諸佛法所依處故唯立六數由施波羅蜜多故於諸有情能正攝受由戒波羅蜜多故於諸有情能不毀害由忍波羅蜜多故雖遭毀害而能忍受由精進波羅蜜多故能助經營彼所應作即由如是攝利因緣令諸有情於成熟事有所堪任從此已後心未定者令其得定心已定者令得解脫於開悟時彼得成熟如是隨順成熟一切有情唯立六數應如是知

釋曰成立對治所治障中失壞因謂邪惡慧者顚倒執取名邪惡慧如諸外道由邪惡慧而失壞故餘義可知證諸佛法所依處者謂證一切佛法因故由此第二成立因緣波羅蜜多其數唯六不增不減此不散動爲依止故如實等覺諸法眞義者依止靜慮波羅蜜多能起般若波羅蜜多如實等覺諸法眞義餘義可知第三成立數因緣中隨順成熟諸有情者謂爲隨順成熟一切有情類故唯立六數不增不減其心未定令得定者謂得靜慮波羅蜜多心已得定令解脫者謂得般若波羅蜜多於開悟時彼得成熟者謂教授時令彼成熟

論曰此六種相云何可見由六種最勝故一由所依最勝謂菩提心爲所依故二由事最

勝謂具足現行故三由處最勝謂一切有情利益安樂事爲依處故四由方便善巧最勝謂無分別智所攝受故五由迴向最勝謂迴向無上正等菩提故六由清淨最勝謂煩惱所知二障無障所集起故若施是波羅蜜多耶設波羅蜜多是施耶有施非波羅蜜多應作四句如於其施如是於餘波羅蜜多亦作四句如應當知

釋曰以何等相施等得名波羅蜜多由諸世間及聲聞等亦有施等是故決定應說其相謂六最勝爲施等相所依最勝者謂菩提心爲所依止事最勝者謂無有一於內外事具足現行唯有菩薩能具現行處最勝者謂以一切有情利益安樂爲處方便善巧最勝者謂三輪清淨是此中所取方便善巧由無施物施者受者三分別故如是無分別智所攝施等得名波羅蜜多迴向最勝者謂以施等迴求無上正等菩提清淨最勝者謂至佛果施等方淨爾時解脫煩惱所知二種障礙所集起故若施是波羅蜜多耶設波羅蜜多是施耶者是問品於答中有施非波羅蜜多謂離六種最勝而行布施有波羅蜜多非施謂六種最勝所攝戒等有亦施亦波羅蜜多謂六種最勝所攝布施有非施非波羅蜜多謂離六種最勝而行戒等如是一切處作四句應知

論曰何因緣故如是六種波羅蜜多此次第說謂前波羅蜜多隨順生後波羅蜜多故

釋曰如是六種波羅蜜多依生前後說此次第

論曰復次此諸波羅蜜多訓釋名言云何可見於諸世間聲聞獨覺施等善根最爲殊勝能到彼岸是故通稱波羅蜜多又能破裂慳悋貧窮及能引得廣大財位福德資糧故名爲施又能息滅惡戒惡趣及能取得善趣等持故名爲戒又能滅盡忿怒怨讎及能善住自他安隱故名爲忍又能遠離所有懈怠惡不善法及能出生無量善法令其增長故名精進又能消除所有散動及能引得內心安住故名靜慮又能除遣一切見趣諸邪惡慧及能眞實品別知法故名爲慧

釋曰今當顯示訓釋名言且釋總名由此一切能到彼岸是故說名波羅蜜多超諸世間聲聞獨覺施等彼岸是故通名波羅蜜多次釋別名以於因時破慳惠施果時能裂一切貧窮及於果時引大財位廣福資糧故名爲施又於因時息諸惡戒果時能滅一切惡趣及於未來能取善趣於現在世能得等持故名爲戒如是一切波羅蜜多訓釋言辭如應當說及能善住自他安隱者謂於自身不爲忿怒過失所惱不生他苦故得安隱

論曰云何應知修習如是波羅蜜多應知此修略有五種一現起加行修二勝解修三作意修四方便善巧修五成所作事修此中四修如前已說成所作事修者謂諸如來任運佛事無有休息於其圓滿波羅蜜多復更修習六到彼岸又作意修者謂修六種意樂所攝愛重隨喜欣樂作意一廣大意樂二長時意樂三歡喜意樂四荷恩意樂五大志意樂六純善意樂若諸菩薩乃至若干無數大劫

現證無上正等菩提經爾所時一一剎那假使頓捨一切身命及以殑伽河沙等世界盛滿七寶奉施如來乃至安坐妙菩提座如是菩薩布施意樂猶無厭足經爾所時一一剎那假使三千大千世界滿中熾火於四威儀常乏一切資生衆具戒忍精進靜慮般若心恒現行乃至安坐妙菩提座如是菩薩所有戒忍精進靜慮般若意樂猶無猒足是名菩薩廣大意樂又諸菩薩即於此中無猒意樂乃至安坐妙菩提座常無間息是名菩薩長時意樂又諸菩薩以其六種波羅蜜多饒益有情由此所作深生歡喜蒙益有情所不能及是名菩薩歡喜意樂又諸菩薩以其六種波羅蜜多饒益有情見彼於已有大恩德不見自身於彼有恩是名菩薩荷恩意樂又諸菩薩即以如是六到彼岸所集善根深心迴施一切有情令得可愛勝果異熟是名菩薩大志意樂又諸菩薩復以如是六到彼岸所集善根共諸有情迴求無上正等菩提是名菩薩純善意樂如是菩薩修此六種意樂所攝愛重作意又諸菩薩於餘菩薩六種意樂修習相應無量善根深心隨喜如是菩薩修此六種意樂所攝隨喜意樂又諸菩薩深心欣樂一切有情六種意樂所攝六種到彼岸修亦願自身與此六種到彼岸修恒不相離乃至安坐妙菩提座如是菩薩修此六種意樂所攝欣樂作意若有聞此菩薩六種意樂所攝作意修已但當能起一念信心尚當發生無量福聚諸惡業障亦當消滅何況菩薩

釋曰五種修中現起加行修者謂於現起加

行而修成所作事修者謂諸如來安住法身有無功用所作佛事常無休息於其六種波羅蜜多雖無現行然爲攝益諸有情故恒常現行成所作事於爾所時一一刹那者假使以三無數劫量爲一刹那如是刹那積集時量乃至菩提經爾所時一一刹那假使頓捨一切身命等其義易了應隨本文如此次第積集時量乃至菩提經爾所時一一刹那假令爲起一戒等心處在三千大千世界滿中熾火恒乏一切資生衆具此言顯示住處艱難資緣乏少此中意樂無有猒足當知即是廣大意樂即此長時恒無間斷當知即是長時意樂長者久也餘義易了諸惡業障亦當消滅者此中意説滅彼能與異熟功能或對治彼往惡趣力

論曰此諸波羅蜜多差別云何可見應知一一各有三品施三品者一法施二財施三無畏施戒三品者一律儀戒二攝善法戒三饒益有情戒忍三品者一耐怨害忍二安受苦忍三諦察法忍精進三品者一被甲精進二加行精進三無怯弱無退轉無喜足精進靜慮三品者一安住靜慮二引發靜慮三成所作事靜慮慧三品者一無分別加行慧二無分別慧三無分別後得慧

釋曰於此宣説波羅蜜多品差別中顯示體性各三差別此中何故説法施等三種差別謂由法施故資他善根由財施故資益他身由無畏施故資益他心以是因緣故説三施三種戒中律儀戒者是依持戒爲欲建立其餘二戒是故安住所以者何住律儀者便能

建立攝善法戒由此修集一切佛法證大菩提復能建立益有情戒由此故能成熟有情三種忍中耐怨害忍能忍受他所作怨害勤修饒益有情事時由此忍力遭生死苦而不退轉安受苦忍能正忍受所遭衆苦由此忍力於生死中雖受衆苦而不退轉諦察法忍堪能審諦觀察諸法由此忍力建立次前所說二忍三精進中其體差別即薄伽梵契經中說有勢有勤有勇堅猛不捨善軛彼經五句即是此中三精進體之所解釋由被甲精進故最初有勢由加行精進故於加行時能有精勤由無怯弱無退轉無喜足精進故如其次第於此後時有勇堅猛不捨善軛故由此三釋彼五句所以者何或有最初爲求無上正等菩提雖有勢力而加行時不能策勵故說有勤雖復有勤心或怯弱爲對治彼故說有勇由有勇故心無退屈應知怯弱即是退屈心雖無怯逢生死苦心或退轉由此退失所求佛果爲對治彼立無退轉無退轉者即是堅猛故無退轉顯示堅猛由堅猛故逢苦不退有雖逢苦能不退轉而得少善便生喜足由此不證無上菩提是故次須說無喜足是不得少生喜足義此即顯示不捨善軛由是義故說三精進三靜慮中安住靜慮者由此能安現法樂住引發靜慮者由此引發六種神通成所作事靜慮者謂依此故成立所作利有情事是故說名成所作事由此義故靜慮有三安立慧體有三種中其義易了

論曰如是相攝云何可見由此能攝一切善法是其相故是隨順故是等流故

釋曰如是相攝云何可見者此問如是波羅蜜多與諸善法互相攝義云何可見由此能攝一切善法者應知由此波羅蜜多能具足攝一切善法彼亦能攝波羅蜜多應知此中一切善法即是一切菩提分法是其相故者是般若相是隨順故者應知即是信輕安等是等流故者謂六神通及十力等諸餘功德

論曰如是所治攝諸雜染云何可見是此相故是此因故是此果故

釋曰如到彼岸攝諸白法前已顯示此所對治亦攝一切諸雜染法今當顯示是此相故者是貪等相是此因故者是慳等因所謂不信及邪見等是此果故者謂慳犯戒忿等諸果

論曰如是六種波羅蜜多所得勝利云何可見謂諸菩薩流轉生死富貴攝故大生攝故大朋大屬之所攝故廣大事業加行成就之所攝故無諸惱害性薄塵垢之所攝故善知一切工論明處之所攝故勝生無罪乃至安坐妙菩提座常能現作一切有情一切義利是名勝利

釋曰今當顯說波羅蜜多所得勝利勝生無罪者非如外道雖得勝生而名有罪雜染汙故又彼勝生皆是無常波羅蜜多果非無常由說乃至安坐妙菩提座故又彼勝生唯能自利不能利他由不說彼常能現作有情義利波羅蜜多所得勝果常能現作一切有情一切義利如是名爲諸到彼岸得無罪等勝果義利

論曰如是六種波羅蜜多互相決擇云何可

見世尊於此一切六種波羅蜜多或有處所以施聲說或有處所以戒聲說或有處所以忍聲說或有處所以勤聲說或有處所以定聲說或有處所以慧聲說如是所說有何意趣謂於一切波羅蜜多修加行中皆有一切波羅蜜多互相助成如是意趣

釋曰於三百頌般若波羅蜜多等經中本爲說一波羅蜜多乃說一切波羅蜜多於如是說有何意趣於修一時一切相助應知此中有是意趣謂修施時防護身語由此有戒波羅蜜多而相助成乃至了知施之因果由此有慧波羅蜜多而相助成其餘相助如應當知

論曰此中有一嗢柁南頌

數相及次第　訓辭修差別　攝所治功德
互決擇應知

釋曰次第頌前其文易了

釋彼修差別分第六

論曰如是已說彼入因果彼修差別云何可見由菩薩十地何等爲十一極喜地二離垢地三發光地四焰慧地五極難勝地六現前地七遠行地八不動地九善慧地十法雲地如是諸地安立爲十云何可見爲欲對治十種無明所治障故所以者何以於十相所知法界有十無明所治障住云何十相所知法界謂初地中由徧行義第二地中由最勝義第三地中由勝流義第四地中由無攝受義第五地中由相續無差別義第六地中由無雜染清淨義第七地中由種種法無差別義第八地中由不增不減義相自在依止義土

自在依止義第九地中由智自在依止義第十地中由業自在依止義陀羅尼門三摩地門自在依止義此中有三頌

徧行最勝義　及與勝流義　如是無攝義
相續無別義　無雜染淨義　種種無別義
不增不減義　四自在依義　法界中有十
不染汙無明　治此所治障　故安立十地

復次應知如是無明於聲聞等非染汙於諸菩薩是染汙

釋曰依彼因果修位差別故問答言云何十相所知法界謂初地中由徧行義乃至第十地中由業自在依止義陀羅尼門三摩地門自在依止義由十種相法界可知故名十相所知法界謂地地中各有一相所知法界由無明力不能了知爲欲對治如是無明故立十地又所治障有其十種故立十地何等名爲所治十障一異生性二於諸有情身等邪行三遲鈍性於聞思修而有忘失四微細煩惱現行俱生身見等攝此最下品故不作意緣故遠隨現行故應知是微細五於下乘般涅槃六麤相現行七細相現行八於無相作行九於饒益有情事不作行十於諸法中未得自在徧行義者謂此法界徧一切行以無少法非無我故若如是知得入初地最勝義者謂此法界一切法中最爲殊勝若如是知得入二地勝流義者謂大乘教從此所流最爲殊勝若如是知得入三地無攝受義者謂於此中無計我所無攝我所如北洲人無有繫屬於此法界若得證時其中都無謂有我所若如是知得入四地相續無差別義者謂

於此中體無有異非如眼等隨諸有情相續差別各各有異若如是知得入五地無雜染清淨義者謂於此中本無雜染性無染故旣無雜染即無清淨若如是知得入六地種種法無差別義者謂於此中契經等法雖有種種差別安立而無有異若如是知得入七地不增不減義者謂於此中雜染滅時而無有減清淨增時而無有增相自在依止義者謂此法界是相自在之所依止於諸相中而得自在名相自在隨所欲相即現前故土自在依止義者謂此法界是土自在之所依止於所現土而得自在名土自在如欲令土成金等寶隨意成故若如是知得入八地智自在依止義者謂此法界無礙辯智自在所依若如是知得入九地業自在等依止義者謂此法界是身等業自在所依及陀羅尼三摩地門自在所依若如是知得入十地如是無明於聲聞等非染汙者由彼不欲入諸地故於初地中已能通達一切諸地何故次第復立諸地釋此難者雖初地中達一切地然由此住而得安住由此住力建立諸地

論曰復次何故初地說名極喜由此最初得能成辦自他義利勝功能故何故二地說名離垢由極遠離犯戒垢故何故三地說名發光由無退轉等持等至所依止故大法光明所依止故何故四地說名焰慧由諸菩提分法焚滅一切障故何故五地名極難勝由眞諦智與世間智更互相違合此難合令相應故何故六地說名現前由緣起智爲所依止能令般若波羅蜜多現在前故何故七地說

名遠行無功用行最後邊故何故八地說名不動由一切相有功用行不能動故何故九地說名善慧由得最勝無礙智故何故十地說名法雲由得總緣一切法智含藏一切陀羅尼門三摩地門譬如大雲能覆如空廣大障故又於法身能圓滿故

釋曰何故初地名爲極喜由於此時初得能辦自他俱利勝堪能故諸聲聞等眞現觀時唯得能辦自利堪能不得他利故彼不生如是歡喜同諸菩薩何故二地名爲離垢由此地中性戒成就非如初地思擇護戒性戒成故諸犯戒垢已極遠離何故三地名爲發光由此地中與三摩地三摩鉢底常不相離無退轉故於大乘法能作光明何故四地名爲焰慧由此地中安住最勝菩提分法由住此故能燒一切根本煩惱及隨煩惱皆爲灰燼何故五地名極難勝由此地中知眞諦智是無分別知諸世間工論等智是有分別此二相違應修令合能合難合令相應故名極難勝何故六地名爲現前謂此地中住緣起智由此智力無分別依最勝般若波羅蜜多而得現前悟一切法無染無淨於第七地當成有行第八地中當成無行何故七地名爲遠行謂此地中於功用行得至究竟雖一切相不能動搖而於無相猶名有行何故八地名爲不動由此地中所有諸相及一切行皆不能動無分別智任運流行何故九地名爲善慧由此地中無礙解智說名爲慧此慧妙善故名善慧何故十地名爲法雲由此地中所有總緣一切法智譬如大雲陀羅尼門三摩

地門猶如淨水此智所藏如雲含水又如大雲能覆虛空如是總緣一切法智普能覆滅諸廣大障又於法身能圓滿者如大雲起周徧虛空如是此智於諸菩薩所依法身悉能周徧此中圓滿意説周徧

論曰得此諸地云何可見由四種相一得勝解謂得諸地深信解故二得正行謂得諸地相應十種正法行故三得通達謂於初地達法界時徧能通達一切地故四得成滿謂修諸地到究竟故

釋曰得成滿者應知爾時修習諸地已至究竟

論曰修此諸地云何可見謂諸菩薩於地地中修奢摩他毗鉢舍那由五種相修何等爲五謂集總修無相修無功用修熾盛修無喜足修如是五修令諸菩薩成辦五果謂念念中銷融一切麤重依止離種種想得法苑樂能正了知周徧無量無分限相大法光明順清淨分無所分別無相現行爲令法身圓滿成辦能正攝受後後勝因

釋曰如一一地有五相修令當顯示修奢摩他毗鉢舍那皆由五相並得修習謂念念中銷融一切麤重依止者謂煩惱障及所知障無始時來熏習種子説名麤重此二障聚由緣總法止觀智力念念銷融此中意取障聚破壞故名銷融或令羸損故名銷融離種種想得法苑樂者契經等法住種種性遠離如是種種性想即是證得法苑之樂於中可居故名爲苑復有餘義於隨所受尋伺法中不起麤顯領納觀察但由止觀憶念光明而起

微細領納觀察能正了知周偏無量無分限相大法光明者謂正了達十方無邊無分限相如善習誦文字光明名法光明順清淨分無所分別無相現行者謂事成辦諸相應法名順淨分無所分別無相現行此中意取所得佛果名事成辦爲令法身圓滿成辦能正攝受後後勝因者謂第十地法身説名圓滿第十一佛地法身説名成辦一切因中生佛地者最爲殊勝是故説言能正攝受後後勝因

論曰由增勝故説十地中別修十種波羅蜜多於前六地所修六種波羅蜜多如先已説後四地中所修四者一方便善巧波羅蜜多謂以前六波羅蜜多所集善根共諸有情迴求無上正等菩提故二願波羅蜜多謂發種種微妙大願引攝當來波羅蜜多殊勝衆緣故三力波羅蜜多謂由思擇修習二力令前六種波羅蜜多無間現行故四智波羅蜜多謂由前六波羅蜜多成立妙智受用法樂成熟有情故又此四種波羅蜜多應知般若波羅蜜多無分別智後得智攝又於一切地中非不修習一切波羅蜜多如是法門是波羅蜜多藏之所攝

釋曰由增勝故説十地中別修十種波羅蜜多者謂十地中作如是説初地布施波羅蜜多最爲增勝其餘一切波羅蜜非不修習隨力隨分乃至第十地智波羅蜜多最爲增勝其餘一切波羅蜜多非不修習隨力隨分是故説言由增勝故説十地中別修十種波羅蜜多若總相説一切地中皆修一切波羅蜜

多於前六地所修六種波羅蜜多如先已說者顯示次第別修十種波羅蜜多如次前經先說布施波羅蜜多最後說智波羅蜜多今此論中如先所說少不具足謂後四地所修四種波羅蜜多先所未說若於是處唯說六種波羅蜜多即於此處方便善巧等四波羅蜜多攝在其中若於是處宣說十種波羅蜜多此中唯說無分別智名爲般若波羅蜜多其餘方便善巧等四波羅蜜多後得智攝是故於後四種地中修餘四種波羅蜜多方便善巧波羅蜜多者謂後四中先說第一共諸有情者謂以此善共諸有情如所共有今當顯示謂以此善願求無上正等菩提作諸有情一切義利要證菩提此意方遂是故若有如是思惟所有善根皆悉迴向無上菩提作

諸有情一切義利如是名爲共諸有情方便善巧顯示般若及以大悲謂以前六波羅蜜多所集善根共諸有情此由大悲迴求無上正等菩提不求帝釋等富樂果由了知故不起煩惱此即般若又由具足方便善巧不捨生死而無染汙是故說名方便善巧波羅蜜多謂發種種微妙大願引攝當來波羅蜜多殊勝衆緣者此顯示願波羅蜜多所作事業此願即是波羅蜜多是故名願波羅蜜多言當來者謂爲當來此是所爲第七轉聲爲當來故發種種願餘契經說有二種力謂思擇力及修習力若雖未有修習力者由思擇力精進修習波羅蜜多故說由此波羅蜜多無間現行此顯示力波羅蜜多所作事業謂由前六波羅蜜多成立妙智受用法樂成熟有

情者謂由般若波羅蜜多無分別智自性智故成立如是後得妙智復由此智成立前六波羅蜜多由此自爲與同法者受用法樂及爲成熟一切有情如是法門是到彼岸藏所攝者此中一切大乘教法皆通説名到彼岸藏如是所引十地法門是彼藏攝非聲聞藏由彼攝故一切地中皆修一切波羅蜜多如是諸地徧於一切諸佛國土一切諸佛同所宣説是故最勝由此法門是最勝故於最初時最勝處説此處高廣殊妙堅牢故名最勝

論曰復次凡經幾時修行諸地可得圓滿有五補特伽羅經三無數大劫謂勝解行補特伽羅經初無數大劫修行圓滿清淨增上意樂行補特伽羅及有相行無相行補特伽羅於前六地及第七地經第二無數大劫修行圓滿即此無功用行補特伽羅從此已上至第十地經第三無數大劫修行圓滿此中有頌

清淨增上力　堅固心昇進　名菩薩初修
無數三大劫

釋曰有五補特伽羅經三無數大劫者謂勝解行補特伽羅於解行地中經初無數大劫修行圓滿旣圓滿已通達眞如故成清淨增上意樂行補特伽羅此清淨增上意樂行徧十地中此在六地名有相行補特伽羅在第七地名無相有功用行補特伽羅此經第二無數大劫修行圓滿入第八地名無功用行補特伽羅此無功用行猶未成滿若至第九第十地中無功用行方得成滿此經第三無數大劫修行圓滿如是唯一補特伽羅位差

別故建立五種譬如預流一來不還如說經三無數大劫得佛菩提無始生死數修施等數值諸佛齊於何時名最初修三無數劫故以伽他顯釋此問清淨增上力者謂善根力及大願力由善根力應知所治不能降伏由大願力應知常值諸善知識堅固心昇進者謂發牢固心起增進行牢固心者應知所發大菩提心諸惡友力不能令捨增進行者應知現在及生生中善法常增終無退減餘義易了無煩惱釋

攝大乘論釋卷第七

音釋

輭 乳兗切

怯 乞業切 多畏也

軛 乙革切

燼 余刃切 火餘貌

攝大乘論釋卷第八

世親菩薩造

唐三藏法師玄奘奉　詔譯

增上戒學分第七

論曰如是已說因果修差別此中增上戒殊勝云何可見如菩薩地正受菩薩律儀中說復次應知略由四種殊勝故此殊勝一由差別殊勝二由共不共學處殊勝三由廣大殊勝四由甚深殊勝

釋曰此中問答辯諸菩薩所學尸羅於聲聞等有大差別故名殊勝又此增上戒等三學即前所說波羅蜜多自性所攝何故別立於先所說波羅蜜多別義建立今當顯示爲顯展轉相因性故別立三學謂依尸羅發生靜慮復依靜慮發生般若

論曰差別殊勝者謂菩薩戒有三品別一律儀戒二攝善法戒三饒益有情戒此中律儀戒應知二戒建立義故攝善法戒應知修集一切佛法建立義故饒益有情戒應知成就一切有情建立義故

釋曰差別殊勝謂聲聞等唯有一種律儀戒無攝善法戒及饒益有情戒菩薩具三是故殊勝

論曰共不共學處殊勝者謂諸菩薩一切性罪不現行故與聲聞共相似遮罪有現行故與彼不共於此學處有聲聞犯菩薩不犯有菩薩犯聲聞不犯菩薩具有身語心戒聲聞唯有身語二戒是故菩薩心亦有犯非諸聲聞以要言之一切饒益有情無罪身語意業菩薩一切皆應現行皆應修學如是應知說

名爲共不共殊勝

釋曰共不共中一切性罪謂殺生等說名爲共相似遮罪謂掘生地斷生草等說名不共於此學處者謂後學處有聲聞犯菩薩不犯者如兩安居觀益有情輙行經宿有菩薩犯聲聞不犯者謂觀有益而故不行是故菩薩心亦有犯非諸聲聞者謂唯内起欲等尋思菩薩成犯非聲聞等一切饒益有情無罪身語意業菩薩一切皆應現行皆應修學者謂能饒益而無有罪如是三業菩薩應修或雖饒益而非無罪如以女等非法之物授與他人爲遮此事故說有罪

論曰廣大殊勝者復由四種廣大故一由種種無量學處廣大故二由攝受無量福德廣大故三由攝受一切有情利益安樂意樂廣大故四由建立無上正等菩提廣大故

釋曰種種無量學處廣大者謂諸菩薩所修學處亦是種種亦是無量由此於彼一切有情作成熟事及攝受事故攝受無量福德廣大者謂諸菩薩攝受無量福德資糧非聲聞故攝受一切有情利益安樂意樂廣大者謂於諸有情勸令修善若利益意樂若即於此補特伽羅願由彼善當得勝果名安樂意樂建立無上正等菩提廣大者謂諸菩薩由此尸羅建立無上正等菩提非聲聞故

論曰甚深殊勝者謂諸菩薩由是品類方便善巧行殺生等十種作業而無有罪生無量福速證無上正等菩提又諸菩薩現行變化身語兩業應知亦是甚深尸羅由此因緣或作國王示行種種惱有情事安立有情毗柰

耶中又現種種諸本生事示行逼惱諸餘有情真實攝受諸餘有情先令他心深生淨信後轉成熟是名菩薩所學尸羅甚深殊勝

釋曰甚深殊勝中謂諸菩薩由是品類方便善巧者此中顯示如是菩薩如是方便善巧功能謂諸菩薩若如是知如是品類補特伽羅於此不善無間等事將起加行以他心智了知彼心無餘方便能轉彼業如實了知彼由此業定退善趣定往惡趣如是知已生如是心我作此業當墮惡趣我寧自往必當脫彼於彼現在雖加少苦令彼未來多受安樂是故菩薩譬如良醫以饒益心雖復殺之而無少罪多生其福由多福故疾證無上正等菩提如是等戒最為甚深又諸菩薩現起變化身語二業當知亦是甚深尸羅由此道理或作國王現作種種惱有情事安立有情毗柰耶中變化自體名為變化此中應說無猒足王化導善財童子等事又現種種諸本生事者如毗濕婆安呾羅等諸本生事此中菩薩以其男女施婆羅門皆是變化示行逼惱諸餘有情真實攝受諸餘有情者謂諸菩薩終不逼惱餘實有情攝受其餘實有情故如是亦名甚深殊勝

論曰由此略說四種殊勝應知菩薩尸羅律儀最為殊勝如是差別菩薩學處應知復有無量差別如毗柰耶瞿沙方廣契經中說

釋曰如是四種略說差別於毗柰耶瞿沙經中廣說復有百千差別

增上心學分第八

論曰如是已說增上戒殊勝增上心殊勝云

何可見略由六種差別應知一由所緣差別故二由種種差別故三由對治差別故四由堪能差別故五由引發差別故六由作業差別故

釋曰爲顯增上心學殊勝作此問答

論曰所緣差別者謂大乘法爲所緣故

釋曰謂大乘法爲所緣者諸菩薩定緣於大乘非聲聞定

論曰種種差別者謂大乘光明集福定王賢守健行等三摩地種種無量故

釋曰大乘光明集福定王等者顯如是等諸三摩地種種差別唯大乘有聲聞乘等一種亦無

論曰對治差別者謂一切法總相緣智以楔出楔道理遣阿賴耶識中一切障麤重故

釋曰緣總法智對治一切障礙而住如以細楔除去麤楔住本識中諸雜染法熏習種子說名爲麤諸對治道能除彼故是微細義

論曰堪能差別者謂住靜慮樂隨其所欲而受生故

釋曰由有堪能住靜慮樂隨有饒益諸有情處即往彼生不退靜慮諸聲聞等無如是事

論曰引發差別者謂能引發一切世界無礙神通故

釋曰由此靜慮引發神通一切世界皆無障礙

論曰作業差別者謂能振動熾然徧滿顯示轉變往來卷舒一切色像皆入身中所往同類或顯或隱所作自在伏他神通施辯念樂放大光明引發如是大神通故

釋曰作業差別謂發神通所作事業此中能動一切世界故名振動即彼熾然故名熾然言徧滿者應知即是光明普照言顯示者由此威力令無所能餘有情類欻然能見無量世界及見其餘佛菩薩等言轉變者應知轉變一切地等令成水等言往來者謂一剎那普能往還無量世界言卷舒者謂卷十方無量世界入一極微極微不增舒一極微包于十方無量世界世界不減一切色像皆入身中者謂身中現無量種種一切事業所住同類者謂如往詣三十三天色像言音與彼同類爲化彼故往一切處亦復如是顯謂顯現隱謂隱藏所作自在者如變魔王作佛身等伏他神通者謂能映蔽一切神通於請問者施以辯才故名施辯於聽聞者施念施樂令得定故名施念樂放大光明者爲欲召集遠住他方世界菩薩引發如是大神通者引前所說大神通故如是一切聲聞所無是故殊勝

論曰又能引發攝諸難行十難行故十難行者一自誓難行誓受無上菩提願故二不退難行生死衆苦不能退故三不背難行一切有情雖行邪行而不棄故四現前難行怨有情所現作一切饒益事故五不染難行生在世間不爲世法所染汙故六勝解難行於大乘中雖未能了然於一切廣大甚深生信解故七通達難行具能通達補特伽羅法無我故八隨覺難行於諸如來所說甚深祕密言辭能隨覺故九不離不染難行不捨生死而不染故十加行難行能修諸佛安住解脫一

切障礙窮生死際不作功用常起一切有情一切義利行故

釋曰如說菩薩修諸難行此中何等名爲難行一切難行十種所顯於中不離不染難行者不棄捨故名爲不離謂於生死不全捨離亦不染汙此甚爲難餘九難行其義易了

論曰復次隨覺難行中於佛何等祕密言辭彼諸菩薩能隨覺了謂如經言

釋曰爲顯祕密言辭意趣故爲此問如經言者總答前問後當別釋

論曰云何菩薩能行惠施若諸菩薩無少所施然於十方無量世界廣行惠施云何菩薩樂行惠施若諸菩薩於一切施都無欲樂云何菩薩於惠施中深生信解若諸菩薩不信如來而行布施云何菩薩於施策勵若諸菩薩於惠施中不自策勵云何菩薩於施耽樂若諸菩薩無有暫時少有所施云何菩薩其施廣大若諸菩薩於惠施中離娑洛想云何菩薩其施清淨若諸菩薩殟波陀慳云何菩薩其施究竟若諸菩薩不住究竟云何菩薩其施自在若諸菩薩於惠施中不自在轉云何菩薩其施無盡若諸菩薩不住無盡如於布施於戒爲初於慧爲後隨其所應當知亦爾

釋曰云何菩薩能行惠施等者謂諸菩薩一切有情攝爲自體是故彼施即是己施是此意趣云何菩薩樂行惠施等者謂諸菩薩不樂修行味著等施但樂修行菩薩淨施言味著者意說貪染或有餘處召來求施云何菩薩於惠施中深生信解等者謂諸菩薩自得

施心而行惠施不藉他緣云何菩薩於施策勵等者謂諸菩薩性自能施慳悋斷故不待他策亦不自策任運能施是此意趣云何菩薩於施耽樂等者謂諸菩薩常行施故無暫時施一切施故無少所施云何菩薩其施廣大等者謂諸菩薩依定行施即是離欲而行施義言娑洛者顯目堅實密詮流散令取密義離流散想依定行施故成廣大云何菩薩其施清淨等者謂諸菩薩拔除慳足而行惠施殟波陀者顯目生起密詮拔足波陀名足殟名爲拔令取密義拔除慳足令面傾覆而行惠施是故說名殟波陀慳云何菩薩其施究竟等者謂諸菩薩不住究竟無餘涅槃如聲聞等是故究竟常能行施云何菩薩其施自在等者謂諸菩薩令施等障不得自在而行惠施令所治障不自在故施得自在云何菩薩其施無盡謂諸菩薩不住涅槃常行惠施此中無盡意取涅槃不同聲聞住涅槃故其施無盡

論曰云何能殺生若斷衆生生死流轉云何不與取若諸有情無有與者自然攝取云何欲邪行若於諸欲了知是邪而修正行云何能妄語若於妄中能說爲妄云何貝戍尼若能常居最勝空住云何波魯師若善安住所知彼岸云何綺間語若正說法品類差別云何能貪欲若有數數欲自證得無上靜慮云何能瞋恚若於其心能正憎害一切煩惱云何能邪見若一切處徧行邪性皆如實見

釋曰如經中說苾芻我是能殺生等者此中顯彼所說意趣云何欲邪行者謂知諸欲皆

是其邪而修正行云何貝戍尼者此貝戍尼顯目離間語密詮常勝空貝者表勝戍者表空尼者表常今取密義與答相應是故答言若能常居最勝空住云何波魯師者此波魯師顯目麤惡語密詮住彼岸波表彼岸魯師表住今取密義與答相應是故答言若善安住所知彼岸是到所知彼岸住義云何能邪見等者謂色等中如實觀見徧行邪性即是於彼依他起中如實觀見徧計所執是邪性義於十不善業道文中餘義易了

論曰甚深佛法者云何名爲甚深佛法此中應釋謂常住法是諸佛法以其法身是常住故又斷滅法是諸佛法以一切障永斷滅故又生起法是諸佛法以變化身生起故又有所得法是諸佛法八萬四千諸有情行及彼對治皆可得故又有貪法是諸佛法自誓攝受有貪有情爲已體故又有瞋法是諸佛法又有癡法是諸佛法又有異生法是諸佛法應知亦爾又無染法是諸佛法成滿眞如一切障垢不能染故又無汙法是諸佛法生在世間諸世間法不能汙故是故說名甚深佛法

釋曰復有餘處契經說言謂常住法是諸佛法廣說乃至又無汙法是諸佛法此中意趣今當顯示謂佛法身體是常住故說此法爲常住法斷滅法者所有障垢悉皆斷滅由此義故即說此法爲斷滅法有所得法是佛法者有情諸行八萬四千及彼對治皆有可得故說此法名有所得無染法者清淨眞如一切障垢所不能染故說此法名無染法餘義

易了無煩重釋

論曰又能引發修到彼岸成熟有情淨佛國土諸佛法故應知亦是菩薩等持作業差別

釋曰前所未說作業差別今於此中復顯菩薩等持作業謂諸菩薩依三摩地能修一切波羅蜜多又依此定能善成熟一切有情發神通等種種方便引諸有情入正法故又由此力能善清淨一切佛土心得自在隨欲能成金銀等寶諸佛土故又由此力能正修集一切佛法是三摩地作業差別

增上慧學分第九之一

論曰如是已說增上心殊勝增上慧殊勝云何可見謂無分別智若自性若所依若因緣若所緣若行相若任持若助伴若異熟若等流若出離若至究竟若加行無分別後得勝利若差別若無分別後得譬喻若無功用作事若甚深應知無分別智名增上慧殊勝

釋曰今正至說增上慧時此中意說無分別智名增上慧此復三種一加行無分別智謂尋思慧二根本無分別智謂正證慧三後得無分別智謂起用慧此中希求慧是第一增上慧內證慧是第二增上慧攝持慧是第三增上慧今且成立無分別智由唯此智通因果故其尋思智是此智因其後得智是此智果所以成此兼成餘二

論曰此中無分別智離五種相以爲自性一離無作意故二離過有尋有伺地故三離想受滅寂靜故四離色自性故五離於眞義異計度故離此五相應知是名無分別智

釋曰且應先說無分別智所有自性此中體

相說名自性謂諸菩薩無分別智離五種相以爲自性離五相者若無作意是無分別智睡醉悶等應成無分別智若過有尋有伺地是無分別智第二靜慮已上諸地應成無分別智若如是者世間應得無分別智若想受滅等位中心心法不轉是無分別智滅定等位無有心故智應不成若如色自性是無分別智如彼諸色頑鈍無思此智應成頑鈍無思復有餘義若如色性智不應成若於眞義異計度轉無分別智應有分別謂分別言此是眞義若智遠離如是五相於眞義轉於眞義中不異計度此是眞義無分別智有如是相緣眞義時譬如眼識不異計度此是其義

論曰於如所說無分別智成立相中復說多頌

釋曰於上所說無分別智略成立中廣說多頌

論曰

諸菩薩自性　遠離五種相　是無分別智

不異計於眞

釋曰由此初頌顯上所說無分別智初自性義如是已說此智自性依彼而轉次頌當說

論曰

諸菩薩所依　非心而是心　是無分別智

非思義種類

釋曰如是所說無分別智當言依心爲依非心若言依心能思量故說名爲心依心而轉是無分別不應如理若依非心則不成智爲避如是二種過失故說此頌此智所依不名爲心不思義故亦非非心心所引故此生所

依是心種類亦名爲心因彼而生次頌當顯

論曰

諸菩薩因緣 有言聞熏習 是無分別智

及如理作意

釋曰諸菩薩因緣者謂此智因有言聞熏習者謂由他音正聞熏習及如理作意者謂此熏習爲因意言如理作意無分別智因此而生復何所緣次頌當顯

論曰

諸菩薩所緣 不可言法性 是無分別智

無我性真如

釋曰不可言法性者謂由徧計所執自性一切諸法皆不可言何等名爲不可言性謂無我性所顯真如徧計所執補特伽羅及一切法皆無自性名無我性即此無性所顯有性說名真如勿取斷滅故說此言又於所緣作行相次頌當顯

論曰

諸菩薩行相 復於所緣中 是無分別智

彼所知無相

釋曰菩薩行相於所緣中所現無相謂即此智於真如中平等平等生起無異無相之相以爲行相如眼取色見青等相非此青等與色有異此亦如是智與真如無異行相即於此中爲釋疑難復說二頌

論曰

相應自性義 所分別非餘 字展轉相應

是謂相應義 非離彼能詮 智於所詮轉

非詮不同故 一切不可言

釋曰若一切法皆不可言復以何等爲所分

別爲釋此故說如是言相應自性義所分別非餘謂即相應爲自性義是所分別非離於此故言非餘此云何成爲重成立復說是言字展轉相應是謂相應義謂別別字相續宣傳以成其義是相應義如言斫芻二字不斷說成眼義是相應義爲所分別又一切法皆不可言因何成立故復說言非離彼能詮智於所詮轉由若不了能詮之名於所詮義覺知不起故一切法皆不可言若言要待能詮之名於所詮義有覺知起爲遮此故復說是言非詮不同故以能詮名與所詮義互不相稱各異相故能詮所詮皆不可說由此因故說一切法皆不可言無分別智何所任持

論曰

諸菩薩任持　是無分別智　後所得諸行

爲進趣增長

釋曰由無分別後所得智得菩薩行此行即依無分別智爲進趣增長者爲令如是諸菩薩行得增長故無分別智是彼任持此智復以何爲助伴

論曰

諸菩薩助伴　說爲二種道　是無分別智

五到彼岸性

釋曰二種道者一資糧道二依止道資糧道者謂施戒忍及與精進波羅蜜多依止道者即是靜慮波羅蜜多由前所說波羅蜜多所生諸善及依靜慮波羅蜜多無分別智即得生長此智名慧波羅蜜多乃至未得佛果已來無分別智於何處所感異熟果

論曰

諸菩薩異熟　於佛二會中　是無分別智
由加行證得
釋曰於佛二會中者謂受用身會中及變化身會中若無分別加行轉時於變化身會中受生受異熟果若已證得無分別智於受用身會中受生受異熟果爲顯此義故復説由加行證得無分別智誰爲等流
論曰
諸菩薩等流　於後後生中　是無分別智
自體轉增勝
釋曰諸菩薩等流於後後生中者於次前説二身大會後後生中是無分別智自體轉增勝者即彼所修無分別智展轉增勝應知即是彼等流果無分別智出離云何
論曰
諸菩薩出離　得成辦相應　是無分別智
應知於十地
釋曰諸菩薩出離者進趣究竟故名出離即是進趣大涅槃義得成辦相應是無分別智者初獲此智名得相應次後無量百千大劫成辦相應應知於十地者謂從初地乃至第十如是次第此智初地唯名爲得爾後多時乃名成辦是故菩薩經無數劫乃證涅槃由爾所時方到究竟無分別智誰爲究竟而次前説次第獲得
論曰
諸菩薩究竟　得清淨三身　是無分別智
得最上自在
釋曰得清淨三身者是得如來淨三身義言清淨者謂初地中唯得三身至第十地乃善

清淨得最上自在者無分別智非唯證得清淨三身以為究竟而復獲得十種自在此如後說應知其相無分別智有何勝利此中三種無分別智一者加行無分別智二者根本無分別智三者後得無分別智此中加行無分別智謂諸菩薩初從他聞無分別理次雖未能自見此理而生勝解次此勝解為所依止方便推尋無分別理是名加行無分別智由此能生無分別智是故亦得無分別名如是加行無分別智無染勝利其譬云何

論曰

如虛空無染　是無分別智　種種極重惡

由唯信勝解

釋曰為欲顯示彼不能染故說種種極重惡言為欲顯示不能染因故說由唯信勝解言由唯信樂無分別理而起勝解故能對治種種惡趣此即顯示諸惡不染此中根本無分別智無染勝利其譬云何

論曰

如虛空無染　是無分別智　解脫一切障

得成辦相應

釋曰從何解脫謂解脫一切障由何解脫謂成辦相應如是解脫由於諸地唯得相應成辦相應以為因故此即顯示無分別智能治諸障此中後得無分別智無染勝利其譬云何

論曰

如虛空無染　是無分別智　常行於世間

非世法所染

釋曰由此智力觀諸有情諸利樂事故恩往

彼世間受生既受生已一切世法所不能染世法有八一利二衰三譽四毀五稱六譏七苦八樂從無分別智所生故此智亦得無分別名今當顯此三智差別

論曰

如瘂求受義　如瘂正受義　如非瘂受義
三智譬如是　如愚求受義　如愚正受義
如非愚受義　二智譬如是　如五求受義
如五正受義　如末那受義　三智譬如是
如未解於論　求論受法義　次第譬三智
應知加行等

釋曰此中三智如其譬喻應知差別譬如瘂人求受境義不能言說如是加行無分別智應知亦爾譬如瘂人正受境義寂無言說如是根本無分別智應知亦爾如非瘂人受境義已如其所受而起言說如是後得無分別智應知亦爾此中意取能作文字名爲言說如愚頌中無所了別說名爲愚如前瘂喻應正安立三智差別如五頌中五謂眼等五無分別應知此中求受正受俱無分別加行根本於眞如義差別亦爾如意受義亦能分別如是後得亦能受義亦能分別如是三智如前瘂喻安立差別於論頌中如未解論於論求解如是加行無分別智應知亦爾如溫習論但受於法如是根本無分別智應知亦爾此中法者意取文字如解論者於法於義皆能領受如是後得無分別智應知亦爾次第之言顯示二智似於法義領受差別次當顯示根本後得譬喻差別

論曰

如人正閉目　是無分別智　即彼復開目

後得智亦爾　應知如虛空　是無分別智

於中現色像　後得智亦爾

釋曰初頌顯示二智差別其相可知如虛空者譬如虛空周徧無染非能分別非所分別如是根本無分別智應知亦爾徧一切法一味空性故名周徧一切諸法所不能染故名無染自無分別是故說名非能分別亦不爲他分別行相是故說名非所分別如是應知無分別智譬如虛空現色像者譬如空中所現色像是可分別如是後得無分別智應知亦爾是所分別亦能分別若以如是無分別智修成佛果既離功用作意分別云何能成利益安樂諸有情事

論曰

如末尼天樂　無思成自事　種種佛事成

常離思亦爾

釋曰如離分別所作事成於此頌中末尼天樂譬喻顯示如如意珠雖無分別而能成辦隨諸有情意所樂事又如天樂無擊奏者隨生彼處有情意樂出種種聲如是應知諸佛菩薩無分別智雖離分別而能成辦種種事業次當顯此無分別智所有甚深此智爲緣依他起性分別事轉爲緣餘境若爾何失若緣分別無分別性應不得成若緣餘境餘境定無云何得緣

論曰

非於此非餘　非智而是智　與境無有異

智成無分別

釋曰非於此非餘者此智不緣分別爲境無

分別故不緣餘境即緣依他諸分別法真如法性爲境界故法與法性若一若異不可說故此說根本無分別智不緣分別亦不緣餘又此根本無分別智爲智爲非若爾何失若是智者云何是智而是無分別若非智者云何說爲無分別智答此問言非智而是智此顯根本無分別智非定是智以於加行分別智中此不生故亦非非智以從加行分別智因而得生故復有別義非於此非餘非智而是智者以非於此分別轉故說名非智以非於餘即於分別法性轉故而亦是智前後二句互相解釋與境無有異智成無分別者非如加行無分別智有其所取能取性轉名無分別與所取境無差別轉平等平等名無分別此智不住所取能取二種性中如薄伽梵餘契經中說一切法皆無分別爲欲顯示無分別義復說頌言

論曰

應知一切法　本性無分別　所分別無故無分別智無

釋曰應知一切法本性無分別者是一切法本來自性無分別義何以故所分別無故此即顯示所分別事無所有故諸法本性無有分別若所分別無所有故諸法本性無分別者何故本來一切有情不得解脫答此問言無分別智無此顯彼無無分別智雖一切法本來自性無有分別而不解脫若於諸法無分別理真證智生現見諸法無分別性即得解脫此未生故未得解脫真證智者應知即是無分別智今當顯此三智差別

攝大乘論釋卷第八

音釋

呾（當達切）楔（先結切，櫼也）欻（許勿切，暴起也）勵（郎計切，勉力也）瘂（幺下切，不言也）

攝大乘論釋卷第九

世親菩薩造

唐三藏法師玄奘奉詔譯

增上慧學分第九之二

論曰此中加行無分別智有三種謂因緣引發數習生差別故

釋曰此中加行無分別智三種差別謂或由種性力或由前生引發力或由現在數習力而得生故或由種性力者種性爲因而得生故前生引發力者由前生中數習爲因而得生故現在數習力者由現在生士用力爲因而得生故

論曰根本無分別智亦有三種謂喜足無顛倒無戲論無分別差別故

釋曰此中喜足無分別者應知已到聞思究竟由喜足故不復分別故名喜足無分別智謂諸菩薩住異生地若得聞思覺慧究竟便生喜足作是念言凡所聞思極至於此以是義故說名喜足無分別智復有餘義應知世間亦有喜足無分別智謂諸有情至第一有見爲涅槃便生喜足作是念言過此更無所應至處故名喜足無分別智無顛倒無分別者謂聲聞等應知彼等通達眞如得無常等四無倒智無常等四顛倒分別名無顛倒無分別智無戲論無分別者謂諸菩薩應知菩薩於一切法乃至菩提皆無戲論應知此智所證眞如過名言路超世智境由是名言不能宣說諸世間智不能了知

論曰後得無分別智有五種謂通達隨念安立和合如意思擇差別故

釋曰此後得智五種差別一通達思擇二隨念思擇三安立思擇四和合思擇五如意思擇此中通達思擇者謂通達時如是思擇我已通達此中思擇意取覺察隨念思擇者謂從此出隨憶念言我已通達無分別性安立思擇者謂爲他說此通達事和合思擇者謂總緣智觀一切法皆同一相由此智故進趣轉依或轉依已重起此智如意思擇者謂隨所思一切如意由此思擇能變地等令成金等爲得如意起此思擇是故說名如意思擇如有說言由思擇故便得如意雖已成立無分別智猶未宣說成立因緣是故復說多頌顯示

論曰復有多頌成立如是無分別智

鬼傍生人天　各隨其所應　等事心異故
許義非眞實　於過去事等　夢像二影中
雖所緣非實　而境相成就　若義義性成
無無分別智　此若無佛果　證得不應理
得自在菩薩　由勝解力故　如欲地等成
得定者亦爾　成就揀擇者　有智得定者
思惟一切法　如義皆顯現　無分別智行
諸義皆不現　當知無有義　由此亦無識

釋曰鬼傍生人天各隨其所應等者謂於傍生見有水處餓鬼見是陸地高原於人所見有糞穢處猪等傍生見爲淨妙可居室宅於人所見淨妙飮食諸天見爲臭穢不淨如是衆生於等事中心見異故應知境義非眞實有若義實無識應無境有無境識如緣去來如緣夢像如緣鏡等及三摩地所行影像爲顯此義說一伽他謂於過去等此中前半由

後半釋如其次第應知其相由無别實境是故説言有無境識由自變爲境是故説言境相成就即是自緣心影像義謂緣去來夢像二影次第安立境相成就若義義性成無無分别智者若義實有義之自性是則應無無分别智若謂雖無無分别智當有何失此若無佛果證得不應理者若汝撥無無分别智是則不應證得佛果故應決定許有如是無分别智得自在菩薩者謂已證得自在菩薩由勝解力故者由願樂力如欲地等成者謂令地等成金等相隨欲皆成得定者亦爾者謂餘聲聞等成就揀擇者者謂已成滿毗鉢舍那言有智者謂諸菩薩得定者者得三摩地思惟一切法如義皆顯現者謂菩薩等定慧成滿攝心於内如如思惟經等法義如是如是皆得顯現若念佛時隨所思念彼彼法中佛義顯現思色受等應知亦爾無分别智行諸義皆不現者謂無分别智正現行時一切境義皆不顯現當知無有義者謂由前説種種道理當知境義實無所有欲顯其識如境亦無故言由此亦無識所識境義既無所有由此應知能識亦無此義如前所知相中分明已顯

論曰般若波羅蜜多與無分别智無有差别如説菩薩安住般若波羅蜜多非處相應能於所餘波羅蜜多修習圓滿云何名爲非處相應修習圓滿謂由遠離五種處故一遠離外道我執處故二遠離未見眞如菩薩分别處故三遠離生死涅槃二邊處故四遠離唯斷煩惱障生喜足處故五遠離不顧有情利

益安樂住無餘依涅槃界處故

釋曰無分別智即是般若波羅蜜多由彼經中說諸菩薩安住般若波羅蜜多非處相應能於所餘波羅蜜多修習圓滿爲欲令知如是義故顯示彼文遠離外道我執處者謂如外道住般若中執我我所作如是念我能住般若般若是我所菩薩不爾遠離如是諸外道輩我執處故應知說名非處相應安住般若波羅蜜多遠離未見眞如菩薩分別處者謂如未見眞如菩薩於無分別般若波羅蜜多中分別此是般若波羅蜜多菩薩遠離如是分別應知說名非處相應安住般若波羅蜜多遠離生死涅槃二邊處者謂如世間安住生死諸聲聞等安住涅槃菩薩不爾遠離二邊應知說名非處相應安住般若波羅蜜多遠離唯斷煩惱障生喜足處者如聲聞等唯斷煩惱障便生喜足菩薩不爾由此意趣應知說名非處相應安住般若波羅蜜多遠離不顧有情利益安樂住無餘依涅槃界處者謂如聲聞等不顧有情利益安樂於無餘依般涅槃界而般涅槃菩薩不爾不住聲聞所住之處應知說名非處相應安住般若波羅蜜多

論曰聲聞等智與菩薩智有何差別由五種相應知差別一由無分別差別謂於蘊等法無分別故二由非少分差別謂於通達眞如入一切種所知境界普爲度脫一切有情非少分故三由無住差別謂無住涅槃爲所住故四由畢竟差別謂無餘依涅槃界中無斷盡故五由無上差別謂於此上無有餘乘勝

過此故此中有頌
諸大悲爲體　由五相勝智　世出世滿中
說此最高遠
釋曰此中顯示聲聞等智與菩薩智五相差別無分別差別者謂聲聞等緣於蘊等分別識生非菩薩智分別蘊等非少分差別者謂顯三種非少分性一所達眞如非少分性二所知境界非少分性三所度有情非少分性所達眞如非少分性者謂菩薩智具足通達補特伽羅法無我性聲聞等智入眞如時唯能通達補特伽羅無我之性所知境界非少分性者謂菩薩智普緣一切所知境界聲聞等智唯緣苦等諸諦而生所度有情非少分性者謂菩薩智普爲度脫一切有情勤趣菩提聲聞等智唯求自利無住差別者謂菩薩智正爲安住無住涅槃非聲聞等是故差別畢竟差別者謂聲聞等於無餘依涅槃界中一切滅盡菩薩於此涅槃界中功德無盡是故差別無上差別者謂聲聞等上有大乘其菩薩乘無復有上是故差別爲顯此義說一伽他世出世滿中者謂於色無色界世間滿中及於聲聞乘等出世滿中
論曰若諸菩薩成就如是增上尸羅增上質多增上般若功德圓滿於諸財位得大自在何故現見有諸有情匱乏財位見彼有情於諸財位有重業障故見彼有情若施財位障生善法故見彼有情若乏財位猒離現前故見彼有情若施財位即爲積集不善法因故見彼有情若施財位即便作餘無量有情損惱因故是故現見有諸有情匱乏財位此中

有頌
見業障現前　積集損惱故　現有諸有情
不感菩薩施
釋曰此中顯示由是因緣菩薩雖得財位自在具足大悲而不施與有情財位見彼有情於諸財位有重業障故者謂諸有情有障菩薩神力惡業由彼惡業障礙菩薩無障礙智由見此故雖有堪能雖彼匱乏而便棄捨此中應引餓鬼江喻如江有水無障飲者然諸餓鬼由自業過不能得飲此亦如是江喻菩薩財位喻水鬼喻有情如彼餓鬼不合飲用江中淨水如是有情不合受用菩薩財位見彼有情若施財位障生善法故者謂復有餘補特伽羅雖無業障菩薩見彼於相續中當生善法若施財位受富樂故障彼生善作是思惟寧彼貧賤順生善法勿彼富貴障善法生由此道理雖得自在不施財位見彼有情若乏財位猒離現前故者謂復有餘補特伽羅菩薩見彼由貧賤故猒離現前作是思惟寧彼貧賤猒離現前隨順善法勿彼富貴不生猒離由此道理雖得自在不施財位見彼有情若施財位即爲積集不善法因故者謂復有餘補特伽羅菩薩見彼乃至貧窮常不積集諸不善法作是思惟寧彼貧窮不造諸惡勿彼富貴集諸不善由此道理雖得自在不施財位見彼有情若施財位即便作餘無量有情損惱因故者謂復有餘補特伽羅菩薩見彼得大財位即便苦惱無量有情作是思惟寧彼一身獨受貧賤勿彼富貴損惱其餘無量有情由此道理雖得自在不施財位

爲顯此義復說伽他謂見有情有業障故障生善故猒現前故積集惡故損惱他故不感菩薩施彼財位是故現有匱乏有情此略顯義餘廣易了

果斷分第十

論曰如是已說增上慧殊勝彼果斷殊勝云何可見斷謂菩薩無住涅槃以捨雜染不捨生死二所依止轉依爲相此中生死謂依他起性雜染分涅槃謂依他起性清淨分二所依止謂通二分依他起性轉依謂即依他起性對治起時轉捨雜染分轉得清淨分

釋曰無住涅槃以捨雜染不捨生死二所依止轉依爲相者謂住此轉依時不容煩惱不捨生死是此轉依相何者生死謂依他起雜染性分何者涅槃謂依他起清淨性分何者依止謂通二分所依自性何者轉依謂即此性對治生時捨雜染分得清淨分

論曰又此轉依略有六種一損力益能轉謂由勝解力聞熏習住故及由有羞恥令諸煩惱少分現行不現行故二通達轉謂諸菩薩已入大地於眞實非眞實顯現不顯現現前住故乃至六地三修習轉謂猶有障一切相不顯現眞實顯現故乃至十地四果圓滿轉謂永無障一切相不顯現最清淨眞實顯現於一切相得自在故五下劣轉謂聲聞等唯能通達補特伽羅空無我性一向背生死一向捨生死故六廣大轉謂諸菩薩兼通達法空無我性即於生死見爲寂靜雖斷雜染而不捨故若諸菩薩住下劣轉有何過失不顧一切有情利益安樂事故違越一切菩薩法

故與下劣乘同解脱故是爲過失若諸菩薩住廣大轉有何功德生死法中以自轉依爲所依止得自在故於一切趣示現一切有情之身於最勝生及三乘中種種調伏方便善巧安立所化諸有情故是爲功德

釋曰又此轉依略有六種損力益能轉者謂損減阿賴耶識中煩惱熏習力故增益彼對治功能故得此轉依謂由勝解力聞熏習住故者謂住勝解行地安立聞熏習力故得此轉依及由有慚羞等者於此位中若煩惱現行即深羞恥或少分現行或全不現行通達轉者謂入地時所得轉依於眞實非眞實等者謂此轉依乃至六地或時爲眞實顯現因或時出觀爲非眞實顯現因修習轉謂猶有障者由所知障說名有障一切相不顯現等者謂此轉依乃至十地一切有相不復顯現唯有無相眞實顯現果圓滿轉謂永無障者由一切障說名無障一切相不顯現者無一切障故最清淨眞實顯現者即由此故於一切相得自在者由此爲依得相自在隨其所欲利樂有情下劣轉謂聲聞等等者等取獨覺唯能通達一空無我不能利他故是下劣廣大轉謂諸菩薩等者由並通達二空無我安住此中捨諸雜染不捨生死兼利自他故是廣大住下劣轉有何過失等者不顧有情越菩薩法下劣乘同是爲過失住廣大轉有何功德等者以自轉依爲所依止於一切法得自在故於一切趣示現一切同分之身於最勝生及三乘中種種調伏方便巧智安立所化難調有情是爲功德此中意取世間富

貴爲最勝生
論曰此中有多頌
諸凡夫覆眞　一向顯虛妄　諸菩薩捨妄
一向顯眞實　應知顯不顯　眞義非眞義
轉依即解脫　隨欲自在行　於生死涅槃
若起平等智　爾時由此證　生死即涅槃
由是於生死　非捨非不捨　亦即於涅槃
非得非不得
釋曰爲顯轉依故說多頌如諸凡夫由無明
故覆障眞實顯一切種所有虛妄如是聖者
無明斷故捨離虛妄顯一切種所有眞實由
此道理應知顯不顯眞義非眞義者遍計所
執非眞不轉圓成實相眞義轉故言轉依者
此即轉依於此位中眞義現行非眞實義不
現行故即解脫者即此轉依解脫相應隨欲
自在行者謂此解脫隨其所欲自在而行非
如聲聞所得解脫猶如斬首畢竟安住般涅
槃故於生死涅槃若起平等智等者謂於生
死及於涅槃起平等智由此二種無別性故
即於此時是爾時義又此二種云何平等以
諸雜染名爲生死即雜染法無我之性名爲
涅槃菩薩通達諸法無我平等智生見彼諸
法皆無自性諸有生死即是涅槃以於其中
見極寂靜即涅槃故若如是知復何所得由
是於生死非捨非不捨等者諸有生死即是
涅槃是故不捨即是無別有可捨義即於其
中見無性故離諸雜染名非不捨旣得如是
亦即於涅槃非得非不得離生死外無別涅
槃而可證得故名非得復於其中見寂靜故
雖無性別而證涅槃名非不得

果智分第十一之二

論曰如是已說彼果斷殊勝彼果智殊勝云何可見謂由三種佛身應知彼果智殊勝一由自性身二由受用身三由變化身此中自性身者謂諸如來法身一切法自在轉所依止故受用身者謂依法身種種諸佛衆會所顯清淨佛土大乘法樂爲所受故變化身者亦依法身從覩史多天宫現没受生受欲踰城出家往外道所修諸苦行證大菩提轉大法輪入大涅槃故

釋曰今當解說果智殊勝此由諸佛三身所顯自性身者謂諸法界所流法樂大自在轉之所依止受用身者謂即依前所說法身種種諸佛衆會所顯於諸清淨佛國土中受用一切法界所流大乘經等種種法樂之所依止復有餘義謂是受用清淨佛土之所依止又是受用大乘法樂之所依止變化身者謂依法身從覩史多天宫現没乃至入大涅槃故者謂現人天同分之身之所依止

論曰此中說一嗢柁南頌

相證得自在　依止及攝持　差別德甚深念業明諸佛

釋曰爲明諸佛所得之身故說相等嗢柁南頌

論曰諸佛法身以何爲相應知法身略有五相

釋曰應知法身有無量相令於此中略說五種

論曰一轉依爲相謂轉滅一切障雜染分依他起性故轉得解脫一切障於法自在轉現

前清淨分依他起性故

釋曰轉滅一切障雜染分依他起性故者謂轉滅依他起性雜染分轉得解脫一切障於法自在轉現前清淨分依他起性故者謂於一切法自在轉住故轉得依他起性清淨分

論曰二白法所成爲相謂六波羅蜜多圓滿得十自在故此中壽自在心自在衆具自在由施波羅蜜多圓滿故業自在生自在由戒波羅蜜多圓滿故勝解自在由忍波羅蜜多圓滿故願自在由精進波羅蜜多圓滿故神力自在五通所攝由靜慮波羅蜜多圓滿故智自在法自在由般若波羅蜜多圓滿故

釋曰白法所成爲相等者謂由六波羅蜜多圓滿故證得法身十種自在是彼自性故名所成壽自在者應知隨欲齊幾時住便能如意示現已身心自在者謂生死中能無染汙衆具自在者謂於食等十種衆具隨其所欲如意能得如有頌言

諸菩薩思惟　若淨若不淨　一切成美妙皆由意自在

應知如是三種自在皆由布施波羅蜜多圓滿爲因業自在生自在由戒波羅蜜多圓滿故者謂此能攝彼能生因及所生果故應知此中業自在者由身語業自在而轉隨所欲生業現前故生自在者應知於生自在而轉於諸趣等隨其所欲攝受生故由此道理顯修尸羅於其業因及於生果皆得自在勝解自在由忍波羅蜜多圓滿故者謂令諸法皆隨心轉隨逐勝解如所勝解一切事成如隨所欲轉變地等令成金等轉變水等令成火

等以修忍時隨諸有情意所樂轉故令獲得於一切法皆隨心轉願自在由精進波羅蜜多圓滿故者謂修精進一切所作皆能究竟故所思事一切皆成應知在昔修精進時隨所作事皆能究竟中無懈廢由此爲因今隨所願如意皆成神力自在五通所攝由靜慮波羅蜜多圓滿故者謂由靜慮心有堪能引發種種神通所作非但由此淩空往來亦能了知他心等事由是說言五通所攝智自在法自在由般若波羅蜜多圓滿故者謂遍了知一切爾炎名智自在如其所欲能正安立契經等法名法自在又由慧力安立蘊等一切法體名智自在此後所得一切種智名法自在

論曰三無二爲相謂有無無二爲相由一切法無所有故空所顯相是實有故有爲無爲無二爲相由業煩惱非所爲故自在示現有爲相故異性一性無二爲相由一切佛所依無差別故無量相續現等覺故此中有二頌

我執不有故　於中無別依　隨前能證別

故施設有異　種性異非虛　圓滿無初故

無垢依無別　故非一非多

釋曰有無無二爲相者謂一切法遍計所執性相非有故非有相空所顯示圓成實性其體實有故非無相有爲無爲無二爲相者是非有爲自性非無爲自性義非業煩惱之所生故非有爲相於有爲中得大自在數數示現名有爲相由此意趣非無爲相異性一性無二爲相者所依法身無差別故非是異相無量依止所證得故非是一相俱一無故名

無二相復以伽他顯如是義我執不有故於中無別依者謂於世間我執力故有別依身此中我執都無有故無別依身若所依身無有差別云何而得許有多佛隨前能證別故施設有異者由多依身谷所證得故有差別爲顯此義復說伽他種性異故者謂諸菩薩種性差別有多種故非虛故者種性異故加行亦異加行異故資糧圓滿亦有多種由是因緣若唯一佛餘者資糧應虛無果圓滿故者諸佛具作一切有情利益等事謂正安立於三乘等若執如來不安有情置於佛乘所作佛事應不圓滿由此道理應許多佛無初故者如彼生死流轉無初諸佛亦爾若唯有一即應有初是故不一無垢依無別者由佛無垢法界爲依無差別故無有多種故非一非多者由此道理顯示諸佛非一多相

論曰四常住爲相謂眞如清淨相故本願所引故所應作事無竟期故

釋曰由三因緣顯常住相眞如清淨相故者清淨眞如體是常住顯成佛故應知如來常住爲相本願所引故者謂昔發願常作一切有情利樂所證佛身此願所引由此本願非空無果應知如來常住爲相若謂如來所作一切有情利樂已究竟者此義不然所應作事無竟期故以於今時猶有無邊所應作事一切有情未涅槃故由是因緣應知如來常住爲相如是說已應知諸佛不可思議由是因緣不可思議今當顯示

論曰五不可思議爲相謂眞如清淨自內證故無有世間喻能喻故非諸尋思所行處故

釋曰自內證故者謂諸如來自內所證由此眞如自內證故非諸尋思所思議處於諸世間亦無與相似譬喻可喻令知

論曰復次云何如是法身最初證得謂緣總相大乘法境無分別智及後得智五相善修於一切地善集資糧金剛喻定破滅微細難破障故此定無間離一切障故得轉依

釋曰今次應說法身證得最初證得者顯此法身非所生起體無爲故若所生起應是無常金剛喻定者此三摩地譬如金剛能破微細難破障故故得轉依者由金剛喻三摩地故能證轉依逮得法身

論曰復次法身由幾自在而得自在略由五種一由佛土自身相好無邊音聲無見頂相自在由轉色蘊依故二由無罪無量廣大樂住自在由轉受蘊依故三由辯說一切名身句身文身自在由轉想蘊依故四由現化變易引攝大衆引攝白法自在由轉行蘊依故五由圓鏡平等觀察成所作智自在由轉識蘊依故

釋曰今次應顯法身自在由轉色等五蘊依故得五自在此中由轉色蘊依故證得示現佛土自在由此示現金銀等寶淨妙佛國亦得示現隨其所欲自身自在由此示現大集會中隨諸有情勝解所樂種種色身又隨所樂能現種種相好自在又現無邊音聲自在又現無見頂相自在由轉受蘊依故得無罪無量廣大樂住自在謂得自在能住無罪無量廣大樂住應知此中由衆多故說名無量普超一切三界樂故說名廣大樂住自在由

轉想蘊依故得於名身句身文身辯說自在以能取相故名爲想由名身等能取其相轉染想蘊還得如是清淨想蘊由轉行蘊依故得現化變易引攝大衆引攝白法自在應知此中隨其所欲示現所作故名現化改轉地等令成金等故名變易如意所樂能引天龍藥叉等衆應知說名引攝大衆隨意所樂引諸白法令現在前應知說名引攝白法由轉識蘊依故得大圓鏡智平等性智妙觀察智成所作智此中大圓鏡智者謂無忘失法所知境界雖不現前亦能記了如善習誦書論先明平等性智者謂先通達眞法界時得諸有情平等心等應知此中究竟清淨妙觀察智者謂如藏主如其所欲隨於何等陀羅尼門三摩地門作意思惟即得自在無礙智轉成所作智者謂能示現從覩史多天宮而沒乃至涅槃種種佛事皆得自在

論曰復次法身由幾種處應知依止略由三處一由種種佛住依止此中有二頌

諸佛證得五性喜　皆由等證自界故
離喜都由不證此　故求喜者應等證
由能無量及事成　法味義德俱圓滿
得喜最勝無過失　諸佛見常無盡故

二由種種受用身依止但爲成熟諸菩薩故三由種種變化身依止多爲成熟聲聞等故

釋曰應知法身幾法依止略有三種廣說無量由種種佛住依止者謂佛安住聖住天住及與梵住故言種種法身爲此諸住所依是故說名佛住依止或謂何用諸佛涅槃以聲聞等與諸如來解脫等故爲顯諸佛解脫殊

勝說二伽他諸佛證得五性喜皆由等證自界故者謂諸如來所得五喜由證法界離喜都由不證此者謂聲聞等離五種喜都由不證此眞法界故求喜者應等證者是故欲求如此喜者應須於此勤求正證第二伽他顯此五喜由能無量及事成法味義德俱圓滿者應知此中能無量者依止法身有衆多佛成等正覺一切功能悉皆平等故能無量由見如是能無量故深生歡喜及事成者謂一如來所作利樂諸有情事即等一切如來所作由佛多故事亦無量是故言及由見此故深生歡喜由法味者由見契經應頌等法有勝滋味深生歡喜義德俱圓滿者謂義圓滿及德圓滿應知此中隨所思念所有諸事無不具足名義圓滿十力無畏不共法等無不具足名德圓滿得喜最勝無過失者此喜超過三界喜故名爲最勝永斷煩惱并習氣故名無過失諸佛見常無盡故者謂諸如來見次前說四種最勝無過失喜窮生死際常無有盡至無餘依大涅槃界亦無盡故生殊勝喜是故世尊證得五喜非聲聞等由種種受用身依止等者謂佛法身與受用身爲所依止何故復須如是依止但爲成熟諸菩薩故由若離此已入大地諸菩薩衆應不成熟由種種變化身依止等者謂佛法身與變化身爲所依止何故復須如是依止多爲成熟聲聞等故由若離此下劣信解諸聲聞等應不成熟言多爲者應知攝取勝解行地諸菩薩衆

論曰應知法身由幾佛法之所攝持略由六

種一由清淨謂轉阿賴耶識得法身故二由異熟謂轉色根得異熟智故三由安住謂轉欲行等住得無量智住故四由自在謂轉種種攝受業自在得一切世界無礙神通智自在故五由言說謂轉一切見聞覺知言說戲論得令一切有情心喜辯說智自在故六由拔濟謂轉拔濟一切災橫過失得拔濟一切有情一切災橫過失智故應知法身由此所說六種佛法之所攝持

釋曰由是佛法攝持法身今當顯示由清淨者謂由清淨佛法攝持法身如是法身證得清淨由轉何法謂轉阿賴耶識得法身故者謂轉滅彼阿賴耶識得法身清淨即法身清淨說名清淨由異熟者謂由異熟佛法攝持法身轉色根者謂轉眼等色根得異熟智故者謂轉彼故得異熟智由安住者謂由安住佛法攝持法身轉欲行等住者謂轉世間欲行等住得佛法住得無量智住故者謂由此故住種種住由自在者謂由自在佛法攝持法身轉種種攝受業自在等者謂轉世間徧利務農種種事業自在得一切世界無礙神通智自在故由言說者謂由言說佛法攝持法身轉一切見聞覺知言說戲論等者謂轉世間見聞覺知言說戲論得於見聞覺知自在由此證得能令一切有情心喜智自在故由拔濟者謂由拔濟佛法攝持法身轉拔濟一切災橫過失等者謂如世間有王家等逼惱事起由親友力財寶力等而能拔濟由轉此故證得拔濟一切有情一切災橫過失智故由此智力能除一切災橫過失

論曰諸佛法身當言有異當言無異依止意樂業無別故當言無異無量依身現等覺故當言有異如說佛法身受用身亦爾意樂及業無差別故當言無異不由依止無差別故無量依止差別轉故應知變化身如受用身說

釋曰無量依止差別轉故者謂受用身無量依止差別而轉是故但由意樂及業無差別故當言無異依身事別當言有異此中意樂無差別者應知皆爲利益安樂一切有情業無別者應知皆同現等正覺般涅槃等種種作業

論曰應知法身幾德相應謂最清淨四無量解脱勝處遍處無諍願智四無礙解六神通三十二大士相八十隨好四一切相清淨十力四無畏三不護三念住拔除習氣無忘失法大悲十八不共佛法一切相妙智等功德相應此中有多頌

憐愍諸有情　起和合遠離　常不捨利樂
四意樂歸禮　解脱一切障　牟尼勝世間
智周遍所知　心解脱歸禮　能滅諸有情
一切惑無餘　害煩惱有染　常哀愍歸禮
無功用無著　無礙常寂定　於一切問難
能解釋歸禮　於所依能依　所說言及智
能說無礙慧　常善說歸禮　爲彼諸有情
故現知言行　往來及出離　善教者歸禮
諸衆生見尊　皆審知善士　暫見便深信
開導者歸禮　攝受任持捨　現化及變易
等持智自在　隨證得歸禮　方便歸依淨
及大乘出離　於此諸衆生　摧魔者歸禮

能說智及斷　出離能障礙　自他利非餘
外道伏歸禮　處衆能伏說　遠離二雜染
無護無忘失　攝御衆歸禮　遍一切行住
無非圓智事　一切時遍知　實義者歸禮
諸有情利樂　所作不過時　所作常無虛
無忘失歸禮　晝夜常六返　觀一切世間
與大悲相應　利樂意歸禮　由行及由證
由智及由業　於一切二乘　最勝者歸禮
由三身至得　具相大菩提　一切處他疑
皆能斷歸禮
諸佛法身與如是等功德相應復與所餘自
性因果業相應轉功德相應是故應知諸佛
法身無上功德此中有二頌
尊成實勝義　一切地皆出　至諸衆生上
解脫諸有情　無盡無等德　相應現世間
及衆會可見　非見人天等
釋曰諸佛法身與此所說四無量等功德相
應復與其餘自性因果業相應轉功德相應
尊成實勝義者此顯諸佛法身自性諸佛皆
以成實勝義清淨眞如爲自性故一切地皆
出者此顯其因修一切地得成佛故至諸衆
生上者此顯其果諸有情中此最上故解脫
諸有情者此顯其業以能無倒令諸有情得
解脫故無盡無等德相應者此顯相應與其
無盡無等功德共相應故現世間可見者此
說變化身及衆會可見者此說受用身非見
人天等者此說自性身諸人天等皆不能見
此顯佛身三種差別說名爲轉

攝大乘論釋卷第九

音釋

匱求位切乏也　徇松閏切從也

攝大乘論釋卷第十

世親菩薩造

唐三藏法師玄奘奉詔譯

果智分第十一之二

論曰復次諸佛法身甚深最甚深此甚深相云何可見此中有多頌

釋曰於大乘中諸佛法身如甚深相今當顯示以十二頌顯示十二甚深之相

論曰

佛無生爲生　亦無住爲住　諸事無功用

第四食爲食

釋曰此中一頌顯示生住業住甚深佛無生爲生者顯生甚深以諸如來無業煩惱同諸凡愚所造作生故名無生然有與此相違之生其相難了名生甚深亦無住爲住者顯住甚深無住涅槃以爲住處如是涅槃名住甚深諸事無功用者顯業甚深以諸如來無功用業一切等故名業甚深第四食爲食者顯住甚深以佛所食是不清淨依止住等四種食中第四食故四種食者一不清淨依止住食謂段等四食令欲纏有情不淨依止而得住故二淨不淨依止住食謂觸等三食令色無色纏有情淨不淨依止而得住故由此依止已離下地諸煩惱故說名爲淨未離上地諸煩惱故說名不淨是故名淨不淨依止如是依止由觸意思識食而住除其段食三一向淨依止住食謂段等四食令聲聞等清淨依止而得住故四唯示現依止住食謂即四食諸佛示現受之得住是故諸佛食此第四示現住食爲令能施諸有情類淨信爲因福

德增長雖現受食不作食事如來食時諸天受取施佛意許諸餘有情由此因故彼有情類速證菩提如是一切應知總説爲一甚深又由十因應知諸佛生無生相一與愚癡不同法故二與差別不同法故三於攝受得自在故四於住持得自在故五於棄捨得自在故六無二相故七唯似光影故八同幻化故九住無住故十成大事故復由十因應知如來不住生死及以涅槃一非遍知故二非永斷故三非修習故四知非有性故五無所得無分別故六遠離心故七心證得故八平等心故九事不可得故十可證得故復由十因應知諸佛無功用事而得成立一妙斷離故二無所依故三所作無功用故四作者無功用故五作業無功用故六無所有無功用故七本來無差別故八所作已辦故九所作未辦故十純熟修習一切法中得自在故復由十因應知諸佛實無所食而現受食一示現以食住持身故二令諸有情福增長故三爲欲示現有同法故四爲令隨學正受用故五爲令隨學廉儉行故六爲令發起精進行故七爲令成熟諸善根故八爲顯自身無染著故九爲恭敬業助任持故十爲欲圓滿本願王故

論曰

無異亦無量　無數量一業　不堅業堅業

諸佛具三身

釋曰此頌顯示安立數業甚深無異亦無量者顯安立甚深諸佛法身無差別故説名無異無量依止現等覺故説名無量無數量一

業者顯數甚深佛雖無量而同一業是故甚深不堅業堅業諸佛具三身者謂諸如來三身相應其受用身事業堅住其變化身業不堅住如是事業名爲甚深

論曰

現等覺非有　一切覺非無　一一念無量

有非有所顯

釋曰此頌顯示現等覺甚深現等覺非有者補特伽羅法非有故一切覺非無者由假名理説一切佛現等覺故云何知佛現等正覺謂一一念無量佛故此即顯示一一念中有無量佛現等正覺有非有所顯者此顯眞如是有非有諸佛是此眞如所顯

論曰

非染非離染　由欲得出離　了知欲無欲

悟入欲法性

釋曰此頌顯示離欲甚深非染非離染者貪欲無故説名非染以無染故離染亦無所以者何貪染若有可有離染染既是無故無離染由欲得出離者由伏斷貪纒留貪隨眠故得究竟出離若不留隨眠應同聲聞等入般涅槃故了知欲無欲悟入欲法性者了知遍計所執貪欲無貪欲性即能悟入欲法眞如

論曰

諸佛過諸蘊　安住諸蘊中　與彼非一異

不捨而善寂

釋曰此頌顯示斷蘊甚深諸佛過諸蘊安住諸蘊中者謂諸如來超過色等五種取蘊住無所得法性蘊中與彼非一異者雖已捨遍計所執諸蘊而與彼非異以即安住彼法性

故亦復不一若是一者遍計所執應同法性成清淨境不捨而善寂者謂不棄捨圓成實蘊即是妙善涅槃體故

論曰

諸佛事相雜　猶如大海水　我已現當作他利無是思

釋曰此頌顯示成熟甚深諸佛事相雜者謂諸如來成熟有情一切事業悉皆平等其喻云何猶如大海水者譬如大海衆流所入其水相雜爲魚鼈等同所受用諸佛亦爾同入法界所作事業和合無二等爲成熟有情受用我已現當作者於三時中隨一時作他利無是思者不作是思我於他利已現當作然無功用能作一切利益安樂諸有情事譬如世間末尼天樂

論曰

衆生罪不現　如月於破器　遍滿諸世間由法光如日

釋曰此頌顯示顯現甚深若諸世間不見諸佛而說諸佛其身常住佛身既常何故不見衆生罪不現如月於破器者如破器中水不得住水不住故月則不現如是有情身中無有奢摩他水佛月不現水喻等持體清潤故遍滿諸世間由法光如日者謂令世間佛雖不現然遍一切施作佛事由說契經應頌等法譬如日光遍滿世間作諸佛事成熟有情

論曰

或現等正覺　或涅槃如火　此未曾非有諸佛身常故

釋曰此頌顯示示現等覺涅槃甚深或現等

正覺或涅槃如火者謂諸如來或現成佛或現涅槃其事如火或時燒然或時息滅諸佛亦爾或於未熟諸有情類現般涅槃或於巳熟諸有情類現成佛果爲欲令彼得解脫故譬如一火性無差別法身亦爾應知唯一餘半頌文其義易了

論曰

佛於非聖法　人趣及惡趣　非梵行法中最勝自體住

釋曰此頌顯示住甚深佛於非聖法中人趣惡趣中非梵行法中由最勝自體住最勝住由聖住等而安住故此中聖住者謂空等住天住者謂諸靜慮住梵住者謂慈等無量住非聖法者謂不善法佛於其中住空等住由此空等聖所住故名爲聖住人趣及惡趣者謂緣彼有情住諸靜慮所住靜慮名爲天住非梵行法者謂於彼法住慈悲等四種梵住最勝自體住者謂由如是最勝自體住最勝住此顯諸佛於諸住中安住最勝自體諸住

論曰

佛一切處行　亦不行一處　於一切身現非六根所行

釋曰此頌顯示自體甚深佛一切處行亦不行一處者謂後得智於善不善無記等中分別而轉無分別智不行一處第二義者謂變化身一切處行其餘二身不行一處於一切身現者即變化身遍於一切處處可見非六根所行者即變化身爲欲化彼那落迦等現於彼生那落迦等受生有情見化身時不如實見不能了知但謂即是那落迦等是故化

身決定非彼那落迦等六根所行
論曰
煩惱伏不滅　如毒呪所害　留惑至惑盡
證佛一切智
釋曰此頌顯示斷煩惱甚深煩惱伏不滅如毒呪所害者菩薩位中伏煩惱纏未滅煩惱有隨眠故譬如衆毒呪力所害體雖猶在而不爲害煩惱亦爾智了知故體雖猶在而不爲害留惑至惑盡者以留隨眠諸煩惱故不如聲聞速般涅槃得至究竟諸煩惱盡證佛一切智者煩惱盡時得一切智
論曰
煩惱成覺分　生死爲涅槃　具大方便故
諸佛不思議
釋曰此頌顯示不可思議甚深謂諸菩薩具大方便煩惱集諦轉成覺分生死苦諦即爲涅槃如是一切諸佛聖教如前所說三因緣故不可思議謂自内證故等
論曰應知如是所說甚深有十二種謂生等業住甚深安立數業甚深現等覺甚深離欲甚深斷蘊甚深成熟甚深顯現甚深示現等覺涅槃甚深住甚深顯示自體甚深斷煩惱甚深不可思議甚深
釋曰此十二種皆難覺了故名甚深一一别相如前已說
論曰若諸菩薩念佛法身由幾種念應修此念略説菩薩念佛法身由七種念應修此念一者諸佛於一切法得自在轉應修此念於一切世界得無礙通故此中有頌
有情界周遍　具障而闕因　二種決定轉

諸佛無自在

二者如來其身常住應修此念眞如無間解脱垢故三者如來最勝無罪應修此念一切煩惱及所知障並離繫故四者如來無有功用應修此念不作功用一切佛事無休息故五者如來受大富樂應修此念清淨佛土大富樂故六者如來離諸染汙應修此念生在世間一切世法不能染故七者如來能成大事應修此念示現等覺般涅槃等一切有情未成熟者能令成熟已成熟者令解脱故此中有二頌

圓滿屬自心　具常住清淨　無功用能施

有情大法樂　遍行無依止　平等利多生

一切佛智者　應修一切念

釋曰今當顯示若諸菩薩念佛法身由七種念應修其念於一切法得自在轉者由得神通於一切法自在而轉以諸如來於一切世界得無礙神通非如聲聞等猶有障礙故若諸如來於一切法自在而轉何故一切有情之類不得涅槃故令一頌顯由此因諸有情類不能證得究竟涅槃有情界周遍具障而闕因者謂諸有情有業等障名爲具障由具障故雖無量佛出現於世不能令彼得般涅槃諸佛於彼無有自在若諸有情無涅槃法名爲闕因此意説彼無涅槃因無種性故諸佛於彼無有自在二種決定轉者決定有二種一作業決定二受異熟決定當知此中説名決定諸佛於此二決定中無有自在頑愚等身名異熟障決定當墮那落迦等名受異熟決定應知此中二種差別如來身常眞如

無間解脫垢故者謂眞如理無間解脫一切障垢顯成法身是故如來其身常住如來受大富樂者應知如來清淨佛土名大富樂如來能成大事者謂諸如來現等正覺般涅槃等成大義利已成熟者令得解脫未成熟者令其成熟餘修念佛其義易了復以二頌顯釋如是七種念佛於此頌中宣說諸佛七種圓滿令修念佛謂諸菩薩初念如來隨屬自心圓滿次念如來其身常住圓滿次念如來具足清善圓滿即是最勝無罪次念如來無功用圓滿謂作佛事無功用故次念如來施大法樂圓滿應知即於清淨佛土受大法樂次念如來離諸染汙圓滿即是遍行無所依止若有所依而遍行者即有苦難由無所依而遍行故佛常無苦離染遍行後念如來平等多利圓滿即是念佛能成大事成熟解脫諸有情故

論曰復次諸佛清淨佛土相云何應知如菩薩藏百千契經序品中說謂薄伽梵住最勝光曜七寶莊嚴放大光明普照一切無邊世界無量方所妙飾間列周圓無際其量難測超過三界所行之處勝出世間善根所起最極自在淨識爲相如來所都諸大菩薩衆所雲集無量天龍藥叉健達縛阿素洛揭路荼緊捺洛莫呼洛伽人非人等常所翼從廣大法味喜樂所持作諸衆生一切義利蠲除一切煩惱災橫遠離衆魔過諸莊嚴如來莊嚴之所依處大念慧行以爲遊路大止妙觀以爲所乘大空無相無願解脫爲所入門無量功德衆所莊嚴大寶華王之所建立大宮殿

中如是現示清淨佛土顯色圓滿形色圓滿分量圓滿方所圓滿因圓滿果圓滿主圓滿輔翼圓滿眷屬圓滿住持圓滿事業圓滿攝益圓滿無畏圓滿住處圓滿路圓滿乘圓滿門圓滿依持圓滿

復次受用如是清淨佛土一向淨妙一向安樂一向無罪一向自在

釋曰如菩薩藏百千頌經序品中說清淨佛土此淨佛土顯示何等殊勝功德謂初二句顯淨佛土顯色圓滿言七寶者一金二銀三瑠璃四年娑洛寶五遏濕摩揭婆寶舉此應知即舉末羅羯多等寶六赤眞珠寶此赤眞珠赤蟲中出一切寶中最爲殊勝七羯雞怛諾迦寶放大光明普照一切無邊世界者謂次前說七寶所放諸大光明此上二句皆同顯示顯色圓滿次有一句顯形色圓滿次有一句顯分量圓滿次有一句顯方所圓滿次有一句顯因圓滿此何所因謂出世間無分別智及後得智此後得智說名爲勝此後得故從此二種善根所起即此善根名因圓滿次有一句顯果圓滿謂淨佛土以極自在淨識爲相次有一句顯主圓滿次有一句顯輔翼圓滿次有一句顯眷屬圓滿前已舉龍今此復舉莫呼洛伽爲攝大蟒次有一句顯住持圓滿即是飲食次有一句顯事業圓滿謂食此食已辦諸衆生一切義利次有一句顯攝益圓滿於淨土中離諸煩惱無諸苦故次有一句顯無畏圓滿若處無怨即無怖畏怨謂四魔此淨土中諸煩惱魔蘊魔死魔及以天魔悉皆無有是故無畏次有一句顯住處

圓滿次有一句顯路圓滿此淨佛土由何路入謂大乘中聞思修慧如其次第大念慧行爲遊入路次有一句顯乘圓滿乘奢摩他毗鉢舍那而遊趣故次有一句顯門圓滿謂此淨土由何門入謂大乘中大空無相無願解脫爲所入門次有一句顯依持圓滿如大地等依風輪住此淨佛土何所依持無量功德衆所莊嚴大紅蓮華之所建立

受用如是清淨佛土一向淨妙者謂淨土中無有不淨糞穢等事一向安樂者謂淨土中唯有樂受無有苦受無無記受一向無罪者謂淨土中無有不善亦無無記一向自在者謂淨土中不待外緣一切所欲隨自心故

論曰復次應知如是諸佛法界於一切時能作五業一者救濟一切有情災橫爲業於暫見時便能救濟盲聾狂等諸災橫故二者救濟惡趣爲業拔諸有情出不善處置善處故三者救濟非方便爲業令諸外道捨非方便求解脫行置於如來聖教中故四者救濟薩迦耶爲業授與能超三界道故五者救濟乘爲業拯拔欲趣餘乘菩薩及不定種性諸聲聞等安處令修大乘行故於此五業應知諸佛業用平等此中有頌

因依事性行　别故許業異　世間此力别
無故非導師

釋曰應知如是諸佛法界於一切時能作五業者謂佛法身恒作五業救濟一切有情災橫爲業等者謂盲聾等暫見佛時便得眼等救濟惡趣爲業等者謂拔惡處置於善處名救惡趣救濟薩迦耶爲業等者謂爲世間說

能超出三界聖道即說三界爲薩迦耶所餘二句其義可知於此五業應知諸佛諸業平等於此義中復說一頌謂因依等由是因緣一切如來諸業平等一切世間業不平等以一伽他總略顯示世間因別故許業異者謂諸世間由別因故生那落迦別因生天別因生人乃至餓鬼由因別故許業有異世間依別故許業異者依謂身體由依別故許業有異世間事別故許業異者謂諸世間商賈事別營農事別此等事務有差別故許業有異世間性別故許業異者性謂意趣意趣別故許業有異世間行別故許業異者由作行業有差別故許業有異諸佛作業皆無功用一切因等差別力無是故導師非有業異

論曰若此功德圓滿相應諸佛法身不與聲聞獨覺乘共以何意趣佛說一乘此中有二頌

爲引攝一類　及住持所餘　由不定種性
諸佛說一乘　法無我解脫　等故性不同
得二意樂化　究竟說一乘

釋曰此中二頌辯諸佛說一乘意趣爲引攝一類者謂爲引攝不定種性諸聲聞等令趣大乘云何當令不定種性諸聲聞等皆由大乘而般涅槃及住持所餘者謂爲住持不定種性諸菩薩衆令住大乘云何當令不定種性諸菩薩衆不捨大乘勿聲聞乘而般涅槃爲此義故佛說一乘由不定等句義已說法無我解脫乃至廣說此中復由別意趣力唯說一乘何別意趣謂法等故等法等故者法謂眞如諸聲聞等同所歸趣所趣平等故說

一乘無我等故者謂聲聞等補特伽羅我皆無有由無我故此是聲聞此是菩薩不應道理由此無我平等意趣故說一乘解脱等故者謂聲聞等於煩惱障同得解脱故說一乘如世尊言解脱解脱無有差別性不同故者種性差別故以不定性諸聲聞等亦當成佛由此意趣故說一乘得二意樂故者得二種意樂故一攝取平等意樂由此攝取一切有情言彼即是我我即是彼如是取已此既成佛彼亦成佛由此意趣故說一乘二法性平等意樂謂諸聲聞法華會上蒙佛授記得佛法性平等意樂未得法身由得如是平等意樂作是思惟諸佛法性即我法性復有別義謂彼衆中有諸菩薩與彼名同蒙佛授記由此法如平等意樂故說一乘言化故者謂佛化作聲聞乘等如世尊言我憶往昔無量百返依聲聞乘而般涅槃由此意趣故說一乘以聲聞乘所化有情由見此故得般涅槃故現此化究竟故者唯此一乘最爲究竟過此更無餘勝乘故聲聞乘等有餘勝乘所謂佛乘由此意趣諸佛世尊宣説一乘

論曰如是諸佛同一法身而佛有多何緣可見此中有頌

一界中無二　同時無量圓　次第轉非理故成有多佛

釋曰今當顯示由此因緣應知諸佛雖同法身而或成一或復成多應知一者法界同故諸佛皆同法界爲體法界一故應知一佛又一佛者以於一時一世界中無二佛現故知一佛又伽他中顯示諸佛或一或多一界中

無二者此句顯示唯有一佛一世界中無有二佛俱時出現是故說言唯有一佛餘句顯示諸佛有多同時無量圓者無量菩薩同一時中資糧圓滿若諸菩薩福智資糧同時圓滿不得成佛如是資糧應空無果衆多菩薩修集資糧同時圓滿是故應知一時多佛次第轉非理者無有次第轉成佛義若諸菩薩修資糧時觀待次第前後成滿可得佛時前後次第然諸菩薩修資糧時不待次第前後成滿故得佛時亦無次第前後成義是故同時有衆多佛

論曰云何應知於法身中佛非畢竟入於涅槃亦非畢竟不入涅槃此中有頌

一切障脫故　所作無竟故　佛畢竟涅槃畢竟不涅槃

釋曰有餘部說諸佛無有畢竟涅槃復有別部聲聞乘人說諸佛有畢竟涅槃故此頌中顯二意趣一切障脫故者由佛解脫一切煩惱所知障故依此意趣說言諸佛畢竟涅槃所作無竟故者由佛普於一切有情未成熟者欲令成熟已成熟者欲令解脫是所應作此事無有究竟之期故佛畢竟不入涅槃若異此者應如聲聞畢竟涅槃是則本願應空無果論曰何故受用身非即自性身由六因故一色身可見故二無量佛衆會差別可見故三隨勝解見自性不定可見故四別別而見自性變動可見故五菩薩聲聞及諸天等種種衆會閒雜可見故六阿賴耶識與諸轉識轉依非理可見故佛受用身即自性身不應道理

釋曰今當顯示佛受用身即自性身不應正理色身可見故者佛受用身色身可見非佛法身由此非理故受用身非即法身又受用身有佛衆會差別可得法身無有如是差別由此非理故受用身非自性身又受用身隨勝解見如契經說或見佛身唯有黃色或見佛身唯有青色如是廣說若受用身即自性身此自性身應不決定體不決定名自性身不應正理由此非理故受用身非自性身又受用身一類有情先見別異即此後時復見別異非佛法身自性變動由此非理故受用身非自性身又受用身有諸天等種種衆會常相間雜非自性身有此間雜由此非理故受用身非自性身又轉阿賴耶識得自性身若受用身即自性身轉諸轉識復得何身由此非理故受用身非自性身由此六因不應理故二不成一論曰何因變化身非即自性身由八因故謂諸菩薩從久遠來得不退定於覩史多及人中生不應道理又諸菩薩從久遠來常憶宿住書筭數印工巧論中及於受用欲塵行中不能正知不應道理又諸菩薩從久遠來已知惡說善說法教往外道所不應道理又諸菩薩從久遠來已能善知三乘正道修邪苦行不應道理又諸菩薩捨百拘胝諸贍部洲但於一處成等正覺轉正法輪不應道理若離示現成等正覺唯以化身於所餘處施作佛事即應但於覩史多天成等正覺何不施設遍於一切贍部洲中同時佛出既不施設無教無理雖有多化而不違彼無二如來出現世言由一四洲攝世界故

如二輪王不同出世此中有頌

佛微細化身　多處胎平等　爲顯一切種

成等覺而轉

爲欲利樂一切有情發願修行證大菩提畢竟涅槃不應道理願行無果成過失故

釋曰今當顯示佛變化身即自性身不應正理由八因故此中最初不應理者謂諸菩薩從久遠來已無量劫得不退定尚不應生覩史多天況於人中然此世間現受生者是變化身非自性身又諸菩薩從久遠來常憶宿住於書筭等不能正知不應道理但爲調伏諸有情故化爲此事又諸菩薩三無數劫勤修福慧不能正知惡說善說邪苦行事於最後身證菩提時何能頓悟由此道理是變化身非自性身又諸菩薩捨百拘胝諸贍部洲但於一處成等正覺轉正法輪不應道理若變化身遍一切處同時現化應正道理故變化身非自性身若諸異部作如是執佛唯一處眞證等覺餘方現化施作佛事若爾何故不許但住覩史多天眞證等覺遍於一切四大洲渚示現化身施作佛事又於一切四大洲中不現等覺無教無理故不應說此佛土中有四洲渚不現成佛若有說言縱有是事便違契經故經中說無二如來俱時出現應知此經同轉輪王如說輪王無二並出依一四洲非一佛土無二如來俱時出現當知亦爾此中意說一四大洲名一世界今復以頌顯示諸佛化現等覺佛微細化身等者此中義說若於爾時佛現安住覩史多天示從彼没入母胎等即於彼時化作尊者舍利子等

無量眷屬亦現入胎出生等事安立如是變化眷屬當知爲顯一切種覺殊勝佛事今當顯示如來畢竟入般涅槃不應道理謂爲化度一切有情先發大願及修大行常自誓言我當利樂一切有情勤修正行若始成佛已便般涅槃即所修願行空無有果由此非理是變化身非自性身論曰佛受用身及變化身既是無常云何經說如來身常此二所依法身常故又等流身及變化身以恒受用無休廢故數數現化不永絶故如常受樂如常施食如來身常應知亦爾釋曰經說如來其身常住佛受用身及變化身皆是無常云何身常故次成立二身常義謂此二身依法身住法身常故亦說爲常又受用身受用無廢故說爲常其變化身恒現等覺般涅槃等相續不斷故亦名常復以譬喻顯此二身是常住義猶如世間言常受樂雖所受樂非唯無間而得說言此常受樂又如世間言常施食非此施食恒無間斷而得說言此常施食應知二身常義亦爾論曰由六因故諸佛世尊所現化身非畢竟住一所作究竟成熟有情已解脱故二爲令捨離不樂涅槃爲求如來常住身故三爲令捨離輕毀諸佛令悟甚深正法教故四爲令於佛深生渴仰恐數見者生猒怠故五令於自身發勤精進知正說者難可得故六爲諸有情極速成熟令自精進不捨軛故此中有二頌

由所作究竟　捨不樂涅槃　離輕毀諸佛

深生於渴仰　内自發正勤　爲極速成熟

故許佛化身　而非畢竟住

釋曰如是六因直說及頌證佛化身非畢竟住其文易了故不煩釋論曰諸佛法身無始時來無別無量不應爲得更作功用此中有頌

佛得無別無量因　有情若捨勤功用
證得恒時不成因　斷如是因不應理

釋曰此中有難若佛法身無始時來無別無量作證得因能辦有情諸利樂事爲證佛果不應更作正勤功用爲釋此難以頌顯示諸佛證得無始時來無別無量若是有情爲求佛果捨精進因可有此難諸佛證得於得佛果無始時來不成因故然佛證得無始時來無別無量恒與有情作得佛果勤精進因故不應難諸佛法身無始時來無別無量作證得因爲證佛果不應更作正勤功用是故諸佛證得法身非是有情爲求佛果捨精進因又佛證得無始時來無別無量作求佛果勤精進因若諸有情捨勤功用如是證得恒不成因故又斷此因不應道理謂諸菩薩悲願纏心於諸有情愍如一子諸有情類處大牢獄具受艱辛是故菩薩於諸有情利益安樂若作是心餘既能作我當不作不應道理恒作是心餘於此事若作不作我定當作是故不應斷如是因論曰阿毘達磨大乘經中攝大乘品我阿僧伽畧釋究竟釋曰正趣大乘制造無量殊勝論者軌範世親畧釋究竟

攝大乘論釋卷第十

U0138123